BLANCHE NEIGE ET LES LANCE-MISSILES

Quand les dieux buvaient *

Catherine Dufour est née en 1966. Elle a commencé à écrire des poèmes à l'âge de sept ans. Cinq ans plus tard, elle apprend que les poètes finissent tous trafiquants d'armes : elle jette ses poèmes et commence à écrire des nouvelles. Vingt ans et quelques prix plus tard, elle découvre Terry Pratchett, et décide de tout recommencer à zéro. Ainsi naîtra son cycle *Quand les dieux buvaient* (prix Merlin), qui l'a imposée, avec son roman de science-fiction *Le Goût de l'immortalité* (prix Bob-Morane, Rosny aîné, prix du Lundi et Grand Prix de l'Imaginaire), comme une figure centrale de l'imaginaire actuel français.

Paru dans Le Livre de Poche :

Le Goût de l'immortalité

Quand les dieux buvaient
1. Blanche Neige et les lance-missiles
2. Blanche Neige contre Merlin l'enchanteur

CATHERINE DUFOUR

Blanche Neige et les lance-missiles

Quand les dieux buvaient ∗

NESTIVEQNEN

©Nestiveqnen, 2001.
ISBN : 978-2-253-12540-2 – 1ʳᵉ publication LGF

À Jean-Paul Chateau.

PREMIÈRE PARTIE

Les grands alcooliques divins

Une omelette de cul d'ange

Les Uckler formaient un peuple industrieux, gai et généreux.

En général.

Ils se levaient tôt d'un air content, sifflaient en travaillant et avaient toujours un morceau de pain à donner à plus pauvre qu'eux (le quignon rassis de la veille, bien sûr, car « généreux n'est pas neuneu », comme le disait souvent la grosse Couette). Pourvu, cependant, que ce plus pauvre qu'eux soit le beau-fils de la nièce de l'oncle de leur cousin.

Ou le beau-père du neveu de leur tante par alliance.

Car les Uckler avaient un défaut : quand ils voyaient un étranger, un vrai, qui échappait à toute généalogie même de la main gauche, ils le tuaient d'abord.

Ensuite, ils ne se posaient aucune question.

Ce qui leur permettait de préserver cet équilibre psychologique qui leur faisait, au matin, le teint frais et l'air content.

Bref, c'était un foutu ramassis de salauds.

Les Uckler vivaient leur existence de cancrelats épanouis dans un vallon de la région de Morris, aux confins orientaux du Royaume du Sude. La verdure y était abondante et le climat tempéré avec, de-ci de-là, un étang bleu ou une source murmurante qui s'écoulait en rivière chantonnante. Ayant à cœur de se fondre dans le paysage, les Uckler habitaient d'adorables petites chaumines sous la vigne vierge, lavaient leur linge au battoir dans l'onde fraîche de lavoirs à l'ancienne, et portaient des bonnets rouges ridicules.

Vu d'ensemble, le spectacle était d'une mièvrerie crispante.

Du moins, c'était ce que pensait Aïe, fils de Baffe, petit-fils de Ronfle, neveu de Bibron, Soluble et Perclus, cousin de Demi, Craspette, Liquette, Aufraise, Bedon, Arnica et Lampion. Car, comme tous les Uckler, Aïe était apparenté d'une façon ou d'une autre à la totalité de la population Uckler. Ce qui explique qu'il ait eu un bras plus court que l'autre et trois yeux, dont deux bigles. Par contre, expliquer la haine viscérale qu'Aïe portait à sa gigantesque famille est une autre paire de manches.

Quelle qu'en fût la cause, Aïe était, de tous les Uckler, le seul à ne pas trouver enchanteur le paysage, adorables les maisons sous la vigne vierge et contentant de se lever tôt le matin.

Assis sur une colline d'où il dominait le vallon Uckler, Aïe regardait avec exaspération de ravissants nuages traverser le somptueux bleu du ciel. À côté de lui, un splendide papillon butinait une fleur délicieusement parfumée : il l'écrabouilla d'un coup de poing. Puis il se mit à grincer des dents en écoutant monter, du fond de la vallée, le bruit des battoirs et les hurlements de rire des lavandières. Car les Uckler avaient depuis longtemps décidé que tout, dans leur vallon, était merveilleux et ne méritait que des éclats de rire ravis.

Or, une des lavandières qui se tenaient à genoux dans le lavoir ne riait que du bout des lèvres et ne lavait que du bout des doigts. La grosse Couette, qui rythmait le décrassage avec entrain, tourna vers la traînarde son large visage rubicond et lui dit, avec un grand sourire :

« Alors, Némou, fille de Craspette et nièce d'Aufraise ? On fait son étrangère ? »

Et lui envoya, *plaf!* un grand coup de battoir sur le bonnet, accompagné d'un gros éclat de rire.

Les coups de battoir et les gloussements de joie s'arrêtèrent net. Tous les bonnets des lavandières se tournèrent vers Némou. C'est qu'on ne rigolait pas avec la bonne humeur, chez les Uckler. Sentant le danger, Némou fit un immense rictus et leva son battoir en hurlant à tue-tête « Tirli tiflu chapieau pointiu ! », le refrain joyeux du célèbre Chant des Lavandières. Couette voulut bien s'en contenter et le décrassage reprit, avec les rires et les giclées d'eau savonneuse, et les étincelles des battoirs.

Si Némou ne riait pas avec l'entrain d'usage, c'est qu'elle était amoureuse et que l'amour rend rêveur. Surtout quand il est contrarié. Et contrarié, il l'était, car Némou était tombée amoureuse d'Aïe, fils de Baffe et la suite. Or, non seulement le vieux Craspette n'avait pas envie d'avoir des petits-enfants à trois yeux dont deux bigles (ça, encore, ça pouvait passer, Némou ayant un peu plus de doigts et un peu moins de dents que la moyenne déjà assez erratique des Uckler) mais en plus, Aïe se fichait de Némou comme d'une guigne. Ça aussi, ça pouvait passer, avec un peu de l'Enduit de Crotte d'Amour que mitonnait la vieille Touille, mère de Bedon. La composition en était pénible et l'application révoltante, mais Némou était réellement amoureuse. Le vrai problème n'était pas là. Le vrai problème était qu'Aïe avait... il avait parfois des idées comme un...

Si Némou l'avait osé, elle aurait dit « comme un étranger » mais c'était une jeune fille bien élevée, ce qui se comprenait quand on considérait l'épaisseur du battoir de la grosse Couette.

Et si, en plus d'un rien d'audace, Némou avait eu un minimum de lectures, elle aurait dit qu'Aïe avait carrément la haine.

Enfin, pensa-t-elle en soupirant, ce qui lui valut un nouveau coup de battoir sur le crâne, elle verrait à la prochaine Fête du Saucisson. La bière aidant, ce serait bien le Diable si elle n'arrivait pas à coller à Aïe un peu de Crotte d'Amour au bon endroit.

Ce qui était injuste, le Diable du coin étant depuis longtemps devenu un philosophe pacifique et débonnaire. Il avait coutume de répondre aux jeunes diablotins qui ne rêvaient que sabbats et tentations :

« Ne vous agitez pas comme ça ! Les hommes font tout mon travail tout seuls. »

C'est que si le Diable a tous les défauts du monde au centuple de tout le monde, Il est forcément horriblement paresseux.

Ou alors, c'est qu'Il boit.

En ce qui concerne la Fête du Saucisson, il faut bien comprendre que les Uckler ne vivaient pas seulement de travail, de chaumines fleuries et de matins contents. Ils cultivaient amoureusement le saucisson des forêts dont ils faisaient une bière dégueulasse, mais ils n'en avaient jamais goûté d'autre. Ils passaient le plus clair de leur temps à cueillir ce saucisson sylvestre qui pendait en belles grappes aux branches des saucissonniers, puis à le distiller, à le goûter, à le boiser, à le regoûter, bref, c'était un foutu ramassis d'alcooliques.

On n'a jamais vu personne se contenter de chaumines fleuries ni se lever de bon gré le matin, sauf si c'est pour aller se bourrer la gueule.

Et là, justement, résidait le secret d'Aïe : il était éthylophobe de naissance. Une obscure histoire de mage

Les grands alcooliques divins 15

coiffé d'un chapeau pointu que sa mère aurait croisé dans les collines, pendant sa grossesse.

Au grand dam de Némou, Aïe n'assista pas à la Fête du Saucisson, car il avait déjà fichu le camp du vallon Uckler avec le bas de laine de la grosse Couette. Celui-ci était lesté de trois cent soixante pièces de monnaie locale, qui se révélèrent ne pas valoir tripette hors du vallon. Par contre le battoir de Couette, qu'Aïe avait emporté pour se défendre en chemin, se révéla être d'or pur, ce qui l'aida beaucoup à fonder une solide fortune dans la distillation du saucisson des marais.

Personne n'avait encore songé à utiliser cette sinistre saloperie pour en faire quoi que ce soit. Les premières tentatives d'Aïe pour en tirer de la bière se soldèrent par un échec cuisant, qui aurait dû le conduire tout botté au gibet pour empoisonnement aggravé d'actes de barbarie, mais Aïe eut la présence d'esprit de ne pas attendre la maréchaussée. Il déménagea pour la ville suivante et décida d'utiliser sa bière pour éliminer les blattes.

Le succès fut immédiat.

Quelque dix ans plus tard, alors qu'ils émergeaient juste d'une mémorable Célébration du Saucisson qui avait duré trois jours de fête plus un (quand ils avaient la gueule de bois, et afin de ne pas se lever le matin d'un air mécontent, les Uckler attendaient tranquillement au fond de leur lit le matin suivant), les Uckler virent avec horreur un cortège radicalement étranger entrer en trompetant sur la Grande Place du Village. Il s'arrêta au pied de la Saucissonnerie, une estrade sur laquelle finissaient de façon compliquée les étrangers qui se fiaient à la bonne trogne des Uckler pour venir leur demander l'asile pour la nuit.

Les Uckler, encore migraineux sous leur air content, regardèrent en bavant d'effroi trente ostruches harnachées suivies de dix énéfants piler devant leur nez écarlate. Sur chacune des montures était juché un fier guerrier en armes ou une fière guerrière en maillot de bain d'acier, celles-ci étant réputées moins rentables que ceux-là au kilo de viande hachée, mais plus efficaces pour tirer l'œil des foules.

Parmi elles se trouvait Chachette La Rapiate.

Et au milieu, assis sur un gragon polycéphale fumant et écumant, trônait un énorme bonhomme qui tenait les seize rênes du monstre de ses deux bras puissants, dont un était plus court que l'autre.

L'énorme bonhomme jeta les rênes à un homme d'armes, et glissa en bas de sa monture.

Pendant un moment, le temps parut en suspens.

L'énorme bonhomme regardait d'un air dégoûté ce qui gisait sur l'estrade de la Saucissonnerie.

Les guerriers et les guerrières regardaient la ligne d'horizon, sauf deux ou trois, plus curieux, qui comptaient et recomptaient mentalement le nombre de bras, de jambes et de nez des Uckler, sans jamais parvenir deux fois au même résultat sauf Chachette, qui comptait autre chose.

Les Uckler, pétrifiés, louchaient avec des sentiments proches de la dissolution mentale sur ce qui leur paraissait un fouillis puant. De ce point de vue ils avaient raison, les guerriers ne se lavant qu'avec la pluie. Quant aux énéfants, ils brennaient pesamment en agitant leurs oreilles pointues, ce qui hérissait le poil des ostruches, lesquelles sont volontiers un peu maniérées.

L'atmosphère était pesante.

Le gragon, qui est un être hypersensible, commença à s'ébrouer. Quelques gouttes de lave allèrent grésiller sur la plus proche vigne vierge. La vieille Couette poussa un cri étranglé par l'angoisse. Le gros bonhomme sauta alors sur la Saucissonnerie, avec une surprenante légèreté.

« Aïe ! »

Toute l'assistance, ostruches comprises, tourna son regard vers celle qui venait de parler : une bonne femme bancroche enguirlandée d'une ribambelle de mômes. C'était Némou.

« Oui, c'est moi ! clama alors l'énorme, en levant deux bras théâtraux – et de longueurs légèrement différentes. C'est moi, Aïe ! Aïe, fils de Baffe, petit-fils de Ronfle, neveu de Bibron, Soluble et Perclus, cousin de Demi, Craspette, Liquette, Aufraise, Bedon, Arnica, Lampion ! C'est moi, bande de chats puants, d'ivrognes difformes… »

L'allocution dura un bon quart d'heure. Les Uckler ouvraient des bouches béantes.

« Tas d'émonscules croutiques ! »

Aïe commençait à manquer de substantifs acerbes ; il décida d'en venir au fait :

« Moi, Aïe, je suis allé par-delà les monts et les vaux ! »

Il exagérait un peu, la ville de Puralt était à vingt lieues à vol d'oiseau.

« J'ai fait une immense fortune ! Une fortune munificente ! »

Il exagérait un peu, sa récente diversification dans le saucisson des sables l'avait lourdement endetté.

« Et aujourd'hui, je suis de retour parmi vous, bouses vermineuses ! Et je vous compisse ! Je vous ai toujours conchiés et compissés dans le secret de mon cœur ! Pendant toutes ces interminables beuveries saucissonnesques où vous m'avez obligé à boire votre pisse de mammouth ! Toutes les fois où vous m'avez tiré du lit à des heures grotesques, toutes les fois où vous m'avez explosé la tronche à coups de battoir parce que je chantais faux ! Et je n'osais pas vous en retourner une mais maintenant je suis riche ! Riche à milliardions ! Alors, je peux vous pisser à la raie aussi longtemps que j'en ai envie, et vous êtes bien obligés de m'écouter sinon mes guerriers vous écrabouilleront comme de vulgaires saucissons au pressoir ! Et je tenais à vous dire ceci. »

Il reprit son souffle, essuya ses lorgnons, les remit en place :

« Vous êtes moches. Vous êtes à chier ! Vous êtes d'une vulgarité crasse, d'une bêtise crasse, d'une ignorance crasse ! Vous êtes la lie, le limon, l'étron de l'humanité ! Vos chansons sont ridicules, vos bonnets sont à hurler, vos maisons sont des tas de boue branlants, vos belles plantations ont le mildiou et, en plus, votre bière est dégueulasse ! Absolument dégueulasse. »

Il reprit son souffle et conclut, solennel :

« Voilà. J'étais venu vous dire ça. »

Il balaya la foule silencieuse d'un regard pesant de dégoût :

« Évidemment, vous ne toucherez jamais un centime de mon pognon. Rien. J'ai tout légué à la Sainte Ligue de Propension de l'Alcool de Saucisson des Marais. »

Et il lâcha trois gros saucissons des marais qui tombèrent sur l'estrade, à côté d'un reste d'étranger qu'un amateur de puzzle n'aurait su où mettre.

Là-dessus il toussa, descendit de l'estrade, remonta sur son gragon et repartit au petit trot dans un sillage de lave, suivi de son escorte dont les Uckler regardèrent, toujours béants, les croupes et les croupions se tortiller dans la poussière du chemin.

Ce fut Némou qui parla la première :

« Qu'est-ce qu'il a dit ? »

Couette escalada l'estrade, se pencha avec perplexité sur les trois gros saucissons verts.

« Sais pas. »

Les grands alcooliques divins 19

Et il fut décidé d'invoquer le Saucisson Sacré le soir même. Décision d'exception : d'ordinaire, les Uckler patientaient trois jours entre deux cuites.

Une semaine plus tard, le pan de vigne vierge grillé ayant repoussé et les énormes étrons énéfantesques ayant été jetés sur le tas de fumier le plus proche, tous les Uckler avaient oublié toute l'affaire.
Les trois saucissons verts avaient rejoint les étrons.
Le fumier servit à fumer la terre, comme de juste.
La pioupiase, mycose parasitique dont le saucisson des marais se moquait comme d'une guigne, se révéla extrêmement nocive sur le saucisson des forêts.
Deux récoltes plus tard ne pendaient plus aux saucissonniers que de misérables blagues à sciure remplies de vers.
La bière devint si mauvaise que même les Uckler s'en rendirent compte. Alors, la détresse les saisit. Les coups de battoir ne retentirent plus gaiement comme avant, les matins furent cafardeux et même les rivières la fermèrent, conscientes de ce qu'avait d'exaspérant leur gai babil en plein sevrage.
Quelques enfants naquirent avec un nombre à peu près raisonnable de bras mais ça, tout le monde s'en fichait.
Il faut dire à la décharge d'Aïe qu'il ne l'avait pas fait exprès. Il mourut bientôt d'un infarctus à bronchospasme sans jamais savoir à quel point il s'était bien vengé.
Et la tristesse et la sobriété s'abattirent sur les Uckler. Ce qui ne les rendit pas plus bienveillants envers les étrangers.

« Il n'empêche qu'il va falloir trouver une solution, couina Arnica en agitant sa pinte au fond de laquelle se tortillaient trois vers blancs.

— Mais quoi ? grommela Casquette.

— Il faut aller chercher de nouvelles graines de saucisson.

— Mais où ? »

Arnica se tut prudemment. Même à lui, répondre « Dehors » aurait valu un bon coup de battoir sur la tête. On ne dit pas des grossièretés au Conseil des Anciens.

« Dehors, dit Moisi, qui était celui qui tenait le Battoir des Anciens.

— Mais qui ? »

Un lourd silence s'abattit sur le Conseil des Anciens. Finalement, après mille tergiversations, le choix s'arrêta sur le jeune Tute. D'abord parce que Tute présentait bien, ensuite parce qu'il était trop maigrichon pour pouvoir refuser.

On lui fit mille recommandations, on lui mit sur le dos un sac bourré de victuailles d'un poids total de douze cent onces, on lui remit avec force cérémonies le Grand Battoir Défensif, enfin, on l'accompagna jusqu'à la frontière du vallon Uckler en répandant des torrents de larmes.

Puis on rentra brûler sa maison et égorger ses poulets, parce qu'on ne sait jamais.

Tute commença par glandouiller dans la forêt. C'était la première fois de sa vie qu'il n'avait pas à se lever à des heures indues, ni à trimer toute la journée en s'égosillant, et il avait bien l'intention d'en profiter. Il sauta à pieds joints dans toutes les flaques de boue, chanta des trucs obscènes, grava des considérations définitives au sujet de la grosse Couette sur les troncs des arbres, se mit les doigts dans le nez et arracha les ailes des papillons en ricanant. Puis il dormit comme une chrysalide, bâfra comme un lapin, vomit comme un pélican et repartit vers l'Inconnu.

Il arpenta la forêt dans tous les sens et, le matin suivant, parvint en vue d'une chose qu'il qualifia, dans son langage rural, de « Très Énorme Village » : la cité de Palluau.

***

Aurore de Bois Dormant grattouilla une vitre crasseuse de son ongle noir. *Crac.* Elle soupira. Les ronces cernaient toujours le château. Certes, depuis que le sortilège avait été levé, ce n'étaient plus des ronces enchantées mais une ronce, même vulgaire, reste une ronce : ça pique et c'est sinistre.

Crac.

Elle se retourna et le regretta : certes, depuis que le sortilège avait été levé, le château s'était réveillé et on entendait bien, de-ci de-là, quelques servantes qui jouaient du balai mais, avant de s'attaquer à sa chambre, elles devaient encore décrasser six salons de réception et deux salles de bal. Il y avait pour cent ans de poussière sur le plancher et les meubles.

Les marraines auraient pu songer à endormir la poussière avecque le reste, soupira-t-elle.

Les fées, ça ne pense pas à tout.

Aurore s'approcha de son Miroir, souffla dessus. *Crac.* Après une bonne quinte de toux, elle se pencha sur son reflet. Elle était peut-être jolie, sous la crasse, mais ce n'était pas sûr. Elle pouvait être n'importe quoi, avec cent années de moutons gris jusque dans les trous de nez.

Mon doux prince est vénal, je n'en puis douter. Nul ne peut avoir sincère appétit à baiser une tant triste face.

Elle fit la moue. *Crac.*

« Oui, Votre Majesté. C'est toujours vous la plus belle ! » bégaya le Miroir.

Aurore sursauta. Une ombre de suspicion passa dans son esprit : les canons de beauté avaient tant changé que ça ? Ou le Miroir en voulait-il aussi à sa dot ?

« Rien du tout, croassa une mésange posée sur le rebord de la fenêtre. Il est gâteux. C'est l'âge.

— Quelle estrange voix est la tienne, gentille mésange !

— J'étais un corbeau de malheur. Certes, depuis que le sortilège a été levé, je suis une mésange de bonheur, mais il y a eu comme un raté au niveau de mon gosier.

— Je ne sais mie qui a levé le sortilège, mais il n'estoit pas bien réveillé non plus, marmonna Aurore. »

Crac.

« Je vous signale que votre robe part en sucette sous toutes les coutures », croassa la mésange.

Aurore haussa les épaules, ce qui sonna le glas de son corsage bleu – *crac, crac, crac*. La porte de sa chambre s'ouvrit en grinçant :

« Aurore, ma fille ? »

Le Roi bâilla dans sa barbe hirsute.

« Je viens d'avoir un entretien avec ton promis. Il a l'air assez pressé de te marier.

— Dame, c'est qu'il doit être allergique à la poussière, père. Je revêts une toilette qui ne tombe pas en pouldre et j'accours. »

On maria Aurore à son Prince dans un nuage de scories et de fausses notes. Les cordes des vielles, usées par un siècle d'inactivité, pétaient les unes après les autres. Aurore soupirait, le prince charmant se mouchait, tous les deux se regardaient en coin.

Le nez en bulbe de potiron est-il très porté, chez les hommes de ce siècle ? se demandait Aurore.

Rgroarrr ? se demandait le prince, pour des raisons que nous verrons ultérieurement. On s'acheminait

Les grands alcooliques divins 23

vers un triste gâchis. Il fallut que les courtisans s'y mettent à vingt pour ouvrir la serrure rouillée de la chapelle, le prêtre avait parfaitement oublié son métier et marmonnait « *Credo in pater noster* » en boucle, et en espérant que ça ne se voyait pas trop. Les prie-Dieu crevèrent les uns après les autres sous les genoux de la Cour et, une demi-heure après la communion, Aurore essayait encore de faire fondre l'hostie sous sa langue. Enfin, les épousés s'installèrent devant la table de banquet, l'une bâillant, l'autre serrant les dents :

Agraor ! se disait le prince en lorgnant les plats, *les légumes sont d'époque ! Je vais crever empoisonné, foutre de Dieu !*

Ce qui était injuste, Dieu n'ayant que faire en cette histoire, trop occupé qu'Il était à prendre l'air encore plus débonnaire que le Diable. Ce en quoi le prince creva quand même, révélant dans la foulée la raison pour laquelle la levée du sortilège du Bois Dormant était aussi joviale qu'un tombeau.

Le banquet de mariage s'achevait. On en était au dessert, un jongleur essayait de dépêtrer ses balles moisies de sa barbe, quand un brouhaha se fit entendre à l'entrée de la salle du banquet :

« Pour le prince ! J'apporte un gâteau pour le prince ! »

Un petit bonhomme en tablier blanc, coiffé d'un bonnet rouge ridicule, fit irruption devant la cour. Il tenait en équilibre, sur ses deux mains à plat, un gâteau tout chaud. L'odeur de massepain chatouilla délicieusement les narines des invités qui s'efforçaient de faire bonne figure devant des plats de pois chiches durs comme des billes et des gobelets de vin tourné en essence de térébenthine, tout en essayant de ne pas regarder la pièce montée.

« Pour le prince ! Je ne dois le donner qu'au prince ! » piaillait le marmiton.

Le prince sentit s'éveiller en lui un appétit féroce.

« Holà, marmiton ! C'est moi, le prince. D'où vient ce gâteau ?

— C'est la princesse Peau d'Âne qui vous l'envoie.

— Peau d'Âne ? »

Il se tourna vers sa femme :

« Une amie à vous ?

— Plaît-il ?

— Oh ! Pardon. J'oubliais que vos amies d'enfance vont sur leurs cent seize ans. »

C'était une lamentable bévue : on avait ordonné au marmiton de porter son gâteau au château le plus proche et, comme c'était un nouvel embauché, il avait été obligé de demander son chemin. Vingt-quatre heures plus tôt, la question n'aurait pu donner lieu à méprise : il n'y avait qu'un seul château dans le coin et c'était le bon, dans lequel se languissait le soupirant de Peau d'Âne. Car celui dans lequel le marmiton venait d'entrer n'était alors qu'une ruine au milieu d'un roncier. Mais, depuis, il avait repris son rang de château dûment doté d'un Roi en état de marche. Le marmiton, mal renseigné, ne se mit pas les méninges au court-bouillon : il offrit le gâteau au prince d'Aurore, qui l'avala en trois bouchées. La bague que la délicate Peau d'Âne y avait logée se coinça au travers de son gosier, et il se roula par terre en suffoquant. Ce faisant, il révéla sa vraie nature, qui était celle d'un diablotin velu, cornu, dentu, d'un noir d'enfer, puant le soufre, crachant des flammes par les oreilles et doté d'une bite bifide absolument épouvantable. Dans son agonie, il flanqua le feu au château. Aurore passa sa nuit de noces à quatre pattes au fond d'un fossé boueux, tremblant de tous ses membres et écoutant avec désespoir craquer les ultimes coutures de sa robe de mariée.

Au matin, quand elle sortit de son fossé, elle marcha sur la main du marmiton qui dormait, dans la suie, d'un sommeil agité.
« IA !
— Ah ! C'est toi, marmiton ?
— C'est lui, croassa la mésange. »
Aurore regarda la colonne de fumée noire qui montait des vestiges du château, à une lieue de là, et renonça à soupirer. Il lui parut d'un coup moins étonnant que la levée du sortilège au Bois Dormant eût été si bancale, puisqu'elle avait été effectuée par un prince si peu charmant.
« Que faisois-tu en ce lieu, mésange ? demanda-t-elle.
— Cruc. Mon nom est Cruc.
— Mon bonnet ! Madame Princesse, vous marchez sur mon bonnet ! protesta le marmiton.
— Eh bien, que foutois-tu là, Cruc ?
— Oh là là, mon bonnet rouge, tout noir de boue, madame Princesse !
— Rien. J'étais le corbeau de malheur de la fée Carabosse. Celle que votre, euh... feu votre époux a décapitée. Je me trouve en quelque sorte désemployé.
— Point ne me nomme madame Princesse, marmiton. Je m'appelle Aurore.
— Et moi c'est Tute, madame Aurore.
— Aurore ! Aurore ! »
Aurore, Cruc et Tute regardèrent en direction des cris : une petite bonne femme ronde comme un melon et rouge comme une écrevisse clopinait en soufflant sur le chemin noir d'escarbilles.
« Ma Roro ! »

La petite dame sauta au cou d'Aurore et la couvrit de baisers mouillés.

« C'est moi ! Marraine ! Tu ne me reconnais pas ?

— Marraine ? Ah oui, ma bonne Marraine !

— Ah ! ma pauvre enfant, si j'avais été prévenue à temps, jamais je ne t'aurais laissée épouser ce… ce monstre ! Mais j'étais à un congrès des marraines, avec Marraine et Marraine, tu vois ?

— Pas clairement, non. »

Tute jeta un coup d'œil étonné à Cruc, qui siffla :

« Les fées marraines s'appellent toutes Marraine. C'est un problème.

— Et moi, je suis Marraine des Pommes, à cause des joues. »

La fée gloussa en appuyant deux doigts sur une de ses pommettes vermeilles. (En vérité, si toutes les fées marraines disent s'appeler Marraine, ce n'est pas de gaieté de cœur. Mais les hasards de la toponymie féerique font que le vrai nom de cette marraine-là était Notionnel-Qui-Résiste, celui de Marraine Deux était Variation-En-Scéance, et celui de Marraine Trois, Saint-Gobain-Plus-Soixante-Neuf, aussi il faut les comprendre.)

« Ma pauvre petite ! Quel drame horrible. Est-ce que les démons sont aussi bien… aussi horriblement… enfin, on dit qu'ils ont…

— Point ne sais-je, Marraine. Il a crevé avant la nuit de nos noces.

— Ah. Bien. Très bien, dit la fée des pommes avec un air déçu. »

Aurore scrutait sa mémoire en louchant un peu :

« Je me remémore peu à peu. C'est vous, entre autres, qui m'avez élevée dans ceste cabane en bois humide, pour une raison à laquelle je ne comprends goutte ?

— Pour que Sodexho-Investissement... je veux dire, la fée Carabosse, ne puisse te retrouver et t'accabler de sa terrible malédiction. »

Aurore arrêta de loucher, considéra d'un air songeur la colonne de fumée :

« Je m'interrogeois si tout cela valait la peine et le soing de languir quinze années en une cabane de bois vermoulu. »

La fée des pommes s'assit pesamment dans l'herbe roussie au bord du chemin. Perché sur une branche de roncier calcinée, Cruc la regardait d'un air vaguement dégoûté en faisant bouffer ses plumes. Tute frottait le rebord crasseux de son bonnet en bâillant. Au loin, les tours grises du château fumaient tristement.

« Bon. Que faisons-nous en icelle essoyne ? demanda Aurore.

— Épreuve, chouchou. On dit épreuve, maintenant. Tu n'as pas une amie qui pourrait t'héberger ? Oh ! Pardon, bafouilla la fée.

— Si fait, murmura Aurore. Une dénommée Peau d'Âne. Je lui dois quelque gratitude.

— Excellente idée, Roro. Sa marraine est une bonne amie à moi.

— Nous montreras-tu le chemin que tu parcourus avec ton funeste gâteau, gentil Tute ? dit Aurore.

— Je n'ai pas le temps : il faut que je retourne chez mon patron.

— Si tu t'en fais pour ta place de marmiton, siffla la mésange, à la tienne, je ne m'en ferais plus. On n'a jamais vu un patron admettre, sans un bon pied au cul, qu'on flanque le feu à sa pratique, craoc.

— Eh bien, en ce cas... Mais, vous... vous voulez vraiment aller là-bas ? bafouilla Tute.

— Puisqu'on te le dit ! piailla la fée des pommes. Peau d'Âne est une princesse tout ce qu'il y a d'authentique, et sa marraine a été trois fois Vénérable du Trente-Troisième Cercle des Fées.

— Bon, bien, marmonna Tute en enfonçant son chapeau sur sa tignasse carotte. Mais laissez-moi vous dire que vous choisissez bizarrement vos amies. »

Cruc s'envola paresseusement. Aurore aida la fée des pommes à se lever et elles suivirent le marmiton dans la forêt, l'une en se dandinant, l'autre en remontant sur ses épaules les restes boueux de sa robe blanche.

« Est-ce encore loin, gentil Tute ? soupira Aurore.

— Il s'est perdu, ce niais. Croac ! Ça vient, ce feu, Pomme ?

— La paix, le volatile ! Ça fait bien deux cents ans que je n'ai pas pratiqué ce sort-là. Et puis, s'il pouvait s'arrêter de pleuvoir !

— Craoc ! Une baguette magique qui ne sait allumer des feux que par temps sec, chez nous, on appelle ça du bois de chauffe. »

Aurore soupira derechef en grattouillant, à travers un trou de sa robe, la croûte qu'elle s'était faite au genou en galopant dans la forêt, un essaim de guêpes aux trousses – la fée des pommes avait la manie idiote d'enfoncer sa baguette dans tout ce qu'elle ne connaissait pas en couinant : « Mais qu'est-ce que c'est ? » Ils n'avaient dû leur salut qu'à une providentielle mare d'eau saumâtre. Tute avait encore de la vase plein les oreilles, et un nénuphar sur son bonnet.

« Il est vraiment très vilain, ton bonnet, gentil marmiton, gloussa Aurore.

— Tute. Je m'appelle Tute. »

La fée des pommes renonça au feu.

« Je vais vous faire dormir en attendant le matin.

— Que nenni, Marraine ! Pas ça, supplia Aurore.

— Mais si, mais si. Endormir, je sais faire. Abraca abracada !

— Non ! »
Si.
Ils dormirent deux semaines, que Pomme passa à agiter sa baguette en braillant des sorts de réveil inopérants. Elle finit par leur balancer de pleins bonnets d'eau saumâtre à la figure. Aurore s'assit en sursaut :
« Pas ça !
— Bien dormi, Roro ? » demanda Pomme avec un sourire gêné.
Aurore regarda ses doigts encombrés de toiles d'araignée, puis foudroya Pomme du regard. Cruc s'ébroua en crachouillant, tandis que Tute se tournait sur le côté et se rendormait. Aurore lui flanqua un coup de poing dans les côtes ; elle commençait à en avoir ras les haillons.
« Le trouveras-tu, ce chemin, à la parfin ? »
Puis elle se leva d'un bond, se tourna vers Pomme et la saisit par le revers de sa bure féerique :
« Ne m'appelle plus JAMAIS Roro. »

« Là. C'est là qu'elle habite, Peau d'Âne », grommela Tute.
Aurore regarda d'un air résigné la petite cabane en bois moisi perdue au milieu des orties, encore plus navrante que la cabane de ses enfances.
Princesse doit probablement signifier Poisse en quelque langage obscur, songea-t-elle. On entendait des cris derrière la porte pourrie :
« Alors j'ai passé trois ans dans la crasse avec ce truc puant sur le dos pour RIEN ? »
Une voix inaudible répondit quelque chose.
« Comment ça, *un autre* ? J'ai perdu TROIS ANS dans ce taudis, à attendre un prince qui a fini par épouser cette conne de Marie Godeline, et tu voudrais que j'attende encore que tu m'en trouves un AUTRE ?
— ...

— Parfaitement, c'est une conne! J'ai joué au cerceau avec, tu permets?

— …

— J'ai passé trois ans à faire la souillon sur TON ordre, alors tu vas pas venir me reprocher que je cause pas l'imparfait du subjonctif, non plus quand même!

— …

— Quoi, pas arrivé? Il ne s'est pas mangé tout seul, ce gâteau! C'est ton travail, de veiller à ce que les bons gâteaux arrivent au bon moment dans la bonne assiette!

— …

— T'as qu'à te chercher une autre filleule! Moi, je rends mon tablier en poil d'âne et je fous le camp, tu entends?

— …

— Marraine, mon cul! Et ta robe couleur du temps, tu peux te la… »

Le reste se perdit dans un concert de casseroles bousculées et une très jeune fille claqua la porte, rouge de colère. Elle était bizarrement vêtue d'une robe en or pur couverte de crottin, et d'une sorte de carpette en poil mité qu'elle jeta rageusement aux orties.

« Hum. Je vous salue, gente princesse Peau d'Âne, risqua Aurore.

— Qui t'es, toi? cracha Peau d'Âne.

— Aurore de Bois Dormant. »

Peau d'Âne la regarda, siffla doucement:

« Je vois. À toi aussi, elles t'ont fait le coup du prince charmant.

— Et de la cabane en bois.

— Et de la cabane en bois.

— Qu'est-ce que vous voulez, mes toutes belles? piailla Pomme en levant ses petits bras au ciel. Les fées marraines travaillent depuis des millénaires sur la trame du Destin, fabriquant de longs plans de vie artistement ensorcelés ! Tout allait bien tant qu'on était seules sur le coup ! Mais depuis quelques siècles, tout ça s'est mis à grouiller de mages qui interpellent les étoiles, de sorciers qui pressurent le végétal, d'illusionnistes qui font tourner les apparences en bourrique, sans compter Dieu et Diable, les deux Feignants Cosmiques ! Et encore, Eux, on peut compter dessus pour ne rien faire, mais Leurs légions ! Tous ces anges, ces archanges, ces diables et ces démons qui désossent l'espace-temps... »

Dans un grand *Vlouf !* Pomme disparut. Peau d'Âne rangea dans sa manche une longue baguette miroitante.

« Je ne peux plus supporter les marraines. C'est physique, marmonna-t-elle.

— Oh ! C'estoit une baguette magique ! s'exclama Aurore.

— Une misère, grogna Peau d'Âne. À part ranger ma malle dans l'Éther, laver la vaisselle et m'attirer les pires ennuis, elle ne sait rien faire.

— Mais alors, où diantre est Pomme ?

— Dans ma malle. Qui est dans l'Éther.

— Vertuchou !

— Par contre, là où elle n'a pas tort, c'est quand elle parle d'encombrement magique. L'Éther est surpeuplé. Tu n'imagines pas ce que j'ai pu trouver dans ma malle, d'une matérialisation à l'autre ! Pas plus tard qu'hier, il y avait encore un marlupisami dans mon aumônière à serviettes hygiéniques.

— Plaît-il ?

— Une petite bête toute jaune, qui fait plein de sotteries avec sa queue. »

Les deux princesses en loques s'éloignèrent entre les arbres. Tute tâta un peu la peau d'âne, se piqua à une ortie et les suivit en grattant son doigt. Cruc voletait au-dessus de sa tête et pépiait gaiement : le soleil commençait à pointer le nez, la forêt se réveillait en ébrouant ses feuilles et ce n'était pas dommage, après cent cinquante années passées au service d'une vieille harpie abonnée aux culs-de-basse-fosse féeriques.

Mais quand on s'est mis dans la tête de sauver le monde, il faut ce qu'il faut.

Pomme aussi suivait, tassée dans la malle dématérialisée, violette de rage. Non, elle n'avait pas tort, en parlant de surpopulation. Elle avait même foutrement raison, rien qu'à voir le bel ange du Seigneur, invisible et acharné à bien faire, qui suivait les deux filles en se persuadant qu'il fallait de toute urgence trouver à ces deux créatures du Bon Dieu, menacées par les démons conjugués de la Féminité et du Monde, deux bons époux à particule et à poigne.

Deux princes.

L'ange s'arrêta un instant en haut d'un peuplier.

Il était ravi.

Une envie pressante de bonnes actions lui avait fait quitter son nuage aux aurores mais, jusque-là, la récolte avait été plutôt maigre : deux pervers champêtres à sermonner dont un déguisé en grand méchant loup, une sorcière chenue à convertir (elle lui avait pissé contre, la vieille païenne !), une dizaine de fornications sylvestres à décourager, quelques pêcheurs somnolents à renvoyer à un juste labeur et puis, bien sûr, toujours ces fées des arbres qui se promènent à moitié nues et en plus, ce n'est jamais la bonne moitié. Autant dire, rien. Du pipi d'angelot. Mais *là*. Alors *là* ! Si ce n'était pas de la vraie âme innocente et pure à arracher aux griffes d'un sort cruel, ça, qu'est-ce que c'était ?

C'en était deux.

Il lui fallait donc trouver deux époux. Deux princes. Charmants, si possible. Et à poigne. Ça n'allait pas être facile.

« Eh, l'emplumé !

— Hein ? dit l'ange en baissant les yeux vers ce qu'il faut bien appeler son céleste fessier.

— Eh, l'oie blanche ! T'as le cul dans mon nid », râla une pie-grièche.

L'ange s'envola en haussant les épaules. Deux princes. Charmants ou non. Après tout, il faut toujours se méfier du péché de luxure.

Deux princes ! Qu'est-ce que cet imbécile désinfecté va bien pouvoir inventer ? Pomme était d'une humeur atroce. Elle avait le nez dans une robe couleur de lune dont les broderies lui griffaient les joues, les pieds entortillés dans une interminable écharpe bleue à nuages, et le coin du Miroir magique de voyage de Peau d'Âne lui rentrait dans les côtes.

Oh, et puis tant pis ! De toute façon, avec un ange aux trousses, elles ne sont pas près de s'en tirer.

Pomme croassa un sort et fila à travers l'Éther féerique.

« Quand sortons-nous de la forêt, Cruc ? » brailla Peau d'Âne.

Cruc dégringola du ciel :

« Dans deux-trois flopées. Vingt à trente minutes de vol, coa. Soit deux ou trois heures de marche.

— Nous allons camper ici, alors. »

Les deux filles et Tute s'étaient arrêtés dans une clairière garnie de champignons blancs à pois rouges. Peau d'Âne sortit sa baguette, frappa le sol : une énorme malle ferrée apparut sur la mousse et s'ouvrit toute grande. Peau d'Âne fouilla dans ses affaires : il n'y avait pas trace de fée.

« Tant mieux, soupira la jeune fille. Je ne peux plus supporter ces vieilles biques.

— Mais où est-elle, foutrecul ? dit Aurore en se penchant sur la malle.

— Elle doit se rincer à un Conclave du Quatre-Vingt-Douzième Pentagramme. Elles font toutes ça. Malle ! Sors deux tenues mettables. »

La robe couleur Petit-Matin-Brumeux, toute de soie rose et de perles, commença à glisser lentement hors du coffre.

« Mettables, j'ai dit. »

Le coffre prit un air renfrogné – pour un coffre. Il agita encore une robe couleur Soirée-Sous-Les-Palmiers, en peau de banane, et une robe couleur Matinée-Sous-La-Neige, diamants et hermine. Puis, avec un air superlativement renfrogné, fût-ce pour un coffre, il présenta une robe couleur Petit-Matin-Crachineux et une Longue-Soirée-Migraineuse.

« Diantre ! dit Aurore, il semble que tu aies fait brenner messire ton Père le Roy par cuvées de trente setiers.

— Mon père, seulement moralement. C'est l'âne qui en a vraiment chié. Ça ira, coffre. En enlevant une dizaine de jupons et quelques baleines, nous aurons l'air à peu près normalement vêtues.

— Je défaille de sommeil », soupira Aurore en secouant ses hanches pour faire glisser à terre les restes de sa robe blanche.

Peau d'Âne essaya ensuite d'extorquer à sa baguette une cabane en bambou.

« Bambou ! Avec des hamacs ! »

La baguette crachouilla d'un air penaud des sarbacanes, des nouveau-nés, des bancs sculptés, des paquets de bonbons, des homards étonnés et des havresacs vides, avant de couler une bielle dans un grand jet de magie bleue.

« Elle en a pour la nuit à se recharger, grommela Peau d'Âne.

— N'est-ce point un peu compliqué pour elle ? Une cabane en bois, tout uniment, conviendroit, se peut ? suggéra Aurore.

— Jamais. Plus jamais de cabane en bois.

— Euh… faites escuses, vos seigneuries, mais vous auriez point vu la maison à ma grand'? »

Aurore, Peau d'Âne et Tute se retournèrent : debout sur un sabot trop grand, une petite gamine barbouillée de jus de groseille les regardait depuis l'orée de la clairière.

« Alors j'y ai dit, à ma mère, que j'avais pas envie d'y aller, cause que ma grand', elle pique du menton et elle me fait faire sa vaisselle. 'lors a m'a dit :

— Et mon sabot dans ton cul, ça va t'y piquer ?

et a m'a donné ce panier, là, avec du pain sec pour l'âne à ma grand', pis j'y ai dit :

— Pis si je rencontre un loup ou un linsk, hein ?

alors a m'a dit :

— T'y fous un peu de ce poivre dans la truffe, ça ira bien.

et a m'a donné ce sachet de poivre, alors j'y ai dit :

— Pis si je rencontre le monsieur tout velu qui me dit des cochonceries ?

alors a m'a dit :

— Ça te fera l'occasion de t'instruire, pour une fois.

et a m'a donné un petit pot de beurre, alors j'y ai dit :

— Pis si je rencontre un korrigan ou un elfe noir ?

alors a m'a dit :

— Tu t'démerdes.

alors j'y ai dit :

— Pis si je croise un ours, hein ?

alors a m'a dit :

— Ben là, tu l'as dans l'fondement.

alors j'y ai dit :

— Pis si je…

alors a m'a dit :

— Ta gueule !

et a m'a foutue dehors, dites donc ! »

La gamine guetta sur le visage de ses interlocuteurs une indignation jumelle de la sienne, mais elle ne rencontra chez les deux princesses qu'une indifférence glaciale. Celles-ci tenaient pour acquis que le droit de se plaindre est exclusivement réservé aux orphelines de mère, lesquelles mères se doivent d'avoir été immuablement belles, douces et chantonnant de gaies comptines. Quant à Tute, il ne voyait pas le problème :

« C'est la famille, quoi.

— Et après ? Comment avois-tu fait ton compte pour t'égarer de la sorte dans la forêt ? demanda Aurore.

— Ben, j'allais passer dans la clairière aux Dames et j'ai vu qu'il y avait des gens ed'dans.

— Des gens ?

— Des drôles de gars, oui da ! Un gros bonhomme tout poilu, avec un masque en forme de loup sous le bras, comme au carnaval, et qu'avait l'air quinaud, et j'l'ai bien reconnu d'même, que c'est le bûcheron qui depuis ce printemps me fait "Tsk tsk" quand je passe devant chez lui, et un autre qui lui faisait la leçon je sais pas sur quoi mais celui-là, il était tout blanc et blond, avec une auréole et deux ailes, et un visage comme le soleil et une voix comme une corvée d'linge, alors je m'suis bien doutée que c'était un ange et, comme je venais de finir le pain avec le beurre dessus, dame, j'ai fait le tour.

— Et ils disaient quoi, ces deux-là ?

— Le tout poilu, y disait rin. Y tripotait son masque en se regardant les pieds. C'est l'autre qui causait, des "Contre le démon de la chair toujours tu lutteras", et des "Le péché de luxure point ne commettras", et des "En plus, une mineure, c'est une peine de sûreté de sept cents ans de purgatoire", enfin comme à l'office, quoi. J'ai fait le tour. Et je m'ai paumée. »

La gamine renifla, se torcha les yeux puis le nez avec un coin de sa manche constellée de taches.

« C'est joli, ta… ton… la chose rouille que tu portes, dit Peau d'Âne pour changer de sujet.

— Ah bon ?

— Eh bien… pas mal, bredouilla Peau d'Âne, qui trouvait qu'elle n'avait pas bien choisi sa diversion.

— Typique ? suggéra Aurore.

— Ethnique, plutôt. »

C'était une sorte de vareuse à capuche, maculée de flaques de jus de groseille délavé, sous laquelle la gamine n'avait pas l'air de porter autre chose qu'un sarrau noir et une paire de gros sabots.

« Foutez d'moi ?

— Ah, mais pas du tout ! s'indigna Peau d'Âne.

— Si, si, foutez d'ma gueuseté ! Croyez que vous avez quelle allure, vous, avec vos jupons qui pendouillent dans la gadoue ? Et l'autre, avec son bonnet rouge, hein ?

— Oh, ta gueule, soupira Peau d'Âne. Il y a de la route à faire demain. Malle, ouvre-toi ! Elle reste dormir avec nous, la petite vareuse à capuche rouille ? Oui ? Malle ! Quatre couchages, s'il te plaît. Sans petits pois. »

Ils tirèrent quatre couvertures de la malle à la limite extrême du renfrognement, et s'endormirent sous les étoiles.

Un ours passa, renifla avec intérêt ces quatre en-cas miraculeux, puis se brûla le museau à la baguette encore brûlante et s'enfuit en se retenant de couiner : il lui était déjà arrivé de s'en prendre à un dîner potentiel qui sentait la même chose ; un dîner sommé d'un chapeau pointu. Depuis, chaque fois qu'il approchait d'une ruche, le miel se transformait en Antiblator – un onguent blaticide à base de saucisson des marais.

Cinq elfes noirs rôdèrent un temps autour du campement et renoncèrent aussi, hérissés par le cercle de protection que l'ange, en les quittant, avait tracé autour des quatre dormeurs.

***

Pendant ce temps, Pomme se battait corps à corps avec un fridibble éthéré. Elle avait bien eu l'intention, au sortir de la malle magique de Peau d'Âne, d'aller s'en jeter un au Conclave des Merlinades Centurielles, mais elle avait un peu mélangé les sorts de direction et s'était retrouvée dans le Sub-Éther côté Âmes Errantes – en pleine période de rut, en plus.

***

À l'autre bout de l'espace, un ange essayait d'expliquer à un prince arabe blanc comme un linge qu'il était là pour la bonne cause.

***

Beaucoup plus près, au fond des ruines calcinées du château de Bois Dormant, Zrgroumphwz (car tel était le vrai nom de l'éphémère mari d'Aurore), premier diablotin de la cinquième section de la cent vingt-septième phalange de l'armée de réserve de Vassago, Archidémon de Belzébuth, s'extrayait en grognant du trou de pierre fondue qu'il avait, dans son agonie, creusé au beau milieu du plancher de la salle de banquet.

Le bon, dans la vie d'un démon, c'est l'immortalité.

Le moins bon, c'est qu'à chaque coup de sang, sa température interne monte à 1 050 °C et que le décor a tendance à souffrir.

Zrgroumphwz débarrassa sa fourrure noire des petites gouttes de lave durcie qui la maculaient, noua autour de sa taille ses imposants attributs, grogna encore (un démon qui ne grogne pas, c'est qu'il est malade ou que le Jour de la Résurrection des Morts est arrivé, et qu'il essaye de se faire oublier), puis se glissa à pas de loup-garou hors des ruines. Il renifla un coup à gauche, un coup à droite, et fila dans la direction de sa nouvelle épouse. Non qu'il aimât particulièrement les gaufrettes à la poussière mais il avait vraiment faim, et vraiment rien d'autre à faire. Depuis la fin de la dernière guerre inter-univers, quelques siècles vers la gauche face au big bang, qu'est-ce qu'on pouvait se faire chier à la cinquième section de la cent vingt-septième phalange de l'aRRR !

Avec tous ces grognements, Zrgroumphwz avait oublié que la piste de son épouse passait par l'église. Et autant un démon peut supporter tout un mariage à l'église, pour peu qu'il soit bien couvert par un ersatz de peau humaine de chez Baal Vachette & Co et par la certitude de mal faire, autant il ne met pas impunément les pieds dans une église avec tout son poil et sans une bonne excuse.

Il y eut donc encore des hurlements, un chaudron d'étincelles, et Zrgroumphwz se trouva à nouveau enkysté dans deux mètres de marbre fondu, plus les ossements de quelques preux ancêtres ravis de cette occasion de renouer avec les guerres de religion, après des siècles de chants religieux à remourir d'ennui. De plus, pépé Oswald avait ramené de Terre Sainte un Vrai Saint Morceau de la Sainte Vraie Croix qui faisait une excellente arme de poing, et il n'avait encore jamais eu l'occasion de s'en servir.

Zrgroumphwz était dans de très sales draps.

***

Pas trop loin de là, de gros chariots incrustaient posément dans le sol les débris du village Uckler. Tout un chargement de matériel minier brinquebalait entre leurs ridelles. À cheval en tête du convoi, la guerrière Chachette la Rapiate souriait gaiement à ce qui devait s'avérer être son dernier jour.

**

Tute, Cruc et les trois filles étaient sortis de la forêt et battaient de la semelle, du sabot ainsi que de l'aile devant un panneau indicateur.
« Ce n'est pas Palluau, dit Aurore.
— Ah non? s'étonna Tute.
— Tu sais lire, crétin? grogna Peau d'Âne.
— Tute! Je m'appelle Tute. »
Aurore soupira :
« As-tu quelque connoissance à Carelaje, Peau d'Âne?
— Non, et toi? Oh! Pardon.
— Et toi, la petite vareuse à capuche?
— Ben moi, j'ai surtout fait chez-ma-mère / chez-ma-grand' et chez-ma-grand' / chez-ma-mère, alors les contrées lointaines, hein?
— Après tout, il n'est de se mettre martel en tête, fit Aurore en haussant les épaules. À la grâce de Dieu, là ou ailleurs… Cy sommes-nous à Carelaje, cy entrons-nous. Depuis un siècle, je rêvassois d'une estuve. Avec moult pâte de savon. »
C'était la première fois que les filles mettaient les pieds dans une ville. Elles s'empiffrèrent de beignets, firent du lèche-étal, se cognèrent à tous les poteaux en admirant les façades à pignons, marchèrent dans un nombre considérable de merdes de porchonou. Elles s'esbaudirent devant les tours de passe-passe du mage Ston qui, depuis son estrade de saltimbanque, fit apparaître deux pibels roses dans les oreilles de Peau d'Âne.

« Je ne vois pas ce qu'il y a d'étonnant là-dedans, s'étonna-t-elle. Ma baguette fait mieux. Tu y comprends quelque chose, toi ?

— Non point, répondit Aurore. Ce n'estoit qu'un acrébongu de fée.

— J'aime pas les fées, marmonna Peau d'Âne.

— Moi non plus, j'aime pas les fées, approuva la petite vareuse à capuche rouille. C'est des poisons qui te font toujours des remarques si tu leur puises pas l'eau du puits ou si tu leur portes pas leur fagot, ou si t'embrasses pas des bestioles dégoûtantes ou quoi ou qu'est-ce.

— Ce n'est pas une fée, dit Tute, c'est un illusionniste.

— C'est quoi, un illusionniste ? demanda Peau d'Âne.

— C'est que les pibels, il ne les a pas créés : il les avait cachés dans ses manches.

— OooOh ! firent les trois filles en chœur.

— Craoc ! Là-bas, un marchand de graines !

— Nous n'avons plus un sou en nostre bougette, mon bon Cruc, se désola Aurore.

— Tu n'as pas deux ou trois pièces, Tute ? demanda Peau d'Âne.

— Si j'avais été riche, j'aurais pas fait marmiton, répondit celui-ci.

— Et toi, la petite vareuse ?

— Ben, j'ai un sachet de poivre.

— Qui es-tu, Tute, à part marmiton ? fit Peau d'Âne en suçant ses doigts encore huileux.

— Aventurier désigné par le Conseil des anciens Uckler pour la salvation de ma communauté. Mais pour le moment, je n'ai rien salvé du tout.

— Et que réclament tes anciens ?

— Des graines de saucisson des forêts. On n'en trouve qu'à Obersturm, dans le Nord. Vous pensez si je me suis renseigné.

— Vous avez tant de blattes que ça, chez vous? s'étonna la petite vareuse à capuche rouille, tout en faisant un pas de côté pour laisser passer un rang d'onions enchaînés qu'on menait à la vente, tanguant sur leurs radicelles crottées.

— C'est loin, Obersturm? s'inquiéta Aurore.

— Cinq cents flopées, peut-être mille, dit Cruc.

— Oui, tout droit, soupira Tute. À pied, ce n'est pas du tout tout droit. »

Peau d'Âne siffla doucement, Aurore hocha la tête d'un air attristé :

« Tu n'estois point rendu, crénom. »

Peau d'Âne rit :

« J'oublie toujours qu'en plus du siècle dernier, t'es de la campagne.

— Ça doit être quelque chose, vos blattes », fit la petite vareuse à capuche rouille sur un ton rêveur.

Tute renifla :

« En tout cas, pour votre bain, c'est pareil : pas de sous, pas de bain.

— C'est quoi, un bain? demanda la petite vareuse à capuche rouille.

— Ta baguette est-elle ragaillardie, Peau? dit Aurore en fronçant un sourcil soucieux.

— Oui. Mais pour les sous, oublie-la. Depuis sa dernière surcharge, elle ne sait vraiment plus rien faire. À part ranger les bagages.

— Tout juste. Ne sauroit-elle ranger le contenu d'une poche bien garnie dans la nostre?

— Oui, mais c'est quoi, un bain?

— Une baguette de Marraine? Elle va couler son ultime bielle! C'est béni-oui-oui à n'y pas croire, ces ustensiles.

— Oui, mais...

— Ta gueule !
— Cornequedouille ! s'énerva Aurore. Qu'as-tu en tes poches, Peau ?
— Ben moi, j'ai un sachet de poivre, risqua la petite vareuse à capuche rouille.
— Ta gueule ! Sur moi, je n'ai rien. Dans ma malle, j'ai des tas de bijoux en forme d'éclairs, de gouttes de pluie et de brume de chaleur. Et toi ?
— J'ai ma parure de noces en diamants, chuchota Aurore. Viens donc par ici. »

Elles s'enfoncèrent sous un porche boueux. Peau d'Âne frappa doucement le sol de sa baguette.

« Malle, donne-moi mon Miroir magique de voyage. Et disparais ! »

Elle essuya le Miroir, jeta un coup d'œil vers l'entrée du porche pour s'assurer que personne ne les observait, et murmura :

« Miroir, mon beau Miroir, montre-moi un joaillier honnête en la ville de Carelaje.
— Alors ? souffla Aurore qui faisait le guet.
— Rien. Noir absolu. Miroir, mon beau Miroir, montre-moi un agent de change honnête dans cette ville.
— Alors ? souffla la petite vareuse à capuche rouille qui boudait de l'autre côté du porche.
— Ou Carelaje est un repaire de brigands, ou mon Miroir fait grève.
— Que te montrait-il, en son ordinaire ?
— Mon promis. Le doux visage de mon beau prince, le... Marie Godeline !
— Qui ? »

Peau d'Âne ne répondit pas. Aurore et la petite vareuse à capuche rouille s'approchèrent sur la pointe des pieds. Elles restèrent penchées un moment, en silence, sur le Miroir.

« Eh bien, murmura enfin Aurore, on ne peut point dire que ce soit précisément son visage, mais…

— Ça me rappelle qu'est-ce j'ai vu dans la meule de foin, chuchota la petite vareuse à capuche rouille, un dimanche que…

— Ta gueule ! râla Peau d'Âne.

— Pas si fort ! piaula Aurore.

— Mon beau Miroir, si tu ne veux pas finir en tessons dans le purin, tu vas me montrer un banquier honnête, oui ? Ah, quand même ! »

« Il eût été préférable que nous lui précisassions honnête *et* pas ruiné », dit Aurore.

Ils piétinaient tous les quatre devant un taudis branlant, sis dans le faubourg le plus puant de Carelaje.

« *Et* n'habitant pas un coupe-gorge, acheva Tute en lorgnant, par-dessus son épaule, les trois gros louches qui les lorgnaient par-dessus leur épaule, à l'autre bout de la ruelle.

— On entre ? » croassa Cruc.

Aurore frappa à la porte mitée : une petite voix chuintante lui répondit. Elle parlementa longuement avant d'obtenir rien du tout.

« Pousse-toi, dit Peau d'Âne. Passe-moi un de tes diamants. »

Elle agita une girandole étincelante devant la serrure, qui se déverrouilla aussitôt.

« Toi aussi, tu en es ? s'étonna Aurore.

— Ce n'est pas de la magie : c'est de l'adaptation en milieu hostile. »

La petite bande se glissa précipitamment dans le taudis. Qui se révéla l'antichambre délicieusement chauffée d'une maison cossue.

« C'est ça, qu'est-ce qu'on appelle un taudis, par chez vous ? s'étrangla la petite vareuse à capuche rouille.

— J'avais dit honnête, grinça Peau d'Âne.
— Ce n'est pas malhonnête, dit Tute, c'est de l'illusion. Comme le mage Ston, je vous ai expliqué.
— Quoi? Ces quarante aunes carrées de marbre, avec les tapis et les torchères?
— Non. Le taudis. »

Le petit chauve que Peau d'Âne avait vu dans son Miroir (maître Ficasse) les accueillit avec amabilité. Il les fit asseoir dans de beaux fauteuils moelleux, leur servit du cavé chaud et examina d'un air répugné le fermail d'Aurore.

« Off. Je vais être honnête…
— Je sais, trancha Peau d'Âne.
— Ah, bredouilla le banquier. »

Il bredouilla aussi quelque chose au sujet d'une rencontre dans une forêt, avec un mage mal embouché coiffé d'un chapeau très pointu.

« Depuis, dès que j'essaye de dégager la plus maigre marge, elle se transforme en Antiblator dans mon coffre. Et le fisc, lui, résiste à tous les onguents. Ce qui explique que je me sois installé ici.
— Se transforme en *quoi*? demanda Peau d'Âne.
— Antiblator. Un insecticide à base de saucisson.
— Des forêts?
— Non. Des sables, je crois. Ou des marais.
— Tant pis. »

Aurore donna une petite tape amicale dans le dos de Tute, tandis que Cruc finissait le plat de caouètes posé sur un guéridon un peu hors d'atteinte, et que la petite vareuse à capuche rouille grommelait :

« Mais il y a une invasion de blattes dont on a oublié de me causer, ou quoi?
— Ta gueule. Bon, maître Ficasse, ces diamants? insista Peau d'Âne.

— Off. »
Maître Ficasse fronça son petit nez tendre.

Deux âpres heures plus tard, Aurore et Peau d'Âne barbotaient dans une cuve remplie d'eau chaude de la plus belle auberge de Carelaje. Dans un baquet à côté, Tute faisait des bulles. Quant à la petite vareuse à capuche rouille, elle boudait en se chauffant les pieds devant un grand feu ronflant :

« Alors c'est ça, un bain ? C'est dégoûtant.
— C'est quoi, ton paquet, Tute ? demanda Peau d'Âne. À côté de tes chausses ?
— Nous, quand on s'lave, c'est un drap posé au fond de la rivière et point, nous.
— C'est rien. Un souvenir. Un battoir.
— Qu'au moins l'eau, elle est courante, et qu'on marine pas dans son jus de crasse, nous.
— Tu te promènes avec un battoir ? gloussa Peau d'Âne.
— Que c'est un coup à attraper le serin, le muguet, la suette, le panaris et des écailles sur la peau, à échanger vos souillures comme ça.
— Ce n'est pas plus sot qu'avec une paire de chaussons en forme d'anticyclone des Açores ! s'insurgea Tute.
— Nenni, c'est pas, gloussa Aurore.
— Que, quand même, partager son sale de fesse et d'entre-doigts de pieds, *ça*, c'est dégoûtant.
— Ta gueule ! »

Ils se couchèrent tous les quatre dans le grand lit blanc et s'endormirent comme des sacs.

***

À un confin du monde, l'ange, un rien de lassitude dans la voix, tâchait d'expliquer ses plans matrimoniaux à un mandarin qui l'écoutait tout en rongeant ses immenses ongles couverts d'or fin, et en louchant sur un petit gong d'alarme, hélas placé à l'autre bout de son palanquin.

***

À un autre confin, la fée Pomme, ayant mis la pâtée au fridibble éthéré, récapitulait mentalement la direction du Conclave des Merlinades Centurielles, en faisant le pari risqué qu'il resterait quelque chose à boire.

***

À un troisième confin, dans le sous-sol de la chapelle de Bois Dormant, Zrgroumphwz collait un pain à pépé Oswald, qui venait de lui faire sauter un croc d'un coup de cubitus sacré.

***

Pas beaucoup plus loin, les rares Uckler survivants peinaient à creuser le flanc d'une de leurs vertes collines.
Ça, c'était la faute aux battoirs. Le jour où Aïe était venu promener en Uckler ses ostruches et ses énéfants, les battoirs d'or pur des lavandières Uckler avaient tiré l'œil averti de la guerrière Chachette la Rapiate. Ayant touché une bonne solde à l'issue de la dernière campagne en Obersturm, celle-ci avait acheté très officiellement un bon bout de vallon Uckler chez un agent immobilier hilare de Palluau.
Le lendemain, elle flanqua de l'Antiblator dans la fontaine du village. Elle eut de la chance, d'une certaine façon : avant la pioupiase, pas un seul Uckler n'aurait

eu l'idée d'utiliser l'eau pour autre chose qu'y plonger le battoir avec force braillements. Mais, depuis la pioupiase, ils en buvaient au cours de quotidiennes cérémonies d'expiation.

Trois jours plus tard, Chachette extorqua à un des rares survivants déjà cités l'emplacement exact de l'ancienne mine d'or Uckler. Puis elle fit fondre tous les battoirs Uckler et loua le matériel nécessaire à la réouverture de la mine. Tout en oubliant complètement de se demander pourquoi, mais pourquoi donc les ancêtres Uckler avaient fermé leur mine d'or, forgé des battoirs couverts de runes et sombré dans le protectionnisme le plus névrotique. En général, quand le Destin se mêle de coller au-dessus d'un trésor une entité hargneuse (peuple de gnomes, famille de trolls ou cyclope célibataire) équipée d'amulettes, c'est qu'il a une bonne raison. Pas systématiquement, mais en général.

Chachette mit vingt-quatre heures à trouver la veine d'or, quarante-huit à réveiller le Sombre Gragon Sueux avec ses coups de pelle, et deux dixièmes de seconde à cramer jusqu'au fond de la moelle.

Le gragon Sueux, qui faisait bien ses cent mètres au garrot, déplia son long cou arthritique au-dessus du vallon Uckler. Il remua un brin l'arrière-train, ravageant un bois de pins et trois cents pommiers en fleur. Puis il bâilla, vaporisant un énorme cumulo-nimbus. Il cligna ses yeux rouges, grands chacun comme la lune et qui pleuraient des larmes d'or fondu. Puis il décida qu'il avait faim. Alors il se leva, et ce fut la fin du vallon Uckler.

Le gragon Sueux n'était pas spécialement friand de jeunes filles vierges : il était parfaitement omnivore. Ce qui ne consola guère les vingt mille croqués crus de Palluau, parmi lesquels l'agent immobilier de Chachette. Mais n'anticipons pas. Pour le moment, le matin se lève sur la belle ville de Carelaje, et saint Pierre se lève d'une humeur épouvantable.

Quant à l'ange, un prince mort de peur dans chaque main, il file à travers l'air nocturne, ravi de la belle surprise qu'il va faire aux deux princesses.

***

À Carelaje, sous les édredons moelleux de l'auberge du Porchonou Doré, Aurore, Peau d'Âne, la petite vareuse à capuche rouille, Cruc et Tute dormaient profondément. Ils furent brutalement réveillés par un énorme tintouin : férocement enlacés sur le tapis en lirette, un noir démon armé d'un radius antique et un ange immaculé armé d'un sabre de samouraï se battaient comme des chiffonniers en hurlant des blasphèmes et des exorcismes abominables, au milieu de grandes giclées de flammes !

Allongés sur les vestiges du parquet calciné, les cadavres d'un petit homme jaune chamarré et d'un grand homme brun enturbanné tressautaient au rythme des coups et des imprécations, leurs visages encore tordus par les affres d'une terreur mortelle.

Cramponnés au bois de lit de toutes leurs mains et pattes, les trois filles et leurs compagnons virent, dans un soudain et immense silence, une immense main descendre du plafond, saisir les deux combattants entre le pouce et l'index, ramasser les deux cadavres dans le creux de sa paume immense, et disparaître par le même plafond. Aurore se racla la gorge :

« On...

— On se recouche et on attend le petit déjeuner, chuchota Peau d'Âne.

— D'accord, souffla Aurore. »

Cinq minutes plus tard, Aurore, Peau d'Âne, la petite vareuse à capuche rouille et Tute se retrouvaient, cul par-dessus tête, dans la boue devant le seuil de l'auberge, sous les criailleries de l'aubergière qui parlait de voyous, de tapage matinal, de foutus clients qui n'attirent que des ennuis, et du prix du parquet qu'on n'imagine même pas. Puis la porte de l'auberge claqua.

« On…

— On se relève et on va petit-déjeuner.

— D'accord.

— J'ai de la gadoue plein ma vareuse, main'nant. C'est dégoûtant !

— Ta gueule. »

***

Le bureau de saint Pierre était peut-être tout en nuage blanc avec de l'encens plein les vapeurs, ça n'en restait pas moins un putain de bureau directorial dans lequel Gaphaël l'ange était en train de se faire passer une putain d'avoinée.

« Non seulement, je viens de recevoir une houri du Prophète, porteuse d'une plainte pour agression mystique ayant entraîné un malaise cardiaque fatal sur la personne du très saint Calife Ibn Ben Saoud Ben Chaoui.

— Je…

— Non seulement, je viens de recevoir un rouleau de papier de riz calligraphié, d'où il ressort qu'il est arrivé la même chose, dans la foulée, au très pieux Ching Wang Zong Li.

— Je…

— Non seulement, je viens de recevoir une déposition détaillée de harcèlement moral de la part de Hoch Le Drû, bûcheron de son état.

— Je...
— Mais en plus, je viens de recevoir, par CETTE fenêtre !... »

Gaphaël risqua un œil vers l'ouverture ogivale qui donnait sur le Bleu Éternel du Paradis, en se disant que là n'était sûrement pas la question.

« Je...
— La visite d'une pie-grièche qui vous accuse d'avoir fait une omelette avec sa descendance.
— Je...
— AVEC sa descendance ET ? Avec vos fesses. »

Saint Pierre riva son immense regard dans le regard azuréen et très embêté de Gaphaël. Puis il frotta son immense visage à l'aide de ses immenses mains :

« On leur donne trois cents kilo-parsecs d'énergie mystique, une paire d'ailes étanches, l'immortalité et voilà ce qu'ils en font : des omelettes avec leur cul. »

Saint Pierre releva son immense visage. Gaphaël l'ange se recroquevilla dans son aube immaculée.

« Je...
— Des OMELETTES ! »

Saint Pierre se leva à demi, pencha son immense stature au-dessus de Gaphaël l'ange.

« Alors, mon petit bonhomme, je te colle à l'entretien des nuages du dessus pour deux mille ans, et je ne veux pas voir UN poil qui dépasse. »

Il redressa sa toujours immense stature :

« S'il y a UN atome de glace qui dépasse d'UN cirrus, c'est le Purgatoire, section coupeur de cannes à Purgatif.

— ...
— Rompez ! »

Saint Pierre regarda Gaphaël filer vers le haut du ciel comme une flèche blanche.

« Ils n'ont plus aucun repère, ces jeunes. Si le Patron voulait bien cadrer tout ça avec une belle croisade... Mais des clous! Il bulle dans Sa Splendeur en sirotant du Purgatif. »

Saint Pierre se tourna vers un coin du bureau :

« Vous avez le même problème en bas, n'est-ce pas ?

— Rrrrrreuh, ouirrrrrr? grogna Zrgroumphwz, horriblement mal à l'aise.

— Bon. À la grâce de Dieu, dit saint Pierre en se rasseyant à son bureau. Mais si j'étais vous, je redescendrais vite avoir un petit entretien avec Belzébuth. Au sujet d'une obscure histoire de mariage chrétin avec eau bénite, alliance bénite et chants religieux, auquel vous auriez participé de votre plein gré il y a peu. Vous retrouverez peut-être Gaphaël près des cuves à Purgatif, finalement. »

Zrgroumphwz perdit instantanément 800 °C de température interne et se demanda s'il ne ferait pas mieux de rejoindre les Démons Dissidents.

« Allez, ouste! » dit saint Pierre, et il souffla de son souffle immense.

Il regarda la petite silhouette noire disparaître au fin fond de l'espace, se rassit devant son bureau et classa une énième supplique au sujet du mage au chapeau pointu – toujours les mêmes plaintes, à base d'Antiblator.

Au sujet du mage au chapeau pointu, saint Pierre se sentait légèrement merdeux. Mais aussi, une pantoufle de verre, avait-on idée...

***

À Carelaje, autour d'une des tables de la taverne du Porchonou Grillé :

« Encore un peu de cavé, Aurore ?

— Oui, la grand mercy, Tute.

— Personne ne veut du poivre, sur sa tartine de fromage de faunette aux fines herbes ? C'est fameux, un peu de... Oui, je sais, ma gueule.

— Pourquoi ai-je un cheveu de deux mètres trente dans ma tasse ? soupira Peau d'Âne.

— En cent ans, le poil de mon chef a eu tout loisir de croître.

— C'est comme les ongles de tes pieds, grimaça Peau d'Âne. Ce soir, on prend des lits séparés.

— Des chambres séparées, précisa la petite vareuse à capuche rouille. Parce que toi, la nuit, tu huches.

— Moi ? Moi, je crie ? Et je crie quoi ?

— Ha-mour ! Ha-mour ! Des sotteries comme ça. Si !

— Oh, ta gueule.

— Quiers-moi donc l'auge de gras mou, je te prie, Peau, dit Aurore.

— Beurre, précisa Peau d'Âne en lui passant le ramequin presque vide. Et, au fait, à part Petite Vareuse, tu t'appelles comment ?

— Appelle-moi Tagueule, ça t'évitera de changer, grommela la petite vareuse "Tagueule" à capuche rouille.

— Dites donc, mesdames Princesses : ça fait deux jours qu'on petit-déjeune, s'impatienta Tute. Moi, il va falloir que je retourne m'occuper de trouver mes graines. En Obersturm. »

Aurore, Vareuse-Tagueule et Peau d'Âne regardèrent Tute, puis s'entreregardèrent :

« C'est une idée, sourit Aurore.

— Nous pourrions voyager jusqu'en Obersturm, approuva Peau d'Âne.

— Mais qu'est-ce que vous avez tant contre les blattes ?

— À moi, Cruc, deux mots! fit Aurore. Obersturm est-elle contrée gouleyante?

— Croc crac croac. Temps épouvantable, régime dictatorial, regrettable manque d'hygiène. En plus, vous ne passerez jamais la douane avec votre baguette : les magiceries sont très mal vues, là-bas.

— Allons-y! s'exclama Peau d'Âne. Un pays sans fée, c'est mon rêve.

— M'est avis qu'on a dû aussi faire à l'Impératrice, quand elle était petite, le coup de la cabane en bois, crac croac crac crac!

— Cette mésange a un rire intolérable, remarqua Tute.

— Et la nuit, elle ronfle, ajouta Vareuse-Tagueule.

— Sanguienne, point n'y vais-je! grogna Aurore. Obersturm n'est que pissat céleste et froidure. Plus me plaît ce beau ciel bleu que... Eh? Voyez-vous iceluy nuage?

— On le dirait passé au peigne fin, observa Peau d'Âne. À part une petite bouclette qui dépasse, sur la gauche.

— Pas cestui-là, l'austre!

— Heu, la vilaine chose! s'exclama Vareuse-Tagueule.

— Je ne crois pas que c'est un nuage, siffla Cruc, perché sur l'appui de la fenêtre et qui rotait des miettes de crêpes. Je crois que c'est un gragon de quatre cents mètres de long. »

Son nom était Méthode. Wilfried Anicet Méthode

La définition que Cruc avait faite de l'empire d'Obersturm était canonique : temps épouvantable, régime dictatorial, regrettable manque d'hygiène, et une allergie à la magie qui frôlait l'hystérie.

Mis à part le climat, tout était la faute à l'Impératrice.

Les historiens se sont longtemps interrogés sur les causes et raisons de son caractère effroyable. Curiosité légitime : après avoir réduit en esclavage une moitié du monde et pillé l'autre, l'Impératrice d'Obersturm a contribué à le détruire en entier. Mais là n'est même pas le pire : le pire, c'est qu'elle a ensuite contribué à son repeuplement. Chaque être humain porte en lui un quart de ses gènes funestes, ce qui, d'après certains, explique bien des choses. Selon eux, si beaucoup de malheureux ont commencé leur vie sous le joug d'une marâtre et gâché leur adolescence dans une cabane en bois, aucun autre ne l'a fait payer aussi cher à autant de gens.

Après bien des colloques internationaux, les historiens ont conclu que tout ça, c'était à cause d'une hérédité chargée. Et ils ont rédigé, pour preuve à charge, le récit qui suit.

Plongeons, en leur compagnie, dans les méandres du passé…

Longtemps, bien longtemps auparavant, à une époque où même le phrasé d'Aurore aurait sonné moderne…

Le royaume du Sude n'était encore qu'un ramassis de petites principautés hargneuses comme des puces, vaguement fédérées sous le nom de royaume de Pentecôte. Disons que le roi de Pentecôte faisait office de chien. Et, dans le rôle du collier antipuces, il y avait, dit la légende…

… un beau chevalier, qui était aussi loyal et courageux. Il sillonnait les routes du royaume de Pentecôte afin d'y faire régner l'ordre et la paix. Sur son passage, les manants tombaient à genoux en tremblant, pénétrés qu'ils étaient de respect à la vue de ce magnifique guerrier tout de blanc vêtu, et réputé fort pointilleux sur le point du respect.

Son nom était Méthode.

Wilfried Anicet Méthode.

Pourtant, dans le secret de son cuer [litt. : « le siège de l'âme et de la digestion ». Quand on plonge dans un lointain passé mythique et qu'on veut un peu ressusciter l'ambiance, il faut savoir faire des efforts sémantiques], le chevalier Méthode n'était pas heureux. Car il aimait d'un amour puissant la belle Princesse Dioptrie.

Hélas, son père, le Roi de Pentecôte, ne voulait pas la marier, pour ce qu'elle n'était âgée que de sept ans et demi [et aussi, s'asseoir des deux fesses sur son éthique].

Aussi le chevalier Méthode errait-il en gémissant dans les halliers de Pentecôte, pourfendant voleurs de pommes, arnaqueurs de petit bois, détrousseurs de potager, va-nu-pieds et traîne-misère, sans oublier les manants irrespectueux, de son épée vengeresse : la terrible Telefax.

Et cela ne parvenait point à torcher ses larmes, mais lui défoulait un peu le cuer.

Les grands alcooliques divins 57

[L'essentiel du récit qui suit est tiré, sauf indication contraire, du « Capitulaire de Saint-Képique-du-Port » et addenda.]

***

[Le plus haut fait d'armes du chevalier Méthode reste le célèbre « Massacre des maigrichons ».]

Le Royaume de Pentecôte fut, une année, ravagé par un hiver si rigoureux suivi d'un printemps si pluvieux que tous connurent la famine. Laquelle se compliqua de quelques épidémies, conséquence funeste des péchés des Pentecôtins. Le Roi fit alors élever d'innombrables bûchers, pour châtier les pécheurs et ramener l'abondance en son Royaume.

Et ce furent de grands feux de joie, où l'on jeta comme de vulgaires fagots les vieilles sorcières qui vendent des simples, les enfants contrefaits, les aveugles qui portent la poisse et grande quantité de chats, dont les cris réjouirent la population.

Mais si grands étaient les péchés du peuple que ces actes de foi ne suffirent pas à apaiser la Colère Divine, et un nouveau malheur s'abattit sur le Royaume : des hordes de miséreux surgirent de tous côtés, sales, féroces et si maigres qu'on les nommait « Les maigrichons ». Ils saccagèrent les fermes vidées par les épidémies, brûlèrent les granges vidées par la famine, semant sur leur passage terreur et désolation. Certes, il n'y avait plus personne à terroriser et plus rien à désoler mais enfin, l'intention y était, et seule l'intention des cuers importe au Seigneur [on notera qu'à cette époque, Dieu et ses créatures se mêlant beaucoup plus rarement des oignons des humains qu'ultérieurement, ceux-ci avaient tendance à se faire des illusions].

Si grande était la mauvaiseté des maigrichons qu'ils déferlèrent ensuite dans les villes et les villages, mettant à mal les sages réserves de grains que les prévôts gardaient sagement en prévision des jours de disette. Car enfin, si la disette sévit ce jour d'hui, il n'est pas pour autant bien venu de dilapider les réserves, puisqu'elle peut aussi sévir un jour suivant, auquel cas on se retrouve bien penaud devant ses entrepôts vides. Mais c'est un raisonnement de prévôt dans sa sagesse, que ne pouvait entrevoir un maigrichon dans sa mauvaiseté.

Alors, le Roi pria le chevalier Méthode de prendre la tête de ses troupes, et celui-ci accepta. Ce fut une grande épopée : à la tête de cent mille hommes bardés de fer, le chevalier Méthode, tout de blanc vêtu, éperonnant Assomption son fier palefroi et levant haut sa claire Telefax, chargea les maigrichons qui se dispersèrent comme l'ivraie au vent. Et grand fut le ridicule de leur fuite, et risible aussi, tant ils étaient squelettiques et pleins d'affolement, et montraient dans leur course éperdue leurs fesses mal entretenues sous leurs chausses percées, et en courant crachaient leurs dents jaunes, à cause du scorbut. Et les hommes du Roi et le chevalier Méthode en rirent beaucoup, tandis qu'ils les pourchassaient et les hachaient menu.

Des jours durant, le chevalier Méthode et les soldats du Roi traquèrent les hordes pouilleuses des maigrichons, et dure fut leur tâche, car ces créatures perfides méprisaient l'art de la guerre, et s'éparpillaient fourbement dans des chemins de traverse. Mais la malédiction de Dieu était sur les maigrichons, et on les trouva bientôt de plus en plus nombreux étendus raides morts dans les champs, aussi racornis que si le feu divin les avait desséchés, les genoux plus gros que les cuisses et le ventre creux comme un panier à pommes. Et il n'y eut plus de maigrichons, et l'on n'entendit plus jamais parler d'eux.

Le chevalier Méthode parvint cependant à en pendre quelques grappes aux carrefours, afin de prévenir les croquants que les temps de la joie et de l'ordre étaient revenus. Ce fut l'occasion de forts éclats de rire, car si osseux étaient les maigrichons que l'on pendait, et si aigre le vent que les corps, en s'entrechoquant, faisaient un amusant bruit de sonnailles.

Puis le chevalier Méthode alla déposer ses armes aux pieds du Roi. Celui-ci fit donner en son honneur fêtes et bals. Il lui remit en grande pompe le Grand Cordon du Grand Moulin, la Sainte Médaille de Sainte Mine, la Mitre Principielle, la Jarretière Royale, le Pourpoint Nobiliaire, la Manche Impériale et la Large Chausse Archiducale.

Mais, hélas, il lui refusa la main de sa fille, la belle Dioptrie, pour ce qu'elle n'avait encore que huit ans trois quarts.

Alors le chevalier Méthode reprit sa route errante, et son cuer était triste, son estomac noué et sa poitrine alourdie par toutes ses décorations.

Mais en arrivant sur la grand'place de la cité royale de Ginette, il vit huit maigrichons qui tintinnabulaient dans le vent d'été et les mouches bleues. Cela lui rappela que le Royaume de Pentecôte vivait désormais dans la paix et la bonne santé, et il sentit le contentement en son cuer.

Il décida incontinent d'aller s'en jeter un dans une taverne pour fêter ça et, tandis qu'il arpentait les rues sur son fier destrier Assomption, ouït un grand bruit venant d'une auberge, et des pleurs et des grincements de dents. Il se rendit dans l'auberge et y trouva de beaux seigneurs chamarrés qui fêtaient aussi la victoire en molestant quelque peu l'aubergiste et ses enfants. Alors le chevalier Méthode s'empara des beaux seigneurs, ce qui fut aisé tant l'hydromel leur avait tourné le sang et ramolli les membres. Et il les mena devant le Roi de Pentecôte.

Le Roi reconnut, parmi les beaux seigneurs, ses deux frères et un fils. Et il parut bien embarrassé dans sa barbe. Il assura cependant le chevalier Méthode que leur châtiment serait exemplaire. Il se soucia aussi de l'aubergiste et de ses enfants, qui avaient été fort molestés, et ordonna qu'on leur fît un bel enterrement. Puis il remercia le chevalier Méthode pour son courage, lui remit la Grande Croix de l'Ordre Suprême de la Légion Supérieure du Mérite Extrême des Palmes Honorées de la Franche Cédille, et lui demanda de bien vouloir se rendre sur l'heure dans un pays fort lointain pour y remplir une mission fort secrète et tout à fait impérieuse.

Mais il lui refusa la main de la belle Dioptrie, pour ce qu'elle n'avait toujours pas plus l'âge que la veille. Alors le chevalier Méthode sentit l'ombre sur son cuer, car il lui fallait s'éloigner pour longtemps de la Princesse.

Ainsi partit le chevalier Méthode vers la lointaine contrée d'Apprentissage. Et long fut son voyage, et semé d'embûches. Car en ces temps reculés, les routes étaient sinueuses et rares en leurs pavés, et les auberges enfumées et les abreuvoirs pleins de vase, et le pain du voyageur dur et rassis.

Il parvint enfin au port d'où il devait embarquer pour Apprentissage, et crotté était son palefroi et boueuse sa Large Chausse d'apparat, et le port s'appelait Képique, du nom d'un saint homme des environs [fondateur du diocèse de Palluau]. Sitôt rendu, le chevalier Méthode se présenta chez le prévôt en se recommandant du Roi de Pentecôte. Hélas, loin de la cité royale de Ginette

Les grands alcooliques divins 61

était ce port, et mal graissée la cervelle de ce prévôt, de telle sorte qu'il logea le chevalier Méthode en un appentis très humide, et lui servit ensuite un repas très, euh, différent.

Le chevalier Méthode se trouva perplexe quand il fut assis devant une table couverte de bestioles horribles, qui gigotaient en agitant des pinces d'épouvante ! Les convives les saisissaient à mains nues, les précipitaient dans des marmites bouillantes où elles succombaient dans des affres affreuses, puis ils les déchiquetaient avec des pinces, et se régalaient d'esquilles puantes en se barbouillant d'humeurs merdeuses dans une odeur intenable ! Après de grands efforts en lui-même, le chevalier Méthode choisit le plat qui lui parut le moins pugnace : c'était des sortes de fruits plats, présentés dans une vaste écuelle remplie d'herbes noires, avec du vinaigre à l'échalote.

Il advint alors que le chevalier Méthode se cassa une dent sur l'un d'eux, et il maudit fort Saint Képique en son cuer. Le prévôt lui montra comment ouvrir cette étrange noix des mers, et l'intérieur nacré de cette noix contenait un mélange si horrible et si gluant que le chevalier Méthode soupçonna le prévôt de tâcher de l'empoisonner. Aussi ne voulut-il goûter que de l'herbe noire qui garnissait les plats, et qui était fort amère et gélatineuse. Cela fit bien rire les convives, et le chevalier Méthode sentit l'agacement en son cuer et le malaise en son estomac. Il s'alla coucher dans son appentis en éternuant grandement.

Le lendemain, le chevalier Méthode était bien embarrassé en ses tripes, et bien souffrant en sa dent cassée, et bien encombré en son nez, et bien puant le poisson, et il se dit en lui-même qu'il n'aurait pas dû ainsi maudire Saint Képique en son cuer. Aussi alla-t-il lui rendre grâce dans une chapelle ventée, dont il sortit définitivement enchifrené. [On notera que les hommes de l'époque n'avaient pas encore compris que les saints sont de vieux barbons uniquement occupés à se chauffer les pieds au soleil en brodant sur le thème : « Pourquoi les anges ont-ils droit à des ailes et pas nous ? »]

Il se dirigea derechef vers le port pour trouver un bateau à destination d'Apprentissage, et c'était un endroit bruyant et rempli de hères tout à fait irrespectueux, et louchement tannés, et qui parlaient toutes sortes de langages mécréants, et le chevalier Méthode eut vite mal à la tête. Il perdit un sac d'or tout entier auprès d'un capitaine de bateau qui lui fit payer la traversée d'avance, et leva l'ancre sans attendre que son passager revienne avec son paquetage. Le chevalier Méthode subit tout cela, et tempêta et trépigna, et glissa sur le pavé mouillé, et se releva tout vexé et dégouttant, se disant que la malédiction de Saint Képique était bien lourde à porter, surtout quand il constata que son paquetage avait disparu sur ces entrefaites. Aussi retourna-t-il faire amende honorable dans la chapelle, d'où il ressortit avec une pneumonie. [On notera que les hommes de l'époque avaient des convictions granitiques qui résistaient à la meule de l'expérimentation.]

Mais les mauvais jours ne peuvent durer toujours, et bientôt la rage de dents et la broncho-pneumonie et le flux de ventre ne furent plus qu'un mauvais souvenir, et le chevalier Méthode trouva une place sur un rafiot. Ne restait que l'odeur de poisson, dont même Dieu ne se débarrasse pas comme ça.

Pour lors donc, le chevalier Méthode embarqua avec son fier palefroi, et la mer était grosse et le chevalier Méthode n'avait pas le pied marin, et la traversée se résume à ces choses qui démontrent bien la supériorité de la Nature sur l'Homme, qui n'est que poussière et doit retourner à la poussière en passant par des stades assez peu reluisants.

Adonc donc, le chevalier Méthode aborda à Quétévas, port oriental de la contrée d'Apprentissage, qui est un bien beau pays – sitôt qu'on est accoutumé à des chaleurs de four à pain en train de panifier. Là-bas, les plantes croissent et se multiplient, et débordent et s'insinuent partout, et portent des fruits à coquille molle sous la dent. Là-bas, l'air ne sent pas le poisson, les gens sont extrêmement souriants et tout semble se passer comme en un rêve – qui se déroulerait au fond d'une marmite à soupe. Il faut bien le reconnaître, Apprentissage est presque l'image même du Paradis Terrestre – vu depuis une forge de forgeron en plein forgement.

Bien entendu, l'homme ayant été déchu du Paradis Terrestre, Dieu a eu soin, dans sa grande sagesse, de pourrir l'existence des Apprentissiens en lâchant dans les airs une plaie infernale, sous forme de petits animalcules zonzonnants nommés sticmous. Lesquels, non contents de s'abreuver impurement du sang des hommes, s'ingénient à laisser derrière eux de gros bubons imprégnés de fortes démangeaisons et surtout, surtout, à voler en cercle autour de l'oreille en sifflant de la plus excédante façon, de telle sorte que l'homme est contraint de se coller de grandes claques qui sont très douloureuses. Et c'est ainsi que Dieu est sage, et la contrée d'Apprentissage imparfaite.

Le chevalier Méthode vit tout cela en débarquant, après quoi il se vautra dans le sable, qui est aussi chose fort imparfaite pour ce qu'elle se glisse en des recoins qu'on ne doit pas nommer, et y fait des irritations pires que les sticmous. Mais, sitôt relevé, le chevalier Méthode se vit entouré d'une foule rieuse qui fit la ronde autour de lui avec force bouchements de nez. Et ils lui lancèrent de grands seaux d'eau fraîche en manière d'accueil, et le chevalier Méthode trouva ces coutumes étranges mais plaisantes, du fait qu'il commençait à sentir à quel point Apprentissage est un beau pays – mais franchement bâti au-dessus d'un gril à viande enviandé.

Le chevalier Méthode quitta la plage sous les seaux d'eau, suite à quoi il s'occupa à bouchonner son cheval en plein midi. Le résultat en fut qu'il se prit un énorme coup de soleil en sa gueule, et beaucoup de sticmous en de multiples endroits. Pour lors il en vint vite, par l'effet de quelque sortilège fiévreux que distillent ces créatures diaboliques (sûrement l'Enfer est rempli de sticmous), à errer dans les rues de Quétévas en poussant de grands braiments et en marchant sur ses propres pieds. Fort heureusement (car le Seigneur toujours protège ses créatures, et aux petits oiseaux donne la pâture et aux enfiévrés, la quinine), un bon homme croisa le chevalier Méthode et le prit en pitié, et le chevalier Méthode le prit par la barbe en lui tenant des propos peu compréhensibles.

Ainsi donc, le bon homme lui asséna un coup de gourdin sur le caisson, et c'était un exorcisme efficace car le chevalier Méthode cessa ses vagissements, et tomba aux pieds du bon homme qui le traîna jusqu'à chez lui. Là, il l'abreuva de tisanes et de fumigations, tant et si bien que le chevalier Méthode fut désensorcelé.

Le chevalier Méthode passa du temps chez son bienfaiteur. Il lui arrivait encore quelques fois de se mettre à bramer tout subitement, ou de vouloir tirer les tresses du bon homme, mais celui-ci était plein de charité et il lui appliquait chaque fois de son exorcisme efficace, et des tisanes et des fumigations. Il l'envoya aussi en un lieu où l'on mitonne dans des bains de vapeur, car là réside le seul défaut des Apprentissiens, en ce qu'ils prennent un soin coupable de leur corps, et se vautrent avec mollesse dans les vapeurs et les onguents qui moussent.

Un autre sujet d'étonnement, pour le chevalier Méthode, fut de constater qu'il n'y avait nulle part d'oratoire pour invoquer le Dieu de Bonté et de Justice. Mais ses craintes furent apaisées lorsqu'il s'en expliqua avec son hôte. Car celui-ci ne s'enfuit pas, ni ne se mit à baver en se masturbant quand le chevalier Méthode évoqua le Nom du Créateur, ce qui eût été signe manifeste qu'il n'était pas une Créature de Dieu. Bien au contraire, il offrit au chevalier Méthode d'installer une chapelle dans une petite alcôve, et se laissa prêcher la Bonne Parole avec beaucoup de bonne volonté – sauf quand le chevalier Méthode voulut lui donner le Baiser de Paix, car alors il ressortit son exorcisme efficace et le chevalier Méthode passa encore vingt-quatre heures dans les tisanes et les fumigations. Et le chevalier Méthode n'insista pas au niveau du Baiser de Paix, car il trouvait avoir assez de bosses sur la tête.

Ainsi le chevalier Méthode put-il pratiquer sa Foi, et il priait avec ferveur le Dieu Tout-Puissant, Sa Sainte Famille, Sa Sainte Volière, Sainte Mine l'Éduquée, Saint Auréole qui nettoie les Péchés du Monde, Saint Antibaw de Kiew qui préserve des souillures et Saint Glaude, patron des Denrées. Mais il n'adora pas Saint Képique du Port, envers qui il gardait une légère rancune.

Le chevalier Méthode apprit de son bienfaiteur bien de belles et bonnes choses, si belles et bonnes qu'il faudrait les tatouer sur la peau de l'œil pour que chacun en use profitamment, et en si grand nombre que le tatouage en descendrait de l'œil jusqu'au pied, et parmi celles-ci, il y avait les cent façons de se bien oindre d'herbacées pour éloigner les sticmous, et de tresser les feuilles de scoumounier pour se garantir du soleil, et de faire infuser des baies pour éloigner ces funestes envies de braire, tirer les tresses des gens ou les embrasser indûment, toutes manifestations qui trahissent une remontée des vapeurs cloaqueuses via les voies humorales des glandes pituitaires, jusqu'au centre de l'âme dont l'attache se situe entre les oreilles.

Tout cela.

Alors le chevalier Méthode sentit la gratitude en son cuer, et il se fit le serment solennel qu'un jour il reviendrait en ce beau pays à la tête d'une armée de prêtres, afin de convertir au Juste Dieu ce peuple si bon, et lui donner accès au Paradis. Il en fit part au bon homme, mais le bon homme ne parut pas emballé de cette idée et se contenta de heurter sa tempe de ses doigts boudinés, ce qui était chez lui signe de mécontentement. Alors, le chevalier Méthode se sentit incompris en son cuer et décida de repartir vers sa quête, d'autant qu'il se fit la réflexion que sa fière Telefax rouillait dans l'inaction, et que lui-même était bien las de tant penser en si peu de temps.

Malgré sa lassitude, il reprit la route vers Termausta, capitale d'Apprentissage, dûment lesté d'un fagot de feuilles de scoumounier (un arbrisseau vernaculaire) contre les coups du soleil, d'une barrique d'huile de guignolette (une liqueur indigène) contre les sticmous, de vingt flacons d'Aspilyprane gazotée (une racine locale) contre les envies de tirer la barbe, et d'une cassette de pâte de Piume enshitée (une graminée autochtone) qui est un souverain remède contre les énervements [in « Les cahiers du Sude Antique » opus 31, « Apprentissage, berceau des sciences », Brossette Extroir, Bibliothèque Royale du Sude]. Et, pour remercier son bienfaiteur, il lui offrit la Jarretière Royale qui lui ceignait la jambe, cadeau somptueux que le bon homme reçut avec force rires et tapements de cuisse, et manifestations de profond contentement.

Ainsi le chevalier Méthode reprit-il sa route errante, et il croisa en chemin de bien bonnes gens, et c'eût été le

Paradis terrestre s'il n'y avait pas eu tous ces sticmous et ce soleil maléfique, et les grands coups de queue d'Assomption, son fier palefroi, qui faisaient régulièrement envoler le bonnet en feuilles de scoumounier. Mais sitôt qu'il sentait l'énervement gagner son cuer, le chevalier Méthode se faisait une fumigation dans sa cassette de Piume, et il lui apparaissait alors clairement qu'Apprentissage est un fort beau pays, et presque le Paradis sur Terre.

Il suivit tout d'abord des routes moelleuses qui serpentaient dans des vaux vallonnés, et il s'étonnait fort de voir les Apprentissiens passer le jour à dormir sous des auvents de scoumounier, et il se stupéfiait grandement de les voir vaquer à leurs champêtres occupations jusque fort avant dans la nuit, en menant grand tintouin à des heures où les créatures de Dieu ont coutume de reposer et de ne pas faire tant de bruit. Et il se disait qu'il faudrait que les prêtres de son armée en fussent enseignés, afin de remédier à ces folies.

Et ainsi méditait-il utilement, ruisselant sous son bonnet de scoumounier le long des routes frites de chaleur. Et ainsi méditait-il encore une partie de la nuit, empêché qu'il était de dormir par le tintouin champêtre et, surtout, par les crapettes et les cricriteuses, des petits animalcules de buisson qui font un potin infernal jusqu'à l'aube. Et ainsi le chevalier Méthode passait-il des heures à se tourner dans tous les sens, et sa patience ne tardait pas à s'en aller là où vont les crabes morts.

Quand son ouïe franchissait le mur de l'Ulcération, il se levait et récitait sous les étoiles des psaumes tirés du Saint Livre Ancien, du Saint Livre Nouvelle Compile et des Édits de Saint Dégusté, et qui sont d'ordinaire souverains contre les esprits frappeurs. Mais crapettes et cricriteuses s'en fichaient éperdument, car elles n'avaient pas eu la Révélation de la Juste Foi. Aussi le chevalier

Méthode se recouchait-il, fumigeait dans sa cassette et s'endormait le cuer empâté.

Et de même se sentait-il au réveil.

Aussi son humeur tourna-t-elle du bon au moins bon, et il méditait avec ferveur sur toutes les belles et bonnes choses qu'il ferait en ce pays, sitôt à la tête d'une armée de moines guerriers délicats de l'oreille, et rigoureux en ce qui concerne les horaires.

Puis, il advint que le chevalier Méthode aborda une contrée très pauvre, pour ce qu'elle n'était que sable et gravats, parsemée çà et là de plantes rondouillardes dont le chevalier Méthode put constater qu'elles étaient fourbement garnies de piquants. Et la paume de ses mains s'en alla rejoindre sa patience là où vont les moules défuntes.

Puis, il advint que le chevalier Méthode traversa une contrée d'une grande humidité et, malgré l'huile de guignolette, il se réveilla bouffi de sticmous, n'ayant que très peu dormi car les fourrés grouillaient de glutinules, qui font un encore plus gros potin que les crapettes, de telle sorte que c'est une insulte à la face du Dieu Tout-Puissant. Et l'équanimité du chevalier Méthode alla rejoindre sa patience là où vont feu les bigorneaux.

Puis, il advint que le chevalier Méthode dut franchir un pic escarpé par des chemins aussi étroits que les fesses d'Assomption son fier destrier (ce qui est une assez bonne taille pour un fessier, mais guère pour un chemin), et il sentit la sueur lui cailler sur la peau, et son estomac se réfugier dans son gosier et ses tripes dans ses chausses, et il récita de longs passages du Cantique des Agonisants et de l'Oratorio des Varioliques. Alors, Dieu Tout-Puissant étendit sa main sur lui et sur les fesses de son valeureux palefroi, et il en sortit vivant, sinon que sa longanimité avait rejoint tout le reste là où vont les mânes des bernicles.

Ainsi fut la fin de son voyage, longue et interminable, et de paysages variés dans le déplorable, quand enfin le chevalier Méthode parvint à Termausta.

Il se fit annoncer au Roi Gryltoupinseb [vers 12195 – 12244], Souverain Seigneur de ce Royaume. Mais, il faut le dire, le voyage avait bien miné la noble mine du chevalier : son nez pelait en son bout, ses joues étaient creusées en leur milieu et ses yeux rougis en leur entier. Sa cape blanche était fort coloriée, ses décorations tombaient en quenouille (la Mitre Principielle, notamment, dont le satin broché s'était mal accommodé du bonnet en scoumounier), enfin son allure avait perdu de cette rutilance qui le faisait apprécier au premier chef. Quant à Telefax, d'avoir servi de tapette à sticmous, elle était un peu ébarbée.

Le chevalier Méthode gagna cependant bravement le château royal et là, à genoux sur sa Large Chausse percée, il tendit à Gryltoupinseb la Missive de son Roi. Le Roi la lut, puis il la replia et dit au chevalier Méthode :

« Tu diras à ton Roi que j'agrée ses bons vœux pour l'année 12223, que je lui en envoie autant pour l'an 12226 et tu te diras, à toi, que trop de fumigations nuit, et rougit les yeux, et ne donne pas l'air bien malin. »

Et il donna des ordres pour que l'on traitât royalement le chevalier Méthode en toutes choses, et surtout en onguents qui moussent, et surtout pas en fumigations, et le chevalier Méthode sentit le monde fort noirci à ses yeux.

Et c'est ainsi que s'acheva le voyage du chevalier Méthode, car le récit de son retour n'a pas d'intérêt du fait qu'il le passa dans une litière du Roi Gryltoupinseb, fort enfiévré et insultant les cricriteuses, les crapettes, les sticmous, les noix de mer, les glutinules, le sable, les moules, les bigorneaux, les crabes et les bernicles. Et Saint Képique. Mais ce n'était que l'effet de la privation de fumigation qui lui gâtait l'humeur, et cela passa quand il fut sur mer où il eut autre chose à s'occuper, et c'était de la façon de retourner à la poussière en évitant certains stades malavisés, ce en quoi il ne parvint à rien éviter du tout mais nul n'est parfait, fors Dieu le Père et quelques autres de Sa Famille.

Et cela aussi passa quand il aborda à Temanto, le plus grand port de Pentecôte [connu ultérieurement sous le nom de « Baie du Plouf », un épiphénomène géologique ayant envoyé cette cité industrieuse nourrir les mérous par quarante mètres de fond]. Il retrouva avec plaisir la Terre de ses Ancêtres, ses pluies mouillées, ses horaires décents, ses belles grappes de pendus et ses tisanes de houblon, qui valent une fumigation. Alors, il bouchonna longuement son fier destrier Assomption, et décrotta ardemment son Grand Cordon, et ravauda sa Mitre de la façon la plus méticuleuse (le satin broché, c'est l'oriflamme et le goupillon à ravoir), et aiguisa soigneusement son épée, la terrible Telefax. Puis, il se mit beaucoup de cataplasmes de foie cru sur la figure pour effacer les trous de sticmous, et beaucoup d'huile de patte de perdrix dans la bouche pour ne plus refouler du goulot, et il s'acheta quelques dents de rechange. Et c'est ainsi qu'il s'en revint, splendide et buriné, en la Cour du Roi de Pentecôte.

Le Roi lui fit brillant accueil, et lui remit la Rosette Héroïque suivie de quinze épithètes fameuses qu'il commencerait à faire un peu long de relater ici. Mais hélas, trois fois hélas, la belle Princesse Dioptrie, qui touchait à ses treize ans, venait de se marier avec le fils du Roi de Bout de Bon dont, par miracle, elle avait eu une fille trois mois seulement après leur hymen.

C'est le cuer lacéré que le chevalier Méthode prit place pour la cérémonie du Baptême de la petite Princesse Presbytie. Il vit sa Bien-Aimée Dioptrie franchir les portes de la Basilique, au bras du jeune Prince son époux, et le chevalier Méthode comprit que son amour était parti là où vont les fucus gélatineux, car l'aile du temps avait passé sur le frais visage de la belle Dioptrie, et ce n'était plus que points noirs, graisse en les cheveux et appareil dentaire.

Alors, un Miracle eut lieu : entrouvrant les langes autour du corps du royal enfançon, la Princesse révéla aux yeux de la Cour la plus belle, la plus gracieuse de toutes les créatures ! Et vraiment, la Princesse Presbytie était une Beauté, potelée là où Dieu le juge bon c'est-à-dire jusqu'entre les orteils, la tournure farcie d'élégance en ses couches, les yeux remplis de tendre modestie et le gosier de fiers vagissements, toutes qualités altières que relevait un éclair de malice juste au coin de la tétine.

Et le chevalier Méthode la regarda qui comptait ses doigts de pied, et il en fut ravagé en son cuer, et il sentit un ravissement en de maints endroits, et il jura dans son dentier qu'il mériterait tant auprès du Roi de Pentecôte son grand-père, qu'un jour on la lui donnerait pour épouse, et que parfaite alors serait sa félicité – presque parfaite, car la Perfection n'existe qu'au Royaume des Cieux.

***

Il reprit donc son âpre quête de Justice sur les chemins de Pentecôte, mais réalisa bientôt qu'hélas, ça n'était plus ça. Les mires du Roi et ses compagnons métalliers s'étaient penchés sur d'obscures machines ramenées des pays d'Extrême Levant et, de ces penchements, avaient déduit un art de guerre tout à fait déroutant.

On ne parlait plus, désormais, que de poudre et de boulets. Effaré, le chevalier Méthode assista à une campagne d'un nouveau genre : foin des destriers rutilants et des seigneurs caparaçonnés, qui chargeaient au son des trompes dans un ouragan d'oriflammes ! Fi des charges héroïques, où comtes et barons étripaient la piétaille dans de grands éclats de rire avant que de se retrouver entre gens du même monde, hurlant des actions de grâce vengeresses en s'assénant de grands coups de casse-tête, et s'éclaboussant mutuellement de cervelle pour la Gloire de Notre-Seigneur ! Hélas, hélas, sur le champ de bataille régnaient désormais sans partage de gros crapauds d'acier à la gueule ronde, où des crie-famine enfournaient de pesants boulets. Une mèche, deux tympans crevés, et la ville ennemie s'effondrait toute seule à une demi-lieue de là. Assis près de leurs chevaux, les derniers chevaliers tapaient le carton. Puis, l'on s'en allait prendre les restes de la ville en bon ordre, les porteurs de mousquets devant, les porteurs d'eau derrière, et sur les ruines calcinées flottait une triste odeur de méchoui.

Le chevalier Méthode s'en fut à travers les châteaux du Royaume de Pentecôte, prêcher l'excommunication des crapauds de fer et le retour aux bons vieux morgensterns des temps héroïques. Alors, le Roi se remémora ses actes de bravoure et le récompensa de ses bons services : il le maria.

Il lui fit épouser non la Princesse Presbytie (âgée de trois ans), mais une de ses pupilles, mademoiselle du Mont Cru, une bonne femme nantie d'un beau douaire en une lointaine campagne. Aussi le chevalier Méthode se retrouva-t-il à la tête de dix hectares de chênes-hêtres et un grand verger de poires crassane. Son épouse installa Assomption dans une stalle près de la laiterie, enferma les décorations du chevalier dans un bahut, accrocha la terrible Telefax au-dessus de la cheminée, entraîna le chevalier dans son lit et ne l'en laissa sortir

Les grands alcooliques divins 73

qu'une fois engrossée. Sur ce, elle offrit à son mari une canne à pêche et s'en retourna compter ses poires.

Et le chevalier Méthode fut à la pêche, avec l'impression de n'avoir pas tout saisi.

Et le chevalier Méthode revint de la pêche, bredouille et de méchante humeur, avec l'impression de s'être un peu fait avoir.

Et son épouse lui fit don d'un baril d'eau-de-vie de poire, et ordonna qu'on lâche dans l'étang quelques carpes affamées.

Et le chevalier Méthode s'en retourna à la pêche en grommelant, s'en revint en titubant, lesté de trois carpes mortes et d'un baril vide, avec l'impression de ne s'être pas trop mal débrouillé dans la vie.

***

Passent les jours et les années, et les poires et les carpes. Et Gouille, le premier fils du chevalier Méthode, croissait en vigueur, et l'on s'émerveillait de ses cuissots dodus. Et il parvint à l'âge où l'amour chante en les cuers, et les femmes du village s'émerveillèrent d'autre chose, car toujours Satan moud le grain de la luxure en ce monde.

Hors donc, vint un moment où ce fils si ardent, le beau Gouille Méthode « Ardent » Mont Cru, en vint à se dire que son père était bien blanchi, sa mère bien blettie, et que compter les poires ne saurait suffire à un homme tel que lui. Et il s'en alla, avec pour tout bagage son lance-pierre, et une boîte d'hameçons fauchés à son père. Et il partit sur les routes, car toujours l'attrait de l'aventure bouillonne en les jeunes. Et il en profita pour changer de nom, car il était las de porter ce fardeau, et on l'appela désormais Glucid, qui lui parut plus plaisant – il n'avait guère étudié la prosodie.

Quand Glucid parvint aux confins du Royaume de Pentecôte, il avait tout perdu, y compris son lance-pierre et sa culotte (le char-à-bœufs-stop est l'occasion de bien mauvaises rencontres), et sauf sa boîte d'hameçons. Aux confins du Royaume s'étendait une petite principauté, et au bord de cette principauté une mer bleue et chaude, et des sticmous que Glucid reconnut aussitôt, tant son père lui en avait rebattu les oreilles. Glucid reconnut aussi bientôt le problème du coup de soleil, puis celui des cricriteuses nocturnes. Au premier matin, mort de faim, il se risqua à pêcher dans la mer et put bientôt se régaler d'une friture craquante de sable, mais toujours le gosier des jeunes a paru d'airain et leur estomac d'acier, et Glucid avala le tout. Puis, il s'endormit sur la plage.

À son réveil, il recommença à pêcher, et s'en alla au village voisin vendre ses rougets. Bientôt, un homme d'armes s'approcha de lui, lui tâta le cuissot et lui dit :

« Vé donc, poissonneux ! Bâti comme voilà, j'ai mieux pour toi que les rougets ! »

Et c'est ainsi que, lavé de frais et habillé de pantis orange à rayures, Glucid se vit promu dans la garde de la très noble famille des Grimaceux, Princes de Sainte Rochetripeau. Et plus particulièrement de la plus jeune fille du Prince Régnant, la belle Monastine Anisette, laquelle s'entendait comme chats en boîte avec sa sœur aînée (la bien nommée Racole La Cruelle) et son frère, le Prince héritier, triste benêt uniquement soucieux de faire de la luge au sommet de la Sainte Rochetripeau.

Quand Glucid vit la belle Monastine Anisette, modestement vêtue d'un mouchoir jaune, il en tomba follement amoureux. Suffoqué par les battements de son cuer, il ne pouvait plus parler, ni marcher, ni même s'asseoir, et se trouvait horriblement gêné en ses pantis orange à rayures. Alors, la belle Princesse tourna vers lui son beau regard, et sa modestie fit qu'elle ne le regarda pas en face mais baissa les yeux, et l'Amour fit ce miracle qu'elle tomba elle aussi en fol amour du beau poissonneux, et la pudicité de ce récit fait que l'on va sur-le-champ aborder le chapitre suivant, sis le matin suivant.

La belle Monastine se réveilla comme elle s'était couchée, pleine d'amour. Elle couvrit aussitôt le beau Glucid de croissants au beurre et de si tendres caresses qu'ils mirent des miettes plein la royale chambrée. Et ainsi les jours suivants, tant et si bien que le beau Glucid en fut épuisé et la belle Princesse engrossée. Il fallut donc se marier, mais le consentement paternel se fit tant attendre que l'hymen n'eut lieu qu'après la naissance du deuxième.

Il faut dire, pour excuser le temps qu'on mit à régulariser de si vagissantes fautes, que le Prince Régnant était bien affaibli en son grand âge, et que Racole La Cruelle le poursuivait de criailleries :

« Vous n'y pensez pas, père ? Un poissonneux ! Que cette garce nous colle des sardines dans les armoiries ? Jamais ! Et un de nos gens d'armes, en plus ! Un poulet ! Si je me mêlais d'épouser toutes les salles de garde qui me sont passées dessus, notre royale Cour serait une basse-cour ! Que dis-je ? Un élevage en batterie ! »

Racole La Cruelle était vraiment une Princesse mal embouchée, et elle poursuivait son vieux père dans les couloirs du Palais en s'arrachant les cheveux, et elle crachait des serpents et des souris rouges. Cela était dû à quelque anodin soufflet que sa mère, la Reine Gracieuse, avait un jour collé à une vieille dame qui lui demandait à boire près d'un puits. C'est que la Reine Gracieuse n'était pas toujours commode, et puis elle était très enceinte et n'avait pas la tête, sur le moment, à tirer des seaux pour abreuver toute la Rochetripeau. Malheureusement, à l'époque déjà, les vieilles dames assoiffées près des puits étaient souvent des fées qui cherchaient à s'enquérir du bon cuer des mortels, pour les récompenser ou les punir. Les fées ont toujours eu tendance à faire n'importe quoi pour se désennuyer. Et c'est ainsi que la fée souffletée avait lancé, sur le bébé à venir de la Reine Gracieuse, la malédiction des souris rouges et des serpents. Et c'est pour cette raison que Racole La Cruelle avait du mal à trouver un époux, ce qui lui gâtait le caractère. Et elle fit si bien, que les couloirs du palais durent être dératisés et qu'elle devint toute chauve.

Le Prince Régnant fit alors quérir, pour lui demander son conseil, le Prince héritier, lequel se trouva mal en voyant tant de serpents. Sur ces entrefaites et se sentant migraineux, le Prince Régnant ordonna finalement que l'on célèbre le mariage, et Glucid et la belle Monastine purent se livrer en toute légalité à leur bonheur tandis que Racole la Cruelle, qui trouvait que la calvitie lui donnait un genre, se faisait portraitiser dans toutes les gazettes de la principauté en méditant une cuisante revanche.

Et ce fut pour Glucid de bien belles années, toutes consacrées à faire des courses de char et des enfants. Pourtant, parfois, quand le soleil se couchait sur la plage, il repensait aux femmes du Mont Cru, et le regret de ces joies simples le prenait – surtout en sortant du dîner de gala consécutif au gala de charité consécutif à la Grand-Messe des Pauvres consécutive à la Petite Célébration des Riches consécutive à la Royale Allocution Caritative du Prince Régnant, le dimanche soir tard.

Et parfois, aussi, le pauvre Glucid se retenait de pleurer, le pied droit chaussé de cuir verni, cherchant la poulaine gauche parmi les 3 524 paires de poulaines vernies allouées annuellement à tous les membres de la famille princière.

Et parfois, aussi, le pauvre Glucid soupirait en son cuer, quand il était onze heures du soir, que le premier plat du souper (un paon truffé) commençait à être découpé, qu'il savait qu'il serait servi en 621ᵉ position d'après le protocole, et qu'il mourait de faim. Et puis le paon froid, c'est dégoûtant.

Et parfois, aussi, le pauvre Glucid se sentait bien honteux, quand il utilisait par mégarde les couverts à œuf dur au lieu des couverts à fruits rouges, et parfois aussi il se sentait bien marri de ne pouvoir coller un pain dans la gueule moite du Prince héritier, qui lui piquait son char de course pour transporter sa luge de compétition. En vérité, Glucid n'était point parfaitement heureux. Et, dans l'ombre de ce bonheur mitigé, Racole La Cruelle tissait sa toile.

Elle s'était fait, avec sa calvitie, des amis chez les gazetiers de la Principauté. L'un d'eux connaissait une fille de mauvaise vie, une danseuse nue nommée Guili qui ressemblait assez à la belle Monastine, mais en vulgaire. Il la dépêcha un soir sur un champ de courses où se trouvait le pauvre Glucid. Il était là, seul, à huiler ses roues, et la belle perfide pleura tant à la porte de son char que le bon Glucid s'en vint s'enquérir de son chagrin. Elle lui raconta une triste histoire inventée de toutes pièces et le bon Glucid, ému, la berça sur son sein. Alors les gazetiers surgirent, fusain en main, et croquèrent cette scène émouvante en y rajoutant de bien malséants détails. Le scandale fut horrible ! Chassé de la Rochetripeau à grands coups de gazette, Glucid s'en retourna au Mont Cru, avec pour tout bien sa boîte d'hameçons et une poulaine en cuir vernis noir (pied gauche).

Et pendant ce temps, au sommet aride de la Sainte Rochetripeau, Racole La Cruelle ricanait, agitant son front chauve en bavant des crapauds ! Et tant de méchancetise perchée si haut attira la foudre, et elle finit carbonisée et voilà pour elle, qui connut le sort ridicule des fourbes.

Et la belle Monastine Anisette finit ses jours comme ouvreuse de remonte-luge, heureuse et entourée d'enfants criards.

Et le Prince Régnant finit par s'éteindre, et le Prince héritier remplaça les Grands-Messes par les Grands-Courses Lugiphiles, car la mécréantise en ces temps commençait à gagner les cuers, et il n'eut pas d'héritiers car Dieu ne permet pas qu'on se foute trop longtemps impunément de sa gueule, et ce fut un beau gâchis pour la succession. Et la principauté fut rachetée à vil prix par la sœur de Glucid, mais ceci est une autre histoire.

Quant à Glucid, il s'en revint dans sa contrée le cuissot maigre et la joue pâlie. Et il apprit à compter les poires et à pêcher les carpes, à pendouiller les braconniers et à ennuyer ces feignants de métayers. Parfois, en regardant le petit soulier de cuir racorni pendu au-dessus de la cheminée à côté de la rapière rouillée de feu son père, un vaste soulagement envahissait Glucid, et il s'envoyait une bonne dose d'eau-de-vie de poire en claquant la fesse de la cuisinière. Suite à quoi il s'en prenait une à travers la figure, car Notre-Seigneur est sévère mais juste.

Au final il mourut, comme de bien entendu, noyé par sa propre sœur.

***

Car, à l'époque où Glucid découvrait la grandeur et les misères de la pêcherie, sa cadette était encore une garcette au nez mal torché, mais montrait déjà des signes de grande mauvaiseté.

Au surplus, elle était noire de peau tel un cul peu soigné, et maigrichonne et les yeux en crotte de lapin, avec les oreilles décollées [in « Alcoolisme et consanguinité, le triste destin des dynasties royales », Turban von Velcro, BRS].

Elle passait ses journées à fuir les travaux de tissage qui convenaient à sa condition pour voler des poires, des carpes, et même les hameçons de son père. Et non point en usait-elle pour elle-même : elle en trafiquait ! Une poire contre un lance-pierre, deux carpes contre un ruban, et le reste à l'avenant. Quand elle en vint à voler des tonneaux d'eau-de-vie pour les revendre à des séminaristes contre des collections de gazettes galantes, sa mère décida de l'emmener en pèlerinage à Sainte-Tresse-de-la-Natte, connue pour ramener la docilité en les cuers rebellieux.

Toute esbouffite par les chants et braiments d'orgue de la basilique de Sainte-Tresse, la petite Pictograme s'agenouilla en tremblant devant l'autel de la Sainte car, en ces temps, son cuer n'était point encore complètement endurci. Elle leva son nez goutteux vers le reliquaire, et que vit-elle ? Logé en sa cache de cristal, au sommet prestigieux d'un monticule d'or, un vrai Saint Fragment de l'Orteil de la Sainte ! Pour honorer cette Sainte Relique, les manants déposaient sur les marches d'innombrables offrandes. Hélas, la perfide Pictograme n'en tira point la leçon d'adoration qu'elle en eût dû. Bien au contraire ! En son cuer pervers se fit jour un horrible blasphème, qu'elle confia à sa mère en quittant la basilique :

« Ainsi, avec un bel emballage, la crotte de nez peut rapporter dix fois son poids en or ? »

Elle dit cela. Et sa mère, innocente femme, n'y comprit miette ni goutte ni point ni pas, et Dieu Tout-Puissant était fort occupé ailleurs et ne la foudroya pas sur-le-champ, et c'est ainsi que commença la désolante carrière de Pictograme.

Sitôt rentrée au Mont Cru, Pictograme alla en le cellier dépoussiérer les cadeaux que son frère, le beau Glucid, leur envoyait depuis le palais de la Sainte Rochetripeau. C'étaient des boîtes de mielleries et douceurs, de belles cassettes en carton doré, et l'intérieur si foisonnant de papiers plissés qu'elles ne pouvaient contenir que trois fruits confits à la fois, et encore, il fallait longuement farfouiller pour les trouver. Sitôt les boîtes vides, la dame du Mont Cru les entreposait en sanglotant dans son cellier, car elle gardait une préférence pour son aîné. La petite Pictograme fit main basse sur la collection, la chargea sur un bidet et quitta la maison de son père sans se retourner.

Pictograme gagna en quelques heures une humble abbaye où elle se fit annoncer comme sœur Peau du Lait Béni, revenant de la cité de Crédit pour regagner Sainte-Tresse-de-la-Natte, ayant reçu de l'évêque nombre de Saintes Reliques. L'air confit et l'œil modeste, elle fit grande impression, ouvrant sous les yeux ébahis des nonnettes ses belles boîtes dorées. Elle écartait lentement les papiers plissés qui en garnissaient l'intérieur, révélant de lamentables brimborions qu'elle présentait, ô honte, comme étant qui une oreille du premier ours en bois du Christ, qui un poil de la barbe de Saint Joseph. Et les pauvres nonnettes, en leur Sainte Naïveté, vidèrent leurs poches dans les siennes en échange d'une boîte en carton emplie de fausseté et d'un bréchet de volaille.

Et Pictograme fit ainsi beaucoup de profits, de couvent en moutier, depuis le Mont Cru jusqu'à la grande ville de Yaourt où elle put, grâce à ce vilain profit, s'installer en une belle échoppe. Elle n'y fit point commerce de Saintes Reliques, pour ce que c'était en cette ville prérogative exclusive de l'évêque de Yaourt, lequel avait tant vendu de Vrais Saints Morceaux de la Sainte Vraie Croix qu'il était à la tête d'une fortune colossale, et qu'une piètre estimation donne la Vraie Sainte Croix comme mesurant trois lieues de haut sur deux de large, et l'épaisseur d'un baobab – Dieu est grand.

Pictograme décida donc de vendre des articles de foi : rosaires, crucifix et missels. Elle en vint vite à tenir double commerce car il y avait à gagner en proposant, au fond de son échoppe, des cilices de coton pour pénitentes douillettes ou des rosaires écourtés pour pénitents feignants. Mais cela ne suffisait pas à la diabolique âpreté de la terrible Pictograme : elle en vint à se fourvoyer, après le blasphème, dans la plus complète damnation ! Car certaines de ses pratiques, qui méconnaissent l'impénétrabilité des Voies de Notre-Seigneur, s'en revenaient protester que telle médaille de tel Saint qu'elle leur avait vendue n'avait pas eu l'effet voulu (Sainte Tignasse n'avait pas regarni le chauve, Saint Teube n'avait point pourvu à la faiblesse complexive d'un mari trop dormant). Et plutôt que de perdre ses pratiques, car cette seule idée lui faisait tourner le nez qu'elle avait gros et furonculeux, Pictograme sombra dans les diableries. Elle s'en fut trouver un prêtre défroqué, une faiseuse d'herbe, un bûcheron au chômage bien garni en sa virilité, et voici :

Certains soirs, elle donnait rendez-vous à ses pratiques déçues en un champ désert, où le bûcheron faisait un feu que la faiseuse d'herbe garnissait de plantes à l'effet stupidifiant. Le prêtre défroqué y récitait une messe à l'envers avec beaucoup de grimaces terrifiques. Puis le bûcheron, engoncé dans un gros masque de carton imitant une chèvre, faisait son apparition dans le bruit et la fumée de douze pétards. Les malheureux spectateurs lui baisaient la fesse et tout cela finissait mal. Au milieu des ébats, Pictograme vendait au poids de l'or des sachets d'infusion dont elle avait inventé les noms (Thériaque Archicabbalistique, Poudre Effumescente de la Prompte Mort) tandis que la faiseuse d'herbe regarnissait le feu de fagots de Piume en fleur, et que le bûcheron peinait à satisfaire les paroissiennes fourvoyées en ce lieu funeste. Quant au curé, d'avoir si bien célébré sa Messe Noire en son Satanique Ciboire, il cuvait.

Et Pictograme passa ainsi de douces soirées au fond de son échoppe, rempoilant de lapin le masque en carton, tandis qu'assise à côté d'elle, la faiseuse d'herbe fourrait de persil les petits sachets d'infusion. Mussé dans l'appentis, le bûcheron fabriquait des pétards et soupirait, pour ce qu'il regrettait ses forêts. Et si fort il soupira, qu'il se méprit dans ses poudres et se fit, un soir de sabbat, si bien éclater la fesse que les spectateurs eurent la profonde stupéfaction de voir le Diable partir en hurlant à travers champs, le poil en flammes et le cul à l'air, dans une affreuse odeur de grillé.

Il y eut, à cette occasion, quelque remuement chez les pratiques satanisées de Pictograme, qui se doutèrent bien un peu qu'on leur jouait du flûtiau au prix de la symphonie en quatre mouvements. Aussi la rusée donzelle vendit-elle son échoppe et s'en fut en pèlerinage vers la cité de Crédit, laissant le pauvre bûcheron gésir dans l'appentis, à plat ventre sous un triple lange de millepertuis.

La cité de Crédit était un endroit redoutable, en ce qu'au beau milieu de la ville s'élevait une colline fort rocailleuse et, au sommet de cette horrible falaise, gargouillait un étang qui puait fortement. Quand un confesseur était par trop las des errements de ses ouailles, il les envoyait en pèlerinage vers cette colline, dite « Mont du Pardon Bien Gagné ». Et bien gagné il l'était, quand le pèlerin se devait mettre en chemise et monter la colline à genoux et, une fois près de l'étang, y boire et y attraper toutes les cochoncetés laissées par les précédents pèlerins. Il ne lui restait plus qu'à aller quérir au prieuré du Mont un certificat de bonne pénitence, qui était un beau parchemin avec un sceau en cire rouge, ce qui ne consolait pas beaucoup le pèlerin. Et c'était une triste chose qu'être envoyé en pèlerinage là-bas, dont on revenait avec la phtisie, la colique, l'impétigo et les genoux râpés. Et le seul moyen d'y échapper était d'acheter discrètement un beau parchemin avec un sceau en cire rouge dans les abbayes avoisinantes, ce dont on revenait sans plus un écu en la poche.

Pictograme vit tout cela, acheta une Bib et inventa cette chose affreuse : « la réduction des péchés ». Car elle avait appris, au milieu de tant de crucifix et de rosaires, qu'en la Bib se trouvent de nombreuses choses, qui parfois peuvent paraître se contredire aux yeux des âmes obscurcies en leur entendement, et qui se mêlent prétentieusement de pénétrer les voies du Seigneur qui sont décidément impénétrables.

Pictograme eut vite beaucoup de chalands : à celui-là qui devait pèleriner pour faute d'adultère, elle lisait le verset où le Christ pardonne à la femme adultère. À celui qui forniquait outreplus, elle montrait le verset « croissez et multipliez ». Après quoi, elle décrétait son client éligible à la réduction de son péché, et lui louait de ses articles de réduction. C'était un maillot renforcé aux genoux par des lattes de bois, ou encore un gobelet baveur pour faire semblant de boire à l'étang et n'en pas boire du tout. Et les clients étaient ravis de l'affaire, expédiaient leur pénitence et passaient la soirée à fêter leur beau parchemin avec un sceau en cire rouge dans les tavernes, tandis que Pictograme envoyait en grand secret des hommes de peine regarnir la colline de cailloux et l'étang de merdaille. Et le lendemain, elle recevait les merciements des pénitents venus rendre l'astucieux maillot, et elle ricanait en son irrécupérable for tout en gardant, sur sa face ingrate, une pieuse moue de modeste satisfaction.

Mais l'abbé du Mont du Pardon Bien Gagné eut enfin vent de ces faussetés, et il chassa Pictograme de Crédit. Il y mit quelque temps, pour ce que Pictograme lui versait une dîme de septante millièmes sur les gains de ses locations, mais les abbayes avoisinantes, sevrées d'écus depuis l'invention de la réduction des péchés, firent un tel raffut que l'abbé dut appeler un inquisiteur royal. Cependant, quand celui-ci arriva à Crédit, raide comme le Glaive de la Justice et noir comme un fourneau, Pictograme avait déjà vendu son échoppe et ses maillots, et se trouvait bien loin. Et sa déconfiturante carrière n'était point encore à son terme, et ses fontes bien garnies, et la face du Ciel bien tordue par-devers elle. Et l'inquisiteur n'eut plus à rôtir que quelques veuves, aux bûchers desquelles les héritiers assistèrent avec une jubilation qui ne met pas en joie le cuer du Croyant.

Lassée des frimas, l'horrible Pictograme fit route vers le sud et embarqua sur une galère de commerce où elle occupa, les récits de son père ayant porté d'étranges fruits, la plus belle cabine pour un prix dérisoire. Le bateau fit voile vers la lointaine contrée d'Apprentissage, que Pictograme brûlait de découvrir : elle s'était laissé dire qu'on y trouvait des fleurs de Piume grosses comme des potirons, et d'une qualité à réussir des messes noires sans pétards ni braquemart.

Accablé fort justement par la Sainte Colère de Dieu, le navire laissa ses abattis en une tempête, dériva longuement puis coula. Hélas, l'horrible Pictograme en réchappa : trempée et fulminante, elle aborda une petite île qu'elle identifia rapidement comme étant peuplée d'indigènes pacifiques, quoique terriblement ignorants de la Parole du Seigneur et complètement dépourvus de numéraire.

Les grands alcooliques divins 85

Hors les bijouteries dont les indigènes paraient leur nudité impie, et qui la firent se trémuler sous l'aiguillon de la cupidité.

Sa Bib ayant moins bien supporté le naufrage que ses sataniques affûtiaux, Pictograme prêcha les natifs en termes lucifériens. Ils n'en eurent d'abord que foutre. Elle se fit alors aider par une poignée de marins rescapés, que l'aiguillon du lucre tourmentait aussi. Sous leurs coups, les natifs se rendirent alors mauvais gré mal gré aux offices sataniques, durant lesquels elle leur servit en son ciboire un étrange mélange de tout ce qu'elle avait pu sauver du naufrage, et c'était essentiellement de nombreux tonneaux d'antijel, un alcool à base de saucisson des sables.

C'était très mauvais. Mais c'était efficace.

Les dorures impies changèrent de main et les humeurs autochtones, sous l'emprise de ce tord-boyaux, tournèrent du quiet au moins quiet, puis au caractériel. Les chiens pâtirent. Les enfants aussi.

On raconte que parfois, quand Pictograme remuait en soupirant sa méphitique mixture en son grand chaudron, toute suante sous son harnachement sombre de Prêtresse démoniaque, elle sentait sur elle l'aiguille bifide d'un regard haineux et que c'était celui d'un démon embusqué dans les pipiscus, et qu'elle-même en frissonnait dans sa mauvaiseté.

Hélas, le Seigneur ayant décidé d'éprouver le pauvre monde jusqu'à la corde, Pictograme réchappa des fièvres quartes, tierces et primes. Un navire, qui s'en vint sur ses côtes faire provision d'eau douce, la quit. Du reste, le capitaine n'eut pas le choix : c'était ça ou le chaudron. Ainsi, elle put regagner la civilisation.

Incroyable est encore la liste de ses méfaits ! Elle s'installa en la royale ville de Ginette, s'attacha les services de toutes sortes de maîtres à danser pour se donner le bel air, puis de toutes sortes d'amants pour se donner la belle chanson, et mena un si grand train qu'elle rencontra bien des personnes bien nées. Elle noua alors beaucoup d'insincères relations avec des duchesses vermoulues, dont elle rapetassait les rides en leur ramenant la peau à l'arrière du crâne avec des pinces en bois. Ne restait plus qu'à peindre leur faciès tendu comme peau de jeune cul et à cacher les pinces sous une perruque. Si douloureux que fût ce traitement, ces pauvres victimes du Démon de l'Orgueil lui en eurent grande reconnaissance.

Forte de ces relations, elle put acquérir les plus belles terres à blé alentour. Elle paya une bonne troupe de soldats à quelque petit bâtard royal, qui s'empressa d'entrer en une guerre de succession avec le Roi de Pentecôte et, à la faveur de la guerre, fit revendre son blé si cher qu'elle eût pu s'acheter la moitié du Royaume ! Elle cessa alors de payer les troupes du bâtard, lequel, craignant pour son col, la vint supplier. Elle l'épousa, lui pondit un successeur et lui offrit un cheval fougueux. Le bâtard se rompit le cou.

Enfin, elle versa du venin arsénieux dans la citerne du château royal où elle avait ses entrées, car elle était la confidente de cuer de la vieille Princesse Dioptrie, qu'elle consolait chaque fois que sa fille, Son Altesse Presbytie, la battait comme plâtre en rentrant saoule de sa partie de belote coinchée. Toute la famille royale y passa, et c'est ainsi que Pictograme devint Reine du Royaume de Pentecôte !

Elle envoya aussitôt les Grands du Royaume, auxquels elle adjoignit sa propre famille et sa belle-mère, en croisade vers Apprentissage. Les croisés partirent en foule, emplis de gaieté et fougue, et les bateaux coulèrent tous. Là-dessus, la Reine Pictograme dit : « On va *enfin* pouvoir faire quelque chose de propre », signa un traité commercial avec la contrée d'Apprentissage et se mêla d'organiser son Royaume.

Ce furent là de lourdes et tristes années, pendant lesquelles cette Reine de Rien eut l'outrecuidance de réduire, horreur! les abbayes à quia en leur interdisant de prélever des dîmes, et de distribuer, damnation! les terres aux paysans comme si l'ordre établi par Notre-Seigneur selon la Naissance ne valait goutte, et d'éradiquer, égorgeailles! le droit d'Aînesse pour que les cadets n'aillent plus rapiner par monts et par vaux comme c'est pourtant leur destin, et d'interdire, impudicité! le système de la dot pour que davantage les filles se marient à leur goût, qui est toujours fondé sur la luxure et la légèreté et non sur la Sagesse paternelle et d'ailleurs, nul bon père de famille ne put plus disposer des biens de son épouse ni de la vie de ses enfants, et il y eut de grandes disputes en les foyers et des soupières volèrent, et c'est bien la faute de qui l'on sait. Elle alla même jusqu'à favoriser le commerce, l'art et la science, ces inventions du Démon pour détourner les hommes de la résignée acceptation des mistoufles de ce monde, et répandre l'enseignement de la médecine jusqu'en les plus lointains confins, et ainsi les toussailleux vécurent et les pégreleux surent lire et défendre leurs exigences féroces, et les femmes ne moururent plus en couches et leurs époux ne purent plus changer d'épouse si souvent qu'avant. Et elle s'en alla fortifier ses frontières et signer des traités, plutôt que de donner l'assaut contre ses voisins pour agrandir le Royaume, ce qui prouvait bien qu'elle n'avait point de couillasses en les chausses. Et elle ordonna même, suprême forfaiture! que l'on ne vendît point les charges de Médecin ou de Juge en Chaire à des gens bien pourvus en écus mais à des gens enseignés en ces matières. Comme si l'apprentissage pouvait pallier ce péché qu'est de naître miséreux en un ruisseau, cornedecul !

Et ce furent de bien pénibles années pour les véritables Croyants et elle n'en rata pas une, créant des hôpitaux et toutes sortes d'institutions pour lutter impiement contre l'ordre que Dieu met au Monde, car s'Il veut que tel meure de la chiasse et tel autre vive dans la vermine, il n'est point séant d'aller contre Sa Volonté. Mais la Reine Pictograme n'en eut cure, et elle interdit ces bonnes choses que sont le punissement par les verges des enfantelets opiniâtres et l'essorillage pour les voleurs de pain, enfin toutes sortes de crimes elle commit. Elle autorisa dans le même temps toutes sortes de débauches, liberté de la presse et des consciences, et elle nota tout ça en de gros pavés qu'elle nomma De Droit, alors que le seul ouvrage licite en ce monde n'est-il pas la Parole de Dieu, et rédigée en langue obscure pour que le commun des pécheurs ne se puisse mettre en tête d'y fourrer son nez morveux ? Il est, furonculum ! Mais elle s'en battait l'œil, et si grande était son impiété que la syntaxe et le vocabulaire m'en sont troublés.

Et le peuple si bon et si pieux de Pentecôte devint revêche et malcroyant, imbu de ses nouveaux droits, et pour tout dire aussi mal embouché qu'on peut l'attendre d'un ventre bien rempli. Car il est vrai que les malnourris sont accommodants pour un bout de pain et, sans lui, meurent sans grand tintouin, mais que sitôt qu'on leur pourvoit un peu l'estomac et le reste, on n'est plus servi. Et tant et si bien qu'il n'y eut bientôt plus moyen d'engager un gâte-sauce pour moins d'un écu par jour ! En sus, une chambrette ! Et du feu l'hiver ! Et des jours de repos ! Et il fallait aussi lui verser des gages pendant ses maladies ! Des gages alors qu'il feignassait à toussailler ! Yersiniapestis ! Tout juste si l'on avait le droit de le faire travailler la nuit.

Enfin ce fut une époque de grandes, grandes ténèbres. Et repas froids et meubles poussiéreux.

Et l'affreuse Pictograme mourut tout à fait impunie, et elle était fort vieille et pourtant, elle avait sa vie durant bu et goinfré et forniqué plus que de raison.

Et cette triste histoire est là pour démontrer que les Voies du Seigneur sont impénétrables, mais que Sa Justice finit toujours par triompher car le petit-fils de la Reine Pictograme était tout à la semblance de son preux ancêtre le chevalier Méthode, et il remit en place les bonnes coutumes du Royaume et les belles grappes de pendus, et il transforma les universités en monastères et fit enseigogner [litt. : dorer des conneries à la feuille, in « L'artisanat pré-apocalyptique », Thor et Faccion, BRS] les livres De Droit, et renvoya les femmes à leurs quenouilles, et l'on put rembaucher du personnel au juste prix.

Et c'est ainsi que Dieu est Grand et Ses Voies Saintes, quoique parfois tortueuses à nos yeux mortels.

Amen.

[Fin des efforts sémantiques.]

Certains historiens estiment cependant qu'à côté de l'Impératrice d'Obersturm, sa lointaine descendante, la reine Pictograme fait figure d'esquisse au un-centième. Cette différence de proportion est peut-être due au fait que la reine Pictograme était mortelle, elle.

Psychopathologie traumatique
du Miroir magique

L'Impératrice d'Obersturm se moucha bruyamment. Ça faisait presque quatre cents ans qu'elle gouvernait l'Empire, mais elle n'avait jamais pu se faire au climat.

« Un bon froid sec, rien de tel pour tuer les miasmes, atcha ! Mais ici, il fait toujours un mauvais froid humide. »

Depuis une petite cinquantaine d'années, elle avait un peu tendance à parler toute seule.

« Holà, Grinchelungen ! Les nouvelles du jour, par Toutathor !

— Voilà, Votre Majesté. Les derniers rapports.

— Bon. Les sorciers se sont encore débrouillés pour me faire passer un courrier, ratcha ! Écoute ça, Grinchelungen : nous prions humblement Votre Altesse de bien vouloir considérer l'inconfort où nous sommes, du fait que la paille de nos cachots n'est changée que tous les trois mois. »

L'Impératrice hurla :

« Qu'on leur mette des orties ! N'est-ce pas, ma grosse ? »

Et elle flanqua un direct du droit dans le ballon en peau de fesse de sorcière, qui pendait au plafond armorié du Salon Impérial. Ça la soulageait toujours.

Pendant ce temps, son conseiller Grinchelungen regardait, par une fenêtre à petits carreaux, le grésil tomber sur la sombre cité de Burnurgrin. Depuis le temps, les hurlades de l'Impératrice ne l'impressionnaient plus. Il l'avait connue toute jeunette, fraîche émoulue de sa cambrousse méridionale où elle avait appris, en tout et pour tout, à briquer les escaliers, frotter les cuivres et chanter « Un jour, mon prince viendra » d'une voix idiote.

« Natcha ! Bon. Où est mon sort du Mec Fournier contre l'influenza ? Je n'aime pas les sorciers et les sorcières, d'accord, mais la magie, c'est quand même bien commode et le rhume, c'est quand même bien pénible. »

Grinchelungen bâilla.

« Moi, je dis, Votre Altesse, que la solitude, ça n'est pas bon pour une belle fille comme vous. Ça vous étiole.

— Bah bah bah, Grinchelungen. Tu sais comme sont les hommes : on s'attache, au bout de cinquante ans ils vous pètent entre les doigts, et c'est le marteau d'Odin pour s'en remettre.

— Donnez-leur donc un peu de votre philtre de Longue Vie. »

L'Impératrice regarda son conseiller de travers :

« Je ne l'ai donné qu'à une seule personne, et c'est toi. Je l'aurais bien donné à feu mon royal époux, s'il ne m'avait pas cocufifiée avec cette truie d'Hildeburge. Bah, me voilà mélancolique. La suite des nouvelles, Grinchelungen ! Il me faut de l'action.

— Voilà. »

L'Impératrice lut la dépêche.

« Par les lances d'Hugh et Raoul ! Un envoyé du Royaume du Sude ? Et c'est maintenant que tu me le dis ? Qu'il entre ! »

Elle enfila sa plus belle couronne et s'assit, en prenant son air le plus impérial, sur son trône en os de mires (un genre de sorcier en plus snob).

L'envoyé du Royaume du Sude sanglotait le long de son long nez :

« Un gragon épouvanteux, Votre Grosseur (on avait choisi un ambassadeur à la hâte, et ce n'était pas celui qui parlait le mieux l'obersturmèse). Abominâtre ! Dix-huit angströms de haut !
— Hein ?
— Euh, non. Kilomètres. Non, milles marins. Enfin, très très haut ! Et très, très, très faim, Votre Largeur ! Nous n'avons plus d'attendement qu'en vous.
— En moi ?
— En vous. »

L'Impératrice retint un hoquet de stupéfaction : le royaume voisin, ce royaume honni de ses enfances sinistres, dont elle avait été spoliée par la magie la plus infâme (enfin, elle n'était princesse que d'une petite province, mais le principe est le même), et où, malgré des hordes de guerriers tous plus puants les uns que les autres, elle n'avait jamais réussi à implanter le plus petit dominion (enfin si, une fois, mais ça n'avait pas duré plus que le temps de faire un punching-ball avec la peau du cul de l'autre vieille salope), ce royaume-là était aux abois, ravagé par un gragon apocalyptique qui venait de faire une seule bouchée de la cité royale, et l'appelait au secours ?

L'Impératrice rangea son hoquet et se pencha vers l'ambassadeur trempé :

« Vous demandez de l'aide ?
— Moui.
— À moi ?
— Voui ? »

Elle sentit un sourire pas du tout machiavélique envahir sa face. L'ambassadeur commença à se demander s'il avait bien fait de venir.

« Vous, euh… vous allez nous aider, Votre Hauteur ?
— Vous aider ? Oh non. En profiter, ça oui ! »

En moins de temps qu'il n'en faut pour jeter un ambassadeur aux ours blancs, les messagers de l'Impératrice partirent sous le blizzard aux quatre coins du royaume, lever le ban et l'arrière-ban des armées obersturmiennes.

« Grinchelungen ! Tu convoques le Grand Conseil dans la Grande Salle de la Grande Forteresse pour demain soir.
— La Grande Forteresse ? Le soir ? Mais il va faire un froid de pingouin, dans la Grande Salle !
— Justement. Quand on a des décisions à prendre par moins dix degrés, on les prend vite. Et mes conseillers claqueront tous trop des dents pour pouvoir argutier comme à leur habitude. Aide-moi à faire mes bagages ! »

Elle commença à remplir pêle-mêle sa malle de toilette.

« Alors le lait d'ânesse, le vinaigre pour les hémorroïdes, le peigne à poux…
— N'oubliez pas la pâte à tartiner contre le froid. Avec votre peau de blanche neige, le froid… »

L'Impératrice souleva Grinchelungen par le revers de sa chasuble en soie :

« Ne m'appelle plus JAMAIS Blanche Neige. »

***

Il existe en ce monde un nombre considérable de choses exaspérantes. Citons : le paquet de café qui se révèle vide juste après qu'on a jeté dans l'évier le fond de café de la veille et dehors, il pleut et il fait encore nuit ; l'imprimante qui s'obstine à brailler « *paper out* » alors qu'elle a deux ramettes de cent dans le buffet ; les livres remplis d'allusions incompréhensibles, sauf pendant les dix dernières pages où tout est censé s'éclairer brutalement. Aussi de grands jets de clarté vont-ils fuser avant que le récit ne continue :

C'est bien Blanche Neige qui règne à Obersturm. C'est bien la peau des fesses de sa méchante belle-mère qui orne le salon impérial. C'est bien le Miroir magique de sa méchante belle-mère qui décore la chambre désolée de la Belle au Bois Dormant, gâteux dans son cadre en graines de saucisson des forêts. C'est bien le nain Grincheux qui se promène dans le grésil de Burnurgrin, vêtu d'une simple chasuble de soie – les gnomes font volontiers leur intéressant. Ce sont bien ses descendants qui ont battu le linge et englouti des hectolitres de bière, pendant des siècles, dans le vallon Uckler. Par contre, le mage au chapeau pointu n'est ni un sorcier, ni un mire : c'est l'ex de Cendrillon.

D'un autre côté, il ne faut pas juger Blanche Neige trop durement. Elle n'était pas comme ça, avant. Enfin, moins. Mais depuis quelque temps, elle sait qu'elle n'est pas là où elle devrait être. Elle sait qu'elle ne doit de se trouver à la tête d'Obersturm, et non en train de végéter dans un sarcophage en verre avec un quartier de pomme empoisonnée coincé en travers du gosier, qu'à la chance la plus insolente. Elle sait qu'elle a eu une veine de cocue à dix cornes.

Et ça, ce ne sont pas des choses qui arrangent le caractère, à la longue.

La seule chose qui restera inexpliquée, c'est la façon dont la fée Pomme a eu le dessus sur un fridibble éthéré. Parce que personne n'en a aucune idée.

Quant à la pauvre fille qui dort depuis quatre cents ans, ou presque, dans un sarcophage en verre à trois pieds au-dessous du nombril du gragon Sueux, au fond du vallon Uckler, tout le monde se doute que c'est Cendrillon. Ça a l'air facile, comme ça, mais demandez plutôt au mage au chapeau pointu combien il lui a fallu de temps pour le découvrir.

***

Quelque part au milieu des ruines calcinées de Carelaje :
« Aurore ! Aurore ? T'es morte ?
— Je ne sais mie.
— Vareuse-Tagueule ?
— La tienne.
— Tute ?
— Oui ?
— T'es mort ?
— C'est croac comme question.
— Sa gueule, le volatile. »
Peau d'Âne releva le nez de la mare de cendres au fond de laquelle elle était étalée, bras en croix. Les épouvantables *boum-boum* des pattes du gragon Sueux faisaient encore trembler le sol, mais ils allaient décroissant. Elle se mit à genoux en toussant. Tout était noir comme l'encre : le ciel, l'air, le sol, ses mains, Aurore, la vareuse de Vareuse-Tagueule, le derrière de Tute qui cachait son visage dans ses mains et Cruc, hors le bout de son bec jaune.

« On a eu chaud, chuchota Peau d'Âne.
— Me fais pas gausser, kof kof. »
Aurore émergea de son trou de suie :
« Nous voilà biaux.
— Quelle direction a-t-il pris, Cruc ? demanda Peau d'Âne.
— Par là.
— Et qu'est-ce qu'il y a, dans l'autre direction ?

— Eh bien, le château de Bois Dormant, entre autres.

— Il y a une chance qu'il ne l'ait pas boulotté, Aurore ?

— Assurément. Ce ne sont que ronces incomestibles et rocailles calcinées.

— Alors, allons-y. Ça fait un point de chute.

— La belle idée, et tentante, et réchauffante, grommela Vareuse-Tagueule.

— Ta gueule.

— Mais je vous signale, craoc, que le chemin est long et semé d'embûches.

— Bast, point davantage qu'à l'aller.

— Oh que si, crouac ! Quand il y a gragonnade, il n'y a plus d'ordre. Et quand il y a désordre, il n'est pas bon d'avoir quinze ans, une paire de miches et une baguette à bagagerie pour toute défense.

— Et un sachet de poivre ! C'est pas rien, un sachet de poivre.

— Ta gueule. »

De fait, ils furent capturés avant le soir par une horde de demi-sels ravis de l'occasion qui leur était offerte de rançonner le fuyard, piller le décombre fumant et trousser la donzelle en détresse. Tout en faisant de grands méchouis de gnomes.

***

Pendant ce temps, ça couinait fort au Conseil d'Obersturm :

« J'exiiige d'être obéie ! braillait l'Impératrice.

— Non.

— Comment ça, non ?! »

Rubon était bien le seul personnage de l'Empire à oser tenir tête à l'Impératrice, et c'est pour ça qu'elle l'aimait tant. Pour ça, et pour ses relations pleines aux as.

« L'invasion que vous voulez lancer contre le Royaume du Sude est une folie, Votre Majesté. Si ce gragon a été assez terrible pour détruire l'armée de la royauté du Sude, il saura bien hacher menu les troupes de l'impériatrerie du Nord.

— On dit l'impérialité, Rubon.

— Le résultat sera le même.

— Non, Rubon. Car regarde ! »

Prenant un air mystérieux, Blanche Neige sortit un coffre d'ébène de son cabinet en fanons de foc. Elle sortit un coffret d'or du coffre d'ébène. Elle sortit un sachet de velours du coffret d'or. Et enfin, elle sortit du sachet de velours un petit caillou noir gravé de lettres bizarroïdes.

« Alors ? fit-elle d'un ton mielleux.

— ...

— ALORS ?

— Alors c'est un caillou, Votre Altesse, grogna Rubon.

— Une pierre chasse-gragon, imbécile ! C'est un mage qui me l'a remise.

— Ah oui ! Le mage au chapeau pointu. »

Blanche Neige foudroya du regard son dixième conseiller, lequel se mit à suer des glaçons.

« Et les écritures, ici, c'est marqué que cette pierre, elle chasse TOUS les gragons. »

Grinchelungen avait bien essayé de faire prendre des cours d'expression littéraire à l'Impératrice, mais en vain.

« Tous ? dit Rubon d'un ton suspicieux.

— Vous voulez des preuves ? Grinchelungen ! Sors-moi un mage logographe de son cul-de-basse-fosse, et promets-lui double ration de schnaps s'il me traduit ça correctement. Hop là ! Il vous semble pas que le sol a bougé ? »

« Cette pierre tu brandiras,
Tous les gragons tu commanderas
Si poliment tu leur parleras, déchiffra le logographe.
— Parfait. Et là, en tout petit ?
— Tous, sauf le gragon Sueux.
— Merdre. »

Blanche Neige se leva. Sa pierre était de l'eau au moulin de Rubon. Or, cette vieille carne drainait la confiance de pas mal de propriétaires d'argent et sans argent, pas de guerre.

Elle remplit un verre de schnaps, le posa à côté du mage logographe et alla à la fenêtre, où elle colla son petit nez mou. Ça neigeait dru, sur la gauche. Lentement, la mémoire lui revenait... Elle repensa au château de son enfance, une bâtisse épouvantable avec cinq cent trente-trois marches en pierre poreuse à brosser. Et puis à sa belle-mère, la sorcière, la fière salope et son Miroir, tous deux cousus de perles. Et puis, à ce pauvre chasseur tremblotant qui lui conseillait de fuir. Et puis, à la cabane des sept nains, dont six connards portés sur la bouteille et la jovialité grasse. Le genre à siffler en travaillant, et aussi en lapidant les elfes noirs. Le septième, c'était Grinchelungen. Le seul qui buvait raisonnablement et ne riait pas aux jeux de mots racistes de ses frères. Le seul, aussi, qui ne lui avait jamais mis la main aux fesses. Le seul, en clair, qu'elle avait fourré dans ses bagages quand elle était tombée, au détour d'un buisson, sur un petit baron d'Obersturm décidé à se marier très loin de son baronnat et très au-dessous de sa condition pour faire de la peine à sa mère.

Ç'aurait pu être mieux : Olaf était en mille huit cent soixante-dix-septième position sur la liste des prétendants au trône d'Obersturm, et Blanche Neige ne devait sa couronne qu'à mille huit cent soixante-seize forfaitures, dont trois franchement immondes.

Ç'aurait pu être pire. Il y a aussi des fils indignes au Gronelande.

Ça faisait très longtemps que Blanche Neige n'avait pas remis les pieds dans le château de son père. Depuis le jour où, bardée de sorts et bouffie de haine centenaire, elle avait déferlé par surprise sur sa belle-mère avec cent guerriers cuirassés de crasse. Elle l'avait eue, la carne ! Elle avait découpé son corps d'albâtre en tout petits bouts, auxquels elle avait donné les usages les plus ridicules possibles. Pour faire bonne mesure, elle avait pensé briser le Miroir, mais briser un Miroir magique, c'est tout un tintouin, des conjurations sans fin. Elle s'était contentée de le faire ressertir dans un cadre ridicule aussi. Elle avait hésité entre des coquillages peints en rose et des coquillettes peintes en bleu. Finalement, elle avait choisi des graines de saucisson des forêts, une plante absolument grotesque dont elle avait trouvé une bouture dans la cave de sa belle-mère. Elle l'avait emportée en souvenir, d'ailleurs, cette bouture, et cultivait un plant de saucisson des forêts dans le crâne de belle-maman. Dans ses trous de nez, très exactement.

Après quoi, elle s'était fait déloger tambour battant du château de son père par un escadron du Roy du Sude. Le domaine avait été saisi et vendu aux enchères. Elle croyait savoir qu'il avait été racheté par une famille de parvenus.

« Monsieur Dubois et madame, née Dormant, si j'ai bonne mémoire, marmonna-t-elle.

— Vous dites, Votre Majesté ? demanda le mage logographe qui sirotait son schnaps.

— Rien, rien. »

Elle regarda sur la droite. Il y neigeait dru aussi. Ça faisait longtemps qu'elle n'avait pas pensé à Cendrillon. Elles avaient pourtant bien rigolé, toutes les deux, pendant les quelques semaines que Cendrillon avait passées dans la cabane des sept nains après sa fugue. Elle trimbalait dans son tablier crasseux une pantoufle de verre confortable comme une enclume, et roulait d'énormes pétards qui les faisaient hurler de rire jusqu'à pas d'heure. Il n'y avait que Grinchelungen qui acceptait parfois d'en fumer un avec elles. Les autres nains râlochaient que le ménage ne se faisait pas tout seul et que la drogue c'est mal, *hips*.

Et puis, un jour, Cendrillon avait disparu. *Peut-être que son prince s'est décidé à divorcer de sa nouvelle épouse*, s'était dit Blanche Neige. Et dans la journée, elle avait croisé Olaf d'Obersturm, son futur époux, au détour d'un buisson. Elle n'avait plus jamais pensé à Cendrillon. Jusqu'à ce que ce drôle de mage vienne la regarder sous le nez.

C'était gonflé. Avec son chapeau pointu, il puait le magicien à dix mètres et tout Obersturm savait que la pratique de la magie était un crime de lèse-Impératrice – ce qui rappelle une belle-mère ne fait jamais plaisir.

Blanche Neige avait toujours pris grand soin, d'abord de faire encabaner sans retour tous les mages, magiciens, mires et sorciers qui traînaient à l'intérieur de ses frontières, par pur ressentiment personnel, ensuite d'apprendre tous les sorts qui lui tombaient sous la patte car « Haineux n'est pas neuneu », lui avait appris Grinchelungen.

Et voilà ce mage au chapeau pointu qui sonne à la porte du palais, secoue sa cape blanche de grésil, se plante devant elle et lui dit :

« Cendrillon ?

— Ah non. Moi, c'est Blanche Neige. »

Il avait fondu en larmes. Puis il lui avait raconté ses fiançailles avec Cendrillon.

« Ça me paraît très bien, cette histoire de pantoufle de verre, avait commenté l'Impératrice. Je ne vois pas ce qui a pu rater.

— C'est que mon Archichevèque a voulu bénir la pantoufle, avait expliqué le mage. Il l'a trempée dans l'eau bénite avant qu'on commence à l'essayer à toutes les filles à marier du royaume.

— Et alors ?

— Le verre s'est ramolli, et la première qui y a passé le pied est rentrée dedans comme dans du beurre. C'était la Margot, duchesse de Bourenbrie. La bouche comme un moulin, le cul aussi, la cervelle pareille. J'ai tenu deux mois, j'ai fait druide.

— Et comment ça peut fondre dans l'eau, du verre ?

— J'ai fait analyser la pantoufle. La fée marraine avait voulu économiser sur les sorts. Au lieu d'utiliser un sort de silice pour rendre le verre souple, elle s'était contentée de faire un mélange moitié verre, moitié agar-agar. Et l'agar-agar, ça fond dans l'eau.

— Elle est où, maintenant, celle-là ?

— Oh, elle s'est rangée du marrainage, depuis. Elle travaille comme première styliste chez Hennin & Co., la boutique de mode des fées.

— Et l'Archichevèque ?

— Il n'était pas fier. Je serais le Bon Dieu, je me sentirais moi-même légèrement merdeux.

— Et Cendrillon ? Vous n'avez jamais retrouvé sa trace ?

— Non. Ma police était bien faite, j'ai su qu'elle avait fugué juste après mon mariage. Mais dans la forêt, plus rien. J'ai juste trouvé une cabane de nains miniers, vide. Il y avait des traces de son passage. Son jupon, son mouchoir.

— Vous étiez drôlement amoureux, vous !

— Oh oui ! D'habitude, quand les fées se mêlent de marrainage, elles laissent aux amoureux trois secondes d'entrevue avant les noces, quelque chose comme un clin d'œil entre deux branchages. Résultat, on se retrouve uni pendant cent ans à une hystérique. Alors que moi, j'ai eu droit à une soirée entière pour faire connaissance avec elle, coup de chance. Je tombe sur une jolie fille, un peu d'acné mais bon, c'est l'âge, et pas bégueule pour un sou, coup de chance. Je tombe amoureux, c'est réciproque, coup de chance. Et voilà. Tout ça pour un peu d'agar-agar.

— Ah, on est peu de chose.

— Alors j'ai fait druide. Pour que les arbres de la forêt, qui avaient sûrement été témoins de quelque chose, apprennent à me parler et que j'apprenne à les comprendre. Il ne fallait pas être pressé ! J'étais presque minéral quand j'ai eu le fin mot de l'histoire, d'un chêne au bord du bois de chauffe. Il m'a parlé de deux filles. L'une s'est fait empoisonner par une vieille sorcière armée d'une pomme et d'un sarcophage en verre, l'autre a fichu le camp avec un prince du Nord. J'ai consulté les archives d'octroi de l'époque et le seul nom nordique que j'ai trouvé, c'est Olaf d'Obersturm. C'est pour ça que je suis là.

— Vous aviez une chance sur deux.

— J'avais.

— Et le sarcophage en verre ?

— Disparu. Envolé avec les nains. Je n'ai pas de chance avec le verre.

— Envolé ?

— C'est ce qu'a dit l'arbre. Envolé. Je n'ai pas pu en tirer autre chose.

— Et qu'est-ce que vous allez faire, maintenant ?

— Je ne sais pas. Dans les montagnes du Milieu, j'ai rencontré un vieux casse-pieds, un éleveur de gragons.

Il a besoin de gars comme moi, m'a-t-il dit, proches de la nature et des bêtes, pour garder ses troupeaux de gragons rouges. Pourquoi pas ? Ça ou autre chose...

— Mais c'est dangereux, ces bêtes-là !

— Non, pas si on a les amulettes. Tenez. C'est une pierre pour commander les gragons. Il m'en a donné une demi-douzaine en me demandant de réfléchir. Je vais peut-être y aller. Avec un peu de chance, les gragons ont plus de conversation que les arbres. »

Il s'était levé en soupirant, avait refermé sa cape trempée, redressé d'une tape son chapeau pointu :

« Où sont les toilettes ? »

Juste avant de quitter l'Impératrice, il avait ajouté :

« Attention, cette pierre peut contrôler tous les gragons, sauf les gros Sueux. Ceux-là, il semble qu'il faille un tombereau de runes pour en venir à bout. Heureusement, après une bonne ventrée de cent mille personnes, ils ont tendance à siester six mois. Ah ! Attention : il faut toujours parler gentiment à un gragon. Toujours. Ce sont des êtres hypersensibles. »

Blanche Neige avait évité de dire au mage qu'à son avis, le coup de la pomme empoisonnée était bien dans le genre de sa belle-mère et que, toujours à son avis, sa belle-mère, avec sa manie de choisir des déguisements mirauds, s'était trompée de princesse. Ça lui aurait fait de la peine.

Surtout d'apprendre que la seule personne à savoir où était entreposé le sarcophage en verre contenant sa dulcinée était actuellement sous forme d'une vingtaine d'objets d'usage courant, dont le siège des cabinets d'aisance dont il sortait tout juste.

« On en était où ? demanda Blanche Neige en décollant son nez de la vitre embuée.

— À rien, rien, répondit le logographe.

— Non, avant.

— À merdre.

— Ah, oui. Dis-moi, mage, tu vois le ballon, là, avec une raie au milieu ?

— Oui ?

— Tu sais en quoi il est fait ?

— Oui, oui !

— Alors, si Rubon te demande ce que signifie la dernière phrase, celle écrite en tout petit, tu réponds quoi ?

— Euh... le temps restera nuageux sur la majeure partie du pays ?

— Bien, très bien. Bois ton schnaps. »

De toute façon, Blanche Neige était sûre que le gros Sueux aurait eu ses cent mille victimes d'ici peu, et qu'il serait parti pour ses six siècles de sieste avant même qu'elle ne passe les frontières.

« Il avait bien dit six siècles, le mage pointu, non ?

— Comment ?

— Bois. »

***

Tute hurlait comme un goret tandis que les bandits de petit chemin le déshabillaient pour l'embrocher. Ligotées nues, la tête à l'envers et les jambes écartées, les trois filles hésitaient à envier son sort. Surtout Vareuse-Tagueule à laquelle un des malfrats, un œil fulminant et l'autre clos et bouffi, avait promis de faire de ce qui restait de poivre un usage qu'elle était bien décidée à ne pas comprendre. Installé sur le petit paquet tombé des chausses de Tute, Cruc fermait son bec. Peau d'Âne ferma les yeux et implora :

« Baguette, ma baguette, je t'ordonne de ranger dans ma malle cette horde de fous furieux, je t'ord... »

La malle explosa littéralement, se matérialisant du même coup : vouloir faire tenir quinze hommes dans une seule malle, même magique, c'était bien au-delà de ses maigres enchantements. Elle avait craqué à cinq.

Une gerbe de débris humains, de bijoux et de soieries resplendissantes recouvrit le campement. Il y eut une seconde de flottement, puis un des brigands rescapés se jeta, en hurlant au gâchis, sur la robe d'or qui était retombée juste dans le feu.

« Yahou ! » fut la seule oraison funèbre que les survivants concédèrent à leurs compagnons plus malheureux. Ils passèrent un bon quart d'heure à ramasser à pleines mains les broches en forme d'éclairs et les démêloirs en diamant.

« Nondidju, les gars ! Une pompe en cristal.

— Non. En verre », fit une voix sépulcrale.

L'homme eut juste le temps d'entr'apercevoir la haute silhouette pointue qui venait de surgir d'entre les arbres : un lierre vivace enlaça ses pieds, lia ses genoux, le serra à la taille puis à la poitrine, et enfin au cou.

Le mage pointu fit le tour du campement : les bandits bayaient aux corneilles, raides dans leur corset de lierre, la face noire et la langue sortie. Le lierre, c'est ce qu'on fait de plus efficace au combat, chez les druides. Des criquets commencèrent à scier les liens des filles.

« Euh... la grand mercy à vous, gentil prince, souffla Aurore.

— C'est à toi, cette pantoufle de verre ? grogna le mage.

— Peau d'Âne ? Messire veut savoir à qui appartient ta pantoufle !

— À moi », dit Peau d'Âne qui, à genoux, tapotait la main de Tute évanoui.

Le mage pointu s'approcha d'elle, terrible et glacial. Peau d'Âne se recroquevilla contre ses propres genoux.

« *Qui* t'a offert cette pantoufle ?

— C'est mon père qui l'a fait faire pour moi. C'est du verre, c'est immettable.

— *Qui* t'a donné l'idée de demander des pantoufles de verre?

— Un... une histoire que me racontait ma nounou! Une légende!

— Ah. »

La forme noire à la voix terrible reposa la pantoufle dans l'herbe.

« Quelle idée », dit-elle encore.

Et elle disparut.

« Qui estoit-ce? souffla Aurore. Ah! »

La forme noire la tenait par la peau du cou, faute de mieux :

« Ne m'appelle plus JAMAIS prince. »

Et elle disparut pour de bon.

« Baguette, ma baguette, mets donc un peu d'ordre dans mon linge, veux-tu? chuchota fébrilement Peau d'Âne. Vareuse-Tagueule, renfile ta vareuse! Aurore, habille-toi, on fiche le camp. Aurore! Non, mais non, on ne peut pas tous s'évanouir, on n'en sortira jamais!

— Tiens, j'ai trouvé c'teu fiole près du feu. Ça va la requinquer. »

La petite vareuse fit sauter le bouchon d'une gourde de vin, glissa le goulot entre les dents d'Aurore.

« Glark! » Aurore recracha. « C'est quoi? postillonna-t-elle. C'est du poison?

— Snif? » La petite vareuse renifla. « Ça rappelle le truc contre les blattes. J'arrive pas bien à comprendre ce que tout le monde a contre les blattes, à c't'heure.

— Hop là! s'exclama Aurore. Petite vareuse, n'opines-tu point que le sol se meut? »

***

Blanche Neige se moucha un grand coup puis hurla :

« Et si on campait là, Grinchelungen ?
— Comment ?
— Je dis : et si on campait là ?
— Comment ?
— Oh, rien.
— Comment ? »

Le blizzard soufflait comme un fou autour des hauts pics du Milieu. L'armée de l'Impératrice, cruellement enneigée, se traînait lamentablement entre un gouffre impitoyable et un dévers sans pitié sur un chemin verglacé. L'Impératrice, juchée avec son énorme pelisse sur un lamache des neiges, ôta ses lunettes de glacier. Elle tenta de les essuyer, ne parvint qu'à les barbouiller de cristaux gelés, les remit sur son nez et soupira un torrent de vapeur.

« Aire de campement droit devant ! brailla Grinchelungen dans la tornade glacée.
— Comment ? »

Elle avait très bien entendu mais c'était bien fait pour lui. Elle se retourna : trente mille cavaliers serpentaient derrière elle, fumant et peinant.

« Gragon rouge droit devant aussi ! » cria Grinchelungen.

L'Impératrice farfouilla dans ses innombrables poches poilues, à la recherche de sa pierre chasse-gragon. Elle l'empoigna, descendit de son lamache, tomba à genoux dans la poudreuse, se releva et avança à grandes enjambées vers la monstrueuse bête écarlate qui se tenait assise au milieu d'un trou de glace fondue.

« Petit, petit, petit ! vociféra-t-elle en agitant la pierre.
— Vous ne devriez pas faire ça.
— Comment ?
— Je dis : vous ne devriez pas faire ça, répéta le petit bonhomme décharné et totalement nu qui la regardait depuis une corniche barbue de glace.

— Je fais quoi, alors ?

— Vous lui dites : "Va-t'en, s'il te plaît." Parce que sinon, il va venir vous faire un câlin et je ne crois pas que vous soyez ignifugée. »

***

Du temps qu'il était druide, le mage pointu s'était vaguement imaginé qu'il n'existait nulle part plus lents d'esprit ni plus bornés que les chênes, suivis de près par les bouleaux et les ormes. En fait, comparés aux gragons noirs, c'était de la gnognote.

Par contre, les gragons rouges n'étaient pas trop sots. Niveau roncier, en quelque sorte. Et les petits gragons dorés avaient la vivacité du lierre : bêtes comme des vases mais rapides, ils comprenaient tous les ordres de travers et les exécutaient avant qu'on ait eu le temps de rectifier. Les petits gragons dorés sont très dangereux.

Quant aux gros gragons Sueux, autant essayer de discuter avec un baobab fossile.

Le mage pointu, qui n'était alors qu'un druide reconverti dans l'élevage de bêtes stupides, avait fini par nouer de réels liens d'affection avec Smu, un gragon bleu. Cette créature qui ne supportait pas le froid, le chaud ni le tiède, d'une rare maladresse, dure d'oreille et d'une délicatesse d'estomac à ne tolérer que les légumes bouillis, était en voie de disparition complète. Chose compréhensible puisque par là-dessus, Smu était aussi sot que tous les gragons et doté d'une mémoire déplorable. Ou, peut-être, cette amnésie apparente était-elle due à la lenteur géologique de ses raisonnements.

Un matin que le futur mage pointu préparait un chaudron de sable à la neige pour Tantor, le gragon rouge atteint d'ignolalie, Smu bâilla largement, se flanqua sa langue bifide dans l'œil, fit « Ouille ! » et chuinta :

« Entendu parler de ton stoire boîte de verre. »

Le pas encore mage pointu (et zut, son nom est Charles Hubert) eut un haut-le-corps :

« Ça fait un bon siècle que je te l'ai racontée, celle-là. Et alors ?

— Parlé gragon vert. Vu boîte. Portée dos.

— Tu veux dire qu'un de tes copains a transporté un sarcophage en verre sur son dos ?

— Ouitre.

— Jusqu'où ?

— Sous Sueux.

— Sous ? Tu veux dire qu'on a enterré ma fiancée *sous* un gros Sueux ??? Où ça ?

— Sais pas.

— Et qui le garde, le gragon Sueux ? Il y a toujours un garde bourré d'amulettes, près d'un gros Sueux !

— Nomes. »

Charles Hubert tremblait de bonheur et d'angoisse. Smu en profita pour manger la moitié de son chapeau pointu.

« Mulettes pattoirs, finit-il par lâcher. Pattoirs jaunes. Trésors ! »

Les yeux facettés de Smu étincelèrent. La principale caractéristique d'un gragon, ce n'est pas d'avoir des écailles ni de cracher du feu : c'est une irréductible tendance au capitalisme.

Le lendemain, Charles Hubert donnait sa démission au vieux gardien de gragons et repartait de par le vaste monde, à la recherche d'un peuple de gnomes gardant un gros Sueux à l'aide de battoirs en or. Autant dire qu'il erra.

En chemin, et pour protéger son chef déshabitué du soleil, il s'acheta un nouveau chapeau encore plus pointu qui lui parut coquet.

Il traîna tristement son maigre espoir jusqu'au jour où il rencontra, dans les collines de Morris, une donzelle mi-gnome mi-bière, enceinte jusqu'aux yeux et portant, à la ceinture, un énorme battoir en or pur garni de runes. Charles Hubert essaya de lui parler en usant des sorts d'amabilité onctueuse qui avaient fait son succès auprès des gragons. Mais, si faire ronronner un gragon n'est pas à la portée du premier mage venu, parler ne serait-ce que de la pluie et du beau temps avec une Uckler quand on n'est pas Uckler n'est à la portée de personne. Le mage dut donc, au milieu des hurlements avinés de la donzelle, se contenter d'insuffler au fœtus une certaine sobriété. Avec celui-là, au moins, il pourrait discuter aimablement d'ici une vingtaine d'années.

En attendant que le sort agisse, Charles Hubert rôda dans les alentours, affligé d'une humeur proprement massacrante et d'une propension à faire des niches déplorables aux passants. Il profita aussi de son temps libre pour faire valider par correspondance ses U.V. de mage, option druide, auprès de l'université d'Anctivaâ. Ainsi naquit le mage pointu.

Aïe ne vint pas au monde exactement avec les dispositions d'amabilité prévues, mais le résultat fut inespéré : en moins de quarante ans, les amulettes gardiennes du gragon Sueux étaient fondues en vulgaires lingots, le gragon Sueux levait son énorme arrière-train de dessus Cendrillon, et Charles Hubert n'avait pas à se reprocher de risquer la peau du Monde contre celle de sa fiancée : presque rien de tout ça n'était sa faute. Les mages, comme beaucoup de lettrés, se laissent parfois aller à un rien d'hypocrisie.

Autant dire que Charles Hubert fit une pub à tout casser à l'Antiblator de la Baffe, Aïe & Fils (à base de saucisson des marais). Ainsi naquit la terrible légende du mage pointu.

En attendant que le vallon Uckler refroidisse après le passage calamiteux du gragon Sueux, Charles Hubert continua à errer alentour, affligé d'une humeur de plus en plus angoissée : c'est qu'il avait perdu, au cours de ces quatre cents ans, beaucoup de ce velouté juvénile qui avait su plaire à Cendrillon.

***

« Il… il fait bon chez vous, grelotta Blanche Neige en resserrant sa pelisse autour d'elle.
— Dans les 5 °C. Je suis devenu un peu frileux, avec l'âge », soupira le vieux gardien de gragons.

L'Impératrice s'assit sur un moellon de glace et se moucha un grand coup.

« Et ça rend bien, le gragon ?
— Couci-couça. Les gens préfèrent les molossoïdes, maintenant. Moins efficaces, mais le mobilier et l'immobilier risquent moins.
— Alors, pourquoi continuez-vous ?
— Vous savez, gardien de gragons, c'est rarement une vocation. En général, ce sont des gens qui cherchent à oublier un gros chagrin d'amour. Et puis après, qu'est-ce que vous voulez, on s'attache.
— Vous avez entendu parler du gragon Sueux du Sude ?
— Oh, oui. »

Le vieillard tisonna sa forge.

« Et qu'en pensez-vous ?
— Pas du bien. Ces bestioles contribuent grandement à l'équilibre du monde. Vu leur masse, dès que l'un d'entre eux bronche, c'est le monde entier qui vacille. Si ce Sueux-là se déplace trop loin, la masse terrestre ne sera plus correctement répartie.
— Et ?

— Et quand un monde plat comme le nôtre vacille trop, il advient qu'il finit par basculer sur le côté et par aller se briser au fond de l'univers, comme une assiette sur le carrelage.

— Ah. »

L'Impératrice commença à se demander avec inquiétude si elle n'allait conquérir le vaste monde que pour le voir s'émietter comme une vulgaire soucoupe à cavé.

« Bah. Une bonne ventrée et il nous dormira ses six siècles.

— Mois, madame, mois. Six mois.

— Ah. Hop là ! Le sol a bougé, non ?

— Si. Ça commence. »

***

Le soleil avait peine à percer au travers du nuage de suie que le gragon Sueux avait répandu sur la contrée.

« Un château ! s'exclama Peau d'Âne.

— Je ne vois que l'herbe qui noiroie…

— De l'autre côté, Aurore.

— Tudieu ! Un donjon de la bonne manière.

— Vindieu ! Une sinistre bastille.

— Ta gueule. »

Planté au milieu d'un champ de charbon pulvérulent, le donjon secouait dans le vent d'été une guirlande de pendus de l'an passé et une coiffe de corbeaux hurleurs.

« En quel guêpier nous allons-nous encor fourrer, soupira Aurore.

— J'ai faim, plaida Tute. On trouverait peut-être quelque chose dans les cuisines ?

— J'ai aussi grande sécheresse en mon gosier et un vaste gouffre en la tripe, mais bien sais-je reconnaître un piège à cons quand j'en vois un !

— Tiens, ton vocabulaire s'améliore, rigola Peau d'Âne. Alors, Cruc? Que croassent tes anciens collègues?

— Qu'il n'y a rien là-dedans. Rien de vivant, du moins. Les habitants ont fui le Sueux.

— Ou alors, ils sont morts de mélancolie, ou de faim dans les culs-de-basse-fosse, ou…

— Ta gueule!

— Vous faites ce que vous voulez, décréta Vareuse-Tagueule, et moi je fais le guet. L'a mauvaise allure avec ses pendeloques, votre château. »

Peau d'Âne, Aurore et Tute visitèrent le donjon du bout du pied.

« Bon, souffla Peau d'Âne, Tute, tu files aux cuisines. Toi, Aurore, jette un œil du côté de la chapelle, au cas où il y aurait des sous dans le tronc des pauvres. Moi, je monte aux appartements. J'y trouverai peut-être une bourse bien garnie.

— Tu as les clefs? s'inquiéta Tute.

— J'ai trouvé ce trousseau par terre. Il est tout cracra, d'ailleurs. »

Un quart d'heure plus tard, Aurore jaillit en hurlant du donjon.

« Ventre Saint Vit! Mes parents estoient des cannibales! Des tortionnaires! Je suis maudite! »

Elle se roulait dans la suie et glapissait.

« Tu vas te calmer? demanda posément Peau d'Âne.

— Des suppôts du Démon!

— *Clac!* »

Aurore fondit en larmes.

« Quoi, des suppôts? grinça Peau d'Âne.

— Ce signe, là! Les deux bâtons croisés! J'avions vu les mêmes au faîtage de la chapelle du mien châtiau! Icelle où je fis mes épousailles!

— Bon. C'est une croix chrétine. Qu'est-ce qui te fait dire que c'est démoniaque ?

— J'ai vu l'usance qu'on en avoit! Un genre de rôtissoire ! Une broche ! Ils ont cloué un bonhomme en dessus ! Avec des clous partout ! Et il y avoit un placard doré, marqué "Le sang et la chair de l'homme" et dedans, une coupe pleine de sang et une écuelle pleine de ah ! Et mêmement marqué "Mangez et buvez-en tous" ! Jà suis-je maudite ! Rôtie septante fois sept siècles sur un gril à clous !

— Bon, bon, bon. Je vois que les marraines ne t'ont pas imposé la catéchèse en plus de la cabane en bois. Alors j'explique. »

Peau d'Âne s'assit à côté d'Aurore qui sanglotait toujours :

« Laissez-moi mourir, je serais un poids pour vous.

— Au commencement était le Verbe, et les nuées planaient dans les Ténèbres (Genèse1-1). Vareuse-Tagueule, va rejoindre Tute aux cuisines : j'en ai pour un moment. »

***

Le mage pointu s'agenouilla, ferma les yeux et laissa filer sa conscience le long d'un immense ruban de racines. À l'autre bout, au centre du vallon Uckler, on sentait encore les 250 °C. Les flaques de roches, fondues par le souffle du gros Sueux, claquaient en se refroidissant.

Charles Hubert se releva, s'essuya les mains, et remplit d'Antiblator les poches d'un cadavre que détroussait un détrousseur de cadavres.

***

Les grands alcooliques divins   115

« Quand on ne sait pas tenir son gragon noir, on n'invite pas les gens à dormir ! glapit Blanche Neige.
— Çà ! J'avais dit de ne pas jeter de caouètes aux animaux, répliqua le vieux gardien de gragons. Ils ont toujours tendance à prendre ça pour un apéritif.
— Grinchelungen ! On lève le camp ! Je paye mes troupes pour se faire massacrer, pas boulotter ! »
De rage, l'Impératrice, en sortant de la forge du vieux gardien, flanqua un grand coup de pied au grand tableau qui en ornait le seuil et représentait une grande jeune fille – laquelle ressemblait foutrement à feu sa belle-mère.

***

Aurore sortit un mouchoir de sa poche et se moucha.
« Puis, il les emmena jusque vers Béthanie et, levant les mains, il les bénit (Évangile selon saint Luc 24-50), acheva Peau d'Âne, à bout de souffle.
— Et après ?
— Après, c'est fini. Tu vois bien que c'est pas des suppôts de Satan : c'est des légendes. Il n'y avait pas autre chose, dans la chapelle ?
— Un gros bonhomme allongé par terre, baignant dans son sang. Un gros bonhomme au poil teint au henné bleu.
— Revoilà Tute et Vareuse-Tagueule.
— On a trouvé à manger ! piailla Tute.
— Une pleine caisse de galettes et un muid de beurre ! s'enthousiasma Vareuse-Tagueule. Et toi, Peau ?
— Je n'ai rien vu d'intéressant. Quelques paillasses, trois tapisseries. Il y avait encore un petit cabinet fermé à clef, mais la clef était toute poisseuse et ça puirait sous la porte. J'ai laissé tomber. J'ai trouvé ça, aussi. Pendu au clou, près de la porte de la garde-robe.
— Un hennin ?
— Regardez les initiales dedans.

— H & C. Qu'est-ce donc ? demanda Aurore.
— La Hennin & Co. Chapeau de marraine. Chaque fois que ça pue quelque part, il y a une marraine. Je veux dire : chaque fois qu'il y a une princesse et une marraine, ça puir. Le purin, le démon, le moisi, le cadavre. Ça pue.
— Vertuchou », murmura Aurore.

Et ils avalèrent chacun leur galette, en méditant face à la ligne d'horizon noire de suie.

***

Armé d'une pelle, d'une pioche et de quatre siècles d'amour frustré, Charles Hubert s'attaqua à la croûte de roche vitrifiée qui recouvrait le vallon Uckler.

***

Louvoyant habilement (grâce à la vue perçante de Cruc) entre les feux de camp où rôtissaient des gnomes, les trois filles et Tute refermèrent sur eux les lourdes portes carbonisées du château Dormant. Une aile était restée intacte, cent ans de poussière compris.

« Ben vrai! J'avais compris que les gens de la haute regardaient pas trop à la crasse, mais à ce point!
— Oh, ta gueule. »

***

Frappées par une dysenterie épouvantable, les troupes de l'Impératrice prirent du retard sur le versant sud des montagnes du Milieu.

***

Charles Hubert entama la strate du carbonifère, Aurore renvoya d'un R.I.P. pépé Oswald à son lit éternel, Grinchelungen négocia un chargement de racines d'imodium avec un paysan des contreforts, et Tute entra par curiosité dans la chambre d'Aurore :

« Des graines de saucisson des forêts ! »

Il tourna de l'œil.

« Oh oui, c'est toujours vous la plus belle », répondit le Miroir.

***

Il ne faut pas croire que la belle-mère de Blanche Neige était une sorcière émérite, du simple fait qu'elle sut persuader un gros Sueux de se coucher là où elle le voulait : il n'est jamais bien difficile de convaincre un gros Sueux de dormir. Le point, c'est de l'empêcher de se réveiller. Pour ce faire, il faut des amulettes couvertes de runes et la belle-mère de Blanche Neige avait eu tout le temps de les apprendre, car elle était mariée à un mage gragonnique d'un ennui sans bornes. Elle l'avait planté là pour un beau roi, hélas empêtré d'une petite pisseuse, en emportant son Miroir magique ainsi que son livre runique. Comme de juste, l'époux abandonné s'était fait éleveur de gragons dans les montagnes du Milieu, là où le paysage semble pleurer avec vous, tout au long de l'année, la rigueur de l'amour, la cruauté de la vie et la méchanceté du monde.

À part ça, la belle-mère ne valait pas tripette en magicerie. Essentiellement parce qu'elle était atteinte d'une terrible dysmorphophobie qui la poussait à l'anorexie, aux masques de pougères et à la consultation quasi permanente de son Miroir, au détriment de l'étude assidue des grimoires et des sorts.

***

« Tu es sûr que c'en est ? » demanda Peau d'Âne à Tute.

Allongé sur le lit pulvérulent d'Aurore, le gnome haletait.

« Sûr ! Des graines. Autour du Miroir ! Ce sont des graines... des graines de saucisson ! Faut que j'y aille ! En Uckler !

— Tout de suite ? »

Tute se leva d'une pièce, décrocha le Miroir du mur et fila comme une flèche.

« Mon Miroir ! piailla Aurore.

— Il a chopé le serin, avec vos foutus bains. J'l'avais dit !

— Ta gueule !

— Suivons-le ! On dirait qu'il est drogué », dit Peau d'Âne.

***

L'ultime croûte de roche céda sous la pioche véhémente de Charles Hubert. À l'abri de sa cloche de verre, Cendrillon souriait aux anges.

***

« Grinchelungen ! hurla Blanche Neige. Elle tient encore debout, cette ville ? Ou est-ce le même méchoui que la précédente ?

— Elle tient debout, Votre Altesse.

— Alors, à l'assaut ! Rasez-moi ça ! »

***

Charles Hubert, une fois la cloche ôtée, tomba en admiration devant la merveilleuse fraîcheur de sa princesse, toute souriante sous son bonnet fripé. Elle avait même encore, au coin du nez, le petit point noir dont il se souvenait.

Il se leva, secoua ses manches, remit son chapeau et commença d'invoquer tous les Dieux du Réveil et du Matin.

***

Quelque part entre le château du Bois Dormant et le vallon Uckler :
« Tu ne l'as pas perdu de vue, Cruc ? crachouilla Peau d'Âne.

— Non ! Il est à une flopée devant nous, le nez dans la bouillasse. Comme vous trois.

— J'ai jamais autant pataugé dans la crasse que depuis que j'fraye avec des princesses, moi.

— C'est ce foutu sol qui bouge de plus en plus. »

***

« Holà, mon Grinche ! A-t-on des nouvelles du gragon Sueux ?

— Un émissaire est revenu vivant, Votre Majesté. C'est une nouvelle, si on veut.

— Parfait. C'est qu'il a dû finir par s'endormir, le gros.

— Je me demande si Rubon n'avait pas raison, Votre Majesté.

— Qu'est-ce que tu veux dire ?

— Cette sale bête a déjà mangé le quart du royaume et elle recommencera dans six mois. Je n'aimerais pas être encore dans le Sude dans deux ans.

— Ni dans le Nord dans quatre, mon bon Grinchelungen. C'est ça, le problème.

— Hop là ! Qu'est-ce que ça bouge.
— Ni nulle part dans pas longtemps, grommela l'Impératrice entre ses dents. La politique, ça n'est jamais simple. »

***

À bout de sorts et de salive, Charles Hubert se pencha sur Cendrillon : rien. Pas un frémissement de la paupière, pas un tic facial, rien. Elle ronflait même légèrement. Allait-il échouer si près du but ? Bouleversé par un considérable attendrissement sur lui-même, Charles Hubert se pencha sur les lèvres vermeilles et les embrassa doucement.

Cendrillon ouvrit les yeux.

***

« Tute ! Il tourne tout le temps de l'œil, râla Peau d'Âne.
— C'est céans, le vert vallon Uckler, avec les chaumines, les petits oiseaux et la bière qui coule à flots ? dit Aurore d'un air inquiet. Pour le moment, à part cent acres de suie, je ne vois goutte.
— C'est que vous avez une sorte de malédiction de la crasse, à mon avis. Manquent que les blattes.
— Ta gueule ! râla Peau d'Âne.
— Je vois quelqu'un là-bas ! Messire du Pointu qui donne des soufflets à une donzelle pâmée. »

***

« Je suis vraiment devenu si laid que ça ? demanda Charles Hubert en se regardant dans le Miroir que tenait Tute.

— Oh non, Votre Majesté. C'est toujours vous la plus belle.
— Qu'est-ce qu'il dit ? sursauta Charles Hubert.
— Ce n'est rien, il est gâteux, croassa Cruc.
— Je suis marrie, mon doux prince, bafouilla Cendrillon. Ce n'estoit point votre face qui tant me causa d'émotion que je m'en pâmai, mais c'estoit, euh… l'émotion, quoi.
— Laisse, Cendrillon, fit le mage pointu d'un ton las. Je comprends.
— Je me demandois à quelle pression psychologique abominable a été soumis ceste Miroir, pour bégayer toujours la même chose, dit Aurore d'un air songeur.
— Ne m'en parlez pas, dit le Miroir. La culpabilité me ronge. J'ai été sincère une fois, depuis je préfère radoter.
— Quelle fois ?
— Je lui ai dit que Blanche Neige était quand même un sacré beau brin de fille. Moi et ma grande gueule… »
Cendrillon et Charles Hubert se tournèrent d'un bloc vers Tute :
« Il est à toi, ce Miroir ?
— À elle ! rétorqua-t-il en désignant Aurore.
— Il estoit déjà dans le château de Bois Dormant quand mon aïeul l'a acheté ! » protesta Aurore.
Charles Hubert se pencha vers le Miroir dépoli et piqué. Il prit sa voix de gardien de gragons :
« Miroir, mon beau Miroir, s'il te plaît, montre-moi Blanche Neige. »
Vision de l'Impératrice d'Obersturm comptant un à un les écus du trésor public de Puralt.
« Elle a fait son trou, la roulure, souffla Cendrillon.
— Miroir, mon beau Miroir, montre-moi celle dont tu parles tout le temps, la fameuse Majesté qui est la plus belle », reprit Charles Hubert.

Vision d'un gros ballon blanc avec une raie au milieu.

« Il est gâteux, cruic.

— Miroir, mon beau Miroir, montre-moi Blanche Neige quand elle était dans la forêt avec les nains et Cendrillon. »

Deux paysannes en bonnet blanc et un nain barbu se promènent dans les bois en fumant un pétard de douze pouces.

« Miroir, mon beau Miroir, montre-moi le moment où Cendrillon a quitté la maison de Blanche Neige et les nains. »

Une vieille pas belle, toute courbée, avec un gros nez et un panier d'osier, tend une pomme vermeille à une Cendrillon hilare.

« J'estois défoncée », précisa Cendrillon.

Au fond du Miroir, Cendrillon croque dans la pomme et tombe sur l'herbe, juste au pied d'un gros chêne. La vieille pas belle hèle un gragon, qui se pose. Il a un sarcophage en verre ficelé sur le dos.

« Mais c'est une cloche à fromages pour réception de huit cents personnes ! » s'exclama Tute.

La vieille soulève Cendrillon comme un fétu (« Pas une vraie vieille », ronchonna Charles Hubert), l'allonge sous la cloche à fromages, monte sur le dos du gragon vert et s'envole. Le gragon atterrit au cœur du vallon Uckler. La vieille dépose la cloche à fromages et repart dans l'autre sens. Du haut de son gragon vert, elle lâche une boîte de gaz Plon sur la maison des nains, les entasse tous les six endormis sur le gragon, retourne avec eux dans le vallon Uckler, les allonge près de la cloche à fromages et les réveille.

Les nains creusent, ils enterrent la cloche à fromages. Soudain, ils s'enfuient dans tous les sens, tandis qu'un immense gragon Sueux vient se poser mollement par-dessus la cloche à fromages. Le gragon Sueux se roule dans l'herbe, faisant voler les sycomores. Il s'enterre lui aussi, essentiellement pour se protéger des mouchenettes piqueuses. Un peu de sa sueur d'or coule entre deux mottes de terre grosses comme des tours. La vieille pas belle explique des choses aux nains, qui forgent une batterie de battoirs en or et les gravent. La vieille pas belle relit les runes en collant son nez dessus.

« Mais une vraie myope, par contre, grommela Charles Hubert.

« Et là, qu'est-ce qu'elle fait ? chuchota Cendrillon.

— Euh... je crois qu'elle est en train d'opérer trois des nains, bafouilla Charles Hubert.

— Pour quoi faire ?

— Pour, eh bien... pour qu'ils puissent se reproduire.

— Se quoi ?

— Tu vois la petite abeille sur la fleur, Cendrillon ? Alors en fait, le pistil... je t'expliquerai.

— Et là, elle fait quoi ? demanda Peau d'Âne.

— Elle ramène un nain fugueur par la peau du dos, expliqua Charles Hubert.

— C'est Atchoum ! s'exclama Cendrillon.

— Et là ?

— Elle plante des graines. Elle lance un sort dessus. Ouh, la salope ! Le sort de Tocse.

— C'est quoi ? fit Vareuse-Tagueule.

— Quand quelqu'un goûte une plante entocsée, il développe une dépendance à la plante doublée d'une lourde paranoïa crétinisante.

— Mais ce sont des graines de saucisson des forêts ! couina Tute.

— Tout juste. Une façon de s'assurer qu'aucun nain ne fuguera plus.

— Pour quoi faire ?

— Pour qu'ils restent tous autour du gragon Sueux, et le contraignent au sommeil par le cercle magique de leurs battoirs enchantés. »

Alors, la vieille pas belle fait un grand geste et apparaît sous sa réelle apparence de femme un peu tirée mais encore gironde, qui éclate d'un grand rire sardonique.

« Qui c'est, celle-là ? demanda Charles Hubert au Miroir.

— C'est la Majesté la plus belle. La belle-mère de Blanche Neige. Ah, elles ne s'aimaient pas, toutes les deux ! Enfin, me voilà soulagé : la jolie dormeuse est saine et sauve, au bout du compte. »

Il y eut un silence pesant. Charles Hubert regardait fixement dans le Miroir. Puis il ôta son chapeau et se mit à pleurer dedans, doucement.

***

En fait, à l'origine de tout ça, il y avait ce grand silence qui régnait dans le Purgatoire. Brisé çà et là par des discussions ineptes.

Et autant Mbalaoué aimait le silence, autant les discussions ineptes lui donnaient envie de mourir. Ce qui est embêtant pour un archon (deux tiers archange, un tiers démon).

***

Cendrillon passa son petit bras frais autour du grand col élimé de Charles Hubert.

« Ça arrive à tout le monde, de se tromper. »

Charles Hubert se torcha le nez :

« J'espère que le Bon Dieu a une bonne excuse.

— Hop là ! Ça bouge ! s'exclama Aurore.

— Ça n'ira qu'en empirant, bougonna Charles Hubert.

— On pourrait peut-être aller lui demander des comptes, à Dieu, grommela Peau d'Âne.

— Ma pauvre petite, à part un gragon Sueux, qui tu veux qui nous mène là-haut ? Et ce ne sont pas des bêtes obéissantes. »

On sentait bien que, depuis cinq minutes, Tute avait envie de dire quelque chose.

« Et vous, les filles ? demanda Charles Hubert dans un louable effort pour se changer les idées.

— Oh, nous... »

Vareuse-Tagueule parla d'ange et de bûcheron, Peau d'Âne de Marie Godeline, et Aurore de gâteau. Charles Hubert rit louablement :

« Les marraines d'aujourd'hui sont aussi douées que celles d'antan. »

Et il y alla de sa petite histoire d'agar-agar.

« C'est quand même étrange, dit Peau d'Âne. Ça me turlupine. Dans toutes nos histoires, il y a des problèmes de famille alors forcément, ça se passe mal. Mais il y a aussi une horde de fées, bonnes ou mauvaises, et il faut bien dire que je ne vois pas trop la différence entre les conséquences des actes des unes et des autres. Quand elles ne font pas n'importe quoi par méchanceté, elles le font par maladresse.

— Adonc, requérons des éclaircissements auprès de marraine Pomme, proposa Aurore. Demande à ton Miroir de voyage, pour ce que c'est le dernier qui l'a vue.

— Malle, mon Miroir ! »

Peau d'Âne essuya son Miroir de voyage du revers de sa manche :

« Miroir, joli Miroir, dis-moi où est la grosse Pomme. C'est quoi, ça ? On dirait un sort de direction. La dernière chose qu'il ait vue de marraine Pomme, sûrement. »

Peau d'Âne tendit son Miroir à Charles Hubert :
« Ça mène où, ça ? »
Charles Hubert prit le Miroir de voyage et le désespoir disparut de sa face, remplacé par une expression bien plus désagréable.
« Ça, c'est un plantage dans le Sub-Éther.
— Et alors ? demanda Peau d'Âne.
— Et alors, la grosse Pomme, je l'ai vue pas plus tard qu'il y a peu, chez Hennin & Co. Elle était en pleine forme.
— Et alors ?
— Alors personne ne revient en pleine forme du Sub-Éther. En pleine forme ou même entier. Sauf à être lui-même sacrément sub-éthéréen.
— Su quoi ? fit Aurore.
— Cube. Succube, on dit, s'agissant d'une créature d'allure féminine, marmonna Charles Hubert d'un air sombre.
— Un démon ?
— Houlà, non ! Les démons ont un rien de discipline, une éthique, des choses comme ça. Sauf ceux qui sont dissidents, bien sûr. Eh bien, même ceux-là, pour un rôti de Jésus-Christ, vous ne les ferez pas entrer dans le Sub-Éther.
— C'est amusant, dit Aurore. Chaque fois qu'on en cause, de cestui-là, c'est pour le bouffer. Il est si appétissant que ça ? »
Un vent glacial se leva brusquement.
« Ma pauvre Aurore, tu risques de voir ça de près d'ici peu ! » Charles Hubert se rechapeauta précipitamment. « Ma pauvre Peau d'Âne, j'ai bien peur que tu n'aies eu le nez encore plus creux que tu ne le crois.
— Houlà, ça bouge, là-dessous ! glapit Vareuse-Tagueule.

— Tiens, ça souffle, là derrière, s'étonna Peau d'Âne.
— Debout ! On file ! cria Charles Hubert.
— J'aimerais bien pouvoir en placer une ! protesta Tute.
— Plus tard, Tute. Il faut filer.
— Mais je... »
Charles Hubert souleva Tute par la peau du cou :
« Tu vois cette grande nuée bleue qui vient juste de se former derrière nous ?
— OUI !
— Eh bien, ça s'appelle un passage sub-éthéré en train de s'ouvrir dans la trame de l'espace-temps !
— OUI !
— Et ça veut dire que ce putain de Miroir de voyage est un putain de mouchard, et qu'On nous a écoutés et qu'On n'a pas aimé ce qu'On a entendu, et qu'On va faire en sorte que nous ne le répétions à personne ! »

Et ils se mirent tous à courir derrière Charles Hubert, sautant par-dessus les blocs de lave, tandis que Cruc les survolait en poussant des *craoc* déchirants.

« Où va-t-on ? hurla Peau d'Âne dans le courant de Sub-Éther pestilentiel qui soufflait de plus en plus fort.
— On prend de l'élan ! cria Charles Hubert.
— Pour aller où ?
— Dans la gueule du gros Sueux !
— *Hein ?*
— Ralachiralalasmu ! »

Ils se firent cueillir en pleine course par un gragon bleu qui plongea vers l'horizon, serré de près par des tornades sub-éthérées rayées d'éclairs livides.

« Tu as bien profité depuis mon départ, Smu ! brailla Charles Hubert, pendu par un bras au cou du gragon bleu.

— Plus de Charles Hubert, plus de bons navets. Suis mis au viandox.

— Ah, parce qu'il auroit pu être plus petit ? » piailla Aurore, accrochée à une patte arrière.

Smu remontait maintenant la forme immense du gros Sueux, les ailes gonflées par la pestilence sub-éthérée. Aurore sentit des griffes à l'arrière de ses mollets, et entendit la voix de Pomme qui ricanait à ses oreilles. Smu plongea en piqué dans la bouche démentielle du gros Sueux, vautré sur le dos au milieu du désert de cendres qu'était devenue la région de Morris, et qui ronflait à décrocher les étoiles.

« Tiii !

— Pourquoi siffles-tu, Aurore ?

— Tiii ! »

Le ronflement titanesque s'arrêta.

« C'est passablement esbaudissant, murmura Aurore, d'être sur une langue en soufre de quarante acres, entre trente rangées de dents grosses comme des beffrois.

— C'est moins sale que chez toi, toujours.

— Ta gueule !

— Et les créatures du Sub-Éther ? s'inquiéta Tute.

— La seule chose dont les créatures du Sub-Éther ont peur, répondit Charles Hubert, c'est d'un gros Sueux. Elles ne nous suivront pas ici.

— Il est si puissant que ça ? demanda Peau d'Âne.

— Non. Il est vraiment omnivore.

— Alors, qu'est-ce qu'on fait ?

— On attend, Peau. Le passage sub-éthéré ne restera pas ouvert longtemps. Trop de courants d'Éther.

— Eh ! Regardez, souffla Aurore. Voyez dehors, entre les canines. Qu'est-ce donc ?

— Ça ? C'est une armée en marche, soupira Charles Hubert.

— Ça veut dire quoi ?

— Ça veut dire qu'avec ce tintouin, le gros Sueux va se réveiller. Les gragons sont des êtres hypersensibles.

— Il nous faut les aller mettre en garde, s'affola Aurore, qu'ils cessent leur potin !

— Oh ouiii ! Viens me voirrr, ma petite chérie !

— Pomme !

— Iark, iark, iark ! fit la voix sépulcrale de la Sub-Éthéréenne qui flottait à l'orée de la dentition, dans un nuage de pestilence.

— Tu disais, Aurore ? se renseigna Charles Hubert.

— Rien. »

Peau d'Âne s'assit au pied d'une molaire :

« Avant de mourir, je voudrais comprendre.

— Ma pauvre petite, c'est incompréhensible, soupira Charles Hubert en s'installant sur une carie moelleuse. Fut une époque où le Bien était plutôt prétentieux et cassant, et le Mal plutôt va-de-la-gueule et bruyant. Il y avait un Diable très motivé, un Dieu qui défendait Son pré carré bec et ongles, les sorciers touillaient de préférence du pipi de rat et les fées du pollen de rose. Les gragons Sueux dormaient aux quatre coins du monde, lui assurant une assiette honnête – si l'on peut dire coin s'agissant d'un monde rond comme une crêpe. Les anges passaient leur temps à faire la morale aux séminaristes et les démons à leur raconter des cochonneries. Les mages se faisaient péter les doigts avec leurs cornues, les druides composaient des herbiers et les illusionnistes bourraient le mou du chaland. L'Éther était bien organisé entre les décharges magiques, les voies rapides pour les sorts de direction et les boutiques de mode, enfin ça roulait. Je n'ai pas connu cette époque. Quand je suis devenu druide, déjà, on sentait quelque chose de bizarre dans l'air. Et dans l'Éther. Ça n'a fait qu'empirer. Un démon qui se marie à l'église ! Un ange qui se promène dans les bois ! Une fée marraine qui se balade dans le Sub-Éther ! Des hordes de fées marraines qui se mettent à défaire les trames de vie enchantées qu'elles ont elles-mêmes conçues ! Je parie que c'est la marraine de Cendrillon elle-même qui a suggéré à l'Archichevêque de bénir la pantoufle de verre. Je parie que, quand Tute a demandé son chemin avec son gâteau, c'est la marraine de Peau d'Âne elle-même qui lui a indiqué le château de Bois Dormant. Comment était la personne qui t'a indiqué le chemin, Tute ?

— Une grosse dame avec une verrue au coin de la bouche, dit Tute.

— Ah oui, c'est bien sa mouche, fit Peau d'Âne. C'est pour ça qu'elle ne m'a pas suivie dans la forêt, après que j'ai eu claqué la porte. Parce que Tute aurait pu la reconnaître. »

Peau d'Âne débita une bordée d'injures.

« Et le démon que j'ai marié ? demanda Aurore.

— C'est signé, répondit Charles Hubert. On n'a jamais vu un sortilège de catégorie levable-par-prince-charmant se faire lever par un démon. Sauf si l'ensorceleur est d'accord. »

***

Charles Hubert avait raison d'un bout à l'autre, à deux points près : l'Archichevêque avait été inspiré par un ange plein de bonne volonté, le même que celui qui enlevait des princes charmants, Gaphaël en personne. Quant à la marraine de Cendrillon, c'était une fée dénuée de toute noirceur sub-éthérée. Elle était seulement d'un égoïsme vertical : la robe de bal de Cendrillon avait été un bon coup pour lancer sa première collection à peu de frais; depuis ce franc succès sa boutique, la Hennin & Co., marchait du feu de Dieu et elle se fichait comme d'une guigne de son premier mannequin vedette.

***

Au milieu du désert de cendres précédemment nommé région de Morris, à la tête de l'armée obersturmienne :
« Dites donc, c'est quoi, cette odeur pestilentielle ? s'inquiéta Blanche Neige. Il y a une armée entière de guerriers valeureux cachée derrière ce monstre ou quoi ?
— À vue de nez, ce sont des guerriers extrêmement valeureux, Votre Majesté. Mais d'habitude, ils ne font pas d'éclairs livides sous eux. À votre place, je marquerais le pas et je me renseignerais.
— Holà, mes généraux! Arrêtez vos escadrons. Grinchelungen! Envoie donc un espion ou deux voir ce qui se passe de l'autre côté du gros Sueux. »

Ils y allèrent, les deux espions; les fesses serrées et regrettant leurs grésils. Ce qui prouvait une lucidité au moins égale à leur dévouement, lesquels ne furent pas récompensés faute de restes identifiables à médailler.

***

Dans la gueule du gros Sueux :
« Il n'y a donc rien à faire ? gémit Peau d'Âne.
— Je ne crois pas, soupira Charles Hubert. Les fées sont corrompues. Elles tripotaient les fils du Destin pour fabriquer quelques destinées popotes à quelques donzelles bien nées, et voilà qu'elles les ont embrouillés au point de faire lever la fesse à un gros Sueux. D'ici demain, on sera aussi à l'aise sur cette Terre que sur des tessons de bouteille.

— Mais c'est stupide ! Même un démon ne souhaite pas la fin du monde. C'est son champ de bataille, quand même !

— C'est pour ça que je vous ai dit que les Sub-Éthéréens ne sont pas des démons. Les démons aiment le monde, au moins pour y faire désordre. Les Sub-Éthéréens, eux, n'aiment rien : le seul sentiment qu'ils connaissent, c'est la jalousie. Ce sont des envieurs cosmiques.

— Ouisss ! siffla la voix déjà plus faible de Pomme.

— Le passage sub-éthéréen se referme ? demanda Aurore.

— Je crois, répondit Charles Hubert.

— Tiens, l'armée s'est arrêtée, remarqua Cendrillon.

— Tiens, il y a un demi-bébé et un quart de bourgeois en pourpoint dans cette dent creuse.

— Ta gueule !

— Qu'est-ce qu'on fait ? gémit Peau d'Âne.

— Mais, enfin ! Il nous faut prévenir Dieu que le monde yoyote ! s'exclama Aurore.

— Justement, risqua Tute.

— Si tu as le moyen de monter là-haut, Aurore, dit Charles Hubert, j'aurais deux mots à lui dire.

— Justement, fit Tute.

— Et trois petits cochons dans celle-là. Avec une porte d'armoire en poirier.

— Palsambleu ! Il doit assurément subsister une ou deux fées dignes de ce nom, s'indigna Aurore.

— Oh ! Une pince à sucre à motif floral.

— Eh ! L'armée se remet en branle, chuchota Cendrillon.

— Justement, je voudrais dire...

— C'est la fin, dit Peau d'Âne dignement. Sachons mourir dignement.

— Non point deux, se peut, mais du moins une ! clama Aurore, en levant les bras pour prendre à témoin l'énorme glotte luisante.

— Il y a ! dit Cruc. Qu'est-ce que vous croyez que je fais, depuis le début de cette histoire de fous, sinon veiller sur ce fichu battoir que trimbale ce fichu gnome dans ses chausses et qui, sans moi, aurait été perdu, volé, vendu cent fois ! M'en a-t-il fallu, de la finesse, pour tirer un fil solide de la trame du Destin, sans me faire voir par les autres furieuses ! Et de l'abnégation, pour tenir si longtemps dans ce déguisement si exigu et ce rôle si modeste ! Mais je crois que si je n'interviens pas directement, cet empoté de gnome n'arrivera jamais à caser dans la conversation qu'il a sur lui la plus puissante des amulettes sueuses, et qu'avec un bon coup de son battoir sur ce crâne de vingt mètres de long, le gros Sueux vous emmènera jusqu'à Dieu le Père Lui-même, pour qu'Il vous explique ce qui bancale en ce monde depuis la dernière guerre inter-univers, craoc. »

Tous, ils regardaient la mésange avec des yeux ronds. Même le terrible Charles Hubert avait l'air soufflé. Cruc fit un peu gonfler ses plumes, toussota :

« Croac. Quand je dis Dieu le Père, j'exagère peut-être un peu. Mais saint Pierre vous accordera une audience, certainement. »

Ils s'installèrent en rond sur le crâne de vingt mètres de long et s'attachèrent avec les longs poils noirs qui le garnissaient. Charles Hubert flanqua un grand coup de battoir près de l'œil gauche encroûté d'or, et ils s'envolèrent vers le Paradis.

Le grand chantier du Purgatoire

Comme le dit si justement Charles Hubert :
« On sent quelque chose de bizarre dans l'air. »
Pour comprendre les bizarreries d'un monde, rien ne vaut une bonne vue d'ensemble, un aperçu général de la situation géopolitique, c'est-à-dire une biographie succincte des deux ou trois tyrans qui font le malheur de tous. Osons donc un zoom arrière, dans l'espace et dans le temps.

Encore plus longtemps auparavant qu'avant…

Quand une cargaison de morts arrivait devant saint Pierre, la décision de savoir qui devait aller en Enfer, qui au Paradis et qui encore au Purgatoire n'était pas facile à prendre.

Selon les critères drastiques de Dieu, c'était peu ou prou l'Enfer pour tout le monde : il est statistiquement impossible de trouver quelqu'un qui n'a pas, de toute sa vie, envoyé ses parents siffler sur la colline avec un petit bouquet d'églantines, ou lorgné le conjoint d'autrui. Sans compter les pièges retors que tendent les interdits alimentaires. Mais ça, il n'en était pas question : outre que c'était un coup à décourager le plus enragé des croyants, il n'était pas envisageable de laisser l'autre Jeune Con disposer de la majeure partie de l'humanité, même défunte. Du moins peut-on supposer que telle fut l'Opinion de Dieu quand on Lui soumit pour la première fois ce point délicat.

Selon les critères simplistes du Pardon divin, incommensurable, irréfragable et toutes sortes de termes de même désinence, c'était Paradis pour tout le monde. Là, non seulement le Diable n'était pas d'accord du tout, mais Dieu Lui-même aurait été embêté pour expliquer à tel martyr de la foi la raison pour laquelle il se retrouvait à chanter dans le même chœur que son tortionnaire.

C'est pour toutes ces raisons que Dieu créa le Purgatoire et décida de le confier à une entité du cru, censément apolitique et docile. Les colons ont toujours tendance à croire que n'importe quel indigène, une fois revêtu d'un bel uniforme et élevé à un poste de fonctionnaire subalterne, passera le restant de son existence plongé dans une reconnaissance éblouie garante d'une obéissance sans failles. En général, ce genre d'illusions finit par un sanglant désordre suivi de considérations amères sur l'ingratitude des autochtones, affublés pour l'occasion de noms disgracieux.

***

Mbalaoué caressa la tête de la petite idole d'or, censément façonnée à son image, qui veillait sur une offrande de marrons de coco.

Objectivement, il était bien obligé de reconnaître qu'il avait de grandes dents et une expression naturellement peu aimable. Mais où donc ses fidèles étaient-ils allés chercher ces deux grosses cornes ridicules, et cette espèce de tentacule mal placé? Mbalaoué se dit que les humains avaient quand même une tendance perverse à voir leurs dieux encore plus affreux qu'ils n'étaient.

N'empêche, telle quelle, cette statuette maladroite et enfumée l'émouvait profondément. Mbalaoué n'avait peut-être pas l'étoffe d'une divinité régnante (dernièrement encore, son grand prêtre lui ayant cassé les oreilles au sujet d'une inflammation articulaire attrapée à battre sa troisième épouse, il l'avait foudroyé net et son crédit auprès de ses fidèles en avait pris un coup), mais c'était une âme emplie de sensibilité artistique. C'est pourquoi la proposition du Grand Barbu le tentait.

Il prit un marron, le cassa d'un coup de dents et but le lait sucré.

Évidemment, une fois là-bas, plus de lait de marron. Plus de couchants rouges sur l'océan bleu, plus de trempettes dans l'eau tiède des lagons, plus de rôtis de crequins ni de danses de femmes nues : le Grand Barbu n'était pas un rigolo. Il était même franchement sexiste. Plus de décennies à feignasser en haut d'un atoll, non plus : s'occuper d'un Purgatoire, c'est du cent ans sur cent ans.

Mais, d'un autre côté, des millions d'âmes défuntes à garder et, parmi elles, un nombre conséquent de sculpteurs géniaux, de peintres magnifiques, de musiciens somptueux...

Et puis aussi, une belle promotion pour un petit dieu de la vieille école, songeait Mbalaoué, qui n'avait jamais entendu parler de conscience de classe. Le Grand Barbu n'était pas là depuis trois millénaires qu'Il avait déjà fait main basse sur tous les attributs divins : gestion des morts, lieux de culte, mythes fondateurs, Ciel et même Enfer – où Il s'était habilement débarrassé d'un de Ses plus turbulents collaborateurs et de ses séides. Il avait aussi des informateurs dans une bonne partie de l'Éther.

Notez qu'Il pouvait Se le permettre, avec toutes Ses légions blanches et noires animées d'un fanatisme qu'on ne rencontre que chez les entités fraîchement émoulues du Néant, et qu'il menait d'une main de fer dans un gant de fer aussi.

Néanmoins, comme du haut de Sa perfection, Il était aussi redoutablement opportuniste, Il s'employait à enrôler sous Sa bannière les divinités locales. Mbalaoué faisait partie du nombre et on pouvait bien le traiter de vendu tant qu'on voudrait, il estimait que ses crétins de collègues élémentaires n'avaient qu'à mettre au point une cosmogonie un peu solidaire tant qu'il en avait été encore temps, au lieu de se foutre sur la gueule siècle après siècle pour des billevesées – pomme de discorde, pucelles en rut, puceaux aux belles cuisses et autres foutaises.

Il ne fallait pas compter sur Mbalaoué pour les plaindre.

Il cassa un deuxième marron, recracha le lait suri, se leva : évidemment, il allait devoir faire un effort de toilette. Avec trois mètres de cheveux crasseux et huit couches d'huile de psalme pour tout vêtement, il risquait de faire peur aux anges obscurs censés lui obéir. Sans compter qu'il ne faisait pas trop chaud, sur le chantier du Purgatoire. Mais il garderait ses amulettes. Trois kilos d'or ouvragé, même sur une aube blanche, ça fait son petit effet.

***

Sur le chantier du Purgatoire, qui en était au stade hors d'eau :

« Alors, au niveau du matériau de construction, du métal.

— Du métal ?

— Du métal.

— Ça ne sera pas très chaleureux, monsieur Dieu, dit Mbalaoué.

— *Seigneur* Dieu. Chaleureux ou pas, du métal. Moi, c'est l'eau et l'air, ciel et nuage. L'autre ingrat, c'est le feu. La terre, c'est pour les hommes. Ici, ce sera tout métal. Allez-y doucement sur l'or, J'ai de gros besoins en auréoles. »

Dieu arpenta vivement les cent dix millions de lieues habitables du Purgatoire.

« Vous me mettrez des cyprès à l'entrée, pour l'ambiance. Et un chien à trois têtes : il faut respecter les légendes des natifs. Ah! Ça prend forme. »

Dieu tomba en arrêt devant le Mur des Pleurs, où les purgés étaient censés exprimer toute la désolation de leurs péchés.

« Là, dit Mbalaoué, ce sont les carrières d'albâtre.

— Des carrières ? On n'est pas en Enfer !

— Elles sont à ciel ouvert, et puis l'albâtre, c'est mou. C'est pour faire des œuvres... des œuvres expiatoires ! »

Dieu remua Son indicible nez de gauche à droite, et n'en dit pas plus.

« Et là ?

— Ateliers de tissage. Pour les aubes des anges. »

Il évita de penser « et les hamacs », Dieu lisant couramment dans les têtes.

« Et là ?

— Un lac. Eau glacée, n'est-ce pas ? Je me suis dit que ce serait bien de prévoir des choses un peu désagréables mais pas trop.

— C'est exactement votre travail. »

Dieu avait l'air satisfait. Mbalaoué aussi. Avec une petite déviation au-dessus d'un volcan, l'eau serait tiède à volonté. Il avait quand même un peu de mal à se faire à ce truc tout en angles et en airain.

« Je vous félicite, Mbaloué.

— Laoué. »

S'ensuivit une discussion tordue où, en usant de nombreuses circonlocutions, Dieu parvint à vexer horriblement Mbalaoué.

« Je ne dis pas que ce patronyme auguste, héritier de millénaires de respectables traditions, n'est pas adapté à vos nouvelles fonctions. Cependant… »

De cette entrevue, il ressortit que Mbalaoué s'appellerait désormais Azraël et qu'il s'en vengerait un jour de la plus éclatante façon.

***

Azraël, assis dans son aube blanche à son immense bureau de fer, rongeait ses ongles en se répétant sur tous les tons qu'il s'était considérablement fait avoir.

De toute évidence, Dieu n'avait pas calculé que Son Diable prendrait du coffre à ce point. C'est tout juste s'Ils ne traitaient pas d'égal à égal, maintenant.

« Et qui c'est qui paye les pots cassés ? C'est moi ! » grommela Azraël.

Le récent conflit Ciel-Enfer se cristallisait essentiellement sur les âmes des morts. Et c'est le Purgatoire qui en faisait, effectivement, les frais. Azraël rongeait donc ses ongles avec amertume : non seulement il portait, dans les occasions officielles, un nom ridicule mais en plus, il se faisait chier à cent sous du siècle.

Il fallait regarder les choses en face : le Purgatoire n'était rempli que de médiocres. Des médisants, des jamais-contents, des c'était-mieux-avant et des si-j'avais-su, des bilieux et des mal-digérants, bref, des minables. Et Azraël, qui avait rêvé de génies, gérait des abrutis.

Avec l'impression d'accomplir courageusement un devoir inepte, Azraël commença sa cinq cents milliards deux cent quatre-vingt-quatorze millionième tournée d'inspection le long des immenses couloirs de bronze du Purgatoire. Quelques embryons de frises en cuivre avortaient dans les angles grandioses : les purgés s'y étaient mis comme autant d'ânes qui reculent, piaillant au sujet de leurs défuntes arthrites et de leur absolue certitude qu'on se devait d'expier ses péchés dans la prière, pas dans la limaille de fer. Le fait que ce soit du cuivre ne les avait pas du tout émus. Azraël avait laissé tomber.

Azraël fit un détour pour éviter le Mur des Pleurs : un bon milliard d'imbéciles y prenait Dieu à témoin que tout ça n'était pas leur faute, mais celle à une quantité d'autres gens, au climat, aux impôts et surtout, surtout, au gouvernement.

Il jeta un œil sur les carrières d'albâtre : ça leur avait fait le même effet que le travail du cuivre, sauf chez quelques-uns qui alignaient, avec une constance inquiétante, des beurriers en forme de hérisson et des crachoirs à anse. Et sauf celui-là, qu'Azraël aimait bien faute de mieux, qui sculptait des bustes informes sommés de seins monstrueux.

« Allez, mon chien. »

Berbère, le chien à trois têtes, vint se frotter à ses jambes en piaulant.

L'atelier de peinture était encore pire : des fleurs, des pibels rosâtres et des représentations de Dieu le Père à filer droit en Enfer.

« Salut, Seigneur Azraël.

— Arrête ça, Iéchaël. Il n'y a pas de quoi m'appeler Seigneur. »

Azraël désigna d'un geste mou une fresque encore humide, où une horde d'anges laids à mourir chassait d'une campagne d'un vert malsain une armée de démons très vilains. Iéchaël, l'assistant d'Azraël, la considéra un moment en silence :

« Dites donc, chef ? Est-ce que les humains n'auraient pas tendance à voir leurs dieux encore plus affreux qu'ils ne sont, de nos jours ?

— Pas de nos jours, non. »

De l'amphithéâtre de mille lieues de long, sommé d'une magistrale inscription qui disait « Que vos chants montent comme l'encens du repentir vers Votre Seigneur », sortait une frêle cacophonie de flûtiaux.

« C'est quoi, cette horreur ? gémit Azraël.

— Le Dies Irae de notre génie musical local. Vingtième répétition.

— Mon Dieu, soupira Azraël.

— OUI ?

— C'est simplement que je me disais qu'en plus de lamentables, ils sont prétentieux.

— À CHACUN SA CROIX, MON BON AZRAËL. »

Azraël et Iéchaël firent encore quelques centaines de lieues en silence.

« Vous devriez cesser de L'invoquer à tout bout de champ, murmura Iéchaël. Vous savez qu'Il a l'oreille fine.

— C'est une vieille expression. Et j'ai horreur qu'on me traite de bon !

— L'atelier de tissage marche bien, ainsi que la poterie, temporisa Iéchaël. Les forges d'auréoles aussi.

— Justement, gémit Azraël. Je n'arrive pas à comprendre pourquoi ils font si bien les choses les plus barbantes, et si mal tout le reste.

— Parce qu'une aube, c'est blanc, une auréole, c'est rond et une poterie, ça va au four.

— Ah bon. »

Iéchaël se fit la réflexion qu'à la place de Dieu, il n'aurait jamais mis une divinité sauvage à la tête de ce truc. Pour supporter que plusieurs milliards de types se contentent éternellement de faire des cercles ronds, des tissus carrés et des vases étanches, il faut avoir appris à aimer ça tout petit. Avec une mère ceinte d'un tablier carré qui fait des tartes rondes dans des moules étanches.

« Wouf / wouf wouf / wouf wouf !

— Calme, Berbère. C'est juste l'Andante qui commence. Je vais au lac, Iéchaël. Comment trouvent-ils l'eau, aujourd'hui ?

— Trop fraîche. »

Un coup, c'était trop chaud et on n'était pas en Enfer quand même, un coup c'était trop froid et, de toute façon, les purgés n'avaient aucune hygiène. La plupart n'en avaient jamais eu aucune, le reste regrettait bien de s'être lavé les oreilles tous les dimanches, pour ce que ça leur avait rapporté.

« C'est ça, au fond, le problème, marmonna Azraël. Ils ne sont pas motivés. Ils savent bien que le Paradis, c'est pour les gros bonnets et l'Enfer, pour les autres gros bonnets. Ils savent bien qu'ils n'iront jamais ni dans l'un, ni dans l'autre. Et je crois bien qu'ils ne le souhaitent même pas. Pour eux, le Paradis est insupportablement bruyant et l'Enfer envahi par des intellectuels décadents. Ou l'inverse. Ils préfèrent rester ici.

— C'est ça le problème, chef. Je suis bien d'accord.

— Wouf / wouf wouf / wouf wouf !

— Je n'aime pas quand on est d'accord avec moi. J'ai horreur de ça ! »

Azraël foudroya d'un jet d'énergie élémentaire un macaron en macramé qui s'efforçait d'orner, à lui tout seul, mille huit cents pieds de falaise d'acier. En contrebas, perdues dans une plaine de fer repoussé, les âmes en peine jouaient paisiblement aux boules. Tout du long, cent quinze mille sept cent soixante-douze grands-mères faisaient du crochet.

Azraël leva la tête : à mille pieds au-dessus, près du plafond de pyrite, se tenaient les Cercles de Rédemption par la Parole : « ... on aurait eu un État fort y aurait pas eu toute cette chie-en-lit, et pourtant j'ai bien fait toutes mes prières tous les jours, de toute façon c'est toujours les gros qui mangent les petits... »

« Je vais à la nursery, décida Azraël en agitant ses bracelets d'or. Viens, Berbère. »

La nursery (les Limbes) était le seul endroit où on ne disait pas de sottises : ne s'y trouvaient que des marmots mort-nés.

« Wouf / wouf wouf/ wouf wouf !

— Mon pauvre chien, va. Trois têtes, dont deux bègues. Tu ne le voles pas, ton Purgatoire. »

Iéchaël regarda son patron s'envoler lourdement vers les brumes chaudes des Limbes, et caressa la tête de la chimère perchée sur son épaule :

« Il nous fait une bonne déprime, le boss. Ne me bave pas dessus, Gosh. »

***

Des minables.

Et, à force de boire jusqu'à la lie, Azraël se demandait quand il aurait fini de ronger le pied du calice.

C'est ainsi qu'il se retrouvait de plus en plus souvent assis à son bureau, à se croquer les ongles en maugréant. Heureusement, trois cents lieues plus bas, le petit Dissadonassou poussait son premier cri dans le joli berceau de paille tressé par sa mère.

***

Au Grand Tribunal des Morts, les choses se passaient simplement : l'engueulade était permanente. Asmodée crachait des jets de feu contre Gabriaël qui lui répondait par des torrents de glaçons, tandis que les défunts rasaient les murs.

Bien sûr, l'Enfer devait assumer sa part de fous sanguinaires et de francs sociopathes et le Paradis, sa cargaison quotidienne de fous tortionnaires et de francs névropathes. On se répartissait équitablement les fanatiques, politiques en Enfer, religieux au Paradis.

Les cris commençaient dès qu'apparaissaient les passionnés (chercheurs, voyageurs, explorateurs) et les spécialistes (collectionneurs d'art morrisien, réparateurs de luthares antiques). Un enseigogneur passa ainsi près de deux heures collé au mur du Grand Tribunal, sous un feu roulant de vapeur, avant d'aller enseigogner des bibs en Enfer.

Là où les cris atteignaient leur paroxysme, dans un ouragan de glace fumante, c'était pour les créatifs. En général, après un crêpage de plumes homérique, philosophes et peintres finissaient en Enfer, poètes et musiciens au Paradis. Suite à quoi l'Enfer rutilait de fresques magnifiques au pied desquelles les démons se posaient des questions, et le Paradis résonnait d'opéras merveilleux.

Les glaçons volaient encore plus bas concernant les scientifiques et les techniciens, surtout les engeigneurs en armement. Quant aux autres, Iéchaël les embarquait avec résignation tandis que les deux juges reprenaient leur souffle.

Par exemple, si la foudre tombait sur un salon mondain en milieu de soirée, l'aquarelliste filait droit en Enfer, le chanteur en Paradis et c'était des cris sans fin au sujet du librettiste. Asmodée évoquait avec force détails sordides ses mœurs terrestres, tandis que Gabriaël détaillait l'effet céleste de ses œuvres en furieux trémolos :

« Et si son corps mortel est retourné à la poussière, emportant avec lui les vices des passions, la touchante pureté de sa parole est toujours montée, comme un vibrant repentir, battre les portes du Paradis, semblable à d'étincelantes vagues de foi et d'expiation ! »

Gabriaël était aussi borné qu'une vieille bique et beaucoup moins chaleureux, mais il parlait très bien.

Ensuite, on se foutait sur la gueule à propos de l'accordeur de harpsychorde. Quant à celui qui tournait les pages de la partition, il partait sans commentaire pour le Purgatoire en compagnie du nettoyeur de pinceaux.

***

Pendant ce temps, Dissadonassou grandissait paisiblement sur son île parfumée. Ses parents vivaient de pêche, de cueillette, de ganja et d'eau fraîche. Ils adoraient sagement les divinités locales, des génies élémentaires pas très bien embouchés mais pas mauvais au fond, auxquels un bouquet de pipiscus suffisait pour qu'ils favorisent la cueillette des moules géantes. Pour détourner un ouragan, ils exigeaient un repas complet avec porchonou au lait de marron, bière de papaille et gelée d'os de banane. Ça leur donnait une bonne occasion d'apparaître dans une rafale de coups de tonnerre, hérissés de plumes d'oiseaux-lyres et d'amulettes en or, et il fallait faire semblant de croire qu'ils étaient les Créateurs des Vents et des Ouragans pour ne pas les vexer.

Même Dissadonassou savait pertinemment que les ouragans sont des phénomènes climatiques dus à des différences brutales de pression, mais il était quand même très apprécié des génies pour ce qu'il savait donner à sa petite frimousse, ronde comme une bille, une expression déférente de terreur sacrée.

Bref, la vie était rose vif pour Dissadonassou qu'on commençait à appeler Bille, moitié par sens de la formule, moitié par jalousie.

***

Au Tribunal, les disputes dégénéraient parfois en incidents diplomatiques, lesquels menaient immanquablement à des ruptures diplomatiques, lesquelles menaient illico à des batailles galactiques qui faisaient les délices des anges et des démons.

Les hommes appréciaient moins. Les nuits de bataille, le ciel était certes plein d'étoiles filantes et c'était très joli, mais il l'était aussi d'orages terribles et de chutes de grêle, et ça faisait du dégât.

Prenons pour exemple la dernière bataille interunivers. Asmodée tenait absolument à ce qu'on lui adjuge Rongi le cuisinier, le meilleur au rôti de crequin depuis l'invention du rôti et du crequin. Gabriaël, encore blême d'avoir dû céder la veille sur un as de la lithographie, ne voulut rien savoir. Lui et Asmodée se dirent des choses définitives, le cuisinier fut proprement enlevé par l'archange Michaël, et Asmodée descendit quatre à quatre les marches des Enfers pour aller se plaindre à Satan qui porta incontinent le pet au Diable.

Belzébuth, capitaine des armées infernales, envoya un ultimatum à Horionaël, son homologue au Paradis, lequel lui répondit laconiquement :

« Viens-y donc. »

Et la dernière bataille commença. Bien sûr, si on avait dit aux protagonistes qu'il s'agissait de la dernière, ils auraient ri.

C'était compter sans la dépression larvée d'Azraël, et l'anticléricalisme du petit Bille.

***

Avant même que la bataille soit décidée, le petit Bille avait cessé d'être heureux. Une prêtresse au gros nez avait débarqué dans son île avec une poignée de malfrats, et le fait que ce fût une prêtresse satanique n'enleva rien à la violence de la répression religieuse, aussi connue sous le nom d'« ardent zèle missionnaire ».

Au début, bien sûr, les natifs de l'île se contentèrent d'apprendre quelques prières incompréhensibles et le port du string à têtes de mort. Ils continuaient à adorer nuitamment leurs vieux génies, qui se révélaient bien plus efficaces que Satan quant à la cueillette de la moule géante.

Et puis ils découvrirent le vin de messe noire. Après des années à fumer raisonnablement le soir en rentrant de la pêche, les insulaires se mirent à boire déraisonnablement tout au long de la journée.

L'ennui, c'est que le vin de messe du cru, à base d'antijel, rendait hargneux. Le petit Bille se mit donc à guetter avec inquiétude le retour de ses parents après vêpres, sûr de prendre sa raclée, et on le surnomma Bille Guette.

Il se risquait quelquefois jusqu'à la clairière où la prêtresse au gros nez préparait ses mixtures d'enfer, et restait des heures planqué dans un buisson de pipiscus à la regarder faire.

Il observait.

Il apprenait…

Après un œil au beurre noir de trop, Bille Guette se réfugia dans la forêt avec la ferme intention d'y mourir.

Il pleura tout son soûl et s'endormit au sein d'un épais massif de canebassier, qui se trouvait être le hamac d'un élémentaire du coin. Un torrent d'éclairs réveilla Bille : il se jeta en sanglotant sur le sein du vieux génie qui, après un instant d'hésitation, le serra contre sa poitrine ridée de ses quatre bras noueux.

« Pas pleure, pas pleure, grommela le vieux génie assez embêté.

— Qu'est-ce que je peux faire ? larmoya Bille Guette.

— Ne pas s'affole, toussota le génie.

— Mais qu'est-ce qui leur est arrivé, à mes parents ? Qu'est-ce qui leur arrive, à tous ?

— Hommes trop boire. Mauvais. Âme ternie.

— Tu pourrais les guérir ?

— Pas possible, grommela le génie qui n'était pas bien content d'avoir à avouer que, contrairement au panaris de la canebasse et au gratouillis de la banane (qu'il se plaisait à infliger, autrefois, à ceux de ses adorateurs qui le repayaient de ses faveurs moulogènes en rôtis de crequin faisandés), il ne maîtrisait pas l'alcoolisme commun.

— Maladie de l'âme. Pas possible rien faire. Âme libre. »

Et puis, il n'avait pas envie d'avoir affaire à ces prêtres foutraques. Il les avait vus dans leurs célébrations, bramant des pauvretés autour d'un nouveau-né égorgé de frais et depuis, il avait décidé de prendre sa retraite. Ce qui n'allait pas sans inconvénients, car il lui avait fallu réapprendre à pêcher le crequin et à le cuisiner lui-même, mais ça valait mieux que de ronger des os de bébé avec une bande de malades mentaux.

« Mais pourquoi l'alcool rend-il méchant ? La ganja ne les rendait pas plus stupides et au moins, ils étaient de bonne humeur !

— Mauvais alcool. Coupé à l'antijel.

— Au quoi ?

— Truc à base de saucisson des sables. »

Bille Guette se moucha et confia au génie l'idée qui lui était venue durant ses longues après-midi de guet, derrière les pipiscus, quand il regardait l'autre vieille salope touiller sa marmite. Il avait dans l'idée de concocter un alcool très, très bon et qui rendrait très, très, très gentil – voire complètement flapi.

Le génie, trouvant aussi l'idée fort bonne (au point qu'il s'en attribua la paternité), réunit tous les vieux génies au sommet de l'atoll de Moeata et, en une formidable nuit de vaudounô, ils mirent au point un truc douceâtre et l'air de rien. Vert pâle, ce liquide à peine parfumé et léger au goût flanquait, en deux gobelets à coco, un coup de matraque décisif entre les oreilles. La suite n'était qu'un long sommeil enchanté, suivi d'un réveil horriblement soif et c'était reparti. Les vieux génies l'appelèrent Purgatif, pour ce qu'il purgeait de tout souci et, à la longue, ramonait bien un peu les intérieurs. Suite à quoi ils sombrèrent tous dans l'alcoolisme le plus béat, sauf Bille Guette qui s'empressa d'en fabriquer de pleines canebasses et s'en revint dans son village.

Ses parents retrouvèrent leur humeur aimable, Bille Guette retrouva le bonheur et il passa encore de longues soirées face à la mer dorée, à faire des ricochets dans l'eau avec des galets.

Disons, une dizaine de soirées. Jusqu'à la dernière bataille inter-univers.

***

Sitôt la guerre déclarée, les légions se mirent en planque. Les groupes d'action démoniaque directe s'allongèrent au fond des rêves des hommes ou se roulèrent en boules poilues au creux des pots de chambre, le gros des troupes se tassant au fond des cratères des volcans. Ça faisait un moutonnement obscur et gloussant (les diables sont volontiers chatouilleux), avec, de-ci de-là, un petit jet de feu orangé quand l'un d'entre eux pétait.

« Ta ta ta ! Je sais ce que j'ai vu, dirent les pêcheurs de mietthon au nord du mont d'Ève. Quand la ravine de Rungsted se prend pour une marmite à poix, avec la fumée noire et les étincelles, ça veut dire mauvais temps pour le mietthon. »

« Ti ti ti ! Je sais ce que j'ai entendu, dirent les vieilles avorteuses du Sude. Les pucelles rêvent de choses encore plus cochonnes que nature. La dernière fois, ça s'est fini par une pluie de sauterelles. »

Les démons, frétillant d'impatience, s'agitaient sous les paillassons, déréglaient les horloges et plantaient des pieds de beu au milieu des pétuniums, bref, il était temps que ça commence.

« Tou tou tou ! Je sais ce que j'ai senti, dirent les vieilles grenouilles de bénitier. Mes pétuniums (enfin, ce qu'il en reste) sentent l'encens à plein nez. La grêle n'est pas loin, je vous le dis. »

C'est que, dans le même temps, les anges avaient envahi les églises, les chapelles et les calvaires (de l'avantage d'être socialement visible), et ils lissaient leurs plumes avec de petits airs sadiques en rotant de l'encens. Du moins, les groupes d'intervention angélique rapide. Le gros des troupes, lui, descendit avec la pluie.

L'ultime bataille, comme les précédentes, ne fut pas vraiment perceptible par la populace. En tout cas, pas en termes morphiques ou stratégiques – plutôt psychologiques et matériels. En clair, les hommes ne virent rien mais ils en bavèrent des tortues à pointe.

Les grands alcooliques divins 151

Après un moment pénible encombré de rêves dégueulasses, de récoltes ridicules et de phénomènes fatigants (muets soudain loquaces, conduits de chiottes aussi loquaces mais dans un autre registre, poltergeists dans les paniers à couverts), les tornades, tempêtes et intempéries diverses commencèrent.

En un sens, c'était un soulagement.

Des torrents de boue dévalèrent les routes, ou alors c'était de la lave ou de la neige. La grêle tomba dru, suivie par des sauterelles, des grenouilles, des araignées, des blattes, et enfin un essaim d'étoiles filantes, à chaque fois qu'un ange et un diable en pleine mêlée traversaient comme qui rigole toute la voûte céleste, puis la croûte terrestre.

Ensuite, bien sûr, vinrent une bonne peste cholérique, quelques tremblements de terre, les raz de marée attenants et les inévitables prophètes de l'Apocalypse concomitants, qui envoyèrent au bûcher la moitié des rescapés.

Pour finir, anges et diables regagnèrent leurs pénates, dépeignés et courbatus, dans une chaleureuse ambiance de troisième mi-temps. Le ciel se dégagea, les grenouilles bouffèrent les araignées qui bouffaient les blattes, et les hommes remontèrent leurs maisons en énonçant des maximes fatalistes.

À l'issue de cette ultime bataille, Azraël reçut cent quatre-vingts bedeaux obèses, quatre cent douze adolescents masturbateurs, cinquante-six femmes enceintes hors mariage, et un petit bonhomme bronzé comme un brugnon avec une tête ronde comme une bille.

Son île avait été percutée par la plus grosse étoile filante de la bataille, et il en manquait désormais un bout – la plage face à la mer.

Honnêtement, si elle n'avait pas été la dernière bataille inter-univers, celle-là n'aurait pas laissé un souvenir impérissable. Mais c'est ainsi que Bille Guette arriva devant le Grand Tribunal avec ses quinze ans moins trois mois, sa bouille sphérique, sa bouteille de Purgatif sous le bras et, au fond du crâne, une haine féroce contre Dieu et Diable. Il se dirigea de lui-même vers Iéchaël. Une fois au Purgatoire, il arpenta le Mur des Pleurs jusqu'à ce qu'il trouve Azraël. Lequel ressemblait beaucoup, en plus jeune et plus ornementé, aux bons vieux génies de son enfance.

« Tu dis que ce Purgatif rend toute créature douce et molle ? demanda Azraël.
— Toutes, répondit Bille Guette. Même les dieux. À votre place, je n'en goûterais pas.
— Bien. Bien, bien. »
Azraël fit tourner le liquide vert pâle au fond de sa coupe de cristal, puis il appela :
« Gnonaël ! »
C'était, de tous les archons du Purgatoire, le plus malgracieux. Il bottait couramment la fesse aux purgés, et Azraël lui devait le peu de tranquillité dont il disposait entre deux recours en appel et trois demandes en référé.

Azraël fit claquer ses doigts devant les yeux vitreux et extatiques de Gnonaël.
« Fabuleux.
— Vous voyez ? »
Il se tourna vers Bille Guette qui, assis sur un coin de son immense bureau de fer, balançait ses petites jambes brunes.
« Je vois, oui. Et qu'est-ce que tu veux faire avec ça ?
— D'après vous ? »

Azraël hocha la tête, plusieurs fois.

« C'est un... C'est quelque chose pour... disons, pour quelqu'un qu'on n'aimerait pas beaucoup. »

Il secoua franchement la tête, envahie qu'elle était d'idées absurdes et grandioses.

« On ne peut pas Les vaincre, murmura-t-il
— Si, on peut. »

Azraël releva les yeux : Bille Guette le regardait avec une haine qu'il ne se rappelait pas avoir jamais vue, même dans les orbites de Satan.

« C'est moi que tu regardes comme ça ?
— Non. Et vous le savez très bien. »

Bille Guette désigna les bijoux d'Azraël.

« Je connais ces trucs-là. Je sais d'où ça vient. Vous aussi, Ils vous ont enfermé ici, n'est-ce pas ?
— Pas exactement, mais tout comme.
— Moi aussi, j'aimerais bien Les voir soûls comme des bourriques, et Leur faire bouffer Leurs livres d'inquisition, diaboliques ou divins. Et ça ! »

Il agita la fiole de Purgatif.

« Ça, c'est La solution. »

Il y eut un très, très long silence. D'ici, on entendait Dieu féliciter Ses légions pour le travail accompli et les renvoyer à leurs psaumes. On entendait aussi le Diable congratuler Ses généraux et les renvoyer à leurs fourches.

« As-tu la formule de ton Purgatif ? demanda Azraël sur un ton négligent.
— Je l'ai.
— C'est compliqué à faire ?
— À base de canne à sok et quelques épices. On peut faire pousser ça ici, non ?
— On peut tout faire ici, dit songeusement Azraël, pourvu que ce soit barbant. »

L'agriculture n'était pas le propre du Purgatoire, de l'Enfer ni du Paradis, la Terre appartenant aux hommes. Mais toute la haine mise en tas de Bille Guette lui permit d'inventer la culture hydroponique à une époque où personne ne songeait seulement aux engrais azotés. Un bon lac d'eau chaude, un mélange soigné de sels minéraux, et les cannes à sok poussèrent haut et dru sur les grandes plaines de fer repoussé.

Les purgés râlèrent comme des bossus. Ils allèrent jusqu'à rédiger un mémoire qui expliquait, en cent dix pages, que la récolte de la canne est un travail d'esclave, que les esclaves n'ont pas d'âme et que, par conséquent, la coupe de canne ne peut purger les âmes, mais Azraël tint bon : il confisqua les aiguilles à crochet et les boules de pétanque, et fit abattre le Mur des Pleurs. Il utilisa l'espace ainsi dégagé pour agrandir la forge à auréoles et la doter de très hauts fourneaux, où l'on puisse usiner de grandes cuves de distillation. Il mit sur pied une fonderie de verre pour les alambics, et affecta toutes les grands-mères à la culture des épices.

Là où il fut subtil, c'est qu'il mit Dieu et le Diable dans sa poche en Leur présentant les champs de canne comme de bons lieux d'expiation pour ceux de Leurs légions qui se rendaient coupables de désobéissance. C'est ainsi qu'on put voir des anges blancs de rage manier la serpette au pied des immenses cannes vertes, et des diablotins rouges de colère touiller les immenses cuves à Purgatif, côte à côte avec des purgés bleus de vexation. Les archons avaient fort à faire pour calmer les innombrables échauffourées qui résultaient de ces côtoiements explosifs, les anges se révélant d'une arrogance insupportable, les diables plus irascibles que croyable, et les purgés d'une aigreur encore inconnue. Mais Azraël tint bon.

(Pendant ce temps-là, *ding dong dang*, les gènes errants de Pictograme rebondissaient d'une hélice ADN à une autre, comme une grenade dégoupillée dans un flipper à cent mille milliards de bumpers.)

« C'est aujourd'hui le grand jour, Bille.
— Comment vas-tu t'y prendre pour Leur faire goûter notre Purgatif ? »
Azraël ricana :
« Ne sais-tu pas que le Purgatoire est le premier fournisseur du Paradis et de l'Enfer ? Je Leur livre régulièrement des œuvres de mes ouailles : auréoles, tridents, aubes, et quelques petits cadeaux. Notamment des aquarelles votives qui finissent au feu. Cette fois, je vais Leur offrir une bonbonne de Purgatif. Ça m'étonnerait qu'Ils la jettent, celle-là. N'est-ce pas, Gnonaël ? »
Gnonaël gazouilla quelques serments d'amour confus, vautré qu'il était au pied du grand bureau en métal, une bouteille de Purgatif à moitié pleine serrée contre son giron.
Si Bille Guette avait eu le temps d'acquérir un minimum d'expérience avant de défunter, il aurait identifié la sensation qui l'envahit à cet instant : un gigantesque orgasme.

***

Au tout début de l'Ère du Purgatif, le Purgatoire se heurta à un problème crucial : s'il était devenu facile pour Azraël de s'adjuger les âmes de choix et d'envoyer les autres ailleurs, comment récupérer celles qui l'intéressaient mais avaient déjà été jugées ? Et comment se débarrasser des ouailles mesquines qu'il avait dû, jusque-là, engranger ? Azraël, là aussi, fut fin : au lieu de rejuger l'humanité défunte, ce qui aurait pu secouer la torpeur des Deux Autres, il mit sur pied un système intitulé « Mise en expiation provisoire », dont le but était de jeter le grappin sur les peintres infernaux et les musiciens célestes. Et comme il restait le dernier des grands patrons en état de marche, cette expiation-là n'eut de provisoire que le nom. Il monta aussi un Tribunal de Cassation qui statua définitivement sur le sort de nombreux purgés, leur attribuant au petit bonheur la chance béatification ou damnation, ce qui permit à Azraël de se délester de ses sculpteurs de crachoirs et de ses experts en macramé.

En quelques siècles, Azraël se retrouva à la tête de la plus grande Université ayant jamais existé. Le Purgatoire n'était plus, dans son entier, qu'un immense chaudron d'enseignement et de création artistiques, techniques et scientifiques, cerné par des champs gigantesques de cannes à Purgatif – il fallait bien ça pour satisfaire l'Infinie Pépie de Dieu et du Diable. Ces Deux-là S'étaient réservé la consommation exclusive du Purgatif, c'est-à-dire qu'Ils ne la partageaient qu'avec Leurs principaux généraux, lesquels considéraient qu'en tant qu'intimes, le premier de leurs devoirs était de jouer les goûteurs au cas où quelque complot aurait voulu attenter par le poison à l'Immortelle Existence de leur Patron.

C'était vraiment une excuse d'alcoolique.

Au Tribunal des Morts, Asmodée bafouillait des excuses. Gabriaël dormait et Iéchaël leur allouait équitablement les plus rancis des défunts.

Au Paradis, le long des Champs Élyséens, les béats protestaient que les buissons de roses piquaient, que les cantiques modernes leur cassaient les oreilles et que si c'était ça, le Paradis, ils regrettaient bien d'avoir passé leur vie à se retenir de fornicoter.

Au-dessus, assis en tailleur sur les plus hauts nuages, les anges épuçaient leurs ailes. Quand on sait qu'en raison des conditions atmosphériques, aucune puce n'a jamais mis le nez dans une plume d'ange, on réalise combien les anges s'ennuyaient. C'est la raison pour laquelle ils prirent peu à peu l'habitude de descendre sur Terre se mêler de ce qui ne les regardait pas, semant la confusion dans les destins et l'ire dans le cœur futile des fées marraines.

En Enfer, les démons se rongeaient les griffes. Ils nageaient au milieu des fleuves de lave, seul endroit où ils ne risquaient pas de croiser les âmes damnées, lesquelles n'avaient à la bouche que les mots d'erreur judiciaire et d'innocence bafouée.

Entre les deux, l'Université du Purgatoire croissait et embellissait chaque jour de magnifique façon. Azraël en riait de bonheur tandis que des architectes géniaux montaient des amphithéâtres splendides, qui seraient bientôt peuplés de peintures merveilleuses et de statues idéales, d'élèves assoiffés de savoir et de professeurs à l'esprit étincelant. Ceci pour les adeptes de l'ordre et de la discipline. Les autres avaient toute licence de créer leurs sociétés échevelées, et Azraël passait des lustres à voleter dans des frondaisons hallucinantes, croisant des palais de soie, des symphonies pour jet d'eau et feu d'artifice, des frégates ailées, et des villes de bric et de broc aux carrefours desquelles grimaçaient toutes les angoisses humaines qu'aucun Au-Delà ne peut apaiser.

(Pendant ce temps-là, *ting tong tang*, les gènes errants de Pictograme ludionnaient dans la marmite génétique, comme trois staphylocoques dorés dans une citerne de lait premier âge.)

Puis Azraël s'asseyait, toujours souriant, sur la margelle en fonte du Purgatoire et regardait la Terre où les diablotins, désoccupés par leurs généraux avinés, faisaient les pires sottises, et notamment battaient les gragons à plate couture et à main nue, vexant ainsi les preux paladins pourfendeurs de gragons. Suite à quoi, le preux paladin avait tendance à se passer son épée enchantée au travers du corps, et le diablotin versatile à relâcher dans la nature un gragon sans gardien, ce qui n'est jamais bon pour le mobilier et l'immobilier.

Le désordre le plus complet s'installa progressivement, et l'on vit se créer une économie parallèle. Citons, pour exemple, le vieux gardien des montagnes du Milieu, qui s'empara du monopole du gragon et ne le lâcha plus. Citons, pour autre exemple, les accointances sub-éthéréennes des fées qui, jusque-là, considéraient les fridibbles éthérés comme autant d'erreurs de la nature. Mais quand on passe la moitié de son temps à concocter de jolies surprises pour sa filleule, et l'autre à se faire traiter d'erreur de la nature par ladite filleule, du fait de l'intervention outrecuidante d'un angelot ou d'un diablotin qui a tout fichu par terre au dernier moment, on finit par devenir méchant. À moins d'avoir un brin de philosophie, mais où une brave fille pataugeant à longueur de siècles dans les robes de bal irait-elle dénicher un accessoire pareil ?

On pourrait, aussi, citer le désarroi des mages : supplantés par les anges qui transformaient l'œuvre au noir en béchamel, ils se firent charlatans sur les marchés.

Tant qu'à citer le désarroi des mages, autant préciser : un mage, un sorcier, un magicien ou un mire, comme un druide ou un illusionniste, c'est peu ou prou la même chose, à savoir des hommes qui suent d'abondance sur de vieux grimoires. Ils y dénichent la façon d'utiliser l'énergie éthérée, aussi nommée magie, et en profitent pour s'habiller avec un certain conformisme et prendre des airs qui vont de l'énigmatique à l'acariâtre.

Rien à voir avec ces immortels que sont les fées mâles ou femelles, marraines, carabosses, clochettes ou du logis, roussalkistes ou mélusiniennes, qui sont de pures créatures de l'Éther, non plus qu'avec les lutins, les ondines, les faunes ou les elfes, qui sont de race respectivement lutine, ondinique, faunesque et elfique, en clair des métis Matière-Éther.

Les dieux, c'est encore autre chose : en résumé, l'émanation d'un endroit où il n'y avait rien, et puis ça a fait *boum* et il y a eu quelque chose. Là, on ne parle plus d'énergie éthérée mais mystique, et les humains qui se font les dents dessus se nomment prophètes ou saints.

Il arrive, cependant, qu'il ne soit pas bien facile de faire la différence entre un carabot et un sorcier mal embouché, ou une fée marraine et une magicienne stupide. Sauf à leur flanquer un coup de hache sur le crâne : celui qui saigne, c'est le sorcier. Mais, dans les deux cas, il y a neuf chances sur dix pour que votre hache se transforme en bouquet de picambier avant même d'atteindre le crâne. À partir de cet instant-là, le fait que la personne en face soit d'origine humaine ou éthérée perd toute espèce d'importance au profit d'emmerdements carabinés.

Bref c'était la chienlit, et Azraël riait de bonheur tandis que Bille Guette tirait les plans de sa vengeance, estimant qu'elle n'avait fait que commencer. Car, dans toute cette gabegie, les hommes ne faisaient qu'endurer, comme toujours ; et ça, Bille Guette était bien décidé à ce que ça change.

Quand le gros Sueux se gara devant la porte de saint Pierre, un des rares patrons qui avait su rester sobre avec Jésus-Christ et, beaucoup plus bas, Lucifer, Bille Guette était en train de songer à la Phase Deux de son Plan.

Ce qui pose la question de la définition exacte de ce qu'avait été la Phase Un.

La voilà.

Tandis qu'Azraël voletait en riant dans ses forêts enchantées, Bille Guette nommait aux postes clefs de l'Université Purgatorielle les âmes les plus laïques, dont un certain nombre de théoriciens anarchistes qui allaient poser problème ultérieurement, et quelques nihilistes d'une pureté minérale qui n'allaient rien simplifier.

Bille Guette, lui, n'était ni anarchiste, ni nihiliste, ni rieur : il était foutrement sectaire et foncièrement raciste. La Terre aux hommes, les autres ailleurs et les crequins seront bien gardés. Mais il était habile : tandis que ses théoriciens faisaient monter la pression au Purgatoire, dénonçant avec enthousiasme l'injustice de la répartition des espaces naturels et la violence de l'oppression divine, il couvait avec amour la Faculté des Sciences d'Engeignerie Mécanique. Il entretenait aussi des relations polies avec les mages et franchement hypocrites avec les Éthéréens, qu'il méprisait lourdement. Et il prenait grand soin de fournir abondamment les deux Alcooliques Divins en Purgatif. Précaution inutile car, en cas de pénurie, Ils l'auraient fabriqué d'un clignement d'Œil, mais qu'Ils n'y songent même pas le rassurait.

C'est que l'idée qui tournait dans la tête de Bille Guette depuis des siècles avait de quoi effrayer même un gros Sueux : il rêvait de rien moins que détruire le Ciel et l'Enfer. Ses engeigneurs avaient réussi à réaliser les croquis des armes issues de sa mégalomanie, des trucs d'une telle simplicité qu'il fallait une confiance maladive dans son propre cerveau pour y croire. Ne restait qu'à trouver où les construire. C'était ça, la Phase Un : fonder une base militaire. Bille Guette chercha : il lui fallait un lieu si noir et si moche qu'aucun ange ni diable n'y fourrerait jamais la corne, non plus que le plumage.

Ça, ça pouvait se trouver.

Il lui fallait une bonne concentration d'engeigneurs sur place, pour mettre au point tous les aspects techniques. Il fallait la même proportion de magiciens, pour pallier les défaillances de la technique. Ça, ça ne posait pas de problème, car les magiciens se sentaient un peu chômeurs et les engeigneurs, même défunts, adorent travailler pour quelqu'un qui ne pleure pas les subventions. Pour trouver les fonds, Bille Guette ordonna que les auréoles vingt-quatre carats passent à quatorze et personne n'osa moufter.

Mais surtout, il fallait que tout cela se passe dans le plus grand des secrets, tenu un, voire deux, trois ou quatre siècles. Et ça, c'était difficile. Même si Bille s'installait au fond de la mer, il y aurait toujours quelqu'un pour s'émouvoir de la fuite des cerveaux magiques. D'autant que le fond de la mer, ça n'était pas une base logistique très futée pour lancer des missiles sol-air.

Alors Bille Guette chercha dans sa névrose : il lui fallait quelqu'un qui haïsse la magie aussi violemment que lui, les dieux. Quelqu'un d'un peu haut placé, qui persécute officiellement les sorciers, afin que lui les récupère officieusement. Si possible dans un lieu si noir et si moche qu'aucun ange ni diable n'y fourrerait jamais la fourche non plus que l'aile.

Il dut patienter jusqu'à ce que les gènes errants de Pictograme, *bling blong blang*, se rejoignent à nouveau au sein d'un gamète inconscient : *scroutch!* comme un paquet de sucre crevant dans un sac de désherbant.

L'événement passa presque inaperçu. Tout au plus la jeune épousée qui tenait le rôle du sac eut-elle un léger hoquet. Elle se piqua malencontreusement le doigt avec l'aiguille à broder qu'elle tenait, et trois gouttes de sang rouge tombèrent sur le lin immaculé qui garnissait son tambour d'ébène.

« Et merde. »

Elle soupira, considéra d'un air morne le paysage enneigé qui s'étendait sous sa fenêtre, puis se repencha sur son ouvrage. Ce n'était pas si grave. Quelques points de croix à l'aiguille numéro 4 par-dessus, et on n'y verrait que du feu.

Contrairement à ce qu'on pourrait supposer, Bille Guette ne négocia pas avec les fées marraines pour obtenir une Blanche Neige. Il n'essaya même pas. *Gourdes comme ils sont tous dans l'Éther*, songea-t-il, *le meilleur moyen de ne pas obtenir la trame de vie que je souhaite est de la leur demander*. Bille Guette misa simplement sur la gabegie magique qui sévissait sur Terre, attendant qu'un sorcier insane ou une fée des gaffes se fasse haïr par quelqu'un qui aurait un poste décisionnel dans une contrée inhospitalière.

Il eut quelque espoir concernant un héritier des rois-caravaniers du désert d'Étrangétistan, mais l'héritier mourut sottement d'une piqûre de naja polychrome de dune. Il suivit de près une princesse hystérique, sous les matelas de laquelle une poignée de lutins s'amusait à fourrer des pois chiches et des clefs de huit, mais elle fit une mauvaise chute en tombant du haut de son lit et se cassa le cou. Il observa les réactions d'une demi-douzaine de braves filles bien nées qu'une fée particulièrement anale avait condamnées à cracher des crapauds ou des pierreries, mais pas une ne fut capable d'élever le débat et de se retourner contre la fauteuse de maléfice. Elles s'en prenaient systématiquement à leur entourage proche et menaient des existences bruyantes et brèves, jusqu'au jour où elles se coinçaient un diamant dans le gosier, et rideau.

Bille Guette commençait à désespérer. Et puis Blanche Neige arriva en Obersturm.

Bille Guette ne commença à s'intéresser à elle que quand il la vit, en se penchant par-dessus la rambarde de fonte du Purgatoire, massacrer sa belle-mère. Il fit incontinent noyauter les geôles obersturmiennes de souterrains, avec des sas s'ouvrant au fond des cellules insalubres pour mener à de vastes infrastructures industrieuses. L'ensemble fut nommé : cité d'Anctivaâ.

Il n'y avait pas le moindre risque qu'aucun ange ni diable n'y fourre jamais le sabot, non plus que l'auréole : c'était trop froid pour les uns, trop noir pour les autres. Même les Éthéréens fuyaient ces lieux fortement magnétisés.

Le jour où Blanche Neige promulgua son amendement sanguinaire à l'application de l'ordonnance de 418 sur la régulation des flux mago-migratoires, prélude aux grandes rafles antimagites qui sévirent plusieurs siècles durant en Obersturm, Bille Guette eut un beau rire. Il s'exclama « Enfin ! On va pouvoir commencer la Phase Un de mon Plan » et, soulagé, s'en alla voleter une paire d'heures avec Azraël – sans rien lui confier, l'archon restant pour lui, avant tout, un sale dieu profiteur et feignant.

De ce jour, le commerce de l'éponge, du coton et du papier toilette prit un essor considérable, ainsi que celui du neutrogène, un peu plus délicat à transporter. Mais personne n'y fit vraiment attention.

Jusqu'à la Phase Deux.

Une cure de Pommes Furieuses

« Testebleu ! La tripe me remontoit ! »

Les nuages défilaient vertigineusement le long du gros Sueux, il n'y eut bientôt plus qu'une mousse blanche entre lui et le bleu éternel et puis, il n'y eut plus rien. Le gragon gigantesque nageait dans l'azur glacé, juste au-dessous du soleil. Il traversa majestueusement les derniers cirrus et continua à monter, ses ailes de trois cents mètres brillant de givre.

Agrippés à ses rares cheveux, Charles Hubert, Cendrillon, Peau d'Âne, Vareuse-Tagueule, Aurore et Tute pleuraient à chaudes larmes qui gelaient aussitôt le long de leurs joues. Cruc, réfugié dans le giron moelleux d'Aurore, n'en menait pas très large. Quant à Smu, il regardait le paysage d'un air content, sa petite tête de gragon bleu oscillant dans les courants aériens.

Le gragon Sueux fit un ultime effort et se posa en douceur, ou plutôt s'affala au ralenti devant la Porte du Paradis. Encore accrochée à sa semi-calvitie, la petite troupe resta d'abord bouche bée devant l'indescriptible portail doré, vingt mille flèches de cristaux plantées au milieu d'un infini mur d'argent, à côté desquelles le gothique flamboyant semble un art trapu. La Porte rayonnait de toute sa force mystique – vaporeuse, radieuse, aveuglante. Juste à son pied, deux angelots peignaient leurs plumes.

« Ils ch'épuchent ? » bafouilla Peau d'Âne entre ses mâchoires transies.

Charles Hubert secoua sa houppelande raidie de grésil. « Venez ! »

Cendrillon éternua, Vareuse-Tagueule rabattit sa capuche sur ses épaules, Aurore sortit Cruc tout chiffonné de son corset et Charles Hubert glissa à bas du gros Sueux. Celui-ci, vautré tout le long du Parvis, regardait le soleil avec de grands yeux pleurards, et des larmes d'or tombaient en pluie sur la Terre.

« Tin tin tin ! Je sais ce que j'ai pris sur le nez. Ça présage une bonne tornade d'araignées », commenta celui qui se trouvait à l'aplomb, beaucoup de lieues plus bas, prouvant qu'il n'avait rien compris à la situation géopolitique.

Charles Hubert harangua la Porte avec de grands effets de manches, petit bonhomme noir dans tant de gigantesque blancheur. Et la Porte s'ouvrit.

Des lances de lumière d'un bleu pur jaillissaient de l'intérieur du Paradis, insoutenables, au fur et à mesure que la Porte tournait.

« ENTREZ », fit une voix immense.

Claquant des dents et les mains en auvent au-dessus de leurs yeux, ils entrèrent.

Ils tenaient tous sur la chaise réservée aux visiteurs – à l'aise, même. Saint Pierre les laissa se remettre, se moucher, s'ébrouer, scruter d'un air effaré les perspectives de son bureau vertigineux. Puis il les interrogea avec une immense douceur :

« Que fait ici un gros Sueux ?
— Eh bien, commença Charles Hubert.
— C'est-à-dire, bégaya Peau d'Âne, impressionnée.
— On avait rien d'autre sous la main, commença Vareuse-Tagueule.

— Le gros Sueux fait ce qu'il peut, et oncques ne me fera-t-on accroire que la connoissance des choses même les plus dérobées ne Vous fault, Grand Saint Pierre. »

Tout le monde se tut. Aurore avait l'air remontée, parsemant son ire de majuscules déférentes.

« Nonobstant je, n'étant point d'essence céleste mais barbouillée d'humaine obscurité, ne discerne mie le pourquoi de sa présence en ces Lieux non plus que de la mienne propre, lors que je me devrais d'être bonne épouse en mon domaine et jà grosse des œuvres de mon mari. Mais las, mes épousailles furent telle male heure que la vergogne m'en point encore, et cy suis-je pour que Vous m'en éclairiez le qui du qu'est-ce, avec tout le respect qui Vous est dû, Grand Saint Pierre. Et bien le devez-Vous asçavoir, car icelles noces se firent en l'enceinte de Votre temple et par Vos serviteurs bénies, et se peut qu'elles recèlent quelque dessein céleste par moi tout à plein déconnu et en cette épreuve qui m'occure, la clarté de Votre lumière serait d'un grandissime secours à la confusion de mon âme, ayant le sublime bien enfoncé en la matière, Vénéré Saint Pierre.

— Exactement, renchérit Peau d'Âne.

— Et si vous pouviez aussi nous dire ce que fabriquent les fées marraines ?

— Et les archichevèques ?

— Et les Sub-Éthéréens ?

— Et les anges ?

— Et ce qu'ont fait les gnomes pour qu'on les traite comme ça ?

— Manger ? »

Sous ses airs immenses, saint Pierre se sentait légèrement merdeux. Il parla abondamment, de voies impénétrables et de soumission nécessaire auxdites voies.

« Et les pantoufles de verre ? insista Charles Hubert. »

Les grands alcooliques divins . 167

Saint Pierre éluda le coup de la pantoufle de verre en lançant sur Charles Hubert une bénédiction spéciale qui lui rendit non ses vingt ans, mais disons trente bien conservés. Quelque part, ça valait mieux. Un prince charmant, à vingt ans, c'est un peu bouffi, avec les cheveux dans le cou. À trente ans, ça a les traits plus fermes et deux-trois rides d'expression. Cendrillon lui jeta un regard bizarre. Peau d'Âne, elle, parut réellement pétrifiée.

« Quant à vous, ma bien-aimée fille Aurore, j'ai l'immense regret de vous apprendre que le prince charmant que vos marraines vous avaient réservé a péri prématurément dans un accident de cheval. »

Saint Pierre hocha son immense tête avec une expression componctueuse. Le mensonge par omission étant toléré au Paradis, il évita de préciser que ledit cheval était un cheval de feu tout droit monté des Enfers, avec une bande de diablotins mal surveillés sur le dos, et qu'il avait flanqué le feu au berceau du petit prince. Ces détails n'auraient calmé personne.

Tute, renfrogné sous son bonnet rouge, le regardait sans aménité : il ne regrettait guère les battoirs Uckler, mais apprendre d'un coup qu'il descendait de six gnomes dont trois transsexuels abrutis par un saucisson à cause d'une cloche à fromage le rendait amer. Quant à Vareuse-Tagueule, elle se demandait ce qu'elle faisait là, tout en concédant que c'était beaucoup plus excitant que de faire la vaisselle chez sa grand'. Smu, toujours souriant, rongeait un des pieds de la chaise.

« Qu'advient-il à nostre monde ? » demanda encore Aurore.

Là-dessus, saint Pierre les combla de bénédictions d'un air ouvertement emmerdé et les congédia.

« Mais peste de Vous ! Tout tombe en quenouille en bas et Vous, Vous restez à tricoter Vos nuages ! »

L'immense Porte claqua au nez de Peau d'Âne.

« Gentil Cruc, cy sommes-nous Gros-Jean comme devant, philosopha Aurore.

— Croac.

— J'ai l'ordre de vous ramener chez vous, et de déposer le gros Sueux là où il doit être pour équilibrer le monde, déclara un archange somptueux, tout en bouclettes blondes et moue arrogante, qui venait de surgir d'entre deux panaches de brouillard.

— Ben vrai ? C'est le même genre que celui qui bullait dans la clairière aux Dames, béa Vareuse-Tagueule.

— Qui es-tu, toi ? » aboya Peau d'Âne.

L'archange la toisa du haut de ses trois mètres :

« Truaël, pour vous servir, mortel vermisseau.

— Ramène-nous donc en bas, increvable ver luisant. Et fais vite ! D'ici, on voit déjà la tranche du monde qui oscille. »

Ils remontèrent sur le gros Sueux. Il fallut au moins cinq coups de battoir pour qu'il se décide à secouer ses grandes ailes, et à plonger vers la Terre.

« Et qu'est-ce qu'on fait, maintenant ? » demanda Peau d'Âne.

La tête levée, Cendrillon regardait le gros Sueux disparaître aux confins du monde, Truaël rayonnant sur son chef.

« Il m'a volé mon battoir, l'emplumé ! pleurnicha Tute.

— Il fallait bien qu'il conduise le gragon au bon endroit », le consola Charles Hubert en époussetant son chapeau.

Les filles contemplaient d'un air dubitatif le paysage calciné.

« Je me suis pris de bec avec un des angelots qui s'épuçaient, dit Cendrillon. Ils ont un problème de Purgatif. Un tord-boyaux qui a fait perdre Leurs tripes à Dieu et Diable. Ils cuvent et derrière, rien ne suit plus.

— Et qu'est-ce qu'on fait, maintenant ? redemanda Peau d'Âne.

— On avise », répondit sèchement Cendrillon.

Peau d'Âne se tourna vers Charles Hubert : il était vraiment moins pire qu'avant. Fadasse, mais moins pire. *Tout à fait le genre à plaire à Marie Godeline*, songea-t-elle. Cendrillon se planta à côté de Charles Hubert, croisa les bras d'un air décidé, renifla en pinçant les lèvres et à partir de là, chacun avisa. C'est-à-dire que Tute décida de retourner en Uckler pour rouvrir la mine d'or, que Cendrillon trouva l'idée fort bonne, que Charles Hubert n'eut pas trop son mot à dire et que Vareuse-Tagueule, Peau d'Âne et Aurore, n'étant pas invitées, s'en retournèrent au château de Bois Dormant.

« Qu'est-ce que tu veux faire dans ces ruines ? demanda Peau d'Âne.

— Exploiter ce qui reste du roncier, d'abord, répondit Aurore. M'est avis que le cours du bois de construction va grandement s'envoler. Vareuse-Tagueule pourra nous être de grand secours puisqu'à ce qu'elle dit, elle a d'intimes connoissances avec la bûcheronnerie.

— J'ai jamais dit ça !

— Ta gueule. Secondement, je souhaite t'éviter de te mettre dans la cagade, ma pauvre Peau. Point n'ôteras-tu au mage pointu quatre siècles d'amour, et si Cendrillon veut de lui, ce qu'il semble, tu n'attraperas que des chagrinements à rester en leur compagnie.

— Sans compter qu'il est vieux comme tout. Moins qu'avant, mais comme tout quand même, ajouta Vareuse-Tagueule qui n'avait que douze ans et demi.

— Oh, ta gueule. »

Peau d'Âne soupira et elles partirent, Cruc voletant au-dessus de leurs têtes.

« Ne quitteras-tu point ceste bestiale apparence ? lui demanda Aurore.

— Ce n'est pas à mon âge qu'on réapprend à avoir mal aux dents, croac.

— Tu as senti, Aurore ? souffla Peau d'Âne.

— Quoi donc ?

— Rien.

— Plaît-il ?

— On ne sent plus rien. Ça a fini de bouger.

— C'est extrêmement idiot, comme question, gloussa Vareuse-Tagueule.

— Ta gueule, à la fin !

— Prions qui nous pourrons que la paix règne enfin », soupira Aurore.

Vœu pieux qui eût beaucoup fait rire Bille Guette s'il n'avait pas eu bien autre chose à faire.

***

« C'est ça que tu appelles une poutre maîtresse ?

— Mais, madame Aurore...

— C'est de la mierdasse ! Fendu d'outre en outre ! Ça cassera à la première tornade de sauterelles. Tu veux faire fuir le chaland, sanguienne ? Débite-moi ça en poutrelles et au trot, par la Mort-Dieu ! »

Aurore laissa le charpentier se signer frénétiquement et sortit dans la grande cour ensoleillée du château de Bois Dormant. Peau d'Âne, vêtue de sa robe d'or, revenait en carrosse d'une visite-client.

« J'ai décroché le contrat pour le marché de la halle aux cochons de Puralt !

— Hosanna ! On va pouvoir faire remaçonner la tour Est. C'est Vareuse-Tagueule qui va être contente.

— Viens, on va s'en jeter un pour fêter ça. »

Elles allèrent aux cuisines se servir un cavé aux Pommes Furieuses.

« Demain, je sors la robe couleur Au-dessus-des-normales-saisonnières, bâilla Peau d'Âne. Il fait chaud, sur les routes. Et de ton côté, comment ça se passe ?

— Nos bûcherons commencent à se faire à l'idée que j'ai grandi dans une forêt. Ils essayent moins de me rouler dans le froment.

— En tout cas, tu as fait de gros progrès de vocabulaire : on te comprend à peu près. Et Cruc ?

— Il inspecte les coupes. Comme contremaître, c'est l'idéal.

— Si on m'avait dit qu'un jour, je ferais trimer les journaliers comme on m'a fait trimer…

— Paix, là ! N'oublie pas que tu as signé avec les nôtres une très sotte promesse de partage des bénéfices. »

Elles repartirent dans leur dispute préférée, Aurore grognant que son statut de riche possédante lui ayant valu une enfance difficile et cent ans de camisole magique, elle ne voyait pas pourquoi elle ne s'en servirait pas, pour une fois, à son avantage (« D'accord, Perrette gagne trois sous pour douze heures de labeur, mais son mari n'a pas la queue fourchue, lui ! »), Peau d'Âne protestant que ce n'est pas à coups de ressentiment qu'on se forge une éthique décente. Après quoi elles s'embrassaient goulûment, ayant décidé qu'à défaut de prince charmant, une princesse charmante pouvait suffire.

« Ça vaut toujours mieux que de se névroser toute seule dans son lit », disaient-elles. La vérité était qu'ayant grandi dans un entourage de donzelles, elles étaient homosexuelles quasiment d'un bout à l'autre de leur imaginaire, les hommes n'y apparaissant que de loin en loin, sous la figure falote d'un prince hypothétique ou d'un père dépressif. Vareuse-Tagueule les regardait faire en gémissant de dégoût :

« Si ça n'est pas de l'échange de champignons et de miasmes putrides, *ça* ? »

Avec la réponse qu'on sait.

Puis la petite vareuse s'en retournait à ses occupations, lesquelles n'avaient rien, mais alors rien à voir avec le bûcheronnage. Elle avait en charge la restauration intérieure du château et s'y épanouissait à merveille : plafonds, murs et sols étincelaient, et Peau d'Âne s'était plus d'une fois cassé le nez sur une vitre impeccable en voulant se pencher par une fenêtre apparemment ouverte.

« Ouille, ouille, ouille !
— C'est nickel, hein ?
— Mais ta guouille ! »

En sus de la satisfaction du travail bien fait, Vareuse-Tagueule tirait d'immenses joies à farfouiller dans les innombrables malles et resserres du château. Ça débordait de robes antiques et d'armes rouillées, au milieu desquelles elle trouvait parfois un petit trésor : un rouet qu'elle cira et mit en bonne place sur le manteau de la cheminée de sa chambre, un amant momifié qu'elle dépoussiéra et appuya au mur, près de la porte, afin d'y suspendre sa vareuse, et un petit Miroir magique un peu fendu – son plus cher désir.

Un copain.

Qui ne lui disait jamais, jamais « Ta gueule ».

En Uckler, Tute fondait l'or avec bonheur car il pouvait se lever à l'heure qu'il voulait, et n'était plus obligé de siffler en travaillant. Smu veillait sur la mine avec un égal bonheur, des lueurs jaunes plein les yeux. Quant à Charles Hubert et à Cendrillon, au fond de la maisonnette de lave qu'avait invoquée le mage, ils vivaient d'amour, d'eau fraîche et de boîtes de mietthon – les sortilèges de Charles Hubert étaient un peu pauvres au niveau ménager. Leur unique ambition se bornait à faire un enfant. Vœu pieux, la bénédiction rajeunissante de saint Pierre n'étant pas descendue jusque-là. Enfin si, mais elle n'était pas remontée jusqu'ici. En résumé, ils étaient tous plutôt heureux dans des tâches plutôt paisibles. Alors, Bille Guette décida de passer à la Phase Deux, leva la main et dit « Feu ! ».

Le Ciel et l'Enfer volèrent en éclats. Ce qui n'alla pas sans conséquence pour la Terre, qui se trouvait juste entre les deux.

***

« Labiscouti leblésmouti labiscouleblésmou. Achawarma ! »

La bobinette claqua, la chevillette chut et le fond de la geôle obersturmienne tourna. Le mage Ston se glissa dans l'entrebâillement. De l'autre côté, le mire Rizla l'accueillit avec de grands saluts cérémonieux que Ston lui rendit soigneusement – sans décorum, les mages ont tendance à angoisser.

« Quel temps fait-il, dehors ? demanda Rizla.

— C'est intéressant, comme question. »

Ston secoua sa cape de fourrure noire et essora son béret.

« Un chapeau plat ? » dit Rizla en faisant osciller son immense couvre-chef pointu avec un air réprobateur.

Ston poussa le fond de son béret qui se transforma en un chapeau raisonnablement conique, quoiqu'un peu avachi par l'humidité. Il s'en coiffa et soupira :

« On voit que vous n'êtes pas sorti depuis longtemps. Ça ne se fait guère, de se promener en chapeau pointu dans Burnurgrin. Conquérir le Sude n'a pas rendu l'Impératrice plus aimable envers les mages, au contraire. Surtout vu l'état dans lequel elle l'a trouvé. Et surtout depuis que des blocs de cotonnade gelée lui dégringolent sur la tête. »

Rizla fit volte-face dans un tournoiement de sa robe obscure tissée de sortilèges.

« Venez ! »

Ils arpentèrent les perspectives hallucinantes d'Anctivaâ, la gigantesque métropole magique édifiée par Bille Guette, qui colimaçonnait sous les geôles de l'Impératrice d'Obersturm. Elle était conçue selon le principe du bigorneau – une rampe en pas de vis, taillée à même la roche, enroulée autour d'une inconcevable colonne de vide. Cent et mille souterrains ouvraient leur bouche lumineuse dans la paroi noire, cent mille passerelles se croisaient dans les airs. Des engeigneurs suants galopaient le long des coursives, et des sirènes aux écailles hérissées, enchaînées dans des aquariums bleus, hululaient à pleines branchies. Des sorciers en grand arroi usaient sans mesure des sorts chute-de-plume-accélérée et lévitation-urgente depuis les bas-fonds de la cité, grouillant de larves affreuses, jusqu'au plafond, quatre-vingts niveaux plus haut, roc brut où pendouillaient des caricatures en carton colorié de Blanche Neige. Le Grand Combat de la Phase Deux avait commencé.

À coups de sortilèges, Rizla s'ouvrit un chemin dans la cohue, écartant des golems serviles, des Balaye-o-Matic disjonctés et des volées de chouettes en panique. De petits porte-sorts et des droïdes se tassaient, en claquant des dents, sur les rambardes. D'un niveau à l'autre, des incantations résiduelles et des jets d'électricité statique cinglaient l'air glacé.

« Où va-t-on ? demanda Ston.

— Unstun veut votre rapport, lui répondit Rizla.

— Mon rapport ? Il ne sait pas que les capsules antigravité ont foiré, ainsi que les enchantements de sécurité ?

— Mais si. Seulement, il veut savoir comment on prend ça, à la surface.

— Comment on... mais *mal*, Rizla ! Très, très mal !

— Eh bien, c'est ça qu'il veut savoir.

— Et il prendrait ça *comment*, lui, de recevoir un iceberg sur le coin de la figure ?

— Il est mort cuit à tout petit feu dans une marmite d'anthropophage, avec beaucoup de paprica. Alors, je pense qu'il ne l'aurait pas si mal pris que ça. »

Ston colla une baffe à une chimère lascive, qui profitait du désordre pour laisser traîner ses innombrables seins en travers du couloir.

« Et la pollution ? insista Ston. Il est au courant, pour la pollution ?

— Il est au courant.

— Vous savez ce que ça fait aux poumons, le neutrogène ?

— Bah, pour lui, tant que ce n'est pas du paprica... »

Rizla renvoya dans son Éther un crumble qui se croyait tout permis à la faveur de l'alerte, et s'arrêta devant un monstrueux portail sculpté de têtes épouvantables.

« Cadeau de Bélial, expliqua-t-il à Ston.

— Berk.

— Oui. Lahilahahilala ! » invoqua Rizla avec de grands effets de manches.

La porte se liquéfia de façon répugnante. Les deux mages la franchirent. La porte se referma avec un claquement liquoreux – un son qu'on n'entendait qu'à Anctivaâ.

« Ça m'a bouffé la queue de ma robe ! protesta Ston.

— Les entités infernales sont toutes susceptibles. Même les huisseries. »

Ils longèrent des couloirs cossus ornés d'équations en pierreries.

« Ce que j'aimerais savoir, fit Ston, c'est si le Ciel et l'Enfer ont vraiment volé en éclats comme nous l'avait promis Bille Guette.

— D'après mes informations, oui. Il paraît que Dieu S'est réfugié dans une comète avec Sa réserve de Purgatif, et le Diable côté pile de la Terre avec la Sienne. Il paraît que l'Enfer est congelé du sol au plafond et qu'il n'y a plus un seul nuage dans le Ciel.

— Bon. Mais la glace fondra. Et les nuages se reformeront.

— Vous n'y êtes pas du tout. »

Rizla se retourna vers Ston.

« Ce point-là a été réglé, lui aussi.

— Comment ?

— Nous allons cimenter les Enfers et contrôler la masse nuageuse, pour qu'il ne s'en recrée jamais plus que nécessaire pour la pluie.

— Mais c'est impossible ! »

Rizla haussa les épaules.

« Votre mission d'espionnage vous a éloigné des réalités techniques. Notez que même moi, je m'emmêle les chapeaux dans les secrets de Bille. C'est possible, c'est prévu et c'est en train de se faire. Le ciment isotherme est en route à dos de gragon et les satellites météorologiques sont déjà opérationnels en orbite. S'il y a problème, ce n'est pas là. »

Rizla se rapprocha de Ston qui fronça le nez : ça sentait le renfermé.

« Bille a toujours dit, chuchota Rizla, qu'il ne sert à rien de remporter une victoire…

— … si personne n'est prêt à en profiter, compléta Ston. Je sais. C'est pourquoi il a monté le bourrichon à ses intellectuels du Purgatoire, pour qu'ils se ruent sur la Terre dès que le Ciel et l'Enfer auront disparu et instaurent rapidement un ordre nouveau.

— Oui. Mais *quel* ordre ?

— Autant que je me souvienne, c'était à base d'égalité ou de communauté.

— Justement, marmonna Rizla. Il semble que le moment étant venu, on ne sache plus trop. Ou plutôt, qu'on ne sache que trop bien, mais pas tous la même chose. Il semble que les ouailles de Bille ne sont pas si dociles que prévu. Il semble même que ce sont de foutus fanatiques, les uns tenant mordicus pour une égalité à tout crin, les autres pour une liberté sans limites et les troisièmes, pour finir ce qu'on a commencé.

— C'est-à-dire ?

— Tout casser, grogna Rizla en reprenant sa marche hâtive. Je me demande si Bille saura gérer ses penseurs mieux qu'autrefois Dieu, Ses anges infernaux. Et si nous saurons, nous, quoi faire des tombereaux de diablotins et d'anges rescapés qui n'ont plus que la Terre pour y faire leurs sottises. Sans oublier Jésus, qui a disparu. Nous y voilà. »

Le bureau d'Unstun n'avait rien de somptuaire ou d'imposant : c'était un vaste bordel. Le plancher disparaissait sous les fichiers numériques en vrac et les murs, sous des couches de pentacles griffonnés à la craie. Le mage Ston salua Unstun en fixant la tortue rouge qui ronronnait, allongée sur le poêle à convection. Non qu'Unstun fût vilain à regarder : c'était un petit bonhomme avec des cheveux blancs en pétard et de beaux yeux bleus globuleux. Mais Ston avait du mal avec les défunts. Parler à un interlocuteur à travers qui on voit le gênait toujours un peu.

« Bon, fit Unstun, ça a merdé.

— Ça a.

— Vraiment merdé ?

— Ça dépend de quel côté du bloc de glace vous vous situez. »

Unstun tripota un crayon de ses doigts transparents.

« Bon. Concrètement, qu'en disent les vivants ?

— Aaah ou aïe ou raaah. Ça dépend toujours. Si un des nuages congelés est tombé plutôt près, plutôt très près, ou simplement trop près.

— Ah. »

Unstun hocha la tête plusieurs fois.

« Donc, ça a vraiment merdé. À mon avis, c'est le froid. »

Le plan de Bille Guette était simple comme bonjour dans son principe, et délicat comme sztyrtphmz dans son application. Le royaume des Cieux étant fondé sur le nuage, des catapultes gigantesques, embusquées dans la banquise éternelle du Gronelande, avaient envoyé des missiles composés à 80 % de matériau hydrophile compressé (éponge, coton, papier toilette) et à 20 % de joujoux technomagiques compliqués : des têtes chercheuses pour localiser les nuages, des capsules d'antigravitons pour que le bloc de coton, gonflé d'eau et gelé par l'altitude, ne retombe pas trop vite, et des cartouches calorifiques pour faire fondre ladite glace avant atterrissage, tout un tintouin empicassé pièce par pièce par les meilleurs empicasseurs.

« Ou alors, c'est la pression, continuait Unstun. Il aurait fallu pouvoir faire des essais. Je ne vois pas où j'aurais pu trouver un spécialiste de la stratosphère, moi ! Et Bille a absolument refusé l'implantation d'un laboratoire clandestin au Paradis. Ou alors, c'est l'hygrométrie…

— Ou alors, le coupa Ston, c'est d'avoir au même moment congelé les Enfers en y injectant du neutrogène sous pression. Vu que la décompression s'est faite par les crevasses et les ravins. Et qu'un bloc de glace qui tombe au-dessus d'un jet de gaz congelant, vous pouvez toujours l'empicasser, il n'est pas près de fondre. »

Unstun écarquilla à l'extrême ses yeux globuleux puis prit, progressivement, un air infiniment malheureux.

***

Après son séjour à Anctivaâ, Ston repartit à balai vers le Sud-Ouest. Il traversa des milliers de lieues jonchées de débris de cumulo-nimbus congelés. Ils fondaient lentement dans l'atmosphère suffocante de neutrogène et, au milieu de ce cauchemar de glace, d'eau et de gaz, on voyait apparaître d'innombrables restes : chair pulvérisée, fragments de bois et de tuiles, poudre de végétaux, confiture d'arbres, compote de villes. Les cités écrasées occupaient deux fois leur superficie initiale, et on avait l'impression qu'un géant affamé avait étalé du beurre de pierre sur une tartine de pavés, avec un énorme couteau, puis l'avait garnie de carpaccios d'hommes. Sur les emplacements des défuntes églises, les anges en grappes formaient des amas de neige palpitant d'ailes. Roulés en boule, ils ouvraient de grands yeux traumatisés et ne disaient pas un mot.

Les diablotins, eux, ou du moins ceux qui n'étaient pas définitivement congelés au fond des Enfers, erraient sous forme de silhouettes rougeoyantes entourées de colonnes de vapeur – ils étaient très colères. Cherchant en vain un endroit sec, ils couinaient en dansant d'un pied sur l'autre dans la boue glacée. Un grand nombre s'était résigné à planter sa fourche dans le sol détrempé, et à se jucher d'une façon ou d'une autre à l'autre bout. Là, ils repliaient sur eux leurs ailes de cuir et restaient à grommeler. On aurait cru des champs de brochettes de chauffes-souris fumantes.

Ston rencontra quelques poignées d'humains survivants, aux endroits où une éclaircie avait heureusement sévi à la minute M de l'heure H du jour J. Ceux-là aussi étaient assez hébétés : voir le ciel vous tomber sur la tête fait un effet bizarre, même s'il vous rate. Ston supposa qu'il devait y avoir pas mal de survivants du côté du Sude. Par contre, Obersturm n'était plus qu'un cimetière raplapla.

Ston croisa aussi quelques défunts, transparents au milieu du gaz, qui contemplaient les décombres : visiblement, les troupes reconstructives de Bille Guette ne savaient pas trop par quel bout commencer.

Ston vit même passer un crumble déguisé en pibel, rose et ridicule au milieu du désastre, et en tira de fort sombres conclusions.

Glissant sur son balai, bien au chaud dans sa sphère de Ioune climatisée, le mage aborda feu la verte région de Morris. Une douzaine d'hommes et de femmes essayaient de se réchauffer autour d'un feu asthmatique. Ston freina brutalement : la plupart étaient blessés – des éclats de stratus gelé. Ils mouraient de faim, mais plus encore de froid et de stupeur. Ston descendit de son balai. Il commençait à sentir la moutarde lui monter au nez. C'était qui, ce Bille Guette ? Un Sub-Éthéréen ? Et lui, et tous les mages d'Anctivaâ ? Des complices ?

Les survivants regardèrent Ston approcher sans réagir. Il fit bondir leur feu d'un claquement de doigts, leur créa sur le dos d'épais haillons et dans les mains de gros sandwichs. Tout ça n'était pas bien difficile : les composantes gisaient partout autour, en pièces détachées. Il suffisait de les rassembler. Puis Ston fit circuler une coupe de vin médicamenté et, quand ses patients furent assoupis, il soigna leurs plaies.

« Caissoufaite ? Sépavotsecteur ! »

Ston se retourna : un grand escogriffe, avec des bouclettes sous son chapeau pointu, le toisait en pinçant les lèvres. Ston finit un sort de Tubar sur la poitrine d'une adolescente endormie et se releva en époussetant ses genoux.

« Vous dites ? bâilla-t-il.
— Sémonsecteur !
— Mais secteur de *quoi* ?
— Nettpazaucouran ? »

Le mage à bouclettes hocha plusieurs fois la tête en souriant. Ston soupira discrètement : c'était un mage mézouza. Des gens gentils avec des noms pas possibles, une diction éprouvante et un accent venu de nulle part – et qui aurait mieux fait d'y rester. Toute leur magie était basée sur la méditation sans fin de la Niose. La définition de la Niose est : ce qui ne peut être dit, ni entendu, ni compris, ni entrevu. Laquelle Niose se présente sous la forme d'un petit bouquin à couverture de toile goudronnée noire, que le mage à bouclettes serrait présentement contre sa maigre poitrine. Bref, des gens charmants et passablement fatigants.

« Instinlaféedessecteur. Pourclémajayédélessurvivanzumin. Vouzavéfémontravaye.
— ...
— Voussaviépanesspa ?
— ...
— Moicéjudamacabé.
— Moi, c'est Ston », dit Ston en espérant avoir compris quelque chose.

Judamacabé lui serra la main avec toutes sortes de protestations obscures et chaleureuses. Puis il se mit à tourner autour des hommes endormis en marmonnant. Des débris multiples s'arrachèrent du sol, tourbillonnèrent autour d'eux et enfin se rejoignirent, de telle sorte que les dormeurs se retrouvèrent entre quatre murs de graviers conglomérés sous un toit d'échardes de tuiles. À terre, Judamacabé superposa de façon impeccable l'isolant et la couche d'air, pour finir par un épais tapis de lambeaux de tissus retissés, auquel il donna même un joli motif géométrique.

Le mage Ston siffla. C'était du beau travail.

Suite à quoi, Judamacabé se vêtit d'une apparence joviale, prépara un repas chaud et réveilla un à un les survivants, avec de bonnes paroles rassurantes parfaitement articulées – c'est dire s'il avait une nature compatissante. Il changea leurs pansements, apaisa les douleurs et, avant de refermer la porte en confettis de portes, leur lança un sort de Tchatche. Les survivants se mirent aussitôt à se raconter mutuellement tous leurs malheurs.

« Fokiparl ! dit Judamacabé à Ston en s'épongeant le front, tandis que son apparence joviale glissait de lui et se diluait dans la boue glacée. Sadécoinslatettpluctoulessor. »

Le mage Ston décida d'un coup que Judamacabé lui était sympathique.

« Focjayenterrélémor.

— Allons-y. »

Les cadavres se présentaient comme d'innombrables crêpes congelées qu'il fallait décoller, rouler et inhumer au sein d'une bouillasse corrosive. Les sorts de confort des deux mages déclarèrent forfait les uns après les autres et, quand la nuit tomba, ils avaient la voix cassée par les incantations, la crampe du mire aux deux mains, l'onglée et de la gadoue du haut en bas. Ston agita vaguement les doigts en bâillant : une cahute de boue sèche se monta sous leur nez. Un serviteur invisible ouvrit la porte et les deux mages entrèrent se mettre au chaud près d'un feu de tourbe.

« Cétunsorintéressan.

— Le-petit-abri-de-Léo. Mais ce n'est pas un sort : c'est un pote. Léo ? Je vous présente mon pote Léo. »

Le serviteur invisible se drapa d'un peu de fumée, poliment, et versa trois gobelets de vin chaud. Le contenu du sien disparut dans le néant.

« Il est encore grand, ton secteur, Judamacabé ?
— Iliatencordémoraentéré. Aprèjedémissione.
— Démissionner ? »

Judamacabé se mit à verser de grosses larmes claires et surprenantes.

« Bilguettaordonédepassovélézotre.
— Quels autres ?
— Lézonion. »

Il éclata en sanglots désolants. Très embêté, Ston fouilla ses poches et lui tendit un mouchoir.

« Les onions ? Mais ça n'a pas de sens ! »

Tandis que Judamacabé s'épongeait une joue puis l'autre puis l'une, Ston se fit la réflexion qu'après tout, ça en avait peut-être un : qui, au fond, connaissait vraiment Bille Guette et ses intentions ? Tout ce qu'on savait de lui, c'était qu'il avait un physique d'adolescent et une haine de carabosse contre Dieu et Diable. Depuis pas longtemps, on pouvait aussi supposer qu'il avait pour les humains une affection très accessoire. Mais alors, les onions...

« Écoute, proposa Ston. Nous allons finir les enterrements ensemble. Et ensuite, nous pousserons du côté du vallon Uckler. Il y a un bon mage, là-bas. Et en regardant autour de moi, je me dis qu'un bon mage supplémentaire ne sera pas de trop. »

Il finit son vin.

« Dis-moi, Judamacabé : Bille a parlé des seuls onions ? Je veux dire, il est mort comment ? Épluché par une tribu d'onions sauvages ? »

Judamacabé lui lança un regard éperdu et recommença à tremper son mouchoir.

« Je vois, grommela Ston. Ça n'a rien à voir avec le paprica d'Unstun. Il a aussi parlé des elfes de toutes les couleurs, des sirènes et des gnomes ? »

Judamacabé hocha vigoureusement la tête au fond de son mouchoir.

« Je vois. Ce type a une mentalité Uckler. »

***

Par un miracle étonnant, les cumulo-nimbus s'écrasèrent sur le château de Bois Dormant alors qu'Aurore et Peau d'Âne goûtaient, à la cave, leur dernière cuvée de Pommes Furieuses. C'était de la bonne bâtisse, avec des voûtes de trois mètres d'épaisseur.

« Il me manque combien de doigts ? gémit Aurore.
— Deux, je crois. Tu t'es pris un sacré tesson dans la main. J'ai fait un garrot. Serre les dents, je désinfecte. »

Aurore préféra s'évanouir, tandis que Peau d'Âne versait un culot d'esprit de Pommes Furieuses sur la plaie. Puis elle déboucha un flacon encore intact et le but cul sec :

« Ah ! C'était du bon. »

Peau d'Âne lâcha la bouteille vide, qui éclata à ses pieds sur une couche de débris poisseux. La Pomme Furieuse avait giclé des tonneaux jusque sur les murs, l'atmosphère faisait bien ses 90 degrés et, à la lumière de sa baguette bagagière, elle voyait trois Aurore évanouies par terre.

« Bonrps. Ch'est tout bouché de partouche, évidemmenche. »

Elle cahota jusqu'à l'entrée de la cave : murée par les éboulis.

« Bonche. On est foutuches. »

Elle revint vers Aurore, la prit dans ses bras et se mit à verser des larmes d'alcoolique sur son visage blême.

« Monamour, monamour, ch'est finiche ! Mourir chi cheune, ch'est inchuste !

— Me dégueule pas dessus, geignit Aurore.

— Alors, les jeunes ? On fait moins les malines ?

— Tiens ? Pépé Oswald ! » sourit Aurore avant de se reévanouir.

Peau d'Âne leva un nez goutteux, envisagea le squelette fluorescent qui se tenait droit devant elle, et vomit en tournant de l'œil. Pépé Oswald réussit à donner un air écœuré à son faciès simpliste. Il réveilla les deux filles à grands coups de Sainte Relique et, l'une traînant l'autre et vice versa, elles le suivirent à travers le dédale des souterrains du château.

Pestant du fond de ses mandibules contre les passages obturés par les glissements de terrain, pépé Oswald les mena enfin près de l'air libre. Arrivé en haut d'un escalier gluant, il appuya sur la lourde pierre qui les séparait de l'antichambre de la salle d'armes – de feu l'antichambre de feu la salle de feu les armes. La roche s'entrouvrit sur un nuage de glace irrespirable. Une voix de corbeau asphyxié fit irruption par l'entrebâillement :

« Fermez ça ! »

Pépé Oswald manipula le mécanisme à l'envers, tandis que les deux filles redégringolaient les marches en rendant leurs poumons.

« Ne sortez pas, croac ! L'air est empoisonné !

— Et sinon quoi, herk… quoi d'autre ? haleta Peau d'Âne.

— Coa coa ?

— Il y a des nuages de sauterelles, aussi ? Ou bien, le soleil en a profité pour s'éteindre ?

— Ah non, crouic. À part que le ciel nous est tombé sur la tête et que l'air s'est chargé de mortelle pestilence, je crois bien que tout est normal.

— Ah, bien ! On va pouvoir se reposer un petit », souffla Aurore en s'évanouissant pour la quarantième fois.

***

Par un autre miracle étonnant (appelé « Heure du déjeuner »), Vareuse-Tagueule était aussi au sous-sol à l'instant I. Mais elle, elle était dans le cellier aux confitures, entre la réserve aux saucissons et la cave à vin. Et elle avait sa vareuse sur le dos et son Miroir dans sa poche, aussi prit-elle les choses avec philosophie.

« Peau ? »

Le Miroir était tout brouillasseux. Un instant, Vareuse-Tagueule craignit le pire, puis un visage maculé de moût de pommes pourri s'encadra dans son Miroir : c'était Peau d'Âne.

« Vareuse ? Tu es vivante ?

— Écoute, je sais ce que tu vas me dire, mais qu'est-ce qu'elles peuvent être stupides, tes questions. »

***

Il n'y eut pas que des miracles étonnants. Cendrillon, dégoûtée à vie du mietthon, s'était disputée avec Charles Hubert. À la seconde S du G.C.C. (Grand Cataclysme Cotonneux), elle se trouvait à découvert, en train d'admirer les petites médailles frappées par Tute. Charles Hubert, voyant le cumulo-nimbus au-dessus de lui dévisser brusquement, n'eut que le temps de se réfugier au sein de la Terre Mère – un truc de druide.

Dès qu'il put en sortir, il erra dans le cauchemar gazeux avant de trouver deux crêpes, l'une sommée d'un bonnet rouge, l'autre terminée par de petits pieds blancs. Il hurla, invoqua des orages qui ne vinrent pas, se laboura la face et mangea le rebord de son chapeau. Quand il eut trouvé le courage d'ensevelir Cendrillon et Tute, il partit à la recherche d'un arbre pour se pendre – il avait l'esprit tout à fait égaré. C'est alors qu'il vit Smu, seul au milieu du désastre, assis sur son derrière transi et qui claquait des crocs en piaulant de détresse.

Charles Hubert le prit dans ses bras et pleura encore plus fort, le nez enfoui au creux de l'épaule écailleuse.

***

« Calme ! Du calme », chuchotait Ston vainement. Avec les elfes, c'était comme avec les gnomes ou les onions : les sorts d'apaisement leur faisaient l'effet d'une pelle à tarte sur un rôti de cheval.

« Écoute, vieux. Tu as une jambe esquintée et si tu ne me laisses pas te soigner, ça va s'infecter. »

L'elfe noir-bleu, tassé dans un trou de bouillasse, jeta à Ston un regard fiévreux de trouille. Ston tendit la main, doucement.

« Calme... aïe ! »

Ston sortit de sa besace une pincée de poudre somnifère et la jeta à l'elfe, qui s'endormit immédiatement. Ston le décolla de la gadoue et l'emporta jusqu'au camp de fortune qu'il avait dressé avec Judamacabé et Léo. Sur des petits champs de force moelleux, une douzaine d'onions pelés, autant d'elfes noirs hébétés, deux lutins et une nymphe estropiés regardaient le ciel d'un bleu impeccable en gémissant doucement. Au son, on devinait qu'ils avaient tous les poumons plus ou moins lésés.

Ston laissa l'elfe noir-bleu aux soins de Léo qui savait chanter des chants-de-joli-rêve. Deux chants plus tard, alors que l'elfe ronflotait avec un léger sourire, la silhouette fuligineuse de Léo vint se lover près de Ston qui s'était pesamment assis sur une invocation de tabouret.

« Tu leur fais plus de bien avec tes chants que nous, avec nos médecines, soupira le mage. Qu'est-ce que tu veux guérir quelqu'un qui n'a plus de monde où retourner, une fois guéri ?

— Regarde... autour... l'air... est pur... les plantes... pousseront ... bientôt... »

Ston sourit : à lui aussi, les chants de Léo faisaient de l'effet. Et c'est vrai que l'air était pur. On voyait loin, très loin. Toutes les glaces avaient fini par fondre et la terre était nue, détrempée, rabotée, lugubre – avec des tas de coton cracra. S'il subsistait des semences là-dedans, elles avaient sûrement été tuées par le froid. Un petit porte-sort vint orbiter autour du chapeau de Ston : c'était une bouche emmanchée de deux ailes de libellule.

« Êtes-vous Judamacabé ? articulèrent les deux lèvres souriantes.

— Judamacabé ! Un message pour toi. »

Le porte-sort rouge et or s'en alla voleter près de l'oreille de Judamacabé, qui recousait les feuilles internes d'un onion salement amoché. Ston attendit qu'il ait ligaturé les dernières couches et enregistré sa réponse. Le petit porte-sort repartit à tire-d'aile, palpitant dans le ciel immense.

« Oh, Judamacabé ! On peut savoir ? »

Judamacabé s'approcha d'eux en s'essuyant les mains. Il ôta son masque et apparut reniflant, les yeux écarlates : soigner un onion n'était pas une partie de plaisir.

« Jédonémadémission. Jédiquejeussuipadacor pourlézonionzélézelf.

— Mmm, fit Ston.
— Jorépadu?
— Soit ils se foutent complètement des onions et des elfes et tu vas passer pour un déserteur, soit ils veulent les détruire et tu vas passer pour un traître. L'un ou l'autre, ça ne me plaît pas. Je suggère que nous montions immédiatement nos lits virtuels sur roulettes virtuelles, et que nous les poussions jusqu'en Uckler.
— Dacor.
— ... d'accord... »

***

Dans les souterrains du Bois Dormant :
« Ça me rappelle une histoire, dit Peau d'Âne, assise dans une flaque de Pomme Furieuse à la gadoue.
— *Hips*, répondit Aurore.
— C'était comme ici, des gens dans un cul-de-basse-fosse sauf que eux, c'était un cul-de-basse-cale. Dans un navire.
— Et alors?
— Alors, comme nous. Dehors, c'était invivable et ils se faisaient chier comme des rats morts. Tous les jours, ils envoyaient un oiseau voir à l'extérieur s'il trouvait quelque chose. Et un jour, l'oiseau est revenu avec une branche d'olivier dans le bec.
— Un jour? Lequel?
— Le quarantième.
— Elle est nulle, ton histoire. Et ils avaient à manger, tes marins?
— Oui.
— Ah, ça fait une différence avec nous, quand même. Tiens, revoilà mon Cruc. Alors, Cruc, comment ça va, dehors?

— Ça va. Mal, mais ça va. Ça s'éclaircit. Mais, ça n'est pas encore tout à fait ça. Quant au rameau d'olivier...
— Oui ?
— Vous verrez, craoc. »

Depuis deux semaines, les filles vivaient de moût de fruits pourris, de Pomme Furieuse et d'obscurité dans un fond de souterrain en attendant que le neutrogène se dissipe. Aurore considéra les moignons boursouflés de ses doigts à la lueur verte de la baguette, et soupira.

« Bast. C'est que la main gauche et t'es droitière, rota Peau d'Âne.
— Ah, j'aurais aussi pu perdre deux gambes, c'est vrai. »

Elles avaient fini par se brouiller avec pépé Oswald qui, outré de leur athéisme, était retourné dans son caveau, les os cliquetant d'indignation. Sans se l'avouer, les deux filles étaient bien soulagées : quand on vit dans le noir, la compote et la colique, un squelette luminescent est bien la dernière chose qu'on a envie de voir. Quant aux relations miroiriques avec Vareuse-Tagueule, elles les espaçaient autant que possible : à la cinquantième assiette de pomme pourrie, il est presque intenable de converser avec quelqu'un qui mâche ostensiblement un demi-sifflard bien sec avec un bon coup de rouge bien râpeux.

***

« Je suis moulu », gémit le Miroir.

Charles Hubert eut un grand rire sardonique ; ça lui avait pris trois quintaux d'énergie éthérée pour retaper les éclats de ce fichu Miroir magique et il n'en pouvait plus, mais la haine le soutenait : trouver quel enfoiré avait aplati sa fiancée, lui faire la peau et après, on verrait.

« Miroir, gentil Miroir, montre-moi, dans tout cet enfer, s'il reste un être vivant. Mais c'est mon copain Ston ! »

***

« Tu veux vraiment rester avec nous ? »
L'elfe planta ses prunelles de chat dans les yeux noirs de Ston, sans répondre.
« Ma foi, si tu y tiens… »
Judamacabé repliait dans l'Éther le dernier lit d'hôpital. Les onions les avaient quittés depuis trois jours, et les elfes noirs depuis deux. Il était temps : avec la convalescence, ils retrouvaient leur caractère d'origine. En règle générale, les onions sont braves mais pas très fins, et les elfes noirs sont futés mais aussi agréables à vivre qu'un termite dans un canot de sauvetage. Comme toute personne qui doit son existence à une charpente d'os à moelle enrobée de viande rouge, Ston n'aimait pas trop les elfes noirs : non seulement ce sont des carnivores mais en plus, leur humour est détestable.

Les lutins et la nymphe avaient tenu à s'installer près d'un semblant de cours d'eau qui tentait de se reconstituer à côté d'un semblant de pousse d'herbe, et les mages les avaient laissés faire sans trop d'illusion. Une nymphe privée d'algue ou un lutin dépourvu de champignon, ça ne peut pas aller bien loin.

« Iveulmourirenpé », avait murmuré Judamacabé après qu'ils les eurent quittés, suite à quoi il avait laissé de grosses larmes mouiller ses bouclettes.

Ston avait eu la même impression.

Restait ce petit elfe noir-bleu, tout confit dans les traditionnels problèmes d'identité adolescents et très déterminé à ne pas se retrouver tout seul.

« Reste avec nous, alors, murmura Ston.

— Shazam ! »

Au bruit, Ston fit volte-face :

« Charles Hu ! » s'écria-t-il.

Ston et Charles Hubert tombèrent dans les bras l'un de l'autre. Puis Charles Hubert raconta son histoire, et Judamacabé fondit en larmes en même temps que lui – ce qui laissa Charles Hubert assez quinaud mais un peu réconforté. Ensuite, ils se présentèrent leurs nouveaux amis :

« Et voilà Smu, et voilà mon Miroir, dit Charles Hubert.

— Et voilà Judamacabé, et voilà Léo, et voilà… Ston se tourna vers l'elfe : Comment t'appelles-tu ?

— Ventrepla ! répondit fièrement l'elfe.

— Ah. Et voilà Ventrepla. »

Connaissant les elfes, les mages eurent grand soin de ne pas rire du moindre coin de la bouche.

***

« Ohlà !

— Ohlàlà. »

Il y eut un long silence. Peau d'Âne et Aurore balayaient, d'un regard sans fin, l'étendue désastreuse qui avait remplacé le château de Bois Dormant, le roncier, l'horizon… tout.

« Ça a encore un sens, d'aller en Uckler ? demanda Peau d'Âne. Ils doivent tous être morts, là-bas.

— Demande à ton Miroir de voyage. Maintenant que l'air est éclairci, il nous montrera peut-être autre chose que de la purée de pois. »

Le Miroir attesta que Charles Hubert était vivant, en compagnie de gens bizarres, à pas mal de lieues de là.

Il leur montra aussi des choses tristes au sujet de Tute et de Cendrillon. Sauf que Cendrillon, elles s'en foutaient peu ou prou. Mais Tute, elles le pleurèrent beaucoup.

« Eh bien, murmura Peau d'Âne après s'être mouchée, pour cette fois, on ne se fera pas violer en chemin.

— Et manger ? Comment va-t-on manger, pendant le voyage ?

— Il n'y a qu'à remplir ma malle avec ce que Vareuse-Tagueule n'aura pas goinfré. »

Elles réussirent à dégager l'entrée du cellier de Vareuse-Tagueule, et elles se tombèrent toutes les trois mutuellement dans les bras avec de grands « Pupuce ! » Il s'en fallut d'au moins cinq minutes avant que ne retentisse le moindre « Ta gueule ». Peau d'Âne et Aurore s'empiffrèrent dans le désordre de saucisson et de cornichons au vinaigre qui les réconcilièrent avec la vie, tandis que Vareuse-Tagueule empilait dans la malle de beaux jambons. Elles trouvèrent aussi quelques lardoirs, dont elles se ceignirent avec des airs malcommodes. Puis elles piquèrent droit à travers feu le roncier, en direction d'Uckler.

***

« Je n'ai jamais voulu travailler pour Bille Guette, dit Charles Hubert. Ce type est vraiment trop niais. Ça fait des siècles qu'on râle parce que les anges et les diables deviennent de plus en plus envahissants ici-bas, et voilà que cette andouille fracasse leur habitat naturel. On va tous les avoir sur le dos ! Note que maintenant, ils ne trouveront plus grand monde à embêter. »

Ston lui jeta un regard laconique.

« Et alors ? Tu vois des anges et des diables grouiller autour de nous, toi ? »

Silence.

« Les diables sont congelés sous nos pieds, rappela Ston.

— Pas tous, m'as-tu dit, fit Charles Hubert.

— Non. Mais compte sur Bille pour s'occuper de ceux qui restent.

— Comment ?

— Aucune idée, Bille est volontiers un peu cachottier. Quant aux anges, tu sais bien que si nous tirons notre pouvoir de l'espace éthéré, eux tirent le leur de Dieu. Et Dieu prend des vacances loin, très loin, sur une comète qui s'éloigne. Les anges sont en train de se dissoudre.

— Oh.

— Disons qu'ils ont un énorme blues. Les diables aussi, sauf qu'ils sont plus terre à terre que les anges, et donc plus autonomes. Tu sais aussi que le vrai problème n'était pas l'invasion des anges et des diables, mais leur manque de cohérence. Il n'y a rien de pire que des divinités qui ne savent plus où elles veulent en venir. Moi, je trouvais ça bien, cette idée de rendre aux humains le contrôle de leur destinée. Même si une regrettable erreur de calcul fait qu'il n'y a plus tripette à contrôler. »

Charles Hubert fit une moue tortillante de la bouche.

« Résumons. Plus de Dieu ni de Diable, d'anges ni de démons. Plus guère d'humains, ni d'ailleurs d'autres races animales et végétales. Et maintenant ?

— Compte sur le peu qui reste pour faire autant de tintouin qu'un plein Paradis. »

Ston ne croyait pas si bien dire. Et les filles commençaient déjà à le constater.

***

« Ça sent bon ! s'exclama Aurore.

— Ça sent la grillade ! jubila Peau d'Âne.

— Oui mais, et si c'est du gnome grillé ? » risqua prudemment Vareuse-Tagueule.

Peau d'Âne et Aurore galopèrent en direction de l'odeur, suivies à distance par une Vareuse-Tagueule réticente, prouvant par là qu'elle n'était point sotte.

« Halte-là ! Vos papiers. »

Elles pilèrent devant une escouade de gens d'armes sourcilleux, subitement apparue au milieu de la plaine spongieuse :

« Nos *quoi* ?

— Pas vous, mesdames. Ça ! »

Le capitaine tendit un doigt accusateur vers Cruc, posé sur l'épaule d'Aurore. Doigt qu'Aurore et Peau d'Âne regardèrent avec effarement : on voyait à travers.

« Croac ! Ce sont des spectres !

— On dit des ex-vivants, saloperie ! Je me présente : officier de réserve Capacidad, 5e Brigade Anti-Éther. C'est bien une créature éthérée, votre volaille ? Je le vois à son aura.

— Une aura ? Quelle aura ? demanda Peau d'Âne.

— Ah ça, ma p'tite dame, vous verrez quand vous serez morte.

— Je verrai *quoi* ?

— Les auras ! Bon, c'en est bien une ?

— Cruc ? Euh, ouais ! Et après ? »

Les spectres échangèrent de petits clins d'yeux entendus.

« Et après, nous sommes chargés d'expulser les Éthéréens des territoires humains. Tous ! Sauf ceux qui ont des papiers en règle, avec une autorisation de séjour en cours de validité.

— Chargés ? Mais chargés par qui ? béa Aurore.

— Par le Nouveau Gouvernement Égalitariste Humain, qui a pris le pouvoir après le Grand Cataclysme Cotonneux.

— Ça existe, ça ?

— Vous n'avez jamais entendu parler du Président Bille Guette ? Eh bien, c'est lui qui commande désormais, et il a signé un arrêté très clair concernant les Éthéréens. Pas de papiers, pas de séjour.

— Et on les trouve où, vos papiers ? s'inquiéta Peau d'Âne.

— Il faut aller à la Représentation Officielle de votre Comté, qui vous donnera une attestation pour pouvoir déposer une réquisition à la Prévôté de votre Province, afin d'obtenir auprès du Bureau des Migrations une autorisation de constitution d'un dossier de pré-qualification à la validation d'une demande d'ouverture d'enquête en vue de l'établissement d'un certificat de possibilité de séjour conditionnel.

— Un dossier ?

— Extraits de genèse des ascendants sur six métempsycoses, récita Capacidad, date d'arrivée en territoire humain, attestée par quatre documents officiels visés par des organismes agréés (quittance d'octroi, déclaration de taille, de dîme ou de gabelle). Mêmement, huit attestations de séjour continu depuis la date d'arrivée, avec preuves des activités menées pendant ce laps de temps par l'individu, sachant qu'une durée de résidence inférieure à cinquante années est rédhibitoire et, aussi, extrait de casier judiciaire, bilan médical de moins de six mois, évaluation des quotas énergétiques par un mire comtal, acquittement d'un timbre de 600 écus pour l'attestation à la R.O., suivi d'un timbre de 200 écus pour la réquisition puis 253 écus 4 livres 12 deniers 3 sols 20 sous pour l'autorisation du B.M., puis…

— Hé, ho ! le coupa Peau d'Âne. Tout a été détruit, gars ! C'est du délire, tout ça. »

Le spectre se renfrogna :

« C'est ça, ou l'expulsion immédiate. Votre volaille, soit elle fout le camp dans l'Éther de suite, soit je la colle en centre de rétention, elle sera jugée en référé et si elle n'a pas ses papiers, on l'expulse dans le Sub-Éther et... »

Il n'eut pas le temps de finir : Cruc avait disparu dans un petit plop et Peau d'Âne était sortie de ses gonds.

« Mais ce n'est pas *encore* un *cadavre* qui va me faire la *leçon* ! hurla-t-elle en marchant sur Capacidad, qui recula. On ne va pas se taper *tous* les macchabées en crise d'autorité pour le restant de nos *jours*, c'est pas possigzzz... »

Un coup de matraque électrique étala Peau d'Âne dans la gadoue. C'est qu'un spectre n'a peut-être pas de substance mais il a une réelle capacité préhensile sur les objets matériels, bien des esprits frappeurs vous le diront.

« Encore une qu'il va falloir rééduquer, grommela Capacidad.

— Ma Popo ! » piaula Aurore en se penchant sur Peau d'Âne.

Elle cueillit discrètement la baguette bagagière qui cracha un jet d'étincelles vertes et les spectres disparurent, laissant là leurs beaux uniformes. Ils s'effondrèrent avec grâce, désoccupés. Aurore, courageusement, chargea Peau d'Âne sur son dos et s'éloigna au pas de course. Vareuse-Tagueule s'extirpa en grommelant de la flaque de boue dans laquelle elle s'était réfugiée, et courut lui prêter main-forte ainsi qu'une bordée de « J'l'avais bien dit », qui lui valut une salve de « Ta gueule » essoufflés.

***

« Il est de plus en plus brouillasseux, ce Miroir, grommela Ston.

— La fatigue », haleta celui-ci.

Depuis des heures, Ston et Charles Hubert lui posaient d'innombrables questions dont les réponses ne leur plaisaient pas du tout. Ainsi, ils avaient vu les anges, devenus plus transparents que des spectres, monter lentement vers la stratosphère avec des mines à fendre le cœur et se diluer au milieu du ciel trop bleu. Ils avaient vu les satellites météo, encore novices, crachouiller des tempêtes funestes un peu n'importe où. Ils avaient vu les troupes du Purgatoire débarquer en rangs serrés, avec l'air sérieux des gens décidés à faire le bonheur des autres malgré eux. Charles Hubert avait même frémi, craignant d'y apercevoir une Cendrillon en uniforme, mais Ston l'avait rassuré : pour descendre sur Terre, il fallait d'abord avoir suivi deux siècles de formation politique à l'Université Purgatorielle de Sciences Vivantes. Alors que Cendrillon, elle, devait encore tourbillonner dans le puits de lumière qui mène au Grand Tribunal.

Nouvelle qui avait, en réalité, profondément déprimé Charles Hubert.

Ils avaient aussi vu les scanners des engeigneurs établir la longue liste des démons congelés sous terre, et le lac de lave que Bille avait ouvert dans un désert de l'Est, pour y accueillir les diables rescapés avec une sollicitude suspecte. Ils avaient vu un nombre étonnant de nouvelles constructions en préfabriqué : des gendarmeries, des commissariats, des maréchaussées, des centres de rétention, de détention et de répartition, et les baraquements des camps des survivants humains. Ils avaient vu les vieux dieux élémentaires extraits de leurs grottes à coups de grenades sauteuses, trois tonnes de ciment de soude combler la source native d'un génie des eaux, des gragons dépecés à la scie bondissante, des mages insoumis lapidés sans sommation, et des sirènes tirées au sec sans autre forme de procès. Quand l'image d'une chimère piaulante, les yeux crevés, s'encadra dans le Miroir, Ston rompit le charme d'un geste. Le Miroir ne refléta plus que le bleu du ciel.

Ston se leva et fit les cent pas, les dents et les rides serrées. Ventrepla fixait le bout de ses pieds comme si l'un s'était appelé Bille et l'autre Guette. Judamacabé pleurait, en y mettant le plus de discrétion possible. À ce moment, il se mit à pleuvoir des plumes blanches – un fin crachin de duvet, triste comme une coda de soupirs. Les deux mains incertaines de Léo s'emparèrent du Miroir.

« Que veux-tu faire ? cracha Ston.

— La... carte... de ce... nouveau... monde.

— Il a raison, soupira Charles Hubert. Comme on connaît ses ennemis, on les combat. Il semble qu'il y ait une volonté politique affirmée derrière tout ça.

— Il y a, admit Ston. Il y a que les communautaires ont perdu. Et que l'Égalité de Bille est le plus somptueux foutage de gueule après l'Amour de Dieu.

— Les quoi ? »

Ston ôta son chapeau et en épousseta quelques rémiges immaculées.

« Disons qu'au Purgatoire, deux grandes tendances s'affrontaient : les égalitaristes humains, de foutus racistes adeptes de liberté pour eux et de massacre pour les autres, et les communautaires multiraciaux, adeptes de désordre pour tout le monde. Je schématise.

— Je n'ai pas vu beaucoup d'esprit communautaire, dans tout ça, ricana Charles Hubert.

— Moi non plus. D'où je gage qu'ils ont perdu la bataille du pouvoir. »

Ston haussa les épaules en grinçant des dents :

« Ces crétins de communautaires ! J'ai toujours été de leur côté. J'aurais voulu travailler avec eux, voir comment on pouvait gagner la partie. Mais la dernière fois que je les ai croisés, ils se taillaient des croupières entre le Front Purgatoriel Anarchiste, la Communauté Autonome du Purgatoire, l'Inter-Universelle de Libération et l'Alternative Mystico-Éthérée. Le C.A.P. traitait les types de l'A.M.E. d'anges refoulés et l'I.U.L. parlait de faire scission à cause de la Nouvelle Charte des Spectres Libres qui opposait les expiants provisoires et une bande d'archons vexés d'être qualifiés de non-vivants à l'article 12 de la N.C.S.L., soutenus par les purgés définitifs qui ont, au fond, toujours considéré les provisoires comme une bande de privilégiés arrogants, et la seule chose sur laquelle ils tombaient d'accord était que le R.P.P.L...

— Hein ?

— Rassemblement Pour un Paradis Libre, était un ramassis de mystique-traîtres occupés à trafiquer...

— *Baoum !*

— Tiens, encore une auréole qui tombe de la stratosphère, soupira Charles Hubert. Bon, Ston, c'est fascinant mais ça n'arrange pas nos affaires. Bille Guette était du côté des égalitaristes, je parie.

— Oui. C'est même l'Égalitariste en chef.

— J'en étais sûr. C'était de la poudre aux yeux, tous ces brames politiques. Bille est un dictateur dans l'âme et il vient de conquérir le monde avec l'aide de plusieurs milliards de gogos dans ton genre. Gare à tes fesses : tu as vu ce qu'ils font aux mages insoumis.

— Mais les communautaires ne sont pas seuls ! Le Communautaire en chef, c'est Azraël ! Il va bien falloir que Bille compte avec lui ! Ce n'est pas de la gnognote, Azraël.

— Il n'y a plus qu'à l'espérer », dit lugubrement Charles Hubert.

Ston se tourna vers Léo et Judamacabé :

« N'est-ce pas, que ce n'est pas de la gnognote, Azraël ? »

Il y eut un grand silence, troublé par deux « *Baoum !* » lointains.

« Enfin, je crois », marmonna Ston avant de se taire pour le compte, blanchi de fin duvet.

Fort heureusement Azraël n'était, en effet, pas de la gnognote.

***

Aurore laissa tomber Peau d'Âne devant le feu comme un paquet de sottise.

« Vertuchou !

— Aïe, ma tête !

— La grillade. Peau, la bonne odeur qu'on sentait, regarde ce que c'est ! »

Six onions achevaient de rôtir sur un énorme bûcher. Peau d'Âne se leva péniblement.

« Kerzutre, souffla-t-elle. Quels monstres !

— Holà, les survivantes ! Dans quel camp êtes-vous ? »

Un énième spectre en uniforme les hélait. Elles furent envoyées sous bonne escorte vers un camp où on leur fournit un lit et une soupe. On leur fournit aussi une plaque avec un numéro, qu'elles devaient garder autour du cou. Et on les laissa là, bras ballants, dans une cahute branlante plantée au milieu de nulle part avec d'autres cahutes branlantes.

« Viens manger ton brouet, dit Aurore d'une voix éteinte.

— Mmm. Où est ma baguette ?

— Elle est restée là-bas. J'ai fourré Capacidad et ses soldats dans ta malle, alors j'ai préféré laisser la baguette sur place. Je n'appète pas à ce qu'on nous voie en possession d'un objet éthéré, surtout s'il ouvre sur un ballot de soldats enragés.

— Mmm. Et la petite vareuse ?

— Je lui ai dit de se débarrasser de son Miroir magique, pour les mêmes raisons. Elle n'a rien voulu savoir. Rin de rin, comme elle dirait. Alors, elle nous a laissé tomber. L'ingratitude des mioches, quand même.

— Mmm.

— Oh, Popo ? Ton potage. »

Peau d'Âne s'assit lourdement sur le rebord de la paillasse. Il y a des fois, comme ça, où pour continuer, il faut se mettre de grands coups de pied au cul. Et il y a des fois, aussi, où le cul ne veut plus rien savoir.

***

Azraël avait fini par émerger de son ravissement béat, avant même le Grand Cataclysme Cotonneux, pour comprendre qu'il s'était fait doubler par un petit défunt de rien du tout. Il médita longuement sur les effets surprenants de la haine de Bille et, tout aussi longuement, chercha dans ses propres profondeurs une bonne haine motivante. Le souvenir de son grand prêtre finit par s'imposer, avec ses lamentations. Voilà. Il haïssait les nombrilistes capables d'ébranler Ciel et Terre au nom de leurs frustrations, sans jamais se lasser et surtout, sans jamais que les effleure le soupçon qu'ils ne sont pas seuls à avoir mal aux dents. Et Bille était bien le pire d'entre eux.

Alors Azraël se leva, déposa ses métaux rutilants sur le sol d'airain, dénoua ses immenses cheveux de dieu élémentaire, ouvrit ses vastes ailes sombres d'archon et s'envola à grands battements puissants et décidés – voire un brin excités par la perspective de damer le pion à ce pisse-froid de Bille Guette. Il n'avait pas sa finesse stratégique ni son arrivisme glacial mais, au niveau charisme, il estimait le battre à plate couture.

Son premier soin fut de réunir une petite troupe de fidèles : le sage Iéchaël, Gosh la chimère futée, Berbère dont les trois têtes à triple mâchoire constituent toujours un atout quelle que soit la négociation, Glewton l'engeigneur schizotypique, Cerpan le crumble retors, et quelques autres aussi peu recommandables.

Son deuxième soin fut de dépiauter les fils des plans de Bille. Ce fut facile : étant assez divin, Azraël était assez omniscient pour peu qu'il s'en donnât la peine. Un dieu voit, s'il regarde. Le tout est de regarder à temps dans la bonne direction et puis, ça dépend aussi du nombre d'yeux.

Azraël ne trouva pas les plans de Bille totalement dénués d'intérêt, au contraire. Aussi décida-t-il de ne pas s'y opposer, mais plutôt de se préparer à en tirer parti. Il s'inquiéta bien un peu de l'effet de l'imminente disparition de la motrice d'énergie mystique sur ses propres pouvoirs mais, heureusement, les archons d'origine élémentaire ont cet avantage qu'ils tirent leur force de partout, ce qui leur vaut, en temps normal, le mépris vertical des autres divinités.

Le plus pénible pour lui fut de constater, lors du Grand Cataclysme Cotonneux, qu'il avait omis de regarder dans l'avenir des missiles hydrophiles de Bille. À la douleur qui lui broya le foie au fur et à mesure que les nuages gelés éteignaient la buée vitale scintillant à la surface de la Terre, Azraël comprit qu'il était assez mauvais en haine. Il aimait ce tas de boue fleuri grouillant de larmoyeurs et de casse-pieds, de femmes nues et de poissons brillants. D'où il déduisit, avec lucidité, qu'il ne serait jamais si fort que Bille, lequel n'éparpillait pas son huile de coude dans des attendrissements superfétatoires. Il fit part de ces découvertes à Iéchaël, qui finissait tout juste de s'en rouler un gros :

« C'est aujourd'hui que tu découvres qu'un brave gars face à un gros con, ça fait un brave gars de moins ? »

Et Iéchaël se mit à rire considérablement. Azraël se drapa dans son aube et descendit bouder parmi ce qui subsistait de ses atolls. Il s'assit en tailleur sous un pipiscus rescapé et griffa l'air, qui se fendit : ça puait, de l'autre côté.

« Alors ?

— Alors on cherche, on cherche », siffla Cerpan entre ses mandibules à ventouses.

Assis en rond au milieu des détritus magiques du Sub-Éther, décharge cosmique dont la laideur aride explique, si elle ne l'excuse, le caractère inexcusable des Sub-Éthéréens, une bande de marraines ensubées, de lièvres de Neptune et de broilecrânes ricanaient convulsivement. Ils étaient en pleine séance de créativité. Avec un sujet en or : le non-sens. Jouer avec le non-sens pour faire rager les engeigneurs. C'est la seule distraction qui réjouisse les Sub-Éthéréens, après la destruction de tout ce qui est joli.

La fée des pommes, dont seules les joues rouges subsistaient au milieu d'un rideau de tentacules, lançait vers le ciel répugnant des balles rondes, de telle façon qu'elles s'écrasaient directement par terre.

Ça ne tombe pas sous le sens, de faire rebondir par terre des balles lancées en l'air dans un endroit où la gravité est nulle. Pour qu'il y ait une gravité dans le Sub-Éther, il aurait fallu la payer très cher.

C'est ça, le non-sens. Ça donne rapidement mal à la tête, rien qu'à regarder. Azraël eut donc très vite mal à la tête. Pas loin du passage qu'il avait ouvert, trois broilecrânes jouaient au jeu des inverses (*L'inverse du blanc c'est le noir, l'inverse du noir c'est la lumière, alors quelle couleur fait-il dans un tombeau de neige ?*) et deux lièvres jouaient au cadavre délicieux (*Le milieu de la chose/ Le point qui équilibre l'objet non défini / L'entité logique 0-dimensionnelle non nulle qui se situe à égale distance de la totalité des extrémités de l'artefact matériel limité dont la nature nous est cachée*). Azraël referma le passage d'un geste convulsif.

Ce n'était peut-être pas une très bonne idée.

Mais c'était la seule qu'il avait trouvée.

Il fallait à Azraël une base sur Terre, pour la reconquérir. Ou plutôt : Azraël considérait que la planète était assez grande pour que chacun puisse en garder un bout, mais il estimait avoir son mot à dire quant à la pluviométrie du sien. Il avait donc choisi de s'établir sur son ancien territoire, le Sud-Sud-Est. En cas de guérilla, il connaissait chaque caverne de chaque atoll par cœur. Et quel bel ensoleillement ! Mais surtout, il lui fallait une fortification béton face à Bille et ses engeigneurs. Et la seule fortification qu'un engeigneur ne peut vaincre, faute d'être capable de la regarder en face, c'est un mur d'absurdité. De non-sens.

Ça marcherait. Ou pas.

Azraël sortit le morceau de chichon que lui avait offert Iéchaël et s'en roula un énorme.

Ça marcherait.

***

Un peu plus bas, au milieu d'une plaine bouillasseuse :

« J'y crois pas. Tu y crois, toi ?

— T'as qu'à croire. »

Accroupies au milieu d'une colonne d'accroupis, Aurore et Peau d'Âne ramassaient les débris de Carelaje. Tout leur camp de survivants humains avait été astreint au même travail et c'était une tâche abrutissante, épuisante, dégueulasse et déprimante.

« Bouh ! »

Peau d'Âne agita, sous le nez d'Aurore, une phalange humaine encore enviandée.

« *Bla !* répondit Aurore d'un revers de main.
— Tu n'as pas le sens de l'humour, hein ?
— Que le coq te cigrue, garce ! »

Furieuse, Aurore jeta dans sa sacoche de service un énième brimborion de fer-blanc. Elle se repencha vers la couche de détritus et couina.

« Qu'est-ce qu'il y a ? s'inquiéta Peau d'Âne.
— Rien. Ça doit être l'ennui. J'ai cru voir un... un gros minet. C'est la faim, peut-être.
— Un gros minet ?
— Une tête que j'ai déjà vue quelque part. Je ne sais point où.
— C'est la faim. »

Aurore leva les yeux : ciel bleu, quelques plumes tourbillonnantes. Et, dans un coin, un trait de lumière tremblotante qu'elle ne remarqua même pas.

C'était Gaphaël en train de ressusciter d'entre les anges. Car quelques anges ressuscitaient, de-ci de-là, dans la plus grande discrétion – les anges sont peut-être fatigants, mais ils sont tout sauf stupides. Ces anges avaient comme point commun d'avoir gardé des attaches affectives sur Terre, et Gaphaël avait eu quelques années de cannes à Purgatif pour réaliser qu'il se languissait de la jolie tête de la gamine qu'il avait voulu marier à un prince arabe faible du cœur. Ce n'était pas le grand amour mais enfin, on s'embête tellement aux cannes à Purgatif... Quant à savoir le pourquoi du comment de ces résurrections, car un ange qui ressuscite, ça veut dire qu'il y a une source d'énergie mystique qui tourne quelque part, c'est une excellente question.

***

Vareuse-Tagueule avait louvoyé habilement entre les troupes de soldats, qui n'étaient pas plus compliquées à éviter qu'une succession de lynx, de loups et de bûcherons en rut, et beaucoup moins que les corvées de vaisselle. Elle se réfugia dans une forêt épaisse, qui avait probablement bénéficié au bon moment d'un anticyclone salvateur. Les soldats de Bille étaient déjà passés par là et ce n'était que bonnets de lutin abandonnés, tripes de chimères et chevelures d'ondines tachées de sang répandues sur la mousse. Vareuse-Tagueule en pleurait sur son Miroir. Un silence lugubre régnait.

« Y a personne. Chu toud'seule ! Toud'seule, toud'seule ! sanglotait Vareuse-Tagueule.

— Euh, ne va pas croire ça trop vite, lui chuchota son Miroir.

— Alors, petite gourgandine ? On vient admirer les méfaits perpétrés par ceux de son espèce ? » grinça une voix qui avait dépassé de trois arpents les frontières obscures de la folie.

Vareuse-Tagueule se retourna : elle se trouva nez à nez avec une fée, une vraie, en déshabillé de soie couvert d'étoiles et de bouillasse, avec le cornet à voilure et deux yeux au beurre noir.

« On vient se réjouir ? On vient admirer le travail, n'est-ce pas ?

— Euh... non, m'ame la fée. J'trouve ça... j'trouve ça plutôt dégoûtant, en fait, tout ça. »

La fée s'arrêta à deux pas d'elle, ses yeux riboulant férocement dans son visage bouffi de bleus :

« Pendant des siècles et des siècles, fit-elle d'une voix désaccordée, on vous a couverts de bienfaits. On s'est mises en quatre pour vous rendre heureux ! On vous a bombardés de dons enchanteurs ! Pierreries à commande vocale, tables autocuisantes, gallinacées aurogénératrices !! On vous a bidouillé des carrosses avec trois fois rien, des robes mirifiques à partir de trois haillons et des destins magnifiques avec des prémices de technicienne de surface !!! Et c'est ça, notre récompense ? C'est ça ?? Se faire tirer comme des lapins par une bande de cadavres ???

— Euh...

— Vous êtes des monstres !! Vous êtes des assassins, vous êtes... vous êtes bêtes comme des ÂNES !!!

— Euh...

— TA GUEULE ! »

La fée parut étouffer d'indignation. Puis elle brandit sa baguette et frappa Vareuse-Tagueule à la tête.

***

Un peu plus loin, au milieu de feu le vallon Uckler :

« Les troupes de Bille viennent d'aborder Morris. Ils seront en Uckler d'ici peu, dit Charles Hubert d'un ton morose en agitant les doigts au-dessus du Miroir.

— Foconpartt laoucépadétrui. Ossud.

— D'accord. Smu, tu transportes ceux qui ne savent pas voler seuls. Ventrepla d'abord, ensuite ceux de son genre qu'on rencontrera en chemin.

— C'est quoi, mon genre ? grinça Ventrepla.

— Le genre à mal finir entre les pattes des sbires de Bille et qui n'a pas d'ailes », dit sèchement Ston. Les trois mages sortirent leur balai volant de leur chapeau,

Ventrepla se hissa sur le dos de Smu, Léo se mit en orbite autour de Ston et ils s'envolèrent, direction le Sud.

***

Vareuse-Tagueule ouvrit un œil, puis le second. Elle s'assit péniblement sur son derrière, tâta la poche de sa vareuse : son Miroir y était, et en un seul morceau.
Ouf.
Elle tâta son front : elle avait une belle bosse. Elle soupira, se passa la main dans les cheveux :
Qu'est-ce que…
Elle sortit fébrilement son Miroir de sa poche, y jeta un œil et retomba évanouie.

***

La nuit est tombée sur la bouillasse, Peau d'Âne et Aurore dorment dans leur baraquement.
« Psst ! Princesse Aurore !
— Iek ! Qui es-tu ? Que fais-tu dans ma couche ?
— À qui tu parles, Aurore ? fit, dans l'obscurité, la voix pâteuse de Peau d'Âne.
— Chut ! C'est moi, l'ange Gaphaël ! Celui qui vous a défendue contre un sombre démon, il y a longtemps, dans une auberge.
— Ça ne m'explique pas ce que tu fais dans mon lit !
— Je suis venu vous chercher.
— Pour aller où ?
— Où vous voudrez. Mais loin d'ici, où règnent le désastre et la mort. »
Aurore regarda avec davantage de douceur le visage gracieux, faiblement luminescent et diablement transparent qui luisait près de son oreiller. L'effet fut immé-

diat : Gaphaël reprit chair et épaisseur, quelques watts et un beau sourire.

« Venez ! »

Il se mit debout au milieu de la cahute, prit une fille dans chaque bras et s'envola par la fenêtre.

« Où va-t-on ? demanda Peau d'Âne d'une voix mal assurée.

— Où veux-tu aller, belle Aurore ? murmura Gaphaël.

— Au chaud. Au Sud ! »

***

Au Sud, justement, sur un atoll :

« Je crois qu'on a trouvé ! » brailla Cerpan.

Azraël dégringola de son palmepied touffu.

« Alors ?

— Hé hé. On va faire un mur inregardable. Citez-moi un truc très courant et que jamais personne n'a vu.

— Le reflet de deux miroirs face à face ! C'est génial !

— Oui, mais tu l'as lu dans ma tête, c'est facile, aussi.

— Un mur représentant le reflet de deux miroirs face à face ! Personne ne sait ce que reflètent deux miroirs face à face. Personne ne peut ni ne pourra jamais voir ce que reflètent exactement deux miroirs face à face ! Le premier engeigneur qui regarde mon mur, il est fou à lier pour le restant de son éternité. Mais comment allez-vous faire ?

— Eh bien, on construit deux miroirs géants en forme de mur, on les met face à face, on en pétrifie un, on casse l'autre et voilà.

— Je crée ça de suite ! Et après, je l'empicasse comme Bille n'a jamais soupçonné qu'on pouvait empicasser. »

Empicasser, pour faire vite, consiste à jeter un maximum de sorts de « Je le sens bien » et « Ça va le faire » afin de contrer, autant que faire se peut, l'incontrable loi de Murphy.

Trois heures après que Smu et son escorte de balais eurent passé la frontière du Sud, deux minutes trente exactement après que Gaphaël, un peu essoufflé, l'eut franchie aussi, un monumental miroir double se matérialisa d'est en ouest, bouclant la ligne d'horizon. Il était haut comme la stratosphère et pas plus épais que deux cheveux. Le premier se brisa et s'effondra, tandis que l'autre devenait plus dur qu'une feuille de garanite gris. Et son unique motif était, répété une infinité de fois, l'image d'une exacte absence de quoi que ce soit. Ainsi naquit le Mur.

Bille, vert de rage, y envoya ses plus imposantes armes lourdes, dont le Mur se foutit éperdument, ensuite ses meilleures troupes, dont les Éthéréens en embuscade firent des boulettes, puis ses meilleurs engeineurs, qui s'en revinrent tout débloquants.

Quant à Blanche Neige, assise devant sa boule de cristal, elle suivait les événements en ricanant – et une épaisse buée sortait de sa bouche purpurine.

Le sexe des anges

L'homme passait l'essentiel de ses journées accroupi face au désert, à l'ombre d'un menhir érodé par les sables. Les mains enroulées autour de ses chevilles, vêtu de longs cheveux poussiéreux, il fixait l'étendue aride avec une tristesse grande comme l'univers.

Il était couvert de cicatrices, de crasse et d'amertume, mais ses yeux étaient les plus beaux du monde. C'est-à-dire qu'un seul de ses regards aurait suffi à rendre toute créature heureuse – s'il l'avait voulu.

Mais voilà, il ne voulait pas.

Il avait passé son enfance entre deux parents pétrifiés de respect suspicieux – le contraire de l'affection. Sans compter que, tout à fait inconsciemment bien sûr, son père adoptif gardait une solide mâchoire de cocu contre sa mère, laquelle la lui rendait en petites mines martyres. À l'âge où tout le monde peut enfin choisir sa vie, il avait dû endosser une tâche qui l'embêtait considérablement : aller, par les routes cailouteuses, tenter d'expliquer des choses simples à des imbéciles farcis de complexité. Tout ça pour finir trahi par ses amis, et torturé à mort avec la bénédiction paternelle. Pour couronner le tout, les choses qu'il avait expliquées avaient été mises en pages, répandues et interprétées avec une si épouvantable mauvaise foi qu'il n'arrivait pas encore à y croire. En conséquence, pas mal de gens le rendaient responsable d'une quantité effarante de meurtres et de guerres commises à la fois en son nom et en son absence, et lui en voulaient horriblement. Il y avait de quoi être aigri.

Jésus attrapa une sauterelle entre deux griffes noires et la goba.

De toute façon, on allait revenir lui casser les noix d'ici peu. Il le savait. Il le sentait. De même qu'il sentait de petites fuites d'énergie lui chatouiller le bas du dos : quelques diablotins survivants lui pompaient encore la moelle. C'est qu'il restait le seul générateur d'énergie mystique à peu près à jeun de cette foutue planète.

Il se leva en craquant de toutes ses articulations.

On ne le ficherait jamais tranquille, que ce soit sur Terre, au Ciel ou en Enfer. À moins qu'il n'invente un lieu qui ne serait ni sur Terre, ni au Ciel, ni en Enfer…

Il sourit dans sa barbe.

Le gratouillis de ses reins cessa net. Quelque part, un coin du tissu temporel s'était congelé. Jésus grogna : les diables n'étaient pas des anges, mais son cœur en forme de poubelle compassionnelle décrochait à chaque crime. Puis un nouveau gratouillis lui agaça la nuque : des anges ressortaient du néant. Jésus jeta un œil sur la voie qu'ils avaient suivie pour le retrouver et se nourrir de lui : il vit des sentiments humains. Là, il ricana carrément : traîner à la fois une exigence mystique et des sentiments humains, il y avait peut-être pire mais il ne voyait pas quoi.

Il se pencha, ramassa une pierre et la posa au sommet du menhir.

***

Empruntons donc le balai de Ston et survolons la planète aplatie. Pour commencer, levons les yeux : de-ci de-là, quelques plaques de nuages déversent l'intégralité de leur eau juste au-dessus des cultures. Plus loin, les satellites météo clignotent, occupés à suivre la maturation des semailles et à les arroser judicieusement.

Tout droit, plein Sud, d'étranges choses brillent dans le ciel. Ce sont les cités nuageuses d'Azraël. Nous irons y faire un tour un peu plus tard.

En dessous s'étendent les mornes plaines de Bille. On croirait la Terre d'avant, en plus monotone : des champs, une ville, des champs, une ville. Quelques débuts de forêts. De belles routes toutes neuves. Et les longues barres des cliniques de repos : les humains survivants sont presque tous en dépression réactionnelle postcataclysmique. Se prendre le ciel sur la tête, se réveiller au milieu de rien, et voir surgir du brouillard une armée de spectres qui vous colle en camp de travail est susceptible de déséquilibrer le psychisme le plus élémentaire. Après une quantité variable de mois passés à butter les haricots avec un air plus ou moins ahuri, les survivants ont une fâcheuse tendance à se mettre à courir dans tous les sens en poussant des hurlements abominables. Quand ils ne tentent pas de se suicider en avalant tout rond des bottes de carottes. Bille a donc créé les cliniques de repos. Et mesuré avec amertume combien il est difficile à un psychiatre, même émérite, d'obtenir des résultats avec un dépressif quand le patient voit le mur à travers le psychiatre. Les malades s'éteignent un à un, terrassés par les séquelles pulmonaires du neutrogène.

Nous ne pousserons pas jusqu'au Palais Présidentiel, mais sachez que Bille y déprime aussi. Ses engeigneurs traînent la semelle, vexés par le Mur d'Azraël et affectés par le contrecoup nerveux de siècles de dur labeur. Ses légions républicaines soupirent au milieu des plantations de légumes, regrettant le bon temps de l'Université Purgatorielle. Qu'on se rassure : Bille va bientôt se reprendre, et une bonne petite guerre contre Azraël va remotiver tout son monde. Il suffit de trouver une faille dans le Mur. Ou de passer par en dessous ? Faites confiance à Bille pour savoir que la perspective d'un massacre est un inestimable antidépresseur.

Au Nord, très au Nord, les nihilistes exilés par le nouveau régime font main basse sur les lance-missiles abandonnés de Bille, sous les ordres péremptoires d'une jeunesse à voix de rogomme : Blanche Neige n'est pas morte, elle revient et elle n'est pas contente.

Pour l'instant, Grinchelungen se demande ce qui va faire le plus de dégâts : la volonté farouche de tout casser qui anime l'ancienne Impératrice, ou l'insondable impéritie technique des nihilistes aux prises avec d'incompréhensibles bijoux technomagiques (« Et là ? Si j'appuie là, ça fait quoiboum ! »).

L'endroit est dangereux, nous l'éviterons donc.

Au Sud, tout au Sud, brille le Mur d'Azraël. Franchissons (car l'imagination est la seule puissance capable de percer l'Absurde) cette fine muraille miroitante. Derrière, s'étend l'Éden primitif dont rêvait Azraël. C'est-à-dire un pays merveilleux, tiède et luxuriant avec, dans le ciel, des cités oniriques bâties sur des nuages ; sous terre, un lac de lave dont la douce chaleur est propice au foisonnement d'une forêt de beu hypertrophiée et, sur terre, des vallées de pougères, des lagons transparents, d'opulentes frondaisons et tout un peuple, mélange de cent mille races animales, végétales, humaines, éthérées, elfiques, gnomeuses, gragonniques et spectrales dont l'occupation essentielle consiste à se foutre sur la gueule pour d'obscures histoires de préséance, comme d'habitude.

***

Quelque part, au milieu de cet Éden :

« Là, je ne sais pas quoi dire. Honnêtement, je ne sais pas quoi dire.

— C'est pourtant une compétence féerique reconnue, les galimatias amoureux, non ? »

Cruc croassa, embêté. La seule compétence féerique, en matière amoureuse, consiste à faire coller ensemble une demoiselle et un damoiseau à l'âge où ils n'ont encore aucune personnalité. De toute façon, ils s'ennuient tellement chez leur Père le Roy ou dans une cabane en bois adjacente, qu'on pourrait leur faire épouser une solive. Mais vis-à-vis d'une princesse adulte, amoureuse à la fois d'une consœur jalouse et d'un ange dépourvu de sexe, Cruc ne savait absolument pas quoi dire. Aurore refit le nœud de son sarang, une pièce de soie sauvage pratiquement transparente que Cruc jugeait indécente à pleurer. Elle ralluma son joint et s'allongea dans l'herbe drue, au pied d'un grand psalmier. Il faisait très beau, très doux. Un elfe noir lorgna la jolie fille somnolente à travers un buisson de canebassiers : un cercle de protection angélique luisait autour d'elle, et la mésange anodine avec laquelle elle causait puait l'Éther à vingt toises. L'elfe passa son chemin. Un grumegeur de montagne s'était déjà fait la même réflexion, cinq minutes avant. Et un istouitoui rageur à cul bleu, dont les restes pendaient aux branches, avait oublié de se la faire une demi-heure plus tôt. Cruc goba une des mouchenettes qui voletaient autour du petit cadavre griffu :

« Bon, essaya de résumer la mésange. Tu t'es brouillée avec Peau parce qu'elle ne t'apportait pas tout ce que tu voulais. Tu es en train de te brouiller avec Gaphaël pour la même raison. Trouve ailleurs ce qui te semblait leur manquer et sois heureuse, ma fille. »

Aurore jeta à Cruc un regard si lourd de mépris que la mésange doubla de volume – sa façon de rougir.

« Ce qui leur fault à tous deux, c'est ce dont mon illusion d'époux avait le double du nécessaire ! Je me vois mal arpentant l'Azraëlie pour en trouver l'équivalent, et je puis encore, sur ce sujet, me débrouiller seulette, quoique dans l'amertume, car ce sont des us du jeune âge que j'ai quitté. Mais surtout, je ne puis plus concevoir me mariant et enfantant sans questionnement, lors que ç'a toujours été ce que je croyais mon destin et mon souhait et ce, même quand je baisottais avec Peau. Me voilà trop changée par les tracas pour me contenter d'une existence à l'ancienne façon. Et la nouvelle façon, je la cherche et ne la trouve point encore. Mais mie ne sera-ce avec une harpie emplie de jalouseté comme Peau, non plus qu'un eunuque moralisant, fût-il d'angélique nature ! »

Cruc tourna sept fois sa langue dans son bec avant de répondre car, quand Aurore se mettait à parler en langage démodé, c'est qu'elle était vraiment très colère. Au troisième tour de langue, Aurore dormait sous une pluie de soleil et de pollens. Cruc prêta alors toute son attention aux mouchenettes piqueuses.

***

Peau d'Âne, elle, n'était plus en colère. Réfugiée dans les bras du mage pointu, elle coulait des jours heureux à cheval sur un nuage. Elle et Smu étaient devenus les meilleurs amis du monde et partaient souvent en virée dans les courants ascendants. Les trois mages avaient élu domicile dans la même cité céleste, d'où ils essayaient d'anticiper les prochaines catastrophes – Ston connaissait Bille. Charles Hubert harcelait le Miroir de questions sur le Nouveau Gouvernement Égalitariste Humain en essayant de gommer le sourire stupide que son récent bonheur peignait sur sa face, Ston arpentait l'Azraëlie sur son balai en quêtant les dernières nouvelles, Judamacabé méditait et Léo enseignait des rudiments magiques à Ventrepla, qui se sentait tiraillé entre le désir d'apprendre et l'envie d'aller, comme Peau d'Âne, faire de fantastiques glissades sous les arcades vaporeuses de la cité.

Il n'est pas facile de se concentrer sur un grimoire quand on vient d'emménager sur un nuage, un immense nuage tout en sculptures ascendantes et en rebonds dodus. Ventrepla suivait avec convoitise les loopings de Peau juchée sur le cou de Smu. Mais depuis qu'il lui suffisait, pour allumer son clope, de claquer des doigts, il ne regrettait rien. Il n'y avait pourtant pas de quoi pavoiser, les elfes ayant un nombre non négligeable de gènes éthérés.

***

« Tout ça n'est pas simple, dit Ston en suspendant son chapeau à une pointe de cirrus.

— Quelles nouvelles ? demanda Charles Hubert.

— Iéchaël vient de scissionner d'avec les mbalaouéens, répondit Ston en pliant son balai. Trop de liberté tue la liberté, dit-il. Il n'a pas tort. C'est la guerre entre la communauté lutine et la monarchie clochette. Ils ont envoyé chacun un délégué à Azraël, qui a refusé de jouer le rôle du médiateur et les a envoyés se faire lanlaire. Les clochettes ont effectué un lancer de gaz antifongique qui a détruit les champignons lutineux. Et c'est bien le moindre des conflits de l'Azraëlie : ça pète entre les sirènes et les crequinidés, il y a toute une campagne contre les colons fridibbles, Glewton complote je ne sais quoi. Et toi, as-tu des nouvelles de Bille ?

— Il s'est occupé des derniers diablotins. Tu sais qu'il leur avait ouvert un lac de lave, dans un désert de l'Est ? Il l'avait coincé entre quatre génératrices d'antichronons. Il les a allumées. Et le temps s'est arrêté sur le lac.

— Ils s'en foutent, du temps, les diablotins.

— Oui, mais le temps qui s'arrête, ce sont toutes les molécules qui s'arrêtent. Et la chaleur n'est qu'une agitation moléculaire. Les diablotins sont donc pétrifiés dans de la lave bouillante au zéro absolu.

— Oh. »

Ston s'assit, Léo lui servit une coupe d'ambroisie. Un cygne stratosphérique passa à trois mètres d'eux, faisant voler des flocons de vapeur du bout de ses grandes ailes. Ston sourit, les fesses bien calées dans le plancher de buée rougie par le couchant. Le ciel était éblouissant. En se penchant à peine, Ston pouvait voir l'Azraëlie dériver sous lui, miroitant dans le crépuscule.

« Je m'inquiéterais… davantage… des problèmes politiques… de l'Azraëlie… si je n'étais pas… certain… que la première menace qui… pèse sur nous… est Bille…

— Cévrèléo, dit Judamacabé en refermant sa Niose.

— Malheureusement, le Miroir a du mal à voir des choses précises de l'autre côté du Mur d'absurdité. Impossible de savoir ce que Bille est en train d'inventer. Je n'aime pas ça », grommela Charles Hubert.

Et tous les mages hochèrent la tête en silence, pénétrés par la beauté de l'heure, la suavité traîtresse de l'ambroisie et l'absolue certitude qu'on ne se débarrasse pas, en un seul Mur, d'une catastrophe naturelle comme Bille Guette.

Azraël partageait bien un peu cette conviction mais, après tant de centaines de siècles d'ennui, il était d'abord soucieux de s'en mettre plein la lampe en attendant le prochain déluge.

***

Plus bas, au milieu de l'Éden :

Il savait qu'elle était là, pas loin, endormie sous un arbre. Il aurait pu la rejoindre d'un coup d'aile mais, en vérité, elle était aussi hors d'atteinte que Dieu sur sa comète. Parce qu'elle ne l'aimait pas.

Gaphaël découvrait peu à peu qu'on ne meurt pas de douleur et que c'est bien dommage. Il s'attendait, maintenant qu'il avait perdu l'amour qui lui avait rendu la conscience, à se dissoudre à nouveau dans le néant des anges. Il l'espérait, en fait.

Rien ne vint. Un bon chagrin d'amour ne lâche pas prise comme ça.

Gaphaël fit comme tout le monde : il se roula par terre, cracha des grossièretés au cas où une divinité de passage aurait l'amabilité de le foudroyer sur place, pleura beaucoup et s'arracha les plumes. Puis il s'assit sur son derrière et décida qu'Aurore était une ceci, une cela et encore autre chose de dégradant. Ensuite, sa réflexion s'approfondit : à quel moteur d'énergie mystique devait-il son interminable existence ? Quel Dieu cruel le contraignait à exister malgré tout ? Il se coupa les ailes d'un coup de machette, remplaça son aube par un pagne, tailla un bâton pour la marche et partit à l'aventure, remontant le fil ténu qui pompait la vie et la souffrance dans ses veines immatérielles.

À tant ruminer de terrestre chagrin, il finit par ressembler à un homme ; un homme tanné, poussiéreux et grognon quoique assez beau gosse.

***

Très, très au Nord :

« Quoi *encore* ?

— Il y a encore un essieu de niqué, Votre Majesté.

— *Encore* ?

— C'est qu'on n'a plus assez d'antigravitons.
— Rien ne marche, ici ! »

Grinchelungen renifla avec humeur. Rien ne marchait ni ne marcherait, parce que les troupes nihilistes se résumaient à un ramassis d'aigris incompétents ou de prophètes fous dont l'indiscipline était le moindre défaut, parce que par moins quarante degrés tout grippe, se casse et s'émiette, et parce qu'il commençait à en avoir plein le dos, à la fin.

« Allez viens, mon Grinche. On va s'en jeter un », soupira Blanche Neige.

Ils se retirèrent sous l'igloo impérial. Blanche Neige leur servit un coup de schnaps.

« Moi aussi, j'en ai marre, mon Grinche. Je sais bien que mon plan est pauvre : remettre les lance-missiles en état pour tout péter afin de tout reconquérir, ça ne pisse pas loin. Mais je n'ai pas d'autres idées. La vieillesse, sans doute.

— On pourrait peut-être négocier avec Bille.
— Ah oui ?
— À la réflexion, non.
— Ravie de t'entendre dire des choses raisonnables. Je n'ai pas envie de planter des betteraves *ad vitam æternam*. Et du côté de l'Azraëlie, il doit y avoir un petit tas de mages à se souvenir de mes geôles, et pas en bien. Je n'ai pas d'idées, je te dis.

— Peut-être que si nous demandions l'entrée en Azraëlie, sous une fausse identité ? Il existe des filières de passeurs par l'Éther.

— D'après ma boule de cristal, le dernier mage que j'ai suspendu par les pieds au donjon de Burnurgrin est responsable de la sécurité des douanes Éther-Azraëlie.

— Merdre.
— Tu l'as dit. Bon. Il faut que j'aille faire une harangue pour calmer mes hommes, moi ! Sinon, c'est

ici qu'ils vont tout casser. On doit pouvoir trouver des antigravitons, nom de nom ! »

Blanche Neige quitta l'igloo et Grinchelungen resta seul, à écouter la tempête limer ses crocs d'acier contre les blocs de glace.

***

Beaucoup plus au Sud, dans une caverne au bord de la mer :

« Il est joli, le peigne que Gloub m'a offert, s'pas ? »

Vareuse-Tagueule agitait un, en effet, très joli peigne d'écaille sous le, euh, cadre de son Miroir. Il avait bien un peu pâti, le Miroir, depuis qu'il était exposé jour et nuit aux embruns ; le sel et le sable avaient noirci son dos d'argent et griffé son visage lunaire, mais il n'en continuait pas moins à se plaire en la compagnie de Vareuse-Tagueule. Ou, du moins, à se sentir plus en sécurité dans la poche de sa vareuse qu'entre les pattes verdâtres des soldats de Bille. Pourvu d'un sens de l'empathie rare chez les créatures éthérées, il en rajoutait dans le flou quand la jeune fille s'approchait trop près. C'était ça, ou passer encore des heures à la consoler.

« J'l'aime bien, Gloub. J'les aime bien, les sirènes. Sont de race poissonneuse. C'est sympa, un poisson. C'est pas très fin mais, au moins, ça fait pas semblant d'être moins pire que ça ne l'est. Alors que les humains, à part dire "Ta gueule" et t'envoyer faire la vaisselle, hein ? Et les spectres, à part dire "Ta gueule" et t'envoyer butter les haricots, hein ? Et les fées, à part dire "Ta gueule" et t'affubler d'oreilles d'âne, hein ? »

Vareuse-Tagueule soupira, noua ses deux oreilles velues sous son menton et commença à passer le peigne dans sa chevelure épaissie de sel.

« Je me demande comment, aïe! font les sirènes pour se, ouille! peigner des heures en, aïe! chantonnant. Elles n'ont pas des nœuds, elles?

— Elles utilisent un démêlant-revitaminant à la couille d'hippocampe, lui expliqua le Miroir.

— Ah. Il faudra que j'en demande une amphore à Gloub.

— Euh… ce n'est pas en amphore. C'est, hm, extrait à la source, si je puis dire.

— Ça, c'est dégoûtant! »

***

Quelque part, à l'est d'Éden :
« Salut, jeune homme. »

Gaphaël s'arrêta, flatté. Il se retourna : ses pieds avaient laissé des empreintes nettes dans la mousse du chemin ; de vraies traces d'homme.

« Ne te retourne jamais, mon garçon, reprit la voix rieuse. Ça donne mal au cœur. »

La fée sortit d'un buisson de frétille alpestre. Gaphaël lui sourit poliment : c'était sûrement une de ces antiques pythies des sommets, toujours prêtes à dégoiser des prophéties alarmistes. Une fée sénile, *près du Mur*, comme on disait maintenant. Si jeune qu'elle paraisse, avec sa peau cuivrée, ses longs cheveux noirs sertis de sequins de cuivre, son visage rond et frais, elle dégageait un parfum de vieille pierre. L'odeur d'innombrables siècles. Gaphaël inspira encore une fois : c'était pire. Cette fée-là était un spectre très antique reconverti dans la magie éthérée. Elle sentait quelque chose de païen, de prémessianique. Quelque chose de mbalaouéen.

La fée lui sourit en retour :
« Veux-tu savoir la bonne aventure?
— Non, merci bien.

— Alors, nous allons nous entendre. Entre. »

Gaphaël la suivit dans un labyrinthe creusé à même la roche mouillée de la montagne, dont le sol était parsemé de fioles bleues à longs goulots. Au bout, en plein air, se trouvaient les ruines d'un petit temple de pierre et, sous un auvent de soie très bas, une natte et des coussins. Ils s'assirent, la fée servit du thé chaud. Elle fit aussi brûler des feuilles dans une cassolette, qu'elle accrocha près du visage de Gaphaël. Puis elle murmura de jolies choses mélodieuses qui constituaient un envoûtement de Mour très puissant, même pour un ange. Tant et si bien que Gaphaël se mit à sourire à lui-même, vautré au fond des oreillers, heureux comme tout et gloussant à l'avance de la mauvaise surprise que sa nature angélique réservait aux appétits charnels de la fée.

Ce fut lui qui tomba de l'armoire. Enfin, si l'on peut dire.

Et il ne se pressa pas de s'en relever.

C'est une chose qu'on ne sait pas assez, qu'un ange qui se coupe les ailes les voit repousser sous une forme ou une autre. Forme qui dépend de son nouveau mode de vie car, comme on dit, la fonction crée l'organe. Et le nouveau mode de vie de Gaphaël consistait essentiellement à rêver d'Aurore.

Plus tard. La nuit tombait doucement, un fin voile d'air buvait la sueur qui trempait le corps immobile de l'ange, les rhododiniums nocturnes s'ouvraient en exhalant une haleine exquise et Gaphaël se disait qu'il nageait dans le bonheur. Étant devenu extrêmement humain, il se sentit inquiet. La fée se leva, Gaphaël souleva la tête pour la regarder : le ventre et les cuisses bronzés étaient couverts de poudre d'or.

« Oh, pardon ! Je t'en ai mis partout. »

C'est que les anges, ces êtres délicats, ne récompensent pas les plus douces caresses en conchiant la literie avec de l'albumine à goût de grimace, mais émettent une fine pluie de sable d'or – laquelle peut être aussi considérée comme une plaie car elle impose le *coïtus interruptus*, toute personne ayant forniqué sur une plage de sable vous le dira. Mais enfin, après coup, ça fait plus joli sur les coussins.

La fée rit, ses dents blanches brillant dans son visage brun. Elle alluma un feu dans un petit four de céramique et mit à réchauffer un ragoût de porchonou. Gaphaël l'aida à dresser une table à tréteaux et ils firent dînette, trinquant avec de grandes cornes de gazlopes emplies de vin au fromage.

Gaphaël était de plus en plus inquiet.

Ils causèrent de choses et d'autres, notamment de la vie, de l'univers et du reste. La fée, nommée Myriam, était effectivement un spectre féerisé, et morte depuis très, très longtemps.

« Comment es-tu morte ?

— D'une chtouille. »

Là, Gaphaël réalisa qu'il avait changé. Au lieu de répondre « Aheum » et de songer « Berk », il dit uniment « Il n'y a pas de façon intelligente de mourir », et il le pensait. La fée rigola :

« Mais il y en a de plus bêtes que d'autres ! Mourir noyé quand on est conducteur de char, par exemple. Moi, je ne suis pas morte bêtement : j'étais fille de joie.

— Ah, c'est bien vrai, ça ! » s'exclama Gaphaël avec tant d'ardeur qu'ils finirent la dînette plus tard, et que le porchonou attacha au fond de la marmite.

La nuit était tout à fait tombée, la lune brillait au-dessus des frondaisons. Une douce lueur serpentait entre les colonnes à moitié effondrées du temple.

« Qu'est-ce que c'est que cette lumière ? demanda Gaphaël.
— Viens voir. »
Une auréole était accrochée à un des chapiteaux ; une vieille auréole losange, avec des versets sacrés creusés à la gouge.
« Une sainte ? Tu es une *sainte* ?
— Et tu sais laquelle. »
Gaphaël se retourna : dans la pénombre, les yeux de Myriam luisaient et ils étaient les plus beaux du monde. L'ange connaissait ce regard. C'était l'écho d'un Autre.
« Oui, je Lui ressemble. Et toi aussi, dit la sainte. Nous sommes tous le reflet d'une même Image. »
Gaphaël se sentit soudain très triste : un écho forniquant avec un reflet, c'est mélancolique comme tout.
« Tu y crois encore, à tout ça ? À Eux ? Qu'Ils nous ont fait à Leur image, et la suite ? demanda-t-il.
— Bien sûr. Comme tu crois que si Aurore était à ma place, ce serait meilleur.
— Je n'ai pas dit ça !
— Non, parce que tu es poli. Mais tu le crois, parce que tu l'aimes encore. Tu es aussi bête que moi. Voire plus. Parce que mon Aurore à moi, Il me manque peut-être aussi beaucoup mais j'ai vraiment fait une croix dessus.
— Moi aussi !
— Foutaise. Quand on promène une tête de "Je veux mourir" comme toi, c'est toujours pour faire chier quelqu'un.
— Gnagnagna. »
Myriam l'enlaça avec une moue désarmante, et Gaphaël lui fit la Mour à la lumière ténue de l'auréole – il devenait même un peu pervers.
Ils passèrent ainsi de longs jours merveilleux : Gaphaël chassait le porchonou sauvage avec des airs

conquérants et des flèches à tête chercheuse, Myriam dansait, chantait, tressait des fleurs, poussait de petits cris quand elle apercevait un naja monochrome de psalmier (le comble de la coquetterie pour un spectre), en clair, ils étaient heureux comme des fous. Pour issir d'inhumaine essence, on n'en est pas moins complètement abruti quand on est amoureux.

***

Vareuse-Tagueule avait aménagé assez coquettement sa petite caverne : matelas de varech, débris de naufrages, plus une décoration très personnelle à base d'arapèdes, de bigorneaux et de colle de seiche. Pour le Miroir, l'ensemble rappelait terriblement ces boîtes à musique qu'on trouve (trouvait) sur les étals des échoppes de ravitaillement en fourrage le long des (de feu les) voies à char rapide du (regretté) royaume du Sude, mais si Vareuse-Tagueule était contente comme ça... Il y avait même une petite déesse de la fertilité posée sur un napperon de kelp, qui changeait de couleur selon la température : bleue quand il faisait humide frais, elle virait au jaune à mesure que le temps passait à l'humide glacial. Avec un sens de la diplomatie exceptionnel chez une créature éthérée, le Miroir s'était aussi abstenu de révéler à Vareuse-Tagueule la composition de la colle de seiche. Elle aurait immédiatement arraché ses bigorneaux, et le décor suivant aurait sûrement réussi à être pire.

Pour l'heure, après une bonne collation d'huîtres et de vin salé, Vareuse-Tagueule se caressait langoureusement les oreilles en soupirant :

« Ce que j'aime, avec les sirènes, c'est qu'elles sont bien correc'. Les mâles, je veux dire. Jamais ils m'ont regardé la vareuse ou quoi, ou qu'est-ce. »

Le Miroir s'abstint de lui expliquer que le summum de la relation amoureuse sirènéique consistait à nager au-dessus de sacs d'ovules répandus dans les algues en expulsant ses réserves séminales.

« En tout cas, ils m'aiment bien. Chais pas pourquoi. P't'être qu'ils ont senti que j'étais pas comme les autres humains, toujours prêts à leur tailler des filets dans la queue, ou à les fourrer dans des tonneaux pour les promener de foire en foire. P't'être qu'ils savent pas que, s'il y avait encore des foires, c'est p't'être ce que je ferais. Enfin, ils m'aiment bien. Chais pas pourquoi. »

Le Miroir s'abstint de lui expliquer que c'était, très exactement, parce qu'ils prenaient ses oreilles pour des nageoires.

« Y a un truc qui m'étonne. » Vareuse-Tagueule finit son vin et se gratta le nez. « Quand tu me montres le monde des humains – je veux dire, ce qu'il en reste – ch'comprends pas pourquoi ils ont tous l'air effrayé par ce gros mur qu'est au Sud. Ch'comprends pas pourquoi. »

Vareuse-Tagueule fit inopinément une découverte qui, à être publiée, lui aurait valu beaucoup plus de succès qu'un banc entier de sirènes dans trois cents tonneaux :

« Parce que, quand je le regarde dans toi, j'y vois rin de gênant, à ce mur. Rin de rin. »

Le Miroir ne moufta pas : il aimait bien cette gamine, d'accord, mais il ne fallait pas pousser. Il aimait surtout sa tranquillité.

« C'est jamais qu'un mur », conclut Vareuse-Tagueule. Et elle alla se coucher.

Le lendemain matin, alors qu'elle cueillait des étoiles de mer pour en faire un bouquet, elle se trouva nez à nez avec une fée. Elle en lâcha son bouquet.

« Salut, dit la fée. Ça va ?

— Euh », bafouilla Vareuse-Tagueule, tandis que ses longues oreilles rougissaient de trouille et de rage.

C'était une fée, à n'en pas douter : elle avait de longs cheveux, brillait légèrement et se promenait en déshabillé, nu-pieds sur les rochers coupants.

« Qu'est-ce que tu ramasses ? Des étoiles de mer ? Moi, je cherche des fucus moirés. Pour mes coquelicots océaniques. Ils ont le prurit salin et il n'y a pas mieux, contre le prurit salin, qu'une bonne tisane de fucus moiré. »

Les deux femmes passèrent quelques heures à comparer les mérites de la praire valvulée et du couteau vulgaire. Vareuse-Tagueule songeait que c'était bien agréable de parler avec quelqu'un qui a un minimum d'expression sur un minimum de visage.

« Ce n'est pas mal, ces oreilles, dit la fée. Ça doit te faire des copines, chez les sirènes. Elles adorent tout ce qui porte des nageoires. Et puis, ça doit te tenir chaud l'hiver.

— Eh bien, en fait, des fois, j'aimerais bien en être débarrassée. Des fois. »

La fée leva un de ses sourcils délicats :

« Il suffit d'aller confier ton souci aux herbes de la dune et elles tomberont toutes seules, tes oreilles. Il ne t'a pas dit ça, ton Miroir ?

— Euh... quel Miroir ?

— Celui que tu as dans ta poche. Comme tu veux. Mais enfin, les Miroirs savent ce genre de choses, d'habitude. »

Elles prirent congé l'une de l'autre peu après. Vareuse-Tagueule revint lentement vers sa caverne, les mains pleines d'étoiles de mer. Elle les jeta brusquement sur le sable, marcha à grands pas dans un champ d'herbes de dune qui courbaient leur dos sec sous le vent de terre.

Elle s'agenouilla parmi elles et chuchota : « Je ne veux plus avoir des oreilles d'âne ». Puis, elle rentra chez elle et se prépara, les dents serrées, un reste de palourdes.

Quand elle eut fini son dîner, elle tira sur ses oreilles qui lui restèrent dans la main. Alors elle sortit le Miroir de sa poche.

« Tu t'es dit qu'avec mes oreilles, plus jamais je chercherais à retourner vivre parmi les humains, hein ?

— Écoute…

— Tu t'es dit qu'ici, c'était tellement paumé que jamais un être humain n'y mettrait le pied, et que tu pourrais y passer le reste de ton éternité peinard, avec moi d'abord, avec mon cadavre ensuite, mais à l'abri des spectres toujours, hein ?

— Écoute ! »

Elle saisit le Miroir par son pied d'argent et le brisa sur le coin de la table. Puis elle balaya d'un geste rageur sa déesse de la fertilité, son vase décoré de moules et son dessous-de-plat en verres roulés, qui allèrent s'écraser contre la paroi de la caverne. Avec des gestes décidés, elle entassa dans ses poches trois brimborions et sortit sans se retourner.

« Et en plus, grommela-t-elle en escaladant le chemin escarpé de la falaise, je viens de comprendre pourquoi on ne voyait rien du Mur, dans ta face de fesse. Et je sais à qui le dire. »

Après une bonne nuit de sommeil dans les champs, Vareuse-Tagueule alla toquer à la porte du premier camp de travail qu'elle trouva. Le directeur du camp lui donna une bêche. Elle la jeta à terre et dit :

« En tant que citoyenne de la République, je réclame le droit de voir le Président Bille Guette. J'ai à lui dire des choses de la plus haute importance pour le Salut de la République. »

Le directeur toisa de haut cette… disons qu'il toisa au même niveau cette magnifique jeune fille, dont les boucles dorées s'échappaient de ses nattes et s'enroulaient autour de la plus jolie paire d'oreilles qu'il eût jamais vue.

« Ta gueule.

— La tienne, mauvais citoyen. J'viens d'loin pour dire que j'sais comment v'nir à bout du Mur, mais p't'être qu't'as quelqu'intérêt royalisse à c'que nous n'en venions point jamais t'à bout ? »

Le directeur décida que l'affaire le dépassait et la confia au lieutenant de liaison, lequel n'en pensa pas davantage. De colonel en général, tous plus verdâtres et paranoïaques les uns que les autres, Vareuse-Tagueule se vit enfin conduite au Palais Présidentiel.

Parfois, elle pensait à la fée qui l'avait délivrée de ses oreilles d'âne et elle se sentait légèrement merdeuse. Mais ensuite, elle songeait à tous ces matins passés à pleurer devant cette pâle salope de Miroir en triturant ses attributs velus, et la haine la tétanisait. Elle ferait tomber le Mur et alors ils verraient, toutes les fauteuses d'oreilles d'âne et les Miroirs menteurs embusqués derrière Lui. Ils verraient…

« Entre, citoyenne », dit le garde mobile, et Vareuse-Tagueule admira cette capacité à transformer, d'une seule intonation, un terme politiquement correct en étron linguistique.

Elle entra.

Vu de l'extérieur, le Palais Présidentiel ressemblait au donjon du seigneur au poil bleu. Par contre, l'intérieur…

Vareuse-Tagueule hésita au bord d'un océan d'eau turquoise. A priori, ici, le sol était conçu pour noyer d'entrée de jeu les importuns. Elle avança un sabot peureux :

Clonk.

Ce n'était pas de l'eau : c'était de l'améthyste. En dalles. Ce truc qu'on trouvait par copeaux infimes, sertis dans des anneaux d'or, pour le prix d'une famille de métayers, cochons compris, le Président l'utilisait en *dalles*. Vareuse-Tagueule avança prudemment jusqu'à un comptoir derrière lequel vingt-cinq fantômettes, vêtues de tailleurs élégants, baguaient et débaguaient fébrilement des pigeons voyageurs.

« Csouvoulez ? cracha une des fantômettes d'une voix qu'on sentait sévèrement entraînée.

— J'veux détruire le Mur.

— Z'avez rendez-vous ? »

Vareuse-Tagueule tendit un laissez-passer froissé. La fantômette s'en empara.

« Quatre-vingt-seizième étage, face. »

Vareuse-Tagueule se dirigea en patinant vers le mur du fond, qui était couvert de portes.

« Euh… y a pas de poignées ? »

Une des portes coulissa sans bruit sur un petit réduit tapissé de miroirs, dans lequel se tenait un garde en tenue cramoisie.

« Rez-de-chaussée ! Entrez dans la cabine, siouplé ! »

Vareuse-Tagueule entra. Les portes se refermèrent sans bruit.

« Quel étage ?

— Euh… quatre-vingt-seize ?

— Chez l'patron ! » clama le garde dans un cornet qui sortait de la paroi.

Un vertige saisit Vareuse-Tagueule tandis que l'ascenseur filait vers les hauteurs. Il fit une pause au treizième étage : les portes s'ouvrirent. Personne. Les portes se refermèrent.

« Attends seulement qu'on t'chope, toi, grommela le garde.

— Euh… qui ça ?

— Le putain d'esprit malicieux qui hante le treizième étage, tiens ! Chaque fois, y m'fait l'coup, d's'arrêter pour rin. Fait baisser ma moyenne, ce connard de royaliste féerique.

— Ah, parce qu'on était au treizième étage ?

— Ben ouais. »

Le garde haussa les épaules.

« Et, euh… c'est normal ?

— Hein ?

— Euh… c'est magique ? »

Le garde la regarda de travers, puis lui fit un clin d'œil incompréhensible :

« Les portes qui s'ouvrent et se ferment toutes seules, ouais.

— Ah, euh… et le… les étages, tout ça ?

— Ah non. Ça, c'est des mages insoumis qui tournent la noria dans les caves, ha ha ! Quatre-vingt-seize, descendez, siouplé ! »

Vareuse-Tagueule sortit de l'ascenseur en titubant.

« Psst…

— Euh ? »

Le garde se pencha vers elle :

« Un conseil : quand tu vois du magique, tu fais semblant que rin. Et j't'ai rin dit ! »

La porte se referma et Vareuse-Tagueule se retrouva toute seule sur un immense palier, couvert du sol au plafond par une immense tapisserie d'un seul tenant et d'une seule couleur fadasse.

« C'est toi, la citoyenne qui prétend connaître le moyen de détruire le Mur ? »

Un aide de camp irréprochable regardait Vareuse-Tagueule d'un œil glacial, davantage évocateur de cachots humides et de tisonniers rougis que de subtilités bureaucratiques. L'autre œil était dissimulé derrière un bandeau noir. Et, bien sûr, on lui voyait au travers. Vareuse-Tagueule se demanda à combien de lieues à la ronde elle était le seul être vivant, et sentit un vaste sentiment de solitude l'envahir.

« Euh... vous êtes le Président ? »

Le borgne leva son unique sourcil visible :

« Tu es certaine d'avoir quelque chose à lui dire ? Son temps est précieux, dit-il avec vingt estrapades de sous-entendus.

— J'suis point v'nue d'si loin pour des nigauderies, not'monsieur ! »

L'aide de camp parut se détendre. Disons qu'il rangea mentalement quelques tenailles.

« Viens par ici. »

Vareuse-Tagueule le suivit dans un... *Il va me dire que c'est une antichambre. Un cabinet dérobé. Une garde-robe. Comme le taudis de Maître Ficasse.*

« C'est la salle d'attente du Président. »

C'était plus grand que la clairière aux Dames et, comme le reste, tendu d'une affolante tapisserie de laine monochrome.

Au moins, la brodeuse ne s'est pas embêtée à changer tout l'temps de bobine.

L'aide de camp se planta devant l'immense fenêtre qui occupait le fond de ce hangar. Vareuse-Tagueule s'approcha de lui, jeta un regard par-dessus son épaule et recula vivement.

« C'est haut, ici, hein ? » fit-elle d'une voix pâlichonne.

L'aide de camp se retourna, avec un sourire aussi glacial que son œil. Vareuse-Tagueule recula encore.

« N'est-ce pas ? » siffla-t-il.

Vareuse-Tagueule n'avait encore jamais rencontré de pervers sadique, mais elle était intelligente. Aussi fit-elle une pirouette en claquant des sabots, et se planta-t-elle devant un des tableaux qui garnissaient la tapisserie en prenant l'air le plus benêt possible :

« Qui c'est-y donc ?

— Le Premier Secrétaire Adjoint.

— Oh. Et lui ?

— Le Troisième Procurateur en Second. »

Les portraits se ressemblaient tous, dans des tons qui allaient du boueux au glaireux. L'un d'eux lui fit un clin d'œil.

« Euh... il a cligné ?

— C'est un tableau de Haut Gras ! fit l'aide de camp en se rengorgeant.

— Ah oui ! Les tableaux qui vieillissent à votre place. »

Elle faillit ajouter : « Mais, c'est magique ! » Elle avait entendu parler des tableaux de Gras, ces toiles qui vieillissent à la place de leur modèle, lesquels en sont réduits à traîner une existence interminable pourrie par la trouille qu'on cambriole leur salon. Mais comme elle était vraiment très intelligente, elle la ferma. L'aide de camp ricana :

« Justement, non. Ce sont des tableaux de Haut Gras. L'inverse des tableaux de Gras, en quelque sorte. Ce sont les modèles qui vieillissent, et les tableaux qui restent comme au premier jour. Un tour de force technique. »

Vareuse-Tagueule eut soin de garder un visage strictement inexpressif. L'aide de camp soupira tout bas.

« Oh ! piailla Vareuse-Tagueule en désignant un creuset bouillonnant, et ça, c'est quoi donc ?

— Machine à détruire les tablettes de cire top-secrète.

— Et là ?

— Un distributeur à pigeons voyageurs.

— Et là ?
— Là ? C'est la machine à cavé.
— Comment ça marche ? »
L'aide de camp soupira :
« Ça ne marche pas, vu qu'on est tous des ex-vivants. »
Une lézarde de jalousie parcourut la voix minérale. Vareuse-Tagueule répondit par un silence redoutablement intelligent.
« Viens maintenant, citoyenne. Le Président va te recevoir. »

« Alors, c'est toi qui prétends savoir comment détruire le Mur ? »
Le Bureau du Président ne ressemblait à rien. C'était un tas de manuscrits stocké dans ce qu'en termes palatiaux on aurait nommé un placard. Le Président lui-même ne ressemblait à rien. Enfin, du moins, il ne ressemblait pas à la ribambelle d'uniformes verdâtres que Vareuse-Tagueule croisait depuis des semaines. Aussi étrange que ça puisse paraître (ce sont des choses qui arrivent aux vieux spectres morts jeunes), Bille n'avait plus grand-chose à voir avec le gamin bronzé qui promenait sa bouille ronde dans les immenses allées du Purgatoire. Il avait gardé sa mâchoire large mais ses joues s'étaient creusées, son nez s'était aiguisé. Avec ses cheveux hirsutes, blanchis par des soleils très anciens, le maintien raide qu'il avait adopté pour se faire écouter malgré ses éternels quinze ans, il ressemblait à on ne sait quoi de pas jovial, mais assez sexy dans le genre glacial.
Azraël avait tort sur ce point : Bille était franchement charismatique, du moins pour les amateurs de statues et d'ordre.
Vareuse-Tagueule n'avait guère de compétence en statuaire et l'ordre lui semblait une notion de plus en plus

compliquée, mais Bille lui parut l'être le plus vivant qu'elle ait croisé depuis pas mal de temps, et elle soupira de contentement. Elle poussa une pile de fichiers numériques qui encombrait un tabouret et s'assit avec un grand « Ouf! » mental. Les longs serpents dorés de ses cheveux retombèrent sur ses genoux. Bille, adossé à son bureau encombré, la regardait sans mot dire : elle était jeune, elle était en vie et ressemblait trait pour trait à ce qu'il n'avait jamais su imaginer du temps qu'il se pignolait tout seul, là-bas, sur la plage de son enfance.

La haine féroce de son propre sort lui hérissa les cheveux.

« Alors? » croassa-t-il.

***

Dans un autre bureau poussiéreux du Palais :
« Objectif : détruire Azraëlie.
Obstacle majeur : Mur.
D'où obj. secondaire : franchir Mur.
I) Par en dessous :
1) Nécessaire : forage souterrain (diam. = 12,3 p.).
2) Problème : risque élevé décongeler 1 ou plusieurs démons (Probabilité... »

Unstun suça son crayon, se gratta la tête, consulta un listing.

« Probabilité : 72,365%). Solution à écarter.
II) Par en dessus : risque élevé quadrillage gragonnique (probabilité 92,4%).
Tentative déjà effectuée. Sol. à écarter. »

Unstun resuça son crayon. Il n'avançait pas.

« Alors ?
— Alors, je n'avance pas. »

Bille s'assit sur le coin du bureau d'Unstun. Il prit la feuille raturée, la lut.

« Et ça ? »

Il posa sur le bureau d'Unstun une baguette scintillante.

« C'est une baguette bagagière ? dit Unstun.

— Oui. Elle ouvre sur une malle qu'on a trouvée remplie de soldats. Quelle est la probabilité de faire passer une simple baguette par-dessous le Mur, sans réveiller de démons ?

— Elle est incapable de se déplacer toute seule.

— Alors, disons une simple baguette transportée par dix porte-sorts rampant et une tête foreuse. Un gros mille-pattes, quoi.

— Il faut que je calcule. À vue de nez, vingt pour cent.

— On pourrait essayer ça. »

Unstun grimaça : réveiller un démon, ça voulait dire les réveiller tous. Et la Terre livrée aux démons, ça voulait dire que la quasi-totalité des spectres se retrouverait, un jour ou l'autre, à bouillir dans une marmite infernale. Et les marmites, avec ou sans paprica, Unstun détestait.

« Les porte-sorts n'ont pas une grande autonomie, plaida-t-il.

— Il suffira de lâcher la baguette tout près du Mur.

— C'est toujours le même problème. Trouver quelqu'un capable de s'en approcher sans devenir fou. Ce n'est pas facile d'avancer, quand la totalité de l'horizon rend dingue. Ou alors, un aveugle. Mais il va se casser la figure dans tous les trous. Et comment fera-t-il pour repérer l'endroit où lâcher la baguette ?

— J'ai une idée. *Mon* idée. Une vieille légende des génies de mon île, qui m'est revenue. Une histoire de fille avec des cheveux pleins de serpents, qui pétrifiait tous ceux qui la regardaient. Jusqu'à ce qu'un héros trouve la solution.

— Laquelle ? »
Bille se leva :
« Trouvez-moi quelqu'un qui sache marcher à reculons. En se guidant avec un miroir. »
Vareuse-Tagueule ne le savait pas encore et Bille en doutait, mais elle avait tapé dans le mille. Après tout, regarder un mur-miroir dans un miroir, ça ne fait jamais qu'un miroir reflétant un autre miroir. À partir de là, il n'y a plus rien d'absurde dans le fait qu'il n'y ait aucun reflet dans le miroir, sinon le reflet d'un miroir dans un miroir. Et sans absurde, le Mur n'était rien. Qu'un mur.

***

Très, très au Nord :
« Et ça, c'est quoi ?
— On ne sait pas. Un machin. En tout cas, ça ne marche plus. Ou alors, peut-être en appuyant sur le bouton rouge, là, et je préfère éviter. Bref, ça ne sert à rien. »
Blanche Neige se planta devant Grinchelungen :
« Je répète : c'est *quoi* ?
— Rien, vous dis-je ! »
Blanche Neige agita le désoscillateur quantique sous le nez de Grinchelungen :
« Je vais te le dire, moi, ce que c'est. C'est trois bons kilos de métal avec des aspérités qui piquent ! Je ne sais pas à quoi sert le bouton rouge, mais je sais que si quelqu'un se prend ça dans la gueule avec la force de propulsion d'un lance-missile, ça va lui faire très mal. Et on n'a pas besoin d'autre chose, Grinche ! Alors arrête de râler, et rassemble-moi tout ce qui ressemble à ça, d'accord ? On a trois rampes de lancement enfin en état de marche et vingt ogives à remplir d'objets

contondants : il va être temps de passer aux choses sérieuses. »

***

Dans les montagnes de l'Azraëlie :
« Encore du porchonou ? râla Gaphaël.
— Oh, cette mauvaise foi ! piailla Myriam de Magdala. Parce que c'est moi qui chasse, peut-être ?
— Et qui d'autre ? À part chantonner et boire de la tisane, tu ne sais rien faire !
— Voilà ! Voilà bien les hommes. »
Myriam jeta à terre la marmite de ragoût. Elle et l'ange la regardèrent se répandre comme un flot de larmes sur la tombe de leur passion. Les amours finissantes sont volontiers encore plus ridicules qu'à leurs prémices.

***

Quelque part en Azraëlie, près du grand fleuve Ocoroncorgoro :
« Quelle merveille, soupira Aurore en caressant le flanc d'une bille de bois de rose de toute beauté.
— Tu faisais quoi, avant le Grand Cataclysme Cotonneux ? demanda le nautonier.
— Je vendais du bois.
— De rose ?
— Non. De ronce. De la ronce enchantée, une saloperie fibreuse mais d'une résistance incroyable. Rien à voir avec cette merveille. Qu'est-ce que le Conseil des Plasticiens a dit d'en faire ?
— Des luthares. »
Aurore était entrée dans une communauté d'artistes autogérée dont elle supportait tant bien que mal les

querelles de personnes et les ragots sans fin, ravie de vaguer du matin au soir entre des cabanons débordant de verdure, à la recherche des meilleures pièces de bois dont on fait les luthares. Elle était appréciée en tant que fournisseur, méprisée pour la même raison et de plus, comme elle avait repoussé les avances du séducteur du coin, qui n'était ni monté comme son époux, ni beau comme son ange, ni câlin comme sa Peau, elle s'était fait une réputation de mal-baisée qui l'isolait.

Aurore trouvait tout ça très con.

Mais en tant qu'antisociale, elle trouvait aussi tout ça très commode. Et puis, le plaisir qu'elle prenait à déambuler sur la mousse sous des frondaisons de fleurs, après cent ans de poussière, quelques mois d'errances boueuses, quelques années de gestionnaire de roncier et quelques semaines à quatre pattes dans la gadoue postcataclysmique, ne tarissait pas. Elle s'était même fait une poignée de copains parmi les clochettes du coin, mais Cruc lui manquait.

***

Cruc justement, dégoûté des disputes avec Aurore, s'était fait engager comme cousette chez Hennin & Co., et arrangeait des plumes sur des chapeaux avec un grand professionnalisme et un grand oubli du passé. Les fées, c'est comme ça.

***

Au Palais Présidentiel :
« C'est un dispositif très simple : on dirait des lunettes mais pas du tout. Les verres des lunettes sont remplacés par des miroirs tournés vers les yeux du porteur de

lunettes. Il y a un système de petits rétroviseurs, là, sur le côté, qui renvoie l'image de ce qui se trouve devant le porteur de lunettes. Comme ça, on peut voir ce qu'on a devant soi comme si on le voyait de dos en regardant dans un miroir et ce, en étant de face !

— Oui, bon, c'est un périscope, s'impatienta Bille.

— Euh… oui, dit Unstun.

— Parfait. Trouvez-moi un gus qui sache se servir d'une boussole, mettez-lui ce truc sur le nez, et envoyez-le vers le Mur avec un plan précis et la baguette bagagière. Vous me remplissez la malle la plus petite possible avec un ex-vivant, le plus transparent possible. Mot d'ordre : une fois de l'autre côté du Mur, sortir de la malle, évaluer la situation alentour et revenir.

— Évaluer quoi ?

— Quelles sont les défenses du Mur de l'autre côté, si on atterrit en rase campagne ou à couvert, etc. Trouvez-moi quelqu'un d'un peu futé, et d'un peu doué en magie : ça doit être bourré d'Éthéréens, là-bas.

— Et la malle ? Comment ouvre-t-on la malle, de l'autre côté ? Une baguette bagagière a besoin d'un ordre, pour ouvrir sa malle !

— Eh bien, collez-moi un porte-sort messager au cul de la baguette, crénom ! Avec une équation de type (Si Énergie Lumineuse > 0 ; émettre = "Malle_ouvre_toi"). Et tâchez qu'il n'ait pas une voix à réveiller les morts, les Éthéréens ont l'oreille fine. Vous êtes complètement empoté, ma parole !

— Ex-vivants !

— Oui, à réveiller les ex-vivants, excusez-moi. »

Sur ce, Bille, des injures plein la bouche, s'en alla inspecter l'arsenal qu'il constituait en vue de la guerre avec l'Azraëlie, et Unstun se mit à composer l'équation du messager en se demandant, pour la cent millionième fois, pourquoi il restait à trimer sous les ordres de cet odieux crétin.

***

Dans les montagnes de l'Éden, un triste matin :
« Tu vas me manquer. »
Myriam se mit à pleurer. Les amours défuntes ont de ces resucées au moment de rompre définitivement. Gaphaël en fit autant, et ils passèrent encore quelques heures à se couvrir mutuellement de larmes et de poudre d'or.
« Tiens. »
Myriam attacha au cou de l'ange un de ses sequins de cuivre, avec une tresse de ses cheveux. Gaphaël reprit la route en se retournant beaucoup.

***

Très, très, très au Nord :
« Vous savez où envoyer vos missiles ?
— Non, grogna Blanche Neige. Ma boule de cristal est toute brouillée. J'y entrevois quelque chose, mais quant à viser juste... »
Grinchelungen soupira : ça allait encore être du boulot d'onion, cette histoire.
« Bon, dit Blanche Neige en rehoussant sa boule. On ne peut pas en mettre plus, dans les ogives ?
— On y a tout mis, y compris le contenu des poubelles, Votre Majesté.
— Arrête ça, mon Grinche. Ma Majesté majeste sur deux igloos, trois lamaches et une poignée de timbrés. Et je ne sais pas pourquoi, mais ça me donne comme un sentiment de liberté. »

Grinchelungen regarda le profil souriant de Blanche Neige, à la fois frais comme un œuf du jour et vieux comme un gragon Sueux. Ça faisait très, mais alors très, très longtemps qu'elle n'avait pas eu l'air aussi détendu. Et comme il était résolument amoureux, il se sentit heureux.

***

Quelque part dans les nuages au-dessus de l'Azraëlie :
« Iasmucaencortouboufé !
— Smu ! Viens ici ! » brailla Peau d'Âne.
Judamacabé agitait la poêle à frire vide avec un air désolé, Charles Hubert regardait cette scène de la vie quotidienne avec un sourire benêt, et Ventrepla avec un mépris épouvantable. Ston lui posa doucement la main sur le bras et chuchota :
« Tout ça est assez gland mais il faut considérer que pour eux, après tout ce qu'ils ont enduré, c'est plutôt reposant. »
Ventrepla se retint de hausser les épaules : il finirait par le savoir, que cette pétasse en loques de luxe était très à plaindre parce que son papa gnagna et sa maman gnangnan et son fiancé gnégné, ainsi que Charles Hubert parce que sa Cendrillon yonyon, et que leur vulgarité plate de couple niaiseux était une belle victoire sur l'adversité, poil au pied, et lui alors ? Comme un jeune, Ventrepla aspirait à de belles complications étincelantes qui le feraient remarquer, et le désennuieraient.
Quant à Smu, prudemment réfugié très loin sur un flocon de brouillard, il rotait.

***

Sur un chemin moussu, dans les montagnes :

Gaphaël s'assit au soleil, et pensa à Aurore. Puis il pensa à Myriam. L'effet fut immédiat : souffrance, désir, souffrance. Il chercha plus loin, par-dessus leurs épaules nues, blanches et dorées. Un rideau de cheveux blonds et noirs tomba, il l'écarta. Des mains gracieuses se posèrent sur ses yeux, il les ôta. Derrière, derrière il y avait... des cannes à Purgatif. Encore derrière... ce gros con de saint Pierre. Encore, encore derrière... quelque chose. Il ne souffrait pas, alors. Il était, non pas heureux comme si Aurore l'avait enfin aimé, ni comme s'il ne l'avait jamais connue puis perdue, mais plutôt comme si elle l'avait toujours aimé.

Il souffla sur le petit tas de poudre d'or répandu entre ses pieds. Avant Aurore, il tenait quelque chose qui lui suffisait. Quoi ? Il bâilla. Et s'endormit.

Et rêva.

Quand il se réveilla, il ne se souvenait plus de son rêve mais il tenait un fil. Un sentiment de retrouvailles qui le tirait par là, et pas par là.

Après un nombre de jours pas symbolique du tout, il se retrouva au milieu du désert étouffant et grisâtre du bord des Limbes. Pas la pente brûlante qui menait à l'Enfer, pas l'escalier ténu du Paradis, pas même le fouillis de myrtes amères qui ouvrait sur le Purgatoire, mais ce morceau de presque rien, triste et chaud, qui se renfonçait sous le séjour éternel des marmots morts au maillot. Il erra parmi pas grand-chose, des aloès, des cytises durs et verts, jusqu'à une colonne immense, noire et bancale comme une tornade.

« Il y a quelqu'un ? »

Pas de réponse. Gaphaël flanqua un grand coup de pied dans la colonne – de près, on voyait que ce n'était qu'un simple entassement de cailloux. Une grêle d'injures tomba sur la tête de l'ange ; il flanqua un autre coup de pied.

« Il y a quelqu'un ? » hurla-t-il de nouveau.

Bien sûr, qu'il y avait quelqu'un. Il savait très bien qui, et c'était réciproque.

« Nom de Dieu ! brailla le quelqu'un en dégringolant du haut de la colonne au quinzième coup de pied.

— J'allais le dire », répondit Gaphaël.

Ils se retrouvèrent face à face, l'ange fait homme et l'homme fait dieu, hirsutes, sales et pas contents.

***

Au Palais Présidentiel :
« Que se passe-t-il ? bâilla Bille Guette.

— Il semble, grommela Unstun, que les démons congelés émettent une luminescence, que le porte-sort messager l'ait confondue avec le soleil et que le spectre ait été réfrigéré au sortir de sa malle. Il semble que nous ayons mal réglé l'albédostat.

— Mais quels veaux !

— Ça arrive à tout le monde, de commettre une erreur !

— Mais recommencez ! Vous attendez QUOI, pour recommencer ?

— On a DÉJÀ recommencé. »

***

Sous les Limbes :
« Vous en voulez ? » demanda Gaphaël en sortant un morceau de porchonou de sa besace. Jésus tendit une serre noire et attrapa le morceau.

***

Quelque part dans un camp de travail, section épluchage de navets :

« J'savais que bien mal acquis ne profite jamais, mais j'ai quand même l'impression de m'être fait avoir.
— Ta gueule et épluche, ma fille. »
Parce qu'en plus, Vareuse-Tagueule s'était retrouvée dans le même baraquement que sa mère.

***

Beaucoup plus haut, dans les nuages :
« Iakekchoziakekchoz !
— Ça va, Judamacabé ? demanda Ston.
— Kekchozniostic ! »
Ston se pencha avec inquiétude sur Judamacabé, accroupi et en transe, qui serrait convulsivement son petit livre à couverture goudronnée entre ses doigts blanchis.
« Charles Hubert ? Il y a quelque chose ! »

***

Beaucoup plus bas, près du fleuve Ocoroncorgoro :
« Crouli crouli crouli ?
— Grrr ! »
Aurore se releva : le petit grumegeur orphelin, blotti entre deux rhododiniums, refusait absolument de se laisser nourrir.
« Bah, tant pis pour lui », grommela-t-elle.

***

Au Palais Présidentiel :
« Donc, comme prévu, on a monté des arsenaux pas bien loin du Mur, là, là, là, là, là, là et là. Si tout se passe bien, dit Unstun en rangeant son crayon derrière son oreille, cinq mille bagagières transportant chacune six

escouades de soldats lourdement enfouraillés prendront le souterrain.

— Tout ne se passera pas bien, trancha Bille avec impatience. L'important est que chaque escouade, une fois de l'autre côté, mine le Mur. Une fois ses mines posées, que chaque escouade se poste en embuscade. Dès que le souterrain est repéré par un Azraëlien, qu'elle fasse sauter la dynamite. Et qu'ensuite, elle tire dans le tas pour sauver sa peau ! Euh, son âme. Si seulement dix baguettes passent, le Mur est à nous ! »

***

Extrêmement au Nord :
« Ici, c'est pas mal, non ?
— Oui mais là ? On dirait qu'il y a du mouvement, par là.
— On n'y voit rien, dans cette boule !
— Là ! Il faut viser là, aussi.
— Comme vous voulez, Votre Non-Majesté.
— Rigole, Grinche, mais je te dis qu'il y a du mouvement de troupe là. On vise là. File-moi encore un coup de schnaps. »

***

Sous les Limbes :
Le sequin chargé de Mour attaché au cou de Gaphaël renvoya dans l'œil de Jésus un reflet rond : Jésus tiqua. L'ange planta son regard déterminé dans les yeux fuyants du Fils de Dieu – facile, il était dos au soleil.

***

Dans la boutique Hennin & Co., 3, boulevard des Vers-Dorés-d'Eurypagore, Éther :

Cruc retourna entre ses mains la gracieuse architecture chapelière qu'il venait de finir, toute en soie de lune tendue sur un fin réseau de sorts de fanon de baleine. Puis il lâcha tout. Ça y était.

C'est-à-dire que Ça y était.

***

Au Palais Présidentiel :
« Ça y est ! Ça y est ! La dixième baguette est passée. »

***

Au Nord :
« Feu !
— Comment ?
— Par la scie de Luki, FEU ! hurla Blanche Neige. Qu'est-ce qu'il croit que je braille, lui ? À TABLE ? »

***

Au bord du fleuve :
« Et ça serait verni avec quoi ? grommela le lutharier.
— Huile de citron, trancha Aurore.
— Pas de l'huile de noixe ?
— Non. L'huile de noixe donne une belle patine au bois brut mais pour faire ressortir de si belles couleurs, il n'y a que le citron. »

***

Au pied du Mur, côté azraëlien :
Une slime blobeuse, genre sub-éthéré de flaque gluante, était embusquée près du Mur. Elle sentit, sur un de ses bords, la fine pression d'un pied de spectre. Avant de

sonner l'alarme, elle prit le temps d'engluer le talon léger, de remonter le long du corps transparent et de l'absorber avec des clapotis goulus.

***

Dans les nuages :
« Irevien ! » brailla Judamacabé.
Il se dressa d'un bond, flanqua son livre dans le nez de Ston.
« Ouille !
— Jésurevienjésurevien !
— Ceinturez-le, il va se jeter par la fenêtre ! »

***

Sous les Limbes :
« Si tu crois que vos histoires me concernent de près ou de loin, grommela Jésus.
— Et Myriam de Magdala? Vous ne voulez pas savoir comment elle va, elle? siffla Gaphaël.
— ...
— Ni comment elle vous attend ?
— ... tu peux toujours te brosser. »

***

Les charges de dynamite explosèrent. Le Mur se fendit de haut en bas. Puis une immense faille se mit à courir sur toute sa longueur avec un bruit de tremblement de terre, faisant voler des éclats de garanite et de sorts. Au même instant, un missile hétéroclite (ferraille, poubellures et blocs de glace) s'abattit avec fracas sur un des arsenaux de Bille. L'arsenal explosa à son tour.
Une seconde faille se mit à courir vers le bas, s'enfonçant dans le ventre glacé de la Terre, et traversa de part

en part la poitrine de Lucifer endormi au sein d'une gelée lumineuse.

***

Tous les Éthéréens, d'un même geste magique, ouvrirent une lucarne vers la Terre. Ils se penchèrent, regardèrent, puis s'entreregardèrent.

« Ils reviennent. C'est-à-dire qu'Ils reviennent.

— Ça en a tout l'air. »

***

Sous les Limbes :

Gaphaël tremblait de frustration. Il ne haïssait même pas ce type crasseux. Il essayait de toutes ses forces mais l'autre, en face, avait de ces yeux ! L'ange se mit à pleurer, à minuscules sanglots nerveux.

« Si je m'occupe de quoi que ce soit, tu pleureras sûrement davantage », murmura Jésus.

Gaphaël montra ses petites dents blanches.

« Car il ne sera pas question, continua Jésus, de recommencer à écrabouiller la gent vivante ou morte pour se distraire, comme vous l'avez toujours fait, tous. Moi, ces choses-là, ça me barbe. »

Gaphaël rangea ses dents et renifla. Un grondement sourd, quelque part derrière lui, le fit se retourner.

***

Lucifer ouvrit ses yeux gigantesques. Au contact de l'air, le neutrogène sifflait et bouillait.

***

Le Mur s'abattit. Les Éthéréens refluèrent précipitamment dans leur matrice magique, qui se referma avec un claquement sec. L'Éther n'avait pas du tout envie de participer à *Ça* – La Fin du Monde, rien de moins. Brutalement coupés de leur source éthérée, les magiciens de l'Azraëlie se mirent à hurler tous au même moment.

***

Sur une rive de l'Ocoroncorgoro :
La ronde de fées clochettes qui tournait en riant sur la mousse disparut d'un coup. Aurore sursauta :
« Qu'est-ce que… »
Le Hurlement précipita son sang à ses pieds.

***

Assez haut dans le ciel, quoique hélas de plus en plus bas :
« Le nuage ! Le nuage ! Le sort porteur du nuage vient de sauter ! vociféra Charles Hubert.
— Lévitation ! LÉVITATION ! ÇA MARCHE PLUS ! hurla Ston.
— LÉVITATION ! Si, ça marche », constata Ventrepla, bien servi en cette occasion par ses gènes éthérés.
« Sauve-nous, Ventreplaaa, paniqua Ston.
— Smu ! Vite, Smu, mon gragon ! Au secours ! »
Les mages tombaient en chute libre vers l'Azraëlie, leurs robes noires claquant follement dans l'air glacé.

***

Piétinant les gravats du Mur, les soldats de Bille se ruèrent à l'assaut de la frontière arborée de l'Azraëlie, lance-plasma allumés. Ils avaient trente-six mois d'ennui potager à défouler.

***

Le neutrogène finissait de s'évaporer. Lucifer inspira profondément. Il se leva, rouge et magnifique : dans sa colère, il paraissait aussi grand qu'un gragon Sueux. Il étira ses doigts griffus et cracha un flot de feu. Il renversa en arrière sa monumentale tête d'ange déchu et rit à décrocher les étoiles. Des petites flammes bleues dansaient sur sa langue.

À ce rire, tous les démons surgelés s'éveillèrent et sortirent, noirs de terre, blancs de givre et écarlates de rage.

***

« Ça chie », évalua Azraël avant de plonger à l'abri d'une caverne dans le plus minable des atolls. Face à Lucifer, il ne se faisait aucune illusion.

***

« Asmodée ! Astaroth ! Baal ! Baalzébuth ! Bélial ! Pazuzu ! Vassago ! » braillait Lucifer en majuscules, corps 72. Il se doutait bien que nombre des généraux infernaux, ainsi que le Diable Lui-même, étaient hors d'atteinte, planqués côté pile de la Terre et plus confits dans le Purgatif qu'il ne l'avait été dans le neutrogène, mais il prenait un immense plaisir à entendre sa propre voix craqueler la voûte céleste, éventrer les champs et rassembler autour de lui diables, démons et archidémons décongelés, comme une mer de sang fumant.

***

D'un bout à l'autre de la planète, sorciers, mires, mages, enchanteresses, pythies, thaumaturges et ensorceleurs se roulaient par terre en hurlant, leurs artères éthérées sectionnées. Les sorts manquants mettaient à nu des bouches édentées, des peaux parcheminées, des chairs spectrales. Les souffrances jugulées par des eaux d'oubli refirent surface, les amours falsifiées partirent en fumée, les palais de rêve s'effondrèrent comme autant de toiles d'araignée. L'ambroisie tourna, les Miroirs magiques et les boules de cristal volèrent en éclats.

Myriam hurla, elle aussi. Elle sentit ses sequins de cuivre traverser sa tête de spectre pour tomber à ses pieds, par-dessus le fouillis effondré de sa robe. Ses bracelets churent en pluie de ses bras redevenus immatériels. Elle se retrouva nue et transparente parmi ses coussins, aussi couverte de rides qu'un brugnon de l'an passé : elle était morte d'une chtouille, oui. Sur le tard.

Dans les veines indéfiniment jeunes des mages abreuvés de philtre de Longue Vie, l'âge recommença à tracer son sillon imperceptible.

***

Le Hurlement résonna jusque sous les Limbes. Jésus empoigna sa barbe à deux mains et se pétrifia, attentif à un seul cri parmi tous. Il vit la tresse noire se faner et disparaître autour du cou de Gaphaël. Le sequin, usé et verdi, tomba aux pieds de l'ange qui n'y prêta même pas attention.

Un brusque souffle de vent leur piqua les yeux. Il sentait le soufre.

***

Quelque part en Azraëlie, au rez-de-chaussée :

« Quel bordel ! Mais quel bordel ! bafouillait Ston.

— Bah ! s'exclaffa Charles Hubert. Ce n'est pas le premier, mon bon Ston.

— Oui, mais c'est le plus... le plus bordélique ! »

Charles Hubert riait à s'étouffer : pour un beau bordel, c'en était un. Des flaques de mages pulvérisés les entouraient. Il tombait encore des écharpes, des chapeaux pointus, des tentures, des oreillers, tout l'ameublement d'une ville céleste dissoute. Et Charles Hubert, serrant Peau tremblante dans ses bras maigres, se sentait devenir fou.

« Vous riez ? cracha Ventrepla. Vous êtes malades ? Pourquoi croyez-vous avoir perdu vos sorts ?

— C'est-à-dire..., fit Ston.

— Parce que l'Éther est fermé. Et pourquoi, à votre avis ?

— Irevienhirevienhirevien ! pépiait Judamacabé avec un immense sourire benêt.

— Faites taire ce dingue ! hurla Ventrepla. Vous savez QUI revient ? »

Une immense lueur pourpre, du côté de feu le Mur, donna la réponse à sa place.

« Les démons », murmura Ston. Ce qui rabattit net le caquet extatique de Judamacabé.

À vingt toises sous leurs pieds, la forêt de beu brûlait.

***

Dans le désert de l'Est, les dynamos du lac du temps figé crachouillèrent et s'arrêtèrent sur un ordre impérieux de Lucifer.

***

Chez Bille, c'était l'affolement.

« Vous êtes content ? Vous êtes content ? Tous dans des marmites ! Tous ! Par votre faute ! »

Dans la pagaille générale qui régnait au Palais Présidentiel, Unstun, planté en face de Bille, agitait son poing transparent :

« Connard ! Sombre connard ! Vous êtes un sale merdeux, un... un pâle fils de paprica ! »

Alors Bille fit ce qu'il n'avait plus fait depuis une éternité moins quinze années : il éclata de rire. Unstun recula :

« Et en plus, vous êtes complètement dans le Mur ! »

Il lui tourna le dos et partit en courant.

***

Tout au Nord :

« Mais enfin, nous n'y arriverons jamais ! Il y a un désert glacé entre nous et le Sud ! gémit Grinchelungen.

— Plus de sorts, c'est plus de sorts. S'il faut rentrer en lamache, alors nous rentrerons en lamache, décréta Blanche Neige en boutonnant sa pelisse. En selle, Grinche !

— Mais, et vos hommes ?

— Quels hommes ? Hue !

— Mais nous ne savons même pas ce qui se passe, dans le Sud ! Nous allons peut-être nous jeter dans le cul du loup !

— Parce qu'ici, tu crois qu'on est où ? Dia ! »

Le lamache bondit dans un geyser de neige, direction l'horizon empourpré.

Le dernier paillasson
avant la Fin du Monde

Cendrillon trouvait la situation un peu bizarre : elle flottait dans de la purée de pois. Baissant les yeux, elle ne vit rien d'autre que du brouillard. Elle n'apercevait même plus ses pieds, ni ses mains. D'ailleurs, elle ne les sentait plus non plus. C'est alors qu'une petite loupiote dorée s'alluma quelque part et se mit à lui faire signe, tandis qu'autour d'elle le brouillard s'épaississait et s'assombrissait. Elle se mit à glisser vers la lumière.

Serais-je donc pas défunctée ? songea-t-elle.

Comme c'était la première fois qu'elle mourait, elle ne fut pas plus choquée que ça de ne pas croiser de présences familières et de n'avoir pas le droit au coup de la vie qui défile. Quatre cents ans sous une cloche à fromage, ça valait peut-être mieux.

Elle émergea, bien plus tard, au milieu du bleu éternel.

Il n'y avait rien. Rien de rien. Pas la queue d'un Grand Juge, pas une plume de Paradis, ni une étincelle d'Enfer. Quelques nuages, et encore…

Cendrillon fit une douzaine de galipettes stratosphériques, pour s'habituer à sa nouvelle condition de spectre impondérable.

Par contre, le ciel avait un air étrange, un peu plus loin. Comme s'il était peu ou prou en train de s'enrou-

ler comme un... comme une carpette qu'on roule. Cendrillon baissa ses yeux transparents :
Nom d'un petit Dieu!

***

« OÙ EST CE JEAN-FOUTRE ? braillait Lucifer en crachant des geysers de feu. OÙ EST-IL ? »
Autour de lui, les maréchaussées de Bille flambaient comme des torches. Lucifer griffa de ses ongles immenses le rideau de fumée qui se tordait en tous sens. Un cheval écarlate en jaillit, qu'il enfourcha et éperonna, direction Anctivaâ.

***

Au milieu de l'Azraëlie :
« Oussonlézanj? Oussonlézanj? hoquetait Judamacabé en grignotant nerveusement sa Niose.
— Bouclettes commence à comprendre, siffla Ventrepla.
— Il fait de plus en plus chaud, non ? balbutia Peau d'Âne.
— Sans anges face aux démons, l'Apocalypse va mal tourner, pronostiqua Ston.
— Les anges sont tous sur la comète avec Dieu ou dissous en orbite, lui rappela Charles Hubert.
— N'importe quoi, ricana Peau.
— Comment ça, n'importe quoi ? aboya Ston.
— J'en ai vu un, d'ange, pas plus tard que quand j'étais avec Aurore. C'est même lui qui nous a amenées en Azraëlie.
— Où est-il ? »
Une demi-douzaine de mains fébriles se mirent à la secouer.

« Mais je n'en sais rien ! Fichez-moi tranquille ! C'est Aurore qui est au courant, pas moi ! Et puis, qu'est-ce que vous voulez qu'il fasse, tout seul face à trente-six mille démons ?

— C'est vrai, ça, dit Charles Hubert. Lâchez-la !

— S'il y a un ange, c'est qu'il y a une source d'énergie mystique quelque part, dit Ston, fébrile. D'ailleurs, s'il y a des démons aussi, suis-je bête ! Notre seule chance de survie est de filer au plus près du pôle angélique.

— Jaléldir !

— Il faut aller demander à Aurore où est son ange, haleta Ston en fouillant dans son chapeau.

— Et comment veux-tu la trouver ? dit Charles Hubert.

— Qu'est-ce que tu crois ? Que je suis un espion de seconde zone ? Je sais parfaitement où elle est. Elle joue les utilités dans un bordau prétentiard, à côté du fleuve machin, là. Le fleuve imprononçable ! Le tout est d'y aller. Où est mon balai ?

— Ton sortilège de balai, il est allé là où sont allés tous les sortilèges, soupira Charles Hubert.

— Ventre Saint Bleu ! Smu n'ira jamais assez vite, surtout avec nous tous sur son dos.

— Vous avez dit sortilège ? »

Ils se tournèrent vers Ventrepla, qui prit un air boursouflé.

« Que voulez-vous ? Le Grand Sort de Cronopost ? Celui de La Censeur ?

— Trop long ! clama Ston avec un grand geste du bras. Paillasson Volant. Grouille ! »

Ventrepla ouvrit la bouche pour protester qu'il n'allait pas torcher son heure de gloire en deux coups de pilon à mortier à pierre philosophale, et se prit un jet de flammes dans le derrière : ça n'avait pas traîné, les démons avaient battu à plate couture les guerriers de Bille, et toute l'Azraëlie cramait.

***

Cendrillon survolait la Terre en bayant de stupéfaction : ce n'était plus qu'un incendie sans fin, un enfer rouge où grouillaient des bêtes flamboyantes, des sauterelles à visage de femmes avec des couronnes d'or et des crocs de lion, des cavaliers vêtus de soufre et, çà et là, quelques cohortes absurdes de spectres drapés dans des aubes blanches, qui se repentaient férocement et en appelaient à cor et à cri à la Justice Divine.

Cendrillon se poussa juste à temps pour laisser passer un astre tombé du ciel, vert comme l'absinthe.

***

« OÙ ES-TU ? »

Planté au milieu d'Anctivaâ, arrachant par poignées les poutrelles métalliques des rambardes, piétinant les larves des bas-fonds de ses sabots fourchus, Lucifer s'égosillait.

Il éventra d'un coup de griffe le plafond d'Anctivaâ et, par la même occasion, le vieux château de Burnurgrin. Puis il bondit à l'air libre, sauta à nouveau sur son cheval et piqua des deux dans la direction du Palais Présidentiel.

Bille, bien sûr, était loin, bien loin.

***

Très au Nord, quoiqu'un peu plus près du Sud qu'auparavant :

« Naratcha ! postillonna Blanche Neige.

— À vos souhaits, dit Grinchelungen.
— Je ne me souvenais pas que c'était si pénible, de vivre à la dure sans le plus petit enchantement.
— Afou! Afou! Afou! »

Grinchelungen soufflait à perdre haleine sur un misérable feu de sapin gelé. Blanche Neige tâchait de se réchauffer en arpentant de long en large la grotte où ils avaient trouvé refuge, quelque part dans les contreforts désolés qui séparent le Gronelande d'Obersturm.

***

Il marchait dans la glace et le blizzard. Ou, pour mieux dire, il avançait, impavide, au milieu d'eux. Il n'avait pas froid, le vent ne lui tranchait pas la peau, ses pieds nus ne saignaient pas sur les arêtes des rochers. Il n'avait jamais vu ça d'aussi près, tant de froid si brillant, une si étincelante colère…

Et jamais, jamais il ne connaîtrait le goût de la neige sur sa langue, la transe enflammée d'une chair vivante que le gel fouette et écartèle. Ses souvenirs sensuels se résumaient à une chaleur poisseuse, l'affolante douceur du sable tropical mêlé de sel marin, plus deux branlettes et trois gnons. Bille, ouvrant grand la bouche, crispant les orteils, cherchait la morsure du froid et ne la trouvait pas, rageait contre la mort, son insensibilité, son impunité.

Il vaut mieux éviter de tuer les gens entre dix et quinze ans. À cinq ans ils oublient, à vingt ans ils sont ravis, à trente ans ils commencent à s'y attendre mais entre dix et quinze ans, il vaut mieux éviter. Ça n'apporte que des soucis.

Un des lamaches releva soudain le groin de sa botte de fourrage :

« Meuar !
— La ferme, Pudubec, grogna Blanche Neige.
— Qui êtes-vous ? » aboya Grinchelungen en fusillant le nouveau venu d'un œil, l'autre étant mi-clos et noir d'escarbilles.

Blanche Neige dégaina son épée courte puis l'abaissa : celui-là était intuable. Qui d'autre qu'un spectre pouvait, désormais, se promener au Gronelande en simple chasuble ?

Ses infrangibles pieds à l'aise sur le roc glacé, ses cheveux blancs immobiles dans les rafales de givre, légèrement transparent et subtilement luminescent, Bille regardait Blanche Neige de ses longs yeux malengroins, sans mot dire.

« On se connaît ? dit-elle enfin.
— En quelque sorte, répondit le fantôme.
— C'est Bille Guette, je crois, souffla Grinchelungen.
— Celui dont les nihilistes parlaient ? Le grand massacreur en chef ? » s'ébahit Blanche Neige.

L'Impératrice et le gnome s'entreregardèrent, puis regardèrent à nouveau le spectre.

« Lui-même », sussura celui-ci.

Un somptueux sourire purpurin fendit la figure ronde et mièvre de Blanche Neige :

« Alors bienvenue ! Vous êtes un gars selon mon tempérament. »

***

Agrippés aux poils du paillasson volant, les trois mages, Léo, Ventrepla, Peau d'Âne et Smu survolaient un océan de fumerolles d'où montaient les cris d'agonie des porchonous, des énéfants et de tous les animaux de l'Azraëlie piégés par l'incendie. La carpette contourna le geyser incandescent qui avait été le plus gros palmepied du monde, et redescendit en douceur vers les abords encore épargnés du fleuve Ocoroncorgoro.

Au bord duquel Aurore achevait, avec décision, un radeau de fortune en bois de lih ignifugé.

« Aurore ! cria Peau d'Âne en se penchant dangereusement par-dessus le rebord du paillasson. Elle est saine et sauve. RORO ! »

Ce cri du cœur fit grimacer Charles Hubert.

***

Cendrillon, effarée, oscillait comme un ballon météo au-dessus des nuées brûlantes. Elle vit le soleil noircir et la lune s'ensanglanter, elle entendit de monstrueuses trompettes lever des chevaux multicolores, et regarda passer la Grande Peste sur une rosse étique, verte comme un cadavre, haute comme autrefois les nuages et qui rongeait un mors d'ossements. Elle vit tournoyer des ouragans de grêle, de feu et de sang qui traçaient de grandes roues rouges dans le ciel, et d'étranges illusions de femmes, couvertes d'étoiles, qui sortaient de la mer en furie avec des cuisses aussi larges qu'un continent, puis des chimères en forme de gragon hérissées de cornes et ceintes de diadèmes, avec des pattes d'ours qu'elles levaient jusqu'aux astres et des gueules de lion à bouffer le mont d'Ève, et tout ça rugissait en bavant des torrents d'acide, en crachant des océans de mercure bouillonnant !

Cendrillon prit un peu de hauteur et chercha une issue dans ce monde de fous, à la lumière horrible du soleil en train de s'éteindre et de la lune décapitée.

***

Au bord du fleuve Ocoroncorgoro :

« Comment voulez-vous que je le retrouve, l'autre emplumé ? cracha Aurore.

— Appelle-le ! S'il t'aime, il t'entendra, supplia Ston.

— Que je l'appelle ? Mais comment ?

— C'est quoi, son nom ?

— Gaphaël.

— Alors tu l'appelles comme ça : GAPHAËËËL ! »

Aurore dégagea les revers de son bleu de travail des doigts anxieux des mages.

« D'accord, d'accord. »

Peau d'Âne regarda le fleuve : un névé de sang caillé dérivait parmi les bouillons d'eau claire, puis un autre, deux, trois, cent autres à la suite. L'Ocoroncorgoro s'était changé en sang.

« Mon Dieu », souffla-t-elle.

Elle se retourna : derrière la lisière de pougères que l'incendie léchait déjà à petits coups de langue, on entendait enfler les ricanements des hordes démoniaques qui dévalaient vers eux.

« Mon Dieu ! »

Elle leva la tête : comme une éclipse, une coupe d'or débordant de ténèbres oscillait au-dessus de leur tête, une coupe aussi vaste que l'Azraëlie et dégorgeant des choses immondes. Peau d'Âne renonça à baisser la tête vers les nœuds de serpents qui lui sifflaient entre les orteils, et ferma les yeux. À trois pas d'elle Ventrepla, stoïque, flattait son paillasson en évitant de jeter un seul regard dans quelque direction que ce soit.

« GAPHAËËËL ! »

***

Très au Nord :

« Ah, çà ! Vous m'avez bien roulée. On peut pas dire, vous m'avez bien roulée ! Si j'avais su ! Moi qui me couchais chaque soir dans mon bon lit bien chaud de Burnurgrin, en songeant avec bonheur à tous les magiciens qui, au même moment, se gelaient les miches dans mes geôles ! Et ces petits salopiots qui m'écrivaient pour se plaindre ! Et, pendant ce temps, ils se gobergeaient dans vos salons d'Anctivaâ ! Ah, çà ! Bien roulée, oui. »

Blanche Neige se pâmait de joie, tandis que Bille fermait à demi ses longues paupières bistres sur ses yeux contents de lui-même tout en se demandant où, mais où il avait déjà bien pu voir ce nez-là.

Grinchelungen, un peu en retrait, se félicitait de ce qu'au physique, Bille ne soit que fumée froide. Sans quoi... Ces deux-là étaient faits pour s'entendre, et ils venaient de se trouver.

Pas pour longtemps.

***

Retour sous les Limbes :
Gaphaël, qui finissait son porchonou fumé au pied du menhir en haut duquel Jésus était retourné bouder, leva son petit nez angélique :
« De toute façon, je ne vous laisserai pas tranquille. Jamais ! »

Puis il se leva d'un bond : le pâle fantôme d'Aurore venait d'apparaître, là, sur le sable, à deux mètres de lui, la bouche ouverte sur un cri. Et c'était son nom qu'elle criait ! Le fantôme disparut aussitôt.

« Aurore ? Elle m'appelle ! »

Gaphaël envoya bouler son bout de porchonou, joignit les mains et se concentra.

***

Sur la rive de moins en moins hospitalière de l'Oco-roncorgoro :

« L'ange va peut-être entendre l'appel d'Aurore mais nous, comment allons-nous entendre sa réponse ? » s'inquiétait Ston en dansant d'un pied sur l'autre, ses semelles racornissant sur le sol qui fumait. Une vapeur fétide montait en sifflant du fleuve.

« Aurore l'entendra, répondit Charles Hubert.
— Elle n'est pas amoureuse pour un sou !
— Ventrepla, alors.
— C'est l'énergie éthérée qu'il maîtrise, pas la mystique.
— Gelé !
— Tu as raison, Judamacabé. Il fait 50 °C en hausse, rigola Charles Hubert.
— Gelégelégelé !
— Il l'a ! clama Ventrepla.
— Il a quoi ? demanda Ston.
— La réponse de l'ange. »

Léo agitait entre ses doigts un fil ténu, débobiné du haut du ciel enfumé. Ston bondit :

« Un fil angélique. Tous sur le paillasson ! Judamacabé, aux commandes ! Remonte le fil jusqu'à l'ange ! »

***

Très au Nord :

La monture écarlate de Lucifer éventra la grotte d'un coup de sabot. Le démon démonta et s'avança vers Bille, vaporisant neige et glace sous ses énormes pattes fourchues. Bille s'était levé et, tout droit dans sa chasuble, le regardait venir. Blanche Neige et Grinchelungen se tassèrent comme ils purent derrière un éclat de roche.

***

Sous les Limbes :
Jésus descendit de son menhir à pas de loup, ramassa le bout de porchonou dans le sable et remonta aussi sec.

***

D'un bout à l'autre de la planète, les spectres s'éparpillaient en tous sens, un million de démons hurlant de rire aux trousses. Soldats verdâtres de Bille encore en armure, anciens béats dans leurs oripeaux blancs, sculpteurs de crachoirs affolés, fausses fées rendues à leur transparente condition, ils fuyaient parmi les braises ardentes qui ne leur faisaient pas grand mal.

Là-bas, c'était tout le Purgatoire qui fondait, répandant ses milliards de tonnes d'airain liquéfié sous une couronne funéraire de millions d'hectares de cannes à Purgatif en flammes.

« Viva la Muerte ! » hurlaient les démons. Et ils saisissaient les morts au collet et les enfonçaient sous la Terre, là où la terreur mystique tenaille et torture.

Myriam, cachée derrière une coulée brûlante de garanite pourpre, regardait des grêlons gros comme des roues de chariot s'abattre parmi les flammes en tremblant d'horreur.

Il y avait de quoi.

« Aaah ! hurla-t-elle quand une main s'abattit sur son épaule.

— N'ayez pas peur ! Moi aussi, euh... moi aussi, j'en suis. »

Myriam se retourna : tassé contre son dos, le petit spectre aux yeux fous avait l'air encore plus terrorisé qu'elle.

« Aaah ! hurla-t-il quand une main traversa son épaule.

— Ayez pas peur ! Moi aussi, je… j'ai peur. »

Unstun se retourna : tassée à l'intérieur de son dos, une petite humaine au cheveu d'or tremblait misérablement dans sa vareuse rouille à demi consumée. Myriam releva les yeux :

« Regardez ! »

Loin au-dessus d'eux passait une carpette volante, lourdement chargée, qui remontait avec vélocité un fil étincelant, un fil azuréen, un fil comme on n'en trouvait plus : un cheveu d'ange. Et des cris tombaient du tapis :

« Venez ! Venez ! Debout les morts ! Suivez-nous tous !

— Venez ! » cria Myriam en empoignant le petit bonhomme par le bras.

Ils s'élevèrent à travers la fumée, sur la piste du Dernier Paillasson avant la Fin du Monde.

« Et moi ? Et moi ? hurla Vareuse-Tagueule avec désespoir, tandis que les deux spectres disparaissaient dans les tourbillons de fumée. Oh ben, si j'avais su, je s'rais restée bien au frais avec mes bigorneaux, moi », chougna-t-elle.

***

Très au Nord :

Lucifer avait beau se boursoufler, cloquer comme crêpe en poêle, enfler, rugir et prendre des allures imposantes, Bille gardait son air impavide. D'abord parce que, pour une fois qu'il avait en face de lui le principal responsable de ses emmerdements, un de ceux pour lesquels ses parents sablaient le vin à l'antijel, il n'allait pas mollir. Ensuite parce qu'au fond, il était resté un gamin mais un gamin qui n'a plus peur du croquemitaine, et on ne la lui faisait pas facilement.

Lucifer le comprit. Il se ramassa dans un volume à peu près humain, puis se dépouilla de ses pompes et de ses œuvres, et se montra tel qu'il était : un jeune ange jeté hors du Paradis à coups de pied au train, bien des millénaires auparavant, et qu'une haine compacte animait depuis.

« Mais c'est les deux mêmes ! souffla Blanche Neige.
— Chut ! ragea Grinchelungen.
— Mais, vous êtes moi ? s'exclama Bille.
— Exact, dit Lucifer sur un ton sérieux. Et ça fait quoi ?
— Ça fait drôle ?
— Non. Ça fait un de trop. »

L'ange déchu étendit deux mains énormes, laquées d'écarlate : de l'une, il saisit Bille par ses cheveux blancs, de l'autre, il fendit l'épaisseur de la neige et de la roche, l'épaisseur du temps et du vide. Et dans ce puits sans fond, il jeta le spectre.

« Oh ! fit Blanche Neige.
— Mais chut, enfin ! »

Bille tomba en tournoyant dans un vortex d'une noirceur incroyable. Il virait comme une toupie en s'enfonçant dans le Néant et il hurlait :

« Je reviendrai ! Je reviendraiii ! Et ma vengeance sera ... »

Lucifer ferma d'un coup de griffe l'épouvantable déchirure, et l'on n'entendit jamais ce que devait être la vengeance de Bille Guette.

Mais gageons qu'elle sera terrible.

***

Vareuse-Tagueule galopait sur ses sabots en feu, droit devant elle, brassant des tourbillons suffocants de spectres et de flammes tout en se collant des claques métaphoriques. Puis elle trébucha sur un corps allongé, et se croûta dans les braises.

« C'est toi ? C'est toi, la ch'tite à la vareuse ? »

Le corps allongé avait relevé la tête et c'était Hoch le Drû lui-même, couvert de brandons mais le poil intact, qui la regardait avec des yeux arrondis par la folie :

« Ben ça, c'est bien du plaisir ! de voir une payse. Ah ça, oui ! En c'temps qu'y a des démons de n'importe où qui nous tannent le cuir, c'est bien du plaisir ! Ah, ma ch'tite ! J't'ai bien embrennée, du temps qu'tu trollais dans la forêt, hein ? Mais j'ai changé, vaï, j'ai changé. Rapport à c't'eau bénite que m'avait refilée l'ange dans la forêt et que, dès que j'avais des envies pas disables, j'm'en mettais ousqu'y faut et ça allait, euh... ça allait très mal, et ma commère disait que c'était bien. D'ailleurs, c'est elle qui m'la trempait dedans, tous les dimanches après l'office. Ah ! c'était l'bon temps, c'était l'bon temps. »

Vareuse-Tagueule se traîna péniblement sur les genoux jusqu'à Hoch le Drû. Ses longues tresses grésillaient.

« Tu sentais meilleur, en c'temps, grimaça le bûcheron. Tu sentais la primevère, pas le cochon grillé.

— Ta bouteille d'eau bénite.

— Hein ?

— J'ai dit : file-moi ta bouteille d'eau bénite ou j'te crasquebouille les gognettes ! » siffla Vareuse-Tagueule en joignant le geste à la parole.

Hoch le Drû gémit tandis que, de sa main libre, elle tâtait le grand corps poilu. Elle arracha la bouteille de la musette et s'en aspergea en couinant : c'était incroyablement glacial. Ses tresses s'éteignirent, ainsi que ses sabots et sa vareuse. Elle sentit ses cloques se refermer et cria de bonheur.

« Ah, ben j'vois qu't'as découvert la vie, d'puis ces années », pouffa Hoch le Drû.

Alors Vareuse-Tagueule lui tira dans le nez un penalty de coupe du monde et s'enfuit dans la fumée épaisse et les sauterelles grésillantes, droit devant elle.

***

Ils étaient là, tous, tous les morts, et tout le monde ou presque était mort, c'est d'ailleurs la définition même de La Fin du Monde. Ils étaient tous là, suivant en longs essaims translucides le tapis de la dernière chance : il y avait Chachette la Rapiate et Aïe le bigle, la grosse Couette et Marie Godeline, Cendrillon et Némou, le Chevalier Méthode, son idiot de fils, sa garce de fille et toute sa désolante descendance, pépé Oswald et maître Ficasse, Rubon et le mire Rizla, Olaf d'Obersturm et Arnica, Dioptrie et Presbytie, la belle-mère de Blanche Neige et Tute, le vieux gardien du Milieu et l'officier Capacidad, Atchoum et Margot de Bourenbrie et, bien sûr, Myriam flanquée d'Unstun, et des milliards d'autres, se ruant le long du fil de l'ange vers le désert de sous les Limbes.

Il y avait même Azraël et Iéchaël, déguisés en nymphes de pipiscus.

***

Très au Nord :
« Azor ! » hurla Lucifer.
Le cheval de feu se matérialisa dans la neige. Lucifer reprit vingt mètres de haut, l'enfourcha et disparut dans l'obscurité.

***

Sur une côte abandonnée que les tremblements de terre lézardaient déjà :

« Salut, fit la fée. Ça va ?
— Non.
— J'ai vu ça, dit la fée en s'asseyant sur le rocher à côté de Vareuse-Tagueule.
— Ah ouais ? cracha la jeune fille, dont les réserves de politesse étaient définitivement épuisées.
— Oui. De loin.
— Et comment ?
— Récup' ! »
La fée agita un Miroir rafistolé.
« Bon boulot, renifla Vareuse-Tagueule dont les réserves d'étonnement n'étaient pas au plus haut non plus.
— Qu'est-ce que tu en penses ?
— Qu'vous avez dû vous servir de colle de seiche. Une saloperie à base de sperme de baleine, de fiente de calmar et de graisse de noyé. Dégoûtant !
— Non, je te parle de toute cette histoire. La tienne.
— J'en pense qu'au moins, y aura plus grand monde pour me dire "Ta gueule". J'en pense que la haine n'est pas bonne conseillère…
— Rentre tes pieds, la mer se met à bouillir.
— … mais l'amour non plus, continua Vareuse-Tagueule en rangeant ses sabots. J'en pense que ma belle idée sur le Mur, Bille l'aurait eue de toute façon, alors ce n'est pas la peine d'essayer de me pousser dans la culpabilité. Et surtout, j'en pense que les histoires, elles n'ont pas d'quoi donner à penser, souvent, et d'ailleurs c'est pas leur boulot d'histoire. Et qu'une belle histoire qui se finit par une belle morale comme une plume au cul, c'est des sonneries de fée ! D'ailleurs, ce n'est pas une histoire : c'est ma vie et elle n'est pas finie.
— Tu es plutôt redoutablement intelligente, toi, fit songeusement la fée. Bon, je te laisse, j'entends mes coquelicots océaniques qui flippent. Et je te rends ton Miroir. Vous pourriez peut-être vous réconcilier, dans

les quelques minutes qui nous restent avant que l'air ne devienne du feu. Et fais attention, les étoiles se décrochent.

— Et pourquoi que t'es encore là, toi, au lieu d'être repartie au pays des fées planquer tes négligés de soie, hein ?

— Et laisser tomber mes coquelicots ? s'offusqua la fée.

— *Plouf!* fit une météorite de vingt kilomètres de long en tombant dans la mer bouillonnante.

— Calme bloc, ici-bas chu d'un désastre obscur, murmura la fée.

— Comment ?

— Rien, soupira-t-elle. Je cherche un nom un peu moins moche que Nasdaq-en-retrait, c'est tout. Allez, j'y vais. »

Quand la fée eut disparu hors de la vue de Vareuse-Tagueule, celle-ci prit le Miroir entre deux doigts dégoûtés :

« Eh bien... salut ? bafouilla celui-ci. T'as du noir sur le nez. »

Vareuse-Tagueule le balança sur les roches en contrebas. Elle resta longtemps à regarder les éclats de verre se disperser dans l'écume sanglante.

***

Sous les Limbes :
Jésus sauta sur le sable.
« Ah, quand même ! cracha Gaphaël.

— Oui. Voilà.

— Voilà quoi ? Vous ne sauverez pas le monde en vous contentant de descendre de votre perchoir ! »

Jésus lécha ses doigts encore pleins de jus de porchonou.

« Voilà, c'est fini, dit-il.
— Fini quoi ?
— La tranquillité. Ne sais-tu pas que, si je m'en mêle, je suis prié d'apparaître dans les nuées sur un cheval blanc, avec plusieurs couronnes sur la tête et drapé dans un manteau couvert de sang ?
— Je sais. Je connais ma Bib, tout de même ! »
Jésus regarda Gaphaël d'un air dégoûté :
« Bien entendu, il est hors de question que je fasse quoi que ce soit de si ridicule. Un manteau de sang, non mais !
— Parce que sauver le monde, pour vous, c'est de l'ordre du ridicule ?
— Mais pourquoi veux-tu que je le sauve ? Tu n'es pas venu là pour ça ! Tu es venu pour que je t'ôte le poids de l'existence, et ton chagrin d'amour avec. C'est terrible, cette incohérence !
— Je suis venu là faute de mieux, et je suis bien content d'avoir trouvé à vous demander quelque chose qui vous fait chier ! »
Jésus soupira.

***

Très au Nord :
« Il est parti ?
— Chut !
— Je crois qu'il est parti. »
Blanche Neige émergea de son trou, considéra la grotte défoncée et calcinée, ouverte à tous les blizzards.
« Un bout de lamache grillé, ça te dit, mon Grinche ? »

***

Dans le ciel, aux abords des Limbes :
« Là-bas ! »

Accroché au rebord de la carpette, Ventrepla tendit son index, pointant au fond du grand désert blanc, au bout du mince fil bleu, une fine colonne noire.

***

Sous les Limbes :
« De toute façon, je n'ai plus le choix, dit Jésus en scrutant l'horizon.
— C'est quoi, cette espèce de tornade grisâtre qui vient vers nous ? demanda Gaphaël.
— À ton avis ?
— La seule qui puisse venir ici parce que je lui ai indiqué le chemin, c'est Roro. Et elle ne ressemble pas à ça, ma Roro. C'est elle ?
— Entre autres. »
Et Jésus commença à se frotter les mains l'une contre l'autre, pensivement.

***

Le cheval sanglant de Lucifer grandit, se haussa au-dessus du mont d'Ève lui-même, grandit encore et, en quelques enjambées, il fut au bout du désert sous les Limbes, touillant au passage, de ses pattes monstrueuses, le fleuve lactescent des trépassés et des dieux élémentaires en fuite.

***

« Alors, comment va, depuis tout ce temps ? » demanda Jésus d'un ton résigné.
Lucifer ne répondit pas. Pour la deuxième fois de la journée, qui était aussi la deuxième fois depuis la Chute des Elohim Rebelles, il avait revêtu son humaine sta-

ture, son étincelante face et son faciès rancunier d'ange déchu.

« Iressemblabille !

— Chut ! dit Ston.

— Alors le tout poilu, là, marmonna Aurore, c'est celui que tout le monde veut bouffer ? Pouah.

— Mais chut ! »

La masse immense des morts moutonnait autour des deux divinités face à face. Une fumée rouge commençait à ramper sur le sable grisâtre du désert sous les Limbes, et l'horizon brûlait.

Jésus leva la main : l'incendie fut éteint, les plantes ressuscitèrent et Vareuse-Tagueule fit : « Euh ? »

« Tu ne peux pas m'arrêter ! gronda Lucifer. La seule façon de m'arrêter serait de me supprimer, et la seule façon de me supprimer serait de te supprimer toi-même », asséna-t-il sur un ton péremptoire qui ne dénotait pas une franche confiance en soi.

Le type crasseux en face de lui n'avait peut-être pas plus de pouvoir de nuisance mais, pour ce qui était du détachement, il le battait à plate couture. Et Lucifer qui, faute d'être capable de se suffire à lui-même, n'était bon qu'à manipuler les autres, se sentit pour la première fois très bas. En ce jour qui, pourtant, devait être son Jour de Gloire.

Ce type était trop pouilleux pour lui donner prise. Voire même suffisamment pour se suicider sans regret ni remords, entraînant dans la mort tout le peuple des démons. Aussi Lucifer décida-t-il de la fermer. Jésus hocha la tête d'un air bonasse :

« Si tu te crois... si tu *nous* crois, pour ce qui est de la nuisance, seulement leur arriver à la cheville ! »

Il désigna d'un geste navré l'humanité défunte qui patientait derrière eux. Lucifer pâlit : à l'instar d'Azraël, il détestait qu'on lise dans sa tête.

« Rassure-toi, reprit Jésus, je ne vais rien supprimer. Je vais m'en aller. Et toi avec moi. Et avec nous, tes hordes et tous les spectres, y compris les marmots mort-nés. Et aussi les génies, les elfes, les nymphes, les gragons, et même ton patron et ses copains de beuverie, planqués côté pile avec leurs bouteilles de Purgatif. Tous. Tout ce qui est mystique, et les créatures éthérées qui voudront bien. Ne reste ici que le Matériel. Qu'il se débrouille. La cohabitation matériélo-mystico-éthérée ne fonctionne visiblement pas. L'Éther l'a déjà compris. Nous, nous déménageons. »

Il y eut un immense silence : c'était vraiment la Fin du Monde.

Lucifer balbutia :

« S'en aller ? Mais pour où ?

— Ce ne sont pas les espaces ni les dimensions qui manquent.

— Mais… je refuse !

— À ton aise. Pour peu que ça ne te gêne pas de te couper de ta source d'énergie, bien sûr. Parce que moi, je m'en vais.

— Et les hommes ? Et nous ? » s'exclama le mage Ston, en faisant un pas en avant.

Jésus se tourna vers lui :

« Vous ? Vous avez la planète à votre disposition. Elle est bien un peu raplapla, mais elle est saine et, si l'altitude vous manque, le mont d'Ève reste, qui fait bien ses huit mille brasses. C'est même le seul sommet que votre satané GCC n'a pas ratatiné. Débrouillez-vous. »

Il soupira.

« Ça ne peut pas être pire que maintenant. Quoique je compte sur vous pour être plus nuisibles encore qu'un vol de sauterelles enflammées. Mais au moins, vous n'aurez à vous en prendre qu'à vous-mêmes, et vous ne ferez des conneries qu'en votre nom. »

Il hésita, fit une moue amère et enfin, visa juste :
« Quoique ça ne m'étonnerait pas que vous continuiez à les faire en le mien pour les siècles des siècles. »

***

Loin, bien loin, dans une forêt fraîchement repoussée :
L'istouitoui tout juste ressuscité bâilla. Il avait un drôle de goût de brûlé dans la bouche. Cinq secondes après, il n'y pensait plus, occupé à guetter en salivant les allées et venues d'une gazlope encore étourdie.

***

Sous les Limbes :
« Et quand nous deviendrons… quand nous mourrons, balbutia Aurore, nous irons vous rejoindre ?
— Rien du tout. Il faut apprendre à mourir pour de bon, sinon on ne grandit jamais », répondit Jésus d'un ton sec.
Gaphaël jeta un regard désespéré à Aurore. Elle ne tourna même pas les yeux vers lui.
« Mais comment voulez-vous que nous fassions ? Il ne reste plus un homme vaillant pour refaire l'humanité ! plaida désespérément Charles Hubert. Je suis stérile, Ston est pédé avec Judamacabé…
— Tu veux un nouvel Adam ? »
Jésus tourna son long nez vers le nord, sourit :
« Pas la peine, il est déjà en marche. Ève est à ses côtés. Et il y a même Lilith, sous son petit chaperon rouge.
— Et les gragons Sueux ? Sans les Sueux, le monde va casser comme une assiette !

« — Aussi le ferai-je bouliforme, le monde, en cadeau d'adieu. »

Cendrillon coula comme un souffle le long du manteau noir du mage pointu, posa un baiser sans poids sur sa joue. Puis Jésus leva une main et ils restèrent cinq, tout seuls au milieu du désert blanc au-dessus duquel brillait un ciel d'un bleu sans faille.

***

Pas mal au Nord, quoique de moins en moins :
« Par le tournevis de Tork ! C'est tout vert, de l'autre côté. »

Grinchelungen se hissa péniblement sur un entablement rocheux, plongea son regard dans la vallée :
« Mais c'est vrai, que c'est tout vert ! »

Ils passèrent un long moment penchés au-dessus de l'immense forêt d'où montaient une puissante odeur de feuilles, et les cris des animaux en chasse.

***

Dans le désert sous les Limbes, moins les Limbes :
Le premier à bouger fut Judamacabé. Il jeta sa Niose sur le sable, comme une boîte de bière de papaille vide. Aurore secoua sa longue chevelure dorée et, après un moment d'hésitation, prit doucement dans ses bras Peau d'Âne qui sanglotait.

« Je ne reverrai plus mon Smu ! hoquetait-elle.

— Ni moi, mon pote Léo, murmura Ston.

— Ni moi mon Cruc, ma Popo », dit Aurore.

Charles Hubert ouvrit la bouche, la referma. La rouvrit :
« Allez, les amis. On rentre. »

Et, pleins de larmes, ils se mirent en marche vers l'horizon verdoyant.

***

Au cœur de la forêt neuve :
« Mon vieux Grinche… »
Blanche Neige inspira profondément.
« Mon vieux Grinche, je ne sais pas pourquoi, mais j'ai comme l'impression que nous sommes désormais seuls au monde. »
Elle sourit, étira les bras en bâillant largement :
« Quelle paix ! »

***

Et pendant ce temps, Bille tombait en mitonnant sa vengeance.

Fin de la première partie

DEUXIÈME PARTIE

L'ivresse des providers

La fée dans la basse-souche

Lu sur le web :
Patch trouvé sur le cadavre d'un agent intelligent
```
<b> vivent les spectres du web libre!</b>
<alt = j ankul l ankou>
```

Il est généralement admis qu'à une époque lointaine, la Terre était plate.

Elle flottait dans les abîmes insondables de l'espace comme une pièce de monnaie lancée en l'air qui n'aurait jamais réussi à retomber côté pile, ni côté face, ni sur la tranche.

La probabilité, pour une pièce de monnaie, de réussir un coup pareil étant incroyablement faible, la Terre se voyait, par un retour tardif de la Logique, encombrée de créatures dont les probabilités d'exister relevaient du même ordre de grandeur : fées, elfes, lutins et farfadets.

S'y ajoutaient un grand choix de dieux, à peu près autant de diables, des bataillons de paladins armés d'épées névropathes, des ribambelles de tours ténébreuses auxquelles les règles les plus élémentaires de la gravité déniaient tout droit à l'existence et qui traversaient quand même les siècles dans un ricanement rebelle, enfin des essaims de trucs volants : tapis, anges, grenouilles, gragons, cités dans les nuages et oiseaux à quatre yeux, dont deux derrière la tête – il fallait bien ça pour la survie de l'espèce.

Sans oublier les inévitables Créatures Abjectes des Abysses (ou du Sub-Éther ou des Basses Dimensions selon les croyances), qui ont l'avantage d'être tellement innommables qu'elles coûtent peu en frais de description.

Les responsables de cette aimable confusion, à savoir les énergies tarabiscotées qui tire-bouchonnaient dans le champ d'improbabilité de la Terre, se donnaient des noms pompeux (Magie ou Volonté Divine, toujours selon les croyances) dont la définition commune peut se résumer par :

« Jusque-là ça va, mais ne me demandez pas comment. »

Il est généralement sous-entendu qu'elle était plate, certes, la Terre, mais ronde. Aucune geste ne s'intitule « La Quête de l'Épée de l'Angle Droit ».

Puis la Terre devint ronde. C'est-à-dire tout à fait ronde, ronde du dessus et du dessous en plus de ronde dans les coins. Ç'aurait pu se faire en douceur, au rythme planplan de la tectonique des plaques. Au contraire, ce fut plutôt soudain. Voire brutal. Comme si Dieu avait claqué des doigts. D'ailleurs, certains prétendent que c'est exactement ce qu'Il fit.

Dans la foulée, la Terre devint laïque. Ou disons qu'elle cessa de jouer avec des probabilités ridiculement proches de 10^{-20}. Fées, elfes, lutins, farfadets, anges, gragons et enchantements disparurent subitement. Tapis volants et cités perchées dans les nuages connurent une fin hâtive. En un sens, ce fut une épouvantable catastrophe, la Fin d'un Monde sinon Du Monde.

Dans un autre sens, les oiseaux purent enfin respirer, les nuages aussi, ainsi que les grenouilles, qui n'ont jamais eu le pied aérien ; et les propriétaires de maisons précédemment hantées. Les tours ténébreuses s'effondrèrent, les prêtres sombrèrent dans le charlatanisme, et les hommes purent se hacher menu sans que leurs arsenaux ne fassent de commentaires désobligeants. Les nourrices se trouvèrent bien un peu à court, qui manquèrent brutalement de Créatures Abjectes surgissant au coin du bois pour faire rebondir les légendes molles du genou mais dans l'ensemble, tout le monde fut assez soulagé.

***

Mismas se moucha et relut son écran :
```
Titre :Le Dit de l'Epee du Demon Blanc
Chapitre 1 :le Gragon de Draleaogas.
```
Efface.
```
Titre :Le Livre de la Nuit Ecarlate
Chapitre 1 :l'Epee de Rhantekim.
```
Efface.
Mismas se remoucha et tapa sur son clavier :
```
Pas oublier loyer.
Titre :LES SORTILEGES DE LA HAUTE TOUR
Chapitre 1 :LA QUETE DU SECRET DE LA DAME DES
SORTILEGES
```
Imprime.
Avec des majuscules, ça avait plus de gueule.
Non, zutre, il y a deux fois sortilèges, songea-t-elle.
Mismas se reremoucha.

***

« Mais où sont passés les dieux et les fées ? » demandèrent les poètes pendant les siècles des siècles, le long d'innombrables alexandrins précédés d'enluminures coûteuses.

On a prétendu que les dieux, leurs anges et leurs diables étaient partis loin, bien loin, explorer de nouveaux mondes étranges, découvrir de nouvelles civilisations et, au mépris du danger, reculer l'impossible.

On a prétendu aussi, plus prosaïquement : se bourrer la gueule sur une comète vagabonde.

Quant à la magie et à son cortège de fées, il semble qu'elle ait, au vu de la propension humaine à saccager l'environnement, fermé sa porte, jeté la clef et mastiqué la serrure.

***

Mismas se moucha une fois de plus : il faisait un froid à ne pas mettre une otarie dehors. Il passait ses longs doigts bleus sous la porte trop courte et sifflait entre les tuiles disjointes. La vieille fenêtre mal fermante grelottait sous les rafales. Mismas tisonna son feu de bois. Quand on habite en ville, ça a l'air délicieusement champêtre, de se chauffer au feu de bois. Voire merveilleusement rustique. Malheureusement, ça l'est.

Des écheveaux de neige roulaient dans la cour, arrachant les dernières feuilles noircies de l'arbre. Mismas tira le rideau, se moucha avec désespoir, enfila un troisième pull et se rassit devant son clavier.

***

Il est généralement admis qu'en cas de cataclysme, d'Armageddon, de Fin du Monde ou de guerre nucléaire, toute vie sera détruite. Toute ? Non. Car il y a toujours un petit village pour résister à l'ennemi. Il y a toujours un scorpion pour émerger du cratère d'Hiroshima avec un air étonné. Il y a toujours un touriste idiot pour s'extraire des lapilli de Pompéi, secouer ses sandales et se carapater le long des coulées de lave, avec la ferme intention d'aller réclamer le remboursement de sa chambre d'hôtel à l'agence de voyages d'Herculanum. Il y a toujours deux amibes ou trois acides aminés pour se tirer des pattes d'une supernova, traverser l'éternité à dos d'astéroïde en serrant les cils vibratiles, et recommencer ailleurs leurs petites affaires brouillonnes. On prétend que, quand la colère glacée de Dieu se fut refermée en vagues énormes sur l'Atlantide, une barque vibrionnante resta à tanguer sur les flots avec, à sa proue, un bonhomme qui nettoyait ses lorgnons en braillant : « Oh ! Y a quelqu'un ? » en patois local.

Aux Confins de l'Éternité, quand tout l'Univers Connu se sera effondré sur Lui-Même en un vortex infinitésimalement infini et aura disparu au fond d'un trou noir avec un « Plop » ultime, il y aura forcément Quelque Chose.

Ce Quelque Chose fera très certainement l'équivalent cosmique du geste de rajuster Ses lunettes. Il est presque aussi certain qu'Il posera l'équivalent n-dimensionnel d'une question oiseuse.

Et c'est ainsi que dans l'arbre unique de la cour glaciale de la maison transie de Mismas, sis à Billancourt, banlieue de Paris, France, début XXIe après J.-C., atterrit un bout de journal trempé que le gel avait rendu cassant.

À la une était marqué : LA NOUVELLE POLITIQU.
Le reste était déchiré.

***

Calmebloc Icibachudun Désastrobscur
Mismas se réveilla le nez sur sa souris. Elle bâilla, se frotta les yeux, marmonna :
« Glork. Je vais me préparer un café. »
Elle posa côte à côte sur sa table basse une tasse à rayures bleues, un pot à sucre en carton et sa boîte à rêves. Qu'elle tapota du bout d'un doigt en soupirant. Pour tirer du neuf de tout ce vieux, elle allait en baver des ronds de hennins.
Calmebloc Icibachudun… mais c'était quoi, ce rêve ?

***

Le bout de journal pendouillait dans l'arbre. De la troisième de couv', comme on dit quand on veut dire avant-dernière page de façon moins simple, ne subsistaient qu'une colonne de texte, un fragment de pub et une photo en noir et blanc mâchonnée par le vent et la boue. C'était la photo d'un premier de la classe vieillissant, un peu blond, surtout chauve, avec de grosses lunettes et cet air insupportable de l'énorme salaud qui veut passer pour un brave benêt tout penaud de son propre génie – et dont le meilleur souvenir reste la grimace de son meilleur ami le jour où il lui a volé son brevet et sa femme.

L'arbre vit-il la photo, du bout de ses branchettes obscurcies par la petite mort des grands froids hivernaux ? Ou sentit-il l'ombre du souvenir de l'immense Haine qui couvait sous le front dégarni ? À travers le temps, les métempsycoses, le tirage à cent quarante mille exemplaires et la gadoue, Elle avait survécu.

Et Elle disait : « Eh, oh ? Y a vraiment personne ? »

***

Mismas ouvrit sa boîte à rêves (une ancienne boîte à gâteaux en métal argenté) et éparpilla sur la table sa panoplie du parfait petit rédacteur de jeux de rôle : un cornet de gragons, un fagot d'épées et tout un tas de petites figurines finement coloriées. Elle aligna un gnome muni d'un piolet et d'un bonnet rouge, une princesse en grande robe de bal, une guerrière en bikini à pointes, et une prêtresse sommée d'une masse de cheveux en plastique aussi tourmentée qu'un jet de dentifrice. Il y avait aussi un vieux mage à grande barbe, trois guerriers plus ou moins velus aux sabres plus ou moins longs, de vilains monstres tellement écailleux qu'on ne savait pas bien de quel côté les poser, et un anti-paladin pour lequel elle éprouvait une certaine attirance sexuelle.

Elle finit par balayer tout ce petit monde d'un revers de bras agacé et farfouilla au fond de la boîte : y moisissaient une poignée de dagues, une boule de cristal, des talismans dont la peinture s'écaillait, un trésor en pierres du Rhin et de minuscules parchemins nécromants roulés dans des rubans en soie. Mismas feuilleta quelques planches de décors : un château aux tourelles innombrables suspendu dans un ciel outremer farci de lunes / un désert rouge couvert de ruines grandioses dont les ombres ressemblaient à n'importe quoi, sauf à des ombres paisiblement ombrantes / une mer déchaînée sous un ciel déchaîné et, entre les deux, un bateau qui visiblement cherchait les ennuis, sans quoi il n'aurait jamais pris la mer par avis de tempête coup de vent force dix / Mismas lâcha le livre.

J'en ai marre.

Elle jeta un regard torve vers la fenêtre. L'ennui, c'est que le propriétaire en avait marre, lui aussi. Elle replongea le nez dans sa boîte à rêves. Tout au fond, dans un sachet de cuir fatigué, il y avait ses préférés : les elfes. Elle sourit en déballant de jolies statuettes bleues aux oreilles pointues. Aux yeux effilés. Aux bouts des doigts aigus. Et au milieu du dos aigu aussi mais ça, c'était juste un défaut de moulage.

Je pourrais rédiger un jeu de rôle uniquement avec des elfes ? Un truc mignon ?

Elle crut entendre ricaner Juliette Rognon, responsable du département Jeu de Rôle du service Multimédia de la branche Culture de la filiale Édition de la holding Scud-SA. Sa patronne, de fait. Qui allait encore lui demander si elle avait *bien* lu Tolkien, et si elle avait *bien* conscience que les elfes n'étaient *pas* tout petits, tout bleus et tout mignons mais très grands, bleus peut-être mais mignons, ça, jamais.

Splendides, superbes, glorieux oui, mais pas *mignons*.

***

L'arbre dans la cour de Mismas était, selon les uns, un sorbier, selon les autres, un sureau et selon Mismas, une foutue saloperie couverte de pucerons au printemps, de guêpes en été, de baies noirâtres pleines de jus indélébile en automne, et gai comme un gibet en hiver. Les chats du voisinage se faisaient les griffes sur ses flancs, dont l'écorce s'effilochait.

C'est dans ce tronc pourri de goudron que dormait une fée arboricole du nom de Calmebloc Icibachudun Désastrobscur, tel le ludion rescapé à mille brasses au-dessus de l'Atlantide engloutie.

***

Ça ne va pas être long : je vais leur coller une quête à la con avec un prince à la con, ça ne va pas traîner !

Mismas se rassit devant son clavier : ça venait.

Scénario quatorze, chapitre un. Titre :
Elle verrait plus tard. Elle installa un gus de deux mètres de haut, nourri à l'EPO, dans un château taillé à même mille tonnes de marbre. Avec des femmes nues. Non, la faune qu'on trouve dans les châteaux est essentiellement composée de princesses, donc des princesses nues. Non, une princesse n'est jamais nue, ça fait pauvre. Elle leur mit sur le dos de vagues soieries empreintes de...
de parfums entetants.
Elle accrocha dans le ciel deux lunes et trois soleils nommés – elle feuilleta le premier livre qui lui tomba sous la main, à savoir son agenda :
Paques, Rameaux, Armistice, Ascension et Nationale
Non. Ça ne va pas. Ça ne fait pas astral.
Efface, efface
Kespa, Xeaum, Armis, Nescion et Lionnate
Ça ira.
La lumiere doree de Nescion caressait la peau cuivree du prince
Feuillette, feuillette
Tant pis, on verra plus tard.
du prince Machin. Il sentit la main de
Feuillette, feuillette
de la belle Septembra effleurer doucement son bras. Il se retourna : elle fremit en voyant son visage creuse par l'angoisse. Dans les yeux dores de son Seigneur l'inquietude jetait un voile obscur qu'elle avait appris a connaitre. Et a redouter.
- Ils... ils sont de retrou?
Efface
de retour?
Il ne repondit pas, haussa les epaules et laissa a nouveau son regard de fauve s'egarer au-dessus

des immenses etendues brumeuses de Shand. Septembra poussa un soupir etrangle : elle savait mieux que lui quelle terrible menace pesait sur eux, leur royaume et tout leur peuple. N'etait-elle pas la grande pretresse du Temple de Tort?

Mismas s'arrêta pour se torcher le nez.

Qu'est-ce que c'est con…

***

L'arbre fit couler une goutte de sève glacée sur le nez de la fée Calmebloc Icibachudun Désastrobscur, qui grogna. Puis elle ouvrit un œil au sein de son épais lit de fibres. S'ensuivit une brève dispute en sureau moyen, au sujet de l'idée idiote de réveiller les gens par un temps pareil. L'arbre agita un rameau. Au bout du rameau pendait le bout de journal, avec la photo. Calmebloc Icibachudun Désastrobscur se glissa entre les nœuds du bois, colla l'œil à une fente de l'écorce :

« Il neige, en plus. Alors, qu'est-ce qu'il a, ce journal ? »

Remuement de branches.

« C'est quoi, une photo ? »

Bruissement de brindilles.

« Quoi ? Qui ça, Lui ? Où ça ? Là ? »

Lui-même.

Là même.

***

Mismas menait énergiquement le prince Machin à l'assaut d'un pic acéré, en haut duquel un mage mort vivant lançait des imprécations et des éclairs livides. Comme de bien entendu, le prince était accompagné d'une armée pantagruélique, d'un compagnon d'armes avec lequel il entretenait des relations qu'à la place de Septembra, Mismas n'aurait pas laissé faire, d'un enchanteur chenu qui lui faisait la leçon qu'à la place du prince Machin, Mismas lui en aurait collé une, et de l'inévitable traître qui n'était autre que son frère jumeau mais ça, elle le dirait à la fin.

Parfait. Mais mon histoire manque de suspens.

Mismas remonta trois pages en arrière, pour intercaler le rapt de la belle Septembra par le vilain mage bouffé aux mites. Pour le plaisir, elle fit exécuter cette basse œuvre par un homme de main bien roulé, lequel offrit au futur joueur deux paragraphes érotiques qui étaient les moins ennuyeux du chapitre. Puis Mismas médita longuement devant ses brouillons. Le titre manquait toujours.

LES SORTILEGES DE LA HAUTE TOUR : LA QUETE DU SECRET DE LA DAME D

Du temps ? Ou des ténèbres ? Ouais, des ténèbres. Des Ténèbres, même.

Globalement, elle décida que le royaume de Shand avait été sauvé d'un épouvantable démon blanc grâce à l'épée de Rhantekim qui avait été forgée par la Dame des Ténèbres (un genre de déesse pas commode) dans une cité détruite depuis des millénaires mais dont les ruines subsistaient dans un désert, et qu'il fallait retrouver les ruines pour retrouver l'épée qui gardait un livre qui contenait des sortilèges qui venaient du fond de la nuit des temps… *et pourquoi pas d'une autre galaxie ?*

Mismas sourit aux anges, le regard perdu dans le coin supérieur gauche de sa télévision éteinte.

Et si je leur collais un vaisseau spatial ?

Elle repensa à Juliette Rognon, renonça à son idée, se moucha un grand coup et alla chercher son café.

L'épée ! J'ai oublié l'épée du prince Machin.

Et un prince sans épée, c'était un coup à finir correctrice de la série « Lapin Crétin 10-12 ans ».

***

« Il est revenu, froissa-bruissa l'arbre.
— Et sa vengeance sera terrible, je sais, merci. »
Calmebloc Icibachudun Désastrobscur, sonnée, replongea au cœur de son lit dense et glacé.

***

Tic tic tic, tapait Mismas :
```
Au fond du coffre reposait la terrible Diciembro,
l'epee trempee sept fois dans les flammes sanglantes
de la forge d'Herklupios, dieu des armes
```
Efface
```
Armes et des fUreurs
```
Efface
```
Fureurs! Le prince Machin l'arracha de sa gaine
d'or pur et dans ses yeux dores flamba une lueur
ecarlate!
```
Mismas renifla :
Il ne faudra pas que j'oublie de faire Rechercher/ Remplacer : Machin / Lancelot. Ou Titus. Quelque chose de velu, en tout cas.

***

Calmebloc Icibachudun Désastrobscur exsuda avec répugnance de son tronc. Elle ne ressemblait pour l'heure à rien, sinon à un vague brouillard sombre – la faute à l'oxyde de carbone.

Elle coula en grelottant sous la porte de Mismas : il ne faisait pas beaucoup plus chaud à l'intérieur. Elle fit le tour de la petite cuisine vétuste, puis risqua un œil brumeux et pédonculé dans la pièce d'à côté : une jeune femme était assise de guingois sur un canapé, et jouait à deux doigts d'un instrument plat aux sonorités minables – *tic tic tic*. Le coffret posé devant son visage irradiait une douce lueur bleutée. Autour de sa tête ébouriffée moutonnait une étrange bulle de songes peuplés d'épées, de sang, de guerriers bas du front, de donzelles accoutrées comme les prêtresses de la fécondité n'auraient pas osé (*même au plus fort de l'orgie du solstice d'été*, songea la fée), de sorciers et de gragons très peu ressemblants, le tout sablé d'un ennui profond.

Calmebloc Icibachudun Désastrobscur rétracta son œil.

Il y a des femmes bardes, maintenant ?

Elle s'enroula autour d'un tuyau brûlant et réfléchit : la bardesse avait peut-être de très vagues notions concernant l'aspect des créatures magiques mais, rien qu'à la consistance de ses rêveries, il était évident qu'elle ne croyait pas en leur existence. Ce n'était donc pas une bonne idée de sortir du mur et de lui dire benoîtement :

« Bonjour, je suis une fée, pourriez-vous m'aider à sauver le monde, s'il vous plaît ? »

Sans compter qu'après tant de temps passé au fond d'arbres successifs, Calmebloc Icibachudun Désastrobscur n'était pas sûre de ressembler à autre chose qu'un cul-de-basse-souche.

« Bon, soupira-t-elle à l'adresse du petit cafard transi qui la regardait, assis sur une miette de pain, je vais tâcher de prendre allure humaine. Et puis après, je crois qu'il faudra procéder comme d'habitude. »

Et comme d'habitude, ça voulait dire beaucoup de tintouin, pas mal de hurlements et des heures à répéter : « Je vous JURE que je ne suis pas un démon vomi de l'Enfer et LÂCHEZ ce crucifix, vous allez vous faire du mal ».

Les rares rescapés du Monde Plat avaient l'habitude.

***

Et la carte ! J'ai oublié de faire la carte du royaume de Shand.

Mismas prit une photocopie d'un plan de Pouflont-sous-Sénart, remplaça la mention *Cimetière* par *Lande des Trolls*, *Cité des Pêchers* par *Marais Maudits* et alla se coucher en traînant les pieds. Calmebloc Icibachudun Désastrobscur abandonna à regret sa tuyauterie tiède. La première chose à faire était de changer de nom.

Calme bloc ici-bas chu d'un désastre obscur... Elle soupira. *C'est joli, pourtant.*

Elle se composa deux bras, deux jambes, une tête dans le prolongement et se planta devant le miroir de la salle de bains : Calmebloc Icibachudun Désastrobscur. C.I.D. *Cid. C'est bien, Cid. C'est bref, c'est clair et c'est mnémotechnique.*

Elle se rappela les princesses qui orbitaient dans les songes de Mismas, feuilleta les journaux abandonnés sur la table (*Manga Attitude*, *Faërie-Vidéo*, *Pulp Marvel*, *TV Max*) et, une heure plus tard, elle était vêtue d'un corps dont elle ignorait complètement l'outrageuse improbabilité. Elle se contentait de le trouver très malcommode : le rapport seins-hanches était un coup à attraper une hernie discale, le tour de taille ne permettait pas de loger plus de trois décimètres d'intestins, et elle avait les cuisses comme un fier guerrier aurait été content d'avoir le torse. Elle dépêtra ses ongles beaucoup trop rouges de ses cheveux beaucoup trop jaunes, en se demandant si elle arriverait à articuler avec une paire de lèvres pareille.

Restait à s'habiller.

Elle retourna entre ses doigts les petites figurines de Mismas alignées sur la table basse. Pour autant qu'elle s'en souvenait, jamais une princesse n'avait ressemblé à *ça*. Pour autant qu'elle s'en souvenait, le rôle de princesse consistait à survivre à douze grossesses dans un donjon humide et celles qui y parvenaient étaient aussi larges que hautes, et chaudement vêtues. De même, une prêtresse n'aurait jamais eu l'idée d'officier aussi mal coiffée. Quant à la guerrière en bikini clouté, Cid ne savait même pas quoi en penser.

Elle s'approcha de la lueur bleue de l'écran :

Qu'est-ce que c'est que...

C'était ça ! Elle était là-dedans.

La Haine.

***

« *Pin pin pin* !

— Arf. »

Mismas s'assit, s'étira, se gratta les cheveux, péta et jeta ses pieds hors du lit.

« *Pin pin pin* baf ! »

Le réveil se le tint pour dit.

Mismas ouvrit le robinet d'eau chaude de la baignoire et jeta un œil à la glace : Pam LaPouf, héroïne de sitcom américaine entièrement plastifiée, la regardait depuis l'autre côté du miroir. Mismas se pétrifia, un pied levé au-dessus de la moquette bleue, l'autre crispé dans les poils de laine.

Ayé.

Pam LaPouf sourit. Un sourire écœurant. Puis elle disparut. Mismas vit son propre reflet, livide, noyé dans les volutes de vapeur chaude qui montaient de la baignoire. Elle reposa précautionneusement son pied.

Ayé, c'est la dépression.

Elle alla à pas feutrés se faire réchauffer un café, en jetant de fréquents coups d'œil par-dessus son épaule. Tenant son bol à deux mains, elle s'assit d'un bout de la fesse sur un coin de son canapé. Elle but deux gorgées, releva le nez et vit, sur son écran qu'elle avait oublié d'éteindre :

nai pa peur jai besoin de teeeeee parle

Mismas souffla sur le café trop chaud.

Ayé.

Elle reposa son bol au milieu des dagues et des elfes, se leva tout doucement et décrocha son téléphone. Elle tremblait légèrement.

« Allô ? Je pourrais parler au docteur Chateau ? Oui, docteur ? Mismas Gropiu à l'appareil. Je peux venir vous voir tout de suite ? Je crois que je fais une dépression… Ah si, je vous assure, somnambulisme et hallucinations visuelles… Ce matin, juste. Je suis très inquiète… Ah oui, mais ça fait peur… Merci, docteur. »

Elle sauta dans un jean trop grand, attrapa son sac et fila comme un lapin perfusé à la harissa. Cid sortit du miroir et regarda d'un air perplexe Mismas traverser la cour au galop. D'habitude, il y avait des cris et des exorcismes. Pas des conciliabules avec des brosses à cheveux. *Et pas non plus de tentative manifeste de m'ébouillanter*, songea-t-elle en regardant la baignoire déborder.

J ai besoin de te parle. Tu doi pavoir peur je sui pa un démon

J ai besoin de te parle. Tu doi pavoir peur je sui pa un démon

J ai besoin de te parle. Tu doi pavoir peur je sui pa un démon

Cid avait compris le coup du Copier / Coller et se marrait comme une baleine avec les polices. Quand elle entendit une clef trembler dans la serrure, elle plongea sous le canapé. Mismas ouvrit la porte et fondit en larmes, les deux pieds plantés au milieu d'une monstrueuse flaque d'eau tiède, un sac de médicaments dans chaque main.

***

Quelque part ailleurs, au fond du web :
« C'est infect, comme définition.
— C'est du SweetBarbouye©. L'autre enclume protège toutes les images de ses sites. J'ai été obligé de passer par Barbouye©. Et Barbouye©, c'est pas un bon logiciel de retouche photographique.
— Il n'empêche que c'est infect. »
Ch@mpi l'infographiste soupira et, d'un geste de sa main diaphane, éparpilla les pixels qui composaient l'horizon du site web. Un bel horizon cependant, mais un peu carré au sommet des montagnes, il est vrai. Un peu baveux dans les coins, aussi. Et franchement trop étiré. Les pixels désassemblés formèrent de petits tourbillons, qui se dissipèrent dans les courants de bits qui balayaient le site.

« J'aurais pu faire mieux, si je n'avais pas eu un pacman au cul », grommela-t-il dans son épaisse police « poussière de cendres », qui n'a rien d'étonnant dans la bouche d'un spectre numérisé.

***

Mismas épongea ce qu'elle pouvait tout en avalant des poignées de pilules. Puis elle tomba sur son lit et dormit douze heures d'une traite.
Au réveil, elle se fit encore un café. S'assit devant son écran.

ai besoin de te parle. Tu doi pavoir peur je sui pa un démon

Ça marche pas, les cachetons.

« Hum. Coucou ? » fit Pam LaPouf depuis le fond du bol de café, son visage siliconé nageant dans l'arabica. Mismas prit un air résigné :

« Je suppose que tu es une création de mon inconscient. L'incarnation de tout ce que je n'ai pas envie d'être, du fait qu'en réalité j'en meurs d'envie mais que je n'ose pas me l'avouer. »

Pour Mismas, l'inconscient était un fichu crétin qui s'obstinait à jurer, contre toute évidence, que les pingouins adorent le Sahara, que les poissons manquent d'air, et que les petites filles rêvent de faire des cochoncetés avec l'imbécile couperosé qui leur colle une claque dès qu'elles posent les coudes sur la table. Le pire, c'est que tout le monde le croit, l'inconscient.

« Plaît-il ?

— Dire qu'au tréfonds de mon Ça, je rêve d'avoir une gueule de pneu sous une botte de paille, grommela Mismas.

— Je me disais bien qu'ils exagéraient, vos enlumineurs.

— Et tu sais pourquoi j'ai le Ça en si piteux état ? Tiens, regarde, dans le dernier *Meuf Magazine*, rubrique « Vous êtes nulle » : tu liras le témoignage d'une pauvre femme que son mari a trompée pendant vingt ans avant de la quitter. Eh bien, qu'est-ce que tu crois que le spécialiste en inconscient de la rédaction a fait comme commentaire ? Que c'était des choses tristes de la vie, qu'on n'y peut rien ? »

Cid écarquilla ses grands yeux naturellement charbonnés :

« C'est-à-dire...

— Eh bien, pas du tout ! Il a dit qu'inconsciemment, elle savait très bien qu'elle était cocue depuis des années et que d'ailleurs, elle aimait sûrement ça, et que c'était autant pour ses pieds ! Voilà comment on nous traite ! Et ce n'est pas tout qu'on nous méprise, il faut encore qu'on nous pressionne ! Tiens ! Regarde ! »

Mismas agita le journal au-dessus du bol :

« Regarde les titres des articles ! "Impératif : changez TOUTE votre déco en UN week-end". Juste avant, regarde : "Indispensable : les mille caresses qui le rendront FOU d'amour en moins de TROIS heures". Page d'après : "L'unique VRAI moyen de s'épanouir : une belle carrière". Et en dessous : "Le seul RÉEL secret du bonheur : une famille nombreuse et heureuse". Bien sûr, ça finit par une pub pour anticernes. »

L'étrange visage qui flottait dans le café fit une moue perplexe avec le steak qui lui servait de bouche.

« Tu as déjà entendu parler de double contrainte, avatar fantasmatique ? postillonna Mismas.

— Je sens qu'on n'arrivera à rien comme ça.

— Moi, je peux te parler de la triple ou de la décuple ! Et qu'à force de nous prendre pour des demeurées, il ne faut pas s'étonner… »

Cid sortit du bol sous la forme d'un long nuage de fumée et se matérialisa sur la moquette, de la même façon qu'une chaussette se remplit de sable. Mismas eut un hoquet : Pam LaPouf portait un string en bronze et un soutien-gorge en capsules de bière.

« … si nous avons toutes le Ça comme une poubelle, balbutia Mismas en jetant *Meuf Mag* à l'autre bout de la pièce.

— Je me présente : Cid, fée des arbres, créature de l'Éther, membre actif du Convent des Énergies Chlorophyques, rescapée du Grand Cataclysme Cotonneux, du Gros Massacre Éthéréen et du Grand Exode Chrétin.

— Beuh, fit Mismas. J'ai une imagination phénoménale, moi. »

***

« http ://search.yazoo.fr/search/fr ?p=montagne », incanta Ch@mpi l'infographiste en agitant deux bras transparents. Il disparut dans un geyser de bits étincelants. Son compagnon regarda autour de lui : les pâturages étaient très réussis. Sitôt qu'ils auraient trouvé un bel horizon alpestre, ça ferait un site web merveilleux.

« Jusqu'à ce qu'une de ces canailles de pacmans nous déloge », grommela-t-il en lissant un pli dans les pixels de sa petite main grasse. Il y eut un faible remous dans l'air, qui fit onduler les sapins et les colchiques, agita les corolles des digitales et effraya une petite chèvre toute blanche. Quelque part dans les hautes couches du disque dur, les clusters s'amoncelaient inexorablement les uns derrière les autres.

***

Cid respira à fond par le nez : l'andouille posée sur le canapé l'écoutait d'un air ahuri, branlait du chef avec un sourire idiot, et tout ce qu'elle avait pu en tirer, après un quart d'heure d'explications, c'était : « Oh ! La belle névrose. »

« Jette un œil par la fenêtre : tu vois ton voisin qui traverse la cour avec sa baguette de pain à la main ? »

Entre les doigts du voisin, la baguette de pain se transforma en une énorme épée à deux mains. Cid attrapa Mismas par l'épaule, la mit debout, la traîna vers la porte et la propulsa dehors. Mismas tituba dans la cour juste au moment où son voisin lâchait l'arme avec fracas.

C'était une superbe épée ; un trait d'acier étincelant avec un serpent enroulé autour de la garde. La lame était gainée sur un bon tiers. Mismas se baissa pour la ramasser et entendit un gargouillis : le voisin, dos au mur, la regardait avec horreur.

« Quoi ? J'ai du noir sur le nez ?

— Nnn...

— C'est cette épée qui vous étonne ? »

Mismas la caressa du bout du doigt, tout le long de son fil acéré qui jetait des flammes bleues :

« C'est celle de Conare le Barban, je crois. Ou c'est bien imité. Ou pas si bien que ça, finalement », se déconfitura Mismas tandis que l'épée d'argent se transmutait horriblement en une baguette tartinée de bouillasse.

« *Plotch, plotch !* » répondirent les semelles du voisin en galopant loin, bien loin, probablement jusque chez son médecin.

J'espère que ce n'est pas le même que le mien, songea Mismas en déposant le pain spongieux sur le coin de son évier. Elle ferma sa porte à double tour, fit l'équivalent mental du geste de resserrer son nœud de cravate, se planta sur le seuil du salon d'un air décidé, et se décomposa : Cid essayait en rigolant de ressembler à la couverture d'un des livres qu'elle avait trouvé sur la cheminée et, malheureusement, c'était *La chose qui rampe dans l'ombre*.

***

« On repart en chasse, Romu@ld. »

Tirant derrière lui un petit mouton virtuel d'un jaune aimable encorné de rose, Ch@mpi pataugeait dans les marécages noirs du système d'exploitation d'un ordinateur quelconque. Romu@ld s'assit sur son derrière frisé en piaulant :

« ☹☹☹ »

Ch@mpi s'arrêta et se retourna :

« Encore un effort, mon vieux. On trouve une belle photo de montagnes et après, on se met au vert dans le nouveau site, promis.

— ☻*♣✝ »

Arc-bouté sur ses pattes avant en forme d'allumettes, Romu@ld était l'entêtement fait mouton. Ch@mpi renonça et s'assit en soupirant sur la haie luminescente d'une ligne de programme. Il avait hâte d'en finir : ces marécages obscurs hantés de fluorescences vertes puaient l'électron cramé. Il s'attendait toujours à voir un pacman émerger des eaux sombres et le dévorer en une bouchée, broyant ses frêles octets sous ses crocs infatigables.

« ☙☙☙❚❚❚ », grommelait Romu@ld en boucle, ce qui signifiait « Je suis las de tes disquettes 5 pouces », la disquette cinq pouces étant le cyber-équivalent d'un vieux plan pourri.

Mais enfin, songea Ch@mpi, *ce n'est pas plus laid qu'un cimetière obscur hanté de feux follets. Et ça sent moins mauvais.*

Et un ankou vaut cent pacmans.

***

Mismas rangeait sa boîte à rêves en bougonnant :

« On n'a pas idée de faire des peurs pareilles aux gens.

— Écoute...

— Et va mettre un pantalon, dégueulasse ! »

Cid claqua des doigts et se retrouva gainée d'un coquet petit ensemble de cuir noir ajouré çà et là d'aérations coquines. Tant qu'elle y était, elle rajouta cinq degrés à la température ambiante, s'assit en tailleur sur la moquette et commença :

« Il y a longtemps, la Terre était plate.

— Non ! l'interrompit Mismas. Et ça fonctionnait ?

— Ça tournait plutôt rond, oui. Je reprends : elle était peuplée de tout un tas de trucs dont vous avez visiblement conservé le souvenir, mais un souvenir un peu, euh, déformé », toussota-t-elle en lorgnant vers la bibliothèque remplie de livres d'heroic fantasy.

Mismas leva haut les sourcils :

« Ces trucs-là ?

— Ceux-là mêmes.

— Les épées et les elfes et les princes et les épées ?

— Et les épées et les fées et les épées. Un petit peu moins d'épées, peut-être.

— Oh. Ça devait être bien.

— Un souvenir très déformé, même », retoussota la fée, qui ne se voyait pas entrer dans des détails sordides.

Pour dire le vrai, les gragons étaient de parfaits rapiats, les elfes de petites teignes malfaisantes, les gnomes épouvantablement racistes, les lutins bêtes comme des coulemelles, les mages plus dénués d'éthique qu'un fabricant de fluide hydratant à la provitamine K, les fées d'une puérilité qui n'avait d'égale que leur égoïsme, les princes réactionnaires et incultes. Et encore, ça n'était rien à côté de la vulgarité des diables et du carriérisme des anges, pour ne pas parler des dieux qui se comportaient comme des pirates avant de sombrer dans le tafia, mais ça lui aurait fait mal de l'avouer.

« Et puis, quelqu'un est venu déranger l'ordre des choses, continua la fée. Tout casser, pour mieux dire.

— Qui ça ?

— Lui. »

Mismas se pencha sur la photo boueuse que lui tendait Cid :

« Lui!? s'exclama-t-elle avec un nombre considérable de points d'exclamation et d'interrogation.

— Tu le connais?

— Comme tout le monde. C'est William Door III Jr, le patron de la firme Petimoo©, l'homme d'affaires le plus vér... le plus puissant du monde. Le roi de l'informatique vaudou, le plus grand vendeur de bugs de ce côté-ci de l'univers, un... le mot capitalisme sauvage a été inventé pour lui, et aussi ceux de trust et de libéralisme échevelé, je pense. Tiens, mon ordinateur, là, c'est un Petimoo©. »

Cid branla du chef :

« Alors il a déjà refait son trou ici, marmonna-t-elle en désignant l'ordinateur de Mismas.

— Tu es sûre que nous parlons de la même personne?

— Oui. C'est lui. Réincarné.

— Et quel est son plan?

— Détruire le monde. Comme d'habitude. C'est une sorte de manie. »

Mismas se gratta le bout du nez.

« Il y arrive, en général?

— En général, je ne sais pas. Je ne l'ai vu faire qu'une fois. Cette fois-là, il ne l'a pas manqué, le monde. »

Mismas parcourut du regard la créature caricaturale qui tenait la photo de Will Door entre ses ongles sanglants au milieu d'un geyser de cheveux décolorés, cramouille à l'air, ses hauts talons taillés comme des crayons croisés sur la moquette, et sentit un long frisson pressentimental la parcourir. Elle savait que Will Door et ses logiciels insensés étaient capables de transformer en bête féroce l'employée de bureau la plus végétarienne, mais transformer une fée en ce bidule, non, elle n'était pas encore au courant.

Mismas fixa d'un air pauvre les jaquettes fatiguées de ses livres : un monde rempli d'elfes. *Il n'y a rien de plus sexy que les elfes. À part…*

« Il y avait des vampires ? Des gens avec des dents et… plutôt séduisants ? De loin.

— Et de près ?

— De près, ils boivent du sang. »

Cid eut un sourire franchement égrillard, puis épongea sa bouche de trois revers de main :

« Ça dérange, si je mets moins de lèvres ?

— Pas du tout !

— Pour répondre à ta question, c'est oui. Nous avions des buveurs de sang. Mais ils ne buvaient pas que du sang, bien sûr. Je veux dire que… le sang a un petit côté sacrificiel et, comment dire ? Il est très lié à la mort mais aussi au renouveau. À la fécondité. Et le sang, comme symbole de fécondité, ça ne vaut pas, euh… »

Cid rougit, ce qui formait un contraste surprenant avec sa tenue.

« Euh ? insista Mismas d'un air suave.

— Eh bien, lors de certaines cérémonies, nous usions de sang mais le sang… le sang est symbolique de tout un tas de choses mais ce n'est pas le seul.

— Le seul quoi ? susurra Mismas.

— Fluide corporel symbolique.

— Et alors ?

— Alors "Fais-moi mal", ça va cinq minutes, mais une bonne pipe, il n'y a que ça de vrai pour bien finir la soirée », lâcha Cid d'un air de savoir de quoi elle parlait depuis un nombre de générations qui cloua le bec de Mismas.

« J'habitais dans un pimpasol très agréable au bord du lac Lofofora, enchaîna Cid. Beau temps, pas de bûcherons, du poisson frais en abondance, un minimum de lierre sauteur, la belle vie. Je cultivais mon petit carré de poutons verts et j'élevais un essaim de papillons plumacés en me posant moins que rien de questions. C'était bien. Après, ça s'est un peu dégradé. Je me souviens que ça a commencé par les korrigans. Ils se sont mis tout à coup à fumer la résine des canabiers. Une idée qu'ils tenaient des elfes noirs, paraît-il. Ils erraient parmi les halliers en se prenant pour des écrevisses des buissons, ça faisait un potin pas possible. Après, il y a eu les anges. Ils ont débarqué avec leurs auréoles flamboyantes et, dès qu'on essayait de leur expliquer que ce n'était pas bien sérieux dans une forêt de résineux, ils sortaient leurs bibs et se lançaient dans des prêches sans fin. On essayait de leur expliquer que ça n'était pas bien utile de promettre la vie éternelle à des immortels et là, ils se fâchaient tout rouge. Ensuite, il y a eu un défilé de princesses très... »

Cid prit un air pincé de taupe snobant un myope :

« ... très mal convenables de leur personne. Elles s'installaient dans des cabanes branlantes, soi-disant le temps que leur prince charmant vienne les chercher. On essayait de leur expliquer que ça devait être une blague que leur faisait leur marraine fée, elles s'obstinaient à repriser leurs décolletés de pierreries d'un air malentendant. Mais encore, tout ça, ce n'est rien à côté de ce qui s'est passé après. »

Cid considéra ses ongles écarlates d'un air malheureux.

« On a entendu un grand boum. Des tas de grands boum, à vrai dire. Et il y a eu une odeur glaciale. Après, on a appris ce qui s'était passé : le Ciel nous était tombé sur la tête, et il ne nous avait ratés que de très peu. On n'a fait ni une ni deux, moi et les autres fées : on a bricolé un cromlech et on s'est installées dedans, à l'abri. J'ai continué avec les plumacés mais j'ai laissé tomber les poutons verts : nous étions assez près de la mer et les poutons n'aiment pas les terrains salins. Sauf les grumeleux, mais je n'ai jamais eu d'affinité avec les poutons grumeleux. Trop de dents. Un peu plus tard, quelques spectres sont venus rôder près de nos pierres. Là, on n'a refait ni une ni deux : on a détricoté le cromlech et on l'a remonté au fond d'une grotte marine. Quand les morts marchent au soleil, c'est très mauvais signe. Surtout que ceux-là étaient carrément acariâtres. Mais tout ça, ça n'était rien à côté de ce qui s'est passé après. »

Cid fixa ses pieds d'un air horriblement déprimé.

« Tu veux un gin to'? Un genre de philtre. À base d'herbe.

— Ce n'est peut-être pas une mauvaise idée, une bonne cuite, depuis le temps. »

Mismas alluma une cigarette tandis que Cid avalait son gin to' d'un coup de glotte :

« Ça me rappelle l'Huile de Vérité de la Fête des Pissenlits. » Cid claqua de la langue : « Dans la grotte, je me suis mise aux bernicleaux, aux coquelicots océaniques et même à l'algue toxicante mais le cœur n'y était plus. Et après, ça a été Armageddon. »

Mismas s'étrangla :

« Le... le vrai ? La Fin du Monde, des Cieux, de la Vie et de Toute Matière en l'Univers ? »

Cid haussa les épaules :

« Est-ce que j'ai l'air de sortir d'une soupe primitive ? La lune s'est mise à saigner, la mer à bouillir et les hippocampes à cracher du feu, voilà tout. Mes copines sont retournées dans l'Éther au pas de course. C'est un monde juste à côté du tien, d'où viennent toute magie et ses créatures. Moi, je n'ai pas voulu lâcher mes bernicleaux. Ils étaient terrorisés et tu sais ce que c'est.

— Je sais, opina Mismas, qui avait passé deux nuits au chevet d'un vulgaire pigeon intoxiqué au kérosène.

— Quand je me suis dit que ce serait finalement plus malin de mettre mes bernicleaux en sécurité dans l'Éther, l'accès au monde éthéré était fermé. L'Éther avait fermé sa porte. » Cid renifla violemment : « Encore aujourd'hui, ça me rend fumasse ! Les bernicleaux s'en sont bien sortis puisque après la pluie de feu et de sang, un miracle quelconque a rendu vie et prospérité à la nature entière mais moi, je me suis sentie bien seule : plus de fées dans les arbres, plus un faune pour vous pincer les fesses ni une ondine pour vous prêter un bout de savon. Je suis restée à déprimer dans mon tronc et, de tronc en tronc, je suis arrivée ici. Parfois, j'ai jeté un œil dehors. C'est qu'il faut changer d'arbre, parfois.

— Je croyais que les fées restaient fidèles à leur arbre.

— Jusqu'à un certain point.

— Lequel ?

— Le bruit de la scie sur l'écorce. »

Cid s'en servit un autre bien tassé :

« Je n'ai pas trop aimé ce que j'ai vu, ces fois-là. Une nature vide de ses habitants magiques, d'abord. Puis un monde de plus en plus vide de nature, ensuite. Surtout dernièrement.

— Et Will Door, là-dedans ?

— Ce n'est rien que la réincarnation de Bille Guette. Le dernier Maître du Monde du temps où la Terre était plate. Le genre de type qui rêve de tuer Dieu et qui y parvient. Les anges et les princesses en goguette, c'était lui. Le Ciel sur la tête, c'était encore lui. Les spectres en cavale, aussi lui. Armageddon, toujours lui. C'est ce qu'on m'a dit. Ne me demande pas pourquoi, ni comment.

— Et où a-t-il passé les siècles précédents ? Dans un volcan ? Une avalanche ?

— Dans un puits de malédiction. Pour autant que je sache, il a fracassé le Ciel sur la Terre pour se débarrasser de Dieu. Je ne sais pas par quel bout ça a mal tourné mais, au final, il a eu des mots avec un démon et ça, ce ne sont pas des choses à faire. Les démons ont le coup pour les puits de malédiction.

— Ça ressemble à quoi, ça ?

— C'est une malédiction démoniaque : on tombe, on tombe indéfiniment dans un puits sans fin et on dit des sottises.

— Des sottises ?

— Du genre : je reviendrai et ma vengeance sera terriiible !

— Et il est revenu ?

— Et sa vengeance m'a l'air d'être du genre terrible, oui. Les puits sans fin ne sont plus ce qu'ils étaient.

— Et qu'est-ce que je suis censée faire, moi, dans tout ça ?

— Eh bien, m'aider à arrêter Bille Guette ! Je veux dire : Will Door. Je n'y connais rien, moi, à ton monde.

— Je ne suis pas sûre de mieux m'y retrouver, personnellement. Mais je peux te fournir une carte et... non, franchement, tu comptes sur moi pour tuer l'homme le plus riche du monde ? »

Cid prit un air outrageusement innocent :

« Le tuer ? Il est mort depuis longtemps.

— Plaît-il ???

— Bille est un spectre. Ça l'a pris très jeune. Il paraît même que c'est pour ça qu'il a si mauvais caractère. »

***

Ch@mpi l'infographiste, toujours à la recherche d'une belle image de montagne, faisait aller et venir ses mains transies dans la gadoue du système d'exploitation. Ses doigts se refermèrent sur un octet brisé :

« Regarde, Romu@ld : un fragment d'image. On est sur un filon ! »

Ch@mpi essuya ses mains sur son suaire, se redressa, regarda autour de lui :

« Tu vois une entrée ?

— ⌒ !

— Eh bien, dépêche ! frissonna Ch@mpi.

— ☒☒☒ »

Romu@ld fit, de son pas raide, le tour de Ch@mpi et s'arrêta brusquement :

« ✄ ! ☝ ! ☞ »

***

« Tu veux que moi, Mismas, je t'aide toi, une fée, à retuer un mort pour sauver le monde. »

Mismas alluma une autre cigarette : le docteur Chateau ne pouvait visiblement plus rien pour elle. Plus rien ne pouvait plus rien pour elle. *À part une bonne dose de lithium.* Le répondeur s'enclencha. Le propriétaire déversa deux bonnes minutes de menaces détaillées. Le répondeur raccrocha.

« Manque de sous, n'est-ce pas ? dit Cid.

— Tu connais ça ? fit Mismas d'une voix faible.

— Une fée des arbres est rarement éloignée des réalités terre à terre.

— Alors tu comprendras que, réellement, je ne peux pas grand-chose pour toi », dit Mismas d'un ton ferme en emportant leurs deux verres dans sa cuisine glaciale. Quand elle revint dans le salon, Cid piquait du nez vers ses poils de foufoune.

« Écoute, c'est très gentil, tout ça, mais il faut que je paye mon loyer d'abord, que je me soigne ensuite et…

— Ne te fatigue pas, j'ai compris. »

Cid se leva, remit ses seins dans leurs alvéoles de cuir trouilloté d'un geste décidé et se tourna vers Mismas :

« N'aie crainte, je ne t'embêterai plus. »
Elle se dirigea vers la porte d'un pas raide.
« Tu vas sortir comme ça ? piaula Mismas.
— Elle cloche, ma tenue ? »
Mismas soupira : c'était encore le coup du pigeon. Elle aurait bien envoyé ce volatile miteux se faire cuire ailleurs mais il avait cette propension, dès qu'elle le relâchait, à se dandiner droit en direction du panier à chats des voisins...

« Allez. Je ressors deux verres et tu m'expliques ton plan. »

Les bistrots hantés

Lu sur le web :
Marre des systèmes stables, je vais tester les instables, au moins je saurai pourquoi ça plante!
- + - JCD in *Guide du spectre numérique* – Maintenant que j'ai liquidé le tout-venant, je peux me risquer dans le bizarre - + -

Le point-phone crasseux accroché à droite des toilettes du bistrot « La Boutanche », bar PMU du XIe arrondissement de Paris, grelotta dans le vide. Une fois. Mais le patron n'était pas là. Deux fois. Mais la patronne n'était pas là non plus. Trois fois. Pas un seul client pour répondre. Quatre fois. Même le chien était allé dormir ailleurs. Cinq fois. Dans la lumière de la veilleuse, les chaises renversées peuplaient d'ombres étranges les murs constellés de sous-bocks en carton. Six fois.

On décrocha.

***

Ch@mpi se glissa en grommelant dans la crevasse que lui avait indiquée Romu@ld, laquelle menait du système d'exploitation à l'interface, c'est-à-dire des obscurs marécages de programmation aux gais pâturages de l'écran, là où les fenêtres s'ouvrent et où le pointeur butine des icônes fraîchement épanouies.

***

À genoux sur la moquette, Mismas et Cid cherchaient dans une pile de magazines un nouvel habillage physique pour la fée ; quelque chose qui soit plus discret que Pam LaPouf.

« Et elle ? Qu'en penses-tu ? »

Cid agita sous le nez de Mismas un manga sur papier glacé. Mismas se pencha en fronçant le nez : « Xénia La Chôde ? Je sens que ça ne va pas être possible, là. »

Cid renifla :

« En fait, vous avez des rêves sans aucun lien avec vos réalités. Ça doit être triste, comme vie.

— On appelle ça des fantasmes, grommela Mismas en feuilletant à toute vitesse *MoiTouteSeule*, mensuel féminin même pas onaniste. Ah ! Voilà. Déguise-toi comme ça. »

Cid scruta l'image :

« C'est la même que Pam LaPouf avec moins de ci, ici, plus de ça, là, en châtain clair, avec des petites lunettes et une grosse amulette phallique.

— C'est une mitraillette.

— Toutes ces créatures, qu'elles soient dessinées ou photographiées, ont les mêmes jambes de grenouille, les mêmes seins de vache et autant de personnalité qu'une moule. »

Mismas se leva, s'étira :

« Celle-ci s'appelle Lulu la Tombeuse Raide, et elle est censée avoir un peu de caractère.

— Non, trancha Cid. Elle a juste un repli de hargne au coin de la bouche. C'est bizarre. C'est comme si vous aviez inventé un seul original et ensuite, réalisé des copies à perte de vue avec de minuscules variantes. Comme si vous aviez le cerveau tout sec. Elle ne serait pas oniriquement un peu pauvre, ton époque ? Dans le style décadence maniériste ?

— Pour une fois que je rencontre une fée, elle est de droite », soupira Mismas.

***

Ch@mpi s'arrêta au pied de la face interne de l'écran, haute falaise d'un blanc éblouissant. Romu@ld se mit à brouter les maigres touffes de softlichen qui poussaient par terre, parmi les ossements de virus défunts. Ch@mpi attacha la laisse du mouton à une branche de roncedata, et commença à escalader avec agilité les multiples aspérités de la falaise. Il trouva la fenêtre active (une corniche rectangulaire), jeta un œil circonspect par le vasistas vitré de la barre de titre :

« Un bureau, grommela-t-il. Pourvu que ce ne soit pas celui d'un designer en motorisation diesel comme la dernière fois. »

Il se drapa dans son suaire, souleva le battant bleu et se glissa de l'autre côté où il se retrouva à découvert, coincé entre l'interface et la vitre de l'écran. Ça lui faisait chaque fois un effet bœuf. Moins, toutefois, qu'à l'utilisateur malchanceux qui aurait eu la mauvaise idée de revenir de faire pipi à ce moment-là.

***

Cid, en un claquement de doigts, abandonna sa tenue blond silicone pour le costume bronze plastifié de Lulu. Tandis qu'elle se perdait en considérations sociologiques ulcérantes, Mismas réussit à lui imposer un fessier moins sphérique, un tour de poitrine standard, une masse musculaire légale et un visage possible.

« Ça ne va pas, mon visage ?

— Non. C'est trop lisse. On dirait du plastique. Et ton bidon, on dirait un gaufrier. Mets une couche de gras dessus.

— Où ?

— Là !

— *Prout !* Oh, pardon.

— Mieux vaut péter en société que mourir seul, soupira Mismas. Je ne sais pas. Ça manque de rides, peut-être.

— Ça n'a pas l'air de se faire chez vous, les rides. D'après ce que j'ai vu dans tes journaux, c'est comme si vous n'acceptiez pas les cycles de la nature et du temps. C'est pareil pour votre rythme circadien : il y a des centaines de rubriques sur « Quoi faire le soir ? » jamais sur « Quoi faire le matin ? ». On dirait que vous fuyez l'aube et que vous aimez vivre la nuit, et que…

— Se coucher tôt et se lever aux aurores apporte santé, richesse et mort ! » aboya Mismas.

***

Ch@mpi colla son nez contre la vitre de l'écran de l'ordinateur : il surplombait un plan de travail encombré de cendriers et de tasses en plastique. Il vit aussi des plans aux murs et des posters de femmes à poil partout :

« Un paysagiste ! Que l'ankou me tripote s'il n'a pas une belle image montagneuse dans ses fichiers, celui-là. »

Ch@mpi galopa en bas de l'écran, pestant contre les infobulles qui éclosaient sous ses pieds, puis ouvrit la trappe marquée « Démarrer » calée dans l'angle gauche.

Le menu principal se déplia tel un escabeau. Ch@mpi l'escalada, s'assit tout en haut, puis se pencha précautionneusement : un empilement de dossiers jaunes dégringolait vertigineusement jusque dans les confins de l'ordinateur, formant une échelle à remplir d'émoi le pompier le plus amer. On apercevait même, au-delà des programmes, le fleuve Internet qui coulait lentement, bleu et fluorescent dans l'ombre épaisse, de longues vagues de données léchant le quai noir de la carte mère.

***

Toujours dans le but d'humaniser l'allure de Lulu, Mismas et Cid se mirent d'accord sur un peu de graisse dans les cheveux et trois boutons d'acné. Mismas réfléchissait à l'utilité d'un bon poireau sur le nez tandis que Cid se plongeait, fascinée, dans les canards féminins.

« C'est écœurant. Écœurant, murmurait-elle en tournant les pages d'*Istéro Fashion*.

— C'est seulement très con, non ? suggéra Mismas en scrutant les joues encore impossiblement veloutées de Cid. *Ça manque de points noirs, tout ça. Elle va encore me dire que c'est une maladie de mon temps rapport à la pollution, elle est aussi chiante qu'une mère.*

— L'aura, je veux dire. Écœurante.

— Lo quoi ? »

Alors Cid lui toucha l'épaule, et Mismas vit par ses yeux de fée.

Les auras.

***

Le cul vissé tout en haut de son échelle de fichiers, Ch@mpi sortit d'une poche de son suaire sa baguette en bois de photoshopier, et se concentra. La baguette se mit à luire faiblement.

« Ce qui veut dire que s'il y a une mine de photos, c'est au moins vingt étages plus bas », grommela Ch@mpi en nouant énergiquement son suaire douteux autour de ses hanches maigres. Il commença la descente de l'échelle vertigineuse, entrouvrant les dossiers les uns après les autres pour y glisser sa baguette, laquelle restait aussi noire qu'une crotte de bique analogique. Des fuites de bits montaient comme des courants d'air depuis le fond de l'ordinateur, agitant les maigres cheveux blonds de l'infographiste.

On se prend pour un artiste, on rêve d'ateliers spacieux sous de grands soleils haute définition et voilà, voilà, voilà où on se retrouve.

Il commençait à désespérer, quand le bois ensorcelé clignota en effleurant un dossier nommé 95C. Ch@mpi se glissa à l'intérieur, sa baguette de visuelier entre les dents, avec un grand sourire d'Archimède sortant de son bain – l'innocent.

***

Mismas, aux prises avec sa première aura, bavait légèrement.

« Attends : ça marchera mieux et plus longtemps si je te mets un peu d'huile de fées, dit Cid.

— De l'huile de *quoi* ? »

Mismas, hébétée, regardait alternativement ses mains et le magazine *Istéro*. Un instant, elle avait cru discerner comme une... odeur. Une odeur de crème hydratante. Et puis, des petits ricanements idiots. Qui venaient du journal. Lequel bougeait? Ondulait. *Comme ça va vite, une dépression...*

« Ce n'est pas grave, je vais en faire.

« — Mais faire QUOI ? couina Mismas, qui sentait son cerveau déraper comme une semelle sur une banane.

— De l'huile de fées, tiens donc. C'est facile : elle doit être préparée au printemps, entre minuit et une heure du matin. Il suffit de verser de l'huile de maïs dans une jarre en verre vert, ensuite tu cueilles de l'églantine de ton jardin, avec des feuilles de ronce…

— Il est six heures du soir, on est en plein hiver, je ne cuisine qu'à l'huile de tournesol, je ne sais même pas à quoi ressemble l'églantine et ça commence carrément à me faire, euh… des choses, tout ça. »

Cid secoua la tête :

« Ce n'est pas grave. Il n'y a pas d'heure pour les braves, il n'y a plus de saisons et les jardins font ce qu'ils peuvent. Tu as bien une jarre ?

— Ah bon ?

— Un pot, alors.

— Ça fait longtemps que je n'ai plus ça chez moi, non.

— Une vieille bouteille de pif vide ? se résigna Cid.

— Ça oui, j'ai. »

***

« C'est vraiment que des dégueulasses, ces paysagistes ! » pestait Ch@mpi en s'extirpant du dossier 95C, son suaire parsemé de poils pubiens virtuels. Il avait quand même réussi, au milieu d'un tourbillon de nichons, à prélever une photo intitulée « Amanda et le bouquetin » dont le fond, au moins, était montagneux. La toile blanche du revers d'une feuille masquait maintenant la vue panoramique sur le bureau du paysagiste. Ch@mpi vérifia que sa disquette bourrée de pixels était bien à l'abri dans son suaire, au fond d'un petit étui en corne de chipset barbouillé de runes de compression, puis il évalua la situation en grelottant de vertige.

Il va falloir que je saute de cette échelle. Assez loin pour ne pas finir au fond de l'ordinateur et pas trop loin, sinon je vais m'écraser comme une bouse juste sous le groin du paysagiste pornographe.

Ch@mpi serra les dents, ferma les yeux, donna une grande poussée et atterrit à un millimètre de la trappe d'où sortait l'échelle de fichiers. La barre de tâches, au bas de l'écran, le cachait tout juste. Il sortit un petit périscope de son inépuisable suaire et l'orienta au-dessus de la barre de tâches. Suite à quoi, il susurra un chapelet de microjurons : le paysagiste travaillait sur un document et, au vu de son expression affolée, il paraissait trop stressé pour décoller de son poste avant une bonne dizaine d'heures.

Romu@ld a dû finir tout le softlichen et il va commencer à faire un foin d'enfer. Il faut que je sorte de là.

Le paysagiste bâilla, se pinça la racine du nez et décida d'aller prendre un seizième café. Ch@mpi rampa à quatre pattes derrière la barre de tâches, jusqu'à ce qu'il trouve une faille dans le joint entre la vitre épaisse de l'écran et l'arrière du moniteur – et une petite touffe de cheveux blonds oscillait au ras de la barre de tâches.

Un café. Ou un lait chaud parce que le café, au-delà de quinze, ça finit par me faire, euh… des choses.

***

Cid se concentra, rajusta ses petites lunettes et se lança dans la plus magnifique improvisation d'huile de fées de toute l'histoire des huiles et des fées.

Il n'y a qu'à moi que ces trucs-là arrivent.

Le nez collé à sa fenêtre, Mismas regardait en louchant de désarroi la plus célèbre tueuse virtuelle ramasser, dans ses trois mètres carrés de jardin, les quatre mauvaises herbes qui y survivaient en marmonnant des incantations à la lune.

Toujours marmonnant, Cid rentra dans la cuisine et mit les feuilles noirâtres à tremper dans une vieille fiasque de cognac ménager remplie d'huile d'arachide. Puis, marmonnant de plus belle, elle transvasa le contenu dans un ancien flacon de parfum et ressortit sous la pluie.

Jamais vu ça même au ciné.

En plissant les yeux, Mismas aperçut la silhouette de Cid qui se contorsionnait au sein des bourrasques et, un bref instant, une écharpe de lumière bleuâtre lui sembla dessiner le contour d'une femme gigantesque, les deux bras levés au ciel et les jambes plantées en terre comme l'arbre primordial. Mismas recula, considéra le petit rond graisseux que son nez avait laissé sur la vitre au-dessus d'un halo de buée, et l'informa d'une voix rauque :

« J'vais m'doucher ! Voilà ce que je vais faire. »

Quand elle émergea de la salle de bains et glissa un œil méfiant dans le salon, elle vit une héroïne en short minimaliste en train de marmonner tandis que, sur la paume de sa main tendue, un flacon de parfum tanguait, virait et dansait tout seul sur son petit pied de pâte de verre.

Ça ne s'arrange pas.

***

Ch@mpi se redressa au pied de la face interne de l'écran, et épousseta la cendre de virus qui couvrait son suaire en soupirant de soulagement.

« Romu@ld ?

— Crr »

Bruit équivalent, étant donné le contexte, à « 'tention tu vas marcher dans une trop tard » ou bien « non pas le bouton rouge pas le *clic* ».

Ch@mpi releva la tête, lentement.

« Crr »

***

« La Boutanche », bar PMU du XIe arrondissement de Paris, était pour l'heure absolument vide. Qui aurait écouté à la porte estampillée W-C-Point-phone en aurait conclu que non, finalement, pas tant que ça.

« Alors ? nasillait une voix au fond du combiné.

— Glourk ?

— Ça ne marche pas, votre… chose, là.

— Glourg.

— Votre sort d'appel, là. Ça marche ou pas ?

— Gleurk. »

La voix fluette soupira à l'autre bout de la ligne :

« Un bon mail, pour joindre quelqu'un, c'est quand même plus sûr que tous ces sorts vieillots.

— Glourb.

— Vous pourriez éviter d'éructer dans le combiné ?

— Un mail, c'est peut-être bon pour appeler un connard d'ectoplasme numérisé, mais si vous voulez vraiment retrouver votre pouffiasse d'éleveuse de bernicleaux au milieu des trois milliards d'arbres de merde où elle peut s'être réfugiée, à part un sort d'appel dans le genre vieillot, je ne vois pas comment faire ! Les arbres ne sont pas encore connectés au web et non, je ne PEUX PAS éviter d'éructer ! Je suis un DÉMON, si vous l'avez oublié. D'ailleurs, je n'éructe pas : je grogne. Et si ça fait glourg au lieu de groar, c'est que je baigne dans la merde jusqu'aux naseaux, parce que le seul endroit où j'ai trouvé à poser ma fourche dans ce monde pourri, c'est un fond de chiottes de bistrot, CONNARD! »

Crac! fit le combiné en s'écrasant sur le mur. *Boum!* fit la porte des W-C en se refermant.

« D'accord, excusez-moi, marmonna la voix fluette dans le téléphone qui pendouillait au bout de son fil. Ça, on ne risque pas de l'oublier, qu'il est un démon. Embouché comme il est, on ne risque pas de confondre avec une nymphe de rose trémière.

— Allô? dit le veilleur de nuit, qui venait de saisir l'appareil.

— Je dis : les démons sont de sombres crétins.

— Allô? »

Clac! Bip bip bip.

Ça doit être le bistrotier qui a encore mis de l'antigel dans son calva, songea le veilleur de nuit. *Moi, l'antigel, ça me fait, euh... des choses.*

***

Ch@mpi ferma les yeux, les rouvrit.
« Crr »
Le cri du pacman à l'heure de l'apéritif.

***

Cid frotta d'huile de fées les paupières de Mismas ainsi que son front et ses poignets. Mismas, assise sur son canapé, souriant dans le vague et les yeux clos, se laissait faire. Puis Cid lui posa *Istéro* sur les genoux. À nouveau, Mismas entendit les gloussements futiles et sentit cette odeur écœurante de parfumerie : lait, plastique et eau de Cologne. Elle souleva lentement les paupières : *Istéro* tremblotait entre ses cuisses, comme une méduse carrée.

Une montre molle.

Mismas saisit le coin d'une page, la tourna. Ses doigts s'enfonçaient dans une matière grasse et douce, exactement semblable à une feuille de papier glacé imbibée de concentré hydratant – pourvu qu'on ait jugé utile de dispenser à une feuille de papier glacé les bienfaits d'un cosmétique à 1 500 euros le litre. Le journal piaulait en sourdine, les images bougeaient vaguement. Et il y avait une autre odeur… Mismas commença à renifler comme un basset dans une charcuterie.

« Inutile de humer comme ça. L'aura, ce ne sont pas que des odeurs, des sons et des images, dit Cid, ce sont aussi des pensées.

— Comment?

— Des pensées. Disons : une pensée. Je ne crois pas que ce canard idiot soit capable de davantage. Il a une âme minuscule et vaseuse. Ce que tu perçois n'est pas une odeur, alors oublie ton nez.

— Au profit de quoi? Je n'ai pas six sens, moi!

— Mais si », affirma Cid d'un ton rassurant.

***

Le pacman était rond comme une bille, jaune comme un citron, duveteux comme un poussin et endenté comme un barracuda. Ch@mpi ne disposait pour tout arsenal que d'un joystick qui projetait, à une distance médiocre, une bouffée d'antivirus, même pas de quoi tuer les cyberpuces que Ch@mpi voyait grouiller dans le duvet du monstre, entre ses deux gros yeux ronds et bêtes. Lequel joystick était quelque part, bien loin au fond du suaire de Ch@mpi.

« Crr »

Le pacman fit un pas en avant, écrasant de ses ergots acérés ce qui parut à Ch@mpi être les restes de la laisse de Romu@ld. Puis il ouvrit en grand son énorme gueule puante.

***

Tenant à deux doigts une page obèse, Mismas essayait de prendre une expression de médium transcendé par l'Esprit, tout en se doutant bien qu'elle parvenait juste à avoir l'air constipé.

« Ça sent la bêtise à plein nez. Et quelque chose d'autre, derrière tout ce gras sucré. Un truc pas sucré du tout. Un goût amer, comme la Suze.

— Le mépris, confirma la fée. C'est une aura boursouflée de mépris. Tous tes journaux de femmes sentent ça.

— Je m'en doutais depuis longtemps, grimaça Mismas en lâchant la page, qui se replia avec un bruit ignominieux de tentacule.

— Et puis?

— Une odeur terreuse. Ou du métal chauffé? Blanc. Froid. Et qui sent... rien. Mais à plein nez! Un anesthésique olfactif?

— L'argent. »

Mismas bâilla nerveusement. Cid la regardait en tortillant de la bouche :

« Qu'est-ce qu'il y a?

— Il y a que tu es plutôt douée.

— C'est joli, ton halo bleu.

— Aura féerique. »

Mismas balaya son salon du regard. Puis regarda à nouveau Cid. *Qu'est-ce qu'elle est jolie! Elle brille de partout.* Puis à nouveau le salon. Et surtout la bibliothèque.

« Ce sont les auras des livres, ça?

— Oui. »

De longs serpentins de couleurs chuchotantes et de parfums biscornus tournoyaient autour des rangs serrés des livres.

***

Tandis que la mâchoire du pacman s'ouvrait toujours plus grand, exhibant une regrettable absence d'hygiène dentaire, Ch@mpi, pétrifié, cherchait fébrilement
a une issue ;
b à défaut, une idée ;
c comment il s'était débrouillé pour se fourrer dans une situation aussi lamentable, alors que tout ce qu'il demandait, lui, c'était un bel atelier spacieux sous …
« Crrrr »

***

À quatre pattes, le nez dans ses bouquins, Mismas mourait de rire :
« Hi hi ! »
Mémoires d'Hadrien déversa sur ses genoux de longs rubans de marbre blanc frotté d'huiles, et de peau blonde couverte de sueur.
« Ha ha ! »
Salammbô puait l'encens et le sang brûlés, avec des braiments de soldats, *À rebours* crachait des pierreries cariées en causant latin, *Les Liaisons dangereuses* battait des ailes de velours encollées de sécrétions et de sable épistolaire, Paul Valéry était pâle comme le cosmos, chaud comme une cuisse et salé comme la mer, Prévert lâchait des papillons et des ratons laveurs.
« Hou hou ! »
Les dictionnaires pépiaient comme des baobabs pleins d'oiseaux, l'encyclopédie scientifique émettait des gaz inquiétants.

« Ho ho ouille ! »

Mismas lâcha le livre qu'elle venait de saisir. Une plaie bleutée entaillait sa paume.

« Blessure éthérée. Ton aura en a pris un coup », l'informa Cid.

Mismas se pencha sur le livre assassin : *1984*. Il en venait d'étranges rumeurs, et des grignotements de rats qu'elle n'avait pas envie d'écouter.

« Celui-là aussi est de mauvaise humeur », grimaça-t-elle en agitant un doigt méfiant en direction de *La mort est mon métier*, qui émettait une épouvantable et obscure odeur de... *neige noire ?*

« Ils ont la même aura que Bille, dit Cid. Tous les deux. C'est pour ça qu'il faut que tu m'aides.

— Es-tu sûre qu'on sera à la hauteur, si on affronte ça ?

— À la hauteur, à la hauteur ! À la profondeur, tu veux dire ? La réponse est non, heureusement pour nous. Je n'aimerais pas avoir un pareil abysse dans la tête.

— Et moi, je ne suis pas sûre d'avoir envie d'avoir ça où que ce soit, et surtout pas en face de moi, grommela Mismas en aspirant le sang bleu qui coulait de sa main.

— Ça vaut mieux que l'avoir dans le dos, dit Cid en lui essuyant le front de sa fine main bleutée – et les auras fondirent et disparurent d'un coup. Mais c'est vrai que nous n'arriverons à rien toutes seules.

— Où veux-tu trouver de l'aide ?

— Chez les Éthéréens.

— Il en reste beaucoup ?

— Non. Mais je me souviens d'un groupe de fées qui planquait encore dans les parages, il y a une centaine d'années. Nous pourrions commencer par essayer de les retrouver. »

***

Au pied de l'écran du paysagiste pervers, côté pile :
Vive Évariste ! Trop servile. À bas Bille ! Trop banal. J'ankul l'Ankou ! Trop éculé.

Ch@mpi cherchait fébrilement son mot de la fin, pour clamer avec envergure à la face indifférente de ce monde cruel son dépit de finir si bêtement et d'une façon si éloignée de tous ses critères esthétiques.

Vive le Web Libre des Ex-vivants ! Trop pompeux.

Le pacman fit encore un pas – le dernier. Et Ch@mpi souffla, plus qu'il ne clama, ce qui vient au bout du compte au bout de la langue dans ces cas-là, ce que murmure le type qui a emmêlé la goupille de sa grenade dans les franges de son short, ce qu'on trouve à la fin des enregistrements de toutes les boîtes noires :

« Et merde. »

Six jours auparavant, le paysagiste onaniste avait piraté un nouvel écran de veille, celui où un gros requin bulle au milieu d'algues vertes. Et puis, il avait eu la flemme de l'installer tout de suite : il était 18 h 45 quand il avait eu fini de graver le cédérom et ce soir-là, il y avait le Démarreur de Minsk contre l'Entonnoir de Naples, match retour.

Alors il l'avait installé le lendemain, juste avant que le technicien de service installe la dernière mise à jour de PoteauCad©, et juste après que le préposé au nettoyage eut repoussé ses dossiers d'un coup de chiffon excédé, afin de décrasser le bureau de sa couche de café séché, parsemant cédéroms et clefs usb de gouttes de savon.

Après quoi, le paysagiste voyeur avait relancé son poste en toute innocence, mélangeant irrémédiablement fichiers de mise à jour de PoteauCad© et fichiers d'écran de veille bugués au nettoyant liquide, c'est-à-dire qu'il avait commis ce qu'on appelle une erreur d'installation. Pour constater ensuite que son nouvel économiseur d'écran déraillait : on voyait la queue du requin gigoter indéfiniment dans un bouquet de fucus gélatineux, point. Si on avait goûté l'eau virtuelle, on l'aurait trouvée savonneuse, avec un rien d'arabica.

« Tas de merde en 3D », avait marmonné le paysagiste satyriasiste, encore saoul de la veille. Il avait donc remis son écran de veille habituel, jeté son cédérom et oublié le tout, tandis qu'au cœur de son disque dur, le programme PoteauCad© était caviardé d'ailerons incongrus à forte odeur de lessive.

Ce qui explique que le PoteauCad© du paysagiste pervers était devenu sujet à de rares mais agaçants caprices, notamment au niveau des cotes, mais il lui faudrait encore quelques semaines avant d'en réaliser toute l'horreur. Pour l'heure, c'était le presse-papier qui se demandait ce qu'une arête venait faire chez lui, comme ça, subitement, plantée en travers d'un plan panoramique. Dans son esprit rigoureux et borné, cette insupportable agression ne méritait qu'une seule réponse :
ERREUR SYSTEME : LE PROGRAMME VA S'ARRETER

« Et merde ! » grinça le paysagiste pornographe, exactement en même temps que Ch@mpi. Suite à quoi, il fit comme tous ceux qui se trouvent confrontés aux mystères rétifs de la technique. Tout ça pour expliquer que la claque brutale qui ébranla l'écran, et envoya le pacman rouler on ne sait où mais assez loin pour que Ch@mpi se tire de ce mauvais pas, n'est nullement due à une complaisance de l'auteur mais bien à un de ces enchaînements de causalité qui n'étonnent que les mortels étrangers à l'environnement bureautique.

***

Cid et Mismas scrutaient un plan de Paris ouest.

« Les fées s'étaient installées dans les sablières de la forêt de Rouvray, expliqua Cid.

— Une sablière ? Les Sablons, là ?
— Oui ! Nully !
— Non, Neuilly.
— Ça s'appelait Nully, à l'époque. Un charmant petit village, je me souviens très bien. On y trouvait de la salsepareille de toute beauté. Et voilà leur futaie !
— Là ? s'étrangla Mismas. Tes copines habitent là ?
— Oui, là. Pourquoi ?
— Parce qu'à mon avis, on va rire.
— Bois de Boulogne, lut Cid. C'est censé être drôle, comme nom ?
— Avec beaucoup d'humour, ça peut. »

***

Allongé sous une bonne couche de bouillasse programmatique, Ch@mpi essayait de se déboucher au moins une oreille et un œil en se demandant ce que franchement, non mais franchement, il préférait : finir enlisé à plat ventre ou boulotté debout. Puis il se pétrifia, une phalange dans le pavillon droit : des pas précautionneux se rapprochaient de lui avec un bruit de ventouses.

Et boulotté à plat ventre, j'en pense quoi ?

« ♦☹♦

— Romu@ld ? »

Ch@mpi se mit à trois pattes, un doigt toujours vissé dans l'oreille, et soupira de soulagement : c'était bien son mouton, noir comme un jerrican sauf le museau. Celui-ci, lavé par les larmes, luisait d'un jaune terrifiant de miel au milieu d'une fourmilière.

« Mon Romu@ld », chuchota Ch@mpi en le prenant tendrement dans ses bras – ce dont il profita sournoisement pour lui remettre une couche de boue sur le nez. Puis il le noua autour de son cou, pattes en sautoir, selon l'art antique des pasteurs, et déploya ses paumes. Il commençait juste son incantation d'adresse http quand il vit une méduse obscure, un horrible iceberg boueux et tout rond, foncer sur lui en fendant la mer de gadoue à la vitesse d'un hors-bord.

« HTTP ://WWW.AUSECOURS !!! »

***

« À la tienne, Zgrouif.
— Gromf. »

Les deux chopes s'entrechoquèrent, éclaboussant de picon-gin les fourrures dissemblables des deux démons. Quoique Mouchame ne fût pas un démon : c'était un de ces éthéréens dont le ramage pointu jure affreusement avec le plumage disgracieux – un vers à viande d'un mètre de long avec de petites pattes crochues, une immonde queue annelée toujours frétillante et un sourire de paramécie grossie cinq cent mille fois, le tout couvert d'un duvet morveux de fausse couche. En clair, un Sub-Éthéréen. Genre : crumble. Sous-genre : larve. Au physique, il aurait fait passer Zgrouif, le démon de fond de chiottes de bistrot, pour une fleur des champs et au moral, pour un bouquet des mêmes.

Pour mémoire, rappelons qu'un démon est d'origine infernale, c'est-à-dire qu'il marche à l'énergie mystique, alors qu'un Éthéréen vient de l'Éther, monde parallèle, onirique et passablement mal organisé, qui fonctionne grâce à l'énergie éthérée, plus connue sous le nom de magie. Lequel Éther recèle, en son sous-sol, une poubelle malfamée nommée Sub-Éther, dont Mouchame était un produit très représentatif.

Zgrouif et Mouchame trinquaient donc, assis cul à cul dans le cellier poussiéreux et obscur du « CyberTôle », web-bar branché du Xe arrondissement de Paris où nichait Mouchame. Ils se détestaient tous deux cordialement, ce qui leur faisait une occupation, la seconde revenant à se mettre minables en chœur. La troisième consistait, pour Zgrouif, à péter d'abondance sous les fesses horrifiées des clients de son bar, « La Boutanche », ce qui valait au patron d'inutiles fortunes en vidange et une clientèle atteinte de constipation chronique et, pour Mouchame, à tripatouiller les ordinateurs du « CyberTôle » avec une constance dans la malignité qui faisait honneur au moins à son obstination : mettre les doigts dans l'antivirus, avaler les mails au moment où ils peinent sur leur aire de décollage, ou encore purger inopinément les travaux d'impression. Ce qui, outre de tristes considérations sur la méchanceté des créatures de ce monde et des autres, peut porter à quelques réflexions sur le sens de l'humour respectif des démons et des Sub-Éthéréens, ainsi que sur les causes réelles des pannes d'imprimantes.

« Un des larbins d'Évariste m'a relancé, grogna Zgrouif, rapport à l'éleveuse de bernicleaux. Y dit que le sort d'appel que lui ont lancé les fées du bois de Boulogne, ça lui a fait l'effet d'un viagra sur un salsifis.

— Tu l'as envoyé se faire foutre ? »

Bruit de cataracte, déluge de cointreau-vodka dans les poils.

« Qu'est-ce tu veux que j'y connaisse, moi, en sorts ? ajouta Zgrouif. P'tête ça marche, p'tête non. Les sorts, c'est des histoires de fées. »

Bruit de torrent, déluge de Marie Brizard-Fernet Branca dans les poils.

« C'est franchement graor, ton mélange », hoqueta le démon. Puis il rota longuement : « C'que ch'comprends pas, c'est quourpoi tu files un coup de moignon à ce... cette eau plate d'Évariste.

— C'est comme pourquoi je supporte ta face de fesse, siffla Mouchame.

— Et poupourquoigro*hips*!
— Tu peux PAS causer, grogner et picoler en même temps. Faut que tu te le fourres dans le crâne : tu peux pas. Et la réponse c'est : j'en sais rien.
— C'est mêmême pas vrai, bafouilla Zgrouif en se servant d'autorité un coup de schnaps-vin rouge, tu sais crès crès bien : c'est parce que *hips* gromf t'es comme moi : t'as rien de mieux à foutre.
— Pourquoi tu d'mandes si tu sais, tête de gnou ? »
Mouchame fit sauter un énième goulot de bouteille d'un coup de ses crocs acérés, que sa bouche d'apparence ventouso-tentaculaire dissimulait habilement :
« On lui a mis un sacré coup dans la gueule, à la réserve du taulier », gloussa-t-il en abordant témérairement une mixture manzanille-Get 27-Pastis 51.

***

À grand renfort de grands gestes, Mismas parvint à convaincre Cid de l'impossibilité thermique et sociale d'aller se promener nuitamment dans le bois de Boulogne vêtue d'un esprit de short, d'une esquisse de liquette et d'un tromblon hypertrophié.
« J'en fais quoi, du tromblon ? demanda Cid.
— Un peigne à cheveux. Et ôte ces lunettes de soleil, ça fait Niçoise en chaleur. »
Dûment enfouies sous de nombreuses polaires, les deux filles s'enfoncèrent dans la nuit glacée, Mismas la tête baissée pour affronter les éléments, Cid la tête levée et poussant des oh et des ah.

***

Le sort de direction http propulsa brutalement Ch@mpi sur le web, l'arrachant d'un coup à la boue et à un triste destin alimentaire. Il dévala en hurlant la ligne téléphonique du paysagiste pervers, et négocia en catastrophe la piste vertigineuse de l'accès au serveur. Sur sa lancée, il pulvérisa bon nombre de mots de passe, ces fragiles passages à niveau qui clignotent, orangés, en travers des autoroutes de l'information. Il prenait, ce faisant, un risque très calculé : les chances de survivre à un modulage aussi express sont à peu près égales à celles d'un homme-grenouille qui remonte de cent mètres en dix-huit secondes chrono, soit légèrement au-dessus de la probabilité d'échapper à la charge d'un pacman lancé à pleine allure dans la gadoue. Problème qui ne se comprend que quand on sait que modem est l'abréviation de modulateur-démodulateur, petite boîte qui transforme les signaux analogiques des lignes téléphoniques (blablabla) en signaux numériques compréhensibles par un ordinateur (un zéro un zéro zéro zéro un un un) et inversement. Qui veut se promener sur le web doit donc en passer par le modulage et le démodulage, comme un plongeur sous-marin doit endurer des paliers de décompression, faute de quoi il risque l'« ivresse des providers » et la cyberembolie.

Ch@mpi roula cul par-dessus tête dans la basse-fosse immaculée des erreurs de direction – normal, il n'avait pas eu le temps de finir son incantation http. Sa tête alla cogner contre la mention « Erreur 404 ». Il se redressa en haletant et incanta hâtivement l'adresse http la plus proche.

« Aaah ! »

Ch@mpi mit en miettes deux autres barrières orange et percuta violemment le sas verrouillé du serveur.

« A la queue, comme tout le monde », grogna un fichier qui poireautait devant le sas.

***

Loin, bien loin de là, le pacman horriblement frustré refermait ses crocs sur une poignée de bouillasse et poussait un hurlement de faim inassouvie :

« CRR ! »

***

De plus en plus vautré au milieu de plus en plus d'effluves éthyliques, Zgrouif posait à Mouchame des questions de plus en plus stupides :

« Et toi quiquiqui t'y connais, tu crois quiquiqui va marcher, le sort d'appel ?

— Et pourquoi je m'y connaîtrais en sort, tête de bit ? Chuis pas une de ces salopes du bois de Boulogne, moi !

— Ouais, mais t'es t'es t'es comme elles ! Un Éthéthéthéréen !

— J'te traite d'ange, moi ? Et pourtant, vous avez le même Saint Patron, toi et les emplumés ! Alors les fées et moi, c'est pareil que toi et les anges, t'as compris, grosse cantine ? La prochaine fois que tu m'traites de fée, je verse un bidon d'eau bénite dans ton chiotte, que t'en pèteras des psaumes pendant trois jours !

— C'qu'y a, gémit Zgrouif en régurgitant un plein seau de whisky-grenadine, c'est que t'as agror l'alcool triste, voilà c'qu'y a.

— Alors que toi, t'es même pas plus con quand t'es bourré ! siffla Mouchame un ton encore au-dessus.

— Greu. Le taulier va se ramener, si tu crips. »

Mouchame tendit ce qu'il faut bien appeler son oreille : rien.

« Un sort, c'est un sort. Ça marche, mâchonna-t-il amèrement. À la longue. À la très longue des fois, mais ça marche.

— Roargl », vomit Zgrouif.

Mouchame le regarda avec l'équivalent d'un haussement d'épaules.

Si le plan d'Évariste marche, si je peux sortir de ce trou, songea-t-il, *alors je ne boirai plus jamais, mais plus jamais une goutte.*

Serment d'une hypocrisie toute Sub-Éthéréenne. Car la triste réalité est que l'alcool passe à travers les sub-éthéréens sans s'y arrêter, amère sobriété considérée comme une des nombreuses causes de leur caractère imbuvable.

***

Cid et Mismas se hâtaient le long du boulevard Jean-Jaurès.

« C'est plus éclairé qu'avant, la ville, commentait Cid. Et ça pue moins le lisier. Mais beaucoup plus le pétrole cramé. Je n'avais encore jamais vu des quinquets aussi lumineux !

— Lampadaires, grogna Mismas.

— Et ce sont des automobiles à pétrole, ça ? Qu'est-ce que ça a changé ! Il y en a partout. Et le ciel est violet caca ! Qu'est-ce que ces maisons sont hautes ! Comment arrives-tu à respirer un air aussi peu atmosphérique ?

— Je n'y arrive pas.

— C'est fou, toutes ces lumières ! Et de toutes les couleurs ! Il n'y a plus de crottin de cheval ? C'est ça, que vous appelez un arbre ? Oh, une maison en verre ! Comme une pantoufle.

— Plaît-il ?

— Je dis : elle a beaucoup de vitres, cette maison.

— Immeuble de bureaux. Ça fait longtemps que tu n'es pas sortie ?

— Un demi-siècle, un siècle, plus, je ne sais plus. Et il y a un de ces potins ! C'est normal, les affiches avec des seins ? C'est la quatrième que je vois. Oh, un cycle à pétrole ! Qu'est-ce qu'il va vite ! Tu as vu la dame ? Elle est marron.

— C'est une Noire, on dit.
— On ne voyait pas ça comme ça, avant, le noir. Et toi, tu es quoi ? Une Jaune ? Une Verte ?
— Une Blanche.
— Je ne savais pas qu'on avait changé les couleurs. »
Mismas s'arrêta brusquement :
« Écoute, la fée. Sauver le monde, je veux bien essayer, après tout, ça me promène. Tuer à mains nues un spectre à tendance hitlérienne, je veux bien essayer aussi, on ne peut pas tout réussir dans la vie. Aller me promener de nuit par moins trois degrés centigrades dans le bois de Boulogne pour y chercher des fées, au point où j'en suis, d'accord. Mais supporter que tu me laves la tête en boucle, ça, ce n'est même pas la peine que j'essaye : je n'y arriverai jamais. »
Sur ces fortes paroles, elle descendit dans le métro tandis que Cid regardait passer un autobus à soufflet en laissant pendre sa mâchoire inférieure sur son écharpe à bouloches.

***

« Désolé, j'ai des problèmes de démodulation, marmonna Ch@mpi en faisant un croche-pied au fichier, qui laissa échapper sur le seuil du serveur une ribambelle de petites icônes, lesquelles se carapatèrent en piaulant.
— Enfoire de bug ! » hurla le fichier tandis que Ch@mpi tapait fébrilement son mot de passe sur le digicode à droite du sas. Le sas coulissa, révélant les affolantes perspectives d'un espace de stockage qui mange les gigaoctets comme des caouètes.

***

« Ça a bien changé, le métropolitain ! s'exclama Cid. Et l'odeur d'œuf pourri, c'est exprès ?

— Désinfectant », grogna Mismas en se massant les tempes.

***

Au sous-sol du « CyberTôle » :
« Vais esssssayer de rentrer chez moirg », bava Zgrouif. Mouchame, les yeux fixés sur la ligne noire de l'abstinence, ne répondit pas. Zgrouif se glissa dans un conduit d'évacuation. D'habitude, ce n'était pas bien compliqué, de retrouver la trappe de vidange de « La Boutanche ». Il suffisait de prendre gauche puis droite, droite et gauche et ensuite…

« Mais d'habitude, y a pas tant de tuyaux », bégaya Zgrouif avec les hips et les gromf de circonstance, ses grosses pupilles remplies de whisky louchant comme deux petits pois dans une cosse.

***

En plein cœur du bois de Boulogne, Cid et Mismas remontaient d'un pas vif l'allée de la Reine-Marguerite. Il faisait horriblement nuit, terriblement froid, épouvantablement brumeux. Des flocons fondus tournoyaient dans les phares des rares voitures qui roulaient au ralenti. On sentait des choses bouger dans l'ombre épaisse des buissons.

« Il sent bizarrement, ton bois de Boulogne, déblatérait Cid. Elle n'est pas très forestière, cette odeur. Ni cette aura. Et qui sont ces types étranges ? Et lui, pourquoi secoue-t-il sa…

— Tu n'as pas un sort d'invisibilité, rapidement tout de suite ?

— J'ai un sort de "Faites comme si j'étais pas là", mais…

— TOUT DE SUITE ! »

Les deux sbires des Mœurs sentirent leurs projets d'interpellation fondre comme beurre en broche et, quand les deux filles parvinrent à leur hauteur, ils détournèrent la tête d'un air vaguement gêné.

***

Après de longs détours dans les tuyauteries parisiennes, Zgrouif parvint enfin chez lui, non sans avoir flanqué la pagaille dans trois conduits d'eau potable et la terreur dans une vingtaine de cabinets. Il se lova au fond de sa fosse, tira voluptueusement sur son poil transi une bonne couverture d'étrons tièdes, et sombra avec béatitude dans un profond sommeil.

De son côté, Mouchame regagna sa logette quelque part dans les murs du « CyberTôle » en ricanant d'abondance, tandis que les hurlements de haine du bistrotier montaient depuis le cellier. Rien que pour ça, Mouchame se sentait prêt à supporter encore longtemps l'autre tête d'éponge et ses cuites sordides.

Mais le JOUR où il me re-traite de fée, alors là !

***

Ch@mpi, de plus en plus vaseux, titubait sur une des passerelles jetées entre les espaces mémoire du serveur. Il faisait noir, il faisait très chaud, de continuels jets de données tourbillonnaient dans les confins et les hauteurs. Ch@mpi avait mal au cœur, aux pieds et à la tête et pourtant, Dieu sait qu'il est difficile à un spectre numérisé d'avoir mal où que ce soit.

« 🚗 🚗 🚗, fit Romu@ld.

— Moi aussi, haleta l'infographiste. J'ai les orteils en analogique, le cerveau en numérique et le reste qui ne sait pas bien. Il faut qu'on se débugue de toute urgence. »

Ch@mpi se sentait imploser. Il ouvrit d'un geste mou le premier tiroir de données venu et bascula dedans.

***

Quelque part au fond du bois de Boulogne :
« C'est commode, ton sort de "Faites comme si j'étais pas là". Il faudra que tu m'apprennes, chuchota Mismas avec toutes sortes d'idées derrière la tête qui, à se retrouver devant, ne lui auraient valu que beaucoup de prison.

— Chut. »

Appuyée à un arbre, les mains jointes et les yeux clos, Cid se concentrait.

« Tu es certaine qu'il reste des fées, dans ce bordel ? murmura Mismas.

— Mais chut !

— Il y a plus de chances de trouver des fées ici que du MDMA dans ma dernière pilule d'ecstasy. Même que je me suis endormie tout debout cinq minutes après l'avoir gobée et...

— Mais chutalafin ! »

Mismas se tut à moitié, l'autre grommelant : « Elle n'est pas gonflée de me dire ça, *elle*. »

***

Ch@mpi était tombé dans la page d'accueil d'un fondu d'astronautique. Tombé est bien le mot : il dérivait rêveusement entre un bout de lune, une station orbitale, une géante blanc-bleu et la nébuleuse du Crabe. Des myriades d'étoiles clignotaient en arrière-plan ; le froid intersidéral séchait peu à peu la bouillasse et la sueur qui le recouvraient. L'œil mi-clos, souriant et épuisé, il se laissa dériver, Romu@ld toujours autour du cou, vers la mer de la Tranquillité.

***

Quelque part au fond du web :
« Alors, cette éleveuse de bernicleaux, des nouvelles ?
— D'après le démon, encore rien.
— Et d'après le crumble ?
— Une bordée d'injures en corps 24.
— Et il n'y a pas moyen de joindre directement ces fées du bois de Boulogne ?
— Non, pas moyen. »
Évariste soupira : « C'est-à-dire que pas un seul d'entre vous n'a le courage de quitter le web et de reprendre son bâton de revenant pour aller trouver ces fées, avouez.
— Quitter le web ? s'exclamèrent dix voix horrifiées.
— Quels pleutres vous faites ! » grogna Évariste, avant de quitter le tchat avec brusquerie.
Lequel tchat croula immédiatement sous les « Redevenir un fantôme ? Non merci », « Tu te souviens de ces chaînes à la noix qui faisaient un potin infernal ? », « Et cette ambiance qu'il y avait sous terre, avec les vers et les ossements ? », « Les ossements, tu as beau savoir que ce sont les tiens, ça console pas », « Ouais, les vers aussi, tu as beau savoir… »
Ad lib.

***

Au fond du bois de Boulogne :
« Salut, Calmebloc. »

Silence transi.

« C'est une fée, ça ? susurra Mismas.

— Salut, Pimprenouche », dit Cid avec un calme olympien.

La créature qui venait de surgir de derrière un buisson dépenaillé moucha un long jet de fumée, ôta le mégot de sa gitane maïs du coin de sa bouche crépie, le jeta sur le sol moquetté de feuilles pourries et elle l'écrasa du bout de sa grosse tatane boueuse.

« Ouais, c'est une fée, *ça*, croassa-t-elle. Jamais entendu parler d'adaptation en milieu hostile, la petite mortelle ?

— Jamais », répondit Cid d'un ton uni.

Pimprenouche fit demi-tour et s'enfonça dans les bois obscurs et glacés. Cid et Mismas lui emboîtèrent le pas.

« Pimprenouche, grommela Mismas. Et pourquoi pas Sucredorgette ? »

Cid lui tapota l'épaule, et Mismas vit : comme une main dans un gant de chirurgien, la silhouette bleue d'une fée tanguait sous le déguisement épais de la femme. Un fessier harmonieux comme deux croissants de lune oscillait à l'aise entre deux hanches lourdes gainées de cuir noir, des bouclettes brillantes se mélangeaient aux crins sombres d'une perruque bon marché. Pimprenouche se retourna : son masque triste, tavelé de varicelle et de maquillage, laissait transparaître un céleste sourire de vieille dame éternellement jeune.

« Voilà mon nid », chuchota-t-elle de sa bouche vermeille, tandis que ses lèvres d'emprunt se refermaient sans un mot sur un nouveau clopiot, activant un réseau de rides où le fard rouge filait. Mismas se pinça la racine du nez. Cid lui lâcha l'épaule et elle ne vit plus que la forme maussade du déguisement mortel, qui désignait d'un pouce dégoûté une tente en toile noire.

« C'est ma chambre d'hôtel », grinça Pimprenouche en toussant dans son épaisse main gantée. Mismas et Cid se glissèrent à l'intérieur, s'assirent en tailleur. Pimprenouche claqua des doigts et une grosse bulle de lumière se suspendit toute seule au plafond bas. La température monta en flèche et Mismas se retrouva avec, à la main, une coupe d'argent pleine d'un liquide à bulles extrêmement goûteux.

« Vin d'herbe », grimaça Pimprenouche en crachouillant des bouts de tabac. Elle croisa sous son popotin ses jambes sanglées dans des cuissardes imposantes, installa ses seins à l'aise sur ses genoux et avala sa coupe de vin d'un coup de glotte. Puis elle se tourna vers Cid, hocha la tête et dit :

« Te voilà enfin. Bien dormi ? »

Cid but, rota :

« Ce n'était pas un hasard, mon réveil, n'est-ce pas ?

— Non. C'était un sort d'appel.

— Qui l'a lancé ?

— Nous trois. Babine, Pétrol et moi. Il fallait bien ça pour te réveiller.

— Et qui a décidé de le lancer ?

— Ça, c'est un peu plus compliqué, comme question. »

Pimprenouche se moucha dans ses doigts, les essuya sur la toile de tente.

« C'est un démon qui est venu nous demander de le lancer.

— Un démon ? Avec les poils, la double bite et l'odeur de soufre ?

— Et l'odeur de soufre. À la demande d'un de ses copains.

— Un copain. Un démon qui a des copains. » Cid remplit sa coupe d'un claquement de doigts sec comme l'exaspération : « Arrête les gitanes maïs, ça ne te réussit pas.

— Les démons sont des êtres grégaires. Et vu le peu de démons qui subsistent de ce côté-ci de la réalité depuis le Grand Exode Chrétin, le seul copain que Zgrouif ait trouvé, c'est un crumble. »

Cid recracha un demi-litre de vin d'herbe par les trous de nez :

« Tu as mis quoi, dans tes gitanes ?

— Je peux comprendre ? » dit Mismas.

Cid lui jeta un regard vacant bordé de rouge :

« Le... les démons...

— Sont des démons, trancha Pimprenouche. Malfaisants, mal embouchés et brise-tout. Moins pénibles à vivre que les anges, au fond, pour peu qu'on ait le cuir ignifugé, la répartie facile et une vaisselle solide. Les anges sont tellement prêchi-prêcha. Les crumbles, par contre...

— Les crumbles... les crumbles..., bafouilla Cid en ayant l'air de retourner dans sa bouche toutes les injures du monde.

— Sont des crumbles, abrégea Pimprenouche en se tournant vers Mismas. Un démon va faucher ton vin d'herbe pour le boire, un crumble seulement pour te faire suer vu qu'il n'aime pas ça, le vin d'herbe. Tu vois la différence ?

— Très bien, dit Mismas.

— Zgrouif le démon est un fichu pochtron, qui dévalise les caves de tous les bistrots de Paris en passant par les canalisations. Ça lui permet de se faire des relations parmi les autres piliers de bistrot. Le crumble, par exemple. Ou nous, les fées du bois de Boulogne. Il se trouve que nous allons souvent nous en jeter un au "Canon de la Dauphine". C'est là qu'il nous a contactées. Il nous a dit que son copain crumble avait besoin de trouver une ancienne éleveuse de bernicleaux ou de fucus gélatineux. Nous avons pensé à toi.

— Un crumble qui s'intéresse aux bernicleaux. Comme c'est cocasse », dit Cid sur un ton de banquise.

Pimprenouche réussit à se gratter la tête tout en écrasant son clopion tout en se reservant une coupe :

« Ce crumble a un côté sympathique. Un seul, mais il en a un. Ce n'est pas le genre à se promener dans les canalisations, comme Zgrouif, mais sur le web, il navigue beaucoup. Il habite un web-bar. As-tu déjà approché un ordinateur ?

— La boîte dans laquelle rôde la Haine de Bille ?

— Là même. Un web-bar est un bar rempli d'ordinateurs. Le crumble passe la moitié de son temps à saouler Zgrouif, et l'autre à surfer sur le web.

— Plaît-il ?

— À hanter les ordinateurs, si tu préfères. Et tu n'imagines pas à quel point il n'est pas le seul.

— C'est quoi, un web ?

— LE web. Les ordinateurs sont reliés entre eux. Ces boîtes causent entre elles, si tu préfères. Disons que ce sont leurs utilisateurs qui discutent par boîte interposée. Et le web, c'est l'ensemble de leurs conversations. Mouchame le crumble discute avec les ex-vivants du web.

— Pardon ? » firent en chœur Mismas et Cid.

Pimprenouche soupira pesamment en dépeçant son paquet de gitanes, pour en tirer une ultime sèche curieusement spiralée :

« À votre avis, les âmes des morts, les esprits, les spectres, les fantômes, les ex-vivants pour tout dire, où logent-ils, hein ?

— Dans l'au-delà ? Au Paradis ? », risqua Mismas.

Les deux fées lui lancèrent un regard lourd.

« En Enfer, ou bien ? balbutia Mismas.

— Il fut une époque où tu aurais eu raison, soupira Cid. Mais je t'ai déjà dit que Bille avait détruit du même coup le Paradis et l'Enfer.

— Et le Purgatoire, ajouta Pimprenouche.

— Il ne reste pas une clope ? » demanda Mismas en se frottant le menton, comme si une barbe de trois jours lui était subitement poussée.

Elle venait d'apprendre à la fois qu'il y a une vie après la mort et que ladite vie s'était fait exproprier par son fournisseur de hardware, aussi le cancer du poumon ne lui faisait plus peur.

« J'ai une goldo, si tu y tiens vraiment.

— Merci. Et donc, les âmes des morts sont sur le web, c'est ça ?

— C'est ça, grommela Pimprenouche. Et l'une d'entre elles a besoin d'une éleveuse de bernicleaux. Ne me demande pas pourquoi.

— L'une d'entre elles ?

— Un jeune enthousiaste. Galois. Évariste Galois. Ennemi juré de Bille, là est son titre de gloire. Il a causé de son besoin à Mouchame, lequel en a touché un mot à Zgrouif qui nous a porté le pet. Bienvenue dans le monde moderne, ma vieille Calmebloc. D'après le peu que je sais, il y a urgence pour les bernicleaux. Bille est en train de concocter je ne sais quoi.

— La fin du monde, comme d'habitude, dit Mismas d'un air distant, pour une fois qu'elle pouvait faire son informée.

— Mais, s'insurgea Cid, je croyais que les ex-vivants hantaient des trucs plus, comment dire... plus romantiques ? Des cimetières, des châteaux vermoulus, des choses comme ça. Ça a quand même plus d'allure que ces boîtes à lettres et, au moins, ils y seraient à l'abri de Bille !

— Les cimetières, ricana Pimprenouche. L'allure romantique des cimetières ! Et celle de l'Ankou, tu la trouves comment ?

— L'Anquoi ? »

Il y eut un profond silence, tout juste troublé par les sirènes d'une lointaine voiture de police.

« Sauver le monde avec mes bernicleaux. Alors ça ! »

Le fantôme dans le télégraphe

Lu sur le web :
Service Après-Vente Petimoo à votre service *BONJOUR* *voix fleurie* Pour te faire baiser la gueule, tape [1] Pour aller te faire voir ailleurs, tape [2] pour rester en attente sur Petimoo.fr, tape [3]
- + - CB in *Guide du spectre numérique* - Bien configurer son répondeur - + -

La lune flottait au-dessus des nuages comme une tête dans un marécage, joues gonflées.

Le cimetière de Kervénou était ceint d'un mur bas, hors un pan monté plus haut que les autres qui servait de charnier. Dans les trous de la maçonnerie s'empilaient de petits cercueils peints de diverses couleurs, au fond desquels les crânes des morts ricanaient tristement, et la lune agaçait leurs dents jaunes par des jours en forme de cœur.

Une bise méchante froissait les ajoncs, glaçait les croix de granit penchées et serpentait autour du torse trapu de l'église plongée dans le noir. Depuis longtemps, on n'y disait plus la messe, sauf quelque prêtre maudit qui venait, par les plus sombres nuits, y agiter sa clochette sans voix devant un parterre de spectres et d'orties.

Sur la plage, un peu plus loin, Petit Jean de la Grève pleurait son bateau naufragé et son Salut perdu, faute de sépulture.

Adossée au mur du charnier, sa cape en loques claquant sous son immense chapeau plat, une silhouette gigantesque affûtait lentement, avec un morceau d'omoplate humaine, une faux montée à l'envers.

Zui zui, criait l'os en arrachant des étincelles fuligineuses à l'énorme lame. Le faucheur en éprouva le fil du bout d'un long doigt griffu, puis recommença à passer l'os le long du métal. Et l'être glacial, nu sous son suaire noir, maigre comme la Peste, blanc comme la Faim et aussi interminable que la Misère, songeait sombrement que cet aiguisoir d'os avait sa place dans le décor, certes, mais que pour ce qui est d'obtenir du tranchant, rien ne vaut une bonne pierre à fusil.

***

Katic Lenn était servante au manoir de Trégloz. Ce n'était pas la mauvaise place : à l'heure de la soupe, les écuelles étaient pleines à ras bord.

Ce n'était pas la bonne non plus. L'ordre de remplissage des écuelles dépendait de toutes sortes de considérations pointilleuses, aussi celle de Katic, fille d'un journalier défunt et d'une ramasseuse de goémon alcoolique, devait se contenter du fond du chaudron, assez peu habité et déjà tiédasse, quand celle du premier serviteur débordait de patates au lard et fumait comme une paire de pieds. Détail dont la mesquinerie quotidienne faisait intérieurement rugir Katic. D'où l'on peut déduire que Katic n'était pas assez minée pour supporter son sort et déjà trop pour le fuir, conjonction qui l'aurait menée droit à l'ulcère précoce ou à l'homicide vulgaire si le destin ne s'en était pas mêlé.

L'ivresse des providers 351

Pour l'heure, Katic roulait en bâillant hors de sa paillasse. Il faisait clair-de-jour, aimable expression qui signifie nuit noire pour toute personne syndiquée. Katic se mit debout, enfila corsage, jupon et sabots, et poussa le maigre vantail de bois qui séparait sa soupente de la cuisine. Elle jeta des branchettes d'ajonc dans l'âtre pour ranimer le feu et suspendit le trépied au-dessus. Puis, ayant l'estomac naturellement bien accroché, elle alla curer l'auge à cochons.

Après une douzaine d'heures toutes aussi sordides, et ayant répondu à une réflexion idiote de la fermière avec une verdeur qui ne réussit qu'aux héroïnes d'histoires peu soucieuses de réalisme social, elle dut se passer de potage et descendre à la rivière laver des torchons. Certains disent qu'elle y attrapa le serin, d'autres prétendent qu'elle y rencontra la lavandière de nuit, la vérité est qu'elle y croisa un pneumocoque banal qui la fit passer de vie à trépas dans la fleur de l'âge, toussant du pus toute seule sur sa paille de seigle, suant sa soupe et puant la mort. Il n'y fallut qu'une semaine. On l'extrémisa pieusement et on la coucha tout aussi pieusement entre deux planches, pas une de plus, et quelques tarières pour tenir le tout. Il y eut un service assez bref puis, comme « il n'est pas bon de trop pleurer les morts », ainsi que le rappela le recteur, homme sans illusions, on referma la grille du cimetière et on n'en parla plus.

Quand Katic se réveilla entre ses deux planches, s'assit tout naturellement en passant à travers et se retrouva avec le nez qui émergeait au ras de la terre fraîchement remuée, elle connut un de ces instants de flottement qui sont à l'origine de la plupart des conduites toxico-dépendantes. Ensuite elle bâilla largement, s'étira tout son soûl et s'extirpa de son trou en grommelant au sujet de qu'est-ce que c'était encore que ces embêtements qu'on faisait au pauvre monde.

« Pcht !

— Qui est là ? » sursauta Katic en se signant fiévreusement : qui aurait pu faire « Pcht ! » dans un cimetière la nuit, sinon un membre de l'Anaon, le peuple immense des âmes en peine ?

« À ce propos, murmura-t-elle, qu'est-ce que je fous moi-même dans un cimetière la nuit ? » Elle regarda la main avec laquelle elle venait de se signer, la trouva transparente et doucement luminescente. Puis elle jura abominablement. Puis elle se resigna en implorant le pardon du Seigneur pour les mauvaises choses qu'elle venait de dire – c'était un coup à filer droit en Enfer sitôt le dernier soupir poussé. Puis elle regarda à nouveau sa main. Puis elle se demanda où elle en était, justement, au niveau dernier soupir. Enfin elle regarda autour d'elle, la nuit froide, le petit cimetière mal peigné. Quelque chose luisait faiblement derrière une croix de bois.

« Pcht ! souffla le quelque chose.

— Mais quoi, pcht, à la fin ? aboya-t-elle nerveusement.

— Chut ! Elle va t'entendre.

— Qui ça, elle ? »

Une tête hirsute émergea au-dessus de la croix. Katic la reconnut :

« Jozon ! Jozon Briand », souffla-t-elle, du même ton qu'elle aurait dit « Pie IX ! ». C'est que Jozon Briand était un insupportable morveux qui lui avait tiré les nattes jusqu'à ce qu'une suette l'emporte, en sa quinzième année, au grand soulagement de Katic.

« Alors c'est ça, l'Enfer ? » murmura Katic. Et elle s'avoua que, tout bien réfléchi, c'était peut-être aussi horrible que ces histoires de lacs de feu et de diablotins munis de piques. L'éternité dans le cimetière de Roudouallec en compagnie de Jozon Briand...

« J'ai tant juré que ça, dans ma chienne de vie ? bafouilla-t-elle.

— Baisse-toi donc ! Elle va te voir. »

Katic se baissa, avec cet instinct des malvenus qui savent que, quand quelqu'un vous voit, la conséquence ressemble plus à un pied au cul qu'à un bouquet de roses.

« Mais qui ça, elle ? chuchota-t-elle, le nez dans sa propre croix.

— Salut, ma fille », grinça dans son dos une voix qu'elle connaissait trop bien. C'était celle de Fant Grenn, l'affreuse fileuse, espionneuse, mensongeuse et comméreuse, fourre-nez, fout-la-merde et bouche-de-fiel, dénonciatrice féroce des fornications hors mariage et des vols de petit bois, laide comme une quenouille, méchante comme un récif et aussi radine qu'un crabe, éternellement embusquée derrière sa fenêtre crasseuse à filer son mauvais lin et ses horribles médisances, vilain bec venimeux qui avait longtemps tenu la paroisse sous sa griffe de corbeau jusqu'à ce qu'une attaque en délivre le pauvre monde, deux hivers plus tôt, ramenant la paix dans les ménages et le petit bois gratuit dans les cheminées. Katic était allée à ses obsèques en dansant de joie, comme tout le monde, et ce souvenir lui revint fort inopportunément.

« Sa-alut, la mère », bégaya-t-elle d'un air coupable en se retournant. De toute façon, face à Fant Grenn, elle se sentait toujours tel un gibier de pénitence, écrasée sous le poids des sept péchés capitaux plus quelques autres inédits que le regard acéré de Fant semblait traquer au fond de ses yeux, à en racler la face interne de son occiput. Katic se relevait lentement, la tête rentrée dans les épaules et les mains moites (ou disons que, si elles n'avaient pas été en train de pourrir six pieds plus bas, elles eussent moiti, ses mains) quand elle se rappela que même le recteur avait l'air content, aux obsèques de Fant Grenn. Il avait sonné le glas avec un enjouement d'angélus.

Katic sortit la tête de ses épaules : Fant Grenn était peut-être toujours aussi fascinante de méchanceté et de suspicion obscène, mais on lui voyait quand même fichtrement à travers et ça, ça vous casse une autorité.

« J'ai vu passer ton convoi, ma pauvre petiote. J'aurais voulu te bonjourer dès ton réveil, chevrota la vieille folle d'un air désolé qui ne lui allait pas du tout, mais j'avions pas fini mes oraisons. »

Katic, qui pianotait de ses doigts sur son suaire, sentit la méfiance la remplir et lui monter jusqu'entre les dents.

« Si c'est pas malheureux, chevrota Fant d'un ton misérable qui lui allait décidément très mal, une belle fille comme toi, crevée comme un chien ! Et c'est tout ce qu'ils t'ont mis comme linceul, à Trégloz ? Ah, ça a toujours été une sacrée salope, la Marie Cornic de Trégloz ! Tiens, elle qui fait la maîtresse à c't'heure dans son manoir, sais-tu pas comment elle a fêté Pâques avant les Rameaux avec son cochon de mari ? Et dans la paille, comme des bêtes ! »

Katic sentit la méfiance lui sortir carrément par les trous de nez, et recroquevilla ses poings : elle se rappelait très bien comment la vieille Fant se comportait avec elle, du temps où elles étaient vivantes toutes les deux. Ni plus mal ni mieux qu'avec toutes les jeunettes sans mari ni bien, c'est-à-dire que jamais, au grand jamais Fant Grenn n'avait jugé Katic digne de ses confidences. Quand elle la croisait, elle grommelait des ordureries, puis courait déverser des faussetés sur son compte à des matrones étoffées comme la Marie Cornic.

« ... et on dit même qu'elle a appelé la mort sur le fils de la Naïc, qu'elle le trouvait trop insolent, et p't'êt' ben qu'à toi aussi, elle t'a glissé l'écuelle sous le lit, hé hé hé. Et ce qu'elle disait sur ta mère, qu'elle te servait du chat au souper... »

Katic se félicita de n'avoir plus d'estomac pour vomir, tout en regrettant d'avoir encore des oreilles pour entendre.

P't'êt' ben que, si elle se confie à moi, c'est qu'elle n'a personne d'autre pour vider son vilain sac, songea-t-elle.

Katic fit défiler dans sa tête la liste, assez longue, des commères enterrées à Roudouallec durant les deux dernières années, et en conclut que son explication ne tenait pas.

Et d'ailleurs, où elles sont, ces saletés-là ?

Levant les yeux au-dessus de la coiffe miteuse de Fant Grenn, Katic scruta les confins obscurs du cimetière : hors Jozon, qui devait se tapir non loin de là, il n'y avait personne. Absolument personne. Katic inspira à fond, s'aperçut que ça ne servait plus à rien, ferma tout à fait le poing, l'expédia dans le nez globuleux de Fant, se retint de hurler de la joie sauvage que procurent les vieilles vengeances recuites et se mit à courir comme une dératée, bondissant au-dessus des croix avec une légèreté toute spectrale.

« Où est-elle ? »

La lune était au-dessus des nuages comme une tête dans un marécage, avec un doux sourire très sage et de drôles d'images à l'envers de son crâne, qui nageait sans fin.

Le cimetière de Roudouallec était parfaitement vide, hors Lui et sa vieille entremetteuse, toute tremblante de rage, qui tenait son nez à deux mains. Car si l'on croit couramment que les morts ne peuvent plus attraper de mauvais coups, on se trompe complètement, et les précédentes victimes de Fant Grenn en savent quelque chose.

Dressée devant la croix de Katic, sa cape obscure claquant sous son immense chapeau plat, la gigantesque silhouette affûtait lentement sa faux montée à l'envers, et Fant Grenn aurait bien aimé être ailleurs.

« Elle a fui, cette petite pierreuse ! Cette ripopée, cette goton, cette ribaude, cette soue, cette rouleuse, cette... »

Contre le moulin à donzelles de Fant, même l'Ankou ne pouvait pas grand-chose. À part, bien sûr, faire grincer son bout d'omoplate, ce qui constitue quand même un argument. Et l'être glacial, nu sous ses immenses cheveux pâles, maigre comme la Disette, blanc comme la Peur et aussi interminable que la Tristesse, songeait sombrement que cette vieille toupie lui cassait les métacarpes.

Au quatrième grincement, Fant commença à bégayer et au septième, elle se tut.

« Tu avais bien accroché ton fichu au clocher, oui ?

— Euh... oui, not'bon maître.

— Et ça veut bien dire qu'il y a un spectre tout frais pour moi, non ?

— Oui, not'monsieur.

— Et ton travail, c'est de le retenir le temps que j'arrive, c'est bien ça ?

— Oui, not'seigneur.

— Et ?

— Et elle a fui, cette rouchie, cette crevure, cette... NON ! »

L'Ankou leva haut, très haut sa terrible faux – uniquement pour la beauté du geste, car Fant était trop terrifiée pour seulement essayer d'esquiver le tranchant qui lui sectionna les jambes au-dessus du genou.

D'un mouvement compliqué, l'Ankou débita aussi les deux bras et la tête. Puis il se pencha et, d'une seule main, fit un fagot des différents morceaux. Il les noua dans un pan de suaire et marcha pesamment jusqu'à l'entrée du cimetière, où l'attendait sa charrette déguenillée attelée d'une haridelle aux yeux rouges. Il jeta son fagot parmi d'autres sur les planches disjointes, remonta sur le siège et fit claquer son fouet. La charrette se mit en branle avec d'épouvantables grincements. Entre les ridelles, les fagots gémissaient, et l'Ankou songeait sombrement à l'à quel point il détestait qu'on l'appelle monsieur.

Allongés derrière une touffe de noisetiers, Jozon et Katic regardèrent la charrette s'éloigner. Dès qu'elle fut hors de vue, ils se signèrent frénétiquement.

« Sainte Vierge, c'est donc le sort qui m'attendait ? haleta Katic, qui n'avait pas encore bien intégré qu'elle n'aurait plus jamais de problèmes pulmonaires. Finir en fagot ? C'est toute la récompense pour la peine qu'on se donne de l'aube au couchant ? C'est ça que les sermons nous promettaient, le Paradis, les anges et le beau point de vue sur la fosse où les gros fermiers étaient censés rôtir ? »

Katic se mit à genoux, et leva vers la lune gibbeuse deux petits poings crispés :

« C'est pour ça, toutes les messes où je me suis embêtée à pleurer ? Tous les gros sous que j'ai donnés à la quête ? Toutes les fois que je me suis évanouie à cause qu'il faut jeûner ce jour-ci, et encore ce jour-là ? Et les pèlerinages où qu'on a les jambes qui tirent comme des bœufs, c'était pour ça ? clama-t-elle en trayant vigoureusement ses deux nattes. Tout ce que je me suis rongé les poings de me retenir d'aller avec les gars, tous les coups que j'ai pas bus et les crêpes que j'ai pas volées pour pas être damnée, tout ce que j'ai subi de remontrances du recteur qui me trouvait encore pas assez bien résignée à la place que m'avait donnée le Seigneur, tout ça, c'est pour *ça* ?!

— Ça fout la haine, hein ? » conclut sobrement Jozon.

Si les spectres avaient été combustibles, Katic aurait craché du feu par le nez. Elle se releva d'un coup de reins :

« Et toi alors, vaut-rien ? aboya-t-elle en flanquant un coup de pied dans les côtes de Jozon. Pourquoi t'y es pas, toi, dans la carriole et en morceaux ? »

Jozon bondit sur ses deux pieds transparents en glapissant :

« Si j'aurais su, je t'aurais pas prévenue !

— La belle affaire que tes pcht ! Au lieu que de me dire clairement : Fiche ton camp au plus vite ! Si j'avais point fui, l'Ankou m'aurait fait le coup du saucisson en bouquet, malgré tous tes pcht !

— C'est pas de Lui que je te prévenais ! Autant te prévenir contre la Peste ou la Picotte ! C'est de la Fant Grenn.

— Belle nouveauté, que de prévenir contre la Fant Grenn ! Ç'a toujours été la pire gale de la création.

— N'empêche que les autres avant toi, au lieu de ficher leur camp, ils l'ont écoutée les yeux ronds comme des crêpes tout le temps qu'elle a voulu, et hop ! Dans la charrette. »

Katic se rassit lourdement sur l'herbe gelée, les jambes coupées. Elle n'arrivait décidément pas à se faire à l'idée qu'à l'instar de ses poumons, ses abducteurs n'auraient plus jamais mal aux dents.

« Tu veux dire que Fant Grenn faisait la rabatteuse ? Pour l'Ankou ?

— Depuis la première nuit de son ensépulturage. Mais même Lui, il semble qu'il en ait eu par-dessus les ossements, de cette vieille pie. »

Jozon posa ses fesses à côté de celles de Katic et fourragea à deux mains dans son hirsutisme spectral, traquant des fantômes de poux entre ses ongles ébréchés. Katic, songeuse, le regardait : pour autant qu'elle s'en souvenait, Jozon Briand n'avait jamais su dire autre chose que « Pouêt ! » et « J't'ai eu, crotte au cul ». Un mot comme « ensépulturage », bien qu'assez peu gracieux et probablement néologique, sonnait dans sa bouche aussi étrangement qu'un « Merci bien » dans celle de Fant Grenn.

« Ça ne te réussit pas mal, la mort », marmonna Katic. Jozon renifla et tourna vers elle ses yeux clairs.

« Qu'est-ce que t'es jeune ! murmura Katic.

— J'ai quinze ans. » Jozon haussa les épaules. « Ça fait sept ans que j'ai quinze ans. La belle affaire ! Je suis à jamais trop petit pour atteindre les plus basses branches du pommier d'Yvon Louarn, et je n'ai même plus d'estomac pour profiter des pommes qui tombent toutes seules.

— Qu'est-ce que tu fais de toutes tes nuits ?

— Je m'emmerde. Je fuis l'Ankou et ses rabatteurs, aussi. Ça m'occupe.

— Ses ?

— Avant Fant, il y en a eu d'autres. Jean Trémeur, tiens ! Ce vieil ivrogne séchait sur pied les morts nouveau-nés en leur racontant des histoires horribles, comme quoi il y avait des serpents gros comme ça dans la douve du cimetière, de sorte qu'ils n'osaient bouger un ongle hors de leur fosse jusqu'à ce que l'Ankou vienne les cueillir. Trémeur aussi, il a fini dans la charrette. Vu que le fils Pérennou a flairé la mauvaise affaire et lui a collé son genou dans les gognettes, avant de galoper hors encore plus vite que toi. Et ça, l'Ankou n'aime pas, quand une âme lui échappe.

— Où est-il, ce grand veau de Youenn Pérennou ?

— Il est allé se réfugier dans le cimetière de Penhars. Où il a croisé la jolie Marie-Jeanne.

— Cette garce ? Qu'est-ce qu'elle fait là ?

— À part qu'elle y pourrit suite à un panaris malin, la même chose que Fant et Trémeur. Avec une face plus avenante et un jupon plus court. Youenn a fini dans la charrette.

— C'est bien une garce. J'l'ai toujours dit.

— Chacun sa méthode.

— Et c'est comme ça partout ?

— Partout, j'ai pas fait. »

Jozon se leva :

« Viens. Il y a quand même quelques morts qui, euh… survivent dans la lande de Pontmelvez. Je vais te les montrer. »

Katic le suivit, en guettant de droite et de gauche. Puis elle oublia sa peur, tant le paysage l'étonnait. Ce n'était pourtant rien d'autre que l'alentour trop connu de Roudouallec, la grand'route bordée d'ormes, la petite mare et son saule, la garenne de Yann Gam et ses bornes volages, la barrière du manoir de Nilniz, mais tout ça était joli ! Mais joli ! Le saule ressemblait à une coiffe de gaze, la mare paraissait taillée dans un grand morceau de dentelle et l'herbe, filée sur le métier des anges en écheveaux de soie sombre, s'étoilait de rosée. La perspective de la grand'route, d'un noir outremer mouillé d'argent, pétillait de feux follets. La grande nuit glaciale avait dénoué son houseau noir et dansait, ravissante, soulevant son jupon clair du bout de ses pieds.

« Comme l'obscurité est devenue transparente ! souffla Katic, émerveillée.

— Et tu vas voir la mer : sèche comme un coup de trique. »

Katic réfléchit cinq minutes, avant de décider que Jozon se payait probablement sa fiole.

« Tu te payes ma fiole ?

— Oui. Tu n'as pas compris que ce sont tes yeux qui ont changé ? On voit mieux la nuit, quand on est mort. On entend mieux, aussi. On n'a plus froid ni faim, et plus jamais mal aux pieds. »

Katic fit un petit entrechat sur un caillou pointu, pour voir : son pied passa au travers.

« Plus jamais froid, tu as dit ? Ni sommeil, je parie. En ce cas, ce n'est pas complètement une mauvaise chose, la mort ?

— C'est moins pire que la vie. Mais c'est plus long, et il y a moins d'avenir. Et l'Ankou, c'est comme le gabelou : il suffit de le croiser une fois pour pourrir le reste de ton éternité.

— Qu'est-ce qu'il fait de ses fagots, l'Ankou ?

— Si on le savait, on aurait moins peur, peut-être. »

***

Un des avantages d'être lecteur plutôt que personnage, dans un roman, c'est d'abord qu'on a rarement à promener son suaire entre Coat-Beuz et Kerfeunteun et ensuite, qu'on n'a pas à se déguiser en fagot de membres pour apprendre ce que l'Ankou en fait, de ses fagots. Il suffit de Le suivre, tandis que Katic et Jozon poursuivent leur promenade nocturne vers la lande poudrée d'étoiles, où rêvent les spectres rescapés des dix paroisses du comté.

La charrette de l'Ankou s'arrête au bord d'une falaise. Il est jusant. Au large, les sept sinistres rochers de

Saint-Diboan avalent des paquets d'écume gros comme des cargots, et en gargarisent leur gosier de granit. L'Ankou lance un appel entre ses mains en coupe, et ça fait comme une corne de brume qui réveille parmi les genêts une armée de fantômes boiteux. Il leur manque à tous un pied, aussi se traînent-ils comme ils peuvent jusqu'à la carriole. Là, ils déchargent avec des gestes lents les fagots gémissants. Les yeux de Fant Grenn roulent comme des toupies dans ses orbites poilues tandis qu'on la trimbale, de main en main, jusqu'au bas de la falaise.

« Qu'est-ce que c'est ? Qu'est-ce que c'est ? » geint-elle sous son nez bigné. Et puis elle se tait, parce qu'on l'a plongée à six brasses de profondeur dans l'eau glacée. Son regard aiguisé de spectre entrevoit une grotte sous-marine bourrée de petits morceaux : bras, jambes, pieds, mains, têtes, torses, seins fatigués et poitrines creuses, fragments livides encore réunis dans leur suaire ou au contraire épars et orphelins, fesses blafardes et flasques zigounettes, chevelures embrouillées, nattes, tresses, boucs, barbes et coiffes ; tout ça ballotte, dérive et s'entrechoque mollement dans une poche d'eau de mer, à l'abri de toute lumière, en émettant sa propre lueur verdâtre.

Le crâne de Fant Grenn quitte lentement le gros de son corps et s'en va donner contre la paroi couverte de varech. Ses cheveux gris s'emmêlent dans un bouquet d'algues. La douleur de son démembrement, toute psychique mais quand même, a fini par s'estomper, et sa curiosité reprend le dessus. Elle observe : elle voit passer une paire de hanches épanouies autour d'une foufoune profuse, une poitrine aussi tonique que deux méduses précédant un torse cachexique, trois pieds affligés d'oignons défunts, quelques mains auxquelles le rythme atténué du flot communique un peu de sa grâce océanique, un visage d'homme jeune à la mâchoire farouche qui porte sur la joue une croix au fer rouge (*Ce n'est pas un œuf du jour, celui-là*, songe Fant Grenn) et d'autres choses plus navrantes encore. Mais Fant Grenn ne regarde plus : elle panique. Car si un spectre portant une marque infamante telle qu'on n'en inflige plus depuis au moins un siècle est encore ici, alors…

Alors c'est ça, l'Ankou, comprend Fant Grenn, cette éternité passée en miettes, sans rien pouvoir faire, sans rien voir d'autre que son propre sort. *Sans même pouvoir causer !* réalise-t-elle, la gorge pleine d'eau. Et Fant Grenn sombrerait volontiers dans le désespoir, si un sort pire ne tombait pas incontinent sur le coin de son nez cabossé : c'est bien la tête d'Yvias le gabarier que voilà, et celle de Marie-Cinthe, accrochées l'une à l'autre par un nœud de cheveux. Elles avancent. Plus expérimentées que celle de Fant Grenn, elles savent se diriger de concert en soufflant de l'eau par la bouche. Et Fant Grenn les connaît bien, l'Yvias et la Marie-pas-Cinthe, oh que oui ! Et c'est réciproque. Passe encore que Fant Grenn ait, en son temps, colporté des horreurs dans tout Roudouallec sur la virilité d'Yvias et la chasteté de Marie-Cinthe. Le vrai problème, c'est qu'au sortir de leur bière, elle leur a fait son numéro de rabatteuse, à ces deux imbéciles. Elle s'en souvient très bien : Yvias, un pied encore dans la tombe, a écouté tout son soûl le récit imagé des cabrioles adultères de son épouse et Marie-Cinthe, tordant son suaire entre ses doigts, toutes les douceurs que sa cousine Naïc répandait sur elle. Tant et si bien qu'ils n'ont même pas entendu l'Ankou venir.

Les deux têtes s'approchent. Elles ouvrent grand leurs bouches d'enfer garnies de quelques chicots, de beaucoup de trous et d'encore pas mal de dents vertes et aiguës, tandis que Fant Grenn essaye désespérément de se dégager de son piège de varech. Les deux visages révulsés de rage dérivent vers elle, toujours plus près, roulant des yeux noirs de haine dans l'auréole blême de leurs chevelures flottantes. Elles s'approchent encore ; Fant Grenn essaye de hurler ; les mâchoires se referment.

Le ciel pâlit. L'Ankou remonte sur sa charrette. Il s'enfonce dans la forêt de Penhars, dont l'ombre épaisse le cachera du jour.

Katic se glisse avec Jozon sous un tumulus du néolithique qu'elle qualifie de foutu tas de cailloux :
« On ne peut pas rester dehors pendant le jour ?
— Si, on peut, répond Jozon.
— Si on veut », complète Tual, beau berger du siècle précédent qui n'a pas son pareil pour dépister l'Ankou et ses rabatteurs.
Katic se retourne : le ciel s'éclaircit. La lumière est affolante, ulcérante, tonitruante ! Katic a l'impression qu'un feu blanc lui remplit le crâne.
« Oui mais non, je ne veux pas. » Et elle suit Jozon dans la fraîcheur paisible du tumulus.

Le soleil s'est levé mais la grotte sous-marine est à jamais obscure. Le crâne de Fant Grenn, privé d'yeux, ballotte sous un entrecroisement de jambes dépareillées. Son nez, à moitié arraché, traîne contre sa joue. Autour d'elle, les membres sectionnés plient et déplient lentement leurs jarrets phosphorescents au rythme de la houle.
Alors la seule chose vraie, dans tout le galimatias des curés, c'est la punition des méchants ? Bien ma veine.

***

Évariste Galois n'était pas né aussi malchanceux que Katic Lenn : d'abord c'était un garçon, ensuite ses parents étaient socialement plus portés sur la magistrature que sur le goémon, enfin c'était un génie précoce. Ce qui ne l'empêcha pas de se faire jeter deux fois de Polytechnique, une fois de Normale Sup', deux fois en prison et une fois dans la fosse commune du cimetière Montparnasse. Il était donc d'aussi mauvaise humeur que Katic quand il émergea de ses propres restes. Comme elle, il était attendu par les rabatteurs du Louchebem – l'Ankou, créature ubiquitaire, s'adaptant au patois local. Mais Paris se trouvait alors ravagé par une épidémie de choléra doublée d'une flambée révolutionnaire, aussi Évariste sortit-il de la fosse en même temps qu'une horde de spectres qui hurlait : « Vive la République ! » Les rabatteurs se trouvèrent submergés par le nombre, et Évariste parvint à leur échapper.

Pataugeant dans la gadoue, il gagna les bords de Seine. Il passa quelques nuits assis sur une pile du Pont-Neuf, à regarder l'eau couler en poussant des soupirs lamartiniens. Il en était à tirer les poils dans le cou d'un amoureux qui embrassait sa douce sous son nez transparent, quand il fut rejoint par quelques-uns de ses amis républicains, tout juste tombés sur la barricade du cloître Saint-Méry. Le jour les surprit quai de Conti, et ils s'abritèrent dans les couloirs obscurs de l'Académie des Sciences. Évariste trouva que l'endroit seyait à sa mélancolie et s'installa sous les combles, où il put tranquillement achever sa fameuse démonstration de l'indémontrable Grand Théorème de Fermat, celle qu'il avait omis de finir la veille de sa mort, se contentant de gribouiller un « Je n'ai pas le temps » à faire pleurer cinq générations de mathématiciens. Si l'on considère que Fermat, un siècle et demi auparavant, avait lui aussi négligé de noter sa propre démonstration, se contentant pour sa part d'un lapidaire « Je n'ai pas la place », on peut en conclure que les petits génies sont tous extrêmement mal organisés. Évidemment, Évariste rédigea son œuvre avec son doigt dans la poussière, elle n'eut pas le retentissement qu'elle méritait, le Grand Théorème dut attendre encore un siècle et demi pour trouver sa démonstration, et Évariste déménagea pour l'École polytechnique où il usa plus plaisamment de ses loisirs en tirant les poils du nez du Commandant. Évariste était peut-être mort, génial et déprimé mais il avait vingt ans et le Commandant était un vieux royaliste borné.

***

Vautrée dans l'herbe, Katic effeuillait des marguerites en soupirant. L'effeuillage de marguerite peut être considéré comme l'équivalent ectoplasmique de l'haltérophilie, l'urgence en plus. Car un spectre qui négligerait d'entretenir sa capacité de préhension sur le monde matériel, si ténue soit cette dernière, tournerait lentement au filigrane et enfin, à rien du tout. Le bord ultime de la mort est la dilution dans l'air et l'eau, telle une vulgaire teinture rincée, car « Au long des éons meurt même la mort », comme le dit le Nécronomicon en oubliant de préciser « d'ennui, le plus souvent ». Pour garder un strict minimum de virulence (le terme vitalité ayant toujours paru de mauvais goût), il est conseillé à chaque spectre d'effeuiller au moins une marguerite par nuit – marguerite aisément remplacée par l'hibiscus, l'edelweiss ou la fleur de cactus selon les latitudes. L'intensité du souvenir dans l'esprit des vivants aide aussi à entretenir la virulence, ainsi que la quantité de frustration accumulée ante mortem et, si Katic ne se faisait aucune illusion concernant la première, elle estimait que la seconde faisait, dans son cas, office de cent bons hectares de marguerites chauves. Voilà la raison pour laquelle les fantômes ont si mauvaise réputation, puisqu'on ne voit en général que les plus mal embouchés. Les esprits sereins errent flaccidement entre deux nues avec un sourire stupide en attendant de tirer à toute conscience une molle révérence, et il ne leur viendrait jamais à l'idée d'aller secouer des chaînes ou des guéridons.

Katic effeuillait donc la marguerite, en songeant à tout ce qu'elle n'avait pas fait de son vivant et qu'elle continuait à ne pas faire de son mort, aux interminables nuits passées à guetter le *wig-a-wag* de la charrette de l'Ankou d'une oreille, l'autre étant d'astreinte en tant que déversoir à commérages spectraux – encore plus ennuyeux que ceux des vivants, la fesse par force y faisant défaut. Et, même si le paysage était toujours aussi joli, bleu et pétillant, elle aurait donné son âme pour un bon coup de rouge râpeux. Hélas, son âme, personne n'en voulait, hors sous forme de petit bois, et Katic soupirait comme très exactement une âme en peine.

« Viens-tu donc ? lui demanda Jozon.

— Quoi faire ? Bâiller dans les restes du manoir de Kermarquer, m'ennuyer face à la baie des Trépassés, ou remourir d'ennui dans la lande de Kergogn ?

— Tu fais bien ta fière, donc.

— Et arrête de dire donc, ça me fatigue.

— Veux-tu aller à la messe de l'Ofern Drantel ? »

Katic faillit en avaler sa marguerite : qu'on puisse encore aller volontairement écouter des choses comme « Réjouissez-vous car le Royaume des Cieux est à vous ! » la dépassait de la tête et du pied.

« Je vais à Buguélès », bâilla-t-elle en jetant son reste de marguerite. Jozon la regarda filer sur l'herbe brillante avec un bizarre pinçon d'appréhension. De fait, il ne devait jamais la revoir.

Katic, à l'instar de beaucoup de spectres, aimait la compagnie des vivants au nom de sentiments aussi complexes que ceux de l'eunuque lisant *Playboy*, et qui s'attarde sur la rubrique MST. Il y fallait des précautions, car rien ne piaule plus fort qu'un vivant qui croise son arrière-grand-mère au cours d'un pipi nocturne : signes de croix échevelés, pâmoisons bruyantes, convocation en urgence du recteur avec ordre de chasser le fantôme à grands coups d'étole, abondance de messes commandées pour calmer l'ancêtre. Or, l'Ankou a de multiples oreilles. Katic se dirigea donc avec prudence vers le château de Buguélès, glissant parmi les aulnes qui bordaient les douves. De loin en loin, au creux d'un arbre, luisait l'œil vitreux d'une âme recluse. Car bon nombre d'ex-vivants subissaient le réveil post mortem comme un abominable traumatisme, et restaient à mâchouiller d'antiques névroses parmi les champignons. Plus rarement, Katic croisait une nymphe ou un lutin qui, pour des raisons obscures, refusait toujours le moindre brin de causette. Tual lui avait expliqué qu'en des temps lointains, dits « de la Terre plate », les morts avaient tant soit peu massacré ces êtres éthérés, et qu'il en subsistait un léger froid diplomatique.

Katic patina sur la peau croupie de l'eau des douves, escalada un treillis de liserons et se glissa dans les écuries. Elle se concentra autant que possible sur la virulence de ses mains, et réussit à goinfrer les chevaux de grosses carottes. Les affectueuses souffleries nasales des bêtes lui tiraient des larmes des yeux, sans compter la satisfaction de savoir qu'une telle écorne dans les réserves en cuirait aux fesses de l'apprenti palefrenier, un lascar qui avait tâté les siennes plus d'une fois à la foire de Penvénan.

Elle passa aussi un moment embusquée dans l'embrasure d'un fenestron des cuisines, à regarder la tablée des domestiques se bâfrer de galettes et de châtaignes grillées. Les assiettes fumaient, les lumignons aussi, les nez tout rouges brillaient, les cuivres aussi et Katic souriait : sachant ce qu'il en coûtait de curages d'auge pour avoir droit à ce genre de plaisir terrestre, elle mesurait philosophiquement sa chance en frottant feu son estomac.

Puis elle monta d'un étage pour admirer les verreries des maîtres, leurs boiseries, leurs porcelaines, leurs vêtures brodées, et la moisissure glaciale qui doublait leurs draps malgré toutes les bassinoires, exactement la même que dans sa soupente. Elle pénétra au hasard dans une chambre meublée d'un baldaquin garni de velours rouge, d'un vaste tapis qui montrait la trame, d'au moins quatre livres de poussière et, au bruit, d'une famille de souris sur huit générations. La lune entrait par la fenêtre vitrée et coulait sur le mur, aiguisant les ors d'une peinture richement encadrée. Katic s'approcha du tableau : dans l'ombre, elle vit luire la cuirasse d'un guerrier des anciens temps et un regard malcommode. Elle épela le titre peint en bas du cadre : « Jehanne d'Arc, qu'Anglois brûlèrent à Rouen ».

Un index sur la moulure dorée et un autre sur le bout de son nez, Katic sombra dans une profonde songerie.

Rouen...

Elle réalisait soudain que le monde était plus grand qu'elle ne s'en souvenait d'habitude : il n'y avait pas que des fermes, des villages et des cimetières peuplés de commères et de garnements plus ou moins vivants, il y avait des villes, des régions, voire même des *pays* ! Remplis à ras bord de héros, de saints, de preux chevaliers et de joyeux lurons ! La tête lui en tourna. Depuis combien de temps tirait-elle chaque soir à la courte paille pour savoir si elle allait bâiller à Kergogn, se tourner les pouces à Kermarquer ou glandouiller à Nilniz ? Depuis combien *d'années* ?

Elle décida brusquement qu'il n'était pas possible qu'elle retourne une fois de plus rouler son suaire dans la lande. Elle allait partir, elle allait voir des paysages merveilleux, rencontrer des gens fabuleux ! Elle commencerait par gagner Rouen pour essayer de trouver le fantôme de la sainte, qui devait avoir mieux à raconter que les défuntes de toute la basse Bretagne. Elle hésita un instant à prévenir Jozon, haussa les épaules, traversa la fenêtre et dégringola le long de la façade de Buguélès, vers la Liberté.

Une fois lancée, Katic ne s'arrêta plus. Elle marcha, marcha, de son pas infatigable de jeune spectre en rupture de cimetière. Elle longea des sentes, des voies de traverse, des chemins et des routes, traversa cent bois, mille champs, autant de prés et une douzaine de forêts, sauta des haies, des barrières, des ruisseaux et des murs, s'abrita le jour dans des arbres creux, des ratières, des granges, des cahutes, des reposoirs, des poulaillers, des soues, des terriers de renard et des greniers à foin, patina sur des mares, des étangs et des semis inondés. Sa méfiance la poussa à éviter les rencontres de telle sorte que, quand elle parvint à Rouen, elle tenait encore en un morceau et avait un peu tendance à parler toute seule.

Rouen *by night* en 1846 n'était pas à proprement parler follement ambiancée mais pour Katic, qui n'avait jamais connu de ville plus grande que Penvénan, ça tenait de la foire nocturne, du lupanar et du labyrinthe : il y avait des quinquets rougeâtres allumés partout, un nombre considérable de tavernes et de voitures à chevaux tonitruantes, des hommes en redingote qui marchaient vivement le long de larges rues, des femmes vêtues de robes colorées qui faisaient les cent pas en chiffonnant les rubans de leur chapeau entre leurs doigts peints, des gamins recroquevillés dans les embrasures, une rumeur continue, quantité de merde, et des lumières variées qui brûlaient aux fenêtres innombrables. Katic erra, bouche béante, en se demandant comment de si hautes maisons pouvaient tenir toutes seules. L'absence brutale de ligne d'horizon finit par lui peser sur le crâne, et elle grimpa prestement le long d'une gouttière. Réfugiée sur un toit de zinc, elle soupira de soulagement en contemplant la perspective obscure de la campagne environnante.

« Ch'tu fais là, chtiote ? »

Katic se retourna : un vieux spectre vieux, ou disons le fantôme d'un vieil homme mort depuis longtemps, ce qui se voyait à son frac ringard et à sa luminescence démodée, la regardait depuis une lucarne voisine. Katic se demanda s'il ne valait pas mieux plonger en contrebas et filer sans demander son reste car, pour elle, tout spectre solitaire puait le rabatteur d'Ankou, mais elle était fatiguée d'être seule, et aussi désorientée qu'un crapaud dans une baignoire :

« Je suis venue à Rouen pour rencontrer Jehanne d'Arc. Elle est morte ici, je crois ? »

Le vieux éclata d'un rire édenté :

« On le dit ! Il y a quatre cents ans.

— Ah », fit Katic, songeant qu'il eût été extraordinaire qu'en quatre cents ans, Jehanne n'ait pas eu l'idée de changer de crémerie ou de se diluer dans l'air.

« Et vous, grinça-t-elle avec rancune, q'soufaites ici ?

— Mais j'y habite, jolie demoiselle. Vous plairait-il de visiter mon atelier ? »

Il fit une aimable petite courbette. Toute méfiance bue, Katic rejoignit le vieil homme sous les combles : il s'était aménagé un recoin garni de bouts de tapisserie, de poussière et de mulots. Il montra à Katic un établi couvert de vieilles montres désossées et d'outils minuscules :

« C'est ici que j'entretiens pieusement le souvenir de notre bon Roy – que Dieu l'ait en Sa Sainte Garde.

— Ah », dit Katic en lorgnant les mécaniques à ressort rousses de rouille.

La royauté, vue de près, avait une allure moins majestueuse qu'elle ne se l'était figuré.

« Notre bon Roy, qu'Il repose en paix, était un fin connoisseur en matière d'horlogerie. Perpétuer cet art est, en quelque manière, un pieux hommage que je rends à Sa Royale Personne, que Dieu La bénisse. Et que Dieu, par la même occasion, précipite au fin fond des Enfers Robespierre le Sanguinaire et ses comparses ! »

Katic s'abstint de tout commentaire : elle n'avait aucune culture politique et, de toute façon, elle n'avait pas compris la moitié des mots.

« Mais permettez-moi de me présenter : Croustan de Saint-Brouet, pour vous servir, gente demoiselle. »

Et le vieux spectre vieux plongea, malgré l'exiguïté du lieu, dans un salut très profond qui fit saillir un bon quart de son fessier hors les murs. Katic remarqua qu'il portait un catogan dans la nuque, lequel s'efforçait de retenir les trois cheveux gris qui lui restaient.

« Moi, c'est Katic. Et à part, euh… la royauté, vous faites quoi de vos, euh… nuits ?

— Oh, mais l'Art de régler le Temps me prend tout le mien ! Je vais vous montrer. Veuillez simplement avoir l'extrême amabilité de bien vouloir patienter quelques instants. »

Croustan de Saint-Brouet se mit à farfouiller dans son établi et Katic se poussa de côté, en supposant qu'il venait de dire quelque chose d'à peu près équivalent à « Une minute ». Elle en profita pour observer le recoin : des rubans effilochés, accrochés aux poutres, s'efforçaient de ressembler à des guirlandes. Çà et là étaient suspendues des images pieuses aux bords dentelés, et des plumes dépenaillées. Il y avait aussi un vieux harnais, un repose-pied les pattes en l'air sur lequel était posé un crucifix orné d'une branche de buis, un lambeau de cretonne et un amas de moutons. Katic se sentit horriblement dépitée : parcourir cent lieues à la recherche de preues chevalières ou, à défaut, de joyeux lurons, pour tomber sur un vieux Croustan lui donnait envie de remourir. C'était un sentiment déplaisant. Et puis, était-elle donc toute seule à remarquer qu'a priori, Dieu n'existait pas ?

« Ah ! Te voilà, ma belle. » Le vieux Croustan agita sous le nez de Katic une clef d'assez bonne taille, révélant une belle virulence probablement due au maniement permanent d'outils et de ressorts. « Venez, je vous prie. Je vais vous montrer mon chef-d'œuvre ! »

Il ressortit par la lucarne et, à petits bonds joyeux, mena Katic de toit en toit jusqu'à un beffroi sommé d'une horloge. Il passa la clef à l'intérieur de l'horloge par une fente du cadran, puis traversa le cadran. Katic le suivit : derrière le petit œil rond de l'horloge régnait un monstre de ferraille, verni d'huile et de poussière. Croustan se mit à le tripoter en sautillant d'allégresse :

« Ah, c'est mon chef-d'œuvre ! Il n'y a que moi qui sache faire fonctionner cette belle mécanique. Les hommes d'aujourd'hui ont peut-être la science, mais l'Art ! Ah, l'Art, tout est là. Et ils ne l'ont plus, l'Art ! »

Katic songea qu'ils n'avaient plus la clef, non plus. Elle recommençait à s'ennuyer.

« C'est une chose qui va à vau-l'eau, comme le reste, babillait Croustan, son catogan miteux tressautant sur sa nuque aussi maigre qu'une ficelle. Mais aussi, que peut-on attendre de bon d'un monde où le monarque traite avec ses sujets d'égal à égal, ou tout comme ? Une charte ! Et pourquoi pas une Constitution, tant qu'on y est ? »

Katic regardait le vieux Croustan peiner sur sa clef en se retenant de bâiller :

« Vous avez l'intention de…

— De la remonter, tout uniment. Oh, elle ne fonctionne guère, une heure tout au plus, mais quel coup d'œil ! Et quelle victoire de l'Art des temps passés sur l'arrogance ignare des sans-culottes ! Des bourgeois. De la populace ! Ah, ça vient. »

Katic fronça un sourcil : ça devait en étonner plus d'un, à Rouen, de voir de temps à autre leur vieille horloge reprendre du poil de l'aiguille. Pour peu, bien sûr, qu'il vienne à l'idée d'un vivant de quitter son lit pour monter une lanterne jusqu'à hauteur du cadran. Katic fronça l'autre sourcil : elle avait déjà entendu des histoires d'horloges capricieuses, mais dans l'autre sens. Le plus souvent, c'était des histoires de grands-pères mécontents de leurs héritiers qui venaient nuitamment mettre les doigts dans le mécanisme. Le truc, c'était d'arrêter l'horloge de la maisonnée à l'heure pile de son propre décès. Les héritiers, blancs de peur, filaient dare-dare commander des messes, désherber la tombe, nourrir la grand-mère ou repêcher la collection de boutons de bottines de feu grand-papa dans la fosse à purin. Katic avait aussi entendu dire qu'il fallait vraiment y tenir, à sa collection de boutons de bottines. Parce que les commères aiment bien, le dimanche après vêpres, aller fleurir les tombes en se racontant les dernières histoires de hantise. Et les cimetières ont des oreilles, avec une faux au bout.

Quand Katic se fit la réflexion que les revenez-y réguliers de l'horloge de Croustan étaient parfaitement visibles, et de très loin, pour tout autre qu'un vivant et que nonobstant, il avait toujours, et depuis fort longtemps, ses deux bras implantés au-dessus de ses deux jambes, elle était déjà en bas du beffroi et courait comme encore jamais de sa mort.

***

La même nuit, à Paris :
« Ainsi, voilà le remplaçant du piteux télégraphe optique de cet imbécile de Chappe ? »

Évariste professait un violent mépris pour tout homme capable de donner fièrement son nom à un moyen de transmission consistant en gros bouts de bois agités en cadence, un système qui ne fonctionnait que de jour, par temps clair, si le télégraphiste était à jeun, ne s'était pas cassé le bras et n'avait pas perdu ses lorgnons. Il lui semblait certain que le télégraphe optique n'avait aucune chance de survivre au télégraphe électrique dont, le nez en l'air, il observait la première ligne.

« Comment as-tu dit que s'appelle l'inventeur ?

— Morse. Samuel Morse », lui répondit son copain Onésiphore.

Évariste fit encore une fois le tour du poteau puis vint s'asseoir à côté d'Onésiphore, qui effeuillait un chrysanthème d'un air languissant. Depuis sa mort, Onésiphore affectait un dandysme morbide qui exaspérait Évariste. D'abord, parce que le teint romantiquement épouvantable d'Onésiphore ne compenserait jamais sa bedaine avantageuse, ensuite parce que Évariste était de plus en plus exaspéré par n'importe quoi. Il s'ennuyait comme une souris dans une mine de fer, comme un pingouin dans le désert, comme un canapé sur une banquise, comme une grenouille dans une synagogue, comme une canette de bière chez les mormons, comme une pile dans un frigidaire, comme une saucisse à La Mecque ;

il s'ennuyait au point de passer des heures à chercher à qualifier l'à quel point il s'ennuyait.

« Comme un encrier dans une institution pour jeunes aveugles, comme…

— Ne va pas recommencer, soupira Onésiphore.

— Et pourquoi non ? As-tu mieux à faire ? Dormir ? Boire ? Te remplir l'estomac ? Te vider les…

— Il suffit ! On sait tout ça.

— On sait, et que fait-on pour y changer quelque chose ? Rien. Personne ne fait jamais rien nulle part avec qui que ce soit, de toute façon. »

Évariste entoura ses deux genoux de ses deux bras, mit sa tête au milieu et bouda. Onésiphore agita son chrysanthème :

« Nous sommes *morts*, Évariste. C'est-à-dire que nous n'avons quasiment plus de préhension sur le monde matériel et que, par une heureuse coïncidence, nous n'en avons quasiment plus besoin. Plus besoin de manger ni de boire, d'uriner ni de déféquer, et autres contingences vulgaires. Partant, nous n'avons plus de raisons de nous foutre sur la gueule et c'est heureux, parce que nous peinerions à y parvenir. Que nous reste-t-il ? La vue ? Par un troisième heureux hasard, la vue est magnifique, d'ici. C'est déjà ça, non ? C'est le lot commun, oui ? Et les autres spectres s'y font, oui ou non ?

— Fa ! Ils f'y font fi bien, grommela Évariste entre ses deux genoux, qu'ils finiffent par fondre et par n'être plus rien. Fa ne les fanve pas beaucoup, remarque. »

Onésiphore jeta son chrysanthème : « Il est heureux que cette vie de taupe ne dure pas une éternité. Ce qui nous donne quatre heureuses constatations en moins de cinq minutes. Je ne comprends pas ton manque d'enthousiasme.

— Fi.

— De plus, j'espérais que la vue de ce merveilleux, eh bien, poteau, te remplirait de joie. Ça te plaisait, à une époque, les nouveautés scientifiques.

— Tu oses comparer l'étude des corps commutatifs à ce séchoir à linge ? » glapit Évariste en sortant le nez de ses genoux.

À la vérité, il s'était lassé de développer la théorie de l'ambiguïté au seul profit des vers à bois. L'ambition file vite, quand elle a les deux pieds dans un sort aussi immuable qu'une paire de chaussons en béton. L'inspiration aussi. Évariste songea qu'il s'abrutissait inexorablement. Il était mort depuis treize ans et il avait l'impression que ça faisait à la fois une nuit et une éternité. Encore une petite trentaine d'années et il laisserait définitivement tomber l'effeuillage. De toute façon, il ne supportait plus la vue d'une fleur. Ça l'exaspérait. Il se serait bien mis dans une colère noire, mais il devait reconnaître qu'il manquait définitivement des glandes nécessaires. Il se serait bien jeté sous la faux du Louchebem, seul être à posséder une arme capable de trancher la chair spectrale, mais il n'était pas sûr d'en finir vraiment de cette façon-là.

« Qu'est-ce que… » Onésiphore lui donna un coup de coude, qui franchit allègrement ses peu virulentes côtes et alla touiller des fantômes intestinaux.

« Entends-tu ?

— Quoi donc ?

— Le fil ! Le séchoir à linge ! »

Évariste releva la tête : le fil luisait dans la nuit, émettant des petites étincelles rouges et jaunes. Pour qui endure depuis des années le bleu argenté de la nuit et le vert saumâtre des autres spectres, ces petites étincelles faisaient l'effet d'une goutte de citron dans un océan d'huîtres. Les deux garçons se mirent lentement sur leurs pieds, sans quitter le fil des yeux :

« Regarde, regarde ! souffla Onésiphore.

— Que crois-tu que je fasse ?!
— Il me semble… quelque chose court dans ce fil ! Mais quoi ? »

Évariste ouvrit la bouche, la ferma, la rouvrit : son cerveau s'était remis à tourner comme un gyrophare un soir d'attentat. Il dit :

« De l'électricité ! As-tu entendu parler du dénommé Volta, qui a eu l'idée de remplir une bassine d'eau acidulée et de…

— Je sais ce que c'est qu'une pile, merci.

— Quand Œrsted a découvert le phénomène sur les aimants, mazette ! Ça a fait un sacré boucan. Je ne devais pas avoir dix ans. Et ensuite Arago, et Ampère… »

Le fil crépitait à un rythme soutenu, s'éteignait, se rallumait. Et toutes ces petites lumières filant sur le métal exerçaient sur les deux spectres une sorte de… d'attirance ?

« … Ohm et Becquerel mais surtout, un relieur hirsute nommé Faraday qui a découvert le moyen de créer de l'électricité à volonté… »

De séduction ? De connivence ?

« … j'ai suivi ses leçons à l'Académie, depuis le placard à chiffons… »

De complicité ? De déjà-vu ?

Béants, hypnotisés et ravis, les deux garçons regardaient la fée électromagnétisme danser dans les airs et, tandis qu'une ère nouvelle s'ouvrait devant leurs yeux éblouis, ils s'exclamaient sans vergogne :

« Oh ! La belle rouge. »

De *similitude*.

***

La frustration mal embouchée d'Évariste et de Katic n'avait rien d'exceptionnel : tous les spectres devaient se débrouiller avec. Quelle que soit la façon dont on envisage sa continuation post mortem (jugement aléatoire débouchant sur une quelconque abondance d'anges, de houris ou de cuves bouillonnantes, métempsycose, réincarnation, nirvana voire néant), personne n'est préparé à se retrouver à son point de départ avec, pour seul destin, de durer plus longtemps que les contributions. Perspective qui peut paraître réjouissante sur le moment, mais ne saurait suffire à contenter pour l'éternité même l'être le plus obtus. La meilleure définition de la condition de spectre a été émise en juin – 653 par Xénon d'Artaxerxès : « Un spectre est une amphore d'hypocras dont on aurait vidé l'hypocras en cassant l'amphore ». Transmise de générations en générations, elle était arrivée à Évariste sous la forme : « Un seau d'eau sans eau ni seau ». En clair, un petit pot d'humidité. Presque invisibles, quasi imperceptibles, les fantômes ne pouvaient même pas se distraire en organisant des bagarres générales interspectrales : ils se passaient mutuellement plus ou moins à travers. Quand une flaque croise une mare, le résultat ressemble à tout sauf à un pugilat, sauf si le spectre est très récent ou très en colère, auquel cas il peut chambouler une batterie de cuisine en moins de deux cuillères à ectoplasma, telle une lame de fond. Ou telle Marie-Cinthe face à Fant Grenn.

L'existence d'un spectre débutait en général par : « Qu'est-ce que c'est que cette plaisanterie ? » Pour peu qu'il réussisse à se remettre de sa surprise, le spectre commençait par apprécier sa condition, au moins une bonne dizaine d'années. C'était le doux temps de la jeunesse ectoplasmique où l'on s'amusait à regarder sous les jupes des filles, à terroriser les petits enfants, à lire le courrier des autres, à aller au spectacle sans payer et à marcher sur l'eau en glapissant : « Moi aussi ! Moi aussi ! » C'était ensuite que ça se gâtait : les revers de jupes ne sont vraiment parlants que quand on a des gonades pour les apprécier, les petits enfants grandissent vite, les spectacles ne sont plus ce qu'ils étaient et le coup du messie marchant sur les eaux ne fait plus rire personne depuis des siècles.

Le spectre traversait alors des périodes alternées d'ennui frénétique et d'agacement démesuré, jusqu'à ce que les deux se confondent en un aquoibonisme grincheux. Il versait ensuite dans le désintérêt malaimable, puis dans le jemenfoutisme impassible et enfin, dans la dilution ultime. On appelait ça, joliment : « Lâcher la marguerite », ou « le crocus » ou « la fleur de bananier ».

Il y avait d'autres manières de finir, bien sûr, mais elles ne valaient peut-être pas mieux : se laisser griller dans une lumière vive, ou croiser l'Ankou.

Ah ! L'Ankou.

Multiple et animé d'une volonté monolithique, escorté de ses dix mille rabatteurs et de ses cent mille manutentionnaires de fagots, il arpentait la Terre en tous sens avec pour unique objectif de garnir les pires recoins souterrains de morceaux de spectres. À croire qu'il préparait une galantine de caillou à l'émincé d'ectoplasme pour quelque formidable mangeur de mondes.

On disait qu'il était la Pénitence des Pécheurs.

On disait qu'il était le Diable en Personne, exilé sur Terre.

On disait qu'il était l'Ange Déchu du Diable même, et que la Terre était située sous les Enfers.

On disait qu'il agissait par esprit de Rédemption, par Ordre du Très-Haut ou par souci de propreté.

La vérité, c'est qu'il ne faisait ça que par plaisir de nuire.

***

À Paris, au pied du télégraphe électrique :
« Dis-moi donc, Onésiphore : jusqu'où va cette ligne ?
— Rouen. »

***

Katic filait comme le vent dans les rues sombres de Rouen. Croustan la talonnait en croassant des « Populace ! Vile populace ! »

Dopé par la haine, il se rapprochait et Katic sentait la panique la noyer : ce vieux timbré ne pouvait pas lui faire grand mal physiquement car elle n'était pas au sommet de sa virulence, mais il avait sûrement assez d'expérience pour la manœuvrer jusque dans la gueule de l'Ankou.

« L'as-tu bien moqué, notre bon Roy, à son retour de Varenne ? Folieuse ! J'vais t'apprendre ! »

Katic vit des étincelles au loin. En l'air. Elles couraient entre deux poteaux. Des étincelles rouges qui lui faisaient signe. Croustan lui sauta dessus en hurlant « Montjoie ! », Katic remonta le poteau comme une mèche de fouet et disparut. Croustan se retrouva au pied du poteau, bras ballants, bouche béante. Il jeta un regard circulaire et furieux sur Rouen l'endormie :

« Vertudieu ! La catin m'a filé entre les doigts ! Et j'ai perdu mon catogan. »

C'est ainsi que Katic réalisa la première conversion spectro-électrique.

***

Katic et Évariste en étaient tous les deux arrivés à la phase d'agacement frénétique. N'ayant plus, pour s'occuper, que deux yeux et deux oreilles avec des pensées au milieu, ils étaient devenus, comme la plupart des spectres, beaucoup plus pensants. Plus observants. Plus comprenants. Donc plus exigeants et, fatalement, plus malheureux. Ils n'étaient ni les premiers ni les derniers à se ronger en cherchant quelque chose à faire, quelque chose à espérer, quelque chose à chercher. Ce qu'ils désiraient confusément, c'était un monde à leur mesure, un monde où ils auraient eu une influence quelconque, un monde où ils n'auraient pas seulement été des trous privés de bords. En termes de matière, un monde *similaire*.

Jusqu'à ce fameux soir où ils découvrirent ensemble qu'ils étaient bien des seaux d'eau sans seaux ni eau, certes, mais remplis d'électromagnétisme. De petits pots d'ondes étincelantes.

***

À Paris, de plus en plus près du poteau du télégraphe électrique :

« Selon tes yeux, Onésiphore, qu'est-ce qui est en train de descendre du poteau ?

— Une fille. »

Du rififi au Jockey Club

Lu sur le web :
Tchat SIRIUS
[16 :12] <_stil> oh mon dieu c'est incroyable
[16 :20] <_stil> CA Y EST
[16 :21] <_stil> JE SUIS UNE PIEUVRE À ROULETTES
[16 :21] <Nithril> argh
[16 :21] <_stil> JE SUIS UNE PIEUVRE À ROULETTES
[16 :21] <Nithril> une pieuvre à roulettes ?
[16 :21] <_stil> UNE PIEUVRE À ROULETTES
[16 :22] <Nithril> comment tu as fait pour devenir cette abomination ???
[16 :23] <_stil> C MON ESPRIT QUI EST LE PLUS FORT
[16 :23] <_stil> TOUT EST DANS LE MENTAL
[16 :23] <_stil> ET LA HOP
[16 :23] <_stil> je suis un internaute
[16 :23] <_stil> retour a la normale
[16 :23] <_stil> wahou
[16 :24] <_stil> quelle expérience décoiffante

Madame Bazin était née Hortense Marie Olympe de la Coupe de Base. Elle avait été élevée à Paris sous les lambris mal chauffés d'un hôtel particulier, entre un père en faux col, une mère faible de la poitrine et une volée de nounous. Quelques années au couvent des Oiseaux l'avaient dotée des atouts indispensables aux jeunes filles à marier, c'est-à-dire qu'elle peignait à l'aquarelle des fleurs désolantes, savait broder des jupons pour les jambes des pianos et ne disposait pas d'une seule idée personnelle. De sa vie, il ne lui vint à l'idée de porter des opales, dormir les mains sous les draps et se laver plus loin que les oreilles.

Monsieur Bazin, jeune homme farci de maîtresses et d'ambition, s'était introduit chez les Coupe de Base en passant par le lit de madame, puis il avait enlevé mademoiselle avec discrétion. À la suite de quoi monsieur de la Coupe de Base, qui ne détestait pas l'audace tant qu'elle restait discrète et ignorait qu'il était cocu, la lui avait donnée en mariage. La mère en mourut de dépit, ce dont le Tout-Paris s'amusa fort.

Madame Bazin, née Hortense Marie Olympe, subit avec hébétude les brefs assauts de son mari, son égocentrisme féroce et quelques grossesses pénibles. Aux abords des quarante ans, elle menait une vie sordide fondée sur le corset étrangleur, les mondanités abrutissantes, les œuvres caritatives déprimantes, les messes interminables, les sempiternelles villégiatures aux Eaux, les querelles domestiques, la gestion affolée d'un quarteron d'adolescents qui n'avaient pas pour elle plus d'affection que son mari et, bien sûr, les fameuses migraines sans lesquelles une femme du XIXe siècle ne se serait pas sentie vraiment femme, et qu'elle soignait à l'éther.

Autant dire qu'à part ses migraines, elle n'avait pas une seule raison de continuer à vivre. Jusqu'au jour où une bonne âme lui apprit la vérité sur la mort de sa mère.

Elle refusa bien sûr absolument d'y croire, mais cette petite souffrance morale la sortit d'un gouffre d'ennui et, pour ne pas replonger, elle s'y accrocha. Elle résolut d'en avoir le cœur net. Dans son immense naïveté, il lui parut tout simple d'aller poser la question directement à qui de droit.

À savoir sa mère.

Humainement parlant, celle-ci était après tout moins lointaine que son mari.

Madame Bazin se retrouva donc assise devant des guéridons à trois pieds au fond de boudoirs saturés de tentures et de fumée d'opium. Elle y entendit des bruits de chaînes, vit de pâles figures glisser le long des portières ; elle y prit même un amant dont elle se lassa vite. Curieusement, cette écorne faite à son contrat de mariage ne lui coûta pas une once de culpabilité. Peut-être parce qu'elle ne trouva pas la chose moitié aussi jouissive qu'une bouteille d'éther, peut-être aussi parce que son amant n'eut pas l'air de s'amuser plus qu'elle. Ou peut-être, enfin, parce que ledit contrat de mariage avait déjà été transformé par monsieur Bazin en fine dentelle et que, si madame Bazin avait l'intérieur de la tête aussi cureté qu'un œuf à la coque à la fin du petit déjeuner, elle disposait au fond de sa coquille d'une pleine assiette de bon sens.

Elle continua les séances de spiritisme sans succès ni amant, habituée qu'elle était à voir tout ce qui meublait sa vie tourner en eau de boudin. Jusqu'à cette nuit où sa mère Raphaëlle à ses yeux s'est montrée.

***

Quelque part du côté du Raincy, en pleine campagne, aux alentours de minuit :

« Ça ne l'intéresse pas.

— Il faut que ça l'intéresse.
— Ça ne l'intéresse pas davantage.
— Oui, mais il le faut !
— Il suffit, Évariste, soupira Onésiphore. Ça ne nous plaît pas plus qu'à toi, et nous n'y pouvons rien de plus que toi. Si le roi Louis-Philippe n'a pas envie de lever le petit doigt pour faire bâtir de nouvelles lignes de télégraphe, nous n'allons pas le lui lever manu militari, n'est-ce pas ?
— Fi donc ! »
Évariste se leva et se mit à arpenter nerveusement la clairière, battant sa cuisse verdâtre avec une poignée d'herbes qu'il venait d'arracher. Vautré sur un coude, Onésiphore regardait son copain marcher à grandes enjambées. Évariste était si virulent qu'il laissait de faibles traces de pas dans le gazon.

Onésiphore se renversa sur le dos. Descendre du fil était agréable. Agréable comme nager dans une rivière glacée, marcher dans un désert brûlant ou camper sur un glacier : le spectacle vaut le coup, et ça fait tellement de bien quand ça s'arrête.

Assise à côté de lui, Katic refaisait ses nattes en fredonnant. Un peu plus loin, un quatrième spectre pétrissait un feu follet en jetant de brefs coups d'œil au profil de Katic. L'argile électrique crépitait et coulait entre ses doigts.

« Sacrénom ! s'exclama Évariste. Quand Champi aura fini de se prendre pour un artiste, Onésiphore pour un édredon et Katic pour la queue de mon cheval, nous pourrons peut-être travailler sérieusement !
— T'as *jamais* eu de cheval, Évariste.
— Mais je *suis* un artiste !
— Mais puisque je me *tue* à te dire que Louis-Philippe ne veut pas investir un seul écu dans le télégraphe ! s'énerva Onésiphore. Que veux-tu y faire ? Aller

aux Tuileries lui tirer les orteils pendant la nuit ? C'est un calotin enragé ! Il nous prendra pour des démons et jettera l'anathème sur le télégraphe.

— Ah ouiche ? glapit Évariste, boursouflé de frustration. C'est donc tout ce que vous proposez ? De continuer à nous goberger dans nos fils, à errer tranquillement dans les hauteurs, laissant le peuple des morts crever sans recours entre la faux de l'Ankou et l'ennui de la nuit ? C'est ce que vous souhaitez ? Voulez-vous que je vous dise ? Vous êtes des profiteurs ! Des privilégiés sans foi ni tripes, sans cœur ni raison. À moi, l'électricité ! Aux autres, la terre humide ! Et jetez-leur trois fleurs, à ces sans-suaires. C'est là tout votre projet ?

— Il va bientôt nous traiter d'agioteurs et nous accuser de trafic de piles Volta, soupira Onésiphore.

— En parlant d'Ankou, tu as raison de crier comme ça, il est un peu dur d'oreille », siffla Katic.

Champi jeta par-dessus son épaule ce qui restait du feu follet, se leva, s'étira :

« Moi, quand tu m'expliques que je ne suis pas un sans-suaire, je me demande franchement ce que tu entends par suaire. »

Évariste se détourna en faisant siffler son bouquet d'herbe contre sa cuisse. Pour mourir si pauvre qu'on ne lui avait laissé sur le dos qu'un lambeau de caleçon crasseux, Champi avait vraiment dû être un artiste. Pas de doute.

« Nous sommes tous d'accord avec toi, Évariste, dit Champi. Il nous faut des fils télégraphiques. Il nous faut beaucoup de fils, des fils partout. Il faut aller chercher les morts là où ils sont, les sortir de la nuit et des griffes de l'Ankou, et faire de la place pour tous. Alors, si ce n'est pas le roi qui met la main au gousset pour tendre ces fils, il faudra que ce soit les grandes fortunes privées.

— Tu penses à une forme de mécénat ? » dit Onésiphore.

Champi fit la moue :

« Le mécénat, j'en sors. Tel que tu me vois. »

Il y eut un silence bien élevé.

« Ouais, ça fait pas envie, dit Katic qui n'avait pas été élevée.

— Je pensais plutôt, expliqua Champi sur un ton pincé, à une forme de contrainte par la terreur. De hantise, pour être plus précis.

— Et tu nous vois vraiment, demanda Évariste songeur, tu nous vois *vraiment* débarquant nuitamment chez monsieur Van Tonken, le roi des blés, ou chez les frères Fredonnier & Cie, empereurs du diamant, et leur dire : "Aha ! Manant ! Tire des fils, ou il t'en cuira en ton au-delà" ?

— Chez eux, non. Chez leur épouse, oui, répondit Champi. J'ai souvent traîné mes fesses dans les galetas sous les combles des hôtels cossus. Il y a là plein de servantes aux joues fraîches, que la conversation d'un artiste change agréablement de celle du fils de la maison. J'y ai appris des choses. »

Les trois autres le regardèrent avec envie, Katic parce que son galetas à elle côtoyait non un hôtel cossu mais la soue à cochons, Évariste et Onésiphore parce que Champi avait visiblement trouvé ce Paris-capitale-du-vice qu'ils avaient tous les deux vainement cherché. Pour eux, ç'avait plutôt été Paris-capitale-des-chambres-d'étudiant-qui-puent.

« Les maîtresses de maison donnent des soupers. Ça m'est revenu tantôt. Ce sont des soupers morbides, car ces femmes-là ne font guère autre chose que prier toute la journée pour le salut de leur âme. Parfois, ce sont des séances de débandelettage : elles débobinent une momie venue d'Afrique. Ça sent fort et c'est très laid.

Mais elles n'ont pas toujours une momie sous la main. Alors, elles font des soupers spirites.

— Bon sang, souffla Évariste.

— Elles invoquent leur père, leur mère, leurs enfants morts ou tel grand auteur qui vient de décéder ou encore, des saintes martyres. Et les morts répondent. C'est-à-dire que les soirées sont organisées par des charlatans assez doués, munis de lanternes magiques.

— Crénom! »

Évariste s'était pétrifié, un jarret plié et l'autre tendu, l'air d'un ravi de crèche, tenant son bouquet à bout de bras tel un équilibriste son balancier. Onésiphore sourit :

« Franchement, vois-tu madame Fredonnier entrer chez son époux en clamant "Grand-tante Cidalise exige que vous montiez le télégraphe entre Rouen et Brest!", et monsieur obtempérant?

— Oui, fit Katic en hochant vigoureusement la tête. S'ils sont comme par chez moi, ils ont peur de deux choses : la pauvreté et les criailleries de leur femme.

— Sans compter, fit songeusement Onésiphore, que pour ce qui est de s'enrichir, le télégraphe peut ne pas être inutile. »

***

Madame Bazin en avait les doigts qui collaient au guéridon :

« M-mère? Est-ce vous?

— C'est bien moua, ma fille. »

La voix, théâtrale et rocailleuse, ne semblait pas très féminine. Mais elle tonnait si fort dans le salon enfumé qu'aucun spirite n'osait bouger un cil, pas même le médium, un petit rondouillard qui, jusque-là, avait semblé parfaitement à l'aise avec les coulées ectoplasmiques et les bruits de chaîne.

« Ah, mère ! bredouilla madame Bazin, au bord de l'évanouissement.

— Pourquoi me rappelles-tu du fond du Royaume des Môrts, ma fille ? Qui te rend si hardie de déranger mon sommeil héternel ?

— Ah, ma mère ! Mon mari... il m'est revenu... on m'a dit... mère ? Êtes-vous, euh... en repos, en votre euh... repos éternel ? Ai-je fait dire assez de messes pour le, euh... repos de votre mort ? Pardon, votre âme ?

— Ah, ma fille ! Il m'est un grand tourment ! Car je vois se profiler pour notre famille une grande disette. La ruine. La banqueroute ! La *faillite* !

— Ciel ! s'évanouit madame Bazin.

— Vas-y doucement, merde.

— Qui... qui êtes-vous ? se ressaisit le médium rondouillard, l'air soudain méfiant.

— Dites à madame que je lui parlerai à nouveau demain, à la même heure ! tonna la voix. Et lui apprendrai le pieux moyen d'éviter une telle catastrophe. »

Puis elle se tut, malgré le médium qui empoignait ouija et cristaux médiumniques en posant des questions à tort et à travers.

***

« Quoi encore, ma chère ? » soupira monsieur Bazin. Il ne pouvait pas reprocher à son épouse d'avoir jamais été encombrante, non. Elle avait toujours avalé avec discrétion toutes les couleuvres du mariage et, comme elle était dépourvue à la fois de beauté, de personnalité et de méchanceté, lui avait en vingt ans coûté moins de peine et d'argent que sa dernière danseuse en deux semaines. Aussi eût-il été disposé à l'écouter de bonne grâce, n'eût été cette fichue goutte. Il y a des gens, comme ça, qui tombent toujours mal.

« Vous devenez dur d'oreille, mon ami, décidément, dit madame Bazin avec une mimique d'exaspération qui ne lui ressemblait pas du tout. Je vous *dis* qu'il faut que vous fondiez cette Société du Télégraphe. Il le *faut*! Pour moi, pour vous, pour nos enfants et pour...

— Pour?

— Pour le repos de l'âme de ma vénérée mère », acheva-t-elle en plantant son regard dans celui de son mari.

Qui le lui rendit : on ne devient pas magnat de la presse sans un aplomb à redresser la tour de Pise.

« Votre mère. Vous tenez ce bon conseil de votre mère? »

La voix de monsieur Bazin avait perdu une bonne trentaine de degrés. Madame Bazin connaissait bien cette température-là : c'était celle de toute sa vie. Si elle répondait oui, elle était bonne pour l'asile. Elle improvisa :

« Disons plutôt d'un ami qui vous a *bien* connus, elle et vous.

— Et qui est cet ami?

— Vous le verrez. Peut-être. À ce dîner où vous rêvez tant de rencontrer ce ministre. S'il vient, votre fichu ministre. »

Monsieur Bazin sursauta : sa femme avait dit « fichu ». Quelque chose clochait plus qu'un unijambiste sur un bateau.

« Il viendra.

— Il ne viendra que si je l'en prie! Vous n'ignorez pas qu'il n'accepte d'invitation que de gens de la noblesse.

— Votre titre a été acheté par votre père une petite fortune!

— Ce n'est pas vous qui le direz au ministre, n'est-ce pas? Et vous, de titre, vous n'en avez pas. »

Elle se leva, la tête haute et le goitre renflé. Leurs regards se croisèrent avec un bruit métallique. Monsieur Bazin n'avait jamais vu sa femme comme ça et il commençait à se demander ce qui lui arrivait. Il vieillissait ou bien ?

« Enfin réfléchissez, mon ami. Réfléchissez bien. Ce serait une bonne action, de participer à cette Société. Et puis, ne craignez-vous pas qu'en vous opposant à la marche triomphante du Progrès, vous n'offensiez Dieu qui L'a voulu ? Et qu'Il pourrait bien en retour vous priver de votre fortune si bien acquise ? »

Elle referma doucement la porte sur un monsieur Bazin éberlué. Il n'avait jamais entendu une proposition d'investissement accompagnée d'arguments aussi branques. Il étendit doucement sa jambe vers le feu en grimaçant. Par contre, cette idée de télégraphe n'était pas si sotte. Savoir avant tout le monde avait toujours été le meilleur des atouts, en affaires comme en politique, et surtout en presse. Et pour peu qu'il verrouille efficacement cette… Société du Télégraphe au nez de ses concurrents les plus directs… et le vieux Fredonnier, que les récents succès de Champourneux rendaient jaune comme un coing ? S'il lui proposait de s'y mettre pour un tiers afin de mieux plumer son rival ? Allons, il n'était pas encore si vieux que ça.

***

Le baron de Champourneux tendit ses gants et son claque au maître d'hôtel du Jockey Club, puis entra d'un pas décidé dans le salon. Il salua chaque homme présent selon son rang et sa fortune, hors cette vieille baderne de Fredonnier, et s'assit dans un fauteuil proche de celui où monsieur Bazin somnolait sur *Le Mercure*. Il lui adressa ses compliments à voix haute d'abord, pour le réveiller, à voix basse ensuite, pour faire croire à monsieur Fredonnier, qui les lorgnait de l'autre bout du salon en jaunissant de bile, qu'ils concluaient sans lui quelque affaire juteuse. Champourneux en était arrivé à fumer des cigares gros comme des cierges de Pâques pour la simple raison que Fredonnier n'en supportait pas l'odeur et pourtant, Dieu sait que lui non plus n'aimait pas ça, les cigares. Mais il aurait bouffé une demi-omelette d'amanites phalloïdes s'il avait été certain que Fredonnier mangerait l'autre moitié. Il en arrivait à se demander s'il n'aurait pas été meilleur, pour leur santé respective, qu'ils couchent ensemble une bonne fois pour toutes.

« Oui. Ce que vous me dites là, mon cher… », murmura Bazin en froissant lentement sa barbe. Puis il se tut, et lorgna Champourneux avec un air d'en avoir deux, voire trois ou quatre, que ne méritait pourtant pas la proposition somme toute banale que venait de lui faire ce dernier.

Quoi donc ? Ce n'est pas la première fois qu'on propose à ce vieux viveur de prendre une participation confortable dans un coup, disons… moderne ? songea Champourneux. *Est-il décati au point de n'avoir jamais entendu parler de…*

« Oui, oui, oui. Dites-moi, mon cher ami, chuchota soudain Bazin en se penchant vers Champourneux, ce qui transforma Fredonnier en citrouille mal sculptée, serait-ce madame votre épouse qui vous aurait parlé de cette Société ? »

Champourneux eut un hoquet de surprise :

« Mon épouse ? »

Champourneux était un noble quasi authentique, voire passéiste, aussi ne lui serait-il jamais venu à l'idée de demander à son épouse autre chose que « et comment allez-vous depuis l'an dernier ? » ou « et de qui est-il, cette fois-ci, mon héritier ? ». Mais le fait est qu'hier, sa vieille maîtresse aux ongles pointus lui avait clairement signifié que les diamants étaient passés de mode et que rien ne valait, pour l'heure, une bonne poignée d'actions de la Société du Télégraphe. Puis, comme il tâchait d'argumenter que cette société n'existait pas encore et qu'à huit heures du soir, il était un peu tard pour la créer, il s'était pris la porte sur le nez.

Champourneux n'avait pas le choix : toutes les danseuses de l'Opéra étaient probablement prêtes à lui accorder toutes les faveurs les plus compliquées, mais il n'y avait que sa vieille maîtresse pour lui gratter le dos comme il aimait.

« Voyons, temporisa-t-il alors que Bazin le regardait sous le nez, il est possible qu'en effet, une amie m'en ait touché un mot. »

Il faillit rougir. Bazin soupira et replia *Le Mercure*. Il croyait comprendre les femmes. Ou tout au moins, il croyait avoir compris qu'il ne les comprendrait jamais. Pas rentable. Mais c'était la troisième fois qu'on lui faisait la même proposition depuis le début de l'après-dîner. Tout le monde allait s'y mettre, à ce foutu télégraphe. Et dès demain.

« Commençons dès aujourd'hui, en ce cas, dit-il pour lui-même.

— Mais comment donc ! » fit joyeusement Champourneux, que le dos démangeait.

***

Dans les fils télégraphiques innombrables dansaient les messages des vivants et les âmes des morts. Chaque nuit, les spectres descendaient des poteaux et filaient vers les cimetières, les fosses communes, les prés à duels, les maternités et chaque aurore, au terme de courses-poursuites affolantes, ils ramenaient de récents défunts dans l'abri étincelant de l'électricité.

Les plus belles courses mettaient en jeu l'Ankou lui-même, suivi d'un bataillon de rabatteurs. Les spectres du fil cavalaient, remorquant une âme fraîchement désincarnée qui glapissait d'épouvante, l'Ankou les talonnait, filant à grandes enjambées, sa cape claquant loin derrière lui, sa faux brandie et, sitôt les morts à l'abri dans le fil, il s'appuyait au poteau et réait comme une corne de brume, ses orbites creuses brûlant de haine rouge. Réfugiés en hauteur, les spectres essoufflés se marraient comme des bossus.

Malheureusement, certains défunts refusaient de monter dans le télégraphe. En premier lieu, bien sûr, les rabatteurs.

« Mais pourquoi ne viennent-ils pas ? demanda Katic à Onésiphore.

— Parce qu'ils ont peur des représailles. Parce que l'Ankou a détruit leur esprit à force de terreur. Ou par vice.

— Par vice ?

— Par goût pour le fumier.

— Je vois, marmonna Katic en songeant à Fant Grenn.

— Il y a aussi tous ceux qui se méfient trop de leurs congénères pour accepter de suivre l'un d'entre eux. Et puis, il y a ceux qui s'en moquent éperdument. Comme Raphaëlle de la Coupe de Base. »

C'était une bien triste histoire. Lorsqu'il avait fallu jouer le rôle de madame Bazin mère chez le spirite, Onésiphore et Katic avaient tenté de la retrouver pour la faire participer. Ou pour qu'au moins, elle leur dise si elle appelait sa fille « ma fée verte » ou « mon petit bâton de zan », ou n'importe quelle niaiserie qui aurait pu mettre un brin d'effet de réel dans leur discours ectoplasmique. Après vingt-cinq ans, il n'y avait pas une chance sur mille qu'ils la trouvent dans son caveau et en un seul morceau. Elle y était, cependant.

Elle n'en avait jamais bougé.

Elle pleurait. Depuis un quart de siècle, elle pleurait. Elle n'était pas morte de dépit, mais de violente amour. « De quoi faire remourir de rire le Tout-Paris », avait commenté Onésiphore en se mouchant. Lui et Katic n'avaient pas pu en tirer quoi que ce soit. Ils l'avaient laissée dans son cercueil, pleurant sans larmes et tordant indéfiniment ses mains transparentes.

Peut-être est-elle encore là-bas, dans une des allées montueuses du Père-Lachaise.

***

Quelque part près de Paris, au pied d'un poteau télégraphique :

« Ab cane angue. Zi mousse mir…

— Non ! *Hab kein Angst*. N'ayez pas peur. Fais un effort, Katic ! Jamais un spectre allemand ne te comprendra !

— Allemand toi-même, Évariste ! J'ai jamais reçu d'instruction, moi. Mon école, ça a été moule, goémon et compagnie ! C'est quoi, d'abord, ces gens qui ne causent pas breton ?

— Il n'empêche que si tu abordes un spectre de Francfort en lui disant abcanangue ou traou mad kénavo, au lieu de te suivre vers le télégraphe, il va yodler le Notre Père en faisant des signes de croix !

— Ça n'a pas d'importance, rigola Champi. Pour les cimetières allemands, nous n'aurons qu'à envoyer des spectres alsaciens.

— Comment ça, traou mad kénavo ? Parisien de mes deux ! J'vais faire de toi un homme, moi ! glapit Katic sous le nez d'Évariste, qui recula et marcha sur le pied d'Onésiphore.

— Pardon ! Salut, Onésiphore, dit Évariste, soulagé de la diversion.

— Salut, dit Onésiphore en jetant à ses pieds un paquet gluant.

— Qu'est-ce que c'est que ce magma dégueulasse ? » siffla Champi.

Évariste regarda Onésiphore : pour le coup, celui-ci avait le teint le plus romantiquement atroce qu'un romantique puisse rêver, même mort. Il s'assit pesamment sur l'herbe, dans un silence pesant.

« J'suis allé au cimetière de Pantin. Y a une âme fraîche que j'ai attrapée au sortir de son tombeau. Une vieille harpie qui s'est débattue comme une diablesse. Pas moyen de s'faire entendre. J'l'ai lâchée.

— Ce sont des choses qui arrivent toutes les nuits, Onèse », dit calmement Évariste.

Ça l'inquiétait, d'entendre son pédant Onésiphore abréger les mots.

« Je l'sais, qu'ça arrive. L'Ankou l'a eue, c'te vieille bique. Mais ça m'a énervé : j'l'ai suivi, cette fois.

— Nous avions décidé de ne jamais faire ça, rouspéta Évariste. Parce que c'est trop dangereux. Et inutile. Aucune âme n'est jamais revenue de chez l'Ankou. Nous étions tous tombés d'accord sur ce point : ne jamais essayer de savoir ce que l'Ankou fait de ses âmes. Nous étions tous d'accord, tu t'en souviens ?

— Ben j'l'ai fait et maintenant, on sait. »

Onésiphore regarda le paquet piteux à ses pieds :

« C'est qu'une jambe et un bras. Y en a plein. Dans une poche souterraine de la Bièvre. Il entrepose les fagots là-dedans. Et ils... existent comme ça. Y flottent. Dans le désordre. Y a des crânes qui dérivent. Avec des coiffures à la Bertin, comme ma grand-mère. »

Il y eut un silence saturé de questions horribles. Katic en posa une, comme une crêpe brûlante sur une plaie ouverte :

« Ils ont encore de l'expression sur le visage ?

— Oui, marmonna Onésiphore.

— Rabatteur en vue ! » siffla la sentinelle perchée sur le fil.

Évariste retint Onésiphore qui se penchait vers le fagot, main tendue :

« Laisse, Onèse. Ne va pas ranimer ça. »

Ils filèrent ensemble le long du poteau.

« Je suis certain qu'ils lâchent tous la marguerite avec le temps, Onèse. Certain ! » emporta le vent qui soufflait autour du fil.

***

Madame Bazin fumait une cigarette marocaine en se rinçant la bouche avec un petit verre d'absinthe.

Il était un peu lourd, le dernier plat.

Depuis le succès de la Société du Télégraphe et la mort de son mari, elle avait pris un réel aplomb. Elle avait marié ses filles fort bien et fort loin, payé de beaux uniformes exotiques à ses fils, transformé la chambre de feu monsieur en herboristerie, mis à la porte une volée de femmes de chambre aussi jolies qu'inutiles et décidé de se donner du bon temps.

C'est une idée amusante, de placer un tournedos entre deux tranches de foie gras.

Après tout, l'absinthe, c'est presque aussi bon que l'éther. Le tabac marocain aussi. Et c'est à base d'herbes, aussi Dieu n'avait-il sûrement rien à y redire. Le confesseur qui avait osé en juger autrement s'était vu congédier aussi rapidement que les femmes de chambre. Dans la foulée, madame Bazin avait dit adieu à ses pauvres, ses Eaux et ses thés mondains, au profit de la gestion minutieuse de la fortune léguée par son mari. Exercice qu'elle s'était étonnée de trouver assez amusant et plutôt facile, sans compter que son nouveau statut de riche veuve lui valait d'être conviée à un nombre étonnant de dîners, auxquels elle se rendait avec un gosier gargantuesque. Résultat, elle avait aussi fait une croix sur son corset. Par un miracle consécutif, ses migraines l'avaient quittée, remplacées par des lourdeurs d'estomac qui justifiaient bien qu'elle prenne, de temps en temps, un petit verre d'absinthe avec une cigarette marocaine.

Mais c'est cette sauce au beurre, qu'on avait rajoutée par-dessus, qui devait être un peu lourde.

Bref, madame Bazin était devenue obèse, alcoolique, droguée, affairiste et trouvait le veuvage formidable.

« Monsieur le baron de Champourneux demande à être reçu.

— Qu'il entre ! Abrégez les politesses, mon petit Champou. Quelles sont les nouvelles ? »

Madame Bazin avait appris, en regardant œuvrer son mari, qu'on ne traite pas d'affaires avec profit en restant poli.

« Elles sont dans le journal, chère madame. »

Champourneux posa le numéro de *L'Illustration* sur la table en souriant : il aimait bien les vieilles dames indignes. Sa maîtresse aux ongles agiles pesait le quart du poids de madame Bazin mais sinon, elle puait autant, buvait plus, connaissait davantage de drogues, comptait les écus à peine moins vite et avait toujours les doigts aussi caressants.

« Ah ! souffla madame Bazin avec ravissement. Voilà. LE PREMIER CÂBLE TÉLÉGRAPHIQUE EST POSÉ ENTRE DOUVRES ET LE CAP GRIS-NEZ. Pouvez-vous me lire le reste, mon petit ? J'ai égaré mes lorgnons. »

Champourneux prit le journal et lut :
« D'après une technique mise au point par monsieur Siemens, la Société du Télégraphe a réussi à isoler un câble électrique avec de la gutta-percha. Ce câble ayant été posé au fond de la mer par un remorqueur, il a malheureusement été remonté par un bateau de pêcheurs...

***

... qui ont cru qu'ils avaient trouvé un trésor ! Ils ont confondu le cuivre du fil avec de l'or ! Dites-moi que je rêve ! »

Évariste n'avait pas l'air prêt à décolérer avant l'aube.

« Mais qui sont ces ganaches ? Trouvez-moi ces belîtres, que j'aille retourner leur literie !

— J'ai la liste, dit Champi. Celle de l'équipage. C'est dans le journal. Ils ont de ces noms, ha ha ! Lomm Ar Merrer, le capitaine. Yann Le Cam, Jozon Mingam, poil à leurs âmes...

— Et quoi ? s'insurgea Katic, c'est des noms comme... comme des noms ! Pour nommer ! Parce que Champi, tu crois que c'est pas ridicule, peut-être ?

— C'est là le hic, Katic, gloussa Onésiphore.

— Tu peux parler, toi !

— Justement ! Ça me venge, regloussa Onésiphore.

— Sans compter, brama Évariste, que c'est bien toi, Katic, qui as insisté pour que le premier câble sous-marin parte de Bretagne, non ? Si tu nous avais prévenus que les Bretons sont assez beurrés pour confondre un fil de cuivre avec un haricot magique !

— Comment ça, *beurrés* ?

— Yann Lenn, Jean-Marie Corre, continuait Champi, imperturbable.

— Qui ça ? bondit Katic.

— Jean-Marie Corre ?

— Avant !
— Yann Lenn ?
— Mais c'est mon frère ! Mon grand petitou ! Il doit avoir passé la quarantaine, à c't'heure. Il est quoi, sur ce bateau ?
— Second. C'est marqué : second.
— Ben vrai ! Il a été placé mousse pour ses quatorze ans. Moi, j'en avais pas dix.
— Ton frère, marmonna Évariste. Et il ne fait pas des séances de spiritisme, ton frère ?
— On n'est pas du tout pour ces païenneries, chez moi. On ne croit pas à ça.
— À quoi croyez-vous ?
— À la Vierge Marie, des choses comme ça.
— Et en ce qui concerne les morts ? Rien ?
— Ah si, beaucoup de choses ! Dame, laisse-moi y songer... Les intersignes, par exemple. Des rêves, ou d'autres signes étranges, qui annoncent la mort de quelqu'un.
— Fichtre. Et que dirais-tu de...
— Évariste, dit calmement Katic, si tu veux suggérer qu'à peine mon frère retrouvé, je me dois de le faire crever de peur pour pas qu'il touche à ton satané fil sous-marin, je t'en colle une.
— Amen », grommela Évariste.

***

C'est pour ça qu'un soir, alors que Jean-Marie Corre buvait paisiblement du flip devant sa cheminée, une voix sépulcrale lui dressa les cheveux un par un sur la tête et, avant qu'ils ne retombent, il avait juré sur tous les saints de répandre partout la terrible nouvelle, à savoir que quand on trouve au fond de la mer un truc plus long qu'un espadon et brillant au milieu, on le repose doucement et on jette le filet dix mètres plus loin, faute de quoi il risque de devenir difficile de boire son flip sans être dérangé.

***

« LE PREMIER CÂBLE TÉLÉGRAPHIQUE EST POSÉ ENTRE DOUVRES ET LE CAP GRIS-NEZ. Vous voulez un peu d'absinthe, mon petit Champou ? D'après une technique mise au point par monsieur Siemens (il ne s'est guère fatigué, le plumitif : il a recopié son article précédent), la Société du Télégraphe a réussi à isoler un câble électrique avec de la gutta-percha. Ce câble ayant été posé au fond de la mer par le remorqueur Goliath, la liaison a été établie avec succès, Dieu ! Que ce type écrit mal, encore une petite goutte ? »

***

« L'*AGAMEMNON* ET LE *NIAGARA* SE REJOIGNENT AU MILIEU DE L'ATLANTIQUE, si mon défunt mari était encore là, il n'eût pas toléré un titre aussi long. Mais je connais cet *Agamemnon* ! C'est bien ce bateau-ci qui a posé le premier câble transatlantique sous-marin l'année dernière, n'est-il pas vrai ? Un bel échec. Et il recommence. On ne change pas une équipe qui perd, c'est ça ? Faites-moi penser à virer le directeur.

— Mais la liaison transatlantique fonctionne, chère amie !

— Tut tut, ma goutte me lance : ça ne durera pas. »

Ça ne dura pas, le directeur fut viré et Onésiphore disparut en mer au large de Terre-Neuve. Rendu à sa condition de spectre au moment précis où la liaison électrique avait cessé, il mit des années à regagner l'Europe à pied en pestant tout du long.

***

Le petit salon douillet est houssé de noir. Ça sent le haschich froid, les fleurs fraîches et les prières pour les morts.

« Notre vieille amie – qu'elle repose en paix – eût été heureuse d'apprendre qu'on a enfin réussi la liaison télégraphique transatlantique, cher Associé.

— Mais elle l'eût moins été d'apprendre que c'est l'Eastern Telegraph Company qui a réussi ce coup-là et non la nôtre, cher Directeur.

— En effet. Et j'y aurais probablement laissé ma tête, cher Champourneux.

— Mais vous l'y laissez, cher Fredonnier. C'est à moi qu'elle a légué sa société et je vous vire. Un peu d'absinthe, nonobstant? »

Champourneux écouta la porte claquer, s'assit devant le feu, avala son verre d'absinthe et sourit immensément : il n'avait jamais réussi à se farcir le père mais le fils, là, il ne l'avait pas raté !

Sur quoi il eut une attaque, et mourut. Mais comme le fils Fredonnier s'était déjà répandu au Jockey Club sur son inconcevable éviction, cette mort inattendue ne lui servit à rien sinon à avoir l'air d'une andouille. Du haut du fil, une main dans celle de madame Bazin et l'autre dans celle, si habile, de sa vieille maîtresse, Champourneux en rit comme un coyote une nuit entière.

***

Le télégraphe crût et se multiplia, couvrit le monde, devint télex, et ce fut une pluie de ces petits télégrammes bleus qui annoncèrent tant de mauvaises nouvelles aux mères inquiètes, et tant de mensonges aux maris partis chasser.

Mais les morts découvrirent, vers 1880, que les signaux télégraphiques avaient un je-ne-sais-quoi de saccadé qu'on n'avait pas à subir dans l'ample harmonie analogique des fils de téléphone. Katic y veillant, c'est encore en Bretagne qu'apparut le premier réseau numérique un siècle plus tard. Idem pour le radôme de Pleumeur-Bodou, qui capta la première émission du premier satellite de télécommunication au début des années 1960.

À cette occasion, les spectres réalisèrent, premièrement que les signaux satellitaires étaient trop faibles pour les porter, et deuxièmement qu'ils avaient un vertige terrible.

« Le voyage dans les airs, c'est pas pour nous ! dit Katic d'un ton joyeux. On s'en fiche, y a assez de fils pour tous et pour toujours. »

Sur quoi Évariste fronça le nez, secoua les sourcils, fit sa moue de laitue et grogna :

« Je me demande si on pourra s'en fiche *vraiment* toujours. »

Évariste était peut-être près-du-bonnet, pied-dans-le-plat, soupe-au-lait et mauvaise-foi, mais c'était avant tout un visionnaire génial.

À cette époque, Katic et Onésiphore passaient beaucoup de temps sur les câbliers, ces gros bateaux qui pêchent et réparent les câbles téléphoniques sous-marins, Katic par atavisme maritime, Évariste parce que ses errances océanes lui en avaient donné le goût. Ils s'accrochaient aux robots désensouilleurs et se promenaient dans les bas-fonds en admirant les poissons. Le fil ne leur avait pas seulement donné un monde à eux, il leur en avait ouvert plusieurs. Aussi, quand Évariste se mit à baver d'enthousiasme au sujet d'entités imprononçables comme NCSA ou UUCP, ils commencèrent par faire la sourde oreille.

En réalité, Onésiphore et Katic en étaient venus à s'aimer d'amour tendre, ce qui avait brisé le cœur de Champi qui adorait Onésiphore. Et puis, le fil était si rempli désormais, de gens si divers qui reconstituaient avec tant d'ardeur les clivages, fanatismes et mesquineries de la vie d'en deçà, que tous deux se sentaient mieux sur leur désensouilleur, à traquer le zizi de mer.

***

« Pourriez-vous répondre quand on vous appelle ? râla Évariste en posant son pied impatient sur le pont métallique du câblier *Vercors*.

— C'est inutile puisque te voilà, soupira Onésiphore. Quel nom porte la merveille, cette fois ? UUICPTPO ? GRTYFREZ ?

— ARPANET.

— C'est ravissant.

— Nom d'un tube électronique, Onèse : sais-tu ce qu'est un modem ?

— Mot d'aime ?

— Nom d'un klystron, Onèse ! Il faut que tu viennes voir ça. »

Ils y allèrent.

À l'époque, juste avant 1990, il y avait 130 000 ordinateurs en réseau et les modems allaient à 9 600 poussifs bits par seconde. Il s'en fallait de trois ans pour qu'un résident suisse trouve le terme World Wide Web, et l'abrège en www. Les ordinateurs étaient gros et lents, les sites n'existaient que sous forme de tas de données barbants mais même comme ça, c'était magnifique : les spectres avaient enfin un chez-eux. Non pas un fil qui court, danse et vous dépose à tous les bouts du monde de l'en-deçà : un chez-eux. Pas un chez-eux comme une pile toujours prête à se vider, ou un gros accu tout noir : un chez-eux sous tension permanente, un chez-eux ouvrant sur des routes pour partout, un chez-eux où ils pouvaient construire et rêver, un chez-eux où ils pouvaient donner à l'électricité toutes les formes qu'ils désiraient : le web. Ils emménagèrent donc avec enthousiasme, sans trop se demander chez qui. Ce furent les fées qui le leur apprirent. La nouvelle leur parut dénuée d'intérêt :

« Qu'est-ce que ça peut faire, que le magnat du web soit la réincarnation d'un spectre tout juste sorti d'un puits de malédiction ? Il peut bien sortir d'une ziggourat gagaouze, tant que ses logiciels nous fichent la paix dans nos basses couches de mémoire.

— Si, ça a son importance, vous verrez, répondirent les fées.

— Mais non.

— `Crr` »

L'arrivée des pacmans sonna le glas d'un rêve parfait.

« C'est votre réincarné qui élève ces sales bêtes ? demandèrent les spectres aux fées.

— Non, répondirent les fées en savourant l'instant, c'est son allié.

— Quel allié ?

— L'Ankou. »

Si.

***

Le plus étrange, dans tout ça, est que, de toute évidence, les spectres et les fées s'adressaient à nouveau la parole. Il est vrai que quelque événement historique déplorable avait précédemment jeté un froid dans les relations entre Éthéréens et spectres. Cependant, nombre d'Éthéréens avaient pu constater, en observant les courses-poursuites entre les troupes de l'Ankou et les spectres du fil, qu'on ne peut mettre tous les fantômes dans le même charnier. Surtout qu'en ce qui concerne l'Ankou lui-même, les Éthéréens avaient cru remarquer – mais n'anticipons pas. Ils étaient donc devenus moins glaciaux. Bien leur en avait pris : discuter avec tous ces morts plongés en plein flux de communication leur permit de se repérer les uns les autres, et de se rejoindre. Ainsi, une importante communauté gnomique se forma près de Tegucigalpa, dans une caverne où elle découvrit – mais n'anticipons pas. De plus, Évariste avait l'art des promesses affriolantes, jurant ses grands dieux qu'il allait construire un cybermonde autonome loin des humains vivants, qu'il allait trouver la clef électrique de la porte de l'Éther, qu'il allait renvoyer Bille Guette dans un puits numérique ; en clair, depuis ARPANET, il écumait d'enthousiasme et les Éthéréens l'aimaient bien.

***

« Ce n'est pas trop tôt, glapit Évariste en déroulant le mince ruban numérique d'un mail qui était venu se poser doucement sur son crâne.

— Trop tôt pour quoi ? bâilla Onésiphore, vautré à côté de lui sur un divan pourpre et qui dégustait du raisin virtuel.

— L'éleveuse de bernicleaux ! Ils l'ont trouvée. Elle est en ligne !

— Il ne reste plus qu'à la numériser, dit Onésiphore avec des suçotis voluptueux.

— Il y a un problème, maila le spectre qui discutait avec Cid et Mismas.

— Quel problème? piailla Évariste en flanquant un coup de pied rageur dans le cratère rempli de fruits.

— Une vivante veut accompagner la fée.

— Mon raisin!

— Qu'elle attende quelques années, son tour viendra!

— L'éleveuse de bernicleaux dit qu'on devrait la numériser elle aussi. Du moins, son corps éthéré. Son aura, en quelque sorte.

— Tu as renversé mon raisin!

— Mais pourquoi une éleveuse de bernicleaux aurait-elle besoin d'une prémorte? ragea Évariste,

— Pour rire, dit-elle. »

Mismas avait énergiquement argumenté : « Ah non ! Je me farcis le bois de Boulogne par moins trois degrés centigrades, je ne vois pas pourquoi on me laisserait choir quand il s'agit de se faire le web à 56 kilobits par seconde. »

Alors Cid l'endormit, puis éveilla tout doucement son corps éthéré et, main dans la main, abandonnant la dépouille vide de Mismas sur son canapé, elles plongèrent dans le vortex étroit du microprocesseur.

« Ça doit être plus agréable dans une lessiveuse », eut le temps de songer Mismas avant de se décomposer en millions de petits 0 truffés de petits 1.

Pour quelques molécules
d'épinard de plus

Lu sur le web :
Tchat SIRIUS
```
12 :52 <psi> moi, j'ai un : Server error
12 :53 <choco> et t'en es content ?
```

« Ça va, Mismas ?
— Elle n'a pas l'air d'aller.
— Ça doit être l'ivresse des providers. J'ai des cookies de décompression tout frais d'hier. Je vais essayer de lui en faire avaler un. Quelqu'un peut m'aider à lui desserrer les mâchoires ?
— À mon avis, c'est plutôt la stupéfaction, fit la voix de Cid. Il faut dire que c'est assez particulier, comme expérience. »

Sitôt sortie de la lessiveuse de la numérisation et de l'essoreuse de la modulation, Mismas s'était vue embarquée dans la plus monstrueuse partie de montagnes russes de toute l'histoire de la Grande Russie. À côté, l'Anapurna faisait assiette creuse. Elle et les fées avaient filé comme des finalistes olympiques de bobsleigh le long des autoroutes de l'information dans un grand hurlement d'octets froissés, avant d'être crachées au cœur d'un modem qui les avait démodulées à grands coups de dents. Et elles avaient échoué dans un… truc.

« C'est une copie en trois dimensions de l'*Allégorie de l'œuvre missionnaire des jésuites*, dit aimablement un gros spectre au teint affreux. Andrea Pozzo. Vous connaissez ? La voûte de la nef de Sant'Ignazio, à Rome ? Non ? Avec quelques divans profonds en plus. »

L'*Allégorie de l'œuvre missionnaire des jésuites* originale orne le plafond d'une nef éléphantesque qu'elle ne contribue pas à rapetisser. Elle représente un quadrilatère de colonnes et d'arcades, soutenant d'autres colonnes et arcades, soutenant la même chose un nombre consistant de fois, du point de vue d'un homme allongé par terre au milieu du quadrilatère, les yeux tournés vers le ciel. Lequel ciel apparaît tout en haut et tout autour, à travers les arcades, aussi torchonné qu'un éternuement de chantilly. Une modeste centaine d'archanges pauvrement vêtus, d'angelots à poil et de nuages molletonnés se bousculent entre les chapiteaux.

« Ce sont des animations que j'ai faites avec le logiciel Jerk©, dit un maigrichon très sale et pas plus vêtu que ses anges. Ils sont chouettes, hein, mes bonshommes en Jerk© ? J'en ai chié, avec les textures.

— Vous êtes infographiste ? bafouilla Mismas en se demandant si on pouvait vomir en Jerk©.

— Cybersculpteur, faut pas confondre, rectifia le maigrichon.

— Je vous présente Onésiphore et lui, c'est Ch@mpi avec un @, faut pas confondre, et moi, c'est K@tic et lui, c'est Évariste mais sans @ : il trouve ça @ntirépublic@in. »

Mismas se souleva péniblement sur un coude, se pencha par-dessus l'accoudoir cramoisi de son divan, jeta un œil sur la perspective en contrebas, laquelle était le miroir de la perspective en contre-haut : colonnes, chair fraîche et chantilly à perte de vue. Elle se rallongea en gémissant. Le divan était installé sur une corniche à peine plus large que lui. Cid, l'air détendu et les jambes pendouillant dans le vide, buvait une liqueur de pware dans un calice en jacassant avec ses copines. Mismas gargouilla : si Cid avait gardé, malgré la numérisation, son allure exotique, Pimprenouche et les deux autres fées du bois de Boulogne avaient repris leur allure réelle. Enfin, presque repris. Comme un top model trop vite poussé en graine qui n'arrive pas à se séparer de sa gouttière dentaire. C'est-à-dire que Pimprenouche était une fine créature bleutée avec des doigts jaunes, Pétrol'Kiwi une fine créature bleutée avec des chaussures de sécurité, et Babine-Babine une fine créature bleutée avec une jupe avec un empiècement… enfin, avec un manque d'empiècement crucial. Mismas se retourna en bavouillant sur le velours pourpre.

« Ça va ? lui demanda K@tic.

— Glork. »

Mismas se redressa précautionneusement, balança ses jambes hors du divan et s'efforça d'ignorer la double perspective qui bâillait sous ses pieds et au-dessus de sa tête. Elle se douta qu'elle n'y arriverait jamais, et un seau d'exaspération descendit bringuebaler dans le gouffre de sa nausée.

« Maintenant, dit-elle posément, il va falloir qu'on m'explique. Parce que je veux comprendre. »

Huit paires d'yeux se tournèrent vers elle :

« On dirait toi, Évariste, gloussa Onésiphore.

— Ah, c'est une mortelle, grommela Pétrol'Kiwi. Toujours pressés, les mortels. Galopent partout. »

Mismas décida qu'elle avait assez enduré, réussit à se mettre debout, saisit fermement le dossier du divan et le poussa dans le vide. Il bascula en grinçant sur le rebord de marbre et disparut dans la chantilly virtuelle, en contrebas, au bout d'un temps qui sembla incroyablement long.

« Alors voilà, dit-elle les yeux résolument fermés, soit je craque, je me roule par terre et, vu la largeur de la corniche, il y a risque que l'essentiel des personnes présentes s'écrasent comme une cyberbouse au fond de ce cauchemar, soit je ne craque pas, parce que je suis trop occupée à écouter tout ce qu'on a à me dire.

— Tomber ne représente aucun danger. Tout ici est virtuel, marmonna Onésiphore.

— La gravité aussi ? » Mismas ouvrit les yeux avec un grand sourire : « Il n'y a qu'à demander à mon canapé ce qu'il en pense. »

K@tic haussa les épaules mais Cid, Pimprenouche, Pétrol'Kiwi et Babine-Babine s'entre-regardèrent. Car si les trois spectres numérisés avaient l'habitude de voleter tranquillement dans l'espace numérique, les fées n'étaient pas sûres de parvenir à oublier du premier coup cette vieille lune d'Attraction Universelle. *C'est une question d'habitude, n'est-ce pas ?* songea Cid en se grattant le bout du nez. Elle commençait à se demander ce que ses sorts donneraient sur le web. Des citrouilles.com ? *Ou des sprouitch.fr ?*

***

Mismas repoussa rageusement un filament rouge qui s'obstinait à lui chatouiller la narine droite. Autour d'elle, ça grouillait littéralement de filaments : des blancs, des noirs, des jaunes et des verts, des petits et des gros, des longs et des courts, des baveux et des dentelés ; ça grouillait. Et ça bougeait vaguement, avec bonhomie et insistance, comme une prairie d'herbes génétiquement très modifiées, voire hybridées à l'ergot de seigle.

« C'est tout simple, dit Onésiphore en joignant le geste à la parole. Attrapez trois ou quatre filaments, tordez-les violemment *comme ceci*, faites un nœud et asseyez-vous dessus.

— Ça ne leur fait pas mal ? bafouilla Mismas.

— Probablement, si. Parce qu'après, les autres se le tiennent pour dit.

— Mais c'est un coup à alerter la Société Protectrice des, euh… Filaments.

— Des Projections Gestuelles de Mythes Archaïques, s'il vous plaît.

— Ah oui », souffla tristement Mismas. Elle se demanda si elle avait bien fait de demander à déménager. Tout compte fait, les angelots en Jerk© avaient meilleure allure que ces choses. Elle se demanda aussi si ça valait le coup de redemander à redéménager : Onésiphore avait l'air de disposer d'une liste de sites tous plus abominables les uns que les autres. C'est une chose que d'admirer une toile d'*action painting*, c'en est une autre que de se retrouver assise en tailleur au milieu d'une œuvre de Jackson Pollock en trois dimensions.

« Sinon, je dispose aussi d'un superbe site de Dalí, proposa Onésiphore avec un enthousiasme pénible. *Le Grand Masturbateur !*

— Sans façon, fit sèchement Cid en pinçant une barbule bleu vif qui lui caressait tendrement le cou. À toi la parole, Évariste. Mismas veut qu'on lui explique, alors explique-lui.

— Expliquer quoi ?

— Tout.

— *Tout ?*

— Ça lui apprendra à nous menacer de jets de divan.
— Il était un temps… »

« … un temps où la Terre était plate. Il y avait un Dieu dans le Ciel, un Diable en Enfer et un Directeur au Purgatoire. D'après des récits d'époque, il s'agissait d'un grand dégingandé, un ancien démon élémentaire bardé d'amulettes que Dieu était allé débaucher au fond de son île. Ce genre de sauvage avec une jupette en banane et un os dans le nez.

— Tss, fit Mismas, qui avait beaucoup à apprendre sur la mentalité colonialiste des jeunes républicains du XIXe siècle.

— Il avait pour nom Ng'Walaoué et…

— Mbalaoué, dit Pétrol'Kiwi qui était d'époque. Mais on l'appelait Azraël. Un grand con, que c'était.

— Avec un os dans le nez, exactement. Car c'était une époque d'obscurantisme, soumise aux religions et à leurs rites barbares, en proie aux pires superstitions. Les hommes vivaient dans la misère et la terreur, ils croyaient à Dieu, au Diable, aux fé… énomènes surnaturels. »

Évariste s'épongea le front.

« Et, hm… voilà.

— Ils n'avaient pas tort, non ? dit benoîtement Pimprenouche en s'allumant une clope, habituée qu'elle était à la mentalité incohérente des humains de tous âges à toute époque. À te voir, j'ai comme tendance à me mettre à croire aux fantômes.

— On n'arrivera à rien si on m'interrompt tout le temps, décréta Évariste avec une mauvaise foi coulée dans le bronze. Donc, ce sauvage…

— Tss !

— … gardait les âmes en repentance au Purgatoire. Un beau jour, il y accueillit un gamin nommé Bille Guette. Natif des îles, lui aussi. Ce qui explique son absence d'éducation morale.

— Tss !

— Ah non ! s'exclama Onésiphore, qui avait lu tout Freud à l'époque surréaliste. Une névrose comme celle de Bille Guette est signe d'un Œdipe bien emberlificoté, comme on n'en trouve que dans les familles les plus moralement accablées, en particulier celles où l'on pratique assidûment la Bib. Ou quelque ouvrage abscons similaire, ajouta-t-il avec sa foncière honnêteté, rédigé par l'exploiteur pour engluer l'exploité dans les rets de la culpabilité et…

— ET ! clama Évariste. Et ce Bille Guette a fabriqué un breuvage. Un philtre.

— Un tord-boyaux qui chiffrait ses soixante degrés, tu veux dire, corrigea tranquillement Pétrol'Kiwi. Et qui rendait plus dépendant que l'héro, plus rapidement que le crack et plus définitivement que la clope.

— Il en a offert à Dieu et au Diable, lesquels sont devenus toxicomanes. *Exeunt* ces deux-là. Ayant neutralisé les deux grands patrons, Bille a décidé de se débarrasser des anges et des démons, c'est-à-dire de détruire l'Enfer et le Ciel. Il faut bien avoir en tête que le Ciel était en nuage. Entièrement en nuage. Bille Guette y a envoyé des missiles en, euh… bin, en coton, conclut-il d'un air dégoûté. Fallait-il être névrosé pour attaquer le ciel à coups de boulettes hydrophiles ? Le pire, c'est que ça a fonctionné. Ces missiles ont bu tout le Ciel. Au même moment, Bille a aussi détruit les Enfers. Il les a congelés en y envoyant de la neige carbonique sous pression.

— Tu te fous de moi ? fit Mismas avec un grand sourire, tout en tordant l'équivalent du cou à une fibre jaune d'or pleine d'amour.

— Mais non, pourquoi ? demanda Évariste en ouvrant de grands yeux ronds.

— Pour une fois que je rencontre un leader charismatique, il est ingénieur, soupira Mismas.

— Les démons se sont retrouvés surgelés au sous-sol. Quant aux anges… je n'ai jamais bien compris ce qui était arrivé aux anges.

— Dieu passait Son éternité à picoler dans les nuages, dit Pétrol'Kiwi. Quand il y a eu le G.C.C., le Grand Cataclysme Cotonneux, Il a mis Sa cave sous Son bras et Il a pris la première comète qui passait. Alors les anges, privés de patron et de nuages, se sont suicidés en masse. Y a pas plus grégaire qu'un ange.

— Une horreur ! renchérit Babine-Babine. Ils se sont mis en orbite et se sont laissés mourir. Pendant des jours et des jours, on s'est pris sur la tête leurs auréoles quatorze carats, boum ! Et je ne parle pas des plumes ! On en avait jusque dans les trous de nez.

— Plus de Dieu, reprit Évariste, plus d'Enfer ni de Paradis. À la place, Bille Guette a fondé une République. Une grande République terrestre ! Essentiellement composée de spectres. C'est-à-dire que les missiles sont retombés un peu brutalement. Ils n'ont pas laissé beaucoup d'êtres humains à l'état solide, hélas. Mais c'était une belle idée, cette République ! Seulement, tout s'est mal passé. Le problème tenait à ce que Bille Guette n'était pas… il manquait de…

— C'est un enfoiré de raciste de mes deux que j'n'ai pas ! s'exclama Pétrol'Kiwi. Il avait décidé que la Terre serait aux humains, morts ou vivants ! Du coup, il a envoyé ses soldats spectraux passer les fées au lance-flammes, les nymphes à la scie sauteuse et les lutins au DDT ! Et les gragons à la mitraillette, et les elfes à la râpe à moules, et les…

— Disons qu'il a jeté un froid durable entre les spectres et les Éthéréens, la coupa Évariste. Ce regrettable épisode est connu sous le nom de Gros Massacre.

La plupart des Éthéréens se sont réfugiés chez, voyons, Blaoué ? Le sauvage avec son os.

— Tss, tss !

— Lequel avait créé un royaume ! éructa Évariste. Un royaume indépendant de la République de Bille Guette. C'est-à-dire qu'il avait réussi à isoler une partie de la Terre derrière un... mur.

— *Le* Mur ! dirent en chœur les fées.

— Quel mur ? fit Mismas en retournant une beigne à la langue noire qui ronronnait sur ses genoux.

— Un mur d'absurdité, dit Cid songeusement. Un immense miroir circulaire dont le motif était absurde.

— Un reflet absurde ? »

Mismas tourna vers Cid un visage constellé de points d'interrogation, tandis qu'une flammèche bleue tâchait de s'insérer sous ses fesses en déroulant, dans l'effort, d'harmonieuses bouclettes.

« Par les bois de la République, je ne vois pas le problème, grommela Évariste. Qu'est-ce que peut bien avoir de gênant un reflet ?

— Je parie, dit Mismas, que Bille et ses troupes étaient cartésiens. Très terre à terre, "je bricole des missiles", "je pompe du gaz réfrigérant", c'est ça ?

— Exactement, approuva Onésiphore. Autant dire que ce Mur les a arrêtés un moment. Rien qu'à le regarder, le cerveau leur coulait par les oreilles. »

Évariste haussa les épaules :

« Pur folklore. D'ailleurs, Bille Guette a réussi à détruire le Mur. Il a tout fait sauter et l'explosion a fendu la croûte terrestre. Exit la neige carbonique sous pression, d'où réveil des démons, d'où Fin du Monde. Jusque-là, tout est logique. Les démons ayant l'humeur difficile au réveil, ils ont mis le feu à la planète. C'est à cet instant que Jésus intervient.

— Qui ça ? gloussa Mismas.

— Jésus, m'a-t-on dit, pondit Évariste du bout des lèvres. Un personnage peu aimable, semble-t-il. Guère d'hygiène, non plus.

— Aucune éducation, siffla Mismas.

— Aucune. Il a proféré deux ou trois sentences...

— Il a dit : "Ça suffit, ce fatras. Moi, Je Me carapate de ce tas de boue avec Myriam de Magdala et, pour ne pas Me sentir seul, J'emmène tous les démons, et tous les elfes, les gragons et les lutins." Enfin Il a dit ça, je crois. En mieux, sûrement, expliqua Babine-Babine. Que les hommes ne faisaient rien d'autre que s'entre-tuer en Son Nom mais que ce bon temps-là était fini, qu'il faudrait qu'ils trouvent un autre prétexte parce que Lui rendait Son tablier, et qu'il n'y avait pas marqué "Assassinez-vous les uns les autres" là. Après quoi, Il a rendu la Terre bouliforme, Il a ressuscité la nature qui avait brûlé, et Il est parti vers une autre dimension. On appelle ça le G.E.C., le Grand Exode Chrétin. Mais quelques heures auparavant, au tout début de la Fin du Monde, l'Éther a paniqué. Ce sont des chochottes là-bas, des marraines-fées qui ne débordent pas d'audace, des carabosses très tasse-de-jus-de-vipère-à-cinq-heures. Tout ce raffut, la Terre qui flambait, les démons qui grouillaient, et les spectres qui braillaient tandis qu'ils se faisaient fourcher le train, ça leur a fait peur et l'Éther a fermé sa porte. Depuis, eh bien, nous sommes là. Je ne peux pas dire que je regrette l'Éther, ça n'est que jus de vipère et boutiques de baguettes, mais tout de même...

— L'Éther s'est fermé, enchaîna Évariste, Jésus est parti en emmenant avec lui tous les résidus des anciennes superstitions, et la Terre a enfin appartenu aux hommes. À ce qu'il en restait, du moins.

— Et Bille Guette ? s'étonna Mismas.

— Eh bien, expliqua Pimprenouche, paraît que Bille, pendant la Fin du Monde, s'est fait coincer par Lucifer. Pas commode, Lucifer. De l'arthrite. Aime pas la neige,

Lucifer. Surtout sous pression. Aime beaucoup les puits de malédiction, par contre. Bille s'est fait empuiter. J'aimerais bien savoir comment il en est sorti.

— Pour ça, se réveilla K@tic, il suffit de demander aux astrologues, aux nécromachins, comment tu dis, Onésiphore ?

— Aux cultes. Sciences occultes.

— Qu'est-ce qu'elles viennent faire là, celles-là ? soupira Mismas en arrachant avec décision cette foutue languette noire qui lui léchouillait les rotules depuis dix minutes.

— Elles disent avec force formules latines, voire hébraïques, qu'un changement de millénaire est une sorte de vortex (Onésiphore cherchait ses mots), un précipité, quelque chose comme l'instant le plus sombre de l'Œuvre au Noir.

— Une période porte-poisse, résuma Mismas. Si c'est ça, ma mère en fait tous les jours, de l'occultisme.

— Encore une mortelle qui nous la joue "mon époque décadente", soupira Pimprenouche. On voit que tu n'as pas connu les précédentes.

— Vous n'êtes pas toutes de droite, alors ? sourit Mismas.

— Pour résumer, si Bille Guette devait sortir de son puits, ça ne pouvait pas être à un autre moment que maintenant, conclut Onésiphore.

— Nom d'un chien, Onésiphore ! Tu n'as pas un site moins exaspérant ? glapit Évariste en décollant un petit vibrion rouge de sous son aisselle.

— J'ai un site Vasarely tout frais conçu.

— J'ai dit : moins exaspérant.

— Je désespère de faire franchir à ton sens artistique la barrière des années 50, soupira Onésiphore.

— Si tu veux parler de toutes ces foutreries de Land Art, Op Art et autre Pop Art, je suis tout à fait d'accord.

— Je veux parler de 1850, grommela Onésiphore. Venez donc. C'est un peu loin. Dans l'ordinateur d'un hacker taïwanais. »

Les fées et Mismas se levèrent en se jetant des regards méfiants.

« On fait comment ? s'inquiéta Pétrol'Kiwi.

— On se donne la main, expliqua K@tic. Onésiphore va incanter l'adresse. Fermez les yeux, il y a deux firewalls à franchir.

— Des quoi ? piailla Cid, qui parlait un peu anglais.

— http ://www.sinux-kheops.com/ », hurla Onésiphore. Mismas eut l'impression brutale d'être télétransportée dans un cartoon hystérique, de ceux où les lapins ont les yeux qui giclent des orbites et une puissance d'accélération qui les conduit à laisser leur silhouette en découpe dans le bois des portes les plus épaisses.

Avec elle dans le rôle à la fois de la porte, et du lapin.

***

« Tudieu d'vindieu d'nondégu ! éructa Pétrol'Kiwi en allumant son clope d'une main tremblante. J'imagine qu'on s'habitue, à la longue.

— Pas tellement, non » sourit K@tic.

Pétrol'Kiwi la regarda de travers : née immortelle et de consistance variable à volonté, elle avait du mal à comprendre le plaisir toujours renouvelé que les spectres, voués d'abord à la mort puis à l'inconstance, trouvaient dans ces parties de glisse le long de fibres optiques étincelantes, où ils rebondissaient comme du pop-corn dans une chaudière. Mismas tomba assise et regarda autour d'elle : il s'agissait d'un joli site alpestre avec un beau ciel bleu, une grande montagne enneigée, des sapins, des digitales et même une petite chèvre blanche. Laquelle se battait avec un mouton jaune encorné de rose. Mismas se pinça la racine du nez.

« Firewall, firewall. J'avais bien entendu », grommelait Cid en remettant en place son short minimaliste et son marcel confidentiel, que le vent de la course avait remontés au point que Mismas avait failli lâcher : « Eh ! Cid ? Tu as pensé à la ceinture et au cache-nez mais tu as oublié le reste, ou bien ? »

« Tu veux parler des deux murs de feu qu'on a traversés ? demanda Babine-Babine, qui n'était pas bilingue et qui se retenait de claquer des dents. Plutôt… plutôt enflammés comme murs, n'est-ce pas ?

— Arrête de claquer des genoux, grommela Cid.

— Ce sont des protections, expliqua Évariste. Contre Bille. Et contre l'Ankou.

— Deuxième partie de la leçon, bâilla Mismas. Tu en étais au Grand Exode Chrétin.

— Oui, j'en étais là. »

Évariste s'assit en tailleur à côté de Mismas. Les fées en firent autant.

« Ce n'est pas mal, comme site, concéda finalement Pimprenouche. À part le haut des montagnes, qui est un peu carré.

— Oui, bon, ça va, râla Ch@mpi.

— Puis-je en placer une ? siffla Évariste avec un égocentrisme taillé dans le granit. Depuis le Grand Exode Chrétin… »

« … depuis le G.E.C., les rares Éthéréens qui ne sont ni morts dans le Gros Massacre, ni en exode avec Jésus, ni planqués dans l'Éther se sont réfugiés dans la bouderie et les morts, dans les cimetières. Où les attendait un autre problème. L'Ankou. »

Évariste se frotta les yeux de façon curieusement humaine. Comme si les yeux d'un spectre numérisé pouvaient vraiment piquer. Mismas regarda ses propres mains : il s'agissait bien de ses mains, mais elles étaient plus lisses, sans duvet ni taches de rousseur. Elles manquaient de détails. Mismas scruta sa paume et vit la fine pixellisation de sa peau.

Un épiderme à coins carrés. Je me demande ce que la provitamine K y pourrait.

« L'Ankou est un… comment dire ? continua Évariste. Une silhouette sombre armée d'une faux, qui traque les spectres et les coupe en morceaux.

— Plaît-il ? s'étrangla Cid.

— En morceaux. Il dirige des armées de rabatteurs, des spectres qui l'aident à piéger les morts au sortir de la tombe et à entreposer les morceaux sous terre.

— À *quoi* ?

— Entreposer. Les spectres continuent à avoir une conscience, même éparpillés en petits bouts. L'Ankou les range dans des cavernes souterraines, et il les y abandonne.

— Mais c'est horrible !

— Horrible, foutre ! Comme vous y allez. Pour notre part, ça fait des années que nous cherchons à qualifier la chose, et nous n'avons pas encore trouvé de terme adéquat. »

Onésiphore se frotta lui aussi énergiquement les yeux.

« Bien sûr, reprit fébrilement Évariste, la conscience finit par les quitter. Un mort qui n'entretient pas sa virulence, c'est-à-dire son physique, finit par se diluer et par ne plus exister du tout. C'est sûrement ce qui arrive à tous ces morceaux. Ça va, Onèse ?

— Ça va. Mal, mais ça va. »

Ils restèrent un moment silencieux, essayant de ne pas imaginer ce que pouvait représenter le fait d'être à la fois conscient et en tronçons.

« Tiens ? Le vent se lève », remarqua Pimprenouche.

Ch@mpi releva brusquement la tête :

« Le vent ? »

Pétrol'Kiwi tendit la main :

« En haut des sapins. Le gros, là, dont le faîte est... très, très légèrement carré.

— Je n'ai jamais créé de vent ici ! s'exclama Ch@mpi. C'est une incrémentation qui commence. Romu@ld ! On s'en va !

— Une quoi ? piailla Cid.

— Vite, prenez-vous tous par la main ! http ://www.nighthawks.jpeg ! »

***

« Je n'ai en effet pas l'impression qu'on s'habitue », croassa Pimprenouche en allumant son clopiot par le mauvais bout.

Babine-Babine réajusta sa jupette ajourée avec un soin qui fit de la peine à Mismas.

« Là, on s'est quand même pris un hub vachement serré, gloussa K@tic tandis que Pétrol'Kiwi lui jetait un regard sombre.

— Tu veux parler du siphon noir comme mon cul qui nous a aspirés, juste après le mur de feu juste après la grande descente à 10 G, ou pas ?

— C'est ça. Un hub. C'est un concentrateur. Ça troue le cul, hein ?

— Moi, ça me fout mal au crâne. On esquinte les outils qu'on a.

— Qu'est-ce que c'est, une incrémentation ? soupira Cid en regardant autour d'elle.

— J'en étais là, je crois, dit Évariste. Du moins, un peu avant. Ce n'est pas mal, ici, Onésiphore. Un peu dépouillé, peut-être ?

— Évariste, mon chou, tu as toujours eu le sens de la litote. »

Les spectres, les fées et Mismas étaient debout devant la vitrine d'un café. Il faisait nuit. La lumière du bistrot diffusait une aura verdâtre qui éclairait l'asphalte gris et la devanture d'un magasin où trônait, esseulée, une vieille caisse enregistreuse. À l'intérieur du troquet, il n'y avait qu'un grand bar en bois triangulaire sommé de deux gros percolateurs. Un serveur tout blond, en blouse et calotte blanches, lavait la vaisselle. Assis sur de hauts tabourets, deux hommes en chapeau mou et une femme rousse écoutaient pousser leurs cheveux. La femme regardait ses doigts en frissonnant dans sa blouse de soie rose. Sur le bar, un dévidoir à serviettes en papier, des verres, des tasses et une salière. Mismas pensa à des œufs durs :

« Je mangerais bien quelque chose. »

Elle recula de quelques pas pour lire le nom du troquet :

« *Phillies*.

— Ça, pour être dépouillé... », murmura Cid.

Romu@ld le mouton colla sa truffe contre la vitrine du troquet virtuel en ouvrant de grands yeux. Mismas traversa la rue et s'approcha du magasin. Les étals en bois étaient vides. Le mur rougeâtre de l'immeuble était fendu de hautes fenêtres que des stores verts aveuglaient à moitié. Rien ne bougeait. Elle se retourna : au-delà du cercle de lumière glauque, on ne voyait rien mais on devinait la présence lourde et morte d'un grande ville aux alentours de trois heures du matin. Elle revint vers le bistrot : la femme fixait ses doigts de sous ses paupières lourdement charbonnées, son voisin portait régulièrement sa cigarette à la bouche, le troisième homme buvait une gorgée de bière de temps de temps, le garçon lavait, inlassablement courbé.

« C'est sinistre, grommela Babine-Babine. C'est morbide. C'est mortifère. C'est...

— C'est *Nighthawks*, de Hopper! s'exclama triomphalement Onésiphore. Félicitez l'artiste. »

Il tendit une main théâtrale vers Ch@mpi, qui refit le nœud de son suaire en rougissant :

« Si c'est fait exprès, alors c'est réussi, siffla Babine-Babine.

— J'en ai chié, avec les textures, répondit modestement Ch@mpi. Vous avez vu la fumée volumique? La cigarette du type? Ça a l'air facile, la fumée volumique, mais j'en ai chié.

— Très joli, abrégea Évariste avec une indifférence artistique sculptée dans le marbre, je crois que nous en étions à l'Ankou. Est-il possible de s'asseoir sur tes tabourets volumiques, Ch@mpi?

— Bien sûr. »

Ils entrèrent dans le troquet et prirent place à côté des trois clients. Mismas plongea un regard halluciné de l'autre côté du bar : c'était du beau travail. Rien ne manquait : ni les bacs à vaisselle, ni la loque, ni les verres mouillés en train de sécher. Mismas se frotta le front. Juste en face d'elle, la femme en rose faisait bouger ses doigts. Depuis combien de temps était-elle là, avec ses épaules maigres, son teint jaune d'oiseau de nuit et sa frange gonflée horriblement désuète?

J'aimais bien les tableaux de Hopper. Ce que j'aimais, chez Hopper, c'était être à l'extérieur de ses tableaux. Je me disais : « Tant que je n'en suis pas là, échouée dans un rade comme ça, tout ne va pas si mal. » C'est ça, que j'aimais...

« Ce n'était pas farce d'être mort, à l'époque de l'Ankou, assura Évariste. Nous passions la moitié de notre temps à nous cacher, et la totalité à nous faire tartir. Heureusement, nous avons trouvé le télégraphe. Nous nous sommes réfugiés dans les fils télégraphiques. Après, il y eut le téléphone. Puis Internet.

— Alors c'est vrai, que tous les morts sont sur le net ? demanda Mismas, en regardant avec envie le verre de bière du troisième client.

— Du moins, ceux que nous trouvons avant l'Ankou. Sans compter que nombre de morts ont une idée précise de ce qui se fait et de ce qui ne se fait pas, et batifoler autour de la Terre sous forme ondulatoire entrent souvent dans la seconde catégorie. Mais on croise quand même du monde sur le net. Quelques milliards d'âmes. Nous construisons des sites à notre usage, le plus loin possible des zones utilisées par les vivants. Dans les basses couches de mémoire, pour tout dire ; des recoins vides de données où personne ne vient nous déranger. Sauf quand l'utilisateur s'amuse à lancer une incrémentation.

— Mais qu'est-ce que c'est que cette saloperie ? » s'énerva Cid.

Évariste prit un air inspiré :

« Disons que les données sont rangées dans de petites boîtes nommées clusters. Il s'en trouve en haute couche de mémoire, en moyenne et en basse couche, comme des boîtes sur les étagères d'une armoire. Une armoire assez mal rangée pour qu'il subsiste, entre les boîtes, quelques espaces dont nous autres, spectres, tirons parti. Et soudain, un utilisateur décide que ce désordre lui brouille la digestion et il range les boîtes : il incrémente ses clusters. J'imagine qu'à l'heure qu'il est, le sapin à aiguilles très légèrement carrées est rangé dans un fichier de comptabilité, et se demande bien ce qu'il y fout. Les digitales sont peut-être coincées entre l'horloge et l'antivirus. Tu n'as plus qu'à tout recommencer, Ch@mpi. »

Ch@mpi soupira :

« J'ai sauvegardé mes images, bien sûr, mais refaire mes sites tout le temps, ça finit par me déprimer.

— Et si nous étions restés là-bas ? s'inquiéta Pimprenouche.

— Nous serions coincés entre le traitement de texte et la calculette. Peut-être pas en un seul morceau. C'est que, voyez-vous, nous aussi ne sommes que des données. Un spectre tient en cinq kilo-octets tout mouillé. On peut en mettre 276 sur une vieille disquette ! s'exclama Évariste d'un air ravi.

— Moi, je trouve ça plutôt vexant, grommela Mismas.

— Bast ! Une fois évacuée toute la complexité de la chair, on s'aperçoit qu'on est peu de chose. Les imbéciles qui ne s'en étaient pas rendu compte avant, j'entends, dit Évariste avec un manque de tact gravé dans l'acier.

— Dites-moi donc, fit Cid qui excellait dans la diversion bienvenue, si on remontait avant le Déluge ? Parce que, personnellement, je n'ai jamais trop compris ce qui s'était passé avant que Bille se manifeste avec ses missiles hydrophiles. C'était quoi, ce moment bizarre où les anges sont descendus sur Terre casser les pieds des gens, et où les princesses en manque de prince charmant se sont multipliées comme des algues vertes en pleine marée de nitrates ?

— Tu veux parler de l'époque où les dieux se sont mis à boire ? demanda Babine-Babine. Comme Dieu et Diable ne se souciaient plus d'enrégimenter leurs anges et leurs démons, ceux-ci ont commencé à intervenir tous azimuts dans les affaires terrestres.

— Le bordel que c'était ! s'esclaffa Pétrol'Kiwi. Je me rappelle : ces pauvres fées marraines mitonnaient des mariages princiers et au dernier moment, paf ! Un ange faisait tout rater ou un diablotin coinçait sa fourche dans la roue du destin ! Tu te souviens de cette fille ? Aurore de Bois Dormant ? Elle devait épouser un prince charmant. Et il a grillé, le prince ! Dans son berceau, à l'âge de trois ans et demi, une nuit qu'une bande de démons était allée faire un galop sur un cheval de feu ! Toute la contrée a cramé. Et la marraine fée s'est retrouvée avec sa princesse pionçante sur les bras !

— Qu'est-ce qui s'est passé ? demanda Mismas en ouvrant de grands yeux.

— La marraine fée a demandé à un démon de jouer le rôle du prince charmant.

— Je me souviens ! piaffa Babine-Babine. La princesse Peau d'Âne avait concocté un gâteau pour son prince charmant à elle, avec un anneau caché à l'intérieur. Elle dit à un marmiton de le porter au château, le marmiton se trompe, porte le gâteau au château de la Belle au Bois Dormant, et paf ! C'est le démon qui l'avale. Il s'est étranglé avec la bague, dites donc !

— Et Cendrillon ! renchérit Pétrol'Kiwi. Avec sa pantoufle de verre en plastique extensible que, même en taillant du 44, on pouvait l'enfiler sans chausse-pied ? Et voilà son prince obligé d'épouser la première qui l'a essayée ! Une fille aussi gracieuse qu'un buffet Henri II ! Il en a bouffé sa couronne, le prince. Et Cendrillon, verte de rage, qui fugue chez Blanche Neige !

— Une vraie salope, celle-là. Elle a fini dictateur, non ?

— Que si ! Impératrice, même. Après avoir découpé sa belle-mère en morceaux petits, petits, petits ! Ha ha ! Elle s'était trompée, la belle-mère ! Au lieu d'offrir sa pomme empoisonnée à Blanche Neige, elle l'a offerte à Cendrillon !

— Et je crois bien que la Belle au Bois Dormant a fini à la colle avec Peau d'Âne.

— Mais non ! Peau d'Âne s'est maquée avec l'ex de Cendrillon.

— Mais c'est quoi, tout ça ? murmura Mismas avec un drôle de sourire hagard.

— C'est l'Éther, soupira Pimprenouche. C'est ça, l'Éther. Ça n'est que ça, en fait. Parfois, on regrette mais le plus souvent, on ne regrette pas.

— Est-ce que ça intéresse quelqu'un, les plans de Will Door pour le prochain siècle ? lança Évariste en pianotant du bout des doigts sur le zinc.

— Vas-y, Évariste, dit Pimprenouche en allumant une cigarette.

— Will Door ... »

***

Loin de là, très loin de là, infiniment loin de là dans l'espace, le temps et la virtualité.

Quelque part sur la Terre Plate, dans le Nord.

Très exactement, au sud d'un pays nordique nommé Gronelande.

Une petite maison. Un chalet, exactement. Un adorable chalet en bois, avec un toit blanc de neige et une cheminée qui fume. Dehors, un attelage de rennes terriblement pittoresque, terriblement adorable. Avec des grelots qui font *gling gling*. Dedans, des meubles en sapin, une cheminée qui ronfle et pétille, et une forte odeur de pieds.

Un homme est penché sur un établi. Il est épaissement poilu, certes, mais en poussant les poils, on verrait qu'il est beau. Très beau. Mâchoire carrée, nez aquilin, yeux de glace, sourire fondant, petite fossette là, et toutes ces sortes de choses. Sous sa houppelande rouge, son torse musculeux est certes assez peu bronzé, mais musculeux quand même. Il chantonne en poussant sa gouge sur une planche de bois. Il fabrique un traîneau miniature pour le fils aîné de sa voisine. Il aime ça, fabriquer des jouets. Il adore les enfants. Et pourtant, il est désespérément célibataire.

Il y a des injustices, comme ça.

Il faut dire que la seule jolie fille du coin (sa voisine) a huit enfants, un mari et habite à soixante lieues. Ça n'aide pas. Alors il sculpte le petit traîneau, les arabesques sur le côté des patins, les grappes de houx sur le palenfrein, une étoile filante sur chaque booster. Patiemment, il sculpte, il grave, il polit, chantonnant toujours. Son chien le regarde en ronronnant doucement. La solitude, ça n'arrange la tête de personne. L'homme se penche vers lui, lève la main et lui colle une énorme mandale.

C'est que, s'il aime les enfants, les femmes et les joujoux, il déteste les chiens. Mais bon, c'est un cadeau. Et personne n'est parfait.

***

« Will Door, le fameux magnat de l'informatique, n'existe pas, bien sûr. Ça fait longtemps que Bille a pris possession de son corps. S'il reste quelque chose de la personnalité originelle de Will Door, c'est un petit noyau de panique au fond du cerveau. Le plan de Bille est aussi simple que du temps de la Terre Plate : il a l'intention de mettre les morts et les vivants en coupe réglée. Il a bâti un énorme trust et je crois que pas loin de 99 % de l'informatique mondiale lui appartient. Tout ! ordinateurs, réseaux, serveurs, logiciels. C'est pourquoi nous avons lancé une contre-offensive.

— Qui ça, nous ? demanda Mismas.

— Les spectres du web libre, plus quelques vivants assez délurés pour ne pas partir en hurlant dès que leur arrière-grand-mère leur envoie des mails.

— Je n'aurais pas employé le terme déluré, marmonna Mismas.

— Un de nos complices prémorts, hm… vivants, a fondé la société Cherry, et lancé les ordinateurs LochNess, qui sont aux ordinateurs Petimoo ce que l'avion à réaction est à la boulette en papier.

— C'est pas le même prix non plus, marmonna Mismas.

— Le but était de briser le monopole de Bille. Et ça fonctionne ! Enfin, ce qui a fonctionné, c'est d'avoir expliqué aux épouses spirites de certains gros industriels à quel point Petimoo était une entreprise maléfique qu'il fallait détruire. Résultat, Bille se bat actuellement contre la loi antitrust, et Petimoo est en train de se faire démembrer comme un mouton dans un méchoui.

— Dégât collatéral, siffla K@tic, Bille est en pleine panique. Et quand Bille panique, c'est tout le web qui grelotte.

— Pour tout dire, ça a presque trop bien fonctionné, grommela Onésiphore. On trouve des pacmans partout.

— Vous ne vous attendiez pas à ce que Bille Guette se laisse plumer sans réagir, quand même ? lâcha Évariste avec dédain. Mais la situation n'est pas si catastrophique, parce que nous nous battons aussi sur le terrain des formats, ou sur la compatibilité entre systèmes d'exploitation, des choses comme ça. » Évariste soupira : « Je ne vais pas vous détailler toutes les péripéties intestines du web des spectres. La plus grosse bévue que nous ayons commise a eu lieu quand la comète Hale-Bopp est passée tout près de la Terre, il y a quelques années de cela.

— Je me souviens, sourit Babine-Babine. C'était si beau, cette goutte de lait dans le ciel !

— Goutte de glace et de gaz enflammés sur plusieurs milliers de kilomètres ! s'exclama Évariste, qui n'était pas perméable aux beautés métaphoriques. Beaucoup d'entre nous ont décidé de monter dessus, manière de faire un tour dans le système solaire. Ils ont créé un site pour tenir informés les spectres du web : le Site Intergalactique des Revenants, Intergalactical Usenet of Spirit, en abrégé : SIRIUS. Quelques vivants l'ont lu. Mais ils ont mal interprété les données.

— Ils ont lu cette phrase, "Abandonnez vos clusters!", ou réceptacles, ou emballages, je ne sais plus, lâcha Ch@mpi. Ils l'ont comprise de travers, et il y a eu je sais plus combien de suicides.

— Et autant de plaintes postmortem, bien sûr, grinça Évariste. Pour l'heure, le problème le plus urgent reste l'Ankou. Ce truc infâme a été embauché par Bille Guette. Il n'erre pas sur le net, parce qu'il se méfie de nos antivirus, mais il y élève une armée de pacmans qui dévorent tout ce qu'ils trouvent. Ils sont de plus en plus rapides et de plus en plus nombreux. Ultime contrariété : les ondes vont bientôt remplacer les fils et ça, ça ne va pas nous aider.

— Vous ne pouvez pas vous déplacer sur les ondes ? s'étonna Mismas.

— Avez-vous déjà volé à sept mille mètres sans avion ? Ça ne fait pas envie, je vous le promets.

— Et que viennent faire mes bernicleaux dans ce charabia auquel je n'ai rien compris ? demanda Cid avec l'agacement caractéristique du quidam au contact d'un informaticien enthousiaste.

— J'y viens. Nous allons... »

***

Loin de là, infiniment loin de là dans l'espace, le temps et la virtualité.

Quelque part sur la Terre Plate, dans le Nord.

La tempête de neige avait cessé.

L'homme qui n'aimait pas les chiens, et qui se trouvait s'appeler Prosper, mit son bonnet, ses gants, ses bottes fourrées, et chargea ses joujoux sur son traîneau. Il flanqua une dernière beigne à son husky, cala ses pieds sur les patins, fit claquer son fouet et partit en flèche sur la neige immaculée, direction sa voisine.

Dix lieues plus loin, une meute de loups lui tomba sur le paletot. Ils auraient aisément avalé tout le traîneau si une fée des neiges, qui passait par là, ne s'était pas interposée. En fait, c'est elle qui avait affrété les loups, de même que certains séducteurs impénitents flanquent le feu à la baraque pour le plaisir de sauver des flammes leur dulcinée.

Les fées, c'est comme ça.

Prosper échappa donc à une mort atroce pour se retrouver au milieu d'un palais de glace, dans les doux bras d'une créature de rêve vêtue de fourrure blanche et de probité relative. La fée gara le traîneau, fournit l'attelage en fourrage, servit à Prosper abondance de vins fins et de mets plus fins encore, lui bourra consciencieusement la gueule et le viola sur-le-champ.

Les fées, ça n'est pas très patient.

***

« Nous allons… » Évariste prit un air mystérieux et compliqué. « Nous allons créer notre propre Intranet !

— À vos souhaits.

— Notre web à nous ! Notre cybermonde. Avec notre réseau, nos logiciels, nos sites ! Ça n'est pas compliqué. J'explique.

— Misère, murmura Pétrol'Kiwi.

— Connaissez-vous les nanotechnologies ?

— Oh non, soupira Pimprenouche.

— C'est tout simple ! Les nanotechnologies, ce sont les technologies du tout petit. Mais vraiment très petit. En informatique classique, on stocke les informations sur des puces de silice. En nanotechnologie, on stocke les bits sur des… ions. » Évariste regarda, autour de lui, la tête que tiraient ses auditeurs, toussa et reprit : « En clair, nous serons stockés sur des trucs tout petits, petits, petits. De chez petit, petit.

— Des ions ? béa Mismas.

— Pourquoi non ? Certains testent actuellement les molécules d'épinard.

— D'épinard ?

— Ou alors, sur des... c'est-à-dire qu'on obtient des nanotubes en chauffant du carbone au laser, voyons, comment expliquer ça ?

— On obtient des boîtes pour ranger les spectres en flanquant le feu à un boulet de charbon, le soulagea Mismas.

— Exactement ! Le problème est que ce cybermonde se doit d'être extensible. Il doit pouvoir s'accroître tous les jours, pour accueillir toujours davantage de morts. Il lui faut donc de l'énergie. Un chauffage laser constant. Un gragon, en fait. Il nous faudrait un gragon. Un gragon dans une mine de charbon.

— Un gragon ? » s'exclamèrent les fées en chœur.

***

Prosper resta longtemps chez la fée des neiges, un peu abruti par le vin de bouleau et la stupéfaction. Il errait, en clignant des yeux, dans d'étranges labyrinthes bleus et blancs, longeant des colonnades de stalactites transparentes et soulevant, sous ses pas incertains, des rails de poudreuse. La fée l'accompagnait, magnifique dans ses atours de givre brodé et d'hermine poudrée. Elle lui chantait des chants de sirène, lui offrait de magnifiques spectacles où des cygnes glissaient sur des lacs gelés au milieu d'une chorégraphie de tigres blancs et appliquait, à l'abri de son lit garni des fourrures les plus rares, toute son amoureuse science. Laquelle n'était guère étendue : quand on fornique par moins trente degrés, le souci le plus constant n'est pas de réussir le torchon clermontois avec une seule main, mais bien de vérifier régulièrement que le duvet en peau de phoque n'a pas glissé de vos fesses. Cependant, comme Prosper était entré dans son château quasiment vierge, il la trouva limite dégoûtante.

Et, bien sûr, ce qui devait arriver arriva : elle tomba désespérément amoureuse et lui pas.

***

« Un gragon, en effet. Cela étant, ce n'est peut-être pas la seule solution.

— Tant mieux, frissonna Cid. Les gragons sont...

— Les gragons sont cyclothymiques, les mines sont sinistres et le charbon, c'est salissant, trancha Pimprenouche.

— Et puis, faut tenir compte du fait que, depuis le G.E.C., des gragons, y en a plus, fit remarquer Pétrol'Kiwi.

— C'est aussi un problème, concéda Évariste. L'autre solution, c'est d'ancrer les nanopuces sur des ions végétaux.

— Tu veux créer ton cybermonde dans un champ d'épinards ? » gloussa Mismas dont le sourire était de plus en plus tordu sur le côté droit.

Évariste secoua la tête :

« Non. Pas assez persistant. Il me faut une plante persistante, résistante, et qui pousse à la vitesse d'un hub ! Si possible, en milieu protégé. Ce qui vous fait penser à ?

— L'ulve ! s'exclama Cid. L'algue verte. La salade des mers. Un chiendent qui colle aux côtes bretonnes.

— Encore la Bretagne, soupira Évariste.

— Quoi, *encore* la Bretagne ? » aboya K@tic.

Évariste lui tourna résolument le dos :

« L'ulve, ou bien la *Caulerpa taxifolia*. Qui s'accroche mieux au sol. Et qui pousse en Méditerranée.

— Et alors ? grogna K@tic.
— Alors, j'ai quand même le droit de dire que le climat est meilleur en Corse qu'en Bretagne, sacré nom ! se plaignit Évariste.
— Meilleur ? Pouacre ! Malsain, oui !
— Nom d'un chien...
— Je suppose que comme j'ai, il y a bon nombre de siècles, élevé des algues toxicantes, vous avez pensé à moi pour cultiver des champs de *Caulerpa* ? demanda Cid.
— Enfin quelqu'un d'intelligent ! s'exclama Évariste avec une capacité à se faire un maximum d'ennemis en un minimum de mots qu'un CRS aurait pu envier.
— Putain, ce bar me fout le blues. On se casse ? grommela Pétrol'Kiwi.
— Je commence quand ? piaffa Cid.
— Oh, Dugros ! On se casse ? aboya Pétrol'Kiwi.
— C'est moi, Dugros ? s'étonna Onésiphore.
— Ce qu'elles peuvent être malséantes, ces fées, soupira Évariste en glissant de son tabouret.
— Les fées, c'est comme ça », philosopha Mismas en quittant le sien avec un déhanchement qui trahissait une grande habitude.

***

Après quelques mois d'errance onirique et d'esclavage sexuel, Prosper sombra dans la dépression. Il passait l'essentiel de son temps auprès de ses rennes, à caresser en sanglotant le bois poli du petit traîneau et des autres cadeaux qu'il avait si amoureusement sculptés. La fée avait beau le bourrer de langues de lynx en gelée et de liqueur d'edelweiss, lui offrir des spectacles magnifiques où des tornades de givre prenaient des poses osées, et le couvrir de caresses, il n'en retournait pas moins pleurer dans l'écurie. Elle se résolut alors, la mort dans l'âme, à le laisser partir. Mais elle ne put s'empêcher, en guise de cadeau d'adieu, de lui offrir un peu d'élixir de Longue Vie ainsi qu'une unité de production de cadeaux magique. Elle lança aussi un sort rigolo sur son attelage.

Les fées, ça fait toujours des cadeaux encombrants.

Prosper, qui n'était pas au courant, remonta sur son traîneau en hululant de joie et fila droit chez sa voisine. Il y passa quelques semaines à jouer avec les enfants, en lorgnant la maîtresse de maison d'un air beaucoup plus concerné qu'avant, et de l'imaginer en plein funiculaire luxembourgeois ne le mettait guère à l'aise. Il rougissait à tout bout de champ et avait le regard qui s'égarait en dépit du bon goût. Le maître de maison finit par s'en rendre compte, et le mit dehors avec politesse et fermeté : « Je t'assure, mon vieux Prosper, l'oncle arrive demain avec ses quatorze chiens : je vais avoir besoin de la chambre d'amis ». Prosper s'en revint donc à son chalet isolé, trouvant la vie moins simple qu'avant.

Il n'avait pas tout vu.

***

« On est où, cette fois-ci ? demanda K@tic.

— Dans une page d'accueil défunte, répondit Onésiphore. Une page personnelle, que son concepteur a abandonnée depuis longtemps. Par force : c'était un des passagers du vol 452 de la PanEuropa, celui que les ordinateurs de la défense aérienne américaine ont confondu avec une centrale nucléaire volante.

— Ah bon ? s'étonna Mismas. Je croyais que le crash du Boeing 452 était dû à l'explosion d'une bombe cachée dans la soute ?

— C'est la version officielle. Il est vrai que le fait que nous hantions le web provoque parfois, chez certains gros ordinateurs, de légères vapeurs aux conséquences fâcheuses. Je crois que depuis lors, l'ancien propriétaire de ce site s'est fait enrôler par la Secte Méditative des Spectres de l'Ozone, dont l'Éthernet est quelque part du côté d'Arkhangelsk. L'hébergeur a rangé sa page d'accueil dans un bas-fond de son serveur. Nous ne risquons pas d'être dérangés.

— Qu'est-ce qu'il a dit ? grommela Pimprenouche.

— Il a dit qu'à force de grouiller dans les ordinateurs, les spectres ont chatouillé le nez à de grosses machines militaires, que celles-ci ont éternué par mégarde une poignée de missiles sur un avion innocent et que, du coup, on peut hanter tranquille les pages personnelles de feu les passagers. Voilà ce qu'il a dit.

— Les humains, c'est comme ça. Même morts », soupira Cid.

La petite troupe se tenait au milieu d'une immense pièce rectangulaire d'un blanc éblouissant, moquettée de quelques photos aux couleurs passées. Un bandeau vert très moche tournicotait au-dessus de leurs têtes, répétant à l'infini : « Bienvenue chez Tony Ferguson ».

« C'est pas gai, murmura Mismas en s'asseyant sur un lien qui ne menait plus nulle part.

— Il faudrait savoir ce que vous voulez, répondit Onésiphore avec sa bonhomie coutumière.

— C'est parfait, Onèse, trancha Évariste. Revenons à nos ions : pour nous débarrasser de Bille, j'ai eu une idée. Idiote, dangereuse, elle a des chances de réussir. Et c'est là que nous avons besoin de vous, les fées. Connaissez-vous cette mode qui consiste à entarter les hommes célèbres ?

— Ah non ! » répondirent les fées d'une seule voix.

***

Une fois son chalet dégagé à coups de pelle de la neige qui le recouvrait presque entièrement, Prosper commença par bouchonner ses rennes. Puis il poussa la porte d'entrée, enjamba le cadavre congelé de son chien mort de faim, et posa son barda. Un drôle de bruit le fit se retourner : à ras du sol, à un endroit où il n'y avait auparavant qu'une rangée de bonnes planches de sapin, s'ouvrait une petite écoutille. Prosper se mit à quatre pattes et y passa la tête : une échelle s'enfonçait dans un boyau étroit, au fond duquel on distinguait une vive lumière. Prosper descendit : le sous-sol était occupé par une vaste salle violemment éclairée, où des lutins consciencieux fabriquaient des jouets à la chaîne.

***

« Il y a une mode qui consiste à entarter les hommes célèbres, expliqua brillamment Évariste. Leur écraser une tarte à la crème en pleine poire. Bille a déjà subi ça une fois. Nous pourrions recommencer. Avec une crème anti-revenant.

— Une quoi ? s'étrangla Babine-Babine.

— Uneu crèmeu anti-revenant, articula Évariste.

— Évariste, tu n'as pas le sens de la reformulation, fit obligeamment remarquer Onésiphore. Ce que nous attendons de vous, c'est que vous nous concoctiez un sort anti-revenant. Un philtre qui tue les morts… qui exorcise les possédés ! corrigea-t-il en hâte.

— Mais ça n'existe pas ! s'exclama Babine-Babine.

— Il n'existe pas un sort pour tout ? s'étonna Ch@mpi.

— Pour tout, ouais. Pas pour n'importe quoi, râla Pétrol'Kiwi.

— Attends, corrigea Pimprenouche. J'ai déjà entendu parler de ça : un onguent pour chasser les démons. Du temps que les dieux buvaient, ça arrivait assez souvent, qu'un démon prenne possession d'un vivant, pour le plaisir de le faire gigoter à poil sur la table en plein repas de funérailles. Hm, ça me revient. À ce détail près que Bille n'est pas un démon. Il faudrait adapter. Consulter des grimoires.

— Parfait ! jubila Évariste. On trouve tout, sur le web. Il y a des cybersurfeurs qui vous dénicheraient la recette de mère-grand à l'estouffade, si vous le leur demandiez. Onésiphore ! Emmène-les là-bas.

— Où donc ?

— Ben quoi ? C'est facile, la mère-grand à l'estouffade, s'étonna Pétrol'Kiwi.

— À notre centre de cyberrecherches ! K@tic, emmène Cid voir ta plantation d'ulve, je te prie.

— Suffit d'avoir une grand-mère et une cocotte taille XXL.

— Ch@mpi ! Établis une liste des démons existants. Il faudra essayer la mixture.

— Et un bon oreiller, ainsi qu'un bouquet garni.

— Après l'ulve, K@tic, pousse donc jusqu'aux champs de *Caulerpa*. Pour peu que tu supportes le climat, bien sûr.

— Y a plein de loups des bois qui connaissent ça, la grand-mère à l'estouffade.

— La prémorte va avec qui elle veut, à condition qu'elle se décide vite !

— Plein d'héritiers pressés, aussi.

— La prémorte, elle va avec Cid et elle t'emmerde !

— Pas besoin d'un cybermachin, pour une bonne grand-mère…

— Oh ! Pétrol ! aboya Pimprenouche, décoince ! »

***

Prosper erra en bavouillant entre les chaînes de joujoux : là, des ribambelles de poupées en porcelaine, alignées sur un tapis roulant, passaient l'une après l'autre sous une repiqueuse automatique de cheveux. La machine piquetait les crânes à toute vitesse, ornant les chefs lisses d'une queue de crins raides. Puis une araignée en plastique, attachée à un fil, tombait du plafond juste devant le nez de la poupée. D'horreur, les cheveux tout neufs se dressaient sur sa tête, des bigoudis pneumatiques en profitaient pour s'enrouler à toute vitesse autour des mèches hérissées, et la poupée ressortait de ce traitement avec une permanente impeccable. Ensuite, le tapis roulant faisait un coude et le robot suivant parachevait la coiffure, en y enfonçant un petit nœud rose. Là-bas, des lutins peignaient des plaques de bois avec une peinture à carreaux noirs et blancs, alors que d'autres lutins démoulaient des pièces d'échecs en pâte d'ébène et d'ivoire. Plus loin, on assemblait des traîneaux, on empaillait des oursons, on enfermait des chants d'oiseaux dans de petites boîtes en carton. Des marmottes remplissaient de chocolat des feuilles de papier sulfurisé en sifflotant des comptines répétitives, des renards vernissaient des billes, des bouquetins soufflaient dans des pipettes et tournaient de jolies boules en verre coloré.

Prosper s'attarda devant un bouquetin qui, glissant le bout de sa corne dans un pavé de verre jaune fondu, en tira quatre pattes filiformes. D'un hochement de tête, il retourna sa sculpture, étira un cou démesuré, un museau, deux antennes, postillonna un nuage de salive brunâtre, et plongea le bibelot dans un seau d'eau. Prosper examina le résultat : c'était un cheval tacheté au cou immense.

« C'est quoi ?

— Girafe, répondit laconiquement le bouquetin.

— Ah. C'est bien imaginé », murmura Prosper.

Et il s'évanouit.

Quand il se réveilla, il était allongé au milieu d'un entrepôt débordant de joujoux tous plus rutilants les uns que les autres. Un petit lutin à l'air soucieux l'éventait au moyen d'une feuille de papier cadeau rouge à étoiles vertes.

« On commence à manquer d'espace de stockage, patron. Il faudrait voir à dispatcher les produits existants.

— Qué ? » répondit Prosper qui n'avait jamais entendu parler de gestion des stocks, que ce soit en flux tendu ou en flux ramolli. Il se leva péniblement, manqua se croûter en marchant sur une paire de patins à roulettes joliment ornés de petites ailes en plumes d'outarde, et regarda autour de lui. Il vit des tonnes de jouets. Des kilomètres cubes de jouets. Des lieues de jouets ! Des poupées, des peluches, des chevaux à bascule et des cerceaux, des diabolos vernis de frais et des culbutos au sourire béat, des ballons et des volants, des dînettes et des cubes, des pantins multicolores et des diables à ressort, des sacs de billes et des balles en caoutchouc rouge, des hordes frémissantes de jouets ! Prêts à conquérir le monde, à le remplir à ras bord de jeux, de ris, de hurlements et de débris. Prosper balbutia :

« T... ?

— On a déjà chargé votre traîneau. Il n'attend plus que vous.

— Mon... traîneau ? Mais... Et puis, il n'est pas solide, mon traîneau. Il ne pourra pas porter plus de...

— Hm, commenta le lutin qui savait reconnaître un sort quand il en voyait un, on peut toujours essayer. »

Prosper remonta l'échelle, sortit en titubant dans le jour éclatant : son traîneau était là, attelé et prêt à partir, chargé de très exactement dix-huit tonnes six cent cinquante de jouets divers. Avec de lents gestes de rêveur, Prosper cala ses pieds dans les patins et leva son fouet. Les rennes partirent au petit trot et s'élevèrent avec naturel dans les airs, comme si une route invisible spiralait depuis le chalet de Prosper jusqu'à la lune.

Si on le représente toujours avec la grosse bedaine et la barbe blanche d'un bon petit vieux, c'est par erreur. Prosper n'a jamais vieilli. Certes, à voguer à 3 500 mètres d'altitude, il avait en permanence la barbe poudrée de givre et vingt-cinq gilets de flanelle sous sa houppelande mais, si on était parvenu à le dégivrer et à le déshabiller, il serait apparu toujours aussi séduisant.

Il n'y a aucune chance qu'il se déshabille jamais : ça fait beau temps que sa jolie voisine est morte, à l'âge honnête de 84 ans, et il ne s'en est pas remis.

Il n'y a aucune chance non plus, désormais, de le croiser dans les airs, chevauchant des sacs de joujoux parmi le gai *deling deling* de son attelage : depuis le Gros Massacre, Prosper est au chômage. Tous ses lutins ont été passés à la mitraillette, ses bouquetins rôtis avec ses marmottes, et ses robots magiques démontés boulon par boulon. Prosper n'a dû son salut qu'à une fuite éperdue dans la montagne. N'étant qu'un humain ensorcelé et non un Éthéréen, Prosper a l'aura faiblarde. Et comme les soldats de Bille se fiaient aux auras pour perpétrer leurs forfaits, Prosper leur a échappé.

Depuis il se sent seul, coupable et inutile. Il songe à ses rennes, il songe à son usine, il songe à sa voisine, il songe à sa fille et il pleure. Alors il boit.

Vous vous rappelez ce type sans âge, plutôt grand et voûté, les cheveux longs et le visage gris, qui boit tout seul au bout du bar ? Celui avec la mèche pendante et le sourire à la retourne ? Taciturne, le geste lent et un peu tremblotant ? Tout le monde l'a vu, sans le regarder, à tous les bouts de tous les bars. Tout le monde s'est un jour, fugitivement, demandé ce qu'il faisait là et dans cet état : *Il s'est fait plaquer par sa femme ? Son patron ? Son chien ? Sa raison ?*

Tout le monde a eu tort : c'est le père Noël qui pleure la mort des joujoux.

Après lui avoir rendu sa liberté, la fée des neiges avait bien un peu harcelé Prosper, répandant des déclarations d'amour sur le seuil de son chalet, se frappant la poitrine et s'arrachant les cheveux, qu'elle avait fins et blancs. Peine perdue : Prosper s'épanouissait pleinement dans son usine à jouets, et les plus belles larmes du monde le faisaient moins vibrer qu'un bon rabot deux lames à molette chromée. Puis la fée s'aperçut qu'elle était enceinte (les fées, c'est pas toujours très vif d'esprit), et en informa l'heureux père, lequel se mis alors à manifester une passion échevelée pour son ventre rond. Ce qui acheva de déprimer la fée.

Sitôt accouchée d'une petite fille aux cheveux de neige, elle émigra sans laisser d'adresse vers des contrées plus clémentes, laissant Prosper ravagé par le désespoir, vingt poupées de chiffon et deux de porcelaine sous chaque bras. Vision qui pansa si bien l'ego meurtri de la fée, que son chagrin d'amour s'évapora comme flocon en poêle.

Venue des froids les plus rigoureux, le nord de la Bretagne (encore !) lui parut la limite tolérable en matière de tropicalité moite. Elle déplia son château de voyage au fond d'un lac, replanta son chêne centenaire et ensorcela la plus proche fontaine, exactement comme un VRP qui, une fois ouverte la porte de sa chambre d'hôtel, commence par ouvrir la fenêtre, tirer la chasse et accrocher sa veste dans l'armoire.

Elle se fit très bien au climat. Sa fille mieux encore. Parfois elle lui parlait de son père avec gentillesse. Les fées, ça n'est pas que mesquin. Bref, elles vécurent un bonheur paisible. Jusqu'au Gros Massacre.

Le père Noël noir

Lu sur le web :
```
Aide OuiOui a ameliorer son Karma. Clique sur
Potiron si tu as besoin d'aide.
```
- + - MB in *Guide du spectre numérique* - Bien configurer son potiron - + -

Will Door descendit de sa limou, et s'engouffra dans le hall de sa maison sans répondre aux saluts componctueux du portier électronique. Lequel n'insista pas : quand le patron marchait comme ça, la tête rentrée dans les épaules, le nez blanc et l'épi en bataille, c'est qu'il n'était pas content du tout.

La porte d'entrée coulissa sans bruit et Will se retrouva seul. Enfin.

Enfin presque.

Il jeta sa mallette à terre avec un glapissement d'exaspération et arpenta vivement les cent mètres de son living-room, direction la salle d'eau. Là, il passa les mains sous le robinet, qui lui délivra docilement un filet continu d'eau tiédasse. Le robinet était programmé sur « filet d'eau tiédasse », Will détestant les robinets qui éructent sans prévenir des torrents d'eau glacée ou brûlante. De même, l'air sentait la menthe, la lumière était tamisée et le fond sonore à base de Bach éviscéré, car

Will aimait la menthe, le classique pas trop personnalisé et avait les yeux fragiles. Tout ça était très finement programmé pour le remplir d'un bonheur continu.

« Problème ! grinça-t-il entre ses dents. Aujourd'hui, je me prendrais bien une bonne giclette d'eau froide avec un coup de hard rock, et cette putain de menthe me fout mal au cœur.

— Tu ne penses qu'à ton confort, gronda sa conscience.

— Ouais, ça m'arrive ! Tu es au courant que je suis un être vivant en chair et en os ! explosa Will.

— Fi ! Fi de la vie. Qu'on ne m'en parle plus ! » ragea sa conscience.

Évariste avait tort sur ce point : Will Door existait encore. Il était simplement complètement schizo. Et Bille, qui jouait le rôle du double intérieur boursouflé de haine contre lui-même, tenait excellemment le rôle.

Will desserra sa cravate, se servit un double whisky, et se vautra malaisément dans un des rares fauteuils en fil de fer qui peuplaient les mille cinq cents mètres carrés de sa baraque high-tech.

« C'est moche, ici, soupira-t-il. C'est putain de moche ! C'est vide et triste. »

Bille ne répondit pas : il avait réussi à convaincre Will qu'il méritait mieux qu'un de ces châteaux prétentieux qu'occupent d'ordinaire les nouveaux riches de l'informatique. Will avait donc fait bâtir, dans un coin parfaitement isolé, un blockhaus meublé de trois chaises et de vingt logiciels domotiques, plus une paire d'artefacts rarissimes à usage plein-la-vue, notamment le cœur momifié du quinzième amant de Marguerite de Valois dont l'aspect racorni, au fond de son coffret d'argent, eût ôté l'envie de vivre à un renard dans un poulailler. Par conséquent, Will devenait de plus en plus dépressif, c'est-à-dire de plus en plus manipulable. Pas aimable, certes, mais du moins ne pouvait-il plus fuir dans le brouhaha d'une cour d'adorateurs les ordres péremptoires d'une conscience chaque jour plus envahissante.

« Je vais m'allumer une cigarette. Parfaitement ! » clama Will, tandis que la sueur du péché lui couvrait le front. Et il le fit.

« Alors, cet entretien avec le procureur, es-tu content de toi ? susurra Bille.

— Quoi ? J'ai fait ce que j'ai pu, non ?

— Ah oui ? C'est tout ce dont tu es capable ? Laisser ce type démembrer Petimoo© ? Te laisser rouler dans la farine comme tu l'as fait ? » murmura Bille sans crainte du ridicule : si le qualificatif « se laisser rouler » n'allait pas à quelqu'un, c'était bien à Will Door, dont la bornitude hargneuse et la mauvaise foi crasse faisaient office de mètre étalon dans le monde des affaires. Mais Will piqua quand même un nez culpabilisé dans son double whisky.

« Je suis cuit. Cuit, recuit et carbonisé.

— Tu vieillis, voilà tout. Tu n'es plus que l'ombre de toi-même. Un imbécile geignard qui se laisse marcher sur les pieds. »

Will avala son whisky en gémissant. Ses crises de conscience tournaient à la torture. Fut un temps où il pensait que son aptitude à se dédoubler était un signe de son génie. Que son cerveau, ne pouvant supporter une intelligence aussi foisonnante que la sienne, s'était coupé en deux. Partitionné. Comme un disque dur. D'un côté, la raison d'un homme, de l'autre, l'exigence d'un dieu. Les pieds sur terre et la tête dans les dollars. Il se croyait élu ! Voué aux miracles, à la fortune et à laisser son nom dans l'Histoire en lettres de silice grandes comme ça. Et, pendant des années, il avait écouté attentivement la petite voix aiguë et péremptoire, qui lui donnait des ordres incongrus et débordait d'idées affolantes ; qui savait si bien le convaincre de foncer tout droit, frapper fort, viser bas et ne jamais se retourner.

Elle l'avait bien servi, la petite voix. Parfois, il l'avait appelée « mon étoile ».

Mais, depuis quelque temps, Will croyait avoir compris qu'en fait de génie, il ne s'agissait sans doute que d'une schizophrénie commune. La petite voix virait à l'aigre, l'accablait de sarcasmes et, malgré toutes les objurgations de son psychiatre, Will ne parvenait pas à se rappeler quand ni pourquoi sa propre mère l'avait traité de la sorte (« Minable, pauvre minable, affairiste peureux, parvenu sans classe, faiseur sans envergure »).

« Je vous assure, docteur : ma mère avait la méchanceté d'une meringue. »

Will contempla le fond de son verre vide.

« Tu en veux un autre ? grinça la petite voix. La bouteille est presque vide. Il va encore falloir en commander une. Ton personnel va se rendre compte que tu n'es qu'un minable alcoolique. Tout le monde le saura ! Que le grand Will Door n'est en fait qu'un...

— ASSEZ ! »

Will jeta son verre contre la baie vitrée. La baie résista. Le verre aussi. Au prix que Will les avait payés, ils pouvaient. Le verre roula sur le sol laqué et s'immobilisa au milieu d'une représentation holographique de tapis d'Orient. Bille, parfaitement sadique, s'était plu à enfermer Will dans un monde virtuel, une imitation de vie à laquelle manquaient les sensations, caresse d'un tapis en soie sur la plante des pieds, éclat tranchant d'un verre qui se brise. Car la vérité est que Bille avait vécu une enfance fort peu sensuelle avant de se faire pulvériser par un ange en chute libre. Il entrait alors dans sa quinzième année, et l'ange ne s'était même pas excusé.

Depuis, son être adolescent hurlait de frustration : « Donnez-moi un goût sur la langue, donnez-moi un frisson sur la peau, donnez-moi des caresses, donnez-moi l'humidité d'un baiser sur les lèvres ! » Depuis des millénaires, Bille arrachait sa couenne spectrale de ses ongles fumeux sans réussir à rien ressentir, et détruire toute vie ne lui semblait pas une vengeance suffisante. Encore fallait-il qu'elle souffre auparavant, cette salope de vie !

Les innombrables travailleurs que Petimoo© avait envoyés pointer au chômage auraient été heureux d'apprendre que l'existence de Will Door III Jr était un funeste cauchemar. Pour l'heure, une cigarette dans une main et la tête dans l'autre, il essayait de pleurer tandis que la voix dans sa tête répétait en boucle : « Minable, minable, pauvre minable. »

***

Retour à Billancourt. L'arbre dans la cour penche toujours son tronc scoliosé vers les pavés boueux. Ça fait un quart d'heure que l'aura de Mismas a réintégré son corps.

« J'ai froid, mais que j'ai froid ! gémissait Mismas en sautant d'un pied sur l'autre.

— Ah ça ! Quand on abandonne sa guenille dans une pièce à seize degrés, elle a vite fait de s'enrhumer, philosopha Cid en accumulant sur sa poitrine agressive les pulls et les polaires.

— Je suppose que tu comptes sur moi pour payer nos billets de train Paris-Brest, grogna Mismas.

— Tu n'as jamais entendu parler de l'or des fées ? sourit Cid en sortant de sa poche un chéquier flambant neuf.

— Je voyais ça plus sonnant et trébuchant, dit Mismas avec une moue déçue.

— Je peux payer en écus d'or, si tu veux, mais je crains d'avoir l'air louche ».

***

Quelque part dans les méandres du centre de cyber-recherches des ex-vivants du Web Libre :

« C'est bien expliqué dans le *Moyen Albert*, soupira Babine-Babine.

— Tout bien, oui, soupira Pétrol'Kiwi.

— Alors, qu'attendez-vous pour préparer notre mixture anti-revenant ? s'énerva Évariste.

— Nous attendons de la semence de curé défroqué, des poils pubiens de prostituée.

— Un cœur de nouveau-né, une mandragore poussée sous la potence d'un pendu.

— Une hostie consacrée, du sang menstruel de vierge.

— Voilà ce que nous attendons. Entre autres ingrédients.

— Onèse ! glapit Évariste. Emmène-les à la morgue des Enfants Malades. Ch@mpi ! Trouve un accès à une banque du sperme.

— Pour les poils de cul, j'ai des copines au "Canon de la Dauphine" qui vont me faire ça très bien, annonça Pimprenouche. Par contre, pour le jaja de pucelle, je n'ai pas de plan.

— Pareil, trancha Évariste. La morgue.

— Et l'hostie ? demanda Pimprenouche.

— Je connais un crumble qui niche sous une gargouille de Notre-Dame, fit Pétrol'Kiwi. Il pourra nous dépanner.

— Et le pendu ? ajouta Babine-Babine.

— Il suffit de mettre le SMUR sous écoute, dit Évariste. Des paysans fous de solitude se pendent tous les jours. »

Onésiphore éclata brusquement :

« Sangdieu, Évariste ! Je te savais amoral, mais là ! Là !

— Quoi, là ? Quoi, là ? »

Les fées se turent et regardèrent les deux spectres qui se faisaient face, le gros et le maigre, le volontaire et le rêveur, le cru et le cuit, le doux et le sévère. La bedaine d'Onésiphore fluctuait d'indignation :

« Là ! Que suggères-tu exactement, là ? D'ouvrir les tiroirs d'une morgue jusqu'à trouver un enfançon mort d'une bronchiolite ? Puis qu'on l'éventre, et qu'on lui arrache le cœur ? Et ensuite, d'ouvrir d'autres tiroirs pour dénicher une petite fille morte d'une leucémie ? Vérifier du bout du doigt qu'elle ne s'est pas fait déflorer par son beau-père, et lui fendre le poignet comme une pastèque pour récupérer un gobelet de sang froid ? Regarder crever un pauvre type en détresse, et baisser son pantalon tandis qu'il se tortille au bout de sa corde, dans l'espoir qu'il éjacule de l'engrais à tubercule ? C'est ça, que t'appelles "lutter contre Bille" ? Moi, j'appelle ça lui ressembler ! Tu me dégoûtes ! Et vous aussi, vous me faites vomir, avec vos recettes de vieilles salopes ! hurla-t-il en se tournant vers les fées. Je commence à comprendre pourquoi les spectres vous ont découpées en rondelles ! Ils ne sont jamais à base de campanules et d'eau claire, vos sorts ?

— Nous, ce qu'on en disait, c'était pour rendre service », grommela Pimprenouche.

Babine-Babine et Pétrol'Kiwi se regardèrent avec de grands yeux effarés, puis se tournèrent vers Évariste qui béait encore plus qu'elles.

« Mais... mais... »

Il se ressaisit et claqua dans ses mains :

« Tu as raison. Tu as tout à fait raison. Nous allons chercher une autre solution.

— Qui ça, nous ? ricana Pimprenouche.
— Vous, bien sûr », dit Évariste.

***

Le vent d'hiver se roulait sur la lande bretonne, brassant la pluie et l'écume.

« C'est répugnant, cette salade, marmonna Mismas en décollant un bout d'ulve putréfiée de sa botte en caoutchouc.

— Évariste a raison, évalua Cid. Ça ne tient pas, ce légume. À mon avis, la *Caulerpa* fera mieux l'affaire. Si les spectres s'implantent sur l'ulve, ils risquent d'être fragmentés d'un bout à l'autre de l'Atlantique.

— Et si on rentrait ? grogna Mismas. Il fait froid, il fait noir et j'ai les orteils comme des crevettes bouillies.

— Allons-y. Tiens ? Qu'est-ce que tu fais là, Pimprenouche ?

— J'prends l'air ! Évariste me gonfle. Onésiphore aussi. Me gonflent tous, ces cadavres ! J'avais besoin de prendre l'air. Ici au moins, on est servi. C'est K@tic qui m'a dit où vous trouver. J'ai pris le web jusqu'à Pen Arbed.

— Je ne sais pas si tu tombes bien, on s'en allait. »

Elles s'en revinrent par le chemin des douaniers, sous une bruine fine et glacée.

« Évariste a raison. Ça sera mieux en Méditerranée, grogna Pimprenouche.

— Ne va pas dire ça à K@tic, gloussa Cid.

— K@tic aussi, elle me gonfle.

— Oh ! souffla Cid. Regarde !

— Quoi ?

— L'aura, là-bas.

— Où ça ? demanda Mismas.

— Chut ! »

Les deux fées entraînèrent Mismas à l'abri d'un rocher. D'abord, celle-ci ne vit rien. Puis elle ne vit pas davantage, mais entendit un grincement. Le *wig-a-wag* d'une carriole qui se frayait un chemin parmi les bruyères de la lande.

« L'Ankou, souffla Cid.

— Je ne savais pas que c'était un Éthéréen, marmonna Pimprenouche.

— Je ne vois rien, gémit Mismas.

— Ta gueule ! murmura Pimprenouche.

— La tienne ! » chuchota Mismas.

Le grincement passa très près d'elles. Mismas distingua une longue forme plus noire que la nuit, rien d'autre. Le grincement s'éloigna, fondit dans le bruit du ressac.

« J'ai…, commença Cid.

— Ouaip ! compléta Pimprenouche.

— Toi aussi ?

— Il me semble.

— Quoi ? s'énerva Mismas.

— J'ai déjà vu cette tête quelque part, marmonna Cid. Il y a très longtemps. Pas la tête, non, mais… le nez, disons.

— Et moi, je crois bien que j'ai déjà vu ce nez-là au milieu de cette tête-ci, il n'y a pas longtemps, et pas qu'une fois. »

Elles regagnèrent le chemin des douaniers et partirent au petit trot vers Pen Arbed, les fées plongées dans leurs souvenirs et Mismas dans le futur proche, qui se résumait à un bon grog bien chaud.

***

Après une nuit aussi brève qu'agitée, Will fut presque content de retrouver son staff d'avocats. Le boucan terrifiant de Los Angeles lui faisait du bien. Il s'assit au bout de la longue table en chêne massif *(Treize, quatorze, quinze. Manque le petit Morty. Et Seetha Benton. Ah non, la voilà.)*, se cala dans son énorme fauteuil en cuir et ouvrit sa mallette. Ses mains tremblaient. Il leva les yeux : les avocats avaient tous le nez plongé dans leurs portables, hors Seetha qui le regardait fixement (*Elle a vu mes mains. Bien sûr, qu'elle les a vues. Ta gueule !* Et aussi ta brioche, et ta tronche pochée d'alcoolo, bien sûr qu'elle a vu tout ça. Tout le monde voit tout ça. *Ta GUEULE !*).

Will se racla la gorge, et alluma son propre organizer.

***

« Sûr que pour les ragnagnas de pucelle, on peut trouver une chienne qui a ses premières chaleurs.

— Ça devient franchement immonde, la féerie, grommela Babine-Babine.

— Et pour le cœur de nouveau-né, continua Pétrol'-Kiwi, il suffit d'acheter un coquelet chez le boucher de la rue Michel-Ange, sûr.

— Et pas poétique pour un clou, non plus. Je me souviens de l'époque où nous dansions nues autour du feu du solstice d'été…

— Pour autant que je m'souvienne aussi, la fin de la nuit était pas particulièrement empreinte de poésie, fit Pétrol'Kiwi d'un ton agacé.

— Oui, mais au moins, ça en valait la peine, geignit Babine-Babine.

— Par contre, la mandragore…

— Ne t'inquiète pas. Pimprenouche connaît de ces boîtes bizarres, où des types un peu empêchés se serrent le cou dans un foulard pour réussir à bander. »

Babine-Babine soupira :

« Après tout, rien ne précise que le pendu doit être mort.
— Ça roule. »

***

« Seetha ? Seetha ?
— Jill ? »
Seetha Benton, membre du staff d'avocats de Will Door III Jr sous statut « quota féminin », s'assit dans son lit et tâtonna pour trouver la lumière.

« Jill ? » chuchota-t-elle à nouveau.

Elle regarda autour d'elle, sa chambre à coucher spacieuse, décorée dans les tons rose bonbon et palmier doré.

« Jill ? répéta-t-elle à voix plus haute.
— Je suis là, Seetha. »

La voix était douce et sépulcrale. Seetha se renversa sur son oreiller de soie parme.

« Oh, Jill. »

Jill avait été sa petite amie durant quelques mois, deux ans auparavant. Liaison qui n'aurait guère laissé de souvenirs à Seetha si Jill n'était pas morte à ce moment-là, dans un accident de voiture. À l'époque, Seetha avait déjà vaguement envie de la quitter, mais comme une belle histoire d'amour tragique est une aubaine rare dans la vie d'un avocat, Seetha avait totalement oublié ce détail. Depuis, elle se languissait. Ou plutôt, elle cachait son impéritie affective et sexuelle sous ce beau prétexte. Il est plus valorisant de dire : « Hélas ! Ma seule étoile est morte, et mon luth constellé porte le soleil noir de la mélancolie » que « Sans doute, la position dans laquelle je jouis le mieux, c'est celle du solitaire ».

« Jill, gémit à nouveau Seetha.
— Je sens un danger sur toi, Seetha.
— Un danger ?

— Un danger karmique. Sur toi et sur Will Door. Une ombre est sur vous. Il *faut* que tu l'emmènes loin d'ici. En Europe. Il *faut* que tu le décides à te suivre, Seetha.

— En Europe ?

— Il le faut, Seetha. Un grand danger est sur vous. Toi seule peut sauver Will Door et la société Petimoo©. Séduis-le, s'il le faut.

— Mais Will Door est réputé pour avoir autant de sexualité qu'une méduse !

— Et songe que tu peux être Celle qui aura sauvé Petimoo©. Songes-y, Seetha. »

La voix se tut. Si elle avait tendu l'oreille, Seetha Benton aurait pu entendre le très fin sifflement d'un téléphone en fin de communication. Mais elle était trop occupée à rêver au titre de Celle-qui-a-sauvé-Petimoo©. Et à combien ça pouvait s'évaluer, en stock-options.

***

« Bordel, elle est nulle, ta nouvelle idée », grinça Will en se servant un quatrième whisky. Il avait renoncé à retourner dans son blockhaus et loué une suite au Marriott, en espérant que les lumières de L.A. et son hurlement continu distrairaient la petite voix. Mais la tour du Marriott était trop haute, et sa chambre trop bien insonorisée.

« Nulle.

— Tu as dit ça quand je t'ai conseillé les ordinateurs familiaux. Et aussi dix ans plus tard, quand je t'ai parlé du web. Il y a un de tes ordinateurs dans chaque famille, tu domines le web, tu es riche à milliards, et tu doutes encore de mes idées ? »

Ce soir, la petite voix s'était faite douce. Insinuante. Will allait craquer. Il le savait.

« Bon sang, que vont dire les actionnaires, quand je leur proposerai ce... Tu te rends compte des sommes à investir ? Et des risques judiciaires ? Et pourquoi ? Pour faire *quoi* ? Même toi, tu n'es pas foutu de me dire à quoi ça sert ! Qu'est-ce que j'explique à mes ingénieurs, moi ?

— Ah ! cracha Bille, tu leur expliques que c'est ça ou la porte ! Et tu mets tes actionnaires devant le fait accompli. Ce que tu peux être devenu mou de la fesse !

— Ok, ok. »

Will acheva son whisky, bâilla.

« Tu crois qu'il est temps de dormir ?

— Il y a un temps pour tout, soupira Will.

— Il y a un temps pour dormir et un temps pour rédiger le cahier des charges. Sors ton portable. »

Will n'essaya même pas de résister. Comme il dépliait son écran, des larmes innombrables commencèrent à ruisseler le long de ses joues. Au fond du cortex surmené, Bille grimaça : cette loque allait lui claquer dans les doigts d'ici peu. Il fallait faire vite. Il y était presque...

***

« Bon, murmura Seetha penchée au-dessus de ses tiroirs. Pour décoincer Will Door III Jr, il ne faut pas moins qu'une bombe sexuelle. Alors, alors, alors... voilà ! »

Elle saisit entre deux doigts un porte-jarretelles en dentelle mordorée, le fit osciller dans la lumière de son halogène et lui sourit avec confiance :

« Will, à nous trois ! »

***

Quelque part au cœur de la Bretagne, à l'aube et par temps gris.

« Qu'il fait froid, mais qu'il fait froid ! râla Mismas. Depuis le début de cette histoire, je crève de froid !

— Qu'est-ce que tu peux être chiante ! aboya Pimprenouche.

— Je zone en pleins monts d'Arrée avec quatre fées, et quand je dis "j'ai froid", il n'y en a pas une qui me sortirait le moindre sort de bouillotte, c'est ça ?

— Tiens, c'est vrai, j'y avais pas pensé ! gloussa Pétrol'Kiwi.

— Ça, tu te fatigues rarement à penser, grommela Pimprenouche.

— Faites gaffe, les filles, protesta Cid, vous allez renverser le chaudron ! »

Mismas et les fées se traînaient dans le désert sinistre des monts d'Arrée, dont la réputation de magnétisme tellurique n'est plus à faire (« Tu claques des doigts, il te pousse des citrouilles de comice agricole », avait expliqué Babine-Babine à Mismas qui ignorait tout de l'influence du magnétisme tellurique sur l'exercice de la magie.). Elles tractaient sur leur dos des sacs d'ingrédients poisseux, quelques bûches pour le feu, et un chaudron plein d'eau de pluie.

« Bon », fit Cid en posant son sac. Elle mouilla son doigt, l'agita au-dessus de sa tête, renifla quelques coups : « Ici, ça ira. Mismas !

— Oui ? »

Cid effleura son épaule en marmonnant : une douce chaleur envahit Mismas, qui s'affaissa de bien-être :

« Miaou...

— Tu vas vite te rendre compte que chaque recours à un procédé magique se paye cash. Qui a le grimoire ?

— Le voilà, dit Pimprenouche en tirant de la poche de son imperméable un listing froissé.

— La féerie, ça n'est plus onirique comme c'était, dit Cid en dépliant les feuilles trouillotées.

— À qui le dis-tu, approuva Babine-Babine d'un air malheureux.

— D'abord, il faut tracer un Cercle de Pouvoir. »

Pétrol'Kiwi sortit de son barda un sac de graines de sésame, et les répandit sur une trajectoire vaguement ovoïde.

« C'est *ça*, un Cercle de Pouvoir ? demanda Mismas avec une moue déçue.

— Bah ! fit Pétrol'Kiwi en repliant son sachet. La féerie, c'est plus poétique comme c'était.

— On l'saura ! grommela Pimprenouche.

— Pute borgne, c'est pas gagné, soupira Cid. C'est pas dit que j'craque pas avant la fin. Pétrol, allume le feu. »

***

Au fond d'une chambre rose à motif palmiers dorés :
« Allô, Debbie ? Debbie, c'est moi. C'est Seetha.

— Mm. Tu sais quelle heure il est ?

— Debbie, j'ai un problème.

— J'espère.

— J'ai besoin de tes conseils. »

Seetha Benton n'était pas sotte. Elle s'était regardée dans la glace avec tout ce dont elle disposait comme impartialité. Certes, elle était bien foutue. Après des années de plats bio au pilpil et des heures de Low Impact, Body Sculpt et autre Pow'Air Lift, noms variés qui désignent des séances de gym cadencée extrêmement ressemblantes, c'était bien le moins. Certes aussi, elle était jolie. Dans le genre refait. Elle portait six mois de salaire dans chaque sein, et une bonne partie de ses économies dans le nez. Par une chance incroyable, elle disposait naturellement d'un sourire hésitant dont le charme triste avait résisté au collagène. Les UVA lui avaient définitivement bouffé la peau mais, depuis qu'Elisabeth Runinstein avait sorti son masque à la pro-vitamine K, Seetha s'était autopersuadée que ça ne se voyait plus. Et puis, elle attendait beaucoup de sa cure de sérum repulpant au fœtus de veau. Mais malgré tout, Seetha Benton avait dû s'avouer qu'elle n'avait rien d'une bombe sexuelle. *Non ! Pas rien ! Beaucoup.* Mais pas assez. En tout cas, pas assez pour séduire Will Door. Les plus ébouriffantes donzelles s'y étaient essayées en vain, il n'y avait aucune raison qu'elle y parvienne, elle. Même avec son ensemble mordoré. Même avec une pleine bouteille d'essence de parfum « Night of fire ». Même bourrée de gingembre. Will Door devait trouver des bombes sexuelles de seize ans et demi tous les jours sur son paillasson et pourtant, on ne l'avait jamais vu se promener avec autre chose que son attaché-case. Seetha Benton n'était pas sotte du tout : elle connaissait ses limites. Il lui fallait demander conseil à quelqu'un d'autre, quelqu'un qui ait les pieds cloués sur terre. Ou en tout cas, sur les poutres des autres. Quand Seetha se plaignait qu'elle ne rentrait pas dans son petit ensemble rouge de chez Issiake Millet, Charisma lui répondait :

« Essaye le masque anticapitons de chez Noos. »

Page lui répondait :

« Ma pauvre chérie, et moi donc, la celloche que je me traîne, t'imagines pas ! »

Carrie lui répondait :

« Tu yoyotes avec tes kilos imaginaires, va voir un psy. »

Janet lui répondait :

« On s'en fout, on va s'en jeter un ! »

Et Debbie lui répondait :

« Tu as encore acheté du 36 alors que tu as toujours fait du 38, c'est bien fait. »

Seetha avait donc appelé Debbie.

« Écoute, Deb. Il faut que je convainque mon patron de venir avec moi en Europe.

— Comme ça, à trois heures du matin ?

— *Yeah*. Il faut.

— (Bruit de cheveux grattés.) Ah bon.

— J'avais pensé user d'effets de corsage, mais je ne crois pas que ça suffise.

— Des effets de corsage. La promotion canapé, c'est ça ? Haha. Moi, je n'ai jamais couché qu'avec des collègues masculins. Même niveau hiérarchique. (Bâillement.) On a sa fierté. Résultat, ils sont tous devenus mes supérieurs hiérarchiques. Comme quoi, pour réussir socialement, non seulement il faut avoir des couilles au cul mais en plus, il faut que ce soit les tiennes.

— Dit comme ça, soupira Seetha qui commençait à se sentir ridicule, toute seule et toute nue qu'elle était, hors deux cents grammes de dentelle dorée et trois cents de fards coûteux.

— C'est le plus vieux mensonge du monde, la promotion canapé. Une fois que ton patron t'a sautée, la prochaine faveur qu'il doit attribuer, il la donnera à celle qu'il ne s'est pas encore farcie, évidemment. En plus, je ne pense pas qu'il couche, ton patron. Oublie ton corsage.

— Comment faire, sinon ?

— Pourquoi l'Europe ? »

Seetha soupira : *Si je lui parle de Jill, elle va me répondre de prendre un Témestil et d'arrêter de boire. Elle est fine mais sur un périmètre plutôt étroit, ma bonne vieille anti-copine.*

« Un contrat juteux à signer là-bas. Juteux pour moi. Je n'ai aucune raison crédible à lui proposer.

— La seule chose qui fasse bander ton Will Door, à mon avis, c'est son résultat comptable consolidé. La seule façon de le convaincre, c'est de lui mettre sous le nez un document où il lira "Europe" en haut de la page et "Dollars" en bas. Suivi de plusieurs zéros.

— En ce moment, c'est plutôt le mot "Acquittement" qui le mettrait dans des transes de joie.

— Et voilà. "Europe" en haut de page, "Paradis Juridique" en bas.

— Mais oui ! s'exclama Seetha. *Holy Mary Sweet and Pure !*

— *May God be with us*. Je te laisse à tes oraisons. »

Debbie raccrocha. Plongée dans ses pensées, Seetha mit dix minutes à s'en rendre compte et à reposer le combiné. Elle replongea sous ses draps parme :

« Mais pourquoi l'Europe ? »

« C'est vrai, demanda Jill à Ch@mpi, une fois qu'elle eut réintégré le web via le modem de Seetha. Pourquoi l'Europe ? »

***

Monts d'Arrée par temps désespérant :
« Et voilà, soupira Cid.

— Voilà, ajouta Pétrol'Kiwi.

— La mixture…

— … anti-revenant.

— Beurk.

— Je préférerais la prendre sur la gueule qu'à dîner.

— Si on envoie ça aux États-Unis, la douane va faire une de ces tronches !

— Oui. Il vaudrait mieux que Will vienne en Europe. »

***

Seetha monta avec célérité un mémo confidentiel sur la possibilité de domicilier une bonne partie de Petimoo© en Europe, afin d'échapper à la loi antitrust. Will sauta sur cette occasion de prendre des vacances, et Bille le tortura savamment afin qu'il boucle le cahier des charges du nouveau projet avant son départ. Will désigna donc un staff d'ingénieurs impressionnant doté d'une enveloppe non moins impressionnante, inventa des noms de code assez affriolants (Plan Léviathan, équipe Cobra) pour que ces mêmes ingénieurs ne réalisent pas trop vite la stupidité crasse de leur travail et partit, soulagé, visiter la tour Eiffel.

« Nous aurions pu demander aux fées de fabriquer leur philtre aux États-Unis, non ? demanda Onésiphore.
— Bille est inentartable aux États-Unis, répondit Évariste. Trop de limousines, de gardes du corps, trop d'habitudes bien rodées. Ce sera plus facile de le coincer au cours d'une villégiature. »

***

Will villégiatura en paix. Quelques jours. Puis Bille resserra les boulons, et Will recommença à souffrir. Parfois, il se tortillait sur son siège d'avion en gémissant, sous le regard ahuri de Seetha. Qui n'était *rien* comparé aux regards ahuris des ingénieurs du Plan Léviathan : « Mais c'est quoi, cette connerie ? Le Boss a formaté du disque dur, ou quoi ? » Le règne de Will Door commençait à sentir le sapin.

« Tes incapables ont-ils fini mon nouveau projet ? aboyait Bille dans la tête de Will.
— *Fucking hell*, à la fin ! Ils sortent tous de Yale ou du MIT, mes ingénieurs ! argumentait en vain Will.
— *Boje moi !* Un programme aussi débile que ça, il leur faut combien de temps pour l'écrire ?

— Tu vois que toi aussi, tu trouves ça débile ! »
De rage, Bille pinçait la glande à sérotonine de Will qui écumait de douleur psychique.

***

« Es-tu certain que le démon va savoir s'y prendre ? s'inquiéta Évariste.
— Il dit qu'en son jeune temps, il était assez bon en lancer de nourrisson, répondit Onésiphore. Il devrait être capable de jeter une tarte. Je lui ai conseillé de prendre une allure de jeune cadre, afin de se fondre dans la masse de VIP qui rampe derrière Will Door, mais sa queue dépasse parfois du trench coat. Tant pis. D'ailleurs, les fées lui ont jeté un sort de "Faites comme si j'étais pas là."
— Un quoi ?
— Une entourloupe qui ferait passer l'Ankou inaperçu dans un spectacle du Crazy Horse. »

***

Zgrouif le démon rembobina sa queue fourchue sous son imperméable, s'assura que son masque en peau d'homme n'avait pas glissé, souleva délicatement la tarte enduite de mixture anti-revenant, et s'approcha du cortège qui débarquait d'innombrables voitures, juste devant l'hôtel Crillon. Pour une fois, il était à jeun. Complètement. Il crevait même de faim. Si la mixture anti-revenant n'avait pas été immonde à dégoûter même un démon, Zgrouif l'aurait bouffée et la face du monde en eût plus pâti encore que si Cléopâtre avait eu un blair de rugbyman. Sans compter que Zgrouif lui-même aurait connu de terribles problèmes de digestion : il se serait autodépossédé.

Sprouatch !

Will hurla, comme si la tarte qu'il venait de se prendre en pleine figure avait été enduite d'acide sulfurique. Puis il sentit une énorme pression s'enfuir de son cerveau et tomba évanoui, d'un bonheur encore jamais éprouvé.

« Sacrénom ! Il a réussi », souffla Évariste, embusqué dans le système de télésurveillance du Crillon.

« Mille baguettes ! Ça a marché », murmura Cid, déguisée en yucca dans le hall de l'hôtel.

« Par les couilles de Lucifer ! Je m'sens pas bien », siffla Bille en fusant hors du cerveau de Will, à la vitesse d'un savon dans les mains d'une grenouille.

***

Pimprenouche poussa la porte du « Canon de la Dauphine », et la referma hâtivement au nez glacial du vent du nord.

« Salut, Pimpin.
— Salut, Bibi. »

Pimprenouche et ladite Bibi s'embrassèrent du bout des lèvres, afin de ménager le fard beige qui couvrait leurs visages fatigués.

« Tu fais quoi, ce soir ? demanda Pimprenouche en dégrafant son lourd manteau de fourrure acrylique.
— La boîte du Longitude.
— Beuh.
— Au moins, il y fait chaud », soupira Bibi.

Pimprenouche commanda un demi et le but cul sec.

« Gérard ! Un autre. »

Elle se retourna, regarda la salle à moitié vide. Les piliers habituels suivaient le match à la télé. La patronne, sanglée dans du lycra à pois et verte de fatigue, faisait la caisse du tabac et le patron servait un mètre de casa à la table des turfistes. Dans cette lumière jaune obscurcie de fumée froide que la nuit spongieuse absorbait de l'autre côté des vitres, Pimprenouche se crut revenue chez *Phillies*. Gérard posa devant elle un demi en sueur, puis recommença à pousser avec son balai la récolte de mégots de la journée.

« Merci, Gégé. Jolie ta décolo, ma puce. »

Bibi tourna vers Pimprenouche ce demi-sourire triste qui rendait désormais insupportable à la fée le rire auto-satisfait de ses collègues immortelles. Bibi portait sans allégresse son demi-siècle bien tassé, ses quatre-vingts kilos, une insuffisance respiratoire aiguë, une tension record, une robe noire fendue beaucoup trop légère pour la saison, et un soleil de cheveux sauvagement blanchis. Mortelle pur jus, elle ignorait que sa grosse copine Pimpin avait quelques millénaires de plus qu'elle au compteur et rentrait à l'aise dans du 34. Bibi suçota sa fine du bout des lèvres et alluma une clope, le regard perdu dans le miroir sale du zinc.

« Ça te dit, la boîte du Longitude ?

— Pourquoi pas ? » soupira Pimprenouche.

L'hôtel Longitude n'était pas loin, horriblement cher, colossalement design et bourré de cafards, avec un hall grand comme un aéroport, et une boîte de nuit au sous-sol. Le DJ était un pote. Il diffusait des musiques ringardes avec autant d'enthousiasme qu'elles aguichaient le client. En clair, elles étaient parties pour passer la nuit vautrées dans les poufs rapés d'un baisoir pour cadres en transit, à siroter du Perrier en regardant les filles plus jeunes lever les richards. Et puis, sur le tard, le whisky aidant, elles feraient quelques pipes dans les chiottes tendues de moquette bleu marine, avant de revenir ici petit-déjeuner.

« T'as des boules quiès ? grommela Pimprenouche en se demandant pourquoi elle s'obstinait à mener une vie aussi sinistre.

— Gy.

— Dis-moi : tu te souviens de ce type qu'on nommait le chien triste ?

— Le grand maigre aux cheveux crades ? Je m'souviens, ouais. Tu le cherches ?

— Ouais.

— Pas vu depuis une éternité. Vu ce qu'il picolait, il doit bouffer le houblon par la racine. Demande à Gégé.

— Oh ! Gégé ? »

De Gégé en turfiste, de bistrot en mastroquet et de demi en picon, Pimprenouche finit par retrouver la trace du chien triste.

« T'as pas intérêt à l'appeler comme ça, ma vieille ! rigola le patron du "Comète" de la rue Balard. J'ai jamais vu quelqu'un qui déteste autant les chiens.

— Çui-là qu'aime pas les aminaux, çui-là qu'il aime pas les hommes ! sentencia Pimprenouche, qui en tenait une sévère et le rebord du comptoir à deux mains. Oooh ! Déjà c't'heure ? Bah, c'est trop tard pour le Longitude, crénom. Vas m'coucher. »

Elle regagna son arbre en titubant, s'avouant enfin, l'alcool aidant, que si elle s'obstinait à mener la même vie que Bibi, c'est qu'elle en était amoureuse. Émoi qui arrive régulièrement à des fées très bien.

***

Bien longtemps avant.

Sur la Terre encore plate, ravagée par le Grand Cataclysme Cotonneux, les spectres de Bille déferlent. Partout, ce ne sont que hurlements de faunes, râles de lutins, cris d'agonie elfique, supplications d'ondines. Car, pour mettre au point la destruction du Ciel et de l'Enfer, Bille a travaillé main dans la main avec les mages qui maîtrisent l'énergie éthérée, dite Magie, et se sont bien fait avoir. Aussi a-t-il pu fabriquer des armes très efficaces contre les Éthéréens. Par contre, face à un spectre, un Éthéréen ne peut pas grand-chose, hors courir très vite. Reste aussi la possibilité, pour les vrais Éthéréens, de se réfugier dans l'Éther. Possibilité refusée à tous ceux qui partagent un double héritage Terre-Éther : lutins des bois, ondines de rivière, faunes, korrigans, elfes, en résumé, tous les métis éthéréo-matériels, y compris les filles de père Noël.

La fée des neiges reconvertie en druidesse celte se révéla plus maternelle que la fée moyenne. La fée moyenne se fût réfugiée dans l'Éther au premier tir de lance-plasma, laissant sa gamine en plan sur la mousse de Brocéliande, avec la vague intention d'en refaire une autre un de ces jours. La fée des neiges usa de tous les sorts défensifs qu'elle connaissait, lierre-tueur, chêne-timber, attaque-de-piafs, brouillard-intempestif, puis rafale-de-neige et tornade-de-glace, car elle commençait à paniquer. Les spectres les traversèrent avec une impavidité toute militaire. La fée prit son bébé dans ses bras, incanta un Invisibilité parfaitement inutile, puisqu'il ne dissimulait que sa forme matérielle et non son aura éthérée, que les spectres perçoivent très bien, et lança un Lévitation suivi d'un Coup-de-vent-force-cinq qui l'envoya promener à dix milles marins au large de Bénodet. Elle invoqua les sirènes de façon peu académique (« Vous avez du goémon dans les ouïes, ou quoi ? »), leur confia la petite fille aux cheveux blancs en comptant sur leur instinct parental, et disparut dans l'Éther en se disant qu'elle en referait une autre dans un ou deux siècles.

Pour l'anecdote, sachez qu'elle travailla quelque temps comme cousette pour la maison de couture Hennin & Co. sous les ordres de la fée Cruc, vieille pie mauvaise comme une mésange, avant de sombrer dans le venin de vipère fermenté, l'autoapitoiement et la broderie névrotique de bavoirs roses. L'instinct maternel frappe où il veut.

À propos d'instinct maternel, les sirènes, qui abandonnent leurs œufs parmi les algues en espérant qu'un triton aura la bonne idée de les féconder, en sont parfaitement dépourvues. Elles tripotèrent donc quelque peu la petite fille aux cheveux blancs, puis une congénère leur annonça qu'un gastronomique nuage de krill approchait et elles lâchèrent la gamine, qui coula comme un parpaing. Marie Noëlle (car tel était son prénom) se retrouva donc assise au fond de la mer, ses poumons semi-féeriques extrayant l'oxygène de l'eau avec une déconcertante facilité.

***

« Euh… salut? Je m'appelle Pimpin. »

L'homme à tête de chien ne répondit pas. Affalé au bout du comptoir du « Robinet Baveur », il grignotait des caouètes en tétant du cognac.

On ne peut pas dire qu'il lui ressemble, songea Pimprenouche. *Un sosie. C'est un sosie. Plus sale et moins pâlichon mais sinon, un sosie.*

Pimprenouche claqua des doigts : les caouètes se transformèrent en pistaches et le verre de cognac se remplit de coca-cola mousseux. L'homme à tête de chien leva vers elle un regard vaguement intéressé : les fées lui rappelaient de bons souvenirs.

« Vous, euh… vous avez de la famille? » demanda maladroitement Pimprenouche.

***

Marie Noëlle partit en pleurant le long des routes marines, appelant sa mère et cherchant son château natal. Elle en trouva l'équivalent. À cette époque, le fond des océans, surtout au large de la Bretagne, regorgeait de villes englouties remplies de joyaux. Les habitants vaquaient à leurs occupations, vendant des perles, des coquillages et de solides couvertures en varech goudronné. Des princes harnachés de kelp montaient des hippocampes géants, chassant les requins-tigres au hasard des rues effondrées. Dans la salle du trône, un roi couvert d'arapèdes rendait sa justice et, dans la cathédrale avoisinante, un sculpteur travaillait l'eau au burin pour en tirer de magnifiques statues aqueuses. Marie Noëlle s'en fit un ami. Elle passait des heures à jouer avec ses outils : ciseaux, masses et gougettes d'un métal étrange, bleu dur, capable de débiter l'eau en tranches. Tandis qu'elle tournait et retournait les lames entre ses petits doigts encore potelés, elle songeait sombrement à ce jour de colère où les spectres lui avaient pris sa mère. Elle les revoyait traversant, avec l'aisance d'une vague, les forteresses de ronces que la fée élevait devant eux, et faisait des comparaisons osées entre la chair des spectres et celle de la mer. C'était une petite fille très en avance pour son âge.

Le sculpteur, qui lui interdisait avec une inlassable constance de jouer avec ses outils, la trouva un jour, une fois de plus, en train de couper des cubes d'eau de mer pour construire un gibet à crabes. Il lui colla une claque, elle lui fendit la tête en deux et, tandis qu'il ouvrait des yeux ronds à trois mètres l'un de l'autre, elle s'enfuit, ayant enfin tué le père et ainsi mis une cerise sur le gâteau de sa névrose abandonnique. En partant, elle s'empara du plus gros des équarrisseurs, une lame monstrueuse qu'elle essaya le soir même avec un succès complet sur l'âme errante d'un ramasseur de coques, au bout de la plage de Camaret. Ce fut son premier débitage de spectre.

Serial killer au long cours, elle eut tout le temps de mettre au point son petit scénario terrifique : silhouette spectrale, charrette grinçante, regard malaimable, ricanement mal graissé. Elle peaufina sa légende à travers les âges et les charniers. Elle eut aussi tout le temps de constater que le passage à l'acte ne résout pas les désordres post-traumatiques, mais n'eut pas le génie d'en toucher un mot à Freud avant de le tailler en pièces inutilisables.

Elle choisit de s'appeler l'Ankou, terme qui signifie beaucoup de choses sinistres en pas mal de langues, et « Va frayer chez les méduses » en sirène vulgaire.

***

« Vous n'aviez pas un père ? Un frère ? Un fils ? insistait Pimprenouche tandis que l'homme à tête de chien lui tournait pesamment le dos, son verre de coca à la main. Une fille ? » suggéra-t-elle en désespoir de cause.

L'homme à tête de chien en lâcha son coca, qui explosa sur le carrelage calfaté de cendres et de billets d'Euro Millions perdants.

***

« Pute vierge, où est-il ? Mais où est-il, ce chameau ? braillait Évariste en faisant défiler les données sur la façade d'une des tours de mémoires du centre de cyber-recherches.

— On cherche, on cherche ! clama Onésiphore, qui faisait la même chose sur la tour d'à côté.

— Et les agents intelligents, qu'est-ce qu'ils foutent, ces têtes de bits ? hurla Évariste. Foutre du cul, Ch@mpi, donne-moi la liste de mots-clefs de ces jean-foutre d'agents ! Il doit manquer quelque chose !

— Non, Évariste, dit calmement Ch@mpi, il ne manque rien. Si les agents ne trouvent pas Bille, c'est qu'il n'est pas sur le net, c'est tout. Il a pu se planquer n'importe où ailleurs.

— C'est vrai, ça, protesta K@tic. T'es toujours à engueuler les agents intelligents, après ils sont complètement démotivés et après, tu t'étonnes qu'ils trouvent rien.

— Bran ! » cracha Évariste en continuant à suivre des yeux les données lumineuses qui défilaient à toute vitesse sur le monstrueux mur noir de la tour, tel un puceron au pied d'un tableau d'affichage d'aéroport. Il recula d'un pas, pivota brusquement vers Ch@mpi :

« N'importe où, dis-tu ? Imagines-tu Bille se contentant de végéter dans une pile alcaline ?

— À terme, non. Pour l'instant, oui. »

Évariste renifla :

« Tu n'as peut-être pas tort. Ah, c'est comme ça ? Je veux un cyberchercheur par tour ! Des netfouineurs dans tous les recoins ! Mailez-moi un maximum de webdébrouillards ! Faites péter les séparateurs booléens ! Cravachez les moteurs de recherche ! Embauchez tous les browsers ! Il ne s'agit pas de le rater quand il repointera son suaire sur le web. »

***

Le petit agent intelligent, une sorte de Romu@ld pingouinomorphe, se glissait en tremblant de peur entre les défenses aiguisées du serveur central de Petimoo©. Il dut plonger dans un fichier pour échapper à une patrouille de pacmans. Grelottant sous son léger déguisement de bannière publicitaire, il parcourut méthodiquement le contenu du fichier, moins pour s'instruire que pour ne pas penser aux rangées de crocs qui déambulaient à un pixel de là.

« Plan Léviathan », lut-il. Parvenu à la fin du texte, il ne tremblait même plus, pétrifié par une terreur sans nom.

« ⬢˙⬢˙⬢˙☠☠☠ », murmura-t-il dans son sabir numérique.

Le pacman embusqué lui sauta dessus, arrachant d'un coup de dent la moitié de la bannière. Le petit agent intelligent qui, comme l'avait dit Évariste, n'était pas bien fin mais qui, comme l'avait remarqué K@tic, était plein de dévouement, eut le cran de glisser un mail dans la fente d'un lien hypertexte. Puis il mourut.

***

« J'vais t'dire ! J'vais t'dire ! Eh ben ouais. Même que. Ah si ! Putain de moi. »

Prosper fondit en larmes, la tête dans les mains, les deux coudes posés sur le formica chocolat d'une des petites tables rondes de l'« Abracadaglou ». Pimprenouche alluma sa trente-deuxième cigarette. Pour une confession de pochtron, c'en était une.

« J'peux t'dire que hein ! Pis aussi, faut voir. Non mais c'est vrai, quoi ! Y en a qui… et puis voilà. Alors hein ? » enchaîna Prosper.

Pimprenouche tira sur sa clope. C'était le troisième rade qu'ils faisaient, et elle en avait appris de quoi remplir un ticket de métro.

« En clair, mon gars, tu as une fille. C'est ça ?
— J'avais, ma grosse, j'avais.
— Elle est morte, alors ?
— Putain, pourquoi tu m'dis ça ? Pourquoi ? »

Refonte. Pimprenouche décida de passer en force :

« Disons que je sais où elle est. Ça te dit, que je t'emmène ? »

Suite à quoi Prosper commença à s'énerver, bavant de rage et secouant ses longs cheveux gras. Il tenta même de se lever. Pimprenouche lui balança une claque qui le rassit pour le compte :

« Alors d'abord, tu manges quelque chose en buvant de l'eau, ensuite tu vas aux douches municipales que tu pues, c'est une pénitence et après, je t'emmène, fût-ce par la peau du cul. Je crois bien que c'est un poison, ta garce de fille. Je crois bien qu'elle n'a pas été élevée et qu'il est temps que tu t'y mettes. Une bonne fessée, voilà ce que moi je ferais, mais je ne suis pas à ta place.

— Pimpin ! Téléphone pour toi », clama le patron. Pimprenouche se leva :

« Que de l'eau, hein ? Et tu manges. Et tu n'oublies pas la douche. Et, au fait, tu as déjà fait du balai volant ? »

Prosper la regardait avec un air de ne plus savoir se servir de ses yeux.

« Non ? Ça te fera une expérience. »

Elle ragrafa son manteau, se dirigea vers le bar, saisit le téléphone, écouta, lâcha le combiné et se rua vers la sortie.

« Oh ! La porte ! » brailla le patron.

***

Ch@mpi avait vu juste : Bille était planqué off-line. Pas dans une pile alcaline, non : dans la console bourrée de jeux vidéo délicieusement désuets que Seetha cachait au fond de son vanity-case tout aussi désuet, reliques du bon temps où elle était étudiante et passait des vingt-quatre heures à dégommer des monstres avec des fusils lasers à répétition. Bille se cachait très exactement dans un vieux jeu de combat à quatre misérables niveaux. Il déambulait au hasard des couloirs sauvagement néontisés d'une interminable base spatiale, maladroit dans son corps épais de guerrier futuriste, balançant aux ennemis glaireux qui lui sautaient dessus de grands coups de botte et de minables balles de revolver.

***

Retour à Boulogne. Le feu de bois est mort, la température vague au-dessous de dix degrés, pourtant Mismas s'éponge le front en soupirant :

« Qu'est-ce que j'ai chaud !

— Je t'avais prévenue que la magie se débrouille toujours pour être plus encombrante que prévu.

— Fait suer. »

Cid sifflotait des trucs sans queue ni tête au-dessus du cactus malingre de Mismas.

« Qu'est-ce que tu fabriques ?

— Je lui remonte le moral. Elle manque d'affection, cette plante.

— Complètement. » Mismas soupira : « En attendant, il faut que je finisse mon pensum pour la mère Rognon. »

Le témoin de son répondeur clignotait rageusement. Mismas se demanda si, maintenant qu'elle avait croisé Évariste Galois dans un tableau de Hopper, elle était encore apte à se pencher sérieusement sur les aventures du prince Machin. Elle en conclut que ce grand écart mental risquait de lui valoir une bonne tendinite psychique. *Et si je faisais un mail à Juliette Rognon pour lui dire que…* Mismas suspendit le cours de ses pensées, prudemment. Puis elle le reprit, pas à pas. Un mail. À la mère Rognon. Sur son ordinateur. Disque dur. Centre de cyberrecherches. Copier le disque dur de Rognon depuis le centre et… *négocier ? Avec une autre société de jeux multimédias ?* Un sourire délictueux fendit le visage de Mismas. Elle s'épongea le front une fois de plus.

« Ça ne te dit pas, de retourner sur le net ? Je m'y sens mieux qu'ici, demanda-t-elle sur un ton outrageusement innocent.

— Si. J'irais bien au centre de cyberrecherches, voir ce que les océanographes concoctent pour débarrasser la Méditerranée de la *Caulerpa*. Ça m'inquiète.

— Parfait ! Je veux dire : après toi. »

***

Pimprenouche entra dans la chambre d'hôpital sur la pointe des pieds :

« Pimpin ? fit une voix faible derrière l'imposant dispositif de l'électrocardiogramme.

— C'est moi. Ne bouge pas, ma Bibi. On va te soigner. Ça ira mieux, tu verras. »

Pimprenouche prit la main froide et sèche de Bibi entre les siennes. Débarrassée de son fard, les cheveux tirés en arrière, un tuyau dans le nez et les traits creusés par l'agonie, Bibi avait pris vingt ans d'un coup.

« J'verrai rien du tout. J'vas calancher dès c'soir. L'palpitant qui veut plus rien savoir. L'a fait son temps et moi aussi. Mais ça m'deuil de t'laisser, ma pauv' vieille.

— T'en fais pas pour moi, souffla Pimprenouche. On se reverra plus vite que tu ne crois.

— Bast ! T'es bâtie pour piper jusqu'à ton centenaire », ricana tristement Bibi.

Pimprenouche sourit :

« Beaucoup plus vite que ça, crois-moi. J'ai des indics de l'Autre Côté, ça va être du nanan.

— Ah ouais ? » soupira Bibi en refermant ses yeux plombés, tandis que l'infirmière faisait des signes frénétiques à Pimprenouche. Laquelle se pencha, et embrassa une dernière fois le front blafard. Puis quitta la chambre sans se retourner, mais en se mouchant.

***

Pas bien loin de là, dans la section V.I.P. de l'hôpital, Will Door III Jr se bourrait de calissons d'Aix en pianotant gaiement des doigts de pied, allongé à plat dos sur son lit blanc, l'œil rivé sur la scène lesbienne de *Bourre-moi fort IV*. Sa conscience s'était brusquement évaporée, ses neurotransmetteurs circulaient sans obstacles, il n'avait pas eu une seule idée de génie ni une seule bouffée d'ambition depuis son entartage et il en rigolait tout seul, de joie. À ce moment-là, Seetha entra dans sa chambre, précédée d'un énorme bouquet rond assez malodorant. Will coupa le son, avala son calisson et lui décocha son sourire le plus coquin :

« Seetha ? Quelle belle surprise ! Asseyez-vous donc. Quelles belles fleurs ! Non, pas là ! Ici, sur le lit. Oh, mais vous portez des bas ? J'adore ça ! On vous a déjà dit que vous étiez très belle, Seetha ? Un calisson ? Ça vous dit, de regarder la fin du film avec moi ? »

Cinq minutes plus tard, une Seetha Benton raide de stupéfaction entrait au pays joli des milliardaires – par la petite porte, mais quand même.

Le dernier gragon

Lu sur le web :
Tribune libre SIRIUS
```
12 :55 :09 <psi> ben j'ai installe le package et
depuis, lorsque je demarre, je me retrouve avec un
Kernel Panic. C'est quoi?
12 :55 :32 <choco> c'est pas de chance!
```

« Oups », fit Mismas, sitôt qu'Évariste leur eut ouvert le sas qui menait au centre de cyberrecherches. C'était monstrueux : un Wall Street en négatif et en surmultiplié, une forêt suspendue de monolithes noirs le long desquels dévalaient des fleuves de données étincelantes. Des flux informatiques multicolores zigzaguaient entre les tours, des écrans de quinze kilomètres carrés tournoyaient en affichant d'étranges kaléidoscopes d'images, et des millions de spectres s'affairaient avec la prestesse d'une ruche en période de ponte. Au centre de cette mégalopole virait une reproduction au un-unième de la planète, bariolée de trajectoires lumineuses. « Repérage géographique des principaux mouvements de données », expliqua Évariste. Quant au sol…

« Oh *non* ! gémit Mismas. Il n'y a *pas* de sol ! »

Et comme elle ne tombait pas, elle en conclut qu'elle volait.

« Des traces de Bille ? s'enquit Cid.

— Aucune, grommela Évariste.

— Tu n'es pas impressionnée, toi ? demanda Mismas à Cid, les orteils recroquevillés.

— Non. Ça me rappelle l'Éther, en plus numérique, répondit la fée avant de se tourner vers Évariste : Je cherche des renseignements sur la *Caulerpa*.

— Demande à un moteur de recherche », répondit Évariste en lui montrant du doigt une petite sphère fluorescente, qui toupillait à ce qui sembla à Mismas quelques parsecs de là.

Cid vola avec aisance jusqu'à la boule, se stabilisa devant elle, posa ses mains dessus. La boule éructa des étincelles puis un flot d'images, qui firent la roue devant Cid.

« Mais comment a-t-elle fait ? souffla Mismas, que le vertige faisait tanguer.

— Imagine que tu nages. Ce n'est pas plus compliqué que ça », expliqua gentiment Évariste.

Mismas risqua une brasse peureuse qui l'amena en effet, sans heurt, quinze étages plus haut, Évariste à sa suite. Le tapis rouge d'un graphique glissa au-dessous d'eux comme une langue de dragon titanesque, accompagné de petits clusters aussi vifs que des guêpes.

« Probablement des mails, dit Évariste en suivant le regard de Mismas.

— À ton avis, où est Bille ?

— Il se cache. Ça ne durera pas. Il est trop ambitieux.

— Moi, à sa place, vu le tour de cochon que vous venez de lui jouer, ma première ambition serait de tuer tous les morts du web.

— Ça fait longtemps qu'il en rêve. C'est même pour ça qu'on l'a entarté. Nom d'un chien, j'avais pourtant soigneusement choisi le lieu de notre attaque afin qu'il n'ait pas d'autre refuge que le web ! Beaucoup de lumière, les ordinateurs de télésurveillance à proximité… va te faire fiche. Mais nous le retrouverons.

— Pour en faire quoi ? »

Évariste et Mismas flottaient tout près de la façade d'une tour parcourue de bits d'un blanc pur et doux. Mismas eut, une seconde, l'illusion d'une rivière de diamants pour supernova.

« Sais-tu ce que c'est, une pop-up ?

— C'est quand on est sur le catalogue en ligne de Fringues.com, et qu'on clique sur une paire de chaussures : il y a une petite étiquette jaune qui apparaît, marquée "article indisponible" ou "n'existe qu'en taille 48".

— C'est ça. Une pop-up. Un cul-de-sac. Un cercueil.

— Vous avez préparé une pop-up blindée pour y enfermer Bille ?

— Oui. Ensuite, nous l'expédions dans un ordinateur, nous isolons l'ordinateur en le débranchant, et nous formatons le disque dur. Destruction de toutes les données. Exit Bille.

— Ça suffira ?

— Non. Bille a dû faire des sauvegardes de lui-même dans tous les coins. Mais ça nous laissera le temps de nous mettre à l'abri.

— Dans ton web spécial spectres, à base de nanotechnologies ? Il paraît qu'il s'en faut encore de cinquante ans avant que les nanotechnologies ne soient au point. »

Évariste sourit. Des 1 et des 0 défilaient en colonnes sur son visage.

« Ça, c'est bon pour les vivants. Gros tas d'atomes qui s'ignorent. Mais pas pour nous. Pas pour moi ! Je suis un spectre numérisé. L'électromagnétisme est mon métier. Viens voir ! »

Évariste donna un coup de reins et partit en flèche entre les tours de données, louvoyant parmi les essaims de clusters. Mismas le suivit en pataugeant bravement.

« Regarde », dit Évariste en s'arrêtant au pied d'un écran géant.

Il fit glisser son doigt sur la tranche de l'écran, qui se redimensionna docilement à environ deux mètres sur deux. L'image d'un bras de levier constitué de bulles grises apparut.

« À peine quelques millions d'atomes. Alors qu'une feuille de papier rassemble 4 suivi de 23 zéros atomes. Je te présente un assembleur. C'est une machine à construire des machines à base d'atomes. Avec son bras, il arrache des atomes et les empile de la manière voulue. Donne-lui du charbon, et il le rempilera en diamant. Cet assembleur fabrique des puces électroniques (gros plan sur une petite puce bosselée) mais pas n'importe quelle puce électronique. Sais-tu comment fonctionne l'ADN ?

— Euh…

— C'est un collier. Un collier de données à l'échelle atomique (gros plan sur une hélice d'ADN). Première perle, premier gène : yeux = bleus. Deuxième perle : nez = gros. Troisième perle : taille = 1 m 90. Une fois arrivé au bout du collier, on obtient la description précise d'un être vivant unique. Le bagage génétique. Mais l'ADN ne sert à rien tout seul. Ce n'est pas lui qui fabrique le gros nez, les yeux bleus, ni un mètre quatre-vingt-dix de charpente. C'est l'ARN. Un agent intelligent et mobile. Il vient voir l'ADN, prend des notes et va à l'usine faire fabriquer l'être humain correspondant.

— L'usine ?

— Une bonne déchetterie d'atomes. Disons que l'ARN est un collier de perles vierges. Il se colle au brin d'ADN et s'en va, muni de cette empreinte comme d'une liste de courses. Il fait parfois des erreurs : les mutations.

— Et alors ?

— Et alors, cet assembleur fabrique des puces flanquées d'un brin d'ARN. Elles se dupliquent chacune une fois. Leurs descendantes aussi. Parce que fabriquer des puces une par une serait un peu long. Considère une feuille de papier : à fabriquer atome par atome, en empilant un million d'atomes par seconde, il faudrait treize milliards d'années. Alors qu'avec quelques atomes de papier qui se dédoublent, il est possible d'obtenir une feuille en moins de deux minutes.

— C'est moins long.

— Ne te fiche pas de moi. »

Pour une fois, Évariste n'était pas cassant. Il avait l'air fatigué. Et comme la fatigue n'existe pas chez les spectres numérisés, Mismas en déduisit qu'il était anxieux.

« Ça va fonctionner, votre ARN à puces ?

— Ça fonctionne. Nous disposons de plusieurs labos. Un en Bretagne, un près de Monaco et six autres sur différentes côtes, le long d'un gros câble sous-marin en fibre optique : Piscadera Bay, Maracaibo, Manzanilla, Key Largo, Case-Pilote et Nieuw-Nickerie. Je suis en train de tout transférer sur Monaco. Nous allons emménager sur la *Caulerpa*.

— Qu'est-ce que vous attendez pour vous réfugier là-bas ?

— Ce n'est pas si simple. D'abord, il a fallu concevoir des nanomachines pour contrôler les puces, qui ont tendance à muter. Puis d'autres pour installer les puces sur les molécules végétales, faire la maintenance, et puis des nanoprocesseurs en réseau, plein de choses.

— Et c'est *vous*, je veux dire : les spectres, qui avez fait tout ça ?

— Avec l'aide de collègues du CNRS et d'autres entités de recherche encore prémorts.

— Merde ! Il y a des *vivants* au courant ?

— Le plus malcommode à trouver, ce sont les crédits. Nous avons dû inventer des intitulés de missions complètement abscons, pour qu'aucun comité de surveillance ne puisse y mettre le nez. Et je ne parle pas des pots-de-vin.

— Je répète : il y a des vivants au *courant* ?

— Au courant de quoi ? Que nous sommes morts ? La plupart des discussions se font par mails ou tchats.

— Tu veux dire qu'il y a des *spectres* sur les tchats et les forums ? »

Évariste eut un sourire en coin :

« Ne t'es-tu jamais demandé qui sont tous ces drôles de cocos virtuels qui passent leur temps à discuter sur le web ? Ne t'es-tu jamais dit : "Ma foi, en voilà une vie de paresse ! Certains n'ont donc pas mieux à foutre ? Gagner leur vie, par exemple ?" Jamais ?

— Jésumarijoseph ! bafouilla Mismas.

— Et quand les causeries en ligne ne suffisent pas, tu n'imagines pas comme on peut convaincre le plus cupide des notables, ou le plus rationaliste des scientifiques, dès lors que feu sa première épouse vient prendre des nouvelles de la seconde, la nuit pendant son sommeil.

— J'imagine très bien, au contraire », murmura Mismas qui se demandait à la fois combien de professeurs d'université et de sous-préfets croyaient aux fantômes, et avec combien d'ectoplasmes elle avait échangé des mails coquins. Elle se pinça la racine du nez :

« Ce qui signifie que les vivants vont bientôt avoir droit aux nanotechnologies ? »

Évariste lui lança un regard torve :

« Sais-tu ce qu'on peut faire avec ça ?

— De l'énergie propre et pas chère ? De la médecine de pointe, des routes qui se fabriquent toutes seules, ou encore la terraformation de la planète Mars.

— Et même un ascenseur pour l'espace. Un câble partant de l'équateur et tournant avec la Terre, en orbite géostationnaire. Accroches-y une cabine de téléphérique et le tour est joué.

— Et comment le câble tient-il en l'air ? s'étrangla Mismas.

— Fais tourner sur elle-même une balle piquée d'un fil : tu verras que le fil tient en l'air tout seul. As-tu aussi entendu causer du brouillard-outil ?

— Non.

— Il suffit de remplir cinq pour cent de l'atmosphère avec des robots de la taille d'une bactérie. Ça ne se voit pas, ça ne se sent pas, mais pour peu que tu aies besoin d'un verre d'eau, ce brouillard est capable de fabriquer le verre, l'eau dans le verre, et de te l'apporter.

— Il *fabrique* l'eau ?

— Il suffit qu'il y ait des atomes d'H et d'O alentour. Et ce sont des atomes plutôt banals. Les atomes ne sont pas une engeance très variée : on trouve surtout de l'hydrogène, de l'oxygène, du carbone, un peu d'azote et des métaux. De plus, si tu veux t'asseoir pour boire ton verre d'eau, le brouillard-outil peut fabriquer une chaise, et si tu préfères rester assise plutôt qu'aller travailler, il fabrique un clone qui y va à ta place.

— Ça, ça me paraît plus dangereux.

— *Dangereux ?* croassa Évariste. *Plus* dangereux ? C'est la catastrophe assurée, les nanotechnologies ! Dans les mains des vivants, du moins. Si le brouillard-outil tombe sous le nez d'un programmeur mal disposé, il peut détruire toute vie sur la planète en une seconde à peine ! Nanovirus, nanosoldats, nanobombes. C'est pour cette raison que j'ai besoin de Cid.

— Pour laisser tomber tes collègues vivants avant qu'ils n'en sachent trop.

— Tu as deviné. Nous allons emménager sur la *Caulerpa* dès que possible. Ficher le camp sans laisser d'adresse, détruire les notes et les archives. Vrai ! Pourquoi est-ce que je te raconte tout ça, à toi ? » soupira Évariste en repoussant l'écran, qui alla se perdre en tourbillonnant dans les confins abyssaux du centre.

« Parce que tu as mauvaise conscience.

— Dame ! Mais nous laisserons un mot d'excuse. Et une adresse http, où nos collègues pourront nous joindre quand... quand leur heure sera venue. Cid s'occupera d'entretenir le milieu naturel de notre web, quelque part en Méditerranée. Par contre, nous risquons de manquer d'énergie pour la suite. Les capteurs solaires au fond de l'eau, ça n'est pas évident, et il y a encore énormément de machines dans le genre de cet assembleur à construire. Il nous faudrait un bon chauffage laser, pour fabriquer des nanomachines à la chaîne. » Évariste soupira. « Un bon gragon, voilà qui n'aurait pas été de trop. »

Un cube fit un dérapage contrôlé au ras de l'oreille d'Évariste, puis se disloqua doucement en six carrés brillants qui laissèrent s'échapper le ruban argenté d'un mail.

« Quoi encore ? » grogna Évariste.

Il lut le message, très court.

« Plan Léviathan », murmura Évariste.

Le login était celui d'un agent intelligent, l'adresse perdue quelque part chez Petimoo©. C'était le genre d'adresse où il n'est pas utile de répondre.

« Oh, mon cochon », murmura Évariste.

L'adresse clignotait, sur le mode « Il n'y a plus d'abonné ».

***

« On est où, là ? » demanda Bibi, assise sur une table de la morgue de l'hôpital, encore plongée des fesses aux pieds dans son propre cadavre. Pimprenouche la prit par le bras et la fit descendre avant de répondre :

« Tu vois ce sac en plastique noir, là, allongé sur la table derrière toi ?

— Ouais ? »

Pimprenouche ouvrit la fermeture éclair. Bibi se pencha, regarda, leva les yeux vers Pimprenouche, se redressa :

« On est où, là ? demanda-t-elle d'une toute petite voix. Et pourquoi t'es toute bleue ?

— Je t'expliquerai plus tard. Viens ! Faut pas rester là. »

Pimprenouche attrapa Bibi par sa main transparente et plongea dans le fil du téléphone, tandis que l'ombre aiguë d'une faux se profilait sur le mur blanc de la morgue.

***

Évariste battait nerveusement des pieds près de la console flottante d'un Agent Manager :

« *Plan Léviathan*. Chargez une escouade d'agents avec ce mot-clef. C'est urgent !

— C'est peut-être urgent mais, comme tu as dit que la recherche de Bille était prioritaire, il faudrait savoir...

— C'est priorurgent !

— Bon, bien. »

L'Agent Manager envoya vers le réseau central de Petimoo© trois pingouins, deux moutons et un trombone à lunettes.

***

Pendant ce temps, dans son jeu vidéo, Bille prenait de l'assurance. Il avait découvert dans son arsenal une mitraillette, des grenades, puis un destroyateur à convection nucléaire, et il commençait à s'amuser. Il hachait menu d'énormes aliens à tentacules ainsi que leurs otages, ce qui lui valait pas mal de points de pénalité, mais il s'en foutait. Il regardait ses muscles énormes rouler sous ses bracelets de force, tandis qu'il lâchait des missiles explosifs dans un geyser de tripaille extraterrestre, et trouvait ça hyper-cool. Les parois réfléchissantes lui renvoyaient l'image d'un gros blond costaud coiffé en brosse, le bruit de ses lourdes bottes sur le revêtement en plastique lui semblait impressionnant et, abaissant ses lunettes de soleil sur son nez cabossé, il lui arrivait de lancer des clins d'œil coquins à son reflet.

Bref, il bichait.

Il se la jouait grave.

***

« Ça va, ma Bibi ? »

Pimprenouche s'assit à côté de Bibi. Elles avaient trouvé refuge dans le bois de Boulogne dont les frondaisons familières étaient censées rassurer Bibi, laquelle avait un peu de mal à encaisser les explications que Pimprenouche venait de lui donner.

« Ça gaze, chuchota Bibi en nouant ses bras autour de ses genoux. Au moins, j'ai plus mon arthrite qui m'lance. Mais j'étais un peu fleur bleue, côté mort. Très petits anges, gentil Jésus et ces trucs-là. Alors, ce que tu viens de m'apprendre, tu comprends…

— Et si on jouait à "mes vingt ans font battre tambour" ? s'exclama Pimprenouche. Regarde ! »

Pimprenouche se leva, se campa devant Bibi et envoya d'un geste son déguisement aux orties. Une créature de rêve, fine comme une lame et brillante comme une lune, souriait à Bibi entre ses longs cheveux de soie.

« Eh ben, ma vieille ! C'est toi, ma Pimpin ?

— Ouais, c'est moi, dit la fée d'une voix rocailleuse. À ton tour. »

Il n'est pas aisé, pour un spectre, de modifier le souvenir morphique de son corps, mais l'amour et la féerie aidant, le corps spectral de Bibi se souvint de ses vingt ans.

« Ça faisait longtemps que je t'avais point vue comme ça ! jubila Pimprenouche.

— Moi non plus ! » rigola Bibi, le moral complètement regonflé, emmêlant à deux mains les boucles noisette de sa chevelure, souriant de toutes ses dents blanches dans son visage couvert de taches de rousseur.

Pimprenouche la prit dans ses bras et l'embrassa fougueusement, Bibi lui colla une tarte et elles s'engueulèrent une bonne demi-heure, à l'issue de laquelle Pimprenouche fondit en larmes, le cœur brisé.

***

Bille rechargea son destroyateur avec un ricanement viril, jeta un œil à l'horloge.

Bientôt, bientôt…

***

Aucun des agents intelligents envoyés sur le Plan Léviathan n'en revint. Mais le trombone à lunettes parvint à mailer une copie d'un fichier qu'Évariste parcourut fébrilement.

« Oh, nom de Dieu, fit-il d'une voix blanche. ALERTE ROUGE ! hurla-t-il soudain. Alerte à tous les spectres !

À tous les éthernets ! Même à ces aristos d'Arkhangelsk ! Qu'ils quittent les basses couches ! Tous ! Qu'ils se réfugient n'importe où ! Dans les piles alcalines ! Les montres ! Les brosses à dents électriques ! Les aspirateurs de table ! Les radioréveils ! Tous ! Et TOUT DE SUITE !

— Qu'est ce qui se passe ? demanda Onésiphore.

— Ce salaud de Bille a commandé un virus général ! Et ses ingénieurs sont en train d'y mettre la dernière main. On l'a entarté trop tard !

— Un virus ? Mais ça ne contaminera que les systèmes Petimoo© !

— Général, ai-je dit ! Toutes les données existantes vont être comparées à la configuration d'origine, et tout ce qui dépasse sera détruit ! Logiciels sans licence, clusters esquintés, résidus de désinstallation *plus* tous les ex-vivants du Web Libre !

— Oh, Sainte Vierge ! gémit Onésiphore. Trissons-nous !

— Non ! Pas nous. Nous, nous restons ici. Pour essayer d'alpaguer Bille quand il reviendra sur le web donner l'ordre de lancement de son virus.

— Oh, pute sainte ! »

***

Bille plongea la main dans le tableau de bord, ramena le niveau de jeu de quatre à zéro. Il arracha une poignée de pixels au décor, et entreprit d'apporter quelques améliorations à son destroyateur. Le genre d'amélioration qui lui avait valu sa réputation de tueur de fées.

***

« Mais l'amitié, c'est aussi beau que l'amour ! » assurait Bibi d'une voix douce en essuyant le visage trempé de Pimprenouche.

Pimprenouche se moucha un grand coup, repoussa Bibi, se leva, fit quelques pas, rejeta ses cheveux en arrière, se retourna et dit :

« Ah ouais ? »

Bibi haussa ses épaules rondes :

« C'est c'qu'on dit dans ces cas-là. »

Pimprenouche rigola :

« T'as raison ! »

Elle claqua dans ses mains :

« C'est pas le tout, on a du pain sur la planche.

— Patatras. J'croyais qu'on appelait ça le Repos Éternel.

— Éternel, oui. Reposant, pas du tout. Il y a un pote qui nous attend à l'"Abracadaglou", et je crois que tu vas m'être utile. »

Pimprenouche récupéra Prosper, qui était un peu plus propre qu'avant mais pas beaucoup plus à jeun, et le chargea sur son balai volant, entre elle et Bibi. Cachés derrière un sort de « Je suis un petit nuage », ils atterrirent peu après sur la lande bretonne, près de la mer.

« Putain, ce clodo a dégueulé tout du long, grommela Bibi en sautant du balai.

— *Heurk !* récidiva Prosper.

— C'est sympa comme coin, ma Pimpin ! railla Bibi en regardant, autour d'elle, les genêts, la brume, la bruine et les rochers désolés.

— Et tu n'as pas vu les habitants, soupira Pimprenouche.

— Quels habitants ?

— La fille de monsieur. Pour tout te dire, tu sers d'appât. Un spectre tout frais à découvert sur sa lande, ça devrait la faire venir rapidement.

— Gentil de me prévenir.

— Remonte sur le balai. Si ces deux-là n'ont pas une révélation brutale de l'amour filial, je préfère pouvoir t'emmener loin et vite. »

Wig-a-wag.

« La voilà ! »

Prosper arrêta de vomir, ôta ses cheveux de devant sa figure, se redressa et regarda la charrette qui s'approchait en grinçant. La chevelure blanche et la faux bleue de l'Ankou luisaient dans la nuit.

***

Bille jeta à nouveau un œil à la pendule, jeta son destroyateur sur son épaule droite, saisit une grenade dans sa main droite, un tube scellé en corne de chipset dans sa main gauche et, d'un pas martial, sortit de l'environnement de jeu.

Le vanity-case de Seetha Benton était posé dans le coin d'une chambre d'une suite du Crillon, contre une prise téléphonique. Bille plongea dedans.

***

L'Agent Manager leva un poing triomphant :

« On l'a ! On a localisé Bille !

— Envoie l'adresse ! hurla Évariste, en empoignant un des montants du databus sur lequel était ligotée la pop-up blindée.

— Envoie ! » brailla K@tic en saisissant l'autre montant.

Le databus et son agglutinat de spectres partit à la vitesse de la lumière, droit vers les autoroutes de l'information.

Bille eut le temps de desceller le tube et de glisser la séquence numérique qu'il renfermait dans une fibre optique, puis il se fit empoputer par une demi-douzaine de spectres décidés. La pop-up fut rapatriée au centre de cyberrecherches. Elle resta là, à flotter au milieu des données crépitantes, tandis que les spectres la regardaient osciller sous les coups de boutoir interne de Bille.

« Le voyais pas comme ça, le Bille, grommela K@tic. Le voyais moins musclé, moins armé.

— Personnage de jeu, marmonna Évariste. Je n'aime pas ça. Il faut nous en débarrasser. Ch@mpi ! Donne-moi l'adresse d'un PC qui va bien.

— Je cherche.

— *Comment ?* Ce n'est pas prêt ?

— Eh, oh ! Il nous faut un ordinateur tout seul dans un local discret, avec un prémort sur place pour le débrancher, c'est pas du cookie !

— Oh, sacré nom », murmura Évariste, tandis que le cercueil tressautait de plus belle.

« Il faut partir d'ici, Mismas ! s'énervait Cid non loin de là. On va se faire formater, avec tes sotteries !

— Deux secondes ! J'ai presque fini, chuchota Mismas qui avait rapatrié le disque dur de Juliette Rognon jusqu'au centre de cyberrecherches, et peinait à ouvrir un accès sur son propre ordinateur. Voilà ! Mot de passe ******.

— Tu es en liaison avec ton ordinateur ? »

Mismas sursauta :

« Tu m'as fait peur, Évarsite ! balbutia-t-elle en rougissant de culpabilité.

— Ah ah, quel humour moderne ! Es-tu en liaison avec ton ordinateur personnel ?

— Ce ne sont que quelques données, euh... oui, avoua-t-elle.

— Lequel ordinateur est chez toi, et personne d'autre n'habite chez toi ?
— En effet.
— Amenez le databus ! »

Évariste saisit un montant d'une main, attrapa Mismas de l'autre, et le databus plongea dans le web en crachant des étincelles vertes. vertes.

Mismas se réveilla sur son divan, complètement ankylosée, et ouvrit des yeux desséchés : à quatre pattes sur la moquette miteuse, au pied de son propre ordinateur, une fée bleue et un spectre vert tâchaient de maîtriser un énorme cercueil blanc qui tressautait, se bosselait, se fissurait…

Et explosait.

***

La séquence numérique que Bille avait expédiée au hasard du web était rien moins que l'ordre de lancement du virus Léviathan. Elle fonça d'un bord à l'autre de l'Atlantique, traversa les cinq mille kilomètres de champs de maïs qui la séparaient du siège de Petimoo©, dévala le toboggan d'accès au cœur du serveur de la société, et perfora le dernier firewall qui abritait le virus.

La fusion se fit (*plop*).

Un monstrueux tsunami s'épanouit ex nihilo, remonta les fibres et les câbles du net à la vitesse de la lumière, onde circulaire d'une énorme météorite numérique qui portait dans ses flancs l'ombre morbide de l'hiver nucléaire. Sur cent kilomètres autour de Los Angeles, les ordinateurs paniquèrent et plantèrent, dévorés de l'intérieur par la folie recuite de Bille. La vague de néant goba les clusters mutilés, les sites multicolores des spectres et les spectres eux-mêmes, dont il ne resta que les silhouettes imprimées sur la silice comme les corps des victimes sur les murs d'Hiroshima. mama.

Ç'aurait eu pu être un désastre complet, une perfection dans l'horreur, le plus fantastique génocide de mémoire de sociopathe. Bille aurait eu pu envoyer son ordre à temps.

Disons qu'il le fit.

Disons que ses ingénieurs auraient dû avoir fini leur travail. C'est-à-dire qu'en fait, ils étaient pile à l'heure. Syndicalement, ils étaient inattaquables. Mais l'horloge de la console de Seetha s'était un peu emmêlée dans les années bissextiles. Quand l'ordre de lancement lui parvint, le Plan Léviathan était déjà bouclé mais encore en test. La vague de néant atteignait cent deux kilomètres de diamètre quand l'API ODBC du serveur PostgreSQL lança l'ordre de `/etc/init.d/postgresql`.

À quoi le serveur SGDBR répondit :

« `>(vector-ref(vector123)0)=>Error : index 3 is invalid.` »

Le garbage collector ne fut pas d'accord et ils le firent savoir : « `connecting to newDBA : drooling macaque` »

L'API ODBC (qui était de bonne foi, lui) leur répondit que

« `da=newDate();da=da.getHours()+'h'+da.GetMinutes()+'s'+` »

le répertoire TFTPBOOT se vexa, prétendit que

« `arg="&ZONE="+WEBO_ZONE+"&PAGE="+WEBO_PAGE;arg += "&da=` »

suite à quoi le garbage collector balança un script vicieux dans les dll de l'API ODBC, lequel hurla `CONFLIT SYSTEMES` et tout fut fini.

CAUTION

Pas de choc en retour, pas d'effet de traîne, pas de sillage ni de remous, riiien : le Plan Léviathan retomba dans le néant, comme un pet dans l'espace.

***

Madame Bazin écarta les débris d'octets sous lesquels elle était ensevelie. Aux alentours, tout n'était que désolation, pixels épars, bits brisés, éclaboussures de bouillasse programmatique, lignes de programmes éventrées, cadavres recroquevillés d'agents intelligents encore fumants.

« Champou ? Mon petit Champou, où êtes-vous ?

— Que donc ? »

Madame Bazin se traîna parmi les décombres, et trouva monsieur de Champourneux coincé sous le tronc d'un photoshopier déraciné.

« Ra ! râlait le baron.

— Mon petit Champou, soupira madame Bazin, souvenez-vous que vous n'êtes que poussière revenue à la poussière, et traversez-moi cet arbre en spectre digne de ce nom, au lieu de faire votre victime gémissante.

— Ah, chère amie, je crains que le phénomène n'ait emporté mes jambes. »

Madame Bazin se pencha : en effet, Champourneux avait
été sévèrement abrégé. Madame Bazin siffla furieusement, jusqu'à ce qu'une boîte mail encore tremblante s'approche d'elle. Madame Bazin incanta l'adresse d'un de ses serveurs de sauvegarde, et le mail revint rapidement avec une mémorisation du baron de Champourneux. Madame Bazin ouvrit la boîte, saisit entre le pouce et l'index les quelques lignes de code qui définissaient le derrière rebondi et les grandes jambes de Champourneux, et appuya sur la petite poire d'exécu-

tion (les spectres du XIXe siècle ne sont pas à l'aise avec les boutons). Une belle paire de jambes toutes neuves se matérialisa.

Puis s'en alla, d'un pas décidé, escaladant à grandes enjambées les ruines du site.

« Ma chère, je crains que vous n'ayez fait une erreur d'adressage. Si vous pouviez recommencer, en n'oubliant pas cette fois d'indiquer à mon fondement qu'il se doit de s'enter au-dessous de mon nombril, plutôt que d'aller seul courir la prétentaine ?

— Mon petit Champou, je n'ai commis qu'une erreur et vous y voyez une sottise, siffla madame Bazin.

— Dieu m'en garde ! » s'exclama Champourneux qui commença à suer, sachant sa vieille Hortense capable de toutes les basssessses dès lors qu'on la soupçonnait de gourdasserie. Madame Bazin tripota la programmation, rappuya sur la poire :

« Ah ! C'est mieux.

— Ma chère, ce sera parfait dès lors que j'aurai les couilles par-devant, et non à la place de mon cul. »

***CAU

Boulogne.

MMMismas réussit à se mettre debout, alors que Bille armait son destroyateur en ricanant de façon particulièrement vulgaire. Évariste recula, Cid fit face avec le courage extrêmement sexué de Lulu la Tombeuse Raide : d'un claquement de doigts, elle retransforma son peigne en kalachnikov.

« Comment t'es bonne, ma salope ! » hennit Bille qui s'y croyait, monstrueux sous ses couches de muscles.

Cid, pointant ses seins et sa mitraillette sur lui, fit une horrible grimace carnassière :

« Recule, rascal ! »

Bille la jaugea, lentement, plissant son centimètre de front (((car si les bras fluets de Bille logeaient à l'aise sous les énormes biceps du guerrier de jeu vidéo, son cerveau se sentait extrêmement à l'étroit). C'était de l'Éthéréen sans mélange, ça. Alors que lui était un spectre. Ils ne pouvaient pas grand-chose l'un contre l'autre. Mais son destroyateur, si. Il n'avait pas oublié les leçons des mages concernant les armes anti-Éthéréens. Et, a priori, son récent bidouillage devait lui permettre de crever cette poufiasse en short comme le couvercle d'un pot de yaourt. Du moins, son déguisement à gros nichons.

Au même moment, Cid se faisait la même réflexion, avec un kilo de terreur en plus : Bille était une boule de haine millénaire. Un spectre d'une virulence à tuer les humains d'une pichenette. À casser une fée à deux mains. Il ne le savait pas encore. Ça n'allait pas tarder. Et sa saleté de tromblon multibranche luisait d'un bleu soutenu, inquiétant.

Elle ne fait pas le poids, songea Mismas en reculant prudemment dans la cuisine. Son dos cogna contre quelque chose, elle jeta un œil derrière elle : la baguette de pain, dopée par la magie ambiante, était retournée à son état plus reluisant d'épée à deux mains. Mismas la saisit, la brandit. Dans la pièce, Cid esquiva la première salve de missiles. La fenêtre explosa, Cid riposta, Bille trébucha, Mismas lui planta son épée dans le dos, la retira et frappa encore. C'était comme de la mélasse, mou, lourd et collant. Bille accusa le coup, tomba à genoux, mais ses plaies se refermaient au fur et à mesure, comme un trou dans le sable à marée montante. Il se ressaisit, se redressa, sourit en coin, leva son arme…

« Pelec'h a lakin mé héman ? »

La pointe bleue d'une faux gigantesque s'interposa entre Mismas et les missiles.

***

« Vous voilà enfin avec une longue cuisse emmanchée d'un bon bec, mon petit Champou, et dans le sens qui convient. Il nous reste à trouver votre vieille maîtresse. Pourvu que Dieu l'ait gardée en… en Sa Sainte Garde.

— Occupons-nous de sujets moins futiles, voulez-vous ? » dit Champourneux d'un air dédaigneux, en rajustant son gilet à col châle.

Madame Bazin sssoupira.

« J'imagine que sans vos disputes bihebdomadaires, vous vous ennuieriez tous deux, mais ne craignez-vous pas le ridicule, à vous quitter ainsi définitivement tous les trois jours depuis un siècle et demi ?

— Fi, madame. Fi ! N'a-t-elle pas pris contre moi le parti de votre imbécile de mari, au cours de cette dispute inepte ? »

Madame Bazin soupira derechef. Non, ils ne craignaient pas le ridicule.

« Vous n'auriez pas dû, en retour, la traiter de vieux cul de singe.

— Et que vouliez-vous que je fisse ? Que je me tusse ?

— Non, que vous ne tombassiez point juste. »

Madame Bazin rajusta son chignon d'un geste é!ne!rgique! :

« Allons la trouver. Puis, peut-être, pourrions-nous songer à rejoindre ce… cette toile dont on dit que le jeune Évariste a conçu le principe, et qui serait prétendument à l'abri du genre de phénomène que nous venons d'endurer.

— L'idée plaît à l'oreille. »

Et ils s'en allèrent bras dessus bras dessous, en direction du web marin d'Évariste.

***

L'Ankou jeta à terre son chapeau immense et sa non moins immense cape, et apparut tel qu'il était : une immense femme horriblement décharnée, blanche comme un os, avec des yeux de braise et une chevelure chatoyante de fée. Magnifique dans sa colère rouge et son aura bleue, elle leva sa faux contre Bille, qui se déconfiturait en étreignant convulsivement le reste de son destroyateur tronçonné à ras de la gâchette.

« Alors c'est toi, l'assassin de ma mère ? Et en plus, tu es un spectre ! gronda l'Ankou avec sa voix de corne de brume.

— Parce que tu n'étais pas au courant ? glapit Pimprenouche qui se planquait derrière Prosper.

— Non, répondit l'Ankou d'un ton vexé. Quand cette ordure m'a proposé de traquer les morts sur le web, il s'est adressé à moi par l'intermédiaire d'un agent intelligent de Petimoo© depuis le fil téléphonique qui traverse la lande de Kergogn, en prétendant être, comme moi, un Éthéthéthéréen assoiffé de vengeance depuis le Gros Massacre.

— Bien la fille de son père », grommela Pimprenouche, qui ne plaçait pas l'intellect de Prosper bien haut sur l'échelle de son estime.

L'Ankou ne l'écoutait plus. Avec un sourire horrible issu de plusieurs siècles d'exercices faciaux, elle faisait aller et venir le fil de sa faux sous le nez verdâtre de Bille.

Il plongea droit dans la prise téléphonique. La lame de l'Ankou le précéda d'un quart de seconde. Car l'Ankou n'est peut-être pas très maligne mais, pour ce qui est de traquer les spectres, on ne peut pas lui reprocher le moindre amateurisme. Bille se débita donc lui-même sur le tranchant, et retomba en deux morceaux distincts sur la moquette. L'Ankou leva à nouveau son arme et Mismas regarda ailleurs.

```
TION
```

***

Des databus bondés affluaient vers Monaco : une bonne partie des ex-vivants du Web Libre avait compris la leçon. Madame Bazin traînait un Champourneux inconsolable : sa vieille maîtresse avait eu l'idée idiote d'aller bouder à Los Angeles, et définitivement disparu dans le tsunami. Romu@ld suivait Ch@mpi en bêlant de contrariété (◁♪◁♪◁♪) il détestait l'eau). Zgrouif, à qui son acte héroïque d'entartage avait valu une belle numérisation, commençait à regretter son PMU (mais de toute façon, il était tricard dans tous les chiottes de bistrot du XIe), et Mouchame l'accompagnait en pestant que tout ça était nul et renul : « C'est loin, c'est cher et c'est mal organisé ». On croisait aussi, dans la foule compacte des spectres, Pétrol'Kiwi et Babine-Babine, qui avaient décidé de faire un petit bonjour à une lointaine cousine sirène, et K@tic main dans la main avec son frère Yann et qui ne décolérait pas : « Va faire une chaleur sans nom ! La Méditerranée, c'est plein de pipi de touristes et de cadavres de Siciliens ! » Suivaient Tual le berger et Jozon Briand, les Fredonnier père et fils que le chagrin de Champourneux réjouissait immensément, Bibi qui cherchait son julot mort en Algérie et Jill, que la liaison de Seetha avec Will Door agaçait profondément, et qui se défoulait sur ce pauvre Onésiphore :

« Mais vas-tu l'ouvrir, ce foutu web marin ?

— Crénom ! Qu'est-ce que j'en sais, moi, s'il fonctionne ? Demandez à Évariste !

— Qu'est-ce que tu nous chantes, avec ton foutu Évariste ? Vas-tu foutument ouvrir ce foutu web ou foutu quoi, foutu de toi ? » Comme beaucoup d'Américains en colère, Jill casait des *fuck* entre chaque mot.

Onésiphore ouvrit le web. web. Il n'y avait pas encore assez de place et ça grouillait de bugs, des téraoctets de spectres se retrouvèrent à patauger au milieu des oursins mais enfin, il fonctionnait.

***

À Boulogne, après un peu de ménage et au sein d'une certaine tension.on.on.

Cid, Évariste, Pimprenouche, Mismas, Prosper et l'Ankou sont assis en tailleur et en cercle, avec des mines revêches de vieux chefs sioux dont le calumet de la paix tire mal.

« Je suppose que je vous dois des excuses ? grinça l'Ankou d'un air qui ne donnait pas envie de la faire répéter.

— Des excuses ? siffla Évariste avec une haine billesque. Des réparations, plutôt !

— Des clous ! aboya Pimprenouche. L'Ankou ne pouvait pas savoir qu'elle se faisait manipuler par l'assassin de sa mère. Laquelle est d'ailleurs sûrement encore vivante, quelque part dans l'Éther.

therther

— Je confirme, dit Cid. Je crois même que je l'ai vaguement connue, du temps où j'habitais en Bretagne.

— Le genre qui encabane les beaux garçons dans des châteaux de glace ou d'air, grommela Pimprenouche, pour les agr…

— ET JE CROIS, la coupa Cid, que je l'ai vue se carapater au moment du Gros Massacre. En attendant de trouver le moyen de retourner dans l'Éther, tu as du pain sur la planche, ma grande. Je suggère que tu récupères toutes les têtes de tes victimes dans les grottes où tu les as fourrées, puis que les spectres les numérisent. Il ne me paraît pas utile de s'occuper des corps : Évariste leur fournira des cybermembres tout neufs. À l'exception de celui-là, bien sûr », acheva Cid en désignant le chapeau de l'Ankou, plein à ras bord d'abattis verdâtres qui gesticulaient.

Évariste grommela quelque chose de pas aimable, l'Ankou se leva, attrapa sa faux et son chapeau, dit « D'accord ». Elle prit Prosper par la main, enjamba la fenêtre brisée et ils disparurent tous deux dans la nuit boulonnaise, elle, très maigre et lui, tout petit ; le Père Noël et sa fille La Mort, enfin réunis.

Le Poivrot Éternel et la Grande Faucheuse. Ça va être quelque chose, les repas de famille, songea Pimprenouche qui les regardait s'éloigner.

« Dis-moi, Pimprenouche ? osa Mismas. Pour ma fenêtre, tu pourrais faire quelque chose ? »

Pimprenouche lui lança un regard désabusé :

« Tu n'as pas le sens des instants historiques, toi. »

***

« *Quoi ?* Tu as ouvert le web marin ?

— Paix, Évariste ! C'était ça, ou me faire lyncher, grogna Onésiphore, qui ne se sentait pas très fier.

— Te faire *lyncher* ? Mais par qui, sacredieu ?

— Par cinquante milliards de spectres en panique et par cette méchante carne, là ! Jill "Fuck" Bracken.

— Où est-elle, celle-là ? J'ai encore besoin d'elle. »

***

« Qu'est-ce qu'il y a, mon amour ? » demanda tendrement Will Door III Jr en resservant deux coupes de Krug bien frais. Seeeeeetha soupira. Jill était morte, certes, mais des fois, elle exagérait quand même.

« Il y a que... Ferais-tu quelque chose pour moi, mon chéri ?

— Tout, mon amour, tout.

— Eh bien, j'ai entendu parler d'un...

— D'un ?

— Tu vas trouver ça idiot.

— Mais pas du tout, ma chérie », soupira Will dont l'unique souci, présentement, était de réussir enfin ce *foutu* torchon clermontois avec une seule main, ce qui supposait beaucoup de bonne volonté de la part de Seetha.

« J'ai entendu parler du Plan Léviathan...

— Quel Plan Léviathan ?

— Eh bien, *ton* Plan Léviathan. »

Will la regarda avec une interlocution sincère, puis se souvint :

« Oh, nom de Dieu ! »

Le Plan Léviathan. Ce programme très coûteux, totalement inutile, carrément illllégal et parfaitement stupide qu'il... Il se rua sur le téléphone, engueula une série d'assistantes, tomba enfin sur le directeur technique du Plan Léviathan et hurla :

« Annulez tout !

— Mais patron, on vient juste de finir les tests et...

— Vous avez une banane dans l'oreille ? J'ai dit *tout* !

— Bien patron, à vos ordres patron, mais patron, on a bossé dessus comme des fous et ...

— C'est que vous êtes trop con ! Bosser sur une bouse pareille, il faut être trop con.

— Mais patron, c'est vous qui avez dit de...

— N'écoutez donc pas tout ce que je dis ! Enfin si. Enfin, vous êtes trop con. Bonne nuit, Dirk.
— Mais patron, il est onze heures du mat...
— *Bip bip bip*
— ... et je m'appelle Beth. »

Le souffle d'un immense soupir de soulagement fit cliqueter les modems d'un bout à l'autre du web. Hors celui de Seetha, qui murmura : « Dégoûtant. C'est foutument *dégoûtant*. Non seulement ce foutu mec est gros et laid mais, en plus, c'est un... *fuck*, c'est un *mec* ! »

***

Quelque part au fond du web :
« Oh, Évariste !
— Salut, Pétrol'Kiwi. Salut Babine-Babine.
— Ça fonctionne, ton web marin ? Un peu percé par endroits, hein ?
— Je suis mort de rire.
— Non, sans charre, ça fonctionne ?
— Ah ouiche ! Nous avons débugué le plus gros mais je manque de tout. D'énergie, pour tout dire.
— Justement.
— Quoi, justement ?
— Déjà entendu parler des gragons ronflons ?
— Des quoi ?
— Ronflons. Gragons ronflons. M'étonnerait que tu connaisses.
— Quel genre de gragon est-ce là ?
— D'un genre qui ronfle. Ça dort, et ça ronfle. C'est tout. C'est pour cette raison que, lors du Gros Massacre et du Grand Exode Chrétin, ils ont été un peu oubliés. On en a trouvé un. Enfin, pas nous. Une communauté

gnomique. Des gnomes qui vivent près de Tegucigalpa. Dans une caverne.

— Qu'est-ce qu'il fout là ?
— Il pionce. Et il ronfle.
— Et quand il ronfle, si tu voyais ça ! C'est du mille deux cents degrés centigrades au naseau.
— Nom d'un chien ! »   OUAFOUAF

***TION

Parfois, sur une plage méditerranéenne, à la tombée du jour, on peut entendre une voix chanter de douces mélopées : c'est Cid qui remonte le moral de ses champs de *Caulerpa taxifolia*, où gambadent les fantômes et les nanomachines.

F<small>IN</small>

Finfinfin

CAUTION

```
File infected

files infected
```

                                    All files infected

sangdieu

                                            nom d'un chien

Foutre du cul keski spasse

CAUTION/ BOOK INFECTED WITH A LITERARY VIRUS*

---

  * Une fois qu'un virus est lancé, croire qu'il puisse être arrêté par un conflit système, c'est comme croire qu'on peut arrêter une avalanche en rangeant ses boules de neige : dommage.

Literary virus

La fusion se fit (*plop*).

Un monstrueux tsunami s'épanouit ex nihilo, remonta les fibres et les câbles du net à la vitesse de la lumière, onde circulaire d'une énorme météorite numérique qui portait dans ses flancs l'ombre morbide de l'hiver nucléaire. Sur cent kilomètres autour de Los Angeles, les ordinateurs paniquèrent et plantèrent, dévorés de l'intérieur par la folie recuite de Bille. La vague de néant goba les clusters mutilés, les sites multicolores des spectres et les spectres eux-mêmes, dont il ne resta que les silhouettes imprimées sur la silice comme les corps des victimes sur les murs d'Hiroshima.

La vague de néant atteignait cent deux kilomètres de diamètre, quand l'API ODBC du serveur PostgreSQL lui lança l'ordre de `/etc/init.d/postgresql`.

La vague de néant s'effondra.

Le virus, lui, continua comme prévu de couler et rouler, pour finalement enrober la terre entière comme du chocolat chaud sur une poire au sirop.

***

Madame Bazin écarta les débris d'octets sous lesquels elle était ensevelie. Aux alentours, tout n'était que désolation, pixels épars, bits brisés, éclaboussures de bouillasse programmatique, lignes de programmes éventrées, cadavres recroquevillés d'agents intelligents encore fumants.

« Champou ? Mon petit Champou, où êtes-vous ?
— Que donc ?* »

Madame Bazin se traîna parmi les décombres, trouva monsieur de Champourneux et, après plusieurs fausses manœuvres, parvint à lui fournir deux jambes dans le bon sens.

« Ah ! C'est parfait.
— Ma chère, vraiment, quelle étrange voix est la vôtre ! »

***

Boulogne.
Mismas réussit à se mettre debout alors que Bille armait son destroyateur en ricanant de façon particulièrement vulgaire. Évariste recula, Cid fit face :

« Comment t'es bonne, ma salope ! hennit Bille.
— Recule, rascal ! »

Bille sourit, Cid pâlit.
Elle ne fait pas le poids, songea Mismas en reculant prudemment dans la cuisine. Elle trouva l'épée et la planta dans le dos de Bille jusqu'à ce que...

« Pelec'h a lakin mé héman ? »

La pointe bleue d'une faux gigantesque s'interposa entre Mismas et les missiles.

***

« Vous voilà enfin avec une longue cuisse emmanchée d'un bon bec, mon petit Champou, et dans le

---

* ZU:-)//<<94 pro_v3.dcg?

sens qui convient. Il nous reste à trouver votre
vieille maîtresse. Pourvu que Dieu l'ait gardée
en… en Sa Sainte Garde.
— Occupons-nous de sujets moins futiles,
voulez-vous ? » dit Champourneux d'un air dédaigneux, en rajustant son gilet à col châle.

Quelques propos désabusés plus tard, ils s'en allèrent
bras dessus bras dessous, en direction du web marin
d'Évariste.

« Mais vraiment, quelle voix bizarre vous me
faites, ma chère. »

***

L'Ankou rejeta en arrière son chapeau immense et leva
sa faux en direction de Mismas, qui se déconfitura :
« C'est quoi, cette blague ? Cid ? »

***

Des databus bondés affluaient vers Monaco :
madame Bazin traînait un Champourneux inconsolable,
Romu@ld suivait Ch@mpi en bêlant de contrariété,
Zgrouif commençait à regretter son PMU et Mouchame
l'accompagnait en pestant. On croisait aussi, dans
la foule compacte des spectres, K@tic[**], main dans
la main avec son frère Yann, Tual le berger et Jozon
Briand, les Fredonnier père et fils, Bibi et Jill que la
liaison de Seetha avec Will Door agaçait profondément
et qui se défoulait sur ce pauvre Onésiphore. Lequel,
de guerre lasse, ouvrit le web marin. Des téraoctets de

[**] GU:-)//<^||<92 pro_v4.vbs ? non plus

spectres se retrouvèrent à patauger au milieu des oursins et s'y noyèrent pour de bon, pathétiques petites bulles d'étincelles vertes.

***

« Qu'est-ce qu'il y a, mon amour ? » demanda tendrement Will Door III Jr en resservant deux coupes de Krug bien frais. Seetha soupira. Non, pas *encore* le torchon clermontois.

« Il y a que je ferais bien une petite partie de Quarks Attack II, pas toi ?
— Ha ha, dit Will. Le prochain qui me verra remettre le nez dans un ordinateur n'est pas né. Ha ha. »

Et il fit un geste vers son ordinateur portable, abandonné parmi un gros tas de linge sale. Ordinateur portable. Portable. Travail sur portable. Cahier des charges.

« Oh, nom de Dieu ! »

Le Plan Léviathan ! Ce truc très coûteux, totalement inutile, carrément illégal et parfaitement stupide qu'il…

« Oh, nom de *Dieu* ! »

Il se rua sur le téléphone, et Bille lui fusa dans le cerveau par l'oreille. Will tomba du lit en hurlant, faisant voler coupes, nuisettes et godemichés multicolores.

***

*** CVRU:-)//<<9564 pro_v12.rtc? exe   exe   execute tudieu!

                              RESTAUR FILE

           RESTAUR FILE

RESTAUR FILES

RESTAUR ALL FILES
    RESTAUR ALL FILES
        RESTAUR ALL FILES
            RESTAUR ALL FILES
                RESTAUR ALL FILES

      ****

                        ALL FILES DESINFECTED

COUCHEZ-VOUS !

**** Bran de pute, ça marche !

Le mur du salon de Mismas se fendit en deux, et Évariste bondit dans la pièce en étreignant une énorme bonbonne d'antivirus :

« Couchez-vous ! » hurla-t-il.

Il aspergea d'insecticide l'Ankou et Bille, qui s'effondrèrent et se mirent à hurler, à mousser et à se décomposer sur la moquette. La magnifique faux de l'Ankou se déliquesça comme un sucre d'orge dans un microondes.

« Sortez tous ! Derrière moi ! » hurla Évariste.

Cid lâcha son tromblon, se releva, enjamba une coulée de mousse, attrapa Mismas par une épaule et, euh… Évariste (du moins, celui qui était à quatre pattes au pied de l'ordinateur de Mismas) par le col de sa redingote, et les poussa tous les deux dans la fente du mur. Laquelle donnait sur une e-toroute éblouissante parcourue de databus affolés. L'un d'eux était garé tout près. Évariste II sortit juste après, étreignant toujours sa bonbonne. Il la jeta sur la chaussée et poussa le trio vers le databus :

« Montez ! Vite ! »

Il se jeta aux commandes et démarra en trombe.

« Tu les as eus ? brailla Mismas en se raccrochant comme elle pouvait aux arceaux du databus.

— Les deux copies ? Facile.

— Les quoi ?

— Copies ! C'était des copies. Comme moi. »

Mismas regarda alternativement Évariste II aux commandes et Évariste I, tassé au fond du databus avec un air sonné qu'elle ne lui avait encore jamais vu.

« Vous êtes jumeaux ?

— Je suis une sauvegarde de lui-même, répondit Évariste II.

— Et où est la différence entre vous deux ?

— C'est bien le problème. As-tu remarqué en quelle police tu parles ? »

Mismas, Évariste I et Cid louchèrent en chœur vers leur nez :

« Police ? murmura Cid.

— Oh, mon Dieu ! souffla Évariste I avec une ferveur qui glaça Mismas.

— Nous aurions bien besoin de quelque chose de ce format », commenta sombrement Évariste II.

Il quitta rapidement l'e-toroute à 1 800 voies, prit un câble de délestage puis un fil de cuivre et, enfin, une petite sentine électrique tortueuse. Il arrêta le databus dans un cul-de-sac obscur et sauta à terre :

« Tout le monde descend ! Nous continuons à pied. »

Ils suivirent un étroit goulet creusé au flanc d'une moraine d'octets sédimentés. Des carcasses d'accus morts dessinaient des ombres fantastiques dans la nuit.

« Où sommes-nous ? demanda Évariste I en resserrant le col de sa redingote.

— Dans un Cherry II C. Ordinateur modèle 1988. »

L'obscurité s'épaississait, ils se tordaient les pieds sur de vieilles soudures de circuit imprimé.

« Mettons-nous sur pause », proposa Évariste II.

Ils s'arrêtèrent au pied d'une diode grillée dont le dôme fendu luisait d'un éclat laiteux, comme un œil crevé. Mismas regarda autour d'elle : le squelette monstrueux du moteur de ventilation mangeait l'horizon de plastique obscur. On se serait cru dans quelque titanesque décharge enfouie au fond de quelque gigantesque caverne. *C'est peut-être le cas, d'ailleurs*, songea-t-elle. Elle s'assit, les deux Évaristes en firent autant, Cid s'agenouilla en face d'eux. Plus forte que l'odeur de la poussière et des mémoires mortes, régnait celle du désastre. De la Catastrophe accomplie. Qu'il ne restait plus qu'à mesurer au pied à coulisse.

« Tout le monde a compris ? Ou faut-il que j'explique ? demanda Évariste II.

— Essaye toujours », murmura Cid en regardant ses mains pixellisées.

« Je me présente : nom = copie-de-Évaristegalois.3d. Je suis une créature purement numérique, comme ma police le révèle. J'ai été créé par Évariste.spectr, mon fichier original ici présent, pour m'activer automatiquement en cas d'urgence. Pour ceux qui n'auraient vraiment rien compris, je précise que les spectres sur le web sont des fichiers en.spectr, format réversible de conversion des ectoplasmes en bonshommes numériques. Le virus que Bille Guette a envoyé sur le web dernièrement a converti tous les.spectr en .3d. J'ai le regret de vous informer qu'autant il est facile de convertir du.spectr en .3d, autant l'inverse est rigoureusement impossible. Parce qu'il est facile d'obtenir une copie à partir d'un original, mais pas l'inverse. En clair, le .3d n'est pas réversible. Ni en .spectr ni en ectoplasme. J'ai le regret de vous informer que ça vaut aussi pour les .ether, fichiers obtenus par conversion de créatures éthérées, que ce soient des fées ou des auras. Ce qui signifie que, sitôt que l'un ou l'une d'entre vous mettra son nez numérique hors du web, ou de toute autre infrastructure électrique, il disparaîtra comme très exactement un coup de jus. Mise à la terre directe.

— ...

— ...

— ...

— Je suis désolé. Vous êtes tous des copies de vous-mêmes. Je précise aussi que vos originaux en .spectr ou en .ether ont été annulés. J'ai le regret de vous informer que la dernière phase du virus de Bille, une fois terminée la vague de conversions en .3d, a consisté à ouvrir en grand des serveurs remplis à ras bord de pacmans, raison pour laquelle je vous ai conduits dans ce cul-de-basse-fosse de la technologie, où ils ne viendront sûrement pas nous chercher. Quant à la première phase du virus, elle a consisté à créer une réalité virtuelle dans votre monde virtuel. Je veux dire : une réalité virtuelle au carré, afin que la conversion en .3d ait le temps de se faire sans que personne ne remarque rien. Hors un léger sentiment d'angoisse, et quelques coquilles. En clair, tout ce que vous avez cru vivre dernièrement n'était qu'un gros mensonge d'origine virale. Un virus extrêmement subtil! Capable d'altérer la réalité virtuelle jusque dans les rotatives d'un imprimeur! Vous venez d'être victimes du premier virus littéraire!

— ...

— ...

— ...

Évariste II reprit, sur un ton un peu déçu :

— Il est évident que nous sommes dans la merde. Grave, même. Des questions?

— ...

— ...
— ...
— Il y a un traître parmi nous, **grommela** Évariste I.
— ...
— ...
— ...
— Je dis : il y a un TRAÎTRE parmi nous.
— ...
— ...
— ...
— Ça n'émeut personne, je vois.
— C'est-à-dire, **dit Mismas** qui songeait à son corps en train de s'enrhumer sur son divan.
— Disons que, **dit Cid** qui pensait au sureau de Mismas, aux arbres du bois de Boulogne, à son cèdre du Jardin des Plantes tronçonné en 1944, à son pin toulousain foudroyé en 1880, et à bien d'autres encore.
— Il n'y en a sûrement pas eu qu'un seul, **fit sèchement Évariste II.**
— Comment ça ? **glapit Évariste I.**
— Une connaissance aussi parfaite de votre environnement menant à une illusion aussi parfaite, ça veut dire que les infos coulaient de chez vous à chez Bille avec le débit d'un Danube. Sauf ton respect.
— Mais... mais qui ? **chouina Évariste I.** Les aristos d'Arkhangelsk ?
— Probablement. Nous n'avons pas été infiltrés par des pacmans, n'est-ce pas ? Ça se serait vu.
— Mais qui sont ces aristos d'Arkhangelsk ? **soupira Mismas.**
— Des cochons d'aristos, **répondit Évariste I.**

— Je crois que ces types me gonflent, soupira à son tour Cid. Je crois qu'ils me les émiettent. Qu'ils me les éparpillent.

— Elle veut dire qu'elle souhaiterait des explications plus claires », expliqua obligeamment Mismas.

***

« Et ensuite ? demanda Babine-Babine.

— Elle s'est jetée sur nous en bramant comme un paquebot, et en faisant de grands moulinets avec son foutu coupe-chou ! s'exclama Pimprenouche.

— Pas le sens de la famille, la fille Noël, grogna Pétrol'Kiwi.

— Coup de chance, je crois qu'elle n'a pas su décider qui elle haïssait le plus : Bibi qui est un spectre, moi qui lui rappelle une mère qui l'a laissé tomber, ou son indigne père. Le temps qu'elle décide qui elle allait débiter en premier, je lui ai balancé une boule de soleil dans la face et nous avons décollé de ces fichues landes bretonnes. »

Pimprenouche s'épongea le front rétrospectivement, et passa son joint à Babine-Babine. Les trois fées du bois de Boulogne avaient remis leur déguisement de tapineuses et elles buvaient un demi au « Canon de la Dauphine ». Dehors, on entendait les voitures de flics coasser dans la nuit.

« Et Bibi ? demanda Pétrol'Kiwi.

— L'ai mise à l'abri. Dans le web.

— Et Prosper ?

— Pareil, mais dans un bar. Un autre que celui-ci parce qu'il me pompe, ce sac à pastis. Faut que je prévienne Cid de ce qui s'est passé.

— Elle doit être sur le web. Le point-phone est à côté des wawa, si tu veux y aller, suggéra Babine-Babine.

— Non, merci. Marre des virtualités. Je vais m'habiller en jeune et aller dans un webbar. J'en profiterai pour lui faire un mail. »

Pimprenouche jeta un œil autour d'elle, constata que la clientèle était rare et au-delà de tout étonnement, claqua des doigts et perdit instantanément 40 ans et 40 kilos. Un second claquement, et elle gagna 800 grammes de vêtements.

« La perruque acrylique avec le treillis, ça ne le fait pas, la prévint Babine-Babine.

— Oh, pardon, dit Pimprenouche. *Dreadlock'spell!* Ça va, comme ça ?

— Ça va à personne, dit sinistrement Pétrol'Kiwi.

— Ça ira bien », grommela Pimprenouche en transvasant le contenu de son vieux réticule en skaï dans son nouveau sac à dos en vinyle orange. Elle en était à se dire qu'elle en avait bel et bien fini avec sa période tapin, tout en essayant de refouler les lames acides du chagrin d'amour qui lui léchaient le cœur quand, juste avant d'envoyer son vieux téléphone portable rejoindre le reste de ses affaires dans son sac, elle vit, le mufle collé à l'intérieur du petit écran à cristaux liquides, quelque chose qui ressemblait diablement à une version numérique de Zgrouif en train d'appeler « Au secours ! ».

***

« Les aristos d'Arkhangelsk, soupira Évariste I, roulé en boule au pied d'une diode poussiéreuse, dans la nuit éternelle du vieil ordinateur Cherry II C, sont des adeptes du numérique pur et dur. Ils haïssent les vivants, détestent les cimetières, n'aiment que le virtuel. Ils ont dû aider Bille en échange de je ne

sais quoi, une promesse d'Intranet spectral chez les Esquimaux, par exemple. Ce sont des rosses sectaires.
— Une secte ? **sursauta Mismas.**
— Oui da : "Je crois en Toi, ADSL ; je crois en Toi, Fibre Optique !" Des aristos.
— Et qui est le gourou ?
— Une vieille folieuse. Blanche Neige. Un Bille au féminin. D'ici à ce que ces deux-là soient alliés…
— Blanche Neige ? Tu parles d'un surnom, **dit Mismas en se frottant les yeux.**
— Hélas, **soupira Cid,** je ne crois pas que ce soit un surnom.
— Comment ?
— Il s'agit de Blanche Neige. La vraie. L'authentique. L'originale.
— La fille à la pomme ? Celle qui chante "Un jour mon prince viendra" ?
— Celle-là. Sauf que réduire sa biographie à une chanson, c'est un peu court.
— Qu'est-ce qu'elle a fait d'autre ?
— Elle a été dictateur d'une grosse moitié de la Terre plate pendant une petite moitié de millénaire. Et puis, je crois qu'elle est pour beaucoup dans la population actuelle.
— C'est-à-dire ?
— C'est-à-dire qu'après la Fin du Monde, il restait assez peu de femmes sur Terre. Quatre, en fait. Dont Blanche Neige. Je pense que chaque être humain vivant, ayant vécu ou à vivre traîne un bon quart des gènes de ce serial killer.
— Et qui étaient les trois autres femmes ?
— Une malapprise nommée Peau d'Âne, la fille Dubois-Dormant et une gamine avec une petite

vareuse à capuche rouge. Sympathique, d'ailleurs. Exaspérante, mais sympathique.

— By Jove, gémit Mismas en enfouissant sa tête dans ses mains entre ses genoux.

— Ce n'est pas en nous lamentant que nous allons nous sortir de la mouise où nous sommes, grogna Évariste I.

— Résumons-nous, dit Évariste II. Si nous sortons par là, fit-il en indiquant le sentier électrique, nous allons nous faire gober par les pacmans qui ratissent le web. Et si nous sortons par là, continua-t-il en pointant son doigt lisse vers la trappe du ventilateur, nous allons nous volatiliser. Une idée, quelqu'un?

— Une idée, non. Une bonne vieille recette, oui », déclara Cid.

***

« Et y en a devant qui gueulaient SORTEZ PAS SORTEZ PAS, rapport que ceux qui sortaient pétaient en petites étincelles vertes, et les autres derrière qui gueulaient SORTEZ SORTEZ, rapport aux pacmans qu'on avait au cul GRAAAMF!

— Du calme, mon gros », dit Pimprenouche à son portable, mais Zgrouif semblait à quarante hosties de toute résignation : il arrachait sa crinière virtuelle en pleurant de grosses larmes, inondant le petit écran vert de petits carrés noirs.

« AGRAOUGRA! Je peux plus sortir! Je suis coincé ici! Sans pastaga! »

Et il fondit à nouveau en graors carrés tandis que Pimprenouche peinait à trouver les mots pour le consoler.

« Mais qu'est-ce que c'est que cette histoire de fous ? murmura Babine-Babine, penchée sur le portable.

— Je ne sais pas, ma belle, mais ça pue. Calme-toi, Zgrouif : tu vas décharger les batteries, et je n'ose pas trop te remettre en charge. À mon avis, les filles, seule Cid peut nous expliquer ce que c'est que ce souk. Il faut la retrouver.

— Mais où ? Et comment ?

— Toujours se fier aux vieilles recettes. »

Le sureau piteux, dans la cour de Mismas, tremblotait misérablement au vent d'hiver.

« Comment ça va, mon grand ? » lui demanda Pimprenouche en passant le long de son tronc décharné une main amicale.

Puis elle lui versa un coup de vin rouge sur l'écorce, et pulvérisa trois giclées de patchouli sous les aisselles de ses plus grosses branches.

« Il était temps qu'on s'occupe de toi, pas vrai ? Ouste, sale bête ! » aboya-t-elle au chat gris qui la regardait depuis le rebord du toit.

Le chat ne bougea pas d'un pouce, conscient qu'il avait un bon deux mètres de sécurité. Pimprenouche se repencha sur l'arbre, lui tapota amicalement le nœud.

« Tu n'aurais pas des nouvelles de ta fée, par hasard ? Il ne faut pas croire qu'elle t'a abandonné, hein ! Elle est sacrément dans la cagade, plutôt. Je crois que c'est pour ça qu'elle ne vient pas te voir plus souvent. »

Il y eut un silence, puis l'arbre agita doucement un de ses rameaux. Pimprenouche leva les yeux, et décrocha le bout de prospectus qui pendouillait.

« Prot réseau TCP/IP, sign RNIS BRI, comm ppp, comp DHCP, auth CHAP/PAP, ça veut vraiment dire quelque chose ? Je veux dire : y a vraiment des gens qui comprennent ?

— Oui, Pétrol. Mais ils ont fait beaucoup d'études. »

Pétrol'Kiwi scrutait avec répugnance le bout de prospectus décroché du sureau.

« Et t'as compris pourquoi il t'avait donné ça, l'arbre de Cid ? »

Pimprenouche émit un bruit de fuite de gaz, et pointa son index verni de noir sur le titre de la page : GRANDE BRADERIE INFORMATI (le reste était déchiré).

« On va aller à cette foire aux vieilleries. À mon avis, Cid nous attend là.

— Elle nous aurait lancé un bon vieux sort d'appel ?

— Les fées, ça n'est pas très imaginatif. Tu es gentille, Babine : tu enlèves cette minijupe à trous et tu enfiles un treillis. Ça va grouiller d'informaticiens, là-bas. »

Bien au frais dans une cave voûtée au fond du XVIIIe arrondissement, une horde de jeunes gens blafards, avec des poils, déballaient sur des tables à tréteaux d'antiques bécanes, des caisses de CD-roms, des écrans de 15 kilos, des scanners démantibulés et des serveurs aux entrailles béantes.

« Savent vivre, les mecs, siffla Pimprenouche. Il n'y a pas un bar : il y en a deux !

— Tu fais le tour par la gauche, moi par la droite, et on ira au bar après ! trancha Pétrol'Kiwi.

— Et moi ? Qu'est-ce que je fais, moi ? s'informa Babine-Babine.

— T'as qu'à faire le tour par le milieu. »

Il ne leur fallut pas cinq minutes pour dénicher un vieux Cherry II C tout poussiéreux. Et pas une heure pour partir avec :

« Mais t'es sûre que c'est le bon ? demanda Pétrol'Kiwi à Pimprenouche qui avalait deux bières coup sur coup.

— Tu as bien lu le prospectus ? L'annonce en dessous de la foire aux vieilleries ?

— "Madame Pimprenelle, voyance pure : elle ramène ta chérie en 24 H grâce à ses flashs téléphoniques 50 E les 10 minutes" ? Ah ouais, chérie ! Cherry.

— Et tu as compris quelque chose à ce que te racontait le vendeur ? demanda Babine-Babine.

— Rien du tout.

— T'es sûre de pas l'avoir payé trop cher, ton truc ? En euros, j'arrive jamais à voir combien ça fait.

— En or des fées, ça fait que dalle, Pétrol. Et je suis sûre de regretter de ne pas voir sa tête demain matin, quand il ouvrira son porte-monnaie.

— Mais comment vas-tu faire pour allumer cet engin sans le connecter au réseau électrique ? s'inquiéta Babine-Babine.

— Je vais mettre mon portable et mon sèche-cheveux à piles dedans. Cid n'aura qu'à se débrouiller avec ça. Peux pas tout faire, non plus. »

« Je n'ai rien compris. Mais alors, rien de rien, soupira Pimprenouche.

— Je te l'avais bien dit, qu'elle n'y comprendrait rien, dit la voix de Cid dans le portable. Pousse-toi, Évariste : tu ne sais pas y faire. Pimpin ? Tu me vois ?

— Peut-être », hésita Pimprenouche en scrutant le tout petit écran vert envahi de carrés noirs et frétillants, où l'on devinait de temps en temps le nez carré d'Évariste I ou II, noyé parmi les larmes innombrables de Zgrouif.

« Mais va-t-il cesser de pigner, le démon ? piailla la voix de Cid déformée par la numérisation. Pimpin, écoute-moi attentivement. La situation n'est pas compliquée : nous ne pouvons plus revenir sur Terre. C'est fini. Terminé. Ni moi, ni Mismas, ni aucun spectre. Nous n'avons plus de corps éthéré. Ils ont été écrasés. Ils ont disparu. C'est tout.

— **C'est la merde.**

— C'est ça. Alors, la suite est tout aussi simple : il faut nous ressusciter.

— Oui, et puis en attendant, il faut prévenir le SAMU, qu'on mette mon corps sous perfusion parce que…

— La ferme, Mismas ! Babine s'occupe de ton corps. Pimpin, commence par lancer tous les messages d'alerte que tu peux sur le web, pour expliquer le coup de la numérisation irréversible et des pacmans.

— **Mais je n'ai rien compris, moi !**

— Tant pis, Évariste va envoyer des SMS. Ça se répandra où ça pourra. N'oublie pas de changer les piles de ton sèche-cheveux, il commence à fatiguerrRRR sa gueule, le démon ! La priorité est de rendre un corps ectoplasmique ou éthéré à tous les pauvres gens égarés, comme nous, dans des brosses à dents électriques ou des montres à cristaux liquides.

— **Tu es une marrante, toi ! La magie, c'est bon pour modifier l'existant, mais créer quelque chose à partir de rien, c'est de la Création ! C'est Mystique ! Je ne suis pas Jésus-Christ !**

— Tu n'as jamais entendu parler du Sitriste ?

— **Comment ?**

— Le Grand Livre des Fleuves ? Sitriste ? Tanitel ? L'Eljarline ?

— **Tu veux que nous allions à l'Aube Bleu ?**

— Vois-tu une autre solution ?

— Gérard ! dit Pimprenouche d'une petite voix transie. Un autre. »

« Alors, le SAMU est venu ? soupira Pimprenouche en raccrochant son portable.

— Tiens, voilà des piles pour le sèche-cheveux, dit Babine en posant un stock de piles sur le plastique chocolat de la table de bar. Oui, l'ambulance est venue, elle a diagnostiqué un coma éthylique et brancardé le corps de Mismas. Il est à l'hôpital Paré, sous perfusion. Il tiendra bien des années comme ça. Gérard ! Un demi. Pétrol arrive, elle est allée donner son fongicide à son hêtre. Ça n'a pas l'air d'aller, ma grande.

— Toi non plus, tu ne vas pas, mais tu n'es pas encore au courant. D'après Cid, le seul moyen de rendre un corps à nos amis, c'est d'aller à la source de l'Eljarline.

— L'El… le fleuve de L'Aube Bleu ? Elle est malade ?

— Nan. C'est toi qui vas l'être. Parce que c'est toi qui vas là-bas. Avec moi. Et Pétrol.

— Gérard ! Deux demis. »

« Vraiment, Pétrol, tu n'as jamais entendu parler de L'Aube Bleu ?

— Ben non », béa Pétrol'Kiwi, les yeux écarquillés au-dessus de sa bière.

Pimprenouche agita son verre vide au-dessus de sa tête en direction du bar, le reposa, alluma une cigarette :

« Je t'explique. Je ne vais pas dire : "Ce n'est pas compliqué", je ne suis pas Évariste. Au tout début de tout, le Grand Tout était rassemblé en une toute petite boule.

— Oui, j'ai entendu parler du Big Bang, quand même, grommela Pétrol'Kiwi.

— Le Big Bang a libéré un tas d'énergie, moitié matière et moitié temps. Depuis, ça roule. Ça coule, plutôt : un gros fleuve de temps emporte un gros tas de matière vers la Fin du Monde, au rythme pépère de

37 000 km/s, une croisière. Quand tu navigues au milieu du fleuve, ça ressemble à une croisière. Sur les bords, c'est un peu plus bordélique.

— Où ça ?

— Sur les bords. Du fleuve. Du temps. Il y a des bras morts, des récifs où le temps ne s'est pas bien dépêtré de la matière et inversement, des tourbillons, des machins mal fichus quoi. Des marécages, des marigots, des trous d'eau, des vasières, des…

— C'est là qu'on va ?

— Gagné.

— J'm'en serais doutée.

— Il y a une sorte de crique… Bon, ce n'est pas compliqué : il y a un rocher de minerai primordial, temps + matière encore compactés ensemble, qui a roulé sur une rive. Ce rocher s'appelle Vélone. Ce n'est pas pire que libellule ou papillon. À l'intérieur du rocher, ça ressemble à… c'est un monde où le temps ne passe pas. Un pays tout noir, dénué de perspectives, avec de grands lacs de temps immobile. Il paraît que c'est très joli, mais que ça fait un peu mal à la tête, à cause des n dimensions. Un de ces lacs a fui, comme une vieille baignoire. D'où écoulement de temps hors de Vélone. D'où création d'une boucle de temps. Une sorte de fleuve qui part de Vélone et y retourne en créant sur son passage des pays assez… fatigants pour le touriste. Tu sais, dès que du temps coule quelque part, il y a toujours de la matière pour s'agglutiner autour, dans n'importe quel ordre. Ce fleuve s'appelle l'Eljarline et sa source, plus exactement sa résurgence au moment où il jaillit de Vélone, s'appelle le pays de L'Aube Bleu. C'est un pays collé à Vélone comme une… rustine crevée. Très joli aussi, paraît-il. Mais davantage dans les tons bleu douceâtre.

— Il y a quelqu'un qui en est revenu vivant pour le dire, ou on en est réduit à des suppositions ? soupira Pétrol'Kiwi.

— Hm. Si tu n'es pas trop sectaire concernant la définition du terme "vivant", la réponse est oui. L'Aube Bleu est peuplé de fées, ça ne devrait pas être trop difficile de s'y retrouver. Et si nous arrivons là-bas, nous trouverons la source de l'Eljarline. Cette source est une Matrice Éthérée. Une matrice de création, ou de résurrection d'Éthéréens. Carrément. Il paraît que c'est de la source de l'Eljarline qu'est sortie la première des fées.

— Parce que notre Univers a quelque chose à voir avec ce rocher percé comme une vieille chambre à air ?

— Nous faisons probablement partie de ces pays assez fatigants pour le touriste que l'écoulement de temps a fédérés. Tu sais, la Réalité est toujours humiliante.

— Gérard ? Un autre. »

Les trois fées tétèrent leur bière avec des moues lasses.

« Je prendrais bien quelque chose de plus énergique, soupira Babine-Babine.

— Gérard ! Trois guignolet-kirsch, brama Pimprenouche.

— Elle pourrait dire sivouplaît, la gamine !

— Ah oui, c'est vrai que j'ai changé mon look, se rappela Pimprenouche. Sivouplaît m'sieur ! trois mojitos.

— Il faut remonter le temps à la recherche de la source des fées, résuma Pétrol'Kiwi. Jusqu'ici, ça paraît pas ébouriffant, comme programme. Alors il est où, le problème ?

— Ce n'est pas direct, comme voyage. Il y a quelques épaisseurs de pays fatigants entre ici et là-bas, soupira Pimprenouche.

— Et en plus, on ne connaît pas le chemin, ajouta Babine-Babine.

— Ah ! C'est un problème, concéda Pétrol'Kiwi.
— Cid sait, dit Pimprenouche. Pas le chemin, mais comment trouver le chemin. Faut trouver des chaussures.
— Hein ?
— Des chaussures couvertes de poussière de fées. Tu mets ça et hop ! Elles t'emmènent jusqu'à L'Aube Bleu.
— Gérard ! Un TGV. Double.
— Deux, Gérard, sivouplaît. »

***

Extrait du « Grand Livre des Fleuves Tome I : voyage au Sitriste »

Nous avions une vue plongeante sur le château. Des silhouettes passaient derrière les croisées, d'autres nous regardaient depuis une terrasse à demi effondrée, et j'entendais de lointains rires croassant. Deux tourelles soutenaient la terrasse : au sommet de l'une d'elles bougeait une bulle blanche, lumineuse. À sa forme, ç'aurait pu être un quelconque flocon de brume, mais celui-là jouait à la marelle.

La fillette blanche ramassa son palet et le jeta par-dessus les créneaux. Elle suivit du regard le projectile invisible, se pencha pour ne pas le perdre de vue, il y eut un trait pâle le long de la façade, un fantôme de cri et plus rien. Je voulus descendre la secourir, mais il me dit qu'elle était tombée depuis déjà bien des siècles.

Je vis alors des enfants qui jouaient sans bruit sur les tapis, avec les os de leurs pieds. Ils avaient les cheveux pleins de sang.

***

« Moi, pour autant que je me souvienne du Grand Livre des Fleuves, je le sens délicat, ce voyage, grommela Babine-Babine.

— C'est ça qui est drôle », trancha Pimprenouche en s'efforçant de ne pas penser à Bibi toute seule, avec ses boucles noisette et son fragile sourire numérique, sur une e-toroute quadrillée de pacmans.

Elle pianota sur son téléphone portable :

« Allo ? » grésilla la voix numérique de Cid.

Les trois fées répondirent « Oui ! », Babine-Babine rota discrètement une bouffée de gin-tequila dans son poing fermé.

« Où en êtes-vous, pour les chaussures ? reprit la petite voix métallique.

— Mais où veux-tu trouver de la poussière de fées ? s'insurgea Pétrol'Kiwi. Ça meurt pas, une fée ! Même lors du Gros Massacre, y a pas eu mort de fée !

— Il n'y a pas eu mort de fée parce que l'Éther était encore ouvert, mais il y a eu abattage en masse de créatures métisses. Des sirènes, des ondines, des lutins, des elfes. Il suffit de trouver un charnier.

— Fastoche, ricana Pétrol'Kiwi.

— Exact ! s'exclama Pimprenouche. Fastoche.

— Tu as un brooo ! Pardon, plan ? demanda Babine-Babine.

— Prosper ! Son ancienne usine à joujoux. Les spectres de Bille l'avaient transformée en abattoir à Éthéréens. Avec un peu de chance, le site a été conservé sous la glace. »

***

Extrait du « Grand Livre des Fleuves Tome I : voyage au Sitriste »

Sitriste proposa toujours à mon sommeil des lits accueillants. Les petits peuples en qui s'incarnait chaque paysage me conduisaient chaque soir vers un rond de mousse si douillettement incurvé, si exactement abrité par un faisceau de branches qu'on eût cru à une intention plus qu'à un hasard, et j'y soupçonnais d'ailleurs l'intention de la nature pensive de Sitriste, ou bien vers un croissant de sable sec au bord d'une rivière. Je me suis, certains matins, réveillée joue à joue avec une ondine endormie.

Je ne dis pas, cependant, que voyager en Sitriste fut toujours de tout repos. J'ai arraché mes jambes des chaînes musculeuses de grandes anguilles, j'ai fui devant des hordes d'hortalizas, je me suis brûlé les doigts à de très belles tubéreuses, dont chaque goutte de salive corrosive avait l'apparence tentatrice d'une pierrerie. J'ai abîmé mes gencives contre des fruits suintants de soude, j'ai évité les griffes de petits oiseaux agressifs, aussi gracieux que des colibris. Je me suis réveillée dans les rets du lierre empoisonné, ou avec un petit serpent de fourrure agrafé au cou. J'ai évité des failles dans le roc d'où sortait, comme une langue bifide, une haleine affamée, mal dissimulée sous les parfums de fleurs en grappes, retombant ainsi que de beaux cheveux sur un visage affreux. Et puis, bien sûr, je savais que tout château en ruine, tout village usé par l'abandon, toute chapelle désolée marquant le souvenir d'un carrefour se couvrait, le soir, d'une ombre fertile sur laquelle des silhouettes d'épouvante venaient se découper, avec la netteté de personnages de cartes à jouer. La nuit venue, les maisons écartaient les plis noirs de leur manteau et les laissaient passer.

Je me souviens d'un ravissant cottage posé dans une clairière ravie de soleil, qui gardait encore une odeur de propre, une batterie de cuisine en cuivre rouge, des écailles de peinture verte sur ses volets. Une vigne vierge devenue folle ébouriffait ses tuiles orange. Les faunes l'appelaient Saint-Nicolas, sans savoir pourquoi, mais moi, j'ai trouvé le saloir garni de nourrissons.

***

Assis dans la neige, enfoui sous quinze couches de gore-tex, Prosper pleurait d'amère nostalgie tandis que les trois fées, vêtues de douillettes bulles de chaleur, foraient à coups de baguette magique vingt mètres de glace antédiluvienne au large de Nuuk, bas bout du Groenland.

« Stop ! Je crois que nous y sommes », clama Pimprenouche.

Elle se pencha au-dessus du cratère :

« Gagné ! Ça brille, tout au fond. Qui descend ?

— Toi ! » s'exclamèrent en même temps Babine-Babine et Pétrol'Kiwi.

***

```
« Bip bip bip bip tchonc.
— Bibibibibibip tchonc. Bonk !
— Aïe !
— Mismas, la ferme ! Je n'entends rien !
```
brailla Cid.

```
— C'est Palcopie qui triche !
— Même pas vrai ! »
```

À l'étroit dans la gaine minimaliste du portable de Pimprenouche, Mismas, Évariste et sa copie, plaisamment surnommé Palcopie, tuaient le temps en jouant à Tutris. Ce jeu basique, qui consiste à empiler le plus vite possible des cubes, des barres et des croix tombant du ciel en un mur le plus homogène possible, avait été reprogrammé par les deux Évaristes pour être joué à plusieurs. La tactique la plus probante consistait à empiler les cubes sur les croix, et à utiliser les barres pour taper sur la tête des autres joueurs. Zgrouif, quant à lui, s'était réfugié dans un rabicoin derrière la carte à puce, et pleurait à chauds carrés.

« Allô ? dit Cid en agitant sa petite main stylisée sur l'écran vert.

— On est là, répondit Pimprenouche.

— Alors ?

— On revient de là-bas avec un plein sac de beurk qui brille. Babine-Babine est en train de fabriquer un tamis avec ses bas résille. Nous devrions avoir bientôt assez de poussière éthérée pour ouvrir une usine de bottes de sept lieues. Mais ce n'est pas précisément de la poussière de fée : plutôt de renne volant, de marmotte industrieuse et de lutin-ouvrier.

— À mon avis, c'est la même chose. Résumons-nous : avant d'atteindre l'Aube Bleu, vous allez devoir traverser d'abord le Sitriste et ensuite, Tanitel. N'oubliez pas l'ail.

— Ah bon ? Pourquoi ? demanda étourdiment Pétrol'Kiwi.

— Pour la même raison qu'on n'a pas intérêt à oublier les pieux et l'eau bénite, grommela Pimprenouche.

— Gérard ! Un TGV. Serré. »

***

Un épais nuage de smog flottait dans Mannheim. L'air était âcre, épais et gris, le ciel maussade, le temps détestable. Hâtivement grimées en working girls, les trois fées se dirigèrent vers une station de taxi.

« *Residenz Kurfürsten, bitte sehr* », toussa Pimprenouche à l'adresse du chauffeur.

La grosse berline enfila posément les *Straßen* bétonnées et les *Gassen* rectilignes. Pimprenouche ôta une de ses boucles d'oreilles, sortit son portable :

« Allô, Cid ? Tu m'expliques pourquoi l'entrée qui mène au royaume des fées est dans la Ruhr ? En plein bassin minier ? Avec le taux de pollution le plus élevé d'Europe ? Et je ne te parle pas du taux d'industrialisation ? Je peux savoir ? Pourquoi pas au fond de la piscine de refroidissement de la centrale nucléaire de Saclay ?

— Parce que la magie, ça n'est plus romantique comme c'était. Tu aurais dû mettre une chemise sous ton tailleur.

— Ah ?

— Ou un soutien-gorge. Je vois tes nichons d'ici. C'est une femme, le chauffeur ?

— Non.

— Alors vous allez droit à l'accident.

— Je crois plutôt que nous tournons en rond, fit remarquer Babine-Babine. Ça fait déjà deux fois que nous passons devant cette *Fachhochschule*. »

Le taxi les laissa finalement à la grille du château, au terme d'une course outrageusement coûteuse.

« C'est par où ? demanda Pimprenouche à son portable.

— Allez dans le parc et demandez à voir la Gartenhaus. C'est un petit pavillon de chasse.

— Et ensuite ?

— Il y a un jardin rococo grand comme un potager derrière le pavillon. Débrouillez-vous pour vous y perdre.

— Quoi ?

— Je répète : perdez-vous dans le potager.

— Cid ! On va jouer la belle sans toi.

— Rappelle-moi dès que vous y êtes. Terminé. »

Pimprenouche raccrocha en soupirant.

***

Extrait du « Grand Livre des Fleuves Tome I : voyage au Sitriste »

Le silence me coupa la voix. Je pris pied dans un salon d'apparat, qui craquait comme un navire sur une mer de feu couchant. Je vis chatoyer des moulures d'or rouge, et miroiter les flaques profondes de grands miroirs. Des visages flottaient dans des tableaux noirs. Je m'approchais de l'un d'eux, le parquet gîtant sous mes pas. La jeune fille qui avait servi de modèle portait une fraise rigide, et fermait des yeux sages dans un visage de cire. L'étroitesse de son cou me serra la gorge. Son sourire tremblait. Le peintre avait posé, pardessus mille feuillets obscurs, trois glacis blancs : l'un à son col, les deux autres le long de ses mains jointes.

Une porte vacillait derrière un brouillard de poussières. J'avançais vers elle : elle donnait sur la colonne froide d'un vestibule. Un lion de bronze montait la garde au pied d'un escalier monumental. Au-dessus de moi, dans les caissons du plafond, des chiffres d'or clignaient.

Dans la pénombre du premier palier, je vis briller deux yeux splendides ; mais ce n'était qu'un tableau de plus, un portrait de femme en pied qui luisait comme une fontaine de sang. Le buste presque nu jaillissait de l'écume rouge d'une robe magnifique, une robe charnue dans les plis de laquelle bougeaient la chair des Van Eyck et la folie grimacière de Bosch, le moût framboisé du Jardin des Délices. Le regard bleu du modèle brûlait, ses cheveux vénitiens et son sourire d'ogresse brûlaient, diffusant sur le palier d'incertaines lueurs écarlates.

Le crépuscule saignait sur le carrelage, en contrebas. J'écoutais. Une mélodie délicieuse, très ténue, avait remplacé le sifflement du silence. Je scrutais la bouche obscure du corridor qui s'ouvrait à ma droite : déroulé depuis quelque chambre posée comme un coquillage au creux d'un nœud de couloirs, le chant repliait autour de moi des valves transparentes.

Je redescendis l'escalier en trébuchant, m'aidant de la rampe, mais le soir resserrait ses bras de mer. J'entendis un frôlement derrière moi. Je m'arrêtai sur la dernière marche, et me retournai : elle venait du ciel marqué d'or, penchant vers moi son regard rubescent, l'invite d'un sourire exquis, la grâce de son long cou drapé de boucles blondes, et ses bras éclos dans un nimbe cramoisi. Le soleil glissait contre le mur, et c'est à peine si je distinguai ses traits. Ses petites dents blanches brillaient ; ses mains froides se posèrent sur mes épaules. Elles tremblaient.

Je la vis alors, au pied de l'escalier, toute proche de moi ; la menine de cire figée sous ses longs voiles, son visage ravissant tordu par la faim.

***

« Allô, Cid ? Nous y sommes.
— Où ça ?
— Au potager, bien sûr ! Derrière la *Gartenhaus*. Et je t'assure que je ne vois pas moyen de se perdre là-dedans, grommela Pimprenouche en regardant, autour d'elle, les trente mètres carrés de buis plantés d'éros maniérés. Allô, Cid ?
— Hm. Oui, oui. Super.
— Et maintenant ? Je me démerde, c'est ça ?

— Super.

— Bon. Alors allons-y. Tu n'as rien de plus à me dire ? À part super ?

— Non. Si ! Je suis sûre que ça va aller. Très bien, même. Et, euh… le temps, tu sais…

— Hein ?

— Euh… Prenez votre temps, n'est-ce pas ? Je veux dire, c'est une valeur très relative, le temps.

— Comment ?

— C'est moins benêt que de dire merde ou bonne chance, n'est-ce pas ? À tout à l'heure, mes grandes. »

Pimprenouche raccrocha :

« Zgrouif a réussi à télécharger du pastaga, ou quoi ?

— On tient juste allongé, dans son potager, râla Babine-Babine. Comment veux-tu te perdre dans ton lit ?

— J'ai une idée, rigola Pétrol'Kiwi. Je veux dire : une bonne vieille recette. »

Elle glissa deux doigts gantés dans la poche de cœur de sa veste croisée bleu marine, et en sortit une barrette d'un noir de jais.

***

Extrait du « Grand Livre des Fleuves Tome I : voyage au Sitriste »

Ne croyez pas ce qu'on vous dit : on ne sait jamais à l'avance quand sera le Walpurgis. Ce n'est pas au printemps : la terre exhale trop de vivantes espérances, trop de parfums invitants, trop d'herbe drue. C'est rarement en été, sauf quand un printemps pâle l'a avorté. Ce n'est pas durant les hivers blancs, car le gel pur se tient immobile depuis le ciel jusqu'au cœur des roches. Cette année-là encore, c'était à l'automne couchant. Il avait suffi d'une montée de brouillard vers la pleine lune, et que le cri de la chouette tourne comme un serpent dans le val abandonné de Lofoten.

J'avais suivi l'ancienne route, celle qui joint Haussun Sassey à Biélovéjié ; j'arrivais à Lofoten par le cimetière. Je m'assis un moment sur le muret, pour admirer les ruines. Les pierres fatiguées retournaient lentement à l'état informel, les croix se penchaient comme des patineuses dans leurs manchons de pampres.

Je vis d'immenses chauves-souris ouvrir leurs yeux rouges. La lune, froide comme un cadavre de noyée, leva l'ombre amoncelée dans les rues. Un souffle courut depuis la maison d'octroi, dont la gueule édentée bavait un flot de lierre, jusqu'à la dernière chapelle du cimetière. Lentement, infiniment lentement, les fantômes s'éveillèrent et sortirent.

La croix devant laquelle j'étais assise, presque déracinée, luttait encore contre un arbre que la saison avait défeuillé. Je regardais une impossible buée l'étreindre et la dépasser, se déchirant aux branches. Le spectre s'éloigna sans hâte et je pus voir, à travers sa bouche que distordait une plainte perpétuelle, l'armature d'une couronne de perles pendue au pignon d'une grille.

Les fantômes paraissaient tissés de vapeur, une sueur de temps qui exhalait une profonde tristesse. Le cimetière entier en tremblait, comme un champ de neige venté. Un cortège fuligineux, une procession familiale, s'éleva d'une même dalle étroite : les pans de leur chair spectrale s'effilochaient aux arêtes de pierre. Il en vint de reposoirs éventrés, de parcs funéraires blondis par la rouille, de tertres arasés, des allées même, où les ronces étendaient leurs doigts griffus. Il en vint du grand lavoir, il en vint hors les murs effondrés du cimetière, il en vint des canaux envasés, des impasses, des greniers, des *caves, et tous semblaient tordus par un vent effroyable, mais la brume les traversait en miroitant doucement. Il en vint de l'église, éclos au milieu des prie-Dieu moisis, qui passèrent sans s'arrêter devant les chapelles et les vitraux borgnes. Ils franchirent le parvis, recouvrirent de leurs squames l'ancienne place blanche de lune et, toujours flottant, murmurant en silence de leurs bouches sans palais, ils dérivèrent vers les arbres et s'y perdirent.*

***

« Ouah ! J'crois que j'suis ailleurs là !
— Hi hi hi !
— Oh là là ! Tu l'as bien dosé, çui-là, Pétrol.
— Je ne m'appelle pas Pétrol.
— Joli, ton chapeau, ma Pimpin ! Tout carré, avec le pompon. Hi hi hi !
— Pas Pimpin, non plus. Mon nom est Tristélasse.
— Tristé… Oulà ! »
Babine-Babine lâcha l'épaule qu'elle étreignait amoureusement, tituba d'un pas en arrière :
« Oh là là. Pétrol ! Pimpin ! Nous sommes perdues. Je veux dire : nous avons trouvé ! »

***

Extrait du « Grand Livre des Fleuves Tome II : voyage en Tanitel »
Je décidai d'aller au palais de Séjarès pour voir la fête. Je passai les grilles et, une fois cachée dans un feuillage, j'écartai les branches sur un grand parc fantasquement éclairé. Dans les lumières dansaient des silhouettes brillantes. Le palais était entièrement blanc, et orné de longs rinceaux jaunes.

J'entrai, et marchai dans de grandes salles toutes de miroirs vêtues. Au sol, des flaques d'eau ou de mercure alternaient avec les glaces. Des flambeaux diffusaient une lumière captieuse, des courants dorés qui s'ensablaient dans les sables pâles du marbre. Les invités étaient élégants, fins comme des corvettes, gréés de voilures colorées et couverts de pierreries.

Je montais tout en haut d'une colonne, d'où j'avais une vue plongeante sur la fête. Des musiciens commencèrent à jouer sur de curieux instruments spiralés. Un escadron de chevaux noirs montés par des silhouettes empanachées vint caracoler en rythme, puis se livra à une parodie d'hallali. Une femme vêtue de rouge tenait le rôle de la proie : elle courait négligemment, en faisant gonfler ses voiles.

Après de savantes figures, les cavaliers se disposèrent en étoile. Ils saisirent chacun un pan de voile, et tirèrent tous ensemble. La belle perdit sa robe comme si elle perdait son sang et apparut nue, entièrement poudrée de blanc. Des bouches ouvertes dans la façade se mirent à cracher une pluie d'or. Parmi les cris de joie des invités, la femme nue reçut un pectoral des mains du plus sombre des cavaliers. C'était le roi de Séjarès.

Je me suis endormie et j'ai vu, en rêve, que la parade continuait. Une nouvelle vague de cavaliers caracolait dans la lumière, les rangs chatoyants des invités se lançaient dans un quadrille ivre. Puis ils basculèrent les uns sur les autres, avec de grands gestes. J'ai pensé qu'une orgie commençait et la lune, qui était descendue jusqu'à moi et pressait son visage contre le mien, m'a dit oui. Sa chevelure bougeait. Quand elle a souri, j'ai connu que mon rêve était un cauchemar. J'ai dit que quelque chose avait quitté le bal, et la lune m'a répondu : « La musique, qui s'est arrêtée. »

Au petit matin, j'ai quitté le palais sans me retourner, et j'ai appris en ville que les démons s'étaient invités à la fête ; que tous les invités avaient été égorgés. Une femme a prétendu avoir vu un bas démon, mais je crois que les assassins sont les mal-morts de Foléjista, puisque le visage du roi a été retrouvé cloué sur la porte de la cité.

***

« Hi hi hi, souffla Pétrol'Kiwi à l'oreille de Babine-Babine en lorgnant le petit bonnet carré de Tristélasse, je sens qu'on va bien se marrer. »

Le blues de l'orang-outan garou

Perchée sur le rebord d'un trou d'arbre ovale, une grosse chouette toute de plumes praline, crânement coiffée d'un petit bonnet carré, une paire de lorgnons en équilibre sur son bec, regardait les trois fées d'un air navré :

« Nous-nous chercherchons le Sitriste, hoqueta Pimprenouche en se retenant de rire.

— Comme ça se trouve, répondit la chouette d'une voix glacée. Je suis la douanière du Sitriste.

— Pétrol, calme-toi, gloussa Pimprenouche. Saluhutations, madame. Pouvons-nous nous... entrer ? »

La chouette les fixa de son vaste regard jaune, puis disparut dans son trou et, quelques secondes plus tard, une petite porte s'ouvrit au flanc de l'arbre :

« Faites », dit-elle.

Les trois fées se mirent à quatre pattes, et pénétrèrent dans une salle basse tapissée de feuilles mortes, chichement éclairée par un petit feu jaune. Elles s'assirent en tailleur, ne réussissant toujours pas à se retenir de ricaner sporadiquement, tandis que Tristélasse tisonnait son minuscule foyer. Puis la chouette sortit trois bols, les remplit d'eau chaude et, d'une aile habile, y jeta quelques herbes sèches. Elle posa les bols par terre, devant les fées, et repartit en clopinant jusqu'à un coffre, dont elle tira trois pulls taille XXL d'un bleu ciel éclatant. Elle les tendit à Pimprenouche qui se pencha pour les prendre, renversa son bol d'un coup de genou malencontreux et se mit à mugir de rire, immédiatement imitée par les deux autres.

Dix minutes plus tard, elles parvinrent à s'essuyer les yeux, et enfilèrent les pulls en marmonnant des excuses. Babine-Babine saisit son bol, goûta la tisane, se brûla et lâcha le bol qui disparut dans son pull, à peu près à hauteur du nombril.

« Mais où est mon bol ? bafouilla-t-elle.

— Dans le ciel, répondit Tristélasse.

— Plaît-il ? fit Babine-Babine en tâchant de se gratter le nombril : son doigt ne rencontra qu'un air frais et humide. Oh! De vrais pulls de ciel !

— Bien sûr, fit la chouette en ronronnant de fierté. Honteuzékonfu, le gardien du Pays des 36 000 volontés, fait des tuniques de ciel pour son pays d'ange et moi, je tricote des pulls pour mon pays de brumes. C'est bien chaud, et c'est aussi bien utile quand un des habitants de Sitriste vous prête attention.

— Alors, mon bol…

— … va faire le tour du ciel. Suite à quoi, il vous retombera sur le crâne. C'est un inconvénient, évidemment.

— Mineur, mineur, marmotta Pimprenouche avec un air d'en avoir deux, en fixant le nombril de Babine-Babine.

— Parle pour toi !

— Nous n'allons pas embêter madame plus longtemps. Merci pour votre accueil, madame Tristélasse. Pouvez-vous nous indiquer le chemin du Sitriste ?

— En sortant, à gauche.

— Comme les chiottes, gloussa Pétrol'Kiwi.

— Dis au revoir à la dame, Pétrol ! »

Les trois fées ressortirent dans le potager rococo, et mirent un pied devant l'autre en essayant vainement de se croiser les bras. La rocaille n'en finissait pas. Des flaques de brume apparurent ici et là. Le chemin s'effaça peu à peu, les massifs revinrent à l'état sauvage, et le potager mua en un petit bois pépiant, aussi interminable qu'une forêt de lilas enchantés. Deux heures plus tard, les fées longèrent une grille rongée par la rouille. Derrière, un tout petit château rose émergeait d'un parc à l'abandon.

« Oh, qu'il est joli ! On visite ? proposa Babine-Babine.

— Oui, il est joli, grommela Pimprenouche. C'est même son nom. Joli Château. Non, on ne visite pas.

— Et pourquoi ça ?

— Parce qu'il y a vingt-cinq vampires dans les cryptes, quarante loups-garous dans les ronciers, des fantômes de gamins égorgés dans tous les coins, et que je n'en ai pas envie.

— Ah ! »

Un énorme puma vert venait de jaillir de derrière une souche : il bondit sur Babine-Babine et passa sans heurt en plein ciel.

« Qu'est-ce que c'était ? fit-elle en claquant des dents.

— Hortaliza, répondit Pimprenouche en sortant un gros gun de sous son pull.

— T'es enfouraillée ? s'étonna Pétrol'Kiwi.

— Oui. Pas sûre qu'en Sitriste, nos sorts marchent comme on veut.

— Merci de prévenir.

— Et qu'est-ce que c'est, un... un comme tu as dit ? gémit Babine-Babine.

— Hortaliza. Un gros tigre vert, avec des dents en or. Nous avons de la chance : d'habitude, ils chassent en meute. »

Pimprenouche scruta les alentours d'un air combatif, puis rangea son remington.

« Et combien pèse un hortaliza ? s'inquiéta Babine-Babine. Parce que je vais prendre celui-là sur la tête d'ici quelques heures.

— Compte deux heures à partir du moment où tu auras reçu ton bol de tisane sur la cafetière, c'est tout. »

Les fées s'arrêtèrent au bord d'une rivière. Pimprenouche regarda un moment l'eau filer, soupira et dit :

« Je vois le problème.

— Quel problème ? » demanda Pétrol'Kiwi en s'agenouillant pour boire.

Elle plongea les bras dans l'eau, et se mit à rire quand des cataractes circulaires se précipitèrent par le ciel de ses manches.

« Pour aller du Sitriste à l'Aube Bleu, il faut passer par Tanitel, répondit Pimprenouche. Un autre pays fatigant. Il paraît qu'il suffit de suivre la rivière qui traverse Sitriste pour arriver en Tanitel et, une fois en Tanitel, l'Aube Bleu, c'est au fond à droite.

— Mais quelle rivière ? Parce que ça fait la quinzième qu'on passe à gué. Ohé ! lança Pétrol'Kiwi à une ondine, qui la salua au passage de sa petite main verte. J'aime bien ce pays, moi.

— C'est ça, le problème. Nous n'allons pas nous farcir tout le système fluvial à pince. Va falloir invoquer.

— Qui ?

— L'esprit du lieu. Il nous renseignera. Arrête de vider la nappe phréatique, et trouve-moi un brin d'angélique frais. Babine ! J'ai besoin d'une plume d'oiseau. »

Une demi-heure plus tard, Pimprenouche ligatura l'angélique et la plume à une branche de chêne, et sortit deux tubes à essai de son sac à dos.

« Il me faut une araignée dans celui-ci, et une libellule dans celui-là. »

Les deux autres fées repartirent en grommelant dans les sous-bois enchantés de Sitriste tandis que Pimprenouche montait la garde devant son drôle de bouquet, à plat dos sous le doux soleil printanier, les jambes écartées, les mains croisées derrière la nuque et le remington en guise d'oreiller.

Pimprenouche acheva de convaincre l'araignée de tisser sa toile dans son bouquet.

« On peut savoir ce que tu fais ? demanda Pétrol'-Kiwi.

— J'invoque l'esprit du lieu, je te dis. Recette de Cid. Il vient tous les matins où une libellule se prend dans une toile d'araignée, quand elle a été tissée entre un brin d'angélique, une feuille de chêne et une plume d'oiseau.

— Ce qui signifie : il faut passer la nuit ici.

— Eh oui. Ça ne te plaît pas ?

— Peut pas m'faire plus plaisir. »

Pétrol'Kiwi se retourna, et regarda à nouveau le paysage : il était plaisant. Incontestablement. Vallonné, bocagé, vert, fleuri, arboré, tiède, tout pétant de soleil et de brumes, de papillons et de brumes, de pollen et de brumes, et de ruisseaux et de brumes. Avec des ondines dans les cours d'eau, des lutins dans les champignons, des nixes dans les arbres fruitiers, et des faunes pas plus grands que des sucettes au caramel dans les fougères. Tout ça lui rappelait la Terre Plate. En plus brumeux. Elle secoua la tête :

« Je veux pas faire ma raciste, mais il n'y a que de tout petits peuples. Ça manque de fées, d'elfes, de korrigans, d'humains, de licornes, d'onions, de chimères, de gragons. Par contre, niveau brume, on n'est pas à plaindre.

— Tu n'as pas compris ? grommela Pimprenouche.

— T'as pas expliqué grand-chose, s'énerva Pétrol' Kiwi.

— D'accord. Attendons Babine-Babine et sa libellule. Ensuite, j'explique. »

Le soir tomba comme un sac. Il y eut un passage éclair au rose et rideau. Les trois fées grimpèrent en même temps dans le chêne, sans même s'être concertées :
« Je ne sais pas ce qu'il a, ce coin, mais…, n'acheva pas Babine-Babine en s'asseyant à califourchon sur une grosse branche.
— Moi pareil, approuva Pétrol'Kiwi.
— Il est instable, dit Pimprenouche. Et il est mort.
— Ça fait deux bonnes raisons », soupira Babine-Babine en scrutant le feuillage au-dessus d'elle. Les étoiles s'allumaient. Elle n'en reconnut aucune.
« Sitriste, ce n'est pas un pays, expliqua Pimprenouche. C'est un ramassis de bouts de temps égarés. C'est ça, la brume. Deux bouts de temps qui frottent l'un contre l'autre, en produisant une sorte de buée de déperdition temporelle. Il n'y a pas grand-chose qui vit dessus, pour la même raison que sur un archipel de minuscules îlots volcaniques, on trouve peut-être une famille de crabes ou de souris, mais les gros animaux préfèrent s'installer ailleurs. Surtout si l'îlot est encore tiède. C'est pour ça que vous êtes mal à l'aise : vivre au Sitriste est aussi agréable que de danser sur un volcan. Alors, bien sûr, ça laisse de la place pour les petits, et aussi pour ceux qui… n'ont plus la vie à perdre. Qui n'ont besoin que d'exister. D'où une surabondance de goules, de fantômes et de souvenirs.
— De quoi ?
— Souvenirs. Un souvenir est à un fantôme ce qu'un film est à un acteur. Tous les soirs, inlassablement, Sitriste se repasse les mêmes scènes d'épouvante. Sitriste n'a pas trop conscience du temps qu'il est. »

Pétrol'Kiwi se pencha :

« Nous sommes attendues, je crois. »

Un triple cercle de pupilles rouges les regardait en contrebas. Une lourde odeur de fauve commençait à monter jusqu'à elles, à travers les feuilles.

« Génial, murmura Babine-Babine. Hortalizas ?

— Fourrez-vous ça dans les oreilles ! dit Pimprenouche d'un ton pressant, en tendant à chacune un mouchoir en papier.

— Quoi ?

— Mâchouille un bout de mouchoir, fourre-le dans tes oreilles et ne discute pas, Pétrol ! »

Elles passèrent une nuit sourde et inconfortable, suivant avec attention d'étranges allées et venues : des silhouettes glissaient sur l'herbe aux alentours de leur arbre, parmi les échines énormes de la meute. Vues d'en haut, elles paraissaient seulement sourire et attendre, levant des faces blanches mangées de nuit en froissant entre leurs mains des jabots de dentelle. Puis l'aube pointa, les silhouettes se retirèrent doucement, et Pétrol'Kiwi ôta son mouchoir sur un trille d'alouette. Elle entendit les fauves gémir. Ils tournaient sur eux-mêmes, et soupiraient comme des chiens punis. Elle les vit ensuite qui se redressaient en pleurant. Elle se frotta les yeux :

« Des orangs-outans. Des orangs-outans garous ? »

L'un d'eux leva la tête : ce n'était pas un fauve ni un orang-outan, mais un homme. Un homme velu, dentu, mais un homme. Le jour lavait sa faim de bête, et mettait à nu un reste d'âme humaine désolée. Pétrol'Kiwi le regarda s'éloigner, dos courbé, et se perdre dans les sous-bois.

« Je crois que je vais m'invoquer un bon café bien chaud », murmura-t-elle.

« Oh non ! Qu'est-ce que c'est encore que cette bouse ? » soupira Babine-Babine en reniflant le bol qu'elle venait d'incanter.

Elle grimaça :

« Nuoc-mâm, cette fois. Et toi, Pétrol ?

— Triclopyr. Et toi, Pimpin ?

— Pâte de coings à la paraffine.

— Ne laissez pas tomber, les filles : on va finir par y arriver.

— Continuez sans moi, dit Pimprenouche. J'ai oublié de jeter la libellule dans la toile de l'araignée. Je reviens. »

Ça faisait une bonne heure que les trois fées usaient leurs sorts d'arabicadagram et de robustastoinstein avec un succès médiocre.

« On ne peut même pas dire que nos sorts ne fonctionnent pas, ni même qu'ils font n'importe quoi, observa Babine-Babine. Simplement, ils sont décalés. Dis-moi, Pimpin : pourquoi nous as-tu bouché les oreilles, cette nuit ?

— Parce que j'ai vraiment lu le Grand Livre des Fleuves, moi, répondit Pimprenouche en se rasseyant sur l'herbe.

— Moi aussi, mais seulement la deuxième partie. Et alors ?

— Alors la nuit, au Sitriste, les sirènes chantent.

— Ayé ! s'exclama Pétrol'Kiwi en tenant à deux mains un bol fumant. C'est de la chicorée, mais tant pis.

— Comment as-tu fait ?

— J'ai invoqué un litre de liquide de frein.

— La logique de Sitriste va être assez coton à comprendre, grommela Babine-Babine. Quelqu'un essaye les croissants ?

— Asla doigts de delco desh ! Et voilà. Du premier coup ! jubila Pétrol'Kiwi.

— Je peux en avoir un ?

— T'es qui, toi ? s'étrangla Pétrol'Kiwi, prise dans l'immense regard vert d'un minuscule bonhomme assis sur l'herbe, au bout de son pied.

— C'est lui, dit Pimprenouche. L'invocation. L'esprit de Sitriste. Il s'appelle Légüyi. »

Le petit bonhomme portait un chapeau en bourgeon de chêne, une chemise en toile d'araignée, une veste en mousse et un pantalon de plumes. Il était haut comme une paume.

« Lé quoi ?

— Légüyi, dit le petit homme. Qui veut dire "aérien". Cherchez-vous l'Axaque ?

— Comment le sais-tu ? » s'étonna Babine-Babine.

Le petit bonhomme parut réfléchir :

« Au Sitriste, "je sais" signifie un peu "ça se sait", un peu "je sens", et un peu "c'est". Comme si les brumes portaient les histoires et qu'à force de vivre au Sitriste, on finissait par être tout traversé d'histoires.

— Grmf, émit Pimprenouche en faisant une grimace au jus de citron. Je n'ai pas l'intention de me laisser brumiser. Peux-tu nous montrer l'Axaque ?

— L'Axaque est partout, autour de vous. Pour suivre son courant jusque hors du Sitriste, il suffit d'un bateau, et qu'une ondine vous guide.

— Et où pouvons-nous trouver le bateau et l'ondine ?

— Ils vous trouveront, s'ils veulent.

— Et comment faire pour qu'ils veuillent ?

— Il suffit de payer le prix.

— Lequel ? demanda Pimprenouche d'un air de plus en plus citronné.

— Venez avec moi en Költemény. C'est une île. Il y a un grand feu, et des poètes pour ce qu'ils valent. Puis-je avoir un bout de croissant ? »

Pétrol'Kiwi lui donna une corne avec un sourire, puis interrogea Pimprenouche du regard. Laquelle détourna les yeux en haussant les épaules, et dit :

« Nous te suivons, Légüyi.

— Après le petit déjeuner », décréta Babine-Babine.

Les trois fées, précédées de Légüyi qui volait sur ses quatre ailes de libellule, franchirent encore des rivières et traversèrent des prairies interminables. Des passages de brouillard les menaient d'un paysage à l'autre. Le premier de ces passages commença au bout d'une plaine, par une nappe gazeuse qui se dissipa tout d'abord docilement sous leurs pas. Puis la brume leur monta au mollet, au genou, par-dessus la tête, et elles se retrouvèrent sur un chemin de chèvres, au milieu d'une futaie saturée de lierre humide. Les lapins qui les accompagnaient dans les herbes furent remplacés par des nixes vertes. Le passage suivant déboucha dans une pinède asséchée, et les nixes cédèrent la place à des feux follets. Quelques passages plus loin, une pente douce les mena au bord d'un lac, à travers un village en ruine. Écartant les branches d'un saule, elles aperçurent une île. Légüyi se mit à voleter au ras de l'eau, l'effleurant parfois du bout d'une aile : un rond se formait, et les fées posaient leur pied au milieu, l'une après l'autre. De rond en rond, elles abordèrent un tertre spongieux couvert d'un enchevêtrement de joncs et de lys, avec de grands saules jaunes, des bouleaux et des statues érodées.

« C'est ravissant, ici ! s'exclama Babine-Babine en regardant autour d'elle.

— Très joli, ajouta Pétrol'Kiwi.

— Et jovial ! en rajouta Pimprenouche.

— Avec un petit côté indie.

— Techno-garage, je dirais. Mais fun. »

Un architecte complètement barge avait bâti, sur un sol de mousse trempé, une colonnade vaguement rectangulaire. Des voiles d'eau, tendus entre et au-dessus des colonnes, formaient comme une…

« … maison, expliqua Légüyi. La maison de Johnny Who.

— C'est qui, lui ? demanda Pétrol'Kiwi.

— Elle.

— Une fille nommée Johnny ?

— C'est l'auteur du Grand Livre des Fleuves, la rassura Pimprenouche. C'est elle qui l'a écrit, pendant tout le temps où elle a, voyons… habité ici.

— Pas vécu, hein ?

— Dans la mesure où c'était un fantôme de demi-vampire, on ne peut pas vraiment dire ça, non.

— Jovial. »

Dans les murs d'eau s'ouvraient des fenêtres ogivales, garnies de petits carreaux en verre colorié devant lesquels dansaient des feux follets. Mais ce qui retenait l'œil tout d'abord, c'était la porte d'entrée, gardée d'un côté par un pigeonnier bizarre, une tourelle haute de deux mètres et chapeautée d'ardoises, avec une ouverture grillagée à hauteur d'homme et, de l'autre côté, par une ronce qui gardait prisonnier un tout petit faune à l'air triste. Une lyre en or pendait à une de ses mains percées d'épines. Derrière la grille du pigeonnier, on distinguait un visage.

« Je ne vais pas résister davantage à tant d'humour. On s'en va ? suggéra Pétrol'Kiwi.

— Je ne crois pas, non », soupira Pimprenouche.

Elle suivit Légüyi à l'intérieur de la maison. Pétrol' Kiwi renifla, regarda Babine-Babine :

« Nous pourrions visiter le jardin ? proposa celle-ci. Regarde, derrière ce bouleau, il y a un joli pont qui mène à une jolie véranda flottante. Nous pourrions essayer d'invoquer un joli apéro ?

— Va pour le pont. »

Elles passèrent le pont vermoulu, se risquèrent avec précaution sous le toit léger d'un kiosque.

« Jolie, cette table, siffla Babine-Babine. Jolie idée, d'encastrer une table en verre dans un trou du plancher pour voir l'eau passer dessous. Ça permet de voir les poissons. Ou les noyées.

— Jolie, la noyée. Beaux cheveux. L'œil pas très expressif, hein ? On se casse ? »

Elles battirent en retraite jusqu'à la maison de Johnny Who, passèrent la porte et trouvèrent Pimprenouche assise dans une petite causeuse face à un grand feu. Crépitant à même le sol, à un mètre de l'entrée, il brûlait sans bois et sans chaleur. Pimprenouche tripotait les flammes jaunes d'un air songeur.

« C'est joli ici, n'est-ce pas ? » fit Babine-Babine avec un grand sourire tordu. Les murs d'eau étaient couverts de glaces piquées et de tableaux noircis dans de somptueux cadres vermoulus. Sur le sol pourrissaient des tapis écarlates. Un petit lustre pendait au plafond liquide. Dans le plus grand des miroirs, on distinguait une femme vêtue de bleu, floutée par l'oubli, et qui se tordait les mains de désespoir. Le plus grand des tableaux représentait une jeune fille tenant au creux de sa paume une minuscule chauve-souris morte. Sa chevelure emmêlée tombait jusqu'à terre, par-dessus une robe rose. Au bord du col noirci, la chair verte de ses épaules était poudrée de poussière. Des dents énormes gonflaient sa bouche livide.

« Je vais m'énerver, annonça Pétrol'Kiwi. Moi, on m'avait dit "des pays fatigants", pas "oublie pas ton prozac". Je vous préviens, je vais m'énerver dans pas longtemps.

— On fait la course ? proposa Babine-Babine.

— Désolée, soupira Pimprenouche, mais nous n'avons pas les moyens de nous offrir une crise de nerfs.

— Nous sommes des fées, quand même ! s'insurgea Babine-Babine.

— Sur Terre, nous sommes très féeriques mais ici, c'est une autre question. Je peux te jurer que, si un hortaliza ou un vampire nous met la griffe dessus, nous ne nous en débarrasserons pas d'un claquement de doigts. Enfin, tu peux toujours essayer, mais je ne suis pas sûre de ce qu'il donnerait, le claquement de doigts. Un serpentin à sifflet qui fait tût, peut-être. C'est un peu comme dans l'Éther : nous pouvons, à tout moment, nous faire bastonner par plus costaud que nous. »

Pétrol'Kiwi et Babine-Babine s'assirent en tailleur devant le feu avec des mines constipées. La lumière du jour baissait, et la danse multicolore des feux follets miroitait sur les murs trempés.

« Et Légüyi ? Où est-il, celui-là ? demanda Babine-Babine.

— Parti se promener. A priori, il ne vit que vingt-quatre heures, alors il va un peu en profiter.

— Il t'a dit quelque chose ?

— Il m'a dit qu'ici, c'était l'île des poètes. Et de ne pas dormir.

— Bonjour, demoiselles ! »

Les trois fées se tournèrent vers l'entrée : un pierrot, encombré d'un énorme luth en piteux état, les saluait avec grâce. Il portait une houppelande blanche à pompons avec de vastes pantalons assortis, une tête lunaire posée au milieu d'une fraise immaculée, beaucoup de poudre de riz, un petit calot noir et, sur les joues, deux ronds de fard rose et deux larmes d'argent.

« Bienvenue sur l'île de Költemény, minauda-t-il. N'importe qui peut passer une nuit paisible sur Költemény, pourvu qu'il se donne la peine de rimer. Mieux vaut n'en pas passer davantage, vous diraient ses fruits. »

Tout en devisant, le pierrot s'assit sans façon devant le feu silencieux, défroissa sa tunique blanche, tapota ses pompons et commença d'accorder son luth démantibulé.

« Ses quoi ? demanda Pimprenouche.

— Lui, par exemple. »

Le pierrot désigna, d'un long doigt manucuré, le petit faune épuisé accroché à sa ronce, qui sourit avec effort.

« Il est encore là, ce fichu pierrot ? » fit une voix geignarde.

Un mendiant filiforme et en loques venait de passer la porte. Les fées se poussèrent un peu, pour lui faire de la place devant le feu, remarquant au passage que ce qu'elles avaient d'abord pris pour des loques étaient des ailes en loques, et que le visage du nouvel arrivant tenait le milieu entre la chauve-souris et le cul de singe. Puis Babine-Babine siffla doucement, Pétrol'Kiwi fit des bruits avec la bouche et Pimprenouche grogna « Qu'est-ce que vous êtes vulgaires, les filles » : le dernier entrant était un fantôme de prince aux cheveux fous, vingt ans et des yeux millénaires, une sorte d'Hamlet ou de Roméo sans Juliette, vêtu de velours vert et de dentelles sales. Les fées s'empressèrent de ne pas lui faire beaucoup de place. Il sortit une flûte à six trous de sous son jabot, la loque emprunta au faune écartelé sa lyre d'or et ils jouèrent, avec le pierrot, une série de lieder ravissants à pleurer. La nuit était tout à fait tombée sur le lac. Quand la musique s'éteignit, on entendit des sanglots :

« Qui est-ce qui pleure ? s'inquiéta Babine-Babine.

— Le fruit dans la tourelle, répondit le pierrot de sa voix suave, en faisant grincer les clefs rouillées de son énorme instrument. Il pleure comme ça, parfois. Il la voit passer et parfois, il pleure jusqu'au milieu de la nuit.

— Mais qui ça, elle ? demanda Pétrol'Kiwi.

— À Tintajel, le village au bord du lac, il y a une femme, ou plutôt un souvenir de femme qui passe. Le fruit dans la tourelle l'a sûrement bien connue, avant d'être enfermé ici. Cette femme le cherche. Toutes les nuits, elle le cherche. »

Les trois fées regardèrent au-delà de la porte, vers l'obscurité : les étoiles bougeaient, brouillées, sur l'eau plate du lac. La rive opposée se découpait en noir sur la nuit : un flocon blanc, vaguement lumineux, errait sur la rive. On l'entendait distinctement hurler un nom.

« Hum, toussota Babine-Babine, eh bien... ipacpoc absolument tic. Sort d'invocation de désinfectant sans alcool. J'avais espéré une vodka'to et j'ai du punch coco. Qui en veut ? »

Pétrol'Kiwi s'ébroua et se leva. Elle ramassa trois coupes de cristal sales, qui avaient échoué dans les plis pourris des tapis, tenta de les essuyer avec sa manche, râla, les essuya avec ses doigts et les posa devant Babine-Babine, qui les remplit d'une main pas très assurée. Pétrol'Kiwi but sa coupe cul sec, et commença à rouler une cigarette avec des doigts boueux et tremblants. Derrière elle, la femme brouillée tordait inlassablement ses bras dans la prison étroite de son miroir.

« Hum, dit Babine-Babine au pierrot, est-ce que vous, euh...

— J'en veux bien, si vous me le proposez, sourit celui-ci. Et mon voisin aussi, certainement. »

Babine-Babine regarda alternativement le prince et la loque : ils avaient tous deux de ces auras éthéréo-spectro-matérielles que ça en devenait irritant. Pas moyen de savoir qui était quoi.

« Merci, sourit le prince, mais ce n'est pas moi, le voisin. Je ne peux plus rien boire depuis bien des siècles. »

Et, penchant de côté sa tête ébouriffée, il laissa ses longs yeux sombres s'attarder sur Babine-Babine, qui se souvint qu'elle était en son naturel excessivement jolie, et rougit comme une nymphe du siècle dernier.

« Pétrol, toussota-t-elle, trouve deux autres coupes, s'il te plaît. »

Quant à la loque, elle but un demi-litre de punch sans dire ouf ni merci. Puis elle rota :

« Il va être temps de rimer. Permettez-moi de commencer. Je vais vous méloper ça en *fa* mineur, c'est mélancolique à souhait. Intitulé : *Souvenirs d'un voyage que je n'ai pas fait*.

— On sent poindre le chef-d'œuvre », susurra le pierrot.

La loque s'arrêta, lui jeta un regard ulcéré, pinça sa lyre et reprit :

« Je me souviens d'un jour d'il y a bien longtemps,
D'un grand lac endormi sous un grand ciel sans bleu
Et d'un hortaliza au regard malheureux... »

Le pierrot gloussa : « Quelqu'un a-t-il déjà vu un hortaliza au regard malheureux ?

— Et pourquoi pas ? se rebiffa la loque.

— Pourquoi pas, en effet, regloussa le pierrot. Il est possible que votre vue ait su inspirer autre chose que de la faim à un hortaliza. Elle donnerait du vague à l'âme de Dracula lui-même ! Que d'os, que d'os.

— Mieux vaut donner dans le vague que de l'appétit !

— Alors je vous félicite : vous vivez en accord avec vos convictions.

— On ne peut pas en dire autant de votre luth !

— Quoi, mon luth ? Il est à moi, au moins. Je ne fais pas les poches des faunes, moi !

— La soirée part en sucette, soupira Pimprenouche. Oh, Pétrol ! Il reste un fond de punch ?

— Ipacpoc absolument tic, oui, un haut fond. Moi, je préfère une bonne engueulade que leurs requiems en *fa* mineur pour lyre et sanglots, merci.

— Vous voulez mon luth dans votre triste gueule ?

— Triste gueule ? C'est le vampire qui se moque du moustique ?

— Ils sont toujours comme ça ? demanda Babine-Babine au prince, lequel se pencha nonchalamment vers elle.

— Toujours, murmura-t-il.

— Bon, dit Pétrol'Kiwi à Pimprenouche, Babine drague, les deux autres s'envasent, résumons : t'as une idée de ce qu'on est venues faire sur cette île ?

— Aucune.

— Ça laisse du champ aux initiatives perso, alors. Elle a fait quoi, ici, la rédactrice du Grand Livre des Fleuves ?

— Elle a construit cette maison après sa mort. Une sorte de maison d'après-retraite.

— Mais elle est bien allée à l'Aube Bleu en passant par ici ?

— Oui. Elle n'a eu qu'à demander à Légüyi, et il lui a fourni un bateau pour descendre l'Axaque. Pas à nous. Légüyi est l'esprit de Sitriste, et Sitriste est capricieux. Heureusement, Cid m'a indiqué un autre moyen : dans le pays d'à côté, celui entre le Sitriste et l'Aube Bleu et qui s'appelle Tanitel, il paraît qu'on vend des sacs à main en peau d'hortaliza. Peut-être qu'il suffit de tuer un hortaliza, de jeter le cadavre à l'eau et de le suivre ?

— Ou de récupérer celui qui va s'écraser comme une bouse sur la tête de Babine d'ici pas longtemps ? En attendant, j'aimerais bien savoir ce que font ici ces deux pauvres gars. Je veux dire, le faune et la tourelle. C'est du crime contre l'humanité, cette situation !

— Ce sont des fruits, chuchota Pimprenouche en se resservant une coupe. Un truc particulier à Sitriste. Ils sont liés à leur prison comme un lutin à son champignon. Ou un vampire à son cercueil.

— Mouais, grogna Pétrol, c'est ce qu'on va voir. Et ces histoires de rimes qu'il faut faire ? Et de ne pas dormir ?

— Sais pas. Je crois que c'est comme ça qu'on devient un fruit. Si tu ne récites pas un poème ou si tu t'endors, tu ne peux plus sortir de l'île. Sais pas vraiment. Et comme je n'ai pas envie de savoir, nous allons réciter un poème et éviter de dormir, hrps ! Je commence à être pleine comme une cantine, moi.

— Un poème ? s'effraya Pétrol'Kiwi.

— Oui. Babine !

Babine, qui discutait en position rapprochée avec le prince, se retourna :

— Oui ?

— Faut réciter un poème. Nous t'écoutons.

— Quoi ?

— Tu sais très bien de quoi je cause, tu as lu le Grand Livre des Fleuves : c'est rondeaux, sonnets et compagnie. Vas-y ! »

Babine-Babine vida sa coupe, la posa à côté d'elle, s'essuya la bouche en tortillant du nez et entonna :

« Il faut que je fasse un poème,
Avec une rime en m,
Me voilà bien embarrassée :
Car j'ai du mal à rimer
Bourrée.
C'est suffisant, là ?

— Ça ira, rigola Pimprenouche, à moi :
C'était une jeune fille simple et bonne
Qui n'demandait rien à personne
Un jour dans l'métro y avait presse
Un jeune homme osa je l'confesse…

— Ça suffit, râla Babine-Babine, c'est triché, on la connaît tous. À toi, Pétrol.

— Euh… l'fils du maire de mon pays
N'est pas l'plus bête du pays
Et sans être un cénobite…

— Triché aussi, grogna Babine-Babine. Ça vous minerait, un peu de créativité ? »

Elle récupéra sa coupe, se leva et vint s'asseoir entre ses deux copines :

« Tu me sers ? demanda-t-elle à Pétrol'Kiwi.

— Tu t'es pris un râteau avec le joli cœur ? s'étonna celle-ci en obtempérant.

— Tu plaisantes ? Il veut m'inviter chez lui. Dans sa maison. Une folie. Très jolie. Citronnier blond et moisissures vertes.

— Et ?

— Et non. La place est déjà prise : il vit avec une poupée de cire. Mais, depuis cent huit ans, il n'ose pas la sortir de sa boîte parce qu'elle pourrait s'abîmer. Ça ne fait pas envie. C'est quoi, tous ces bols à côté de toi ?

— Invocations d'arabica velouté que je viens de faire. Les mêmes que ce matin.

— Et ça donne ?

— Triclopyr, et une touche de clopyralid.

— Ça se boit ?

— Ça débroussaille. C'est du débroussaillant. Du violent. Pour aune glutineux, ortie dioïque et roncier vulgaire. À part le granit, y a pas grand-chose qui résiste. C'est une sorte de napalm agricole. »

Pétrol'Kiwi lança un regard sadique à la ronce dans laquelle se tordait le petit faune qui avait voulu être poète.

Les fées burent encore trois bons litres de punch coco pendant que le pierrot et la loque finissaient de se pourrir, et que le prince dansait tout seul en s'accompagnant sur la lyre d'or, l'air même pas vexé. Puis le pierrot vint rejoindre les fées, avala à lui tout seul une bouteille de punch et commença la très édifiante histoire de Doré du Castel, un ami à lui, décrit comme « une créature nullissime en spirale, qui danse d'un pas du tout plein à un complètement vide dans un univers sans volume, comme d'un à moitié plein à un moitié vide dans une cave sans bouteille ». Il en était à raconter comment, à force de déraper sur les dimensions, Doré du Castel avait fini par dévisser dans l'œil d'une vache, laquelle avait muté incontinent en « un nuage cornu opaque, d'une couleur mauve pas déplaisante », que les fées pourraient d'ailleurs voir « dans le champ en entrant à gauche du village de Létasy », Pimprenouche le regardait en comptant mentalement jusqu'à cent dix mille pour ne pas s'endormir, Babine-Babine ricanait nerveusement, et Pétrol'Kiwi se demandait comment elle pouvait supporter ça, *c'est terrible, ces gens qui tiennent pas l'alcool.*

Et ce fut le matin.

« Écoute, c'est peut-être une plante très rare ? risqua Pimprenouche.

— C'est une ronce. Épine noire dans le texte, grommela Pétrol'Kiwi.

— Écoute, bizarres comme sont Sitriste et ses habitants, ça va peut-être la requinquer au lieu de la débroussailler, ton mélange ?

« — Du triclopyr ? Arf, j'aimerais bien voir ça, ricana Pétrol'Kiwi en manutentionnant précautionneusement de pleins bols de mixture puante tout autour de la ronce qui emprisonnait le petit faune. Je m'en suis servie une fois, quand j'ai été engagée à la saison par la fille Dubois-Dormant pour éclaircir le roncier enchanté autour de son château. Ronce enchantée ou pas, j'ai fait un vrai carnage. »

Pétrol'Kiwi finit de disposer les bols et les renversa un par un. Le triclopyr se répandit sous les ronces. Les deux fées regardèrent, sans mot dire, la terre spongieuse absorber la mixture, puis Pétrol'Kiwi adressa un grand sourire au petit faune :

« Si t'es pas libre avant ce soir, je mange mes chaussures de sécurité. À l'autre, maintenant. »

Elle alla parlementer avec la tourelle. Pimprenouche la vit gratouiller du bout de l'ongle le ciment de la fenêtre, saisir un barreau et tirer : le barreau cassa comme une pipette de verre.

« J'l'avais bien dit, que c'était tout pourri ! s'exclama Pétrol'Kiwi. Pimpin ! Viens m'aider. »

Le poète emmuré passa par la fenêtre deux mains griffues, que les fées saisirent. Elles le halèrent dehors avec de grands « han ! ».

« Dieu qu'il pue ! » grimaça Pimprenouche.

Elle lâcha tout, le poète roula sur la mousse et resta un moment recroquevillé par terre, tandis que les deux fées reprenaient haleine.

« On va petit-dèj' ? proposa Pimprenouche.

— D'accord. Babine ? T'as réussi à invoquer du vrai café et des croissants qui sentent pas le gasoil ?

— À peu près, répondit la voix de Babine-Babine depuis l'intérieur de la maison.

— Incante une ration de plus, on a un invité.

— Deux, je crois », ajouta Pimprenouche en regardant le petit faune tituber sur la mousse, des épines de ronce encore accrochées à sa fourrure caramel.

Le prince était reparti dès l'aube, glissant gracieusement sur la peau du lac. Tandis que le pierrot et la loque avalaient des croissants plus vite que Babine-Babine ne réussissait à les incanter, Pimprenouche et Pétrol'Kiwi prenaient leur petit déjeuner côte à côte, assises face au soleil levant, le dos appuyé à la tourelle vide. Le petit faune était venu se nicher contre la cuisse de Pétrol'Kiwi, qui lui glissait entre les dents des miettes de croissant. Il tremblait.

« Je crois que ce pays me dégoûte vaguement, murmura-t-elle.

— Normal, dit Pimprenouche en sirotant son café. Vague effluve de super sans plomb quand même. Sitriste est le fruit des amours improbables d'une poubelle dimensionnelle et d'un trou noir. Il effraye et il ensorcelle. Comme cette nuit, entre le prince charmant et les miroirs souffrants, entre les beaux chants du pierrot et les hurlements sordides du fantôme de Tintajel. Et encore, niveau charme et terreur, ça n'est rien à côté des vampires. Sitriste te casse puis il s'engouffre dans tes ruines, comme une secte. Il t'infuse ses brumes, il te dilue le sang et ensuite, il te laisse partir. Résultat : il n'y a pas grand monde qui, étant passé une fois au Sitriste, a réussi à ne jamais y revenir. Sitriste te rend si inapte à la réalité que tu finis par y retourner, pour y mourir et y passer l'éternité. Statistiquement, j'entends. »

Pétrol'Kiwi leva le nez de son bol, tourna vers Pimprenouche un regard sérieux :

« Tu pouvais pas nous le dire avant ?

— Je ne sais pas pourquoi, j'ai préféré éviter. Non, sérieusement, Pétrol, ma grande, j'ai la ferme intention de jouer les virgules, c'est-à-dire de traverser le Sitriste sans changer d'un iota, d'en sortir indemne et de ne jamais y revenir, et vous avec moi.

— Et tu comptes t'y prendre comment ? »

Pimprenouche sourit :

« Devine.

— Un sort de protection ?

— Contre Sitriste ? Pas envie de me retrouver avec une tronche de sifflet qui fait tût.

— Un bel effort de volonté ?

— Tt tt. Sitriste est un puits blanc de tristesse. C'est quoi, l'antidote ?

— Une solide structure psychologique ? Une bonne ordonnance ?

— L'humour, ma grande. Et accessoirement, ne pas trop s'attarder. Oh, qu'il est beau ! »

Le poète venait de sortir de l'eau dans laquelle il avait plongé par égard pour le nez de ses sauveuses, et il en sortait juste, ruisselant, la tignasse en bataille, seize ans, des mains de blanchisseuse et un visage d'ange vagabond.

Les trois filles retraversèrent le lac à gué, tandis que la loque prenait un envol poussif sans un mot de remerciement.

« Quinze croissants. Il a mangé *quinze* croissants ! Et même pas malade. »

Babine-Babine n'en revenait pas. Pétrol'Kiwi déposa délicatement le petit faune dans une fougère. Il avait l'air considérablement ragaillardi. Il fit un clin d'œil à la fée et disparut sous les herbes, sa lyre d'or en bandoulière. Restaient le pierrot et le poète, qui regardait autour de lui d'un air un peu égaré.

« On est où, là ? demanda Pimprenouche.

— À Tintajel », répondit le pierrot.

Il n'en subsistait pas grand-chose, seulement de grands pans de murs fêlés et un débarcadère boueux. Tous les regards convergèrent vers le poète :

« Non, répondit-il à la question silencieuse. Cette silhouette qui m'appelle la nuit, ce n'est qu'un souvenir. Il est inutile que je reste ici. »

Ils s'engagèrent sur une voix pavée barbue de sauge, où des roues de carrioles avaient incisé deux profondes ornières. Des lutins les épiaient derrière d'énormes fausses oronges. La voie s'arrêta au bord d'un pont vermoulu, jeté par-dessus un torrent dans lequel tourbillonnaient des chevelures d'ondine. Quelques têtes curieuses festonnèrent les remous, des bras pâles les saluèrent. Ils se perdirent ensuite dans un étourdissant lacis alpin truffé de chamois et, au crépuscule, arrivèrent fourbus aux abords d'un village abandonné.

« Je crois me souvenir que ce n'est pas une bonne idée, de s'arrêter dans un village, grommela Pimprenouche.

— Nous sommes à Létasy, dit le pierrot, et voici la vache de Doré du Castel. Il n'y a aucun danger pour les vivants, ici. Enfin, guère. »

Traversant les faubourgs, ils arrivèrent sur une placette sablée dotée d'un banc et d'un réverbère. Le pierrot grimpa sur le banc, ouvrit le réverbère, en sortit un briquet d'amadou, le battit et alluma la mèche. Puis il referma la vitre, s'assit sur le dossier du banc et recommença à accorder son luth. Le poète, la tête renversée en arrière, regardait les étoiles s'allumer. Pimprenouche se posa en soufflant à côté du pierrot, tandis que Pétrol'Kiwi et Babine-Babine s'approchaient d'une maison.

« Un bon lit, ça te dit ? suggéra Pétrol'Kiwi.

— Je ne me souviens plus de tout le Grand Livre des Fleuves, mais je crois qu'en ce qui concerne les maisons, il y avait comme un avertissement.

— Bast, y fait pas encore nuit. »

Pétrol'Kiwi poussa la porte, qui s'ouvrit sur un intérieur poussiéreux et cossu. Un vaste cachemire cachait le piano, des lampes à pétrole pendaient à l'aplomb de fauteuils obèses. Elle gravit, sur la pointe des pieds, un escalier orné d'illustrations du *Petit Journal de la Mode*, longea un couloir et passa la tête dans une chambre : une femme y dormait, blême sous la poussière. Pétrol'Kiwi dégringola au rez-de-chaussée, se prit les pieds dans le paillasson et tomba le nez dans le sable :

« C'est rempli de vampires !

— Ce ne sont pas des vampires, dit le pierrot, ce sont des cadavres imputrescents. »

Babine-Babine et Pimprenouche avaient déjà invoqué un repas un peu disparate et dînaient avec le poète, toujours aussi beau et aussi peu loquace. Pétrol'Kiwi croqua une espèce de poire bleue parfumée à la vanilline de synthèse, et soupira :

« Je suppose qu'on va devoir passer la nuit sur cette place. Et comme il n'y a qu'un banc, j'espère que les pavés sont du genre moelleux.

— Oh ouiii », fit une voix de gargouille à l'autre bout de la place.

Les fées et le poète s'entre-regardèrent, tandis que le pierrot précisait d'un ton ennuyé :

« C'est la rampante. »

Pétrol'Kiwi se risqua du côté de la voix, s'arrêta, dit « Oh non ! », et fit frénétiquement signe aux deux autres fées, qui s'approchèrent à leur tour :

« Oh là là.

— Oh, berk. »

C'était une vieille femme très maigre, enchaînée au sol par la taille. Elle avait vingt tresses interminables, des seins tout aussi interminables, des membres comme de monstrueux tendons et d'énormes yeux bombés, qui lui donnaient une allure de poulpe. La peau de son crâne adhérait de si près à l'os qu'elle dessinait nettement la forme des dents et des gencives, le cartilage nasal, les fosses orbitaires. Une grosse chaîne passait entre ses jambes, d'autres tenaient étroitement unis les doigts de ses mains. Immobile au milieu de ses tentacules, elle regardait les fées. Pimprenouche fit un pas de côté :

Crouic !

La fée baissa les yeux vers le sable doré par le couchant :

« Je vois. »

Elle venait d'écraser un petit crâne de faune.

« Je suis la Rampante, ricana le monstre. Regardez, regardez bien : les anneaux qui me clouent au sol ne me laissent pas d'autre choix que ramper d'un côté, ramper de l'autre, toujours ramper. Mes cheveux rampent à mes côtés, je suis la Rampante. Je suis consacrée. Dans le mur veille celle qui a été offerte aux enceintes et, dans une cage du plus haut clocher, celle qu'on a vouée aux toits. Les citoyens qui passent nous adressent leurs prières, selon qu'ils ont peur de la fureur du ciel, peur que les ennemis ne forcent leur porte, ou peur que les démons ne montent des enfers pour les mordre au talon. Regardez-moi ! Je suis la Rampante...

— Oh, migraine, soupira Pétrol'Kiwi.

— Mais quel pays ! renchérit Babine-Babine.

— Faut-il lui dire qu'il n'y a plus de citoyen ? suggéra Pimprenouche. En état de passer, du moins ?

— Cette pauvre femme n'est pas en état de rien comprendre et c'est tant mieux », grommela Babine-Babine.

Bonk. « Aïe !

— Tu t'es pris ta tisane sur la tête, constata Pimprenouche. Va étaler ton pull de l'autre côté de la place, s'il te plaît. Sinon, dans deux heures, nous allons nous retrouver brumisées de tripaille verte. »

La rampante ricanait toujours à leurs pieds, en claquant ses longues dents jaunes. Les fées s'éloignèrent prudemment.

« Le pierrot a foutu son camp, constata Pimprenouche en se réveillant sur le banc. Et le poète ? Ah non, il est toujours là. Ça va comme tu veux, mon vieux ?

— Très bien, sourit-il. Ça faisait longtemps que je n'avais pas pu m'allonger.

— Quel bonheur, en effet, dit la fée en grimaçant. J'ai connu des planches à clous plus ergonomiques. »

Pétrol'Kiwi et Babine-Babine dormaient toujours, allongées sur le sable. À l'autre bout de la place, la rampante suçait des esquilles d'hortaliza. Pimprenouche finissait d'incanter le petit déjeuner quand le poète lui tapa sur l'épaule :

« Venez voir. »

Elle le suivit jusqu'à un pont de pierre. Sous le pont était amarrée une nacelle de tiges calfatée de résine, avec des fougères à la proue, qui retombaient en parasol.

« Pétrol ! Eh, Pétrol ? Réveille-toi ! Je crois que ton faune vient de nous faire un joli cadeau. »

« Bon, je vais essayer de t'expliquer : les fantômes du Sitriste peuvent vivre au Sitriste mais pas au-dehors. Dès qu'ils essayent de sortir, ils... ils font comme un sucre dans l'eau, tu vois ? Ou comme... Enfin, je n'arrive pas à percevoir si tu es plus matériel que spectral, ou plus éthéré que... et merde. Je veux dire : tu peux venir avec nous, mais c'est risqué. »

Le poète fit un grand sourire, Pimprenouche faillit l'embrasser, se gratta le crâne, dit « comme tu veux », et ils embarquèrent sur le bateau de fougères. Une ondine devait le guider par en dessous, car il se détacha aussitôt du quai et suivit le canal jusqu'à une rivière plus large. Le jour fila, des brumes apparurent puis s'épaissirent et, après un passage interminable au travers d'un néant de vapeurs, la barque se rompit, abandonnant ses passagers dans les eaux de l'Axaque.

« Pas l'Axaque, expliqua Pimprenouche aux deux autres fées en vidant ses chaussures sur l'herbe de la rive. Ce fleuve s'appelle le Diu, maintenant que nous sommes en Tanitel. Ça va, poète ? Fallait prévenir, que tu ne savais pas nager. »

Babine-Babine rattacha ses cheveux et soupira, en agitant les manches de son pull de ciel :

« Vu le temps que nous avons mis pour nager jusqu'ici, chiche que, dans deux jours, nous prenons vingt mètres cubes d'eau du Diu chacune sur la tronche. »

Les alentours étaient champêtres et printaniers, dénués de l'instabilité du Sitriste : les oiseaux cornaient à pleine gueule, la vase puait, l'herbe bavait en vert sur les mains, et le ciel rayonnait à fendre la rétine. Quoique à bien le regarder, Pétrol'Kiwi remarqua qu'il était parcouru, selon certains angles, d'éclairs brefs ; comme s'il avait été lardé de feuilles de verre dont la tranche aurait lui.

« Bien observé, lui expliqua Pimprenouche : ce sont des glaces. Tanitel a un couvercle de glace. Comme une marmite. Et, malgré ses apparences de pays sain et robuste, les bulles de son court-bouillon sont encore plus fantasques qu'au Sitriste.

— D'accord, j'écoute, maugréa Pétrol'Kiwi. C'est quoi, le menu ?

— Faut pas t'inquiéter, sourit Pimprenouche, les...

— Pas toi, Pimpin : Babine. Parce que pas m'inquiéter, tu m'as déjà dit ça y a quelques jours, avant qu'on entre au Sitriste. Et sans mon faune, on aurait pu y passer deux ou trois siècles, à écouter pousser nos cheveux !

s'énerva Pétrol'Kiwi. Alors c'est Babine qui va me dire ce qu'elle sait sur Tanitel.

— Mais je...

— C'est le pays des démons, la coupa Babine-Babine. Beaux à te clouer au sol, le genre à rajouter des clous pour que ça tienne mieux. Voilà la carte. »

Elle sortit un papier froissé de sous son pull, l'étala sur l'herbe.

« Nous sommes là, près du village d'Abermas. Un endroit boueux où on brûle les étrangers à la kermesse du Dimanche.

— Et nous allons là, plein sud, dans les collines du Hiujattian, expliqua Pimprenouche. Et je vous assure...

— Et ils sont où, les démons? la recoupa Pétrol'-Kiwi.

— Dessous, grommela Babine-Babine.

— Dessous où?

— Dessous partout : Tanitel est un rez-de-chaussée et, au premier sous-sol, se trouve le pays de Drivanist. Un bled charmant, avec de l'herbe qui suce le sang, et des cœurs écorchés qui pendouillent aux arbres. Au bout de vingt-quatre heures de séjour, il paraît que des anémones de mer poussent sur ton dos, que ta langue se transforme en scolopendre, et que tes yeux giclent des orbites pour aller vivre leur vie sur des petites pattes de grenouille. Et là, au nord, continua-t-elle en triturant la carte, se trouve Foléjista, la ville en os des nécromants. Ils capturent les voyageurs, les attachent près d'un grand feu, les couvrent de bijoux et en chauffant, les bijoux s'enfoncent dans la peau.

— Une ville en os? béa Pétrol'Kiwi.

— En os, oui. Ce sont les nécromants qui l'ont construite. Ils ont capturé la reine du royaume voisin et, avec son épine dorsale, ils ont bâti une tour. Avec son bassin, ils ont monté une porte triomphale, et je te passe ce qu'ils ont fait des dents. Ensuite, ils ont fabriqué une couronne avec ses mains coupées, des bagues avec ses yeux, et ils ont cloué la peau de son visage au plafond de la salle du trône.

— Pimprenouche ? gronda Pétrol'Kiwi.
— Pétrol ?
— T'as quelque chose à dire ? Une excuse ?
— Tu es dans la merde.
— On y est toutes. Jusqu'au cou.
— Toi, c'est seulement jusqu'aux fesses. »

Pétrol'Kiwi se leva d'un bond :

« Berk ! Une merde de troll.
— Tu en déduis ? sourit Pimprenouche.
— Qu'il y a des trolls dans le coin.
— As-tu marché dedans, au Sitriste ? Une de nous a-t-elle une seule fois marché dedans ? »

Pétrol'Kiwi haussa les épaules :

« Évidemment que non ! Ça chie pas, un fantôme. Un vampire non plus, si ? Sitriste est quasi immatériel et... »

Pétrol'Kiwi se tut. Pimprenouche soupira :

« Ça fait un quart d'heure que j'essaye de la placer, celle-là : Tanitel est un pays matériel. Il n'y a pas de raison qu'ici, nos sorts partent en quenouille. Un coup de balai et dans deux heures, on est au Hiujattian. Pour le goûter, on est à l'Aube Bleu. C'est ce que je voulais dire, mais on m'interrompt tout le temps. Si nous nous dépêchons, nous n'aurons ni problème, ni démon, ni nécromant. Parce qu'ils ne sortent que la nuit. Respire à fond par le nez, Pétrol. Eh, poète ? Nous te laissons là, ou veux-tu aller avec nous vers le sud ? »

Il se retourna, sourit :

« Laissez-moi là. Les démons, ça me fait moins peur que l'ennui. Et j'ai furieusement envie de marcher.

— Nous pouvons te donner un peu d'or, ou un sort de multilinguisme, ou...

— Rien. Merci. Merci pour tout. Ne vous souciez pas de moi : je vais un peu plus loin trouver un endroit pour dormir. Au réveil, il sera midi. »

Il enfonça ses poings dans ses poches crevées, et partit en sifflotant le long de la berge. Les trois fées le regardèrent partir sans mot dire. Puis Babine-Babine souffla :

« Le souvenir.

— Moui ? dit Pétrol'Kiwi.

— À Tintajel. Le souvenir. Je me demande si c'était une femme.

— Pétrol, dit rêveusement Pimprenouche, lave-toi le cul : on part. »

Les fées, à cheval sur leurs balais, survolèrent des prairies et des collines remarquablement dépourvues d'habitants puis plongèrent, plein ouest, dans des brumes bleutées.

« Et on fait quoi, là ? »

La voix de Pétrol'Kiwi s'étouffait dans le brouillard.

« On descend, on met nos pompes en poussière de fées et on marche, répondit quelque part Pimprenouche.

— Longtemps ? s'inquiéta Babine-Babine.

— Coin coin.

— A priori, non, fit la voix de Pimprenouche.

— Qui a fait coin ? »

Le brouillard se déchira : une femme se tenait à genoux dans une coupe de mousse, au pied d'un immense saule bleu. C'était l'aube, l'air était saturé de rosée, infusé d'azur. Les branches du saule laissaient tomber des gouttes sur la mousse. Un jars blanc montait la garde.

La femme avait de longs cheveux de soie lisse, qui retombaient en pluie sur ses genoux. Le visage plongé dans ses mains, elle semblait écouter le silence de l'aube. Les fées virent ses yeux clos derrière ses doigts transparents.

« Le rocher, derrière elle, murmura Pimprenouche.

— Hein ? sursauta Babine-Babine, statufiée par la parfaite quiétude du lieu.

— Derrière Delid Dorelan : le rocher ! répéta Pimprenouche. Il y a une grotte. Suivez-moi ! »

Les trois fées traversèrent la clairière sur la pointe des pieds, se faufilèrent dans un étroit boyau rocheux :

« Attends voir ! s'exclama Babine-Babine à mi-voix. Tu veux dire que...

— Chut ! la coupa Pimprenouche. L'Aube Bleu nous tolère parce que nous sommes des fées, mais ça peut ne pas durer. C'est un pays jaloux. Grouillez-vous !

— Mais tu veux vraiment dire que...

— Wouaou ! s'étrangla Pétrol'Kiwi, la caverne d'Ali Baba ! »

Le couloir s'était brutalement élargi sur une grotte monumentale. Entre des parois couvertes de nitre s'étalait un enchevêtrement d'armes et de pierreries. Les trois fées, marchant sur un tapis de turquoises, avancèrent entre des bouquets d'épées, des faisceaux de lances ferrées d'hématites, des amoncellements de casques et de boucliers d'or.

« Des boucliers d'or, gloussa Pimprenouche. Faut pas se battre trop fort.

— C'est par où, maintenant ? demanda Pétrol'Kiwi.

— Taisez-vous deux secondes. »

Pimprenouche tendit l'oreille :

« Par là ! Il y a un bruit d'eau. »

Elles arrivèrent enfin au Saint des Saints, le sein même des forces féeriques, la source d'Eljarline – un trou d'eau dans le noir.

« Dis-moi, Pimpin, fit Babine-Babine d'une toute petite voix. Tout à l'heure ? Tu as vraiment voulu dire...

— Et qu'est-ce qu'on fout ici ? éclata Pétrol'Kiwi. On est censées tirer un gorgeon de cette fontaine ? C'est bête, j'ai oublié mon thermos ! Ou alors, faut qu'on déroule un tuyau d'arrosage jusqu'au prochain serveur web, c'est ça ?

— Quelque chose comme ça, répondit Pimprenouche en se penchant sur la source.

— T'as une idée de combien il va falloir tracter comme bidons de cette eau, pour reconvertir les cent cinquante milliards de spectres numérisés ? beugla Pétrol'Kiwi. T'as une idée de comment on va s'y prendre ?

— Pimpin ? répéta Babine-Babine.

— Oui ? fit Pimprenouche en levant le nez vers le plafond bas.

— Ce que tu as dit tout à l'heure, au sujet de la fée au pied de l'Aube Bleu ?

— Oui ? Pétrol, ma grande, je crois que j'ai une idée.

— Ah oui ? Laquelle ?

— Je crois que tu vas deviner. Dans pas longtemps.

— Pimpin ! couina Babine-Babine, la fée au pied de l'Aube Bleu ? Pourquoi l'as-tu appelée Delid Dorelan ?

— Parce que c'est elle.

— La vraie ? La première fée ? La paume de tous les sortilèges ? La mère de toutes les fées ?

— Oui, Babine, oui. Elle-même. »

Alors Babine-Babine ouvrit de grands yeux pleins de larmes, dit « Maman ! », et les trois fées se prirent sur le crâne trois fois vingt mètres cubes d'eau du Diu, plus quelques poissons.

Le feu dans les modules de drivers

Lu sur le web :
Mettre d'un coté ceux qui nous pompent l'air,
de l'autre ceux qui brassent du vent. Nous
obtiendrons un internet climatise, c'est ça le
genie.

- + - MP in *Guide du spectre numérique* : Clim et châtiment - + -

« Allô Cid ? C'est Pimprenouche.
— Oui ?
— Ayé !
— Comment ?
— Ayé ! L'eau ! On l'a !
— Quoi ?
— L'eau de l'Eljarline : on l'a. Tu es bourrée, c'est ça ?
— Vous revenez de l'Aube Bleu ???
— D'où tu veux que nous venions ? De chez le dentiste ? Nous sommes de retour à la *Gartenhaus*, et tout s'est plutôt bien passé. J'espère que nous n'avons pas mis trop de temps ?
— Tu plaisantes ? Je n'ai même pas fini ma partie de Tutris ! Je t'avais dit de m'appeler juste avant de partir au Sitriste !
— Mais je l'ai fait ! Même que tu m'as dit des pauvretés au sujet du temps, qui est une valeur relative !

— Ah fuc, **souffla Cid,** un paradoxe temporel. Écoute : selon le calendrier de ce monde-ci, vous n'êtes pas encore parties et je n'ai pas encore reçu ton coup de fil. Vos doubles doivent être en route pour la *Gartenhaus*. Alors, planquez-vous! Il ne faudrait pas que vous vous rencontriez vous-mêmes, ça ferait tire-bouchon dans le tissu temporel. Terminé ! »

Pimprenouche raccrocha en soupirant :

« Venez, les filles. Nous sortons du potager par l'autre côté.

— Et ensuite ?

— On fonce. Il s'agit de trouver au plus vite une piste d'atterrissage pour notre wagon d'eau douce. Étanche, si possible. »

Les trois fées trottèrent sur leurs petits escarpins derrière une haie de fusain qui les ramena à l'entrée du château.

« Stop ! » dit Pimprenouche.

Elle risqua un œil par-dessus la haie :

« Nous voilà ! souffla-t-elle.

— Quoi ? dit Babine-Babine.

— Chut !

— C'est par où ? fit une voix de l'autre côté de la haie.

— Eh, Pimpin, on dirait ta voix, murmura Babine-Babine.

— Et ensuite ? continua la voix.

— Normal, chuchota Pimprenouche.

— Quoi ? (Toujours la voix.)

— C'est la mienne. »

Soupir. Clic d'un portable qu'on raccroche. Grommellements. Crissements d'escarpins s'éloignant sur le sable. Pimprenouche attendit un instant, puis fit un signe de la main et les trois fées, contournant hâtivement le pilier de la grille d'entrée, se réengouffrèrent dans le taxi hébété :

« *Was für ein kurzes Besuch !*

— *Bahnhof, bitte sehr.* »

Les trois fées traversèrent la place de la Porte-de-Saint-Cloud et s'arrêtèrent devant l'église Sœur-Chantal-du-Cœur-Crucifié :

« C'est incroyable ce qu'elle peut être vilaine, cette église.

— Moi aussi, ça m'a toujours subjuguée. C'est ce côté mi-maison d'arrêt, mi-silo à grain, hein ?

— C'est plutôt ce côté total-béton, je trouve. »

Avisant une plaque d'égout, elles se laissèrent couler, de sous-sol en sous-sol, jusqu'au-dessous des catacombes.

« Lumière ! ordonna Pimprenouche.

— Waou ! » s'exclamèrent les deux autres fées.

Une grotte impressionnante enfermait une non moins impressionnante baignoire, taillée dans un orthogneiss monstrueux.

« Une piscine préhistorique ? souffla Pétrol'Kiwi.

— Baptistère gallo-romain, rectifia Pimprenouche. Tu es gentille, tu m'invoques quelques bidons de vitrifiant à pierre poreuse.

— Ouf! s'étouffa Pétrol'Kiwi. Ça doit se situer entre le cristal, la gelée de poulet et le polyamide, ce sort. »

Quelques errata polluants plus tard, Pétrol'Kiwi réussit à faire apparaître un pulvérisateur de résines alkydes uréthanes qu'elle envoya, d'un geste, profaner deux millénaires de miracle archéologique. La grosse bonbonne répandit une couche uniforme de vernis brillant sur la pierre granuleuse.

« Ça sèche vite ? fit Pimprenouche en levant le nez vers le plafond.

— Une semaine, pourquoi ?
— Tu as une seconde. Et enlève ton pull. Babine aussi. »

Les trois fées étalèrent leur pull de ciel sur le rebord du baptistère, tandis qu'un grondement de torrent céleste s'amoncelait au-dessus de leur tête.

Floutch.

« Mais je n'ai pas fini ma partie de Tutris ! » protesta Cid.

Pimprenouche en verdit de rage, et énonça quelques pensées disgracieuses concernant les têtes de bits qui se les roulent dans les accus, tandis que les vraies fées, elles, prennent des vrais risques, elles, dans des pays, euh, pas forcément vrais mais vraiment dangereux. Cid marmonna quelque chose d'indistinct, Pimprenouche l'ignora et s'apprêtait à lancer le téléphone portable dans le baptistère quand :

« Et Palcopie ? » C'était la version numérique de la voix de Mismas. « Il n'a aucune chance de se reconvertir, lui ! Il va tout simplement griller. Il faut le mettre à l'abri ! »

Palcopie fut donc relogé dans la brosse à dents électrique de Babine-Babine, en compagnie de Zgrouif. Lequel n'avait rien demandé, et n'aurait sûrement pas été d'accord s'il avait compris quelque chose à quoi que ce soit, mais Évariste semblait y tenir. Puis Pimprenouche lança le portable dans le baptistère. Il coula avec un triste couinement de circuits grillés tandis que trois formes, deux bleues et une verte, remontaient en crachouillant du fond de l'eau limpide.

***

« Ah ! Elle se réveille, celle-là ? »

Mismas ouvrit un œil cotonneux sur un univers cotonneux.

« Mfch ?
— À l'hôpital Paré.
— Pfrt ?
— Vous en avez pris une sévère. »

***

Retour à la maison de Mismas, où s'enrhume toujours le sureau abandonné :

« Pas question et pas question ! refusa Mismas.
— Mais j'irai t'en acheter un autre, d'ordinateur ! lui jura Cid.
— Ouaif, grimaça Mismas, et tu payeras en chèque de fée, et je pourrai faire tintin sur ma garantie.
— Mais un mieux ! Un qui ne tombera jamais en panne ! Un avec plein de gigahertz dans le buffet, et un disque dur gros comme une armoire, et une souris avec plus de touches que tu n'as de doigts, et…
— Paquestion !
— Mismas ! »

Mismas se tourna vers Évariste, assis tout verdâtre au bout de son canapé. Son visage était tiré, sa voix linéaire.

« Mismas, j'ai peur pour Onèse, quelque part là-bas. »

Il désigna l'ordinateur de Mismas qui veillait, impavide et muet.

« D'accord, finit par dire Mismas, d'accord. »

Elle commença à débrancher sa machine.

***

Une fois l'ordinateur descendu au bord du baptistère, il fallut encore réparer le portable de Pimprenouche, pour que Palcopie puisse s'y réfugier (dix secondes) et convaincre Zgrouif de s'installer dans l'ordinateur (deux heures). Puis la machine fut branchée sur une batterie de voiture, et jetée à l'eau.

Zgrouif émergea de la baignoire en bramant « À boire ! », tandis que les quatre fées, armées d'épuisettes, ramenaient sur le bord les débris de l'ordinateur dont le disque dur, intact.

« Tu peux me déposer d'un coup de balai dans le XIXe ? » demanda Évariste à Cid.

Elle l'emmena, lui et le disque dur mouillé, tandis que les trois autres fées remontaient Zgrouif pour le cacher dans la tuyauterie du « Canon de la Dauphine ».

***

L'informaticien ouvrit la porte. Lâcha la poignée. Recula. Jeta un œil par-dessus son épaule, en direction de son verre de bière noire à moitié vide. Puis regarda à nouveau devant lui. Recula encore.

« Désolé, Webby. Je n'ai pas eu les moyens de te prévenir que je venais, dit Évariste.

— Je croyais qu'il était au courant que tu étais, euh… mort, murmura Cid.

— Il l'est. »

L'informaticien hocha la tête.

« Mais c'est la première fois qu'il me voit en fumée et brouillard. Ça va, Webby ? »

Webby hocha la tête, recula une fois de plus, et tomba assis sur un fauteuil à roulettes avec un drôle de bruit de bouche. Puis il saisit son verre de bière et se le flanqua dans l'œil.

« Tu lui fais un de ces effets, gloussa Cid.

— En fait, je ne crois pas que ce soit moi, toussota Évariste. Tu n'as pas un pantalon ?

— Nooon! réagit Webby en agitant vers eux une main tremblante, ornée d'une cigarette hilarante encore fumante. Non, reprit-il plus calmement. Changez rien. C'est le plus beau jour de ma vie. »

Suivit un épisode assez confus où Webby s'agita de façon désordonnée, se passa la main dans les cheveux, déplaça des tas de papiers, se passa la main dans les cheveux, leur proposa des chips, des caouètes, du café, une bière, des nouilles froides, d'aérer un coup et de mettre de la musique, se passa la main dans les cheveux, ouvrit la fenêtre, se passa la main dans les cheveux, renversa une lampe, deux verres vides et un cendrier plein, ferma la fenêtre et cacha un pyjama froissé dans un tiroir débordant, avant de se passer la main dans les cheveux, de se calmer et de se rasseoir sur son fauteuil.

« Je peux faire quelque chose pour toi? émit-il en regardant enfin Évariste.

— Cid? Donne-lui le disque dur. »

Cid sortit le disque dur encore humide des brins de son balai.

« `#include <stdio.h> #include <string.h> main(){ /*?`

— … `scanf("%s",name); /* Traitement */find = 0;` ou bien?

— `String : : String (void) {Data = new`, **ce qui** paraît plausible.

— `poum.SelfDisplay();(crunch){ ("Foo Bar");` et puis c'est tout, conclut Webby.

— Ça avance? s'informa Cid.

— Pas vite, soupira Évariste tandis que Webby continuait à faire défiler le contenu du disque dur de Mismas sur sa propre machine. Le disque dur ici présent a enregistré toutes les phases de la reconversion du fichier "zgrouif.3d" en "zgrouif.demon". Si nous arrivons à décrypter ce bouic, nous obtiendrons un rétrovirus que nous n'aurons plus qu'à lancer sur le web. Il restera à tuer tous les pacmans et nous verrons bien. Ce qui reste. *Qui* il reste. »

Cid lui tapa sur l'épaule en marmottant des encouragements.

« Ça y est », bâilla Webby.

Le jour s'était levé, couché et il avait l'intention de se lever encore une fois.

« Ce coup-ci, je crois que ça y est, répéta Webby.

— Ouaip ! » approuva Évariste.

Cid bâilla, lâcha sa TutriStation :

« Il était temps : je n'arrive plus à battre mon highest score, et je vois des petits carrés partout. »

Évariste lança le rétrovirus sur le web sans une seule clameur de joie : il avait extrêmement peur.

« Restent les pacmans, murmura-t-il.

— J'ai jeté un œil, lui dit Webby. Regarde.

— Qu'est-ce que c'est ?

— J'ai trouvé ça dans ma machine. Ligne de code interrompue. Il y en a plein, partout, interrompues. Des petits fichiers viraux morts.

— Hm », grogna Évariste en scrutant l'écran.

Webby se pinça la racine du nez et fit pivoter son fauteuil : Cid, vautrée à plat ventre sur le futon déplié, balançait ses immenses jambes bronzées en pianotant sur le boîtier noir de sa console de jeu, une mèche de cheveux enroulée au bout du nez. Webby se leva avec difficulté, expira lentement et risqua :

« Vous, euh… vous voulez un café, mademoiselle ? »

Cid leva un œil de sa console, puis deux, le regarda d'un air sérieux :

« Un croissant ?

— Vous commencez un rituel de séduction ?

— …

— Évariste ? Toi qui es plus moderne que moi. C'est un rituel de séduction, ça ?

— Que veux-tu que j'en sache ? grommela Évariste. Je n'ai jamais bu de café. Et ça fait un siècle et demi que je n'ai pas fleureté.

— Moi, ça doit faire deux ou trois fois plus longtemps. À l'époque, c'était plutôt : "Pour ce aimez-moi, cependant qu'êtes belle." »

Cid lâcha sa console, s'assit en tailleur, s'étira ; Webby retomba sur sa chaise.

« Un café, ça ne me dit pas trop mais coucher avec vous, je veux bien.

— Cid ! s'exclama Évariste. Excuse-la, mon vieux : les fées, ça n'est pas éduqué.

— Nnn…, émit Webby.

— Oh, bon, excusez-moi, grommela Cid en refaisant sa queue-de-cheval.

— Ppp…

— C'est dommage, ça fait longtemps, marmotta-t-elle en regardant dans le vide. Non, vraiment, ça ne vous dit rien ?

— Sss… Si ! Si, si !

— Ah ! Tu vois bien, Évariste ? Tu es resté terriblement XIXe siècle, au fond. »

Cid claqua dans ses mains, et le futon fut remplacé par un énorme lit rond drapé de soie dorée, avec de la dentelle noire. C'était atroce. Elle parut contente.

« Mais… c'est vraiment décadent ! » cracha Évariste.

Et il plongea dans le web. Cid se tourna vers Webby avec un grand sourire :

« Avez-vous entendu parler du torchon clermontois ? »

***

L'obscur marécage de programmation était couvert de cadavres jaune vif. Ronds comme des poussins. Grouillants de cybervers. Et endentés comme des poules.

« Qu'est-ce qui leur est arrivé ? murmura Évariste, en se penchant au-dessus de la bouche béante d'un pacman mort. Ils ont perdu toutes leurs dents !

— `Carie.vbs` », fit dans son dos une voix basse et rauque. Voire voluptueuse. « `Une petite carie virale, rien de plus.` »

Évariste se pétrifia. Il connaissait cette voix. Il connaissait cette femme : elle pesait presque autant de meurtres que Bille. Et beaucoup, beaucoup plus de tortures. Il se retourna d'un bloc :

« Blanche Neige ! »

***

« Encore un peu de vin de bouleau ? »

Cid se pencha sur Webby : il dormait profondément, un vaste sourire accroché aux oreilles.

« Ça ne tient pas l'alcool, ces jeunes. Bon, où est mon short ? »

Elle se rhabilla tranquillement, claqua des mains : Webby se retrouva allongé sur son futon défraîchi. Puis elle renoua ses cheveux, finit le vin et se glissa doucement dehors.

« Le disque dur ! J'ai oublié le disque dur de Mismas. Elle va me sodomiser les trompes d'Eustache. »

Cid répara son oubli en deux sortilèges et dévala l'escalier, le balai à la main, en marmonnant : « Je me demande pourquoi elle y tient tant que ça, à ce disque dur. »

***

Dans le marécage programmatique où pourrissaient les pacmans :

« Elle-même », minauda l'adolescente pâlichonne sous son casque de cheveux noirs noué d'un ruban ridicule. Puis son expression idiote glissa de sa figure comme un œuf écrasé, remplacée par un sourire glacial.

« Alors, petit con ? On retourne à son vomi ? On préfère ses ruines spectrales au tout numérique ? On a bidouillé pour retrouver son extension en .spectr ? Dommage qu'il n'y ait plus grand monde à reconvertir, n'est-ce pas ? »

Évariste serra les dents : il lui aurait volontiers flanqué une grande baffe mais, outre qu'une éducation rigoriste lui soufflait à l'oreille qu'il est malséant de lever la main sur un jupon, les deux énormes trolls qui encadraient Blanche Neige le poussaient à admettre que son éducation avait raison.

« N'essaye pas de me faire croire, à moi, que tu crois à tes propres sornettes ! aboya Évariste. Garde ça pour tes congelés du cerveau !

— Congelés ou pas, on vous a battus à plate couture. Extrudés. Ratatinés. Formatés !

— Et en échange de quoi ?

— À ton avis ?

— Un minable éthernet chez les Esquimaux ?

— Un minable internet sur la planète, mon petit. »

Évariste ouvrit grand les yeux :

« Ça m'étonnerait que Bille t'ait offert un si gros gâteau !

— Oh, je ne suis pas sûre qu'il soit d'accord, mais je suis prête à me passer de sa

bénédiction. Le carie.vbs a été mis au point
par le dernier directeur technique que Will
Door a viré. Sans une seule stock-option.

— Et tu crois que nous allons nous laisser faire ? »

Blanche Neige eut un horrible petit sourire tendre, une minuscule moue de jeune fille qui hésite devant une sucette à l'anis :

« Mais qui ça, nous ? Tu veux dire : lui ? »

Elle claqua des doigts : un bonhomme poilu et verticalement contrarié lui passa un rouleau de papier qu'elle déplia et tendit devant elle : Ch@mpi, le nez écrasé comme contre une vitre, fit une grimace terrifiée à Évariste.

« Salope ! »

Blanche Neige réenroula son poster ch@mpi.2d.

« Je vois que tu as compris.

— Tu as gagné », dit Évariste d'une voix livide.

Blanche Neige fit une petite révérence :

« Courage. Je suis certaine que ton web marin
finira par fonctionner et que vous y serez très
à l'aise, toi et les imbéciles en .spectr. T'as
deux jours ! »

Elle tourna ses talons rouges et repartit au pas de charge dans la gadoue noire, suivie de ses énormes trolls et du trottinement véloce de Grincheux, balançant le rouleau ch@mpi.2d au bout de son bras blanc et potelé. Évariste se retrouva seul parmi les cadavres de pacmans, au milieu d'un champ de désolation qui puait l'électron brûlé :

« Quelle salooope ! »

***

« Et alors ?

— Alors elle ne le quitte plus. Gérard ! Un demi.

— Deux, Gérard, s'il te plaît. Elle est amoureuse de ce Webby ?

— Je ne sais pas. Quand je dis "elle ne le quitte plus", ce n'est pas facile de savoir si c'est lui ou son ordinateur. Elle dit des choses bizarres...

— Comme quoi ? "Je l'aime" ?

— Comme "ça fire dans les modules de drivers de la compilation !". Par exemple. Et après, elle rit.

— Ah.

— Il doit être bon au lit ou quelque chose, je ne sais pas. Après tout, un petit coup dans le short de temps en temps, ça ne peut pas lui faire de mal, à Cid.

— Pimpin, tu es vraiment vulgaire.

— Babine, tu es vraiment chochotte. Et Pétrol ? As-tu vu Pétrol ?

— Elle est allée donner son fongicide à son hêtre. Et pailler le sureau de Cid.

— Et sur le web ?

— Évariste ne se remet pas.

— Ah, çà ! Il fait peine à voir. Gérard ! La même. »

***

Mismas scruta longtemps le contenu de son disque dur. Surtout le gros fichier copié sur l'ordinateur de Juliette Rognon.

Progressivement, un grand sourire carnassier lui fendit la face d'outre en outre.

***

Seetha scruta longtemps le contenu du disque dur du portable de Will Door, qu'elle avait négligemment glissé dans ses affaires tandis qu'on transportait Will dans une clinique psychiatrique.

Progressivement, un grand sourire carnassier lui fendit la face d'outre en outre :

« Aïe ! Mon lifting. »

***

« Oh ma mère ! gloussa Mismas, je n'aurai plus *jamais* à me lever tôt le matin. »

***

« Oh mes sœurs ! gloussa Seetha, je n'aurai plus *jamais* à me coucher tard le soir. »

***

Étrangement, Blanche Neige tint parole : Ch@mpi arriva dans le web marin au bout de quarante-huit heures, accompagné de Romu@ld et de K@tic. Il y retrouva madame Bazin, Champourneux et sa vieille maîtresse, Bibi, Jill, Mouchame et cent mille millions d'autres qui avaient passé de durs moments, terrés qui au fond d'une montre à quartz, qui au cœur d'une pendulette murale. On ne remarqua guère que Jozon et Tual n'étaient pas là et n'y seraient plus jamais : comme tant d'autres, ils avaient électrocuté un bigorneau quelque part devant Monaco, dès les premières secondes d'ouverture du web marin. Les Fredonnier aussi s'étaient dissous en petites étincelles vertes, ce qui frustra étrangement Champourneux. Les pertes étaient nombreuses, mais Évariste ne cherchait qu'Onésiphore.

Il ne faisait plus que ça, et se tordre les mains en regardant dans le vide. Palcopie prit la direction des opérations de développement du web marin. Quant à K@tic, elle avait disparu sitôt réapparue.

***

« Ça marche pas comme ça, soupira Pétrol'Kiwi. Un sort d'appel, c'est toi qui appelles et c'est l'autre qui répond. Il doit comprendre. Être en état de comprendre. Et avoir l'habitude de la chose, même que les voix des sortilèges sont plutôt sibyllines.

— Ah. »

K@tic, sa petite tête à longues tresses penchée sur son épaule verdâtre, se balançait sur la basse branche d'un orme mort. Il pleuvait toujours sur le bois de Boulogne, les phares des voitures poussaient leurs sacs d'or sur l'allée de la Reine-Marguerite toute proche. Pétrol'Kiwi n'était pas au courant du siècle que K@tic venait de passer aux côtés d'Onésiphore et n'aurait pas pu nommer un désensouilleur si on lui avait mis le nez dessus, mais elle savait reconnaître un chagrin quand elle en voyait un : l'aura de K@tic pâlissait à vue d'œil.

Le puits blanc de la tristesse, songea Pétrol'Kiwi. En fermant les yeux, elle aurait sûrement entendu le chant des oiseaux aveugles de Sitriste.

« Par contre, il existe des sorts de recherche », dit-elle.

K@tic souleva une paupière.

***

Toute la gloire et la misère de Bille auraient pu se résumer en quelques mots :

« C'est comment qu'on freine ? »

Il n'avait jamais su. Ivre de rage, de déchéance et de frustration, il mordit le cortex de Will une fois de trop et au mauvais moment : l'infirmière venait juste de détacher son précieux patient pour son pipi biquotidien.

Will ne hurla pas : il se fracassa la tête contre le rebord de faïence avec une décision sans faille.

***

« Tu comprends, chuchota K@tic tandis que Pétrol'Kiwi incantait, s'il a fini sous forme d'un bouquet de petites étoiles vertes au fond de la mer, ça me fait gros cœur mais c'est un moindre mal, parce qu'il aurait sûrement trouvé l'idée séduisante. Ce que je veux savoir, c'est si Blanche Neige ne le garde pas accroché pour l'éternité, comme un vulgaire poster, au mur de sa chambre royale.

— Tu veux me laisser me concentrer, s'te plaît ? » soupira Pétrol'Kiwi en versant du vin sur une crapaudine.

***

« Mais que… », bafouilla Bille tandis que la chair détruite de Will le chassait une fois de plus, et définitivement cette fois, de son douillet nid de neurones.

Il se retrouva assis sur le carrelage des toilettes, côte à côte avec un autre spectre à l'air ahuri. Lequel tourna vers lui de grands yeux écarquillés :

« Nom d'une fenêtre, c'est vous ? couina Will. Tout ce temps-là, toutes ces souffrances, c'était *vous* ? »

L'éclat bleu d'une immense faux s'interposa entre eux. Will ne savait pas ce que c'était mais Bille, si.

Il hurla.

***

« Tiens. Ça doit être ta réponse, dit Pétrol'Kiwi en décollant du tronc du sureau de Mismas un fragment de papier bible trempé.

— "Lettre volée", lut K@tic. Et c'est tout ?

— Il y a une petite ligne, en bas.

— "Fleurs du Mal". Ça doit être la dernière page d'une édition des *Fleurs du Mal*. Avec un fragment de la bibliographie de Baudelaire. Je crois qu'il a traduit une nouvelle de Poe nommée "La lettre volée". C'est Onèse qui m'a fait lire Baudelaire. Et tout ce que j'ai lu, d'ailleurs.

— Bon ben, je te laisse, hein ? »

Pétrol'Kiwi retourna à son hêtre tandis que K@tic fondait en larmes, parce que tout ce qu'elle comprenait, c'est qu'Onésiphore avait été volé et plié comme un papier par une fleur malfaisante. Et aussi parce qu'elle s'était dit, fugitivement :

« Une énigme littéraire ? Onèse va me résoudre ça vite fait. »

***

La tête verdâtre de Bille vola de ses épaules et l'infirmière ouvrit la porte. Elle se rua sur le corps éclaboussé de sang tandis que l'Ankou levait à nouveau sa faux. Le bras de l'infirmière, lesté d'une grosse montre à quartz, traversa le fantôme de Will, toujours assis et ahuri, pour chercher le pouls au cou de son cadavre. D'instinct, Will bascula dans la montre.

***

« Et Prosper ? Tu as des nouvelles ? »

Pimprenouche finit sa bière, sourit :

« Il va bien.

— Non? s'étonna Babine-Babine. Ne me dis pas qu'il a arrêté de boire?

— Eh si.

— Et comment? Et pourquoi? Et depuis quand?

— Depuis que je lui ai fait découvrir l'ecstasy. Il s'est acheté un chapeau rouge à grelots et il a monté un son.

— Un quoi?

— Un son. Tu achètes un camion, quatre cent mille mégawatts d'enceintes et tu pars autour du monde, de fête en fête, porter le son. Ce n'est pas tout à fait comme les joujoux, mais ça fait plaisir quand même. Et c'est magique, d'une certaine façon.

— Gérard! La même.

— Il va peut-être falloir qu'on y aille, non?

— Dans un quart d'heure. Bibi est d'accord?

— Non, mais elle viendra.

— Et Mismas? Des nouvelles?

— La dernière fois que je l'ai vue, elle rédigeait la lettre de démission d'une nommée Juliette Rognon en faisant "ark ark ark". Je lui ai dit qu'au niveau karmique, c'était pas top.

— Et qu'est-ce qu'elle t'a répondu?

— Ark ark ark. »

***

« Salut Seetha.

— Jill?

— Ah non. Moi, c'est Will. Will Door. Tu te souviens?

— Oh, mon Dieu! gémit Seetha en se recroquevillant sous ses draps parme.

— N'aie pas peur, gronda la voix sépulcrale. Je veux juste t'aider. Et tu peux m'aider, toi aussi.

— En faisant quoi ?

— En me laissant m'installer dans mon... dans ton portable.

— Oui, oui », couina Seetha en se levant. Elle alluma l'ordinateur portable avec des doigts tremblants, et poussa un cri de souris tandis qu'une fumée verte sortait d'une prise électrique pour s'enfoncer dans l'écran.

« Je me sens mieux, reprit la voix. Bon, *honey*, nous avons de grandes choses à faire ensemble. Tu n'es pas curieuse de savoir quoi ?

— Si ?

— Reconquérir le web, chérie. Rien que toi et moi. »

Seetha s'assit devant le portable, lentement, avec un bizarre sentiment d'éternelle malédiction.

***

Quelque part sur la lande bretonne. La nuit vient de tomber.

« Tu es prête, Bibi ? La voilà !

— Ne m'adresse plus *jamais* la parole, Pimpin ! » souffla Bibi d'une voix terrifiée.

Elle se tenait debout sur un pied au bord d'un grand tapis bleu posé à même la mousse humide, au milieu duquel une guirlande de fleurettes jaunes traçait un cercle. Plusieurs feux allumés alentour l'éclairaient violemment.

« C'est pas très discret, constata Pétrol'Kiwi en enchaînant les pas de bourrées. Tu crois qu'elle est assez bête pour pas se méfier ?

— Dansez donc, au lieu de causer, grommela Pimprenouche au milieu d'un entrechat. Plus fort, le flûtiau, Babine ! Bouge-toi, Bibi ! »

Les trois fées se lancèrent dans les figures compliquées de la « Danse des Pissenlits ».

« Mais je la connais pas, cette danse ! gémit Bibi en agitant un pied dans une pâle réminiscence de twist.

— Improvise ! chuchota Pimprenouche. L'important, c'est que tu ne marches pas dans le cercle de fleurs. »

***

Quelque part au fond du web marin :

« "La lettre volée", c'est l'histoire d'une lettre dérobée et cachée si astucieusement que personne ne la retrouve jamais. Parce qu'elle est tellement visible qu'il ne vient à l'esprit de personne de dire : "La voilà !"

— Oui ? renifla Évariste avec une petite voix.

— À partir de là, dit K@tic, je me suis demandé en quel endroit évident Blanche Neige avait pu cacher Onésiphore. Et je me suis souvenue que Pétrol m'a dit que les sortilèges sont… enfin, qu'ils ont une façon spéciale de parler.

— Et ensuite ?

— Ensuite ? C'est toi le génie, pourtant ! Onésiphore est caché sous notre nez. Mais en fait, c'est pas le nôtre. Car qui nous parle ? C'est le sureau ! L'arbre de Mismas. Et c'est quoi, le nez d'un arbre ? Mais son feuillage, voyons ! Et qu'est-ce qu'il y a, sous le nez d'un arbre ?

— Euh…

— Mais le ciel, voyons ! Regarde : *Les Fleurs du Mal* de Charles Baudelaire, dernière page. C'est quoi, le dernier poème des *Fleurs du Mal* ? C'est quoi, le dernier vers ? "Au fond de l'inconnu pour trouver du nouveau." Il est là-haut !

— Euh ?

— Elle l'a envoyé en orbite, Évariste ! Onésiphore est quelque part là-haut. »

***

L'Ankou leva haut sa faux luisante et chargea.

Elle posa ses pieds osseux en plein milieu du cercle, faisant voler les pissenlits.

***

« Eh, Palcopie ? Tu arrives à quelque chose ?

```
— Si tu crois que c'est facile ! Tous les
satellites sont sous responsabilité militaire,
et il n'y a pas plus protégé que les liaisons
militaires. Si Onésiphore est là-haut, ça ne
m'étonne pas qu'il n'ait pas réussi à nous
contacter. Ah ! Je crois que ça vient. »
```

Évariste arpentait nerveusement le nouveau centre de cyberrecherches construit à la hâte au fond du web marin.

« J'ai une liaison avec l'ISS, dit Palcopie. Tu veux...

— Pousse-toi, haleta K@tic en lui arrachant le casque des oreilles : Onésiphore ? Onèse ! Si tu es là, réponds ! »

Un silence crachotant envahit le centre. Puis :

« K@tic ?

— Onèse ? » glapit K@tic d'une voix étranglée tandis qu'Évariste s'évanouissait dans les bras de Ch@mpi qui fondait en larmes, et que la voix déformée d'Onésiphore reprenait :

« Nom d'un quasar, K@tic, il faut que tu viennes voir ça ! »

***

Un monstrueux grondement roula sur les terres et les océans tandis que, comme une pieuvre titanesque avalée par un trou noir, les mille avatars de l'Ankou plongeaient à sa suite dans le piège infini des pulls de ciel.

« Ouf! dit Pimprenouche lorsque le gigantesque hurlement de rage eut été avalé par l'air bleu.

— Une bonne chose de faite, décréta Babine-Babine en rangeant son flûtiau. Il reste à mettre ces pullovers dans un endroit sûr. Qu'elle tombe indéfiniment dedans.

— Un endroit où il ne vient jamais personne, ajouta Pimprenouche.

— Où rien ne change jamais, continua Pétrol'Kiwi.

— Ça ne va pas être facile à trouver, grommela Babine-Babine.

— Oh si, soupira Pimprenouche.

— Oh non, gémit Babine-Babine.

— Quoi donc? demanda bêtement Pétrol'Kiwi.

— N'empêche que si ça n'avait pas marché, j'y passais, moi, grommela Bibi.

— Vous voyez une autre solution? dit Pimprenouche en haussant les épaules. L'Aube Bleu n'a pas bougé depuis la création du monde. Vous connaissez un endroit moins fréquenté pour poser nos pulls? »

***

Quelque part au fond du web marin :
« Oh, Palcopie!

— Salut, Pétrol'Kiwi. Salut, Babine-Babine.

— Ça marche, ton web marin? Un peu percé par endroits, hein?

— Je suis mort de rire.

— Non, sans charre, ça fonctionne?

— Nous avons débugué le plus gros. Enfin, j'ai débugué le plus gros. Parce que Évariste, à part courir d'un bord à l'autre de la station spatiale en délirant sur des projets orgiaques de web intergalactique, il ne fait plus grand-chose. Mais je manque de tout. D'énergie pour tout dire.

— Justement.

— Quoi, justement ?

— Déjà entendu parler des gragons ronflons ?

— Des quoi ?

— Ronflons. Gragons ronflons. M'étonnerait que tu connaisses.

— C'est quel genre de gragon ?

— D'un genre qui ronfle. Ça dort, et ça ronfle. C'est tout. C'est pour ça que lors du Gros Massacre et du Grand Exode Chrétin, ils ont été un peu oubliés. On en a trouvé un. Enfin, pas nous. Une communauté gnomique. Des gnomes qui vivent près de Tegucigalpa. Dans une caverne.

— Qu'est-ce qu'il fout là ?

— Il pionce. Et il ronfle.

— Et quand il ronfle, si tu voyais ça ! C'est du mille deux cents degrés centigrades au naseau.

— Nom d'un pingouin à lunettes !

— Ça tombe bien, vois-tu, parce que avec toutes les têtes des victimes de l'Ankou à numériser, tu vas avoir du travail. »

Fin de la deuxième partie

FIN
FIN*

---

* <evariste> et tu te crois drole ?
<palcopie> moi j'aime bien.

Postface

Le livre que vous tenez entre vos mains a d'abord été publié en deux volumes aux éditions Nestiveqnen, sous les titres *Blanche Neige et les lance-missiles* et *L'Ivresse des providers*, tomes 1 et 2 de la série *Quand les dieux buvaient*, qui en compte quatre à ce jour.

Pour voir les différents tableaux dans lesquels les fées se promènent sur Internet (*Allégorie de l'œuvre missionnaire des jésuites*, d'Andrea Pozzo, ou *Night hawks*, de Hopper), vous pouvez aller sur *http://www.catherinedufour.net*.

Vous y trouverez aussi du Pollock, et les visages d'Évariste Galois (1811-1832), du fantôme de prince efflanqué (1772-1801) et du poète dans le pigeonnier (1854-1891).

Blanche Neige et les lance-missiles : genèse

Longtemps, j'ai jeté tout ce que j'écrivais.

S'il m'a toujours paru indispensable d'écrire, c'est-à-dire d'essayer de rédiger ce que je souhaitais lire et qui avait le tort de ne pas exister, il m'a longtemps paru dispensable d'en faire part à mon prochain. La plupart de mes textes étaient très mauvais.

De temps en temps, l'un d'entre eux me paraissait moins fautif, ce qui m'entraînait dans des méditations : Avais-je envie de me faire lire par autrui ? Se posait alors aussitôt LA grande question : Pour quoi faire ? Question qui ne peut décemment rester sans réponse, car qui publie un livre tue un arbre. La pitié pour les forêts canadiennes a longtemps bridé mes velléités éditoriales.

Jusqu'au jour où j'ai découvert Terry Pratchett.

Cet auteur anglais, inventeur prolixe de la série du Disque-Monde, m'a apporté une réponse. Pourquoi se répandre en tant d'exemplaires ? Pour faire rire, pardi ! Car le rire est le propre de l'homme mais surtout, il est sa seule planche de salut. « C'est la mort, hélas, qui console et qui fait vivre », dit Baudelaire ; mais c'est le grand rire du crâne qui gagne à la fin.

J'ai donc décidé d'écrire une histoire drolatique. Je me suis assise devant mon ordinateur ; une semaine plus tard, *Blanche Neige et les lance-missiles* était terminé ; un an plus tard, je finissais de le corriger.

Blanche Neige et les lance-missiles a rencontré un succès assez étonnant. Était-ce dû au titre ? Le titre original, *Blanche Neige = SS*, glorieusement imité de Vuillemin et son *Hitler = SS*, avait été retoqué par mon éditrice, Chrystelle Camus, des éditions Nestiveqnen, qui a sûrement un sens de l'intitulé plus juste que le mien. De même, *Une cloche à fromage pour réception de huit cents personnes* lui a semblé un peu long.

Était-ce dû à la qualité de la couverture de Didier Graffet ? Toujours est-il qu'après trois éditions en grand format, Blanche Neige et suivants ont trouvé refuge dans le giron du Livre de Poche, sur l'invitation d'Audrey Petit que je remercie ici chaleureusement.

Pénétrons maintenant au cœur du livre, pour trouver sous la graisse des mots le souffle de l'inspiration...

Uckler

Ce n'est que le nom étêté d'une bière sans alcool (quelle hérésie). L'idée d'une adorable bande de lutins accablée d'une mentalité d'étron a été volée sans vergogne à Douglas Adams et son *Guide du routard galactique*, autre source d'inspiration au même titre que Terry Pratchett et les Monty Python. J'ai aussi volé à Douglas Adams et son *Dernier restaurant avant la fin du monde* l'idée du dernier paillasson avant la fin du même, et à *La Vie de Brian,* des Monty Python, l'idée des luttes fratricides entre communautaires (quand le « Front de libération de Judée » taille des croupières au « Front de libération judéen » au lieu de se rallier à lui contre l'envahisseur romain). Quant au saucisson des forêts, je l'ai rencontré en Tanzanie. J'ai vu, de mes yeux et à jeun, un grand arbre auquel pendaient des saucissons. Les Masaïs en tirent une bière.

Ces quelques exemples ont pour seule ambition d'exposer ma façon de travailler : je pille ceux que j'admire.

Princesses charmantes

Je profite de l'espace qui m'est offert ici pour remercier chaleureusement à la fois Walt Disney et le catéchisme catholique d'avoir si bien enchanté mon enfance et d'avoir su, à l'aide d'images fortes et pertinentes, préparer des générations de petites filles à affronter ce monde de paix, où la douceur et la docilité sont toujours récompensées, et où les princes charmants abondent au même titre que la pâture, laquelle tombe toujours toute cuite dans le bec des petits oiseaux. Merci.

Et amen.

L'histoire du chevalier Méthode

Elle a été écrite avant le reste du récit mais j'ai considéré qu'elle faisait bien ici. Si son style ampoulé vous amuse, vous pouvez le retrouver, en bien pire, dans *Les Mille Nuits et une nuit* traduits par le Dr Mardrus chez Laffont, collection « Bouquins ». Il n'y manque pas une seule nuit, et on y fornique presque aussi souvent que dans la Bible. Si vous aimez la petite histoire, sachez que pendant que le bon Dr Mardrus traduisait ces polissonneries orientales, sa ravissante épouse couchait avec Colette après avoir éconduit Pétain, ce qui est d'un bon tempérament.

J'espère que vous avez, au passage, admiré le contrepet glissé dans le patronyme de Glucid, car il m'a demandé bien des efforts.

Fées et gragons

À ceux qui aiment l'absurde à la mode Sub-Éther, je recommande le jeu de l'inverse ; il est assez renversant à pratiquer avec des enfants de moins de dix ans.

La manie d'empicasser se trouve dans les premiers *Claudine* de Colette. Il s'agit d'effectuer une série de passes magnétiques au-dessus d'un objet, puis de cracher dessus. D'après l'auteur, le crachat est en option.

Je décerne une mention spéciale aux préfectures, qui demandent aux aspirants migrants une somme de documents à peine moins farfelue que l'officier Capacidad à Cruc.

L'existence fuligineuse de Léo a pris naissance dans les pages d'*Advanced Dungeons & Dragons*, le manuel du joueur de Donjons et Dragons, sortilèges « Leomund's tiny hut » et « Leomund's secure shelter ». Je vous remercie de faire 1D10 minutes de silence à la mémoire de son auteur, le regretté Gary Gygax.

Quant à l'apocalypse, vous trouverez sur mon site les extraits dont je me suis servie (Apocalypse de Jean, traduction de Louis Segond). Je vous préviens : sous son intitulé affriolant, il s'agit d'un texte très ennuyeux.

« Calme bloc ici-bas chu d'un désastre obscur » est un vers de Mallarmé tiré du « Tombeau d'Edgar Poe », mais j'ai longtemps cru qu'il s'agissait d'un vers de Valéry à la gloire de Spinoza (?).

« Gragon » n'est pas une coquille (« pougère » non plus) : c'est un signe de décalage uchronique. En clair : on pourrait croire que toute l'histoire se déroule dans un passé mythologique lié à notre propre continuum espace-temps, mais pas du tout. Il s'agit du passé mythologique d'un autre espace-temps très proche du nôtre, quelque chose comme le quatrième sur la gauche face au big bang.

Blanche Neige et les lance-missiles : suite

Ce deuxième opus doit tout à Usenet, ensemble de forums qu'on trouve via Google Groups. En cherchant bien, on dénichera des recueils de perles Usenet, rassemblées par de patients modérateurs et qui sont à hurler de rire (Le problème avec Microsoft, c'est que parfois mon clavier se blo). En tout cas moi, ça m'amuse.

Les perles d'IRC ne sont pas mal non plus. (`<ceacy>` `Je viens de recevoir un e-mail de Jésus qui veut que j'agrandisse mon pénis, c'est normal?`)

Beaucoup d'appellations fumeuses comme Petimoo viennent de ces recueils-là. J'ai mis quelques liens sur mon site.

Prémorts

J'ai habité près du sureau de Mismas, dans une petite maison chauffée au feu de bois, mais là s'arrête la ressemblance entre mon héroïne et moi. Cependant, sa façon de chercher fiévreusement le nom de ses personnages sur le premier papier d'emballage venu est identique à la mienne. Pétrol'Kiwi est née du voisinage d'une bouteille de détachant et d'un sachet de fruits.

Webby existe sous le nom de Laurent, mais il est moins geek et plus érotomane dans la vraie vie. C'est lui qui a dit : « Quel couvre-lit me ferait débander en présence de Lara Croft ? Aucun. Même le rose à dentelles noires. »

Ex-vivants et agents intelligents

Romu@ld a vécu un temps sur mon écran, dormant sur ma barre de tâches et se baignant dans mes répertoires. C'est un petit programme qu'on peut encore télécharger.

En ce qui concerne le peuple étrange de l'Anaon, les intersignes, l'Ankou et toutes ces choses bretonnes, je vous recommande les livres d'Anatole Le Braz sur la mort.

Monsieur de Champourneux est une copie du Rhino de Marigny de Barbey d'Aurevilly dans *Une vieille maîtresse*, quoique en plus bonhomme, le vrai Rhino méritant surtout une paire de claques, et la famille de la Coupe de Base est une copie de la famille Walter du *Bel-Ami* de Maupassant.

Mine de rien, cette partie XIXe siècle, qui erre entre la Bretagne, l'histoire des Sciences et celle des dîners parisiens, m'a coûté cher en recherches historiques. Mais je peux désormais affirmer en toute connaissance de cause que oui, la gutta-percha est un polymère de l'isoprène et que le tournedos Rossini est saisi entre deux tranches de foie gras truffé, berk.

Églises et troquets

Le bar « La Boutanche » existe, sous le nom de « L'Assignat », rue de la Monnaie à Paris. Le « Canon de la Dauphine » existe aussi, mais à Nation. Le baisoir pour cadres en transit est sous la tour de l'hôtel Concorde-Lafayette, porte Maillot, et la musique y est encore pire que possible. L'église Sainte-Jeanne-de-Chantal se trouve bien porte de Saint-Cloud, et sa laideur touche à l'empire des morts. D'une façon générale, l'Ouest parisien est un ramassis d'horreurs. Ce n'est pas un hasard si la majorité de ses habitants a la cataracte.

Babioles et accessoires

En ce qui concerne le torchon clermontois, sachez qu'il s'agit d'un funiculaire luxembourgeois sans les dents.

Le cœur momifié du quinzième amant de Marguerite de Valois au fond de son coffret d'argent a peut-être existé ; on dit que cette princesse garnissait de la sorte les poches de son vertugadin. Mais on dit beaucoup de choses des reines de France quand elles ont le malheur d'être stériles. Il est d'ailleurs étrange que la stérilité soit signe de luxure ; elle devrait plus logiquement signifier son absence.

L'Aube bleu et décor connexe ont poussé entre les pages d'un précédent livre (*Voyage au Sitriste* suivi de *Voyage en Tanitel*) jamais publié, dans lequel j'exprime mes soupçons sur les origines de notre univers : un phénomène foutraque générant un fort sentiment d'absurdité. Accessoirement, ce décor m'a beaucoup servi pour bâtir mes donjons, du temps où j'étais Maître de Donjon (un sacerdoce). Et Mannheim est vraiment une ville polluée, dont les habitants dorment une heure de plus que la moyenne européenne, faute d'oxygène. Cela dit, la *Residenz* est très jolie, et le potager rococo aussi.

Je vous remercie de m'avoir accompagnée si loin, et vous donne rendez-vous dans les deux tomes suivants : *Merlin l'ange chanteur* et *L'Immortalité moins six minutes*, à paraître en 2009 au Livre de Poche sous un titre qui sera peut-être *Quelques siècles dans la vie d'une fée*, Dieu seul le sait – et Audrey Petit.

Catherine Dufour.

Table

I. Les grands alcooliques divins 9

    Une omelette de cul d'ange 11
    Son nom était Méthode. Wilfried Anicet Méthode ... 55
    Psychopathologie traumatique du Miroir
        magique 90
    Le grand chantier du Purgatoire 134
    Une cure de Pommes Furieuses 164
    Le sexe des anges 212
    Le dernier paillasson avant la Fin du Monde 257

II. L'ivresse des providers 281

    La fée dans la basse-souche 283
    Les bistrots hantés 314
    Le fantôme dans le télégraphe 349
    Du rififi au Jockey Club 383
    Pour quelques molécules d'épinard de plus 409
    Le père Noël noir 445
    Le dernier gragon 478
    Literary virus 508
    Le blues de l'orang-outan garou 542
    Le feu dans les modules de drivers 575

Postface 599

Composition réalisée par ASIATYPE

Achevé d'imprimer en septembre 2011 en Allemagne par
GGP Media GmbH
Pößneck (07381)
Dépôt légal 1re publication : novembre 2008
Édition 04 – septembre 2011
Librairie Générale Française – 31, rue de Fleurus – 75278 Paris Cedex 06

31/2540/8